L'enfant surprise d'un milliardaire

Séduisante ennemie

Les couleurs d'un amour

DANI WADE

L'enfant surprise d'un milliardaire

Traduction française de
FLORENCE MOREAU

PASSIONS

HARLEQUIN

Collection : PASSIONS

Titre original :
TAMING THE BILLIONAIRE

Ce roman a déjà été publié en 2019

HARPERCOLLINS FRANCE
83-85, boulevard Vincent-Auriol, 75646 PARIS CEDEX 13
Service Lectrices — Tél. : 01 45 82 47 47 - www.harlequin.fr
ISBN 978-2-2805-0125-5 — ISSN 1950-2761

Composé et édité par HarperCollins France.
Imprimé en décembre 2023 par CPI Black Print (Barcelone)
en utilisant 100% d'électricité renouvelable.
Dépôt légal : janvier 2024.

FSC
www.fsc.org
MIXTE
Papier issu de sources responsables
FSC® C159065

Pour limiter l'empreinte environnementale de ses livres, HarperCollins France s'engage à n'utiliser que du papier fabriqué à partir de bois provenant de forêts gérées durablement et de manière responsable.

1

Sabatini House, enfin !

Willow leva les yeux vers l'imposant manoir qui se dessinait derrière le pare-brise : la tempête qui faisait rage était tout à fait appropriée à Sabatini House, demeure grandiose et mystérieuse.

L'interphone n'ayant malheureusement pas fonctionné quand elle s'était arrêtée au niveau des grilles ouvertes de la propriété pour signaler son arrivée, le résident n'en avait pas été averti, pensa-t-elle, doigts crispés sur le volant tant elle était absorbée par la contemplation de la bâtisse.

La pluie battait contre sa petite voiture, lui obscurcissant par instants complètement la vue. Sabatini House la fascinait depuis tant d'années ! Pour être exact, depuis qu'elle avait découvert que ses propriétaires, les Kingston, étaient mentionnés dans les journaux que tenait son arrière-grand-mère. Néanmoins, ces documents lui en avaient livré bien peu sur l'histoire de la famille, ce qui avait aiguisé sa curiosité.

Dans les rares articles qu'elle avait trouvés depuis sur la maison, on rapportait que celle-ci avait été construite par un pirate espagnol pour sa maîtresse. Il y était aussi question de grottes souterraines qui permettaient à l'océan de circuler sous la demeure, créant ainsi un bassin pour nager. Dans son journal, son arrière-grand-mère les avait décrites après les avoir vues de ses propres yeux lors d'une fête donnée par la famille, à laquelle elle s'était discrètement incrustée ; elle les avait qualifiées de lien magique entre terre et mer. Elle-même descendante de pirates, c'était une chose qu'elle avait sans doute particulièrement appréciée.

De l'extérieur, la demeure ressemblait à un magnifique château, orné de tourelles et de fenêtres cintrées, mais elle mourait d'envie de découvrir l'intérieur ; lors de ses recherches, elle n'avait en effet trouvé aucune photo ni le moindre document substantiel. Le propriétaire actuel vivait reclus et n'avait jamais fait entrer quiconque à part son majordome, Murdoch Evans, et, occasionnellement, du personnel de confiance.

Du moins jusqu'à aujourd'hui.

Reprenant sa respiration, elle resserra son imperméable aussi étroitement que possible : pluie ou pas, elle devait descendre de voiture, et plus vite elle serait à l'intérieur, plus rapidement elle pourrait se mettre en quête d'indices. Certes, la maison en elle-même la fascinait, mais c'étaient les secrets qu'elle renfermait qui l'attiraient réellement, ceux qui concernaient les Kingston et en particulier une nuit fatale, des générations plus tôt. Si elle parvenait à comprendre ce qui s'était passé à l'époque, ce nouvel éclairage serait susceptible de modifier pour toujours le cours de sa propre histoire. Elle le pressentait.

Son parapluie lui serait de peu d'utilité en raison des fortes rafales qui soufflaient de la mer. Il fallait se lancer… Elle compta jusqu'à trois et bondit hors de sa voiture, courant jusqu'à la porte latérale par laquelle Murdoch lui avait indiqué d'entrer.

Ce dernier s'étant envolé pour la Floride afin d'y rendre visite à sa fille qui venait d'avoir un enfant, il n'y avait plus personne pour cuisiner et faire le ménage pour l'actuel occupant de Sabatini House ; d'où sa présence en ces lieux…

Murdoch et elle avaient appris à bien se connaître au cours de l'année où elle n'avait cessé de le harceler pour obtenir des informations sur Sabatini House. Aussi, quand il avait décidé de s'absenter pour l'été, lui avait-il proposé de le remplacer, puisqu'elle serait elle-même en congé, et donc libre, l'université locale où elle enseignait l'histoire fermant aussi ses portes à cette époque de l'année.

Elle avait donc été embauchée sans rencontrer son employeur ;

ce qui, sur le moment, ne lui avait pas paru étrange ; or, à présent, elle commençait à se demander si cela avait été judicieux...

Elle était censée arriver en fin d'après-midi, mais l'orage l'avait retardée. En raison de la pluie qui tombait dru, il ne lui avait guère été aisé de mettre ses bagages dans la voiture ni de conduire jusqu'ici. Toutefois, comme elle était logée et nourrie, et rentrerait à la maison chaque dimanche, elle n'était pas non plus particulièrement chargée. Ses bagages n'en étaient pas moins trempés, tant il pleuvait à verse.

Par beau temps, l'île se trouvait à quarante-cinq minutes de Savannah, ville où elle habitait avec ses sœurs, mais en raison de la faible visibilité et des vents qui avaient ballotté sa voiture, le trajet avait duré une heure et demie. Aussi l'obscurité était-elle tombée quand elle avait enfin rallié l'île sans avoir pu prévenir son employeur qu'elle aurait du retard, puisque les intempéries avaient rompu toute communication.

Des grêlons furieux s'abattirent sur elle lorsqu'elle courut jusqu'au manoir, sa lampe de poche étant son seul guide. Une fois sous le porche, elle éprouva un certain soulagement, encore que tout relatif, et se mit à fouiller dans son sac pour trouver la clé que Murdoch lui avait remise.

En réalité, l'excitation lui nouait l'estomac : elle allait *enfin* pénétrer dans Sabatini House et nourrissait le ferme espoir de découvrir tous les secrets que ces lieux mythiques recelaient.

Elle frappa très fort, tout en introduisant la clé dans la serrure, pressée d'entrer car des rafales de vent porteuses de pluie s'engouffraient sous le petit porche. Elle ne souhaitait naturellement pas que son nouveau patron ait une crise cardiaque en la découvrant chez lui, mais les lourds éclairs qui zébraient le ciel l'incitaient à ne pas s'attarder à l'extérieur. Se débattant à la fois avec les clés, la lampe et le heurtoir, elle finit par entrer et se retrouver enfin à l'abri. Consciente que l'alarme, placée sur le mur à droite, n'était pas activée, elle s'adossa un instant contre la porte qu'elle venait de refermer, le cœur battant à tout rompre.

— Y a-t-il quelqu'un ? Monsieur Kingston ? appela-t-elle.

Eu égard aux grondements incessants du tonnerre et à la pluie diluvienne, il y avait peu de chances pour qu'il l'entende, sauf s'il se trouvait tout près. Il n'était pas dans ses habitudes d'entrer chez autrui sans prévenir, mais avait-elle le choix ? Toutes les lignes étaient coupées quand elle avait tenté de joindre Kingston, d'ailleurs Murdoch l'avait prévenue que le réseau était mauvais par ici ; en outre, le manoir était immense, et comme le courant était coupé, il y régnait la plus grande obscurité. Comment allait-elle s'orienter ?

Elle devait le trouver au plus vite, songea-t-elle, une impression de malaise toujours chevillée au ventre, annoncer sa présence, s'assurer qu'il était sain et sauf : le fait qu'il habitait tout seul ici l'intriguait fortement. Où vivait donc le reste de sa famille, et pourquoi avait-il choisi de mener une existence d'ermite ? s'interrogeait-elle tout en avançant sur la pointe des pieds.

— Monsieur Kingston ? C'est Willow, votre nouvelle gouvernante.

Mais sa voix était happée par la pluie et l'obscurité, encore que le bruit de l'orage était assourdi dans la pièce où elle se trouvait actuellement. De sa lampe de poche, elle balaya l'arrière-cuisine... Même à l'intérieur, l'odeur de l'océan saturait l'air ; s'y mêlait aussi celle de la pluie, et d'une vague fragrance fleurie.

L'eau gouttait sur le sol quand elle s'aventura dans la cuisine moderne, étroite et longue, pareille à une coquerie spacieuse, pourvue de tout le confort moderne. Murdoch l'avait informée que la cuisine avait été refaite cinq ans auparavant.

Un éclair illumina subitement la pièce, à travers la grande rangée de fenêtres cintrées s'alignant d'un seul côté. Elle tressaillit, tout en se concentrant sur ce qui l'entourait afin de ne pas trébucher : heureusement que laver les carreaux ne figurait pas parmi les tâches qui lui avaient été imparties par Murdoch.

La pièce étant vide, elle en sortit et se retrouva dans un vaste vestibule, d'où elle continua à appeler Kingston. La pensée qu'il ignorait qu'elle se trouvait chez lui, tout comme le fait d'être plongée dans le noir entre deux éclairs, l'angoissait ; en outre, elle commençait à se demander si le maître des lieux n'était pas mal en point !

Pourvu qu'il lui pardonne son intrusion ! Murdoch ne lui avait rien dit quant à un éventuel handicap dont souffrirait son patron, mais lors d'un orage, tout pouvait se produire. Une chute, une mauvaise coupure, une commotion… Qui sait ? Il gisait peut-être quelque part, blessé, attendant de l'aide depuis des heures. Il était peut-être en train de se vider de son sang… Et si tel était le cas, elle n'aurait aucun moyen d'entrer en contact avec l'extérieur pour appeler les secours !

Elle avança avec prudence dans l'immense vestibule… Tout semblait ici construit à une échelle majestueuse. Elle passa le rayon de sa lampe sur les différentes portes : la plupart étaient ouvertes, certaines révélant des espaces simplement vides. D'autres pièces comportaient des meubles recouverts de draps. Seul un salon arborait un mobilier d'époque, mais il semblait figé dans le temps.

Si elle n'avait été au courant de rien et que la cuisine n'avait pas montré de traces d'une utilisation récente, elle en aurait déduit que la maison était inoccupée. Vide de toute vie. Mais elle savait que M. Kingston y résidait, et par conséquent, il était forcément quelque part.

Son malaise grandissait au point qu'elle en ressentit des crampes à l'estomac. Oui, cette demeure était immense, deux étages à sa connaissance, même si avec les tourelles, on pouvait en imaginer davantage. Cependant, que pouvait-elle faire de plus pour qu'on l'entende ? L'orage semblait absorber à la fois le bruit de ses pas et ses appels désespérés…

Le vestibule débouchait sur une salle en forme de rotonde d'où partait un incroyable escalier et où le grondement du tonnerre résonnait de plus belle. L'escalier attira son regard aussi haut que le permettait le faisceau de sa lampe car aucune lumière susceptible de suggérer la présence de son employeur ne brillait aux étages supérieurs.

— Monsieur Kingston ? appela-t-elle de nouveau.

L'écho de sa voix résonna alors fortement, ce qui éveilla aussitôt en elle un sentiment de culpabilité : certes, elle aurait aimé qu'il lui réponde, mais était-elle en droit de faire un tel tapage dans la maison d'un étranger ?

Soudain, elle crut percevoir un bruit sourd dans la rotonde, comparable à la chute d'un objet sur le sol.

— Ohé ? Y a-t-il quelqu'un ?

Mais seul le bruit de la pluie contre les carreaux lui répondit. À nouveau, elle balaya de sa lampe son entourage, notant au passage le nombre impressionnant de portes qui ouvraient sur le vestibule et celles du palier supérieur... Une sorte de découragement la saisit : par où devait-elle commencer, dans quelle direction ? Elle n'en avait pas la moindre idée ! Eu égard aux innombrables pièces, elle pourrait passer la nuit à fouiller et ne pas trouver le maître des lieux.

Avait-elle eu tort de se présenter si tard ?

Son excitation première, liée au fait de pénétrer enfin dans cette demeure tant fantasmée, avait cédé la place à l'incertitude et à une inquiétude croissante.

Un bruit métallique à l'autre bout du vestibule la fit sursauter et son pouls s'accéléra. Seigneur, que se passait-il ? Était-ce un bruit inhérent à la demeure ? Elle l'ignorait. Le reflet de sa lampe illumina des carreaux bleu océan. Pas de panique ! Elle devait réfléchir de façon logique...

Les chambres se trouvant probablement à l'étage, elle décida d'y monter. Kingston était sans doute là-haut, elle finirait bien par découvrir une lumière : étant donné la fréquence à laquelle survenaient les coupures d'électricité sur les îles, il était assurément équipé de lanternes ou bien d'un groupe électrogène. Encore que s'il s'était déjà mis au lit, il était possible qu'il ne l'ait pas mis en route. Murdoch en avait-il mentionné l'existence, dans ses instructions ? Elle n'arrivait pas à s'en souvenir.

Ses tennis mouillées grinçaient sur les carreaux. Arrivée devant l'escalier, elle agrippa la balustrade en bois et fit glisser sa lampe sur les marches carrelées du même bleu qu'au rez-de-chaussée, recouvert ici d'un vernis nacré. Le filigrane argenté de la rambarde en bois clair prêtait à celle-ci un aspect délicat, mais elle demeura ferme sous sa poigne. Quand le rayon de sa lampe atteignit le palier supérieur, elle surprit une ombre dans son champ de vision.

Elle en laissa échapper sa lampe et l'écho de cette chute se répercuta lourdement entre les murs.

— Ohé ? lança-t-elle de nouveau.

Mais cette fois sa voix, nouée par la peur, porta peu. Elle-même l'entendit à peine, en raison du déchaînement des éléments, à l'extérieur.

Au moment où elle se penchait pour ramasser sa lampe de poche, elle sentit une main vigoureuse glisser dans sa nuque, et l'instant d'après fut projetée en arrière, contre un mur de muscles.

À la taille et à la force de son assaillant, elle sut tout de suite qu'il s'agissait d'un homme, et elle s'efforça alors de ne pas céder à l'envie de hurler.

Le bras se resserra autour de son cou, au point qu'elle en suffoqua presque. Puis elle sentit le visage de l'homme tout proche du sien, et sa voix sévère résonna alors contre son oreille :

— Pouvez-vous me dire ce que vous faites chez moi ?

Tate Kingston ressentit une montée d'adrénaline comme il n'en avait pas connu depuis des années.

Il avait d'abord cru qu'un cambrioleur s'était introduit chez lui. Dès qu'il avait entendu du bruit en bas, il avait compris que ce n'étaient pas les sons habituels de la maison dans laquelle il vivait depuis sa naissance. Des allées sombres peuplées de vils personnages s'étaient alors imposées à son cerveau : il n'était pas un auteur de romans d'horreur par hasard !

En tout état de cause, c'était la première fois qu'un intrus pénétrait chez lui ; aussi, pour être bien sûr qu'il ne rêvait pas, s'était-il approché en toute discrétion de l'escalier. Repérant dans la rotonde une forme qu'il avait prise pour celle d'un jeune homme, il en avait déduit qu'il s'agissait d'un adolescent. Sans doute celui-ci s'était-il introduit à Sabatini House pour fouiner les recoins de ce qu'il considérait assurément comme un lieu de légende.

Il s'était bien trompé, puisqu'en l'occurrence, c'était une femme qu'il maintenait fermement contre son torse.

Le sommet de son crâne lui arrivait à la hauteur du cou, même si elle était d'une taille plus élevée que la moyenne. Et elle était figée de peur, ce qu'il concevait aisément, car lui-même l'aurait été, s'il était entré dans ce qu'il aurait tenu pour une maison vide.

Mais il se trouvait que celle-ci était occupée.

Bien qu'ayant une connaissance toute théorique de ce genre de prise, il desserra légèrement son étreinte pour laisser respirer la captive, et pressa alors ses propres avant-bras contre sa clavicule : il n'avait nulle envie d'être poursuivi en justice pour s'être fait justice lui-même.

— Je vous ai posé une question, reprit-il d'une voix encore plus dure.

Et articulant bien chaque syllabe, il poursuivit :

— Que faites-vous chez moi ?

— Chez vous ? répéta-t-elle d'un ton essoufflé.

Tant mieux, si elle était effrayée. Quand elle refranchirait dans l'autre sens le seuil de sa porte, il ne voulait surtout pas qu'elle envisage d'y revenir, seule ou accompagnée.

— Mais enfin, pourquoi me demandez-vous cela ? ajouta-t-elle d'une voix toujours aussi saccadée.

Il relâcha alors son étreinte, lui donnant sans doute une impression de clémence, contrairement à son intention. Cependant, s'il voulait qu'elle s'exprime, encore fallait-il qu'elle soit en mesure de le faire.

— Et si vous répondiez plutôt à ma question ? renchérit-il. Qui êtes-vous ?

À cet instant, elle se pencha brusquement en avant, ce qui le surprit, et il la relâcha, ne souhaitant nullement la blesser dans le seul but de la maintenir : de toute façon, elle ne pouvait pas lui échapper, il n'était pas un endroit dans la maison où il ne saurait la retrouver.

Toutefois, elle n'en avait apparemment pas l'intention puisqu'elle se contenta de ramasser sa lampe de poche qui avait roulé quelques marches plus bas, avant d'en laisser glisser le rayon sur lui.

— En tout cas, vous, vous n'êtes pas M. Kingston, décréta-t-elle dans un souffle quand la lumière éclaira son visage.

— Bien sûr que si !

— Non... C'est impossible. M. Kingston est... Euh...

— Est quoi ?

Cette fois, elle ne répondit pas.

— Écoutez, reprit-il, je me fiche pas mal de qui vous êtes et si vous partez immédiatement, je n'appellerai pas la police.

— Mais j'étais censée venir chez vous aujourd'hui, se récria-t-elle.

Pardon ?

— Non, certainement pas.

Sa lumière l'aveuglait à présent et elle commençait sérieusement à lui taper sur les nerfs.

— Mais si ! insista-t-elle d'un ton soudain bien ferme. Je suis la nouvelle gouvernante.

L'espace d'une seconde, ses pensées se figèrent : un scénario de ce type ne lui avait pas du tout effleuré l'esprit.

— Certainement pas, je vous dis !

— Et pourquoi donc ?

Cette fois, c'était elle qui s'insurgeait.

— Vous ne pouvez pas être ma nouvelle gouvernante, un point c'est tout, articula-t-il.

Murdoch n'avait pas pu lui faire ça.

Il braqua alors sur elle sa propre lampe de poche bien plus puissante que la sienne, faisant remonter le rai des pieds au visage de l'inconnue. Immédiatement, son cerveau d'auteur se mit en marche pour décrire ce qu'il voyait : une peau pâle et crémeuse, des cheveux aussi scintillants qu'un feu, un T-shirt fin et trempé qui soulignait ses courbes parfaites, sous son imperméable ouvert.

Elle lui parut soudain bien plus décontractée, se contentant de cligner des yeux pour accommoder.

— Je suis la nouvelle gouvernante, insista-t-elle. Murdoch m'a engagée.

— Non, ce n'est pas possible. Il a embauché un homme. Will Harden.

Elle plaqua alors une main sur sa hanche.

— Vous voulez dire Willow Harden !

Maudit Murdoch !

— Je sais que j'étais censée arriver plus tôt, enchaîna-t-elle, mais la tempête s'étant déclarée plus tôt que prévu, le trajet jusqu'à l'île n'a pas été des plus aisés. Comme le courant est coupé, je me demandais si, euh, tout allait bien pour vous.

— Eh bien, ainsi que vous pouvez le constater, je ne suis pas âgé et n'ai nul besoin de secours.

Encore que c'était beaucoup dire, car il lui arrivait, certains jours, de sentir tout le poids de ses trente-huit ans. Peu désireux de s'appesantir sur cette pensée déplaisante, il poursuivit :

— Je suis tout à fait prêt pour affronter ce genre d'intempéries. Et je n'ai absolument pas besoin que l'on s'introduise chez moi par effraction pour vérifier que je vais bien.

— Mais enfin, je ne suis pas entrée « par effraction », Murdoch m'a remis les clés.

Ah oui, bien sûr ! Il aurait dû s'en douter.

— Et les codes ?

— Oui, monsieur, dit-elle d'une petite voix.

Bon, il ne servait à rien de la questionner de façon aussi rude ; de toute évidence, on lui avait fourni à dessein des informations approximatives. Murdoch savait pertinemment qu'il verrait une menace en la présence d'une femme dans sa maison, une intrusion non désirée dans une vie passée jusqu'à présent à faire amende honorable pour toutes ses erreurs de jeunesse. Des erreurs ayant entraîné la mort…

Bon sang ! C'était sans doute la raison qui avait poussé Murdoch à agir ainsi. Il avait énormément changé depuis qu'il avait retrouvé sa fille et pris la résolution de lui rendre visite pour la première fois. Mais devait-il pour autant dépendre des décisions de son ami ? Certainement pas !

Il était urgent que cette femme déguerpisse au plus vite.

Ils se tenaient tous deux dans l'obscurité, chacun braquant sa lampe sur l'autre telle une arme, et nul doute qu'il aurait trouvé la situation amusante s'il n'avait pas tout de suite perçu les complications qu'elle impliquait. Non, il ne pouvait en aucun cas tolérer une telle irruption dans sa vie.

— Écoutez, j'apprécie votre sollicitude, mademoiselle Harden…

— Willow, coupa-t-elle.

— Mais je suis tout à fait paré pour faire face aux intempéries, poursuivit-il. Si vous êtes de Savannah, vous devez savoir que les coupures sont fréquentes, sur les îles. J'ai des lanternes, un réchaud portatif, des stocks d'eau, un groupe électrogène, bref, tout ce qui est nécessaire.

À ces mots, elle inclina sa lampe de poche et il se demanda ce qu'elle pouvait bien penser. En tout cas, lui, il ne cessait de ressasser la même question : pourquoi Murdoch avait-il fait appel à une femme pour prendre soin de Sabatini House pendant qu'il rendrait visite à sa fille qui venait d'accoucher ? D'ailleurs, il ignorait si c'était une petite-fille ou un petit-fils, il n'avait pas questionné Murdoch à ce sujet. Comme son « invitée surprise » demeurait silencieuse, il reprit la parole.

— Eh bien, *Willow*, puisque je ne suis pas la personne que vous croyiez et vice versa...

Il la vit alors lever un sourcil, et comprit qu'il avait plutôt intérêt à choisir ses mots avec prudence. Le fait qu'il la comprenne implicitement, conjugué au plaisir qu'il avait éprouvé en plaquant son corps aux courbes toutes douces contre le sien, quelques minutes plus tôt, le convainquit qu'elle devait définitivement s'en aller.

Il ne méritait absolument pas de ressentir de la joie... Et cette jeune femme dans sa demeure n'incarnerait rien d'autre pour lui que la tentation.

Aussi poursuivit-il prudemment :

— Comme vous n'êtes pas celle que j'attendais, je pense qu'il serait préférable que nous en restions là, vous ne croyez pas ?

Il ne l'aurait pas juré, mais il lui sembla l'entendre marmonner : « En êtes-vous bien sûr ? » Cela dit, avec le martèlement de la pluie contre les carreaux, il lui était difficile de trancher.

— De toute évidence, Murdoch a commis une erreur, enchaîna-t-il.

— Mais non, rétorqua-t-elle en secouant la tête. Pas du tout. Il a été fort précis dans les instructions qu'il m'a laissées. Et comme il me connaît très bien, il sait que je les respecterai scrupuleusement.

À ces mots, un élan de curiosité l'assaillit et il fut incapable de se contenir.

— Et depuis quand le connaissez-vous ? s'enquit-il vivement.

À cette question, il vit ses traits se détendre un peu.

— Depuis le début de l'année dernière. C'est un homme vraiment exquis, dès lors qu'il accepte de tomber le masque.

C'étaient exactement les mots qu'il aurait employés pour qualifier l'homme qui lui était resté fidèle pendant les vingt dernières années, durée de l'exil qu'il s'était imposé par rapport au reste du monde. Murdoch avait été à ses côtés lors de la mort de ses deux parents, de la vente de son premier roman, mais surtout il l'aidait à supporter l'immense chagrin qui semblait ne devoir jamais finir. Murdoch lui avait dit à plusieurs reprises que le style de vie qu'il menait était malsain, mais cette opinion ne le détournerait aucunement des choix qu'il avait faits.

C'était impossible.

Et voilà qu'un beau jour, Murdoch lui avait annoncé qu'il partait… Et maintenant, il se retrouvait face à la seule femme qui ait franchi le seuil de sa maison depuis le décès de sa mère.

— Écoutez, poursuivit-elle en s'approchant d'un pas, Murdoch ne me pardonnerait jamais de renoncer après toute la peine qu'il s'est donnée pour s'assurer que l'on s'occuperait correctement de Sabatini House pendant son absence. Je vous en supplie, donnez-moi une chance.

Il ferma les paupières et la première chose qui lui vint alors à l'esprit, ce ne fut pas une réplique, mais le souvenir de son corps contre le sien. Sa chaleur. Son odeur suave. Décidément, tout cela était une très mauvaise idée ! Il croisa les bras, parfaitement conscient que sa taille pouvait être impressionnante.

Mais devinant sans doute, à sa posture, le refus qu'il allait lui opposer, elle se hâta d'ajouter :

— Qui d'autre pourriez-vous employer, à part moi ? Vous imaginez le nombre de coups de fil et d'entretiens que vous devrez donner et faire passer ? Combien de temps vous faudrait-il pour trouver la bonne personne ?

— Non ! coupa-t-il.

Il était au-dessus de ses forces d'envisager l'intrusion d'un tiers dans son antre. La colère montait au galop en lui tandis qu'il s'efforçait de réfléchir rapidement… Cette femme était bien trop intelligente et en savait déjà énormément sur lui. D'ailleurs, qu'est-ce que Murdoch avait bien pu lui raconter sur son compte, au juste ? Il sentit un certain malaise le saisir.

De fait, son ton agressif ne parut pas la décourager.

— Il vous faudra alors accepter l'inévitable, poursuivit-elle.

— C'est-à-dire ?

— Si je m'en vais, des quantités de personnes vont venir frapper à votre porte, puisque vous avez besoin d'un majordome. Or, d'après ce que Murdoch m'a dit, vous n'appréciez pas vraiment la compagnie des autres, n'est-ce pas ?

— Donc il serait préférable que je me décide pour vous ? ironisa-t-il.

Du coin de l'œil, il avisa le petit sourire de sa visiteuse, puis l'entendit demander :

— Par ailleurs, avez-vous récemment conduit par un temps pareil ?

Là-dessus, elle dirigea le faisceau de sa lampe vers l'une des immenses fenêtres.

— J'ai cru que je ne survivrais pas à ce trajet jusqu'ici, précisa-t-elle encore. Je n'ai aucune envie de le refaire dans le sens inverse par cette tempête.

— Dites, vous n'avez pas l'impression d'exagérer un peu ? rétorqua-t-il.

Et il manqua de grimacer devant la condescendance de son ton : décidément, être sur la défensive ne lui valait rien.

Ce qui n'était pas le cas de Willow : en effet, à la façon dont elle redressa les épaules, elle mit malgré elle en avant des attributs dont il s'efforça sur-le-champ de détourner les yeux.

— Vous plaisantez, j'espère ? répliqua-t-elle à son tour. Manifestement, vous n'avez jamais traversé le pont qui mène jusque chez vous dans une petite voiture par des rafales de vent de soixante-dix kilomètres à l'heure. Avouez !

Immédiatement, il sentit le poids du monde s'abattre sur ses épaules. Non, il n'avait jamais conduit par de telles intempéries depuis de longues, très longues années. Et il n'y avait aucune raison pour que cela change ; en tout cas, jamais il n'emprunterait le pont étroit qui reliait l'île à la terre ferme.

— J'ai eu beaucoup de peine à venir ici. La moindre des courtoisies serait de me laisser exercer ma mission.

Il serra les mâchoires et, sous l'effet de l'agacement, indiqua d'un ton sec :

— Si vous restez, vous découvrirez bien vite que la courtoisie n'est pas mon point fort.

Cette fois, elle ne répondit pas, mais adopta une posture qui reflétait la sienne, et à cet instant, il la reconnut…

Non qu'il l'ait déjà rencontrée auparavant, mais il avait décrit à maintes reprises dans ses romans ce genre de femmes : elle incarnait en effet les héroïnes de ses récits d'horreur, c'est-à-dire des femmes de caractère, déterminées et intelligentes, qui parvenaient à rester en vie là où de simples mortels survivaient rarement.

Ce trouble qu'elle suscitait chez lui et qu'il s'efforçait d'ignorer se renforça d'un coup : raison de plus pour qu'elle parte au plus vite !

À la faveur de l'éclair blanc qui zébra subitement le ciel de la nuit, illuminant du même coup la pièce, il la vit serrer les dents et redresser les épaules, se préparant à répliquer. Admirable ! pensa-t-il. Voilà qui en disait long sur elle. D'ailleurs, le fait qu'elle se soit rendue jusqu'ici en dépit du mauvais temps ne montrait-il pas une force et un tempérament hors du commun ?

Un terrible grondement s'ensuivit : l'orage à l'extérieur reprenait de plus belle, mais pour lui, il venait juste de commencer.

En un sens, s'il cédait sur ce point, cela ne signifierait-il pas qu'il avait déjà perdu la bataille… Et la guerre ? Néanmoins, lorsqu'un nouveau roulement de tonnerre secoua le manoir, il comprit qu'elle avait raison et qu'il ne pouvait pas la renvoyer chez elle par ce temps. En dépit des sentiments que sa présence ici faisait naître en lui, il refusait de prendre une décision impulsive, susceptible de coûter la vie à quelqu'un.

Encore une fois.

— Très bien, je vais vous trouver une chambre, annonça-t-il.

2

Au moins, pensa Willow, Tate Kingston lui avait permis de rester, au lieu de l'obliger à reprendre la route par ce temps épouvantable.

Et c'était là une consolation à ne pas dédaigner, compte tenu des multiples émotions qui l'avaient assaillie jusque-là et ne semblaient pas près de s'arrêter : d'abord le trajet sous l'orage, puis la maison plongée dans le noir, et maintenant la montée de ce magnifique escalier en compagnie d'un homme grand, troublant et muni une lanterne d'une autre époque. Si elle était en quête d'aventures, elle était servie !

De fait, elle n'en attendait pas tant.

Elle frissonna, ne sachant si la raison en était son T-shirt humide ou l'incertitude liée à toute la situation.

Il s'arrêta bientôt devant une porte close, sur le palier, semblable à celles en bois savamment sculptées du rez-de-chaussée.

— Ce sera votre chambre pour la nuit, annonça-t-il.

Pour la nuit ? Donc, il s'agissait d'un sursis ?

— Où est la vôtre ? demanda-t-elle.

Et elle s'en mordit aussitôt la langue.

À la lumière de sa lanterne, elle le vit hausser un sourcil noir et épais.

— J'occupe la suite située au bout du palier, répondit-il en toute simplicité.

Très bien.

La chambre s'anima quelque peu au fur et à mesure qu'il y

allumait des bougies, et elle regardait, impressionnée, l'environnement d'un autre temps qui surgissait autour d'elle : un grand candélabre en argent sur la commode procurait la plus grande partie de la lumière ainsi que d'autres petits bougeoirs disséminés dans le reste de la pièce. Alors que la haute silhouette de Tate se déplaçait parmi les ombres, elle sentit la peur et la fascination se mêler en elle.

Un lit à baldaquin dominait l'espace ; il était recouvert d'un tissu blanc orné d'un motif marin, ce qui prêtait à la chambre un air suranné. Si l'on y ajoutait l'homme à la carrure imposante et aux cheveux ébouriffés qu'était son hôte, on pouvait se croire plonger au cœur des *Hauts de Hurlevent* ! À cette pensée, elle frémit de nouveau.

Il se retourna pour la regarder et elle frissonna : elle aurait voulu accuser le froid, mais elle redoutait que la façon dont ses seins venaient de se dresser soit plutôt due à l'homme qui se tenait devant elle qu'à la température. Elle croisa bien vite les bras. Qu'il en pense ce qu'il voulait, après tout, elle s'en fichait !

— C'est beau, murmura-t-elle.

Même dans la pénombre, la somptuosité des meubles et des étoffes ne pouvait passer inaperçue.

— Ne vous y attachez pas trop, répliqua-t-il d'un ton bourru qui eut le don de lui porter sur les nerfs. Nous reparlerons de la situation demain matin.

— Vraiment ? La question n'est-elle donc pas réglée ?

Qu'est-ce qui la poussait à tant d'audace ? Elle l'ignorait et finalement cela importait d'ailleurs bien peu.

Il fronça les sourcils.

— Il se peut que je requière plus de patience que vous n'en possédez.

Sa façon parfaite de s'exprimer renforçait le côté tranchant de ses paroles.

Au fond, il avait peut-être raison. Néanmoins…

— J'ai plus de patience que vous ne le croyez, répondit-elle. Après tout, j'enseigne l'histoire à de jeunes étudiants de première année qui estiment que le fait d'être à l'université leur donne le droit de faire tout ce qu'ils veulent.

Sa réponse parut le surprendre et il sembla légèrement se détendre.

— Vous ne redoutez pas d'entrer dans une maison plongée dans le noir et vous êtes dotée de la patience d'une sainte, reprit-il. Y a-t-il d'autres informations que Murdoch m'ait cachées sur vous ?

Que j'étais attirée par les beaux ténébreux, peut-être ?

— Eh bien, qu'une classe de quatre-vingts monstres m'a rendue efficace, organisée, et plutôt de bonne compagnie, par exemple ?

— Des monstres ? C'est ainsi que vous appelez vos étudiants ?

Cette fois, elle ne put retenir un sourire.

— Oui, et devant eux, avec beaucoup d'affection, je vous assure.

— Dans ce cas, je n'ose pas imaginer quel nom vous m'attribuez.

Mais, avant qu'elle n'ait le temps de trouver la bonne repartie, il ajouta bien vite, du seuil de la chambre :

— Bonne nuit !

Et il quitta prestement les lieux, refermant avec soin la porte derrière lui.

Au moins, il ne m'a pas enfermée à clé, songea-t-elle, mi-figue, mi-raisin, à la perspective qu'il aurait pu la retenir prisonnière... Ses sœurs l'auraient assurément taxée de rétrograde si elles l'avaient sue fortement attirée par un homme aussi maussade, vivant en reclus dans une maison sombre, sur une île isolée de tout. À cet instant, elle eut l'impression d'avoir été engagée pour un film adapté du roman gothique qu'elle était en train de lire, avec pour partenaire l'acteur le plus sexy de Hollywood.

Hélas, elle avait aussi la sensation qu'il la considérait davantage comme une empêcheuse de tourner en rond que comme l'héroïne d'un film ! Elle serait bien avisée de ne pas l'oublier.

Bien que désireuse d'ôter au plus vite ses vêtements trempés et ses chaussures, elle pivota lentement sur ses talons, au milieu de la pièce. C'était un endroit incroyable : le mobilier qu'elle avait aperçu dans les autres pièces était aussi d'époque, mais celui-ci possédait un aspect féerique et jusque-là elle n'avait vu de tels meubles que sur des photos.

Cette chambre était conçue pour un prince, même si Murdoch n'était qu'un domestique... Elle tressaillit : un éclair venait de traverser les tentures épaisses des fenêtres. Poussant un petit gloussement nerveux, elle inspecta alors son entourage. Les meubles foncés contrastaient avec les draperies blanc crème du lit, lesquelles étaient quasiment de la même couleur que les murs couleur ivoire. Elle repéra une imposante armoire, une commode surmontée d'un miroir ovale qui reflétait la lumière du grand candélabre en argent et était assortie aux tables de chevet. Un grand tapis au sol reprenait les mêmes motifs que les étoffes du lit. Il semblait si doux qu'elle ne put résister à la tentation d'enfoncer ses orteils tout froids dedans...

Consciente qu'elle devait se changer, elle ouvrit l'armoire, espérant y trouver un peignoir ou un vêtement similaire pour se couvrir... Hélas, celle-ci était vide, et il n'était pas question qu'elle ressorte par ce temps pour chercher sa valise ; soit dit en passant, Tate ne s'était pas proposé de la lui apporter. Tant pis, elle devrait s'en passer !

À cet instant, elle repensa à l'homme en train de dormir, à l'autre bout du palier... Assez !

Elle souleva la couette et fut ravie de découvrir une autre couverture dessous. Tout en se déshabillant, elle réfléchit au meilleur moyen de convaincre son hôte de la laisser rester. C'était un job à court terme et Murdoch l'avait choisie personnellement ; en outre, elle lui prouverait rapidement qu'elle était à la hauteur de la tâche s'il consentait à lui donner l'opportunité de faire ses preuves.

Elle souffla toutes les bougies à l'exception des deux qui se trouvaient à droite de son lit où elle se glissa. Elle avait beau se trouver à présent sous la couverture épaisse, elle ne parvenait pas à se relaxer. Bien qu'épuisée physiquement, elle avait l'esprit trop agité pour s'endormir.

Demain matin, au petit déjeuner, peut-être pourrait-elle lui confectionner son fameux pain perdu que tout le monde adorait, dans son entourage ? Ne disait-on pas que la bonne nourriture était le meilleur moyen de gagner le cœur d'un homme ? En l'occurrence, elle espérait que ses talents culinaires lui permettraient de l'amadouer.

Alors qu'elle tendait la main pour saisir son téléphone afin de mettre une alarme, un bruit attira son attention, un craquement de bois, au-dessus de sa tête. Cela lui rappela sa mission secrète et lui donna un regain de courage : elle avait besoin de ce job pour découvrir les secrets auxquels son arrière-grand-mère avait fait allusion dans ses journaux.

Un nouveau craquement se fit entendre, suivi d'un bruit sourd. Elle se redressa : ce n'étaient pas juste les gémissements habituels d'un vieux manoir... Tate était-il monté au dernier étage, avant d'aller au lit ? Elle n'avait pas entendu de pas dans l'escalier mais...

Badaboum !

D'instinct, elle se réfugia sous la couette, puis se mit à rire, quand rien d'autre ne se passa. Eh bien, cette soirée était décidément placée sous le signe de l'aventure...

Et d'ailleurs, cela continuait !

Flop, flop...

Elle se pencha pour inspecter les gouttes qui tombaient sur la couette avant de lever les yeux : en raison des draperies qui recouvraient le lit, elle ne vit tout d'abord qu'une myriade de plis, sans compter que la faible lumière des bougies n'aidait en rien. Poussée par la curiosité, elle s'agenouilla sur le lit afin de mieux voir... Et ce fut alors qu'un redoutable fracas retentit.

Devait-il se remettre au travail ou bien regagner son lit ? se demanda Tate. Il avançait à grands pas dans l'écriture de son nouveau chapitre quand il avait perçu une présence en bas, tout à l'heure. Willow. En raison des émotions conflictuelles qui l'accablaient, il était d'une humeur massacrante, et en général il n'écrivait pas dans un tel état, à moins de prendre un peu l'air. Hélas, en l'absence d'électricité, il lui était difficile de se réfugier sur la terrasse. Et puis il devait garder un œil sur son invitée surprise, une petite voix lui disant qu'elle devait être surveillée. Et cela n'avait rien à voir avec le fait qu'il avait envie de la prendre dans ses bras. *Non, absolument pas.*

Assez ! s'ordonna-t-il. Il reprendrait l'écriture demain matin, quand il aurait l'esprit plus clair, c'est-à-dire une fois qu'il aurait réglé le problème tapi dans le lit de Murdoch, en l'occurrence une belle rousse des plus sexy.

Il se rendit dans son bureau pour éteindre la lanterne qui fonctionnait sur batterie, marquant auparavant une pause devant les persiennes bien fermées. Une lourde pluie battait le manoir, mais fort heureusement, ici, le son était étouffé ; la dernière chose qu'il aurait supporté de voir, c'étaient les vagues agitées de la mer en dessous, en raison de l'orage.

Pourtant, à son corps défendant, les souvenirs l'assaillirent… Parviendrait-il à trouver le sommeil, cette nuit ? Alors qu'il éteignait la lumière, il perçut un curieux bruit parmi tous ceux qui secouaient la maison. À moins qu'il n'ait rêvé… Et si c'était son hôte qui avait besoin de quelque chose ? Il espérait bien que non ! Il avait beau être doté d'une volonté de fer, cette femme semblait capable de détecter le moindre de ses points faibles.

Ce fut alors qu'il entendit un grand fracas… Sans réfléchir, il s'élança hors de sa chambre pour regagner celle de Murdoch, d'où semblait provenir un vacarme suggérant le pire.

Ouvrant brusquement la porte, il se figea. Devant lui… Comment décrire au juste ce qu'il voyait ? Il s'agissait d'un amoncellement terrifiant de draps et de morceaux de bois sur lequel ruisselait de l'eau tombant du plafond, alors qu'il avait quitté trente minutes plus tôt son invitée inattendue dans une pièce impeccable et fort bien rangée.

Malgré lui, la scène captiva son imagination et il prit le temps de bien l'enregistrer pour s'en servir comme matériau littéraire, au lieu d'intervenir immédiatement. Il fallait dire qu'au milieu du désastre, se débattait une ravissante jeune femme aux formes des plus attirantes…

— Aidez-moi !

Cet appel au secours l'arracha à ses rêveries déplacées et il chercha la brèche qui, parmi ces décombres, lui permettrait d'arriver jusqu'à elle.

— Cessez de vous agiter ainsi ! marmonna-t-il.

L'ordre parut porter car elle s'immobilisa tout de suite, ce qui lui permit de saisir un coin de draperie et, tirant dessus, il parvint à la délivrer des courtines.

Pour éprouver immédiatement le besoin de l'en recouvrir !

Ainsi qu'il l'avait deviné à ses mollets nus, elle avait retiré son jean… et son soutien-gorge, de sorte qu'elle se retrouvait maintenant agenouillée au beau milieu du lit, le souffle court, juste vêtue d'un T-shirt trempé et d'une culotte. Ses cheveux auburn étaient partout, certaines mèches recouvrant même son visage légèrement piqué de taches de rousseur.

Si elle l'avait attiré tout à l'heure, ce n'était rien comparé à ce qu'elle lui inspirait actuellement.

Elle parvint enfin à se relever et repoussa ses cheveux en arrière. Bien vite, il détourna les yeux qu'il leva vers le plafond… Waouh ! Il se pencha pour mieux voir : un trou conséquent au-dessus du lit révélait la pièce du palier supérieur, d'où s'écoulait de l'eau qui s'était vraisemblablement immiscée par une tuile déplacée par la tempête, sur la toiture.

Se redressant, il dirigea de nouveau le regard vers la femme qui se trouvait au milieu de tout ce méli-mélo.

— Vous n'allez pas pouvoir dormir ici, déclara-t-il. Il y a de toute évidence des dégâts sur le toit. Et dans cette partie de la maison, il n'y a qu'un étage au-dessus de vous. Cette tempête a dû déloger une tuile.

Et sur ces mots, il la saisit par le bras pour l'aider à se lever, mais elle poussa un cri à faire trembler les murs. Il n'avait pas entendu hurler ainsi depuis son adolescence : les femmes qu'il lui arrivait aujourd'hui de côtoyer ne crieraient pas de la sorte, estimant à coup sûr que ce n'était absolument pas sexy.

— Laissez-moi vous installer autre part, dit-il en la relâchant.

Mais elle secoua la tête, ce qui fit voleter la masse de sa chevelure flamboyante.

— Non, il faut d'abord déblayer tout cela, décréta-t-elle.

Et à sa grande surprise, elle entreprit de rassembler les débris au milieu du lit, lui offrant par là même une meilleure vue sur ses cuisses… Sa peau douce qui se déployait sous ses yeux lui fit venir l'eau à la bouche.

— Je vais chercher un récipient pour l'eau, murmura-t-il.

Et cette dérobade représenta un vrai soulagement, encore que de courte durée, car quand il revint muni d'une grande bassine, ses yeux se retrouvèrent… à la hauteur de sa culotte en soie !

— Mais que faites-vous donc ? grogna-t-il, déstabilisé.

Elle se retourna si brusquement qu'elle faillit en perdre l'équilibre, alors même qu'elle tenait une bougie à la main.

— Ah non ! Vous n'allez pas mettre le feu, à présent ! s'écria-t-il.

Elle sourcilla.

— Rien de cela n'est ma faute ! lui rappela-t-elle sèchement. Et en l'occurrence, j'essayais juste de repérer d'où venait la fuite.

— Je tirerai l'affaire au clair demain, déclara-t-il, et je ferai remplacer le tout.

Il désigna alors du menton le lit et le matelas, et son regard tomba au passage sur ses cuisses ivoire... Ce fut alors que, sans doute subitement consciente du spectacle qu'elle lui offrait, elle tira sur l'ourlet de son T-shirt. Il releva promptement la tête pour constater que le rouge lui était monté aux joues. Oui, elle avait vraiment compris dans quelle tenue elle se trouvait !

— Laissez-moi vous aider, murmura-t-il.

Puis il dut s'éclaircir la voix, devenue inopportunément rauque.

À contrecœur — il n'en doutait pas — elle accepta la main qu'il lui tendait afin de ne pas tomber en bondissant hors du lit, ou ce qu'il en restait. Au contact de sa peau contre la sienne, il comprit qu'il était impératif, pour chasser les pensées inconvenantes qui s'étaient brusquement imposées à lui, qu'il se concentre sur des problèmes matériels. Comme l'endroit où elle allait à présent dormir...

Il disposa prudemment la bassine au milieu du lit sous l'eau qui gouttait ; par chance, la pluie semblait tomber moins dru, à présent.

— Cela limitera les dégâts jusqu'à demain, dit-il. La pluie devrait bientôt cesser.

Elle hocha promptement la tête, puis le contourna par-derrière.

— Il faut que je trouve des vêtements, dit-elle d'une voix étranglée.

Il ne voulait pas l'embarrasser, mais il redoutait hélas que le reste de la nuit soit encore plus gênant...

Ce fut alors qu'il la vit se diriger vers l'escalier. Il la suivit bien vite et demanda :

— Où allez-vous de ce pas ?

— Chercher mes bagages dans ma voiture.

Elle s'immobilisa et ajouta :

— Remarquez, je devrais sans doute remettre mes chaussures d'abord.

— Vous n'allez pas sortir par ce temps !

Et comme pour appuyer ses propos, un éclair zébra la pièce, bientôt suivi d'un roulement de tonnerre qui fit trembler les fenêtres.

— Je vais vous trouver de quoi vous vêtir, poursuivit-il. Venez avec moi.

Le fait d'être célibataire et de ne pas avoir de famille le frappa alors de plein fouet : il n'avait rien d'autre à lui proposer que ses propres vêtements !

Elle lui emboîta tout de suite le pas, le pressant de questions alors qu'il se dirigeait vers sa chambre et se demandait ce qu'il allait bien pouvoir lui prêter. Tâchant de masquer son agitation quand il entra dans sa chambre, il ouvrit directement le tiroir de sa commode, d'où il sortit un T-shirt. Lorsqu'il se retourna, elle se tenait sur le seuil de la porte.

— Vous feriez mieux d'entrer, vous savez.

— Pourquoi ?

Devant sa réticence évidente, il se rappela que tout cela n'était pas sa faute et que la situation leur avait échappé à tous les deux. Aussi reprit-il d'un ton plus tempéré et quasiment résigné :

— Parce que c'est dans cette suite que se trouve le seul autre lit du manoir.

Elle avança d'un pas en écarquillant de grands yeux, visiblement sous le choc.

— Pardon ?

— C'est ici que se trouve le seul lit, répéta-t-il d'un ton plus lent avant d'ajouter de façon encore moins empressée : Ainsi que le seul canapé correct de la maison.

Du menton, il désigna la partie salon de sa spacieuse chambre et conclut :

— Je suis désolé, mais nous allons devoir partager la même pièce, cette nuit.

Même dans la pénombre, il la vit passer en revue tout ce

qu'elle avait aperçu ce soir, et qui était bien peu compte tenu de la taille du manoir.

— Je ne comprends pas, il y a tant de pièces, ici, objecta-t-elle alors.

— Qui sont vides, ou dont les matelas ne sont que poussière et ressorts, aujourd'hui, compléta-t-il.

Et sur ces mots, il lui tendit son T-shirt trois fois trop grand pour elle.

— Vos atours, ma chère.

3

En dépit de la pluie qui continuait à tomber sans discontinuer malgré les prédictions de son hôte, Willow entendait le cuir grincer chaque fois que celui-ci se retournait sur le canapé. Et il bougeait beaucoup !

Dommage que le tonnerre ne gronde plus !

Alors que le canapé protestait de nouveau sous le poids de Tate, elle repensa à la situation. Elle savait par Murdoch que le manoir ne recevait jamais de visiteurs, mais elle n'avait pas imaginé qu'une demeure aussi vaste n'ait pas au moins la possibilité d'en accueillir. C'était le Sud, ici, et l'hospitalité faisait réellement partie des mœurs : qu'aucune des nombreuses chambres ne comporte au moins un lit digne de ce nom dépassait l'entendement.

Du moins ne pouvait-elle se figurer qu'un tel isolement existait.

Elle aurait dû dormir depuis longtemps, à présent. Après l'éprouvant trajet et le stress que Tate Kingston avait fait naître en elle, elle s'était apprêtée à sombrer dans le sommeil quelques minutes après s'être glissée dans le lit de Murdoch, quand une douche froide s'était abattue inopinément sur elle ainsi qu'une partie du plafond. Et maintenant, elle se trouvait dans un état de fébrilité indescriptible d'autant que chaque grincement de cuir lui indiquait que Tate et elle se trouvaient dans le même bateau !

Alors qu'il se retournait une énième fois, il poussa un long soupir ; jetant l'éponge, elle se redressa sur le lit.

D'une voix haut perchée pour qu'il l'entende par-dessus la pluie, elle déclara :

— C'est ridicule. Venez au lit.

Euh… Elle n'avait de toute évidence pas choisi ses mots, car elle le vit immédiatement s'asseoir sur le canapé.

— Qu'avez-vous dit ?

Elle aurait dû se sentir embarrassée, mais elle avait dépassé ce stade depuis longtemps.

— Venez dormir dans votre propre lit, sans quoi vous n'arriverez pas à trouver le sommeil et moi non plus.

— Que voulez-vous dire, au juste ?

— Que chaque fois que vous vous retournez sur le sofa, le cuir grince et que c'est encore plus bruyant que la pluie contre les volets.

Avec lenteur, il se mit debout puis, à son grand soulagement, s'enroula dans la couverture qui le recouvrait, lui cachant sa peau hâlée… qu'elle aurait en réalité bien aimé voir… Mais la gêne revint au grand galop à mesure que son nouveau patron à la beauté du diable se rapprochait inexorablement du lit. Pour retrouver une contenance, elle dit la première chose qui lui passait par l'esprit :

— Au moins, nous avons de la chance, puisque le seul lit de cette maison est presque aussi grand qu'un terrain de football.

Et en toute franchise, elle s'y sentait un peu perdue.

— Je ne suis pas un gringalet, je prends de la place, répliqua-t-il.

Cela, elle ne le contestait absolument pas et pouvait d'ailleurs en attester.

— Néanmoins, je ne crois pas que ce soit une bonne idée, ajouta-t-il.

— Et moi, je pense que nous allons gérer la situation, répliqua-t-elle, son sens de l'humour reprenant le dessus. Et sachez que je n'aurai pas une mauvaise opinion de vous si vous préférez dresser un mur de coussins entre nous. Après tout, je veux que vous vous sentiez en sécurité.

Il s'immobilisa.

— Normalement, c'est moi qui devrais dire cela, non ?

Et elle entendit une pointe d'amusement dans sa question. C'était sans doute le mieux qu'elle pouvait attendre de lui, d'autant qu'il ralentissait de plus en plus le pas à mesure qu'il se rapprochait d'elle. Évidemment, elle n'aurait pas aimé qu'il ait l'air trop empressé, mais il y avait tout de même des limites…

— De toute évidence, ce n'est pas moi qu'il faut convaincre, répliqua-t-elle. Écoutez, si je ne dors pas sous peu, j'aurai du mal à prouver à mon nouveau patron, demain, que je suis capable d'assumer les tâches qui me reviennent.

Ses propos lui valurent cette fois un éclat de rire, et il poursuivit son chemin jusqu'au lit, qui ploya légèrement quand il s'y étendit, et se plaça, lui sembla-t-il, aussi près du rebord que possible, de sorte que même si elle avait tendu le bras, elle n'aurait pu le toucher.

— Finalement, pas de coussins ? dit-elle.

— Non, je crois que je ne crains rien.

Vraiment ? Elle s'efforça alors de se détendre, de songer au matelas d'un confort incroyable qui allait à coup sûr l'amener vers le sommeil... mais elle demeurait toujours éveillée !

Soudain, il reprit la parole :

— Étant donné la façon dont vous avez pris les événements de cette soirée, je pense que vous avez gagné des points aux yeux de votre nouveau patron.

Elle émit à un petit rire nerveux. C'était plutôt une bonne nouvelle, même si cela signifiait aussi qu'elle devrait reléguer au fond de son être l'attirance que lui inspirait son patron.

Alors qu'elle doutait de dormir cette nuit-là, la fatigue finit par l'emporter, le souffle régulier de l'homme allongé à ses côtés faisant office de berceuse, tout comme la pluie incessante...

Elle se réveilla dans un tout autre environnement. Le soleil brillait à travers les persiennes quand elle ouvrit les yeux, bien au chaud sous les lourdes couvertures. Elle éprouvait une incroyable langueur, une merveilleuse sensation de détente... Ce fut alors que quelque chose bougea contre sa jambe, et la torpeur dans laquelle elle baignait s'évapora d'un coup : elle venait de comprendre que ce n'était pas le poids des couvertures, mais celui d'un homme qui pesait sur elle !

Son cœur s'accéléra. Elle était allongée sur le ventre et le torse de Kingston semblait recouvrir une partie de son dos. De fait, elle aperçut sa main de l'autre côté de son propre corps ; son odeur masculine imprégnait les draps, et elle se retint de l'aspirer à pleins poumons.

Mais cela l'aurait-il seulement réveillé ?

Aussi sexy soit-il, et bien qu'elle soit loin d'être indifférente à son charme, elle aurait préféré ne pas sentir la présence de sa jambe entre les siennes. Pourquoi diable n'était-il pas resté de l'autre côté du lit ?

Ce fut alors qu'il bougea, frottant le duvet de ses mollets contre sa peau sensible. Le T-shirt qu'il lui avait prêté était pourtant très long, mais elle avait l'impression qu'il avait roulé vers le haut, dévoilant sa culotte...

Elle devait absolument se lever ! Certes, mais de quelle façon pouvait-elle bien s'y prendre ?

Au-dessus d'elle, elle perçut soudain un profond soupir : visiblement, il s'étirait, tout en se pressant très fort contre elle, et une partie bien précise de son anatomie montrait que cela lui plaisait. Elle se mordit la langue pour retenir un petit gémissement qui aurait trahi son trouble profond.

Subitement, il se figea.

Alors elle ferma les yeux. *Non, je refuse de gérer cette situation.* Elle redoutait surtout que Kingston ne s'aperçoive du plaisir que ce réveil inattendu lui procurait.

— Oh non ! l'entendit-elle alors murmurer.

Oh si ! rétorqua-t-elle en silence tout en pensant que la meilleure façon de s'en sortir était d'afficher un air impassible. Roulant sur le côté quand il déplaça enfin sa solide charpente, elle cligna des yeux de l'air le plus innocent possible.

— Bien dormi ? demanda-t-elle.

— Pas comme d'habitude, répondit-il d'une voix rauque qui lui procura de petits picotements.

Elle s'efforça de faire abstraction de ses paupières alourdies, de son expression endormie et de ses cheveux bruns en désordre. Mais l'air à peine réveillé qu'il lui offrait court-circuitait tous ses neurones.

— Pardon ? fit-elle.

— En général, le sommeil est une expérience solitaire, pour moi.

Même si elle avait compris la veille au soir que le manoir n'était pas ouvert aux invités, elle avait du mal à croire qu'un homme aussi sexy et viril que lui dorme souvent seul.

— Vraiment ?

À cet instant, il s'assit sur le rebord du lit de sorte qu'elle ne put plus lire son expression, ce qui ne devait pas être fortuit.

— Je n'ai pas dormi dans la même pièce qu'une autre personne depuis mon adolescence, déclara-t-il alors d'une voix grave.

Là-dessus, il se leva.

Ces paroles la laissèrent songeuse : elle avait largement apprécié de partager son lit, et à la façon dont ils s'étaient réveillés, elle aurait juré qu'il avait de nombreuses expériences en la matière...

Tate était ravi que Willow ait disparu quand il sortit de son dressing. Le tremblement de ses mains sous la douche, puis lorsqu'il s'était habillé, l'avait stupéfié.

Le désir venait de le frapper durement.

C'était la première fois qu'il partageait l'intimité d'une nuit entière avec une femme, et quelle femme ! Les liaisons occasionnelles sans lendemain qu'il entretenait avaient juste pour but d'assouvir ses besoins sexuels. Il savait apprécier une belle créature, la désirer même, mais l'urgence de la passion était une chose qui appartenait définitivement au passé pour lui.

Du moins jusqu'à ce matin ! Son corps avait réagi ardemment à la présence de Willow dans son lit, un feu dévorant l'ayant littéralement saisi. Et si la terrible gêne qu'il en avait ressentie ne l'avait pas inhibé, ils se trouveraient actuellement encore sous la couette, bien plus nus qu'à leur réveil.

La respiration encore saccadée, il attendit de se calmer pour sortir de la chambre et regagner le rez-de-chaussée. Au lieu du grondement du tonnerre, la maison résonnait ce matin du remous des vagues.

Il trouva Willow penchée devant le réfrigérateur, en train d'en inspecter le contenu ; aussitôt, tout son être se remit à vibrer face à ses courbes des plus féminines, soulignées par son jean serré.

Si son corps était en joie, sa tête en revanche n'était pas à la fête, et il s'en trouva particulièrement déstabilisé.

— Que faites-vous ici ? demanda-t-il d'un ton un peu trop bourru.

Un ton qu'il regretta quand il la vit sursauter, et se cogner la tête contre le rebord de la partie congélateur. Le petit gémissement qu'elle poussa alors lui donna encore plus mauvaise conscience, car il l'imagina immédiatement en émettre dans d'autres circonstances… Tout cela le perturbait ! Il n'avait jamais fait l'amour à Sabatini House depuis qu'il était adulte, et il ne lui avait pas menti quand il lui avait affirmé ne jamais avoir dormi aux côtés d'une femme. D'ailleurs, pourquoi lui avait-il avoué cela ?

À cet instant, elle se retourna et, à la lumière du soleil, il eut alors la sensation de voir une version technicolor du noir et blanc de la nuit précédente. Elle avait la peau diaphane d'une rousse, saupoudrée finement de taches de son. Ses yeux étaient couleur émeraude, comme la plupart de ses héroïnes de papier, mais en l'occurrence, ils pétillaient de vie. Elle était assez grande pour une femme, ainsi qu'il l'avait déjà constaté la veille au soir, et il pouvait à présent admirer ses belles courbes sur lesquelles il n'avait pas osé s'attarder au réveil.

Il s'éclaircit la voix, puis dirigea son regard vers la fenêtre, derrière elle, afin de retrouver une contenance. Ses yeux tombèrent alors sur l'allée déserte qui remontait jusqu'aux grilles, ce qui calma un peu le regain de désir qui le consumait. Bien sûr, la vue de l'océan aurait indubitablement été plus efficace, car elle lui aurait rappelé pourquoi cette femme était interdite à un homme comme lui.

Prenant sans doute son silence pour une invitation à s'exprimer, elle déclara :

— Je vérifiais ce qu'il y avait en stock.

Puis, s'avançant vers l'îlot, elle s'empara du stylo et du bloc-notes posés dessus.

— La ligne du fixe n'est pas rétablie, mais quand elle le sera, voici les entreprises que j'appellerai pour la toiture et les réparations. Avec votre permission, bien entendu.

Même s'il aurait préféré en prendre l'initiative, il jugea tout à fait opportun de se concentrer sur les mesures à prendre pour remédier aux dégâts de la tempête.

— Pourquoi attendre ? J'ai un téléphone par satellite dans mon bureau.

Elle souleva un sourcil.

— Murdoch ne me l'avait pas signalé.

— En général, je préfère oublier que j'en possède un, mais mon éditeur, Charles, a insisté car il en a assez de ne pouvoir me joindre ou que je ne réponde pas à ses mails. Les coupures du fixe sont très fréquentes, par ici. Cela dit, je n'utilise mon téléphone par satellite que pour appeler Charles et mon agent, ou en cas d'urgence.

À en juger par l'expression qu'il voyait sur son visage, sa petite explication la laissait perplexe, mais il n'allait pas non plus se justifier pour chacune de ses excentricités. Il était ainsi, c'était à prendre ou à laisser.

Il jeta un coup d'œil à la liste.

— Ces deux-là, décréta-t-il.

Et il désigna deux sociétés qu'il connaissait et auxquelles il avait fait appel par le passé, bien forcé de reconnaître qu'elle avait du nez.

— Je vais chercher vos bagages pendant que vous passez les appels.

— Ah bon ? Donc vous étiez sérieux quand...

— Puisque vous ne m'avez pas encore frappé, j'en conclus que nous sommes à peu près compatibles. Et ainsi je n'aurai pas la peine de chercher un nouveau majordome pour juste deux mois.

Elle esquissa alors un petit pas de danse et il fit de son mieux pour ne pas remarquer la sensualité de son déhanchement.

Il venait probablement de prendre une très mauvaise décision, mais elle était néanmoins justifiée : après l'avoir « accostée » dans son sommeil, il se sentait obligé de se montrer généreux.

— Vous m'indiquerez ensuite à quelle heure ils viendront pour que je leur montre les dégâts.

— Je peux m'en charger, répliqua-t-elle promptement.

Il prit son expression la plus sévère.

— Il se trouve que je connais bien ma maison, donc je m'en occuperai. Vous comprenez ?

— Tout à fait...

Oh ! oh ! À son ton traînant, il était clair que non. Tant pis, elle finirait bien par saisir !

— Bon, je vous laisse mettre de l'ordre, puis nous verrons ensemble deux ou trois choses, dit-il, désireux de faire une pause.

Sa présence le troublait bien plus qu'il n'était prêt à l'admettre.

— On peut s'y mettre tout de suite. Je suis prête.

Au fond, il était sans doute préférable de ne pas surseoir à l'épreuve, un peu comme un pansement qu'on arrache d'un coup sur un endroit de peau particulièrement sensible.

— Commençons par les règles.

Elle cligna, comme si elle essayait d'assimiler ce qu'il venait de dire.

— Que vous a dit Murdoch ?

À ce nom, un grand sourire éclaira ses traits et son plaisir évident atteignit de plein fouet son cœur. Il en eut presque le souffle coupé, mais par chance, elle ne s'en aperçut pas, car elle cherchait quelque chose dans son sac à dos, en l'occurrence un carnet. Manifestement, elle n'était pas le genre de femme à s'encombrer de sacs à main de marque.

— Il m'a dressé la liste des us et coutumes de la maison, dit-elle alors. Voyons voir, les codes de la grille d'entrée et de l'alarme, les jours des différentes tâches, vos plats préférés...

Tiens donc ! Murdoch avait-il oublié de lui communiquer les règles ? Il était vrai qu'après les événements de la veille, il n'aurait pas dû en être surpris. Dans ce cas, il allait se charger de les édicter, car il avait l'habitude de mettre les points sur les *i* pour que les choses soient bien claires.

— Règle numéro un, l'interrompit-il, on ne me dérange pas.

— Vous voulez dire quand vous écrivez ?

Elle hocha solennellement la tête, mais de la curiosité pétillait dans ses yeux. Comme il n'était pas question qu'il lui en livre davantage, il enchaîna :

— De fait, quand je suis dans mon bureau, on ne me dérange sous aucun prétexte. J'en sors aux heures des repas que Murdoch, j'en suis certain, n'a pas manqué de vous indiquer.

— Qu'en est-il du courrier ? renchérit-elle. Voulez-vous que je vous l'apporte quand il arrive ou que j'attende l'heure du repas pour vous le remettre ?

Alors qu'elle s'apprêtait à poursuivre, il leva la main pour l'arrêter dans son élan.

— On ne me dérange pas, articula-t-il. Compris ?

Il voyait bien que dans ses prunelles vertes bouillait une autre question mais il poursuivit :

— Règle numéro deux : ne pas parler de moi ou de ce qui se passe à Sabatini House à l'extérieur.

— Même pas avec ma famille ?

La question ne s'était jamais posée avec Murdoch : celui-ci avait été en froid avec sa famille pendant dix ans, et même après la réconciliation, il n'avait jamais échangé des informations significatives au sujet de son travail, ayant gardé l'habitude de ne pas évoquer sa vie privée avec autrui.

Mais avec la famille de Willow, ce serait sans doute une tout autre affaire !

— Écoutez, la règle est très claire et ne requiert aucune explication supplémentaire, déclara-t-il, accentuant la sévérité de son ton.

— Non, elle n'est pas claire du tout, objecta-t-elle. Je conçois que vous requériez de la discrétion de ma part à votre sujet, mais qu'en est-il de la maison ? Puis-je en parler ? Ou suis-je censée taire tout ce que je vois ? Où est la limite ? Ma famille est-elle autorisée à entrer en contact avec moi ? Peut-elle m'appeler sur le fixe ?

— Bien sûr.

Son flot de questions l'avait en réalité plongé dans la confusion : Murdoch était un homme tranquille et solitaire, or elle était tout sauf calme.

— Naturellement, reprit-il, votre famille peut vous joindre au numéro de la maison, tant que les appels ne sont pas trop fréquents et que vos proches ne donnent pas le numéro à un tiers. Mais ma demeure et mon travail appartiennent entièrement à la sphère privée.

— Voulez-vous que je signe une clause de confidentialité ?

— Je ne sais pas. Le souhaitez-vous ?

Elle secoua vivement la tête, ce qui fit voleter les volutes rousses de sa chevelure. Magnifique, pensa-t-il malgré lui. Cette femme vibrait de couleurs. De nouveau, il regarda par la fenêtre.

— Certaines pièces sont interdites à tout le monde, à part moi, enchaîna-t-il.

— Murdoch m'en a parlé mais comment suis-je censée savoir desquelles il s'agit ?

— Mais enfin, vous arrive-t-il d'arrêter de poser des questions ?

À cet instant, il braqua les yeux sur elle et la vit cligner si fortement, qu'il crut un instant qu'elle retenait des larmes, mais non, elle lui épargna cette scène redoutable, se contentant de marmonner :

— Désolée, je souhaite juste ne pas commettre d'impair.

Ce qu'il pouvait être goujat ! Il chercha désespérément comment se racheter et s'entendit tout à coup déclarer :

— Je vais vous faire visiter la maison.

Alors que jusque-là il n'en avait nullement l'intention !

À la lumière qui brilla alors dans ses yeux, il comprit qu'il avait devant lui une épreuve de plusieurs heures avec force questions auxquelles il ne voulait pas répondre.

— Tout à l'heure, ajouta-t-il alors.

Il devait auparavant avaler un petit remontant... Ou deux !

4

Willow n'était pas stupide.

Elle savait que sa curiosité avait tendance à porter sur les nerfs d'autrui. Une éternelle étudiante, c'était ainsi qu'un de ses professeurs l'avait qualifiée, à l'université. En raison de cette curiosité et cette soif de connaissance insatiable, certaines personnes la trouvaient pénible, et la plupart rasoir.

Ses sœurs adoraient les jolies robes, les ongles manucurés et tous les attributs de la féminité en général. Si elle avait assez bon goût et était tout à fait capable de les aider dans leurs choix vestimentaires, elle n'était pas une grande adepte du shopping, se passionnant en revanche pour les livres, les vieilles maisons et les antiquités. Et si un mystère planait au-dessus, ce n'en était que mieux.

En ce qui concernait Tate, elle avait l'impression de l'agacer tout particulièrement, ce qui était fort regrettable, car honnêtement, il était très bel homme avec ses magnifiques muscles, son épaisse chevelure en désordre et son regard aussi intense que ténébreux. Il correspondait à la perfection à l'énigmatique demeure… Mais pas franchement à sa personnalité ! Et c'était réciproque. Elle pouvait aisément deviner qu'il la préférait endormie, quand elle n'était pas en mesure de poser des questions !

Après une matinée passée à inspecter la cuisine et à préparer le repas, elle attendit patiemment qu'il ait fini de manger. Et il prenait son temps, tandis qu'elle s'efforçait de ne pas trépigner d'impatience, dans un coin de la cuisine. Elle avait déjà jeté un coup d'œil aux pièces voisines, mais avait hâte de découvrir le reste du manoir, même s'il s'agissait juste d'un tour de propriétaire destiné à lui montrer ce qu'elle n'était pas autorisée à toucher.

Il ramena *enfin* son assiette dans la cuisine.

— On y va ? questionna-t-elle.

Puis elle serra bien fort les lèvres, se réprimant intérieurement pour son impatience. Il leva un sourcil, et lui sembla cette fois plus amusé qu'agacé par son enthousiasme.

— Par ici, dit-il en lui indiquant le vestibule qui menait à la rotonde.

En traversant ce premier, elle jeta de nouveaux coups d'œil aux portes ouvertes. Pour la plupart, les pièces étaient vides ; certaines comportaient des cartons et du mobilier recouvert de draps, la poussière sur les lustres ajoutant à l'impression d'abandon qui se dégageait de l'ensemble.

Quand ils furent au pied de l'imposant escalier, il marqua une pause, comme pour la défier. Un immense lustre à plusieurs niveaux était suspendu au plafond, par ailleurs très haut, et la rangée de petites fenêtres disposées en haut de la rotonde permettait à la lumière de scintiller sur le cristal.

— Sabatini House a été construit par un pirate, déclara-t-il subitement, sa voix résonnant contre les murs. Il lui a fallu une décennie pour l'achever, bien qu'il ait amené sa fiancée ici au bout de trois ans. Cette maison est un hymne au lieu où les eaux rejoignent la terre.

Elle ouvrit la bouche pour demander si l'histoire des grottes souterraines était vraie mais, se rappelant la façon dont il l'avait rudement réprimandée, le matin, se ravisa.

Mieux valait ne pas aggraver son cas devant lui, aussi devrait-elle retenir toutes ses interrogations aussi longtemps que possible : ne souhaitait-elle pas avant tout qu'il la tolère chez lui ? Le temps des questions viendrait plus tard, quand il se serait habitué à sa présence.

Encore qu'elle pouvait peut-être lui en poser une toute petite…

— Depuis quand vivez-vous ici ?

— Cette maison a une longue histoire, riche en rebondissements, déclara-t-il. Ma famille descendant directement de celui qui l'a fait bâtir, j'y vis depuis ma naissance.

Elle songea alors à ce que sa modeste maison représentait pour sa famille et elle ; celle-ci n'avait rien de la somptuosité du manoir, mais elle constituait elle aussi un lien direct avec leurs ancêtres.

— Oh ! dit-elle d'un ton impressionné, cela doit procurer une sensation incroyable.

À cet instant il fit un étrange bruit de gorge, de sorte qu'elle dirigea les yeux vers lui : sourcils froncés, il fixait le vide.

— C'est à la fois une bénédiction et une malédiction, finit-il par répondre.

Où vivait donc sa famille, à présent ? Pourquoi l'avait-on laissé tout seul, ici ? Hélas, c'étaient là autant de questions qu'elle ne *devait* pas poser. Elle aurait donné cher pour qu'il s'explique, mais telle n'était pas à l'évidence son intention.

Il reprit alors, s'en tenant à des informations générales :

— La maison a été conçue pour résister aux intempéries qui sévissent sur les îles, de sorte que les orages tropicaux, les ouragans, les inondations, qui constituent de réelles menaces, n'en soient pas pour Sabatini House. Après avoir passé toute son existence à parcourir les mers, le pirate savait exactement ce contre quoi il devait se protéger. Il a même pris garde à l'érosion due à l'océan lors de la construction des fondations.

La curiosité lui brûlait la langue, mais elle devait se contenir. Sans doute faisait-il allusion à l'océan qui passait sous le manoir. Les rumeurs étaient-elles donc fondées ? Murdoch avait refusé d'infirmer ou de confirmer l'existence de grottes sous Sabatini House, arguant qu'il ne lui revenait pas de l'informer sur le sujet.

D'un pas vigoureux, il montait à présent les marches.

— Sabatini House n'est pas doté d'ascenseur, on ne peut accéder aux étages supérieurs que par cet escalier, ou celui qui se trouve à l'autre bout de la cuisine. Si une pièce est fermée, c'est que son accès est interdit. C'est d'ailleurs le cas de tout le deuxième étage.

À ces mots, un élan de panique la submergea.

— Mais si je...

Il s'immobilisa, puis pivota sur ses talons, la surplombant.

— C'est un étage interdit, répéta-t-il.

— D'accord, marmonna-t-elle.

Et ils se remirent en marche, tandis qu'elle s'efforçait de masquer son malaise. Si cet emploi d'été lui tenait tant à cœur, c'était parce qu'elle espérait trouver ici une réponse à un certain mystère planant sur sa propre famille : or, celle-ci se trouvait probablement dans l'une des pièces du fameux niveau interdit, si les informations de Murdoch étaient exactes.

Résolue à ne pas se laisser décourager, elle se concentra de nouveau sur le tour du propriétaire qu'on avait consenti à lui accorder…

Au premier étage, ils traversèrent plusieurs salles imposantes ; il lui donna de brèves explications sur leur architecture, les moulures et la façon dont les murs étaient sculptés, mais rien de personnel ou de significatif. Il aurait tout à fait pu être un guide ennuyeux dans un merveilleux musée, étant donné le peu d'enthousiasme qu'il montrait.

La plupart des pièces étaient poussiéreuses, certaines entièrement vides ; il ne plaisantait pas quand il avait affirmé hier soir que l'endroit ne comportait pas d'autre matelas que le sien. Une des ailes était décorée de façon relativement plus moderne, dans le style des années cinquante ou soixante, et quelques chambres comportaient des bois de lit magnifiques, mais douloureusement vides. Si Tate connaissait manifestement sur le bout des doigts l'histoire de la maison et de sa construction, son ton ne reflétait aucune fierté particulière d'en être le propriétaire.

Elle avait terriblement envie de laisser sa main glisser sur les meubles antiques devant lesquels ils passaient : une immense horloge, des livres reliés en cuir, des commodes marquetées, sans compter tout ce qui échappait à sa vue, car recouvert. La restauration de vieux meubles était en effet l'une de ses passions, mais elle doutait qu'il apprécierait la moindre initiative de sa part en la matière.

Ils arrivèrent enfin à l'aile du manoir où elle s'était réveillée le matin même et se heurtèrent à une immense porte en bois sculpté de subtiles volutes, à double battant… et résolument close.

— Dans cette partie se trouve ma suite, déclara-t-il. Si les portes sont ouvertes, vous pouvez entrer, notamment pour faire le ménage. Mais mon bureau est zone interdite.

Il poussa alors les lourds huis qui s'ouvrirent en grinçant bruyamment. Un serpent allait-il surgir ? Elle ne put retenir un petit rire nerveux qui laissa Tate de marbre.

Cette porte donnait sur un immense couloir plus sombre que les autres et dont la plupart des pièces qu'il desservait étaient bien évidemment fermées, ce qui empêchait la lumière extérieure d'entrer. Il désigna le fond.

— Là-bas se trouve ma chambre, comme vous le savez. Vous pouvez y entrer pour changer les draps ou faire le ménage dans la salle de bains. Mais rien de plus.

Que sous-entendait-il donc ? Comme si elle allait y prendre des bains !

Il pointa du doigt une longue table, près d'une porte, et enchaîna :

— Là, c'est mon bureau. Si je reçois du courrier urgent, posez-le sur cette table.

Il se tourna alors vers elle, comme s'il attendait qu'elle le questionne : n'avait-elle pas précédemment fait preuve de curiosité ? Il se trouvait que les questions qu'elle aurait aimé lui poser étaient tout à fait hors de propos, ainsi, elle mourait d'envie de lui demander pourquoi tant de pièces étaient interdites. Qu'avait-il donc à cacher ? Et pourquoi ne pouvait-elle pas franchir le seuil de son bureau pour lui remettre son courrier en main propre, au lieu de le laisser sur cette table, à l'extérieur ?

Elle ne comprenait pas ses interdictions et son besoin disproportionné d'intimité.

— Le deuxième étage et les tourelles sont interdits, ajouta-t-il enfin.

Ce fut au prix d'une sacrée lutte intérieure qu'elle ne roula pas les yeux comme une adolescente insolente, en dépit du mal-être qui refaisait surface en elle : elle commençait à avoir l'impression que le mot « interdit » était son terme préféré.

— Il n'y a rien là-haut dont vous ayez besoin de vous occuper, et certaines pièces pourraient même se révéler dangereuses en raison de leur état de délabrement, comme le prouve le toit qui a cédé hier soir.

— Vous m'avez pourtant dit que la toiture avait été vérifiée.

— Tout à fait, comme chaque année. Seulement, dans cette vieille demeure, tout est possible, même si on se montre prudent.

Elle le suivit d'un pas traînant alors qu'il redescendait, mais il prit bientôt un petit escalier latéral... Son cœur se mit à battre plus rapidement tandis que le bruit de l'océan s'intensifiait.

— En bas, vous trouverez la buanderie, et des pièces où nous entreposons des réserves.

Ils arrivèrent sur un palier dont le sol semblait avoir été taillé directement dans la pierre. La buanderie, très fonctionnelle et immense, avait de toute évidence servi à d'autres fins des années et des années auparavant. Quant à la salle de stockage, sa fraîcheur était parfaite pour entreposer toutes sortes de produits. L'atmosphère qui se dégageait des lieux lui rappelait que cette demeure avait dû abriter de nombreuses bouches à nourrir par le passé, et au souffle de l'histoire qu'elle sentit alors passer, elle frissonna d'excitation.

De l'autre côté du corridor, se trouvait une pièce fort spacieuse, remplie d'appareils destinés à faire de la gymnastique. Elle comprenait à présent la superbe musculature de Tate !

— Je pratique tous les soirs, déclara-t-il.

Puis il désigna un interphone au bout de la pièce et ajouta :

— Vous pouvez me joindre ici, si nécessaire.

Au moins, il n'était pas « zone interdite » quand il faisait du sport. Encore que le voir suant à demi nu aurait peut-être eu raison de sa résistance...

Ils revinrent sur leurs pas et elle espérait toujours qu'il ferait allusion au son de l'océan et aux fameux bassins souterrains dont parlait la rumeur, mais en vain. Soit, puisqu'il ne voulait rien dire, elle ne le harcèlerait pas de questions... Sauf que, tout à coup, alors qu'elle plaçait le pied sur la première marche pour monter l'escalier, ce fut plus fort qu'elle.

— Est-ce vrai ? demanda-t-elle.

Il se retourna vivement vers elle, la foudroyant du regard, comme s'il la mettait au défi de lui poser la moindre question.

— Y a-t-il des grottes souterraines sous Sabatini House ?

Son regard se durcit encore et elle crut vraiment qu'il n'allait pas répondre ; or, contre toute attente, il redescendit les marches et se retrouva tout près d'elle... Ce qui était assez inconfortable. Il désigna l'autre extrémité du corridor.

— Oui, c'est vrai, reconnut-il d'une voix rauque.

Elle en ressentit un petit tressautement intérieur.

— Ces grottes sont naturelles, avec des parties sculptées à la main sous les fondations de la maison. Mais elles sont rigoureusement...

— Interdites ?

Et elle fit appel à tout son savoir-vivre pour ne pas éclater de rire.

— Il est très dangereux d'y nager, reprit-il. Ne vous y aventurez surtout pas.

— Pourquoi est-ce si risqué ?

D'ailleurs, elle ne demandait pas à y nager, juste à jeter un coup d'œil. Sa question n'eut pas l'heur de lui plaire, puisqu'il rétorqua sèchement :

— Je n'ai pas besoin de vous fournir une explication. Ne vous en approchez pas, c'est tout.

Un frisson la parcourut sous l'intensité de ses prunelles, mais cela n'atténua en rien sa curiosité. Alors qu'il se tournait pour remonter les marches, elle ne put s'empêcher de lancer un dernier regard à la partie la plus mystérieuse de la maison.

Qu'y cachait-il, au juste ?

Si Willow nourrissait quelques doutes quant à la détermination de Tate au sujet du deuxième étage interdit, ils disparurent dès que les ouvriers arrivèrent en début d'après-midi.

En effet, elle n'eut même pas besoin de l'appeler, il alla directement les accueillir dès que le pick-up remonta l'allée qui conduisait à la maison.

L'entrepreneur, M. Hobbins, était manifestement habitué à traiter avec Murdoch, aussi les regarda-t-il tour à tour, Tate et elle, d'un air perplexe avant de se ressaisir bien vite.

— Bonjour, déclara-t-il d'un ton affable à l'adresse de Tate.

Ce dernier incarnait le sang-froid et l'autorité, et il était évident qu'il n'avait nulle intention de perdre son temps en bavardages superflus. Sans même serrer la main de Hobbins, il lui expliqua tout de suite en quoi consistait le problème : l'entrepreneur passa aussitôt en mode affaires et évoqua alors un devis.

— Inutile, effectuez les travaux, quel qu'en soit le prix. De nouvelles pluies sont prévues en fin de semaine et les précédentes ont fait suffisamment de dégâts.

Et les deux hommes s'éloignèrent sans interrompre leur discussion, Tate ne lui prêtant pas la moindre attention, tandis que M. Hobbins lui jeta un coup d'œil perplexe avant de franchir le seuil de la maison.

Cela dit, il n'était pas le seul à être confus. Que recelait donc le deuxième étage de si secret ? La curiosité étant réellement son talon d'Achille, elle avait toujours éprouvé les plus grandes difficultés à refréner ses impulsions... En l'occurrence, elle eut pourtant l'intelligence d'attendre sagement dans la cuisine que Tate ait terminé de donner ses ordres et se soit retiré dans ses appartements. Le remous de l'océan fut ensuite ponctué de coups de marteau et de grincements de scie ; dès qu'elle le jugea prudent, elle s'empara de sa valise et monta au premier étage.

Il n'y avait personne dans sa chambre, mais les travaux allaient bien avancer et nul doute qu'elle pourrait y dormir le soir même. Elle entra et, évitant les outils, posa son lourd bagage sur la commode afin qu'il ne gêne pas les ouvriers quand ils redescendraient du deuxième étage. Elle entreprit ensuite d'accrocher ses vêtements sur les cintres du placard.

Ce faisant, elle entendait les voix des ouvriers à l'étage. Elle aurait tant aimé se trouver un étage plus haut ! Après avoir jeté un furtif coup d'œil derrière elle, elle se plaça sous le trou du plafond...

La vue était des plus limitées mais elle repéra instantanément un secrétaire à cylindre recouvert de poussière. Tout près se trouvaient quelques cartons qui semblaient bloquer l'accès à la pièce. Elle tourna lentement les yeux vers la droite... et ce fut alors que son regard tomba sur des coffres. Un sourire lui monta spontanément aux lèvres : ils n'étaient pas en plastique et les pièces métalliques étaient tout sauf flambant neuves. Il s'agissait de vieux bons coffres en cuir, fabriqués à la main, et c'était exactement ce qu'elle espérait découvrir à Sabatini House, car ceux-ci contenaient vraisemblablement les documents liés aux transactions de ses occupants passés.

Si elle parvenait à mettre la main sur les papiers prouvant que les Kingston étaient impliqués dans l'événement tragique survenu des siècles auparavant et qui avait obligé sa propre famille à fuir la ville, ses sœurs et elle détiendraient ainsi la certitude que ce que leur arrière-grand-mère suspectait depuis toujours était vrai, à savoir que leur famille n'avait rien à voir avec ce crime. Ainsi la réputation des siens ne pourrait plus jamais être mise en cause.

Elle se sentit soudain affreusement frustrée de ne pouvoir se rendre à l'étage sur-le-champ, mais finit par se raisonner : ces coffres qui semblaient être ici depuis des décennies n'allaient pas s'envoler, quelques jours de plus ou de moins n'y changeraient rien.

— Madame ?

Elle se retint de justesse de sursauter ou de crier, ou bien les deux à la fois. Prenant profondément sa respiration, elle se retourna : un ouvrier venait de se matérialiser sur le seuil de la porte.

— Oui ?

— Nous allons commencer à découper les parties endommagées du plafond. Il faut donc que nous recouvrions cette pièce de bâches.

— Pas de problème, je vais vous aider.

Il protesta mais elle n'y prêta pas attention. Ils eurent tôt fait de tout protéger de plastique, puis il insista pour qu'elle range le reste de ses affaires dans le placard et quitta la pièce.

Alors qu'elle posait deux T-shirts sur une étagère, un petit bruit sourd se fit entendre : un objet de peu de poids venait de tomber sur le tapis. S'accroupissant aussitôt pour voir de quoi il s'agissait, elle se redressa tout aussi vite quand elle l'eut repéré, saisie d'une peur irrationnelle : bien sûr, tout cela avait beau être ridicule, il n'en restait pas moins que son cœur cognait fort à ses tympans.

Elle finit par se ressaisir et ramassa l'objet sur le tapis, en l'occurrence une bague qu'elle ne connaissait que trop bien puisqu'elle se trouvait dans sa famille depuis des générations. Elle avait été offerte à la femme la plus séduisante de tout Savannah par un pirate qui s'était refait une réputation. Le couple était à l'origine de leur généalogie.

On disait que cette bague apportait à la femme qui la portait l'amour inaltérable. Une vraie bénédiction, selon leur tante ! Pourquoi un des membres de sa famille avait-il eu l'idée de la glisser dans sa valise sans qu'elle s'en aperçoive ? Comme si elle allait trouver l'amour à Sabatini House ! Franchement, quelle idée curieuse et déplaisante !

5

— Donc...

Willow marqua une pause pour renforcer l'effet de ses propos.

— Laquelle d'entre vous a eu cette brillante idée ?

Et elle posa la bague ancienne ornée d'une émeraude sur la table autour de laquelle la famille était réunie pour le rituel dîner du dimanche soir. Après quoi, elle regarda avec insistance chaque convive, sauf Rosie : âgée de neuf mois, le bébé ne pouvait en rien être impliqué dans le complot.

Lorsque Jasmine, sa sœur aînée, pinça les lèvres pour ne pas sourire, elle comprit qu'elle tenait sa coupable.

— Ce n'est pas drôle, poursuivit-elle.

Et évidemment, il fallut que Royce, le fiancé de Jasmine, ajoute son grain de sel.

— On souhaite juste te voir aussi heureuse que nous !

— Et depuis quand crois-tu à cette histoire de pirate, toi ?

Royce enlaça Jasmine par les épaules.

— Pourquoi n'y croirais-je pas ? J'ai la preuve devant moi que ce n'est pas une légende. Après tout, ta sœur portait cette bague quand elle a organisé le bal masqué à mon intention.

— Eh bien, sachez que la dernière chose dont j'ai besoin, c'est d'une idylle avec mon patron !

Ivy, leur plus jeune sœur, poussa un petit soupir dédaigneux puis, se levant de table, se réfugia près de la gazinière, le dos tout raide.

— Tu vas bien, Ivy ? s'enquit-elle.

Sa sœur ne répondit pas, ce qui ne la rassura guère. Elle avait toujours été très proche d'Ivy et plus encore depuis que Jasmine avait adopté Rosie : leur sœur aînée avait en effet pris, par cette décision, une lourde responsabilité qui l'avait considérablement transformée au cours de l'année précédente. Les liens entre Ivy et elle s'en étaient trouvés resserrés ; elles se confiaient leurs soucis mutuels, ne souhaitant pas ajouter au stress de leur sœur.

Soudain, elle se rendit compte qu'elle n'avait pas discuté à cœur ouvert avec Ivy depuis une quinzaine de jours, puisqu'elle s'était tout d'abord préparée pour son nouveau job, et que le fait de vivre provisoirement à Sabatini House réduisait à présent le temps qu'elles passaient ensemble. Elle tenterait de faire en sorte que celle-ci l'accompagne un jour sur l'île, certaine que découvrir la superbe demeure des Kingston la distrairait et lui donnerait aussi l'occasion de lui avouer ce qui la tracassait.

Bien sûr, convaincre Tate d'accepter qu'une étrangère supplémentaire pénètre dans sa demeure ne serait pas tâche aisée, aussi devrait-elle encore attendre un peu.

Elle reporta son attention sur Jasmine et Royce.

— Pour en revenir à Tate Kingston, je peux vous assurer qu'il a un sacré caractère et je le soupçonne même d'être complètement parano.

Bon, ce n'était peut-être pas le terme réellement approprié pour le qualifier, mais elle ne parvenait pas à saisir quel était son problème.

— Bref, reprit-elle, il veut toujours tout régenter.

Jasmine lança un bref coup d'œil à son fiancé.

— Ce n'est pas un trait exceptionnel, chez un homme, tu sais.

— Ce qui ne veut pas dire non plus que nous avons toujours tort, se défendit Royce, un sourire amusé aux lèvres.

Les disputes entre Jasmine et Royce sur la façon dont les choses devaient être conduites avaient commencé dès que celui-ci avait embauché sa sœur comme coordinatrice d'un événement caritatif. Autant dire qu'elle n'en revenait pas que deux personnes aussi obstinées que ces deux-là soient tombées amoureuses l'une de l'autre. Elle les admirait. En outre, il était manifeste que Royce adorait Rosie, la fille adoptive de Jasmine.

Ils avaient forcément surmonté de nombreuses tempêtes pour atteindre aujourd'hui enfin le bonheur.

— C'est juste que..., reprit-elle.

Elle hésita sur la façon de décrire Tate, d'autant qu'elle ne devait absolument pas avouer devant Royce l'attirance qu'elle ressentait pour son patron, et qui prêtait une nuance particulière à chacune de leurs discussions.

— En réalité, je ne le comprends pas très bien, enchaîna-t-elle. Il semble toujours sur la défensive. Je me demande bien ce qu'il cache dans toutes ces nombreuses pièces interdites et ce qu'il fait de ses journées. Bon, d'accord, il est écrivain, mais est-ce qu'il écrit toute la journée ? Et sur quoi ?

Cette absence de réponses la frustrait terriblement.

— Que veux-tu dire, au juste ? demanda à brûle-pourpoint Ivy qui mettait une dernière touche à sa marinade.

Elle paraissait à présent plus détendue.

— En fait, depuis qu'il m'a fait visiter sa maison, je ne l'ai pas vraiment revu. Il apparaît juste au moment des repas.

— Et ça a l'air de te rendre dingue ! ironisa Ivy.

Ce qu'elle pouvait être piquante, parfois !

— J'aimerais savoir à quoi il occupe son temps, c'est tout.

Il devait rester enfermé dans son bureau des heures entières, elle ne le croisait jamais dans la maison.

— Qu'est-ce que ça peut bien te faire ? renchérit Royce.

Et cette question provoqua spontanément le rire des autres femmes.

— Qu'ai-je dit de si drôle ? demanda-t-il.

— Willow est d'une nature profondément curieuse, c'est bien connu, expliqua Jasmine. Aussi, plus Tate Kingston essaie de lui cacher ses activités, puis elle essaie de creuser.

— C'est plus fort que moi, plaida-t-elle. Je vous assure qu'il est très mystérieux et...

— Et sexy ? la taquina Ivy.

— Oui, répondit-elle dans un soupir avant de se rendre compte de sa bourde. Euh, non, enfin, non pas du tout !

Leur tante, qui surveillait Rosie dans sa chaise haute, jugea alors bon d'ajouter son grain de sel.

— À mon avis, cette jeune fille proteste un peu trop fort pour être honnête…

— Tatie ! se récria-t-elle en rougissant violemment. C'est un homme frustrant, voilà tout !

— Parce qu'il protège son intimité ? fit Royce.

Comment lui répondre alors qu'elle-même ne comprenait pas très bien pourquoi le comportement de Tate l'agaçait tant ? Et puis il fallait aussi préciser que ses sœurs et elle, ainsi que leur tante, n'étaient pas habituées à une présence masculine sous leur toit.

En réalité, Tatie n'était pas vraiment leur tante : elle avait été la nourrice de leur mère et la meilleure amie de leur grand-mère. Depuis le décès de leurs parents dans un accident de voiture, ses sœurs et elle avaient vécu sous le même toit que Tatie, jusqu'à ce que Jasmine tombe amoureuse de Royce et emménage ailleurs, avec Rosie.

Toujours est-il que depuis que ses sœurs et elle vivaient avec Tatie, jamais un homme n'était entré chez elle, pas même un petit ami ou un amoureux, et encore moins un mari. Elles étaient toujours restées entre filles.

La présence de Royce changeait la donne et même si Jasmine et Rosie vivaient désormais dans l'immense appartement de ce dernier, au sein du centre historique de Savannah, tous les trois venaient très souvent leur rendre visite.

Ivy lui sourit, puis posa la saucière sur le dessous-de-plat.

— Willow, ses secrets peuvent cacher un passé tragique.

— Il faut toujours que tu verses dans le mélodrame, rétorqua-t-elle.

— Mais tu sais bien que j'ai raison, renchérit sa sœur d'un air entendu, en s'asseyant.

Jasmine poussa une petite exclamation, puis posa ses mains d'un air théâtral sur sa poitrine.

— Je parie que si tu portais la fameuse bague, il tomberait amoureux de toi, déclara-t-elle d'un ton taquin. Ainsi, tu connaîtrais *tous* ses secrets.

À cet instant, Ivy émit un grognement sceptique — et si peu habituel de sa part qu'elle lui lança un regard inquiet.

— Que t'arrive-t-il, Ivy ? J'ai toujours pensé que tu croyais aux pouvoirs de cette bague de famille.

— Moi, en tout cas, j'y crois fermement, claironna Jasmine.

— Oh ! arrêtez ! marmonna Ivy.

Et elle quitta la table.

— Qu'est-ce qu'elle a ? demanda Royce.

Jasmine lui adressa un triste sourire.

— Elle est un peu susceptible, en ce moment. La légende liée à la bague veut qu'un pirate, après l'avoir trouvée, s'en soit servi pour conquérir le cœur de sa bien-aimée. Celle-ci appartenait à l'aristocratie et ne lui aurait jamais été accessible sans ce précieux bijou. Il l'épousa donc et fonda une famille.

Royce hocha la tête.

— Et quel rapport avec Ivy ? C'est bien toi qui as porté la bague tout le temps de notre collaboration, non ?

— Exact, répondit Jasmine en plissant les yeux. Mais Ivy l'avait au doigt le soir du bal masqué.

Tous se turent. Il s'était passé quelque chose entre Ivy et son chef, à cette fameuse soirée de levée de fonds organisée par Jasmine et commanditée par Royce et son entreprise. Seules Jasmine et elle-même savaient qu'ils avaient couché ensemble et que, dès le lendemain matin, son chef avait quitté Savannah pour régler un problème dans l'une de ses usines. Cela faisait longtemps...

— Je crois que je vais renoncer à porter cette bague, déclara-t-elle alors en la tournant et retournant dans sa main.

À cet instant, le bijou capta la lumière et le filigrane en or piqué d'émeraude brilla de tous ses feux.

— J'ai déjà suffisamment de problèmes, ajouta-t-elle entre ses dents.

— C'est-à-dire ? voulut savoir Jasmine.

Elle n'avait nulle envie de raconter comment elle avait fini dans le lit de Tate dès le premier soir et la façon dont elle s'était réveillée en sentant tout le poids de son corps sur elle, comme celui d'un véritable amant. Ni avouer combien il lui était difficile d'oublier ce moment particulièrement brûlant.

Aussi préféra-t-elle botter en touche.

— Si j'ai trouvé une façon de m'introduire à Sabatini House, ce n'est pas à cause de Tate, et s'il conserve toutes ses affaires sous scellé, j'y aurai passé tout l'été pour rien.

Encore qu'elle ne pourrait jamais assimiler le souvenir du corps de Tate contre le sien à une perte de temps.

— Mais de quoi parles-tu donc ? s'enquit Jasmine.

Elle croisa le regard de Tatie.

— J'ai lu un certain journal.

Elle vit alors Jasmine et Royce échanger un coup d'œil intrigué et se résolut à fournir une explication avant que les questions ne fusent.

— Tatie m'a en effet remis le journal que tenait notre arrière-grand-mère, précisa-t-elle.

— Je l'ai trouvé dans le grenier, dans le même coffre que la bague, s'empressa de déclarer Tatie.

Elle avait passé de nombreux après-midi pluvieux à fouiller dans les vieilles malles du grenier avec Tatie, et c'était d'ailleurs de là que lui venait son amour des objets antiques et des énigmes à résoudre.

— Grâce à la lecture de ce journal, reprit-elle, j'ai trouvé qui était selon moi le véritable responsable de la tragédie ayant abouti au bannissement de notre famille de la ville.

Royce se redressa vivement.

— Il s'agit du sabotage du bateau appartenant à la société rivale, c'est bien ça ?

— Oui. On a accusé notre arrière-grand-père, descendant direct de pirates, d'avoir coulé le plus grand vaisseau de son concurrent en y mettant le feu, afin d'avantager sa propre compagnie de navigation. Or, le fils aîné, héritier de la famille, se trouvait sur le bateau, le soir où il a pris feu et a péri dans l'incendie.

— Notre arrière-grand-père a nié avec véhémence toute implication dans l'affaire, intervint Jasmine, mais personne n'a voulu le croire. La famille rivale a menacé de s'en prendre à sa propre entreprise, puis à sa femme et son enfant. Il n'a donc pas eu d'autre choix que de quitter la ville.

Elle prit une profonde inspiration et enchaîna :

— Cependant, notre arrière-grand-mère savait parfaitement que de nombreuses autres compagnies de navigation auraient été ravies que celle-ci soit détruite. Et probablement celle détenue par les Kingston.

Tous braquèrent sur elle leurs yeux écarquillés. Même Rosie parut soudain captivée par ses propos, comme si elle sentait que quelque chose n'allait plus, dans son monde.

— Oh ! Willow ! finit par s'exclamer Jasmine. Je t'en prie, sois prudente.

Elle haussa les épaules.

— Bah, tout cela appartient au passé, désormais, du moins pour la plupart des gens. Toutefois, comme il s'agit de notre histoire, j'aimerais connaître la vérité.

— J'ignorais tout de cette affaire, déclara Royce.

— Eh bien, moi je suis au courant, rétorqua-t-elle, car l'histoire de notre famille compte énormément à mes yeux. Et il se pourrait fort bien que la vérité soit cachée dans un coffre, au deuxième étage de Sabatini House. Aussi, je dois mettre la main sur le document susceptible de laver notre honneur une bonne fois pour toutes.

Cela étant, était-elle prête à défier les ordres de Tate Kingston pour trouver des réponses aux questions qui la taraudaient ?

Tate ne broncha pas quand Willow déposa son assiette devant lui, et de son côté, elle ne prononça pas un mot. Il fallait dire que son comportement n'incitait guère à la communication puisqu'il s'ingéniait à la fuir en s'enfermant dans son bureau, ce qui ne lui permettait pas pour autant de bannir le souvenir de son corps tout chaud contre le sien. Toutefois, grâce à cette attitude professionnelle, il maintenait à distance la tentation incarnée qu'elle représentait pour lui.

Il répondait aux questions liées aux tâches qui lui incombaient de manière aussi précise et concise que possible, toute autre discussion n'ayant pas lieu d'être. De toute façon, il ne savait pas faire la conversation et il était hors de question qu'il lui livre la moindre information personnelle. Elle devait penser qu'il la haïssait et c'était préférable pour tout le monde !

Toutefois, pourquoi cette pensée le perturbait-elle ?

D'ailleurs, bien d'autres choses le déstabilisaient actuellement.

Ainsi, ces nouvelles touches qu'il découvrait dans la maison, un coussin par-ci, un tableau accroché par-là... La veille au soir, ses yeux étaient même tombés sur une petite horloge qui appartenait à sa mère, complètement restaurée et posée sur le manteau de la cheminée, dans le salon. Spontanément, il avait maudit Willow pour les souvenirs qu'elle lui mettait sous le nez, mais finalement, la contemplation de l'objet l'avait happé tout entier : il n'avait jamais pu se résoudre à entreprendre quoi que ce soit avec cette horloge et avait laissé le temps opérer son travail d'érosion. Or, voilà qu'il la retrouvait sans la moindre écaille de peinture, parfaite ! Seulement voilà, cette restauration n'était pas du tout de son fait.

Animé par une subite fureur, il s'était juré de la licencier dès le lendemain, puis sa colère était passée aussi vite que venue. De toute façon, elle partirait à la fin de l'été... et il serait enfin libéré de la tentation d'embrasser les taches de son sur son front, ou de la provoquer afin de voir le feu irradier de cette magnifique rousse.

Jusque-là, il s'était tenu prudemment à distance.

Aussi pourquoi éprouva-t-il le besoin, quand il la vit franchir le seuil, un plateau et un livre à la main, de lui demander :

— Où allez-vous ?

Et il déplora le regard trop furtif qu'elle lui adressa alors et qui ne lui permettait pas d'admirer ses beaux yeux verts.

— Prendre mon déjeuner à l'extérieur. Ne vous inquiétez pas, je serai de retour en temps voulu.

Son assurance le bluffait depuis le premier jour, il sentait en elle un tempérament libre et une impétuosité capable de faire tomber tous les obstacles susceptibles de se dresser sur son chemin. Il la soupçonnait même, au besoin, de contourner les règles pour arriver à ses fins.

Cela dit, il la tenait à l'œil... Et c'est ainsi qu'il lut le titre du livre qu'elle tenait sous le bras : devant cette découverte, son cœur se mit à battre violemment.

— Tiens, je n'aurais pas cru que vous aimiez les récits d'horreur, dit-il d'un ton détaché.

Et il s'arrêta net, avant que le côté professionnel en lui ne prenne le dessus.

Elle lui adressa un petit sourire désabusé puis, d'une voix contrefaite, elle rétorqua, l'imitant :

— « Comment une petite chose aussi innocente que vous peut lire des romans aussi terrifiants ? »

Reprenant son timbre normal, elle ajouta :

— J'adore ce genre de livres, c'est tout.

— Moi aussi, répliqua-t-il spontanément.

Et bien plus qu'elle ne le saurait jamais.

— Ah bon ? fit-elle en écarquillant de grands yeux. Tout ce qui est mystérieux et qui fait peur me fascine. C'est le suspens qui me tient en haleine et qui me plaît.

— Oh non ! Ne me dites pas que vous faites partie de ces gens qui devinent toujours la fin et la racontent aux autres ?

— Pas du tout, et d'ailleurs, si je devine la fin, cela veut dire que l'auteur n'est pas très doué.

Évidemment, il n'aurait pas dû poser la question, mais ce fut plus fort que lui :

— Et que pensez-vous de celui-ci ?

Du menton, il désigna le roman qu'elle serrait sous son bras et, estomac noué, attendit sa réponse.

Sans doute avait-il fait preuve de faiblesse, mais il n'avait que rarement l'occasion de croiser ses lecteurs. Allons, autant être honnête : à part son éditeur et son agent, il ne parlait jamais en tête à tête avec des personnes qui appréciaient ses romans sans être des professionnels. Voilà pourquoi l'avis d'une véritable fan l'intéressait.

Par chance, elle ne parut rien remarquer d'inhabituel dans sa question.

— Adam Tate est l'un de mes auteurs préférés, répondit-elle. Il mélange les faits historiques avec du suspens et des éléments surnaturels. Tous ses romans se déroulent dans des endroits célèbres où ont eu lieu des événements importants, décrits de façon détaillée. C'est un auteur qui se documente de manière très précise.

— Ah bon ?

— Eh bien, voyez-vous...

Elle releva alors le coin de ses lèvres, ce qui attira son regard sur sa bouche.

— Je suis professeure d'histoire, auriez-vous oublié ?

— Non, pas du tout.

De fait, il commençait à avoir quelques difficultés à se concentrer. La passion qu'il lisait sur son visage quand elle parlait de son roman était juste fascinante. Alors, malgré lui, il poursuivit :

— Et les récits d'Adam Tate vous tiennent en haleine, donc ?

— Complètement.

Tout à coup, elle fronça les sourcils et son front si lisse se plissa aussi.

— Tate, vous allez bien ?

— Bien sûr, assura-t-il tout en luttant contre un malaise des plus inopportuns.

— Vous avez l'air bizarre…

Tiens donc !

— Non, tout va bien.

Là-dessus, il prit place à la table où l'attendait son déjeuner tandis que, sans plus poser de questions, elle continua son chemin ; quelques instants plus tard, il entendit, soulagé, la porte se refermer derrière lui. Il devait prendre une grande inspiration, fermer les yeux, se détendre. La sensation de malaise qui l'avait pris au dépourvu quelques instants plus tôt diminua. Il poussa un soupir. Il avait probablement vexé Willow en interrompant si abruptement leur conversation, mais que pouvait-il faire d'autre à part garder ses distances ?

Cela s'imposait d'autant plus qu'elle ne devait surtout pas apprendre son nom de plume, uniquement connu de son éditeur. Même ses parents n'en avaient rien su, de leur vivant, mais il était vrai qu'il n'avait pas cherché à se faire publier avant leur décès. L'écriture était l'un des seuls plaisirs qui lui restait en ce bas monde, du moins l'un des seuls qu'il s'accordait.

En outre, si Willow découvrait qui il était vraiment, les secrets qu'il cachait, elle le détesterait de manière ouverte, tout comme ses parents l'avaient haï. De toute façon, il ne méritait rien d'autre.

Il jeta un coup d'œil à la mer dont l'écume venait mourir sur la plage. L'océan représentait une ancre pour lui, le souvenir auquel il se raccrochait, mais pas dans le bon sens du terme, bien au contraire. Sa vue, ainsi que son bruit qui résonnait jusque sous les fondations du manoir, lui rappelait constamment que le plaisir lui était interdit, tout comme l'amitié, l'amour et toute forme d'épanouissement. Puisque son frère ne connaîtrait jamais ces choses-là, il n'y goûterait jamais lui non plus.

Cette décision prise des années auparavant ne lui avait pas particulièrement pesé, jusqu'à l'arrivée de Willow. En outre, ses parents ne l'avaient jamais forcé à sortir de la prison qu'il s'était imposée à lui-même, sans doute parce qu'ils estimaient que sa conduite était justifiée.

Au fond, à cause de lui et de sa fierté égoïste, ils avaient perdu deux fils, ce jour-là, Adam, puis lui. Après quoi, ils avaient été plus absents du manoir que présents, de sorte qu'il n'avait pas eu à affronter très souvent leurs accusations. Murdoch, qui était à leur service, était resté auprès de lui de façon toute naturelle, sans jamais remettre en question ses décisions ni les frontières qu'il avait tracées dans la demeure.

Mais Willow, elle, ne s'en était pas privée !

Assez ! Il devait se concentrer sur son déjeuner. En général, elle cuisinait bien, de la nourriture simple mais délicieuse ; aujourd'hui hélas, il avait du mal à avaler, l'esprit distrait par trop de pensées.

Soudain, du coin de l'œil, il repéra un mouvement inhabituel dans le balancement de l'océan et des branches dénudées des arbres. Tournant la tête, il aperçut alors une fine silhouette qui traversait la plage… pour se diriger droit vers l'océan !

Pitié !

Elle lui avait paru si innocente avec son plateau-repas et son livre ! L'idée ne lui était même pas venue à l'esprit de la mettre en garde contre l'océan.

Il se leva d'un bond, le cœur battant de panique.

Surtout, elle ne devait pas s'en approcher !

À son relatif soulagement, elle se contenta d'étendre une petite couverture assez loin de l'eau. Les battements de son cœur ne se calmèrent pas pour autant, même si elle prit son roman et commença à lire, tout en mangeant tranquillement son repas, tandis que le sien refroidissait sur la table. Il n'était pas question qu'il la quitte des yeux, il redoutait trop ce qui pouvait se passer si elle échappait, ne serait-ce qu'une seconde, à sa surveillance.

Vingt minutes plus tard, alors qu'il s'était finalement convaincu qu'elle était en sécurité, elle posa son livre sur son plateau presque terminé, se leva et s'étira tranquillement. Il sentit de nouveau son cœur s'emballer.

Non. Ne fais pas ça !

Défiant ses ordres télépathiques tout comme elle l'avait déjà fait pour ceux qu'il avait pu formuler à haute voix, elle s'avança vers l'eau. Il pressa ses paumes contre les carreaux, ne sachant s'il hurlait ou si les mots coincés dans sa gorge résonnaient juste dans son cerveau...

De fait, complètement insensible à ses cris ou aux coups qu'il frappait contre la fenêtre, Willow marqua une pause pour observer quelque chose dans le sable avant de poursuivre son chemin. Sa voix s'éraillait tant il vociférait, il avait l'impression de vivre un cauchemar au ralenti, en plein jour.

Quand ses orteils délicats entrèrent en contact avec l'eau écumeuse, les images d'un jeune homme jaillirent dans son esprit. Un jeune homme qui s'apprêtait à affronter les vagues, vingt ans plus tôt, tandis que lui, Tate, le regardait derrière les vitres. Il l'avait vu courir à contre-courant jusqu'aux genoux, puis plonger dans les vagues. Il voulait se dépenser, calmer sa colère.

Des bras vigoureux défiant la mer agitée, telle était l'ultime image qu'il avait emportée de son frère.

Aujourd'hui, cloué sur place par la panique, il revivait ce moment de terreur qui l'avait envahi durant les derniers moments de vie de son frère, les poings collés contre la vitre, le front inondé de sueur, l'estomac noué... Et puis soudain, il entendit comme un murmure, perçut comme le corps chaud d'une femme tout contre lui, cette chaleur qui s'était mêlée à la sienne et l'avait excité, il y avait peu. Celle de Willow. Jamais il n'avait éprouvé une telle félicité.

Alors une incroyable montée d'adrénaline jaillit en lui et sans réfléchir, il se rua hors de la maison. La sensation du sable sous ses pieds lui rappela une autre course éperdue vers l'océan et, dans un effort suprême de volonté, il se concentra sur la femme qui se trouvait à présent jusqu'aux genoux dans l'eau, devant lui.

Il devait l'attraper avant qu'elle ne plonge. Il l'attraperait, il la sauverait.

Au moment où il allait entrer dans l'eau, elle jeta un coup d'œil par-dessus son épaule et écarquilla les yeux de surprise. Craignant que sa vue ne l'incite à le défier, il piqua un sprint jusqu'à elle et en un tournemain, l'enlaça par la taille. Sans se poser plus de questions, il la hissa tel un sac de farine sur son épaule et, serrant ses fines cuisses de son bras pour qu'elle ne tombe pas, regagna la rive, en dépit de ses protestations véhémentes.

En un rien de temps, il parcourut la plage en sens inverse, mû par un maelström d'émotions incontrôlable où d'affreux souvenirs tapis dans les recoins sombres de son cerveau étaient balayés par les sensations délicieuses du corps qu'il maintenait tout contre lui. L'adrénaline et le désir s'entremêlant, il la porta jusqu'à la cuisine où il la déposa sur l'îlot en marbre.

À cet instant, il croisa son regard médusé, avant que ne fuse sa question :

— Mais enfin, qu'est-ce qui vous a pris ?

En toute honnêteté, elle était plutôt modérée dans son attitude et son langage, eu égard aux circonstances, mais pour sa part, il était incapable de la moindre retenue...

Enfouissant les mains dans son épaisse chevelure auburn, il captura sa bouche... Elle s'immobilisa, de toute évidence impatiente de ce qui allait suivre... Comme si elle attendait ce moment autant que lui !

Il eut beau faire appel à sa raison, la moindre trace de résistance semblait s'être envolée ! Alors, entrouvrant la bouche, il mêla sa langue à la sienne, pour que le langage des corps remplace celui des mots.

6

Le cerveau de Willow exigeait une explication : c'était tout de même le comportement le moins professionnel qu'elle puisse imaginer de la part de son employeur ! Il était impensable qu'il ait pu la jeter sur son épaule comme un vulgaire sac de jute puis, tel un homme des cavernes, l'emmener dans sa grotte !

Évidemment, c'était aussi très excitant, mais la fureur et la détermination qu'elle avait lues sur le visage de Tate quand il l'avait saisie n'avaient rien de rationnel et pour tout avouer, les émotions qu'il reflétait étaient si intenses qu'elle en avait pris peur.

Et puis, une fois à l'intérieur, il l'avait embrassée avec une fougue qu'elle n'avait jamais connue jusque-là d'aucun autre. Elle aurait dû lui résister, mais son baiser l'avait subjuguée, engloutissant toute pensée logique : seul subsista alors un désir dévorant, celui de l'étreindre plus étroitement, de prendre tout ce qu'il était prêt à lui donner…

Tout à coup, elle sentit sa main glisser sous son fin T-shirt et son corps frissonna tout entier à ce contact… Avant qu'elle ne s'enflamme littéralement, s'agitant sur le marbre, lui rendant son baiser avec la même fièvre.

Dans un grognement, il la pressa plus fortement contre lui pour venir se loger entre ses cuisses qu'elle avait, sans s'en rendre compte, écartées, désireuse de le sentir plus près encore…

Aucune pensée, aucun regret ne venait se dresser entre lui et elle pour calmer le feu de la passion qui les consumait, ce qui était d'autant plus incompréhensible qu'elle n'était pas le genre de femme à céder à la tentation du moment. En l'occurrence, une seule chose l'obsédait : elle voulait le sentir en elle.

Et visiblement, il nourrissait les mêmes désirs… puisqu'il était en train de lui ôter son T-shirt ! Elle se retrouva bien vite en sous-vêtements, un paréo en guise de jupe, ravie que de ses mains vigoureuses, il se mette à explorer sa peau brûlante ; de son côté, elle tâtait ses muscles avec la plus grande délectation.

Quand il posa ses mains sur ses seins, la sensation fut si délicieuse que les pointes s'en hérissèrent instantanément. Elle aurait aimé qu'il s'y attarde, mais il semblait possédé par une urgence qui le poussa à glisser sa main sous son paréo. À ce contact, elle émit un petit gémissement et sentit immédiatement des étincelles irradier dans tout son corps…

Brusquement, alors qu'il s'apprêtait à couler ses doigts sous l'élastique de sa culotte, il s'immobilisa, et seuls résonnèrent dans la pièce leurs souffles saccadés, cependant que son cœur à elle battait comme un oiseau fou… La dernière chose dont elle avait envie, c'était de faire face à la réalité, mais plus il refusait de bouger, plus la gêne s'installait entre eux, plus elle devenait consciente de la grave erreur qu'elle était en train de commettre.

Rejetant la tête en arrière, elle se força à ouvrir les paupières pour contempler son visage où le supplice se mêlait au désir. De toute évidence, il luttait contre lui-même, en proie à un terrible dilemme… Subitement, il serra les mâchoires, puis elle sentit ses doigts dans son entrecuisse…

Quand leurs regards se croisèrent de nouveau, elle poussa une petite exclamation devant l'intensité de la passion tapie au fond de ses prunelles noires… Lorsqu'il reprit sa bouche, effaçant comme par magie la réalité, ce fut pour déchirer dans le même temps le tissu de sa culotte. Sans transition, il la fit basculer sur le marbre et elle se retrouva offerte à lui. Un sentiment de vulnérabilité s'empara d'elle, mais il fut de courte durée car bien vite, il trouva ce qu'il cherchait et, après lui avoir prodigué quelques savantes caresses sur les plis froissés de sa chair, il la pénétra, enfouissant une main dans ses cheveux. Sa bouche recouvrit alors la sienne et les mouvements de sa langue s'accordèrent à ses coups de reins. Les ondes du plaisir se mirent sans tarder à crépiter en elle, tout son corps vibrait d'électricité, les pointes de ses seins étaient dressées, et chaque caresse lui arrachait un cri. Il allait et venait de plus en plus vite, son odeur virile l'avait envahie, et tout à coup, il s'écroula contre elle. Alors, les pulsations de son sexe en elle la firent à son tour basculer dans l'extase. Ils s'accrochèrent une ultime fois désespérément l'un à l'autre pour ne rien perdre du plaisir qui balayait leur être.

Au bout de longues minutes, elle perçut un changement dans le corps de Tate. Il s'était raidi.

En un instant, la réalité reprit ses droits : elle était nue sur l'îlot de son employeur ! Un sentiment d'indécence la saisit cruellement.

— C'était incroyable..., commença ce dernier.

Aussitôt, un regain d'espoir s'allumait en son cœur, mais il poursuivit :

— Incroyablement stupide !

Toute la tension nerveuse des dernières minutes s'amassa en une boule qui vint se loger au creux de son estomac. Sans réfléchir, elle le repoussa brutalement et il la relâcha tout de suite, sans chercher à la retenir : il rendait les armes sans protester !

Descendant avec difficulté du haut comptoir en marbre où il l'avait juchée, elle resserra son paréo et rajusta son soutien-gorge, l'esprit en tumulte, incapable de la moindre pensée cohérente, mais mue par une obsession : celle de s'éclipser au plus vite.

Soudain, elle l'entendit murmurer son prénom... Elle hésita, puis lui lança un regard par-dessus son épaule : son visage reflétait la même surprise que le sien et elle y lut une confusion égale à celle qu'elle ressentait. Mais pas question de s'attarder !

Elle se rua vers l'escalier.

Son plan avait sacrément dérapé, pensa Tate, abasourdi.

Il s'était élancé dans l'eau, poussé par le sens du devoir... et l'impensable s'était produit ! Il laissa son regard glisser sur ce qui restait de la culotte de Willow, par terre. Un mélange de consternation et de satisfaction l'envahit alors... Il s'était comporté comme un vrai macho, toutefois il ne servait à rien de jouer les hypocrites car la seule pensée de leurs ébats venait de rallumer le feu du désir en lui.

Assez !

Il se pencha pour ramasser le tissu déchiré et le fourra promptement dans sa poche comme si, puisque personne n'avait été témoin, il ne s'était rien passé. Il refusa de réfléchir à ce qui s'était produit…

Hélas ! Ses pensées le rattrapèrent bien vite et, tel un horrible étau, se refermèrent bientôt autour de sa gorge. Sous l'élan de la panique, il monta l'escalier à toute vitesse.

Je vais y remédier, je vais y remédier ! martelait-il intérieurement.

Il entra en trombe dans la chambre de Willow mais la pièce était vide. Un chaos si affreux régnait en lui que, pendant quelques secondes, il ne comprit vraiment pas pourquoi elle ne s'y trouvait pas, mais il eut tôt fait de se diriger vers la porte de la salle de bains fermée et retrouva à cet instant assez de sang-froid pour ne pas l'enfoncer. Il se mit malgré tout à tambouriner contre l'huis qui le séparait de Willow, le goût amer du regret dans la bouche.

— Willow !

Alors qu'il envisageait réellement cette fois de casser la porte, celle-ci s'ouvrit en grand, dévoilant une femme à la chevelure rousse en désordre et aux yeux rougis. Il refusa de s'attarder sur cette vision.

— Mais enfin…, commença-t-elle.

— Nous venons de commettre une erreur.

— *Nous* ?

Apparemment, il s'y était mal pris.

Relevant un sourcil, elle le toisa de haut en bas, s'attardant sur une partie précise de son anatomie.

— Si tu estimes que tout est ma faute, tu te trompes, lui assena-t-il. Je n'ai pas entendu la moindre protestation de ta part quand je t'ai prise sur le comptoir de la cuisine.

Une rougeur monta instantanément à ses joues pour se répandre dans son cou, et il comprit que c'était très mauvais signe. Devait-il reculer ?

Contrairement à ce qu'il craignait, elle ne se mit pas à hurler, mais serra très fort les mâchoires, si fort qu'elle en aurait assurément une migraine plus tard, avant de répliquer :

— Honnêtement, tu viens tambouriner contre ma porte pour me dire que c'est ma faute ?

Et comme son ton allait crescendo, il comprit qu'il devait vite répliquer… ou bien reculer de quelques pas, ce qui était sans doute la meilleure solution.

— J'ai protesté, poursuivit-elle en s'avançant vers lui. Bien avant que nous arrivions dans la cuisine. Pendant tout le trajet de la plage à la maison. Mais tu ne voulais rien entendre, tu t'es comporté comme un homme des cavernes !

— Tu n'aurais pas dû entrer dans l'eau. C'est un territoire interdit. Tu aurais dû le savoir.

À cet instant, elle inclina la tête de côté.

— Attends, laisse-moi comprendre… Tout ceci est arrivé parce que l'océan, autrement dit l'eau qui entoure cette île et sur laquelle ce manoir est construit, est zone interdite ?

Il était évident qu'elle était en rage et même s'il avait passé sa vie à parer les attaques, à se protéger des autres, il saisit qu'en l'occurrence ce n'était pas du tout la bonne stratégie. Il ne devait pas renchérir, mais laisser passer l'orage afin qu'elle écoute ensuite ce qu'il devait impérativement lui communiquer.

— Je te répète que j'ai émis mille protestations pour que tu me reposes à terre, espèce de macho !

Et pour ponctuer ses propos, elle lui donna un petit coup dans le torse ; il ne broncha pas, peu fier à présent de son comportement, sans compter le halo de désir qui l'engourdissait une nouvelle fois.

— C'est toi qui m'as embrassée le premier, tu ne t'en souviens plus ?

Sur une impulsion, il lui saisit la main, enchevêtra ses doigts aux siens et, sentant alors qu'elle se décrispait légèrement, il admit d'un ton tranquille :

— Si, je me souviens.

Comment aurait-il pu oublier son goût divin ? Elle avait tout pour devenir son talon d'Achille et il luttait actuellement pour faire abstraction de la façon dont sa poitrine montait et descendait à chaque respiration, de ses lèvres toutes gonflées de leurs baisers brûlants…

La présente situation était précisément la raison pour laquelle il devait se tenir loin, très loin d'elle. Lui lâchant la main, il recula jusqu'à la porte.

— Écoute, je ne suis pas venu ici pour te faire des reproches ou t'accuser.

— C'est pourtant bien ce que j'ai cru.

Du calme ! s'ordonna-t-il. Elle méritait mieux que l'aigreur légendaire des Kingston qui coulait dans ses veines.

— Willow, nous avons un problème, dit-il.

— Toi, tu en as un, c'est certain !

Cette fois, il devait aller droit au but afin qu'ils règlent la question au plus vite. L'expression sévère, il plongea les yeux dans les siens.

— Willow, je n'ai pas mis de préservatif.

7

Willow s'était de nouveau enfermée dans la salle de bains et s'attendait à ce que Tate rugisse de rage, à l'extérieur, mais elle s'en fichait : elle avait besoin de se retrouver seule pour réfléchir à la meilleure façon de sortir du cauchemar dans lequel ils avaient atterri ! En ce qui la concernait, la conversation avait été close dès lors qu'il avait vivement insisté pour savoir si elle prenait la pilule.

Franchement, elle avait été loin de s'attendre à une telle question après avoir vécu l'expérience sexuelle la plus incroyable de sa vie.

Et elle ne pensait pas non plus qu'il allait s'en aller et la laisser tranquille après leur vive discussion, mais ce fut pourtant exactement ce qui se produisit : au bout d'une demi-heure de silence, elle finit par entrouvrir la porte de la salle de bains… pour se rendre compte que la chambre était vide et la porte close.

« Miracle des miracles », comme aurait dit Tatie.

Elle se laissa tomber sur le lit, tout en demeurant tendue, car elle imaginait que Tate n'allait pas tarder à débarquer. Or, comme il était au-dessus de ses forces de réfléchir aux conséquences d'un rapport sexuel sans préservatif, elle préféra se concentrer sur des questions concrètes : que devait-elle faire à présent ? Partir ou bien rester ?

Affronter Tate chaque jour après qu'ils avaient fait l'amour et prétendre que rien n'était arrivé n'était tout simplement pas envisageable, puisqu'il estimait que leurs ébats étaient une erreur, une complication, alors qu'elle avait vécu un moment magique entre ses bras puissants.

Non, elle ne pouvait plus rester à Sabatini House.

Elle s'autorisa le luxe de quelques larmes puis se leva pour faire ses valises. À contrecœur, elle ouvrit les tiroirs et se mit à en vider le contenu qu'elle posa en piles sur le lit. Elle allait rentrer chez elle, même si elle avait conscience que son comportement était immature.

Au bout d'une heure, elle entendit des pas qui se rapprochaient. Tate ! Il s'arrêta au niveau de la porte de sa chambre. Retenant son souffle, elle se mit à fixer la poignée, parfaitement immobile, comme si elle redoutait qu'au moindre mouvement de sa part il ne fasse irruption. Finalement, il passa son chemin et elle s'écroula, soulagée, entre les piles de vêtements sur le lit.

Elle commençait tout juste à se redresser quand elle perçut un bruit de moteur. Curieux ! Ce n'était guère habituel sur l'île. S'approchant de la fenêtre, elle vit alors Tate au volant de sa jeep. Il ne se dirigea pas vers l'allée menant au pont mais emprunta un autre chemin qui, elle le savait d'après les notes de Murdoch, conduisait à un hangar abritant un avion, de l'autre côté de l'île. Pour une raison que Murdoch ne lui avait pas expliquée, Tate ne prenait jamais sa voiture lors des rares occasions où il quittait l'île, son seul moyen de transport étant l'avion.

Allait-il faire un tour dans les airs pour se calmer, comme certains prenaient leur voiture dans le même but ? La réponse à ses questions survint trente minutes plus tard, lorsqu'elle entendit son avion à quatre places décoller. Elle se précipita alors vers la fenêtre, juste à temps pour le voir s'élever au-dessus des arbres, dans un arc artistique, avant de disparaître dans le lointain.

Où se rendait-il donc, surtout à une heure aussi tardive ? Bah, elle était bien trop fatiguée pour se perdre en conjectures ! Se laissant de nouveau tomber sur le lit, elle sombra dans le sommeil, échappant à toutes les questions sans réponse et à sa migraine.

Lorsqu'elle se réveilla, l'obscurité avait envahi la pièce et l'horloge affichait 20 heures. D'instinct, elle sut que Tate n'était pas rentré, mais elle décida de se rendre malgré tout au garage pour vérifier : de fait, la jeep n'y était pas.

Revenant au manoir, elle leva les yeux vers la bâtisse imposante et dans la pénombre de la nuit d'été, son cœur fit un bond dans sa poitrine : avec tous ces événements, elle en avait oublié la principale raison de sa présence à Sabatini House : *le deuxième étage !*

Sans perdre une seconde, elle se rua à l'intérieur de la maison, se maudissant de s'être endormie. Il lui fallait impérativement trouver les clés !

Où Tate les avait-il donc rangées depuis l'intervention des ouvriers ? Dans l'arrière-cuisine, se souvint-elle alors. Elle se rappelait parfaitement l'en avoir vu sortir après leur arrivée, les clés à la main. Il les y avait donc logiquement remises.

Après avoir inspecté tous les tiroirs, elle ouvrit un placard et tomba sur un tableau de clés. Eurêka ! Elle saisit vivement celle étiquetée « deuxième étage », puis monta les marches en trombe.

Au moment où elle introduisait la clé dans la serrure, elle aperçut juste à côté de la pièce qui abritait les vieilles malles une porte ouverte, quelques marches plus bas. Poussée par la curiosité et consciente qu'elle n'aurait pas dû céder à son impulsion, elle s'y aventura… Elle découvrit alors une pièce spacieuse sans photo ni le moindre objet personnel mais parsemée de jouets, parmi lesquels deux chevaux à bascule en bois, un grand bateau de pirate et deux tricycles. Un coffre ouvert sous la fenêtre débordait de briques de construction Lego et de peluches…

De toute évidence, c'était une chambre abandonnée, comme si l'occupant s'était volatilisé du jour au lendemain. Et tout à coup, elle s'arrêta net : elle venait de découvrir un berceau. Non, pas un, deux ! Elle les contempla un moment, s'efforçant de comprendre. Elle aperçut alors dans une chambre voisine deux lits jumeaux et un duo de commodes, en face. Les lits étaient recouverts de belles couettes aux motifs marins, comme si des enfants y avaient dormi la nuit même, à l'exception de la poussière qui les recouvrait ainsi que les boîtes empilées contre les murs.

Pour autant qu'elle sache, il n'y avait pas eu d'enfants à Sabatini House depuis Tate… Se dirigeant vers l'une des commodes, elle saisit une photo encadrée, la seule de toute la pièce. Où étaient donc les photos-souvenirs que l'on trouvait normalement dans toutes les familles avec enfants ?

Elle essuya le verre poussiéreux du cadre : le cliché avait été pris en studio et montrait deux petits garçons vêtus de costumes marins blancs. Deux garçons aux cheveux bruns, aux yeux noirs, avec les mêmes lèvres pleines que celles de Tate.

— Que fais-tu ici ?

Effectuant une preste virevolte, elle se heurta au visage tendu et menaçant de Tate.

— Tu m'as fait une peur bleue !

Tate ignora la réponse de Willow. Revoir cet endroit qui avait tant signifié pour son frère et lui assombrit encore son humeur.

— Je t'ai dit que tu ne devais pas venir ici !

Il se rappela instantanément les délicieux moments partagés avec elle un peu plus tôt dans la journée, le désir fulgurant qu'elle avait déclenché chez lui. Il avait envie de hurler sa rage au visage de l'univers : n'avait-il pas suffisamment souffert le martyre ? Pourquoi fallait-il que le destin ait déposé chez lui cette incroyable tentation ?

— Tu m'as dit de ne pas aller au deuxième étage, or, techniquement, je n'y suis pas, je suis quelques marches plus bas.

— Touché !

Cela devait faire cinq bonnes années qu'il n'était pas venu ici. Rassemblant son courage, il se risqua à jeter un coup d'œil autour de lui pour constater que les cartons avaient été triés et assemblés en deux groupes. Un indice fatal. Avait-elle déjà deviné son secret ?

— Et qu'as-tu trouvé de si intéressant ici ? enchaîna-t-il.

Elle hésita légèrement avant de répondre :

— En toute franchise, je n'aurais pas imaginé qu'il y avait une chambre d'enfants à Sabatini House.

Et elle laissa tomber le regard sur le cadre qu'elle tenait à la main, sur cette photo qu'il ne voulait plus jamais voir.

— Il n'aurait pas dû y en avoir. Les Kingston n'ont jamais été réputés pour leur tendresse.

— Que veux-tu dire ?

Sa voix douce semblait sortir des ombres de la pièce. Dans des circonstances normales, il n'aurait certainement pas satisfait sa curiosité, mais en l'occurrence il était peut-être préférable de lui dévoiler un des secrets de Sabatini House. Ainsi, elle saurait à quelle famille elle avait affaire et envisagerait sans doute sous un autre angle leurs ébats dans la cuisine.

— Le fondateur de ma famille est un pirate. Et pas de la meilleure espèce, comme ceux connus à Savannah pour aimer le bon vin, les femmes et les océans lointains et déchaînés.

Il déglutit avec difficulté, si consterné par son héritage.

— Ma famille est issue de l'espèce de pirates sanguinaires qui naviguaient sur les océans pour tuer afin de s'emparer de biens qui ne leur appartenaient pas, y compris des femmes des autres, en ce qui concerne mon ancêtre.

Un sourire dérisoire lui monta alors aux lèvres, sans qu'il s'explique pourquoi.

— Il conduisit sa « prise » ici et fonda sa dynastie, résolu à être le meilleur dans le domaine des compagnies de navigation qui fleurissaient alors. Il voulait devenir un homme respectable, mais son comportement était loin de l'être. Il était impitoyable, n'avait d'égard pour rien ni personne, tout en étant très malin, de sorte que la justice ne le prit jamais en flagrant délit. Sa femme lui donna trois fils, un premier puis des jumeaux. Chaque génération a ensuite eu une paire de jumeaux, dont mon frère et moi.

— Où est-il ? demanda-t-elle dans un souffle.

— Adam est mort, répondit-il crûment. À cause de moi.

— Pourquoi ?

Il apprécia qu'elle ne proteste pas et n'oppose pas des platitudes pour le rassurer.

— Parce que j'ai fait ce que nous faisons toujours. J'ai pris ce que je voulais sans prêter attention à ce qu'il allait ressentir. Il est mort et moi, je suis resté en vie.

Son père et son grand-père auraient appelé cela la survie de celui qui sait s'adapter, alors que lui y voyait la perpétuation du mal qui engloutit le bien.

Ce fut alors qu'il reprit, sans doute mû par l'atmosphère lugubre de la chambre abandonnée :

— Parfois, je me demande si l'univers ne l'a pas fait exprès. En tout cas, avec sa mort j'ai compris que pour moi il n'y aura ni mariage, ni enfants, ni avenir. Quand je mourrai, cette famille s'éteindra.

Il chassa avec obstination les souvenirs troublants qui le liaient à elle et, plongeant ses yeux dans les siens, poursuivit :

— C'est pour cette raison que je t'ai apporté cela.

À ces mots, il sortit un paquet plat et allongé de la poche arrière de son jean.

Elle plissa les paupières.

— Qu'est-ce que c'est ?

— La pilule du lendemain.

Cette fois, elle écarquilla tout grand les yeux.

— Tu plaisantes, j'espère ?

— Ai-je l'air de plaisanter ?

Elle devait comprendre la gravité de la situation, nom d'un chien !

— Désolée, Tate, je ne peux pas, s'exclama-t-elle.

Il sut maîtriser sa fureur : elle saisirait de toute façon bientôt qu'il était aussi entêté qu'elle.

S'approchant jusqu'à n'être plus qu'à quelques centimètres d'elle, il souffla alors :

— Dans ce cas, tu resteras ici jusqu'à ce que tu comprennes la nécessité de ma demande. Car je peux te le garantir, la famille Kingston s'éteindra avec moi.

8

Tétanisée par la scène qui s'était déroulée entre Tate et elle, Willow n'avait cessé de se tourner et se retourner dans son lit une bonne partie de la nuit, en quête d'une solution. Le petit matin ne lui avait apporté aucune réponse, sans compter que le silence stoïque de Tate, des plus oppressants, s'était prolongé au cours de la journée.

Elle avait cru qu'il allait la harceler pour qu'elle se plie à sa demande, mais il n'en avait rien fait, lui adressant à peine la parole, se contentant de la regarder d'un air qui voulait tout dire.

S'il l'avait connue un peu mieux, il aurait su qu'elle avait besoin de comprendre. Elle aimait les faits, l'histoire, les éclaircissements. S'il pensait qu'elle allait avaler une pilule du lendemain sans qu'ils aient la possibilité de discuter de ce qui s'était passé entre eux dans la cuisine, il se trompait ! Seulement, elle ne voyait pas encore très bien comment le lui dire, et ce pour des raisons très privées. Si elle s'était offerte à lui, la façon dont il la tenait à présent à distance ne l'encourageait guère à lui confier ses pensées.

Elle avait eu peu de petits amis, la plupart des hommes ne goûtant guère son côté trop studieux, du moins étaient-ce les conclusions auxquelles elle était arrivée, si elle se comparait aux filles toujours partantes pour une fête, à l'université.

Comme elle était sortie avec peu de garçons, elle avait eu encore moins de partenaires sexuels, ce qui expliquait pourquoi elle ne prenait pas la pilule, s'en remettant aux préservatifs lorsqu'elle couchait avec un homme. Aussi, pourquoi n'y avait-elle pas songé avec Tate ? Cette pensée la consternait profondément, mais leur étreinte avait été bien plus explosive que ce qu'elle avait connu avec ses quelques autres partenaires.

Et eu égard à l'impasse dans laquelle ils se trouvaient actuellement, elle ne comprenait pas qu'une partie d'elle-même ait envie de revivre l'expérience ! Mais la passion et la possessivité de Tate avaient créé en elle une dynamique qui l'avait complètement dépassée… À présent, quand elle regardait l'îlot, elle avait presque l'impression de contempler une scène de crime. De toute façon, elle n'allait pas s'attarder longtemps à Sabatini House…

— Écoute, Willow, déclara-t-il. Je vais remonter ta valise. Tu restes, un point c'est tout.

Elle jeta un coup d'œil à son bagage qu'elle venait de descendre.

— Tate, je pense qu'il est préférable que je m'en aille. La situation est devenue trop… inconfortable.

— C'est passager.

Sa remarque sèche alliée à son ton brutal déclencha en elle un élan de fureur, mais fermant les poings, elle parvint à se maîtriser.

— Je n'accepterai pas que tu me harcèles, Tate.

— Ma jolie, si tel était le cas, nous ne serions pas en train de discuter de façon quasi courtoise. De fait, il n'y aurait pas de discussion. Je te demande juste de rester jusqu'à ce que nous ayons trouvé un accord.

Là-dessus, il se rapprocha d'elle et posa les mains sur l'îlot. Elle n'était pas vraiment certaine de ses réelles intentions… Bon sang, comment avait-elle pu se retrouver dans une telle situation ? Et pourquoi ne cessait-elle de se remémorer combien il avait été bon de le sentir en elle, alors qu'elle devait maintenant affronter un tel tumulte ?

— Quand on connaît ma famille, on n'a pas envie d'ajouter un enfant à l'arbre généalogique, Willow, insista-t-il. Mes ancêtres riaient en ruinant leurs rivaux commerciaux, volaient les femmes des autres, ne payaient pas leurs employés. D'ailleurs, même mes parents n'étaient pas des modèles, ils ne reculaient pas devant le chantage affectif avec leurs propres enfants, ni à nous monter l'un contre l'autre jusqu'à ce que l'un de nous en meure. Ils n'étaient même pas là quand il est parti…

La brutalité de cette dernière phrase lui arracha presque un petit cri, tout comme l'émotion réelle qu'elle lut alors sur son visage. Comment pouvait-il vivre avec de si lourds secrets, en affichant toujours le même sang-froid, la même façade ?

Car c'était bien d'une façade, qu'il s'agissait, comprit-elle soudain.

— Comment est-il mort ? demanda-t-elle dans un souffle.

Il était important qu'elle sache, elle avait l'intuition que cela lui permettrait de résoudre l'énigme devant laquelle elle se trouvait.

Il dirigea le regard vers la fenêtre et elle crut qu'il n'allait pas lui répondre, quand enfin elle l'entendit dire :

— Dans les mêmes eaux où tu t'es innocemment baignée, hier.

Encore une fois, elle retint une exclamation tandis qu'il poursuivait d'une voix rauque :

— Nous nous étions disputés. Adam est allé nager seul pour calmer sa colère. Il n'est jamais revenu.

Son frère, son jumeau, comme c'était affreux, pensa-t-elle. Spontanément, elle recouvrit sa main posée sur l'îlot de la sienne.

— Je suis désolée, Tate.

Il ouvrit de grands yeux, étonnés. Personne ne l'avait-il donc jamais réconforté ? Comment avait-on pu laisser un jeune homme se culpabiliser du décès de son jumeau sans lui assurer qu'il n'était en rien responsable de sa noyade ? Quel genre de famille était-ce donc, que ces Kingston ?

Adolescente, elle avait souvent pleuré la nuit à cause de la disparition prématurée de ses parents, mais elle avait toujours été entourée par une famille affectueuse, qui avait su trouver les mots pour l'aider à surmonter la tragédie. De toute évidence, ça n'avait pas été le cas de Tate, et celui-ci semblait parfaitement bien connaître les siens.

Il s'était mis à nu devant elle, aussi lui devait-elle de son côté une explication.

— Si je veux partir, ce n'est pas juste parce que...

Parce que quoi ? Elle regarda le marbre de l'îlot.

Parce que nous avons fait l'amour ensemble et que tu veux me forcer à quoi ? À ne pas subir les conséquences de notre négligence ?

— Tu crois que je suis incapable de me contrôler, c'est pour cela que tu veux t'en aller ? reprit-il alors en tapant le marbre de l'index. Remarque, après ce qui s'est passé hier, c'est compréhensible. Mais je peux t'assurer que je suis tout à fait en mesure de maîtriser mes pulsions.

En réalité, ce n'était pas ce qu'elle redoutait, mais comment aurait-elle pu le lui avouer ?

— Tate, renchérit-elle, est-ce que tu te rends compte de ce que tu me demandes de faire, alors que je ne sais même pas si je suis enceinte ?

Il inclina la tête et fronça les sourcils.

— Ce médicament n'est en rien dangereux, affirma-t-il.

Elle prit une grande inspiration, choisissant ses mots avec prudence.

— Je veux bien te croire, mais j'ai besoin de me renseigner sur la question avant.

Et, sous son regard insistant et si troublant, elle haussa les épaules avant de préciser :

— Il faut que je sache comment marche cette pilule, quels sont les effets secondaires.

— Il suffit que tu lises la notice d'utilisation, non ?

— Tu crois ça ! Tu as déjà essayé de lire ces fameuses notices ? Je peux t'assurer qu'on n'y comprend absolument rien quand on n'est pas de la partie.

— Dans ce cas, je vais chercher ce qu'il faut !

Elle planta les mains sur ses hanches.

— Quoi, au juste ?

Sans répondre, il sortit de la cuisine et elle saisit subitement de quoi il parlait ! Oui, en dépit de son histoire, ce manoir était doté d'une connexion Internet, ils vivaient bien au XXIe siècle ! Cela dit, on ne lui avait pas communiqué le code du Wi-Fi...

Comme la marée s'était retirée, elle put suivre le bruit de ses pas, à l'étage, et quelques instants après, l'entendit redescendre avant qu'il ne réapparaisse, des impressions à la main.

— Voilà, dit-il.

Elle regarda la première page. Visiblement tout comme elle, il aimait se renseigner à fond sur les sujets qui lui tenaient à cœur. Soudain, elle se rendit compte combien toute cette situation était délicate, toutefois, maintenant que les choses étaient dites, elle s'en trouvait soulagée. Repensant à ce qu'il lui avait confié, elle déclara subitement :

— Je suis désolée, Tate. Aucun adolescent ne devrait grandir dans la solitude qui a été la tienne.

Aussitôt, son visage se ferma.

— C'est bien pourquoi, si c'est en mon pouvoir, j'éviterai que ça se reproduise.

Quelques jours plus tard, Willow saisit discrètement son plateau-repas et un livre et se glissa hors de la maison.

— Où vas-tu comme ça ?

Elle faillit sursauter et, refusant de croiser son regard, se contenta de sourire vaguement dans sa direction.

— Déjeuner au soleil.

Puis d'un pas confiant, elle franchit le seuil de la porte. C'était ce qu'elle avait fait les jours précédents, du reste, sous la surveillance tendue de Tate qui l'observait depuis les fenêtres du manoir.

Elle ne cherchait nullement à la torturer, seulement, il s'était renfermé sur lui-même pour s'enliser dans le passé : il n'avait plus ni amis, ni famille, il ne se baignait même plus dans l'océan qui cernait pourtant sa maison ! Sans parler de sa voiture, qu'il n'empruntait pas pour sortir de l'île et elle suspectait fortement que la raison en incombait à sa peur de traverser le pont, à cause de l'eau en dessous.

Elle ne s'était toutefois pas hasardée à remettre les pieds dans l'océan car, désormais édifiée sur son traumatisme de jeunesse, elle jugeait qu'il aurait été cruel de lui imposer une telle épreuve. En revanche, un bain de soleil sur le sable ne faisait de mal à personne, il devait l'accepter et cesser d'émettre des ordres et de refuser de donner des explications, comme il était de coutume entre adultes responsables.

En réalité, elle voulait l'aider à se libérer des limites qu'il s'était imposées en raison du passé, et à cet effet, elle devait bel et bien rester à Sabatini House.

L'atmosphère entre eux était plus tendue que jamais, d'autant qu'en raison de son amour-propre, elle ne l'avait pas informé qu'elle avait pris la pilule du lendemain. Mais c'était la faute de Tate ! De fait, depuis leur dernière conversation très intime, il s'était retranché derrière une façade purement professionnelle et même si c'était sans doute le choix le plus raisonnable, cela ne l'empêchait pas d'en souffrir, car au fond d'elle-même, elle aurait aimé être plus qu'une employée. Seulement, il n'était pas question qu'elle fasse le premier pas, il en allait de sa fierté !

Heureusement que ce soir elle dînait avec sa famille, cette perspective la réjouissait !

Quand le moment arriva pour elle de partir pour Savannah, il ne s'y opposa pas, mais elle sentit son regard braqué sur sa petite voiture, tandis qu'elle s'éloignait. La tension qui l'habitait s'évanouit aussitôt le pont franchi et une fois à la maison, le réconfort de retrouver sa famille opéra immédiatement, même si elle éprouvait un certain malaise eu égard aux secrets qu'elle leur cachait.

— C'est si bon de vous avoir tous de nouveau ici, déclara Tatie. Cela me manque.

Jasmine fit une petite grimace en installant sa fille dans sa chaise haute.

— Franchement, Tatie, tu nous vois presque tous les jours lorsque je te dépose Rosie.

— Et moi alors ? s'insurgea Ivy. Je compte pour du beurre ?

Elle était en effet la seule qui vivait encore dans la maison familiale.

— Toi, tu passes toutes les journées au bureau ou enfermée dans ta chambre ! répliqua Tatie.

Toutes les têtes se tournèrent vers Ivy qui se mit à rougir.

— J'ai énormément de travail, répliqua-t-elle.

Compatissante, elle demanda :

— Ton chef est toujours en déplacement ?

Sa sœur hocha brièvement la tête, puis se mura dans le silence. Tiens, tiens, pensa-t-elle, elle devrait parler en privé à sa jeune sœur.

— Et sinon, comment se déroule ton job d'été ? questionna Royce.

— Ça va, dit-elle avant d'ajouter bien vite : Un peu rasoir, en fait.

Jasmine plissa les yeux, visiblement peu dupe.

— Le seigneur du château n'est pas encore descendu de ses grands chevaux ?

— Je ne crois pas que ce soit possible, répondit-elle en lui adressant un sourire faussement résigné.

Et comme prévu, tout le monde éclata de rire, avant que Royce n'ajoute d'un ton plus sérieux :

— Tant que cela te convient.

— Oui, oui, tout va bien, assura-t-elle alors d'une voix un peu trop aiguë.

Et cette fois, elle douta que sa sœur ait avalé le mensonge !

Plus tard, quand Royce alla donner son bain à Rosie, Ivy finit par s'ouvrir à ses sœurs.

— Je dois trouver un nouvel emploi, leur annonça-t-elle en effet.

— Pardon ? s'écria Jasmine.

— Mais pourquoi ? demanda-t-elle simultanément.

Ivy tourna alors vers elle ses beaux yeux brouillés de larmes.

— Je suis enceinte.

Toutes se figèrent, avant de se précipiter autour d'elle comme pour la protéger du monde extérieur.

Tatie fut la première à poser une question cohérente.

— Ma chérie, est-ce pour cette raison que tu as le cafard ?

— Entre autres, répondit Ivy en faisant la grimace. Et puis je suis devenue très sensible aux odeurs, je n'en supporte presque plus aucune.

Toutes sachant comment cette grossesse était survenue, il était inutile de poser des questions sur le père ; elle était pour sa part d'autant plus sensible à la question qu'elle menait ses propres luttes avec l'homme qui était lui aussi son employeur.

— Et il ne t'a pas reparlé de…

— Rien, dit Ivy en secouant la tête. Pas le moindre mot. Quand il appelle, c'est juste pour le travail. Pendant deux semaines, j'ai hésité à aborder la nuit que nous avons passée ensemble, mais autant vous dire à présent que je suis complètement pétrifiée à l'idée de l'évoquer.

À cet instant, elle fut pour la première fois reconnaissante à Tate : au moins, elle n'aurait pas à subir une telle épreuve. Même si leurs conversations avaient été tendues et n'avaient pas pris la direction espérée, ils avaient discuté.

— Allons, tu ne peux pas démissionner sans rien lui dire, insista Jasmine. Tu portes son enfant !

— Tu crois vraiment que ça l'intéresse, après un mois et demi de silence de sa part ? Et puis tu imagines la réaction de sa famille ? Les McLemore sont très soudés, ils ne m'accepteraient jamais dans leur clan.

Elle croisa alors le regard des trois autres et ajouta :

— Si je ne me suis pas étendue sur ma famille avec lui, c'est pour une bonne raison.

Elle sentit son cœur fléchir. Les ressentiments persistaient longuement à Savannah, surtout dans les classes supérieures, parfois pour des sujets stupides, insignifiants ; après tout, les gens riches pouvaient bien se permettre quelques excentricités.

Mais en l'occurrence, il s'agissait d'autre chose.

Le patron d'Ivy appartenait à une famille qui avait forcé la leur à quitter la ville, trois générations auparavant : les McLemore. Et le fait que ses sœurs et elle, des Harden, portaient un nom de famille différent de la généalogie dont elles étaient issues, grâce au mariage de leur grand-mère, était la seule raison pour laquelle elle avait obtenu un poste d'assistante de direction auprès du P-DG de la compagnie de navigation la plus en vue à Savannah. Tout comme cet « anonymat » permettait à Jasmine de gérer une société spécialisée dans l'organisation d'événements pour l'élite de la ville.

Ainsi, personne ne pouvait immédiatement établir un lien entre elles et la famille chassée à tort de Savannah après qu'on eut mis le feu au bateau de cargaison des McLemore, alors même que leur fils bien-aimé se trouvait à l'intérieur. Cependant, la famille McLemore n'avait rien oublié et les Harden se devaient d'être prudentes.

Voilà pourquoi prouver que leurs ancêtres n'étaient pas mêlés à l'horrible tragédie leur aurait assuré une totale tranquillité d'esprit ! Elle sentit son cœur se serrer : de ce côté-là, sa mission avait bien peu avancé, d'autant que ses querelles avec Tate accaparaient presque entièrement ses pensées. Pourtant, la vérité au sujet du passé aurait fortement aidé Ivy dans la crise qu'elle traversait.

Jasmine et elle lui avaient conseillé de ne pas accepter ce travail, mais Ivy souhaitait leur prouver, à elles qui la soutenaient depuis tant d'années, qu'elle pouvait enfin se débrouiller par elle-même. Ce poste représentait une immense promotion, et elle y excellait. Le risque pris en avait donc valu la peine — jusqu'à maintenant...

— Tu savais qui il était. Pourquoi as-tu accepté d'aller chez lui ?

Les yeux d'Ivy brillèrent de nouveau de larmes.

— Je l'aime.

Elle sentit son cœur fondre. Et il devait en aller de même pour Jasmine, si elle la connaissait bien.

— Je sais, poursuivit Ivy, c'était stupide et irrationnel, mais comme je suis toujours optimiste, je pensais que tout finirait par s'arranger.

Elle enfouit alors son visage dans ses mains.

— Que j'étais naïve !

Toutes l'avaient été en pensant qu'elles pourraient se mêler à la meilleure société de Savannah sans que jamais on ne perce leur passé à jour. Mais, eu égard à ses propres expériences, une question s'imposait.

— Veux-tu le garder ? demanda-t-elle à sa sœur.

— Oui, répondit-elle dans un élan de sincérité. Seulement, je ne sais pas comment gérer la situation. S'il avait voulu de moi, ne se serait-il pas déjà manifesté ?

— Qui sait ce que pensent les hommes, décréta Tatie d'un ton sentencieux.

Même si son mari était décédé depuis longtemps, il était clair qu'elle parlait en connaissance de cause.

— Tout à fait, approuva Jasmine. Ils sont censés représenter le sexe le moins guidé par ses émotions, mais cela ne se traduit pas toujours dans leurs actes qui n'ont souvent rien à voir avec la logique.

— Selon moi, tu devrais prendre des congés, puisque de toute façon tu en as à solder. Arrête-toi deux semaines, cela te permettra de réfléchir et de temporiser avant de prendre une décision définitive. Pendant ce temps, je vais poursuivre mes investigations à Sabatini House.

D'intéressante, sa mission était donc devenue urgente !

— Merci, lui dit Ivy.

Et soudain, son teint de porcelaine tourna au vert et elle se précipita aux toilettes, dans le vestibule. Jasmine lui emboîta aussitôt le pas.

Elle les regarda s'éloigner, se félicitant alors d'avoir avalé la fameuse petite pilule.

9

Mue par une détermination renouvelée après avoir appris la situation critique de sa sœur, Willow décida de ne plus perdre un instant et de poursuivre ses investigations à Sabatini House, dès que Tate se serait retiré dans sa suite pour la nuit.

Trousseau en main, elle s'efforça de ne pas faire craquer le plancher. Mais une fois sur le palier, elle ne put résister à l'appel de la chambre des enfants et s'y glissa promptement. Balayant de sa lampe de poche les lieux, elle se focalisa sur une commode dont elle ouvrit le premier tiroir, qui était rempli de photos en vrac des jumeaux. Tous les clichés semblaient avoir été pris par des professionnels, et la femme qui figurait parfois avec eux paraissait bien trop jeune pour être leur mère. Était-ce une nourrice ?

Subrepticement, elle glissa une des photos dans sa poche.

Le deuxième contenait jusqu'à ras bord des romans d'aventures pour enfants. Tate avait-il commencé à aimer les mots très jeune ? Cela avait-il été une façon de s'évader, pour lui ? Pour son frère jumeau ?

Soudain, un album attira son attention. Elle l'ouvrit et se rendit compte qu'il s'agissait de l'histoire en images de la famille Kingston. Qui l'avait donc réalisé ? Incapable de résister à la tentation, elle s'assit sur le tapis pour feuilleter l'album plus confortablement. Sur la première page, un petit texte relatait l'histoire d'un pirate arrivant sur une île qu'il déclarait sienne et faisant construire Sabatini House, ainsi que Tate le lui avait raconté.

En l'occurrence, il s'agissait d'une version édulcorée, destinée aux enfants de la famille, et elle pouvait tout à fait s'identifier à Tate et son frère, se souvenant quand ses sœurs et elle avaient découvert qu'elles descendaient de pirates. Dès lors, vêtues d'imperméables trop grands achetés dans des boutiques de seconde main et ceinturées d'écharpes, elles avaient joué des jours entiers à se battre avec des fausses épées et à mimer le supplice de la planche. Leur père, désireux de rétablir toute la vérité historique, leur avait alors appris que leurs ancêtres n'avaient jamais commis de crimes et une fois sédentarisés étaient devenus des personnes tout à fait respectables.

Les recherches qu'elle avait ensuite menées avaient corroboré les récits de son père : leur famille était intègre depuis des générations.

Qu'en était-il de celle de Tate ?

Les personnes figurant sur les photos arboraient des mines renfrognées, presque suspicieuses. Les enfants avaient l'air craintif, toujours entourés de domestiques, jamais de leurs parents. Et au fil des pages, et du temps, cela ne s'arrangeait pas ! Les figurants étaient de plus en plus raides, leurs regards agressifs, bref une clique peu conviviale et fort susceptible d'avoir participé à des destructions de bateaux concurrents… D'ailleurs, Murdoch avait un jour fait une allusion en ce sens.

Le carillon d'une horloge la fit soudain sursauter et la rappela à sa mission. Replaçant promptement l'album dans le tiroir, elle sortit de la chambre pour se rendre dans la pièce où se trouvaient les coffres, jonglant avec sa lampe de poche et son trousseau de clés devant le verrou.

Soudain, elle entendit un bruit.

Incapable de repérer sa provenance, elle éteignit la lampe et se figea, peu désireuse que se reproduise le scénario de la dernière fois. Comme rien ne se passait, elle voulut de nouveau ouvrir la porte, mais le son se reproduisit. Cette fois, elle l'identifia aisément : c'était une voix d'homme. Tate étant, outre elle, la seule personne présente dans la maison, cela signifiait qu'il était réveillé et en train de discuter au téléphone, par conséquent ses investigations au deuxième étage étaient compromises ce soir.

Allons, elle devait s'estimer chanceuse qu'il ne l'ait pas surprise ! Mais qui pouvait-il bien appeler à une heure aussi tardive ?

À pas de loup, elle s'approcha de sa porte et ce fut alors qu'elle entendit distinctement un cri. Une nouvelle fois, elle se figea. Le cri se reproduisit. Était-on en train de l'agresser ?

Ni une ni deux, elle se rua dans la chambre qu'elle balaya rapidement des yeux dans la pénombre avant de se diriger vers le lit, s'efforçant d'écarter les souvenirs brûlants qu'il lui rappelait, pour se rendre compte que Tate dormait mais était fortement agité, visiblement en proie à un cauchemar... Immédiatement, la plus vive compassion l'envahit : eu égard à l'album qu'elle venait de feuilleter et à ce qu'il lui avait raconté de ses parents, rien d'étonnant à ce que ses nuits soient mouvementées.

Elle posa doucement la main sur son front : non, il n'avait pas de fièvre. Alors, se penchant vers lui, elle se mit à fredonner une berceuse, ainsi qu'elle le faisait avec Rosie lorsque celle-ci était malade.

Au bout de quelques instants, il se calma et sembla retomber dans un sommeil profond... Comme il aurait été tentant de s'allonger près de lui et de sentir la chaleur de son corps contre le sien ! Assez, elle devait sans tarder sortir de la pièce. Au moment où elle allait se féliciter de ne pas avoir été repérée, elle se sentit happée par deux bras qui l'enlacèrent avec une vigueur hors du commun et l'instant suivant, elle bascula sur le lit.

Dès que Tate s'était réveillé de son cauchemar, une odeur de douce vanille avait envahi ses narines, ainsi que la sensation d'une main toute douce sur son front. Douce et brûlante, comme l'envie qui s'était alors saisie de lui, aux antipodes de l'affreux rêve qui était revenu le tourmenter, c'est-à-dire la noyade de son frère...

Mais ces impressions étaient dues à la présence de quelqu'un dans sa chambre. Soudain, il avait compris. Willow.

Il s'était précipité vers elle avant qu'elle ne disparaisse, pour s'assurer qu'il n'avait pas rêvé.

— Willow ? répéta-t-il à haute voix.

— Tout va bien, Tate, lui assura-t-elle promptement. C'était juste un cauchemar.

À cet instant, le désir l'inonda avec une force inouïe et d'une voix rauque, sans la relâcher, il murmura contre son oreille :

— Tu sais ce que je veux, n'est-ce pas ?

— Oui, répondit-elle sur le même ton. Et comme tu peux le constater, je ne me débats pas.

Alors, sans plus réfléchir, il l'allongea sur le lit et enfouit le visage dans son cou, pour s'imprégner de l'odeur et de la douceur de sa peau vanillée. Le laisserait-elle y goûter ?

À la façon dont elle lui empoigna les cheveux, il comprit que c'était une invitation à laquelle il céda sans attendre ; du bout de la langue, il se mit à parcourir sa nuque gracieuse… et encore plus délicieuse qu'il ne l'avait imaginé. Une fragrance suave et si féminine.

Il sentait à présent le pouls de Willow battre sous son propre souffle, jamais il ne s'était senti aussi vivant. Plus il explorait son corps et plus grandissait en lui un feu dévorant à assouvir… Soudain, elle se cambra contre lui : visiblement, elle ressentait le même besoin.

Il fut aussitôt happé par un monde de sensations ! Au diable ce que pouvait bien lui murmurer la voix de la raison tapie tout au fond de son être, le grondement de son désir l'assourdissait.

Il avait follement envie d'elle.

Encore une fois.

Alors qu'il s'apprêtait à glisser la main sous sa chemise, des sueurs froides lui coulèrent subitement dans le dos : non, il ne pouvait pas réitérer l'erreur de la dernière fois, il n'était tout de même pas stupide à ce point !

Du calme ! N'avait-il pas une boîte de préservatifs dans le tiroir de sa table de nuit ? Il avait eu beau se convaincre qu'il ne recoucherait pas avec elle, il avait malgré tout acheté des préservatifs en même temps que la pilule du lendemain. Pas question qu'il reprenne le moindre risque, encore que c'était peut-être trop tard, il ignorait en effet ce qu'il était advenu du fameux contraceptif…

Elle lui inspirait un désir quasi primaire, et visiblement, à ses petits gémissements, elle n'avait qu'une hâte : le sentir en elle. Il suffisait qu'il capture sa bouche et tout s'enchaînerait...

Allons, pourquoi l'aurait-il prise dans la précipitation ? N'avaient-ils pas toute la nuit devant eux ? Il voulait prendre le temps de découvrir chaque parcelle de son corps aux courbes si ravissantes. Aussi, faisant appel à toute la force de sa volonté, il roula sur le côté et se leva. Elle se figea et braqua sur lui un regard confus, dans la pénombre. Se redressant sur un coude, elle demanda :

— Tout va bien, maintenant ?

Et cette question fut l'étincelle qui alluma sa fureur. Pourquoi avait-il fallu qu'elle lui rappelle sa faiblesse ? Décidément, elle allait le rendre fou, à faire naître tant d'émotions contradictoires en lui, tant de dilemmes, tant de...

— Tu n'aurais pas dû entrer dans ma chambre, lui assena-t-il alors d'un ton sombre.

Et l'attirance qui le consumait se transforma en l'agressivité qui lui était nécessaire pour se retenir de se jeter sur elle, de sorte qu'elle devint à la fois l'objet de son désir et de sa rage.

Mais il n'était de toute évidence pas le seul aux prises avec la colère. Se levant à son tour vivement, elle rétorqua :

— Ah bon ? Je n'aurais pas dû entrer alors que je t'entendais hurler derrière la porte close ? Désolée de me soucier de toi !

— Pourquoi te soucierais-tu de moi, justement ?

Bien qu'il ait posé cette question sur le ton du défi, il avait en réalité vraiment besoin de savoir, tout comme il était parfaitement conscient qu'il ne cessait de souffler le chaud et le froid avec elle.

— Je l'ignore, avoua-t-elle alors d'un ton las.

Puis elle se dirigea vers la porte d'un pas déterminé et, jetant un coup d'œil par-dessus son épaule, ajouta :

— La prochaine fois, je te laisserai te faire étrangler dans ton lit.

— Ce sera sans doute préférable.

Malgré la pénombre, il la vit se raidir.

— Je ne m'étais pas rendu compte que ma présence te révulsait à ce point, rétorqua-t-elle durement. Désormais, je ferai en sorte qu'une telle situation ne se reproduise jamais.

Sa mauvaise foi jeta de l'huile sur le feu de son propre courroux.

— Tant mieux ! Tout cela, c'est ta faute. Si tu n'avais pas commencé par toutes tes questions, fouillé partout. Sans parler de ton entêtement...

Il s'interrompit brusquement et s'écroula sur le rebord du lit, sachant gré à la pénombre de masquer à Willow ses yeux humides. Il reprit alors d'une voix blanche :

— Mon frère me manque, mais j'avais réussi à refouler tous ces affreux souvenirs, je n'avais pas refait ce cauchemar depuis des années. Pourquoi a-t-il fallu que tu fasses intrusion chez moi ?

En dépit de ces accusations, il la vit se rapprocher de lui.

— On ne peut pas mettre sous verrou les souvenirs dérangeants, Tate. Adam était ton frère.

— Il est mort par ma faute et j'aurais dû disparaître avec lui.

— Non !

— Si ! hurla-t-il alors, à fleur de peau. Je ne peux pas vivre ainsi. Entre les souvenirs, la douleur, le passé... Je préférais mon état d'engourdissement.

— Mais cela s'appelle-t-il vivre ?

10

De quelle humeur est Sa Majesté, aujourd'hui ? se demanda Willow alors qu'elle montait l'escalier pour récupérer le linge dans son dressing. Il allait la rendre folle.

Depuis leur dernière dispute, il s'était littéralement recroquevillé dans sa coquille, tel un enfant. Mais il n'avait plus l'âge de se comporter ainsi ! Bon, elle concédait que son mode de vie ne favorisait pas l'échange et la communication en cas de crise. Toutefois, pourquoi ne lui demandait-il pas tout simplement de s'en aller ? Mieux : pourquoi ne partait-elle pas de son propre chef ? Pour ce qui était de Tate, elle ne pouvait pas répondre, en revanche, de son côté, elle avait une mission à accomplir à Sabatini House, le problème étant qu'elle ne parvenait pas à trouver l'occasion de la mener à bien… Même s'il passait le plus clair de son temps dans sa chambre, elle n'osait pas se rendre au deuxième étage alors qu'il se trouvait dans le manoir, car avec sa veine, elle risquait fort d'être prise en flagrant délit !

Pour avoir ratissé le rez-de-chaussée et le premier étage, elle était certaine que les preuves qu'elle cherchait se trouvaient dans les coffres-forts du deuxième étage. Pour se donner du courage, elle pensait à ses sœurs qu'elle ne pouvait laisser tomber ; d'ailleurs, il n'était pas dans son caractère d'abandonner un but qu'elle s'était fixé. En outre, elle avait entraperçu l'homme derrière la façade colérique que Tate affichait et il était évident qu'il avait besoin d'aide, même s'il refusait de l'admettre. Elle ne pouvait pas s'en laver les mains et partir. Cela ne lui ressemblait pas.

Le son d'un clavier sur lequel on tapait l'arracha à ses sombres réflexions, quand elle passa devant la porte de son bureau. De toute évidence, sa méchante humeur n'avait pas affecté son travail... Le fait qu'elle ne sache même pas ce qu'il écrivait l'irritait encore plus...

Elle ne se précipita pas pour porter le linge à la buanderie, n'ayant pas franchement le cœur à l'ouvrage ; aujourd'hui, elle aurait préféré passer la journée allongée sur son lit, un bon livre à la main. Bon, elle avait urgemment besoin de passer une soirée avec ses sœurs à l'extérieur, autour d'une margarita et de tapas, à discuter sur les uns et les autres !

D'autant que la veille, alors qu'elle rangeait la cuisine et n'avait qu'une envie, se retirer dans sa chambre pour se plonger dans son roman captivant, il avait marqué une pause derrière elle avant de sortir et avait demandé :

— Tu l'as prise ?

Elle savait parfaitement de quoi il parlait, et même si elle trouvait la concision de la question à la limite de la politesse, elle lui avait répondu, estimant qu'il avait le droit de savoir.

— Oui.

À sa grande surprise, il n'avait alors rien répliqué ; elle s'était donc retournée, sentant bien qu'il avait envie d'en dire davantage... Mais ils s'étaient contentés de se regarder, tous deux subitement trop inhibés pour épiloguer sur ce qui était arrivé.

Puis il était sorti de la cuisine...

Elle poussa un soupir en mettant le lave-linge en marche : en toute honnêteté, ces tâches domestiques la lassaient passablement, elle avait perdu l'enthousiasme des débuts, et seule l'idée de poursuivre ses explorations lui permettait de tenir. Le manoir était empli de surprises, ainsi qu'elle s'en était déjà rendu compte, il refusait juste de lui livrer la seule information dont elle et surtout Ivy avaient désespérément besoin.

Fermant les paupières, elle se laissa un instant bercer par le bruit de l'océan et, quand elle les rouvrit, ses yeux tombèrent sur une porte au bout du corridor qu'elle n'avait encore jamais remarquée. Pas tout à fait au fond, d'ailleurs, mais dans un recoin sombre, que n'éclairait jamais la lumière de la lucarne juste au-dessus.

Subitement revigorée, elle s'y précipita, mais comme elle aurait dû s'en douter, la porte était fermée à clé. Toutefois, elle savait où se trouvait le trousseau et Tate ne lui avait pas interdit l'accès à cette pièce...

Elle fit un rapide aller-retour puis, ayant trouvé la bonne clé, entra.

À première vue, il s'agissait d'une réserve remplie de cartons bruns bien alignés, tous de même taille, ce qui en soit l'intrigua, car nulle part ailleurs dans le manoir les choses étaient rangées de cette façon. Que contenaient-ils donc ? De plus en plus perplexe, elle souleva un couvercle... Des livres... De fait, des exemplaires d'un même roman : *L'Enfant secret*. Auteur : Adam Tate.

Elle ignorait combien de temps elle demeura ici à tenter de comprendre. Personne n'aimait un livre au point d'en posséder vingt-cinq exemplaires, à part les éditeurs... et les auteurs.

Comment avait-il pu lui cacher un tel secret ?

Déplaçant la première boîte, elle en ouvrit une deuxième, puis une troisième, une quatrième... Dans chacune s'empilaient des exemplaires de romans signés Adam Tate : *La Lumière rouge*, *La Mer montante*, *Le Deuxième Étage*. L'excitation et la colère se disputaient à présent en elle, et elle finit par se ruer hors de la pièce, laissant tout en plan sans même refermer la porte derrière elle.

Montant les marches quatre à quatre, elle se rua dans le bureau de Tate, la zone interdite. Il écarquilla de grands yeux stupéfaits quand elle ouvrit la porte pour le découvrir dans son écrin de bibliothèques allant du sol au plafond. La lumière d'une fenêtre cintrée éclairait les titres des ouvrages d'Adam Tate et d'autres auteurs qu'elle appréciait aussi particulièrement.

— C'est tout de même incroyable ! s'écria-t-elle sur le ton de l'indignation. Pourquoi ne m'as-tu pas dit que tu étais Adam Tate ?

Sous le choc, Tate recourut à sa tactique habituelle.

— Que fais-tu dans mon bureau ?

— Réponds à ma question.

Elle le toisa, mains sur les hanches.

— Willow...

— On ne parle pas de n'importe quel auteur, mais de *mon* écrivain préféré, tu le sais, puisque nous en avons déjà discuté ensemble. Malgré tout, tu n'as pas jugé bon de me *préciser* que tu avais écrit tous ces romans que j'adore ? Tu es sérieux ?

Il sentit tous ses muscles se contracter sous l'effet de la contrariété. Refermant son ordinateur, il se leva et se mit à arpenter la pièce. La brise qui entrait par la fenêtre lui rappela que sa chemise était ouverte, aussi la reboutonna-t-il vivement. Il jeta un coup d'œil en direction de Willow qui, bien sûr, avait les yeux braqués sur ses abdos ! Elle les en détourna aussitôt pour regarder de nouveau les livres, sur les étagères.

— Tate, mais c'est insensé, pourquoi ne m'as-tu rien dit ?

Il leva un sourcil.

— Tu sais à quel point je tiens à mon intimité... Écoute, je n'arrive toujours pas à comprendre comment on a pu voir en moi un auteur. Je n'ai jamais voulu être connu. Écrire des histoires, c'est ma façon de m'évader. Je ne tiens pas à la reconnaissance publique.

Elle secoua la tête.

— Mais... Tu es Adam Tate. Je suis une grande fan de tes romans, je vis sous ton toit, pourquoi ne m'as-tu pas confié ce secret ? Enfin, tu sais bien que je ne vais pas me mettre à t'espionner comme une désaxée, non ?

Ce fut alors qu'il saisit le réel problème : ce n'était pas tant son besoin de maintenir le secret autour de son écriture, que la façon dont il la percevait.

Il lui avait donné des signaux contradictoires, luttant contre les émotions qu'elle lui inspirait, car elle méritait bien mieux que lui. Or, à présent, il se rendait compte du tumulte douloureux qui s'agitait dans ses superbes prunelles couleur émeraude et qui n'aurait pas dû s'y trouver. Comme il était tentant de l'attirer à lui... mais il était bien trop faible !

Elle était la seule personne avec qui il avait parlé à cœur ouvert depuis des années. Oh ! il discutait avec Murdoch, bien sûr, notamment quand tous deux avaient bu, mais c'étaient des conversations d'homme à homme ; il s'entretenait aussi avec son éditeur, mais là encore, il s'agissait de discussions professionnelles ou concernant la littérature en général.

Avec elle, il avait franchi très rapidement un degré d'intimité inédit pour lui, et pas juste d'ordre physique ; il avait évoqué son frère, ses peurs, elle avait été témoin de ses cauchemars.

Et maintenant, elle venait de découvrir ce secret-là.

À l'air têtu qu'elle affichait à présent, il comprit qu'il ne pourrait botter en touche.

— En toute sincérité, je ne l'ai jamais dit à personne. Je rencontre rarement de nouvelles personnes intéressées par la façon dont je gagne ma vie. Je ne sais même pas comment en parler.

Elle inclina la tête de côté.

— Eh bien, il est temps que tu t'exerces.

Il faillit éclater de rire : on pouvait compter sur elle pour verser dans le pragmatisme plutôt que le sentimentalisme !

— On ne peut pas dire que la compassion soit ta qualité première, ironisa-t-il alors.

Elle haussa les épaules.

— J'en ai comme tout le monde, mais il faut bien avoir le sens pratique pour vivre, non ?

Pourquoi ces paroles l'irritaient-elles autant, alors qu'il avait simultanément envie de l'embrasser ?

Il était conscient qu'elle lui lançait un défi, le forçant à sortir de sa zone de confort pour avancer… Et il aurait dû la remettre à sa place, voire la renvoyer !

Aussi pourquoi tout son corps lui dictait-il de faire l'inverse ?

Consumé de désir, il la regarda contourner avec grâce son bureau, puis laisser glisser les doigts sur le dos des livres rangés dans sa bibliothèque.

— Dis-moi, commença-t-elle, qui t'a inspiré le personnage féminin du *Train* ? Elle fichait sacrément la frousse.

— Personne, répondit-il automatiquement. Elle s'est imposée à moi, après un article que j'avais lu.

— Ah oui ? Et de quoi parlait-il, cet article ?

Et ce fut ainsi que commença la discussion et à sa grande surprise, il constata à quel point il lui était soudain aisé de parler de son travail, de ne pas lui tenir rigueur de son intrusion dans son domaine si privé, de ne pas repousser ses questions.

De fait, il était tout simplement fasciné par ce qui se passait, par ses observations si pénétrantes, son point de vue original sur ses romans, des thématiques qu'il n'avait même pas eu conscience d'aborder. Cette femme était d'une intelligence remarquable...

Et il était en train de tomber amoureux d'elle, une femme qu'il n'aurait jamais dû désirer ! Mais avant qu'il n'ait le temps de s'en rendre compte et de paniquer, le téléphone sonna.

— Salut, jeune homme ! Comment cette journée se présente-t-elle pour toi ?

Murdoch ! Sa voix familière, qui lui avait permis pendant des années de tenir, lui était plus nécessaire que jamais.

— Bien, comme toujours. Et toi ?

Ce fut alors que son ami se mit à lui raconter ses retrouvailles avec sa fille, sa rencontre avec le nouveau-né et toute la famille qu'il avait trouvée là-bas. Tout en l'écoutant, il gardait les yeux fixés sur Willow, qui prenait la liberté d'inspecter sa bibliothèque pendant qu'il était au téléphone... Et le spectacle était si troublant qu'il en perdit soudain le fil de sa conversation.

— Je suis désolé, Murdoch. Que viens-tu de dire ?

— Je t'ai dit que, même si cela me coûte, mon garçon, je ne vais pas rentrer.

11

Willow n'aurait su dire quel son exact attira son attention, mais quand elle se retourna, elle vit que Tate avait les doigts littéralement crispés sur le combiné, paupières closes. Son teint normalement hâlé était plutôt pâle et elle avait la nette impression qu'il tenait debout par la seule force de sa volonté.

Elle s'avança vers lui pour éventuellement le soutenir.

Que se passait-il donc ?

Quand il rouvrit les yeux, même eux semblaient plus ternes.

— Murdoch veut te parler, marmonna-t-il.

Et il lui tendit le combiné.

Extrêmement confuse, elle s'en empara et alla droit au but.

— Quel est le problème, Murdoch ?

Un long soupir résonna alors à son oreille.

— Je suis désolé, Willow. Je pensais que ce serait plus facile mais je ne pouvais plus repousser, je devais lui dire.

— Lui dire quoi ? questionna-t-elle, le cœur battant.

Un silence s'ensuivit, et en arrière-fond, elle entendit alors les pleurs d'un bébé.

— J'ai besoin de rattraper le temps perdu loin de ma famille, finit-il par répondre. J'ai laissé tomber ma fille pendant tant d'années, j'ai envie à présent de m'occuper d'elle et de son enfant.

Elle le comprenait tout à fait : dès qu'elle l'avait rencontré, elle avait senti chez lui un profond sentiment de solitude, aussi, après ces retrouvailles, il était normal qu'il ne puisse plus tourner le dos à sa famille. Elle aurait d'ailleurs dû en avoir conscience, quand il lui avait proposé de le remplacer.

— Je sais que cela représente un choc pour Tate, poursuivit-il, mais ma décision est prise.

À l'énoncé de ce prénom, elle se retourna... pour constater qu'il s'était éclipsé.

— Murdoch, commença-t-elle d'un ton suppliant, que va-t-il faire sans vous ?

— Cela va être dur pour lui, je le reconnais, mais j'ai consacré ma vie entière à la famille Kingston, et à Tate en particulier. Et il est le seul de tous qui le méritait, si je peux exprimer mon opinion. Mais il est temps que je m'occupe des miens, Willow.

Elle sentait qu'il cherchait autant à la persuader qu'à s'en convaincre lui-même. C'était tout lui !

— Bien sûr, Murdoch, vous devez faire ce que vous estimez nécessaire. Mais ce sera très dur, ici.

— J'espérais que votre présence rendrait les choses plus aisées ?

Pardon ?

— En me proposant ce job d'été ?

— C'est juste un job d'été ?

Et soudain, elle comprit pourquoi il avait tenu à être remplacé par une femme !

— Murdoch ! se récria-t-elle. Vous avez cherché à me piéger ?

— Pas tant vous que Tate.

— Vous auriez pu au moins me donner des informations qui m'auraient mise sur la voie...

Donc, il avait tout comploté depuis le début : avait-il seulement pensé aux conséquences de son « petit jeu » d'entremetteur ?

— Willow, vous êtes la femme la plus intelligente que je connaisse et je savais que vous seriez en mesure de briser les barreaux de la prison que Tate s'est imposée à lui-même.

Le silence se fit de nouveau sur la ligne ; le bébé s'était tu.

— Il a besoin de vous, Willow, reprit-il.

Sans blague ? Elle l'avait compris depuis le début, seulement elle n'avait pas anticipé ce que sortir de sa coquille signifierait pour lui.

— Je conçois votre démarche, Murdoch, mais cela ne veut pas dire pour autant que Tate ait envie de sortir de sa prison dorée.

— J'en ai conscience, je le connais depuis l'enfance, je l'ai vu instaurer toutes ces zones interdites dans le manoir et en lui. Mais il faut qu'il tourne la page et vous pouvez l'aider, Willow.

— Il est le seul à pouvoir prendre la décision de changer.

— Mais il ne le fera jamais si personne ne le secoue !

— Donc, vous m'avez envoyée ici parce que vous pensiez que je serais difficile à vivre ?

— En quelque sorte, approuva-t-il dans un rire. Et ne me dites pas que vous n'avez pas déjà bousculé quelques règles, au sein de la demeure.

— Plus que vous ne pouvez l'imaginer, marmonna-t-elle malgré elle.

Elle se mordit la langue face au silence, à l'autre bout du fil : elle pouvait presque l'entendre penser !

— Juste une question, dit-il subitement.

— Oui ?

— Vous allez bien, Willow ?

Non. Elle repensa à tous les symptômes étranges qu'elle ressentait depuis qu'elle avait pris la pilule du lendemain, à tous les hauts et les bas de sa relation avec Tate et aux angoisses que l'annonce de Murdoch venait de susciter chez elle...

— Je ne sais pas trop.

— Bon, laissez-moi vous dire deux choses. L'amour peut parfois faire des miracles. Et il faut quelquefois ne pas hésiter à sauter le pas.

Tate sentit la présence de Willow avant même de l'entendre. Il aurait aimé la prendre dans ses bras, lui faire l'amour, mais trop de choses imprévues étaient survenues, il avait trop d'informations nouvelles à assimiler et il était à fleur de peau.

— Ce n'est pas une bonne idée de venir dans cette pièce, déclara-t-il d'emblée.

Il ne voulait pas être brutal, mais franchement, il n'était pas certain de pouvoir maîtriser son désir, d'autant qu'il l'imaginait parfaitement nue sur son lit dans la chaleur de l'après-midi ensoleillé.

Voilà pourquoi il était impératif qu'elle se tienne à distance de lui ! Mais, de toute évidence, elle ne comprit pas son avertissement, car elle s'approcha de lui.

— Murdoch a besoin de rester avec sa famille, en ce moment, Tate.

D'un geste de la main, il balaya ses propos.

— Je sais, merci ! Je ne suis plus un adolescent égoïste, attendant que quelqu'un pourvoie à tous mes besoins et mes moindres désirs.

— Cela ne signifie pas que le changement soit aisé, renchérit-elle d'une voix plus douce encore. Et que tu n'aies pas le droit d'éprouver un certain ressentiment.

Dans le miroir, il la vit s'asseoir sur le rebord de son lit. Sa beauté vibrante représentait une tentation si grande qu'il préféra ne pas se retourner.

— Tu sais, Tate, dit-elle en inclinant la tête, et une masse de cheveux auburn dansa sur son épaule, j'ai perdu mes parents dans un accident de voiture, quand j'étais adolescente.

Il se figea sous le choc de l'annonce.

— Je l'ignorais.

Quand elle l'informait qu'elle se rendait à un dîner de famille, il ne la questionnait jamais sur qui elle voyait. De fait, il ne savait pas comment fonctionnaient les relations au sein d'une famille « normale » et d'ailleurs peu de ses personnages en avaient une, soit parce qu'il faisait rapidement mourir leurs proches, soit parce qu'ils naissaient orphelins. Il connaissait bien mieux l'existence des reclus que la vie d'une famille heureuse.

— Félicitations de t'en être remise plus vite que moi, ajouta-t-il d'un ton teinté d'amertume.

— Contrairement à toi, j'avais une famille aimante qui m'a entourée, après leur décès. J'ai deux sœurs, une plus âgée et une plus jeune qui était encore petite au moment des faits. Nous sommes toutes trois revenues à Savannah, vivre chez Tatie.

— Qui est-ce ? questionna-t-il malgré lui.

— En fait, elle n'est pas notre tante de sang. C'était la meilleure amie de ma grand-mère, et la nounou de ma mère, quand elle était enfant. Elle nous a adoptées toutes les trois et nous a élevées comme ses propres filles, même si elle-même n'a jamais eu d'enfants.

Elle marqua une pause avant de reprendre :

— Donc, la disparition de mes parents n'a pas eu du tout les mêmes conséquences sur ma vie que la mort des tiens sur la tienne. Je ne dis pas que ce fut facile, mais plus supportable. Et si mes sœurs disparaissaient, je ne sais vraiment pas comment je pourrais survivre. Elles font partie de moi, je ne peux imaginer de les perdre.

Luttant pour que sorte de ses poumons l'air qui y était littéralement comprimé, il dit d'une voix rauque :

— Que vais-je faire ?

— Écoute, je n'ai pas de réponse immédiate, mais nous allons trouver une solution.

Ce fut alors qu'il la sentit dans son dos… Il prit une profonde aspiration quand elle s'appuya sur lui.

— Murdoch était ta famille jusque-là, poursuivit-elle. Il était bien plus proche de toi que ta famille biologique, il est normal que tu sois comme en deuil.

Il n'avait pas été aisé d'accepter que Murdoch parte, mais il avait toujours cru que ce serait provisoire, il n'était pas du tout préparé à l'idée que son départ serait définitif.

Il ferma les paupières et sentit alors la chaleur de Willow se communiquer à lui, puis elle l'enlaça lentement, ancrant son corps au sien, comme s'ils étaient seuls au monde, dans un environnement sauvage…

Et soudain, il n'y tint plus et se retourna. Sans transition, il enfouit les mains dans sa chevelure auburn, sentant qu'il avait besoin de se noyer en elle, mais qu'il ne devait pas non plus précipiter le cours des événements, le coin de paradis qu'elle constituait pour lui était trop précieux.

Enserrant son visage entre ses mains, il retraça de sa langue le contour de sa bouche appétissante, désireux de graver ce moment en lui.

Ses lèvres bien pleines étaient légèrement salées, et il ne put retenir un petit grognement en mêlant sa langue à la sienne. Le fait qu'elle demeure parfaitement immobile et le laisse prendre l'initiative attisa d'autant son désir ; il se mit à lui caresser la nuque tout en l'embrassant éperdument, conscient de son abandon délibéré, du plaisir qu'elle tirait de leur baiser. Il en éprouva presque un vertige.

Quand il lui ôta son chemisier, il retint un tressaillement à la vue des douces courbes de sa poitrine : il aurait pu passer la nuit à la contempler ! Lorsqu'il posa les mains sur ses seins, il l'entendit reprendre son souffle et sentit leurs pointes se dresser sous sa paume, à travers le tissu de son soutien-gorge. Du pouce, il se mit à titiller ses mamelons, et elle agrippa ses biceps, comme pour ne pas chavirer.

Sa vulnérabilité l'excita terriblement et, fiévreux, il la fit basculer sur le matelas, anticipant la fête des sens à venir. Sa peau pâle était d'une beauté incomparable, son odeur de vanille d'une douceur enivrante, et dans le même temps, il la sentait vibrer de vie sous ses caresses. Brûlante. Qu'avait-il donc fait pour mériter un cadeau si précieux ?

Yeux rivés aux siens, il la déshabilla avec lenteur, découvrant enfin les pointes rose thé de ses seins qu'il avait hérissées quelques instants auparavant. De façon bien plus rapide, il se débarrassa de ses vêtements et, dans un sursaut de lucidité à travers le rideau de passion qui voilait son cerveau, ouvrit le tiroir de sa table de chevet pour y prendre un préservatif, mû cette fois par le besoin de la protéger, elle plus que lui.

Elle l'accueillit en elle avec avidité et il poussa un grognement quand sa chaleur liquide l'enveloppa. Il ferma les yeux, faisant appel à tout son sang-froid pour ne pas terminer avant d'avoir commencé, et que tous deux goûtent aux plaisirs de l'instant et à ceux plus grands encore à venir...

Peu à peu, ses coups de reins se firent plus puissants et quand elle lui griffa le dos en gémissant, il se pencha pour aspirer son lobe, pour entendre ses cris tout contre son oreille. Lorsqu'elle ceignit ses reins de ses jambes, une digue céda en lui et il accéléra ses va-et-vient, jusqu'à l'explosion ultime. Alors, pour la première fois, il eut la sensation qu'un besoin transcendant le plaisir physique les unissait l'un à l'autre. Une promesse unique. Un lien qui ne se briserait jamais.

12

Willow roula sur le dos, consciente que quelque chose ne tournait pas rond. Il lui fallut un certain temps pour comprendre qu'elle n'était pas dans son lit mais dans celui de Tate… Et qu'elle y était seule !

Alors qu'elle s'efforçait de chasser le brouillard qui voilait ses pensées, elle entendit le bruit d'un moteur reconnaissable entre tous : celui d'un avion qui prenait de l'altitude. En dépit de l'obscurité qui régnait — l'aube était sur le point de se lever —, Tate était déjà parti.

Elle voulut lutter contre la douleur qui l'étreignit soudain, mais il lui fut difficile de maîtriser ses émotions. La veille et la nuit précédente avaient été incroyables… Bien sûr, il avait recherché auprès d'elle le réconfort après la défection subite de Murdoch, mais ce n'était pas une raison pour décoller avant même le lever du soleil sans l'en avertir. En outre, sa propre réaction lui en apprenait beaucoup sur elle-même : elle qui avait toujours cru être une femme affranchie, prenant le jour comme il venait, s'aperçut que finalement elle mourait d'envie d'entretenir une relation sérieuse avec un homme.

Et qu'en fin de compte, ce serait elle qui souffrirait.

Avant toute chose, elle avait besoin d'un café. Enfilant bien vite un T-shirt de Tate, elle se rendit à la cuisine et découvrit alors un mot, près de la cafetière.

Je ne suis pas certain que tu t'en souviennes, mais j'ai rendez-vous avec Charles aujourd'hui. À ce soir.

Un petit rire nerveux lui échappa et elle se sentit un peu bête d'avoir été si perturbée alors qu'il l'avait prévenue qu'il devait rencontrer son éditeur pour discuter du contrat de son prochain livre.

Cela dit, il était si imprévisible qu'il n'était pas étonnant qu'elle tire toujours des conclusions hâtives !

Yeux tournés vers la fenêtre, elle prit une profonde inspiration, l'odeur rassurante du café noir saturant l'air… Elle devait retrouver son calme. Il avait commencé à pleuvoir, une tempête était prévue dans deux ou trois jours. Elle ne pourrait donc pas nager, toutefois n'avait-elle pas mieux à faire ?

Un sourire aux lèvres, elle remplit de nouveau sa tasse et ajouta un peu de crème, comme elle l'aimait. Curieux ! La crème avait dû tourner car elle avait vraiment un drôle de goût, ce matin.

Impatiente de se livrer à ce qu'elle avait en tête, elle monta s'habiller puis fila au deuxième étage.

La porte de la pièce qui se trouvait juste au-dessus de sa chambre était encore ouverte, et il lui sembla que la nuit où le plafond lui était quasiment tombé sur la tête remontait à une éternité : tant d'événements étaient survenus depuis !

Une fois sur le seuil, elle se rendit compte qu'il y régnait un vrai capharnaüm : il y avait tant de coffres et de malles qu'elle allait peut-être y passer toute la journée ! Pourtant, elle se rendit rapidement compte qu'ils ne contenaient que des papiers récents, et au moment où elle commençait à se décourager, elle repéra une pièce attenante. Soudain, un grand coup retentit et elle sursauta, avant d'éclater de rire : les volets étant fermés, elle ne s'était pas rendu compte qu'un gros orage montait. Et la pluie avait redoublé, constata-t-elle lorsque de lourdes gouttes se mirent à tomber sur la toiture. Pourvu que Tate n'ait pas de problèmes pour voler !

L'épaisse couche de poussière qui recouvrait la pièce donnait à penser que personne n'avait pénétré ici depuis des années. Par chance, tout était soigneusement rangé… mais pas étiqueté ! Et les coffres n'étaient pas tous aisés à ouvrir.

Pour couronner le tout, elle ne savait pas très bien sous quelle forme se trouvait la preuve qu'elle recherchait et qui disculperait, une bonne fois pour toutes, sa famille. Toutefois, elle s'orienta en fonction des dates proches du crime qui figuraient sur les divers papiers. De toute évidence, la famille avait entretenu peu de relations sociales, car il n'y avait ni journaux intimes, ni cartes, ni lettres, mais beaucoup de livres de comptes et de documents officiels. Elle finit par découvrir un coffre ouvert où se trouvaient des livres de comptes datés.

Bingo ! C'était l'année convoitée.

Au bout de quelques pages, elle s'aperçut que Tate lui avait raconté la vérité au sujet de ses ancêtres : John Kingston était un homme foncièrement mauvais.

Les registres montraient que des sommes étaient versées à certains particuliers, assurément des perturbateurs achetés par la famille, car la nature de leurs activités n'était pas répertoriée, seuls des lieux, des dates, des fournitures y figuraient.

Son cœur se mit à battre plus vite devant la portée historique et personnelle de ce qu'elle était en train de lire. Joseph Kingston menait systématiquement des attaques contre ses concurrents régionaux, quasiment toutes les semaines.

Combien de dommages matériels et de victimes figuraient dans cet épais livre de comptes ? S'y trouvait-il l'héritier des McLemore ? Pourrait-elle établir un rapport entre ces dates et les incidents reportés dans les journaux de l'époque ? La chercheuse en elle était très excitée, mais elle ne devait pas se disperser, lui rappela la voix de la raison.

Et soudain, elle tomba sur le nom de McLemore...

Pendant quelques secondes, elle savoura la joie de sa découverte qui allait permettre à Ivy de lever tout doute sur sa famille si celle de Paxton McLemore l'accusait de quoi que ce soit. Maintenant, ses sœurs et elle seraient armées pour parer à un éventuel conflit.

Mais qu'en était-il de Tate ?

Pour la première fois, elle pensa à lui dans toute cette affaire : comment réagirait-il si son histoire familiale était étalée sur la place publique, lui qui était si secret ?

Dans quel état allait-il trouver Willow ? se demanda Tate en rentrant à Sabatini House après minuit, car en dépit du mot qu'il lui avait laissé, il avait eu la sensation de fuir, ce matin, avant l'aube.

Il n'y avait personne au rez-de-chaussée. L'attendait-elle dans son lit ? Il ignorait comment elle envisageait leur relation, il ne lui avait donné nulle raison de penser qu'il avait envie qu'elle reste chez lui après l'été, mais il savait juste qu'elle lui avait manqué toute la journée.

Voudrait-elle de lui, ce soir ? Ou bien se serait-elle enfermée dans sa chambre ?

Il sentit ses nerfs monter d'un cran quand il se rendit dans sa suite vide. Il gagna alors la chambre de Willow, s'apprêtant à trouver porte close et déjà résigné à cette idée. Or, celle-ci était ouverte et la lumière allumée. Il entra à pas feutrés : sur le lit, elle s'était endormie et le tableau qu'elle lui offrait lui sembla d'une douceur inexprimable. Une douceur inconnue pour lui qui n'avait jamais surfé que sur l'écume de la passion, qu'elle soit positive ou négative.

Rapidement, il se déshabilla et se glissa à côté d'elle, dans le lit. Sentant sans doute une présence, elle se tourna vers lui et ouvrit furtivement les yeux avant de les refermer, un sourire aux lèvres, et de se blottir contre lui. Il n'oublierait jamais ce moment magique, se dit-il en sombrant à son tour dans le sommeil. Toutefois, sa nuit fut agitée, comme toujours à cette époque de l'année qui correspondait au décès de son frère et à toute la culpabilité qui y était liée.

Éveillé de bonne heure, il décida, après avoir avalé un café, de se rendre là où il n'allait qu'une fois par an, au bassin souterrain, cet endroit si symbolique pour sa famille pour qui tout avait commencé sur l'eau qui avait été leur maison, leur gagne-pain et que dans leur démesure ils avaient cru pouvoir contrôler.

La main sur la poignée depuis quelques minutes déjà, il se força à ouvrir la porte ; à cet instant, le remous lui emplit les oreilles.

Cet endroit avait fasciné de nombreuses personnes, du temps de ses parents, pour son incroyable architecture. Des lucarnes, il pouvait distinguer les vagues qui à l'extérieur venaient heurter les murs du manoir. Pour lui, cela n'avait rien de magique, au contraire, c'était un endroit maléfique. La source de la puissance de sa famille… et celle de la mort de son frère.

Plus jamais il ne ferait confiance à l'eau. Cependant, le fait de ne pas pouvoir même franchir le pont qui reliait son île à la terre représentait pour lui une faiblesse intolérable.

Il n'avait pas lâché la poignée de la porte, l'appui lui permettant de ne pas vaciller. Soudain, il sentit une main toute douce se poser sur la sienne, un corps souple se presser contre son dos. Elle ne chercha pas à l'inciter à se retourner, elle ne lui posa pas la moindre question, se contentant de presser sa joue sur son épaule pour lui offrir tout simplement du réconfort.

Un frémissement le parcourut tandis que la tension qui l'avait habité jusque-là s'évanouissait peu à peu. Son contact si délicat lui avait rappelé qu'il n'était plus seul au monde.

— Tu vas bien ? finit-elle par demander dans un murmure, contre son oreille.

Non, il n'était pas en grande forme, mais pour la première fois, comme il était en sa compagnie, le problème ne lui sembla pas insurmontable.

Aussi parvint-il à lui confier la raison de son réveil matutinal.

— Demain aurait été le jour de son anniversaire.

13

Les propos de Tate hantaient toujours Willow quand elle se rendit en ville pour faire les courses, tandis qu'il passerait la journée à préparer le manoir afin que la bâtisse résiste à la tempête annoncée. De son côté, elle veillerait à ce qu'ils ne manquent de rien et prendrait même des petits extras...

Elle se rendit alors compte qu'elle ne savait plus très bien où se situait la frontière entre son travail et son désir de prendre soin d'un homme à titre bien plus personnel. De fait, elle avait envie d'organiser une petite fête à deux pour son anniversaire et elle espérait qu'il apprécierait l'initiative car d'après ce que Murdoch lui avait appris, personne ne le lui avait fêté depuis la mort de son frère, ce qui était particulièrement triste. Même s'il avait adoré son jumeau, la vie avait continué après et ses parents avaient été d'une cruauté indicible envers lui.

De plus, il était important pour elle de lui montrer qu'elle l'estimait en tant que personne, ce qui pourrait sans doute adoucir le choc qu'elle sentait venir... En effet, même si elle s'efforçait de ne pas y penser, elle redoutait que son pire cauchemar ne devienne réalité : les curieux symptômes qu'elle ressentait à présent étaient trop fréquents pour qu'elle continue à les ignorer.

Cette pensée en tête, elle se tourna vers Jasmine, avec qui elle effectuait ses emplettes au plus grand centre commercial du quartier.

— Comment va Ivy ? demanda-t-elle.

— Pas très fort, répondit Jasmine en secouant la tête. Les

nausées l'affaiblissent terriblement. Je ne vois pas comment elle va pouvoir continuer à travailler alors qu'elle est si fatiguée.

— La pauvre, renchérit-elle pleine de compassion en poussant son chariot.

— Elle est à bout, insista Jasmine. Elle est enfin en congé mais sa remplaçante ne cesse de l'appeler, se plaignant que son chef lui donne chaque jour un peu plus de travail.

— Pourquoi répond-elle au téléphone ?

— Je lui ai dit de ne pas prendre les appels, mais elle prétend qu'elle doit ménager ses arrières, répondit Jasmine en roulant les yeux.

— Tu sais bien qu'elle a toujours été comme ça !

— Oui, mais en l'occurrence, elle a vraiment peur de ne pas retrouver un emploi avant l'accouchement.

Elle comprenait tout à fait les angoisses d'Ivy : quel employeur allait embaucher une femme enceinte ? Cela la ramena à ses préoccupations...

— Donc, elle est épuisée et nauséeuse, c'est ça ? demanda-t-elle.

Pour sa part, elle n'avait qu'un symptôme, donc elle avait peut-être échappé au pire...

— Pourquoi fais-tu cette tête ? lui demanda subitement Jasmine.

Et zut ! Elle avait oublié combien sa sœur était sensible et attentive.

— Que veux-tu dire ?

Sa sœur plissa les yeux.

— Ne prends pas cet air innocent, tu sais parfaitement que ça ne marche pas avec moi.

Elle pouvait s'ouvrir à Jasmine, celle-ci avait toute sa confiance, là n'était pas la question, seulement l'idée d'exprimer ses doutes à voix haute la terrifiait. Les lui murmurer serait peut-être une meilleure solution ? Assez, elle devait s'armer de courage et obtenir un avis éclairé, en l'occurrence celui de Jasmine, au lieu de lire tout un tas d'horreurs sur Internet.

D'un ton le plus détaché possible, elle demanda alors :

— Quels sont exactement les symptômes d'une grossesse ? À part les nausées, bien sûr.

Jasmine poussa un petit cri et sa voix avait monté d'une octave lorsqu'elle s'exclama :

— Pardon ? Serais-tu…

— Chut ! ordonna-t-elle en regardant vivement autour d'elle. Il n'aurait plus manqué qu'un de ses étudiants passe par hasard ici alors que sa sœur était en train de la cuisiner sur les conséquences de sa vie sexuelle.

— Qu'essaies-tu de me dire, au juste ? s'enquit Jasmine, yeux froncés, mais d'une voix plus basse.

— Rien ! J'essayais au contraire d'obtenir des informations, de façon subtile.

— Il vaut mieux être directe.

— Oui, je vois ça.

Elles se regardèrent fixement pendant quelques instants jusqu'à ce qu'elles éclatent toutes les deux de rire. Jasmine fut la première à se remettre.

— J'imagine que tu as une bonne raison de penser que tu es peut-être enceinte ?

— Je ne devrais pourtant pas.

Jasmine haussa un sourcil sceptique avec l'élégance qui la caractérisait, même quand le sujet était des plus délicats.

— Veux-tu bien arrêter de tourner autour du pot et me dire ce qui se passe ?

Dans un quasi-chuchotement, elle lui répondit :

— J'ai pris la pilule du lendemain et je pensais que tout serait réglé, mais depuis, je me sens bizarre. Cela dit, je n'ai pas de nausées, je suis juste très fatiguée. Et parfois, aussi, j'ai des vertiges et…

Sans attendre la suite, Jasmine se remit en marche. Elle la regarda d'un air d'abord ahuri, puis lui emboîta le pas.

— Où vas-tu, au juste ?

— Pour une personne aussi intelligente que toi, tu manques parfois de réactivité, rétorqua sa sœur.

Cette remarque ne la vexa pas, sachant que Jasmine la taquinait, cependant elle ne comprenait toujours pas son attitude. Et quand elle vit sa sœur s'arrêter au rayon parapharmacie, elle commença à nourrir des inquiétudes…

— Tu sais que la pilule du lendemain n'est pas fiable à cent pour cent, n'est-ce pas ? dit Jasmine.

Sur cette question, elle s'éclipsa un instant pour revenir avec une petite boîte qu'elle lui tendit.

— Tiens, au moins tu seras fixée.

Elle regarda le test de grossesse, redoutant presque de le toucher. Et à cet instant, elle eut justement une nausée : parfait timing, maugréa-t-elle intérieurement.

Devant son hésitation, Jasmine insista :

— Enfin, Willow, c'est la meilleure façon de savoir ! Allons aux toilettes tout de suite et...

— Je préfère le faire à la maison.

— Mais tu me promets que tu m'appelles dès que c'est fait ?

— Promis.

— Après en avoir averti le père, bien sûr ?

Eh bien, quel beau projet en perspective ! pensa-t-elle avec dérision.

Tate serra les dents, s'efforçant de ne pas prêter attention à l'envie qui le titillait de cesser d'écrire. Cela faisait des heures qu'il tapait sur son clavier. D'ordinaire, son travail lui permettait de tout oublier, aussi était-il troublé qu'aujourd'hui ce ne soit pas le cas. L'horloge lui indiquait que Willow avait logiquement commencé à préparer le dîner festif pour célébrer son nouveau contrat.

Subitement, il ferma son ordinateur et regagna le rez-de-chaussée ; de fait, elle se trouvait dans la cuisine, ce qui le fit sourire. Elle était restée très discrète sur ses talents culinaires alors qu'elle était un réel cordon-bleu, de sorte qu'il attendait toujours avec impatience l'heure des repas, depuis qu'elle travaillait pour lui. Toutefois, il fila directement dans la salle à manger qui donnait sur le front de mer, notant que la pièce qu'il n'utilisait plus depuis fort longtemps et dont le mobilier des années soixante aurait mérité d'être remplacé, était rutilante : pas la moindre trace de poussière. De toute évidence, elle y avait fait le ménage. Avec prudence, il s'approcha de la grande baie vitrée et en ouvrit les tentures : celle-ci offrait une vue sur l'océan et permettait d'accéder à une terrasse où ses parents organisaient des fêtes, autrefois, par les chaudes nuits d'été.

Il n'y avait pas remis les pieds depuis leur disparition, et le simple fait de repenser à cet endroit, où il avait passé une bonne partie de son enfance, lui donnait toujours des sueurs froides, tout comme maintenant. Sauf qu'en l'occurrence, il s'y trouvait, ayant décidé de passer outre à ses sensations.

À son grand étonnement, la porte-fenêtre s'ouvrit facilement et un sourire lui monta aux lèvres : c'était probablement là le résultat du zèle de Murdoch, qui avait entretenu tout le manoir déplorant qu'il vive en reclus. C'était sa façon élégante de protester contre son existence d'ermite sans avoir à l'affronter directement. Ce soir, Murdoch aurait été fier de lui, pensa-t-il alors qu'il s'était mis, dos tourné à la mer, à retirer la bâche qui recouvrait la table et les chaises extérieures. Quand il avait dit à Willow qu'ils feraient un bon dîner, il n'avait pas précisé où.

Il n'avait pas forcément l'intention de discuter de la nature de leur relation entre la poire et le fromage, mais il ne pouvait plus ignorer ce qui se passait entre eux. Les émotions et les sensations qu'il éprouvait en sa présence, à la fois dans et en dehors de la chambre, l'effrayaient au plus haut point, mais ils devaient finir par les analyser, pour leur salut à tous deux.

Il revint juste à temps dans la cuisine, alors qu'elle allait disposer sur la table où il mangeait habituellement les différents mets qu'elle avait préparés. Sans un mot, il lui prit le plateau des mains et sortit de la cuisine.

— Où vas-tu ? questionna-t-elle.

Elle lui emboîta le pas et il l'entendit s'immobiliser brusquement, sans doute quand elle remarqua que les lourds rideaux étaient tirés et la porte-fenêtre ouverte. Il se retourna, s'efforçant de ne pas sourire.

— Viens, dit-il.

Une fois sur la terrasse, il lui présenta la chaise face à l'océan.

— Je croyais que tu ne venais jamais ici, finit-elle par marmonner.

— Surprise ?

Elle lui adressa alors un sourire redoutablement impertinent.

— Ça te plaît de me désarçonner, n'est-ce pas ? En tout cas, Tate, sache que je suis impressionnée par la façon dont tu es parvenu à surmonter ta peur de l'eau.

Il jeta alors un coup d'œil au soleil en train de plonger lentement derrière l'horizon, laissant dans son sillage des écharpes roses et violettes.

— Il était temps, tu ne crois pas ? répliqua-t-il en dirigeant le regard vers elle. Mais pour répondre à ta première question, oui, cela me plaît.

— Quitte à me faire presque tomber à la renverse, hein ?

— Ah non, pas dans la salle à manger ! Je préfère quand tu t'écroules sur mon lit !

Son sourire l'éclaira de l'intérieur. Pour la première fois depuis son arrivée à Sabatini House, ce fut lui qui la servit et, durant tout le dîner, il s'efforça de ne pas regarder directement l'océan pour ne pas se rappeler les pires moments de sa vie, ceux qui lui avaient arraché le cœur.

« Parfois, les monstres deviennent encore plus grands si on les cache dans l'obscurité. »

C'était ce qu'affirmait un de ses protagonistes dans ses livres, et il aurait dû en prendre de la graine depuis longtemps.

— Vas-tu finir par me dire en quoi j'ai mérité un tel traitement, ce soir ? demanda-t-elle.

Il savoura jusqu'à la fin sa bouchée de viande avant de répondre :

— Tu as été la bonté même avec moi, Willow.

— En es-tu bien certain ?

Tiens, il ne s'était pas attendu à du sarcasme de sa part… Mais il était vrai qu'il avait sans doute oublié à qui il avait affaire.

— Absolument. Nous savons tous les deux que je ne suis pas très doué pour exprimer ma gratitude, mais j'apprécie tout ce que tu as fait pour moi et je voulais te montrer que je suis moi aussi capable de fournir un effort.

— Cet effort, ce n'est pas pour moi que tu dois le faire, mais pour toi, rétorqua-t-elle en secouant la tête.

— Entendu…

Pendant un curieux instant, les mots lui manquèrent, puis il poursuivit :

— Willow, ces quelques semaines ont été incroyables…

À ces mots, un petit cri de détresse lui échappa.

— Qu'y a-t-il ? s'enquit-il aussitôt.

Elle ouvrit de grands yeux emplis d'inquiétude.

— M'aurais-tu accordé tous ces honneurs pour m'annoncer que tu n'avais plus besoin de moi ?

— C'est ce que tu veux m'entendre dire ?

Elle prit alors un air confus.

— Mais non.

— Dans ce cas c'est parfait, car telle n'est pas mon intention.

Elle se redressa et rougit, ce qui l'amusa légèrement et flatta son ego : au moins, elle avait envie de rester, même s'il pouvait parfois se conduire comme un vrai crétin.

— Donc, quel est le but de ce dîner ?

— Si tu ne cessais de m'interrompre, je pourrais au moins finir.

Elle hocha promptement la tête et baissa les yeux, dans lesquels il lui avait semblé voir briller des larmes. Il était temps de baisser les armes.

— Je ne sais pas au juste ce qui m'arrive, reprit-il, mais je n'ai jamais vécu une telle expérience.

Elle plongea ses prunelles vertes dans les siennes.

— Vraiment ? murmura-t-elle.

Il hocha la tête, puis lui effleura la chevelure.

— Merci d'être ici, dit-il.

Et ils échangèrent un regard bien plus évocateur que ce que chacun était prêt à exprimer.

— Je…

Il déglutit, ne sachant quels mots choisir pour énoncer ce qu'il ressentait.

— Moi aussi, trancha-t-elle.

Elle avait saisi le message, parfait, il se devait néanmoins d'aller jusqu'au bout.

— Tu es une femme incroyable, je ne sais pas vraiment ce que je veux, juste que ce que nous vivons actuellement continue ainsi.

Bon, ce n'était pas franchement romantique, il s'en rendait

bien compte, mais ce domaine n'était pas son fort. À défaut, il était honnête.

En guise de réponse, elle se pencha vers lui et pressa sa bouche contre la sienne.

— Donc tu es d'accord ? demanda-t-il d'un ton presque craintif, une fois qu'elle se fut redressée.

Elle lui adressa son plus beau sourire.

— Et comment !

— Tu vois, je savais que nous aurions quelque chose à fêter.

Mais soudain, elle se leva d'un bond et il eut à peine le temps de hausser un sourcil que déjà elle partait en courant. Déconcerté, il ne put s'empêcher de lancer :

— Aurais-tu déjà changé d'avis ?

14

Willow fila aussi vite que possible dans la cuisine et revint très rapidement, un petit plateau à la main, et d'un pas bien moins précipité que lors de son départ.

Tate se tenait toujours sur la terrasse et contemplait le ciel. Depuis quand n'avait-il pas observé un coucher de soleil sur l'océan ? se demanda-t-elle. À la raideur de ses épaules, elle n'était pas certaine qu'il appréciait le spectacle à sa juste valeur, mais au moins il était là, et cela représentait un pas dans la bonne direction, un pas pour sortir des ombres où il s'était tapi depuis une éternité.

Elle espérait que la surprise qu'elle lui réservait irait dans le même sens.

— Bon anniversaire, Tate.

À ces mots, il se retourna avec lenteur, puis laissa tomber les yeux sur le gâteau piqué de bougies. Comme il demeurait immobile, elle sentit la panique l'envahir...

Était-il furieux qu'elle ait pris l'initiative de lui souhaiter son anniversaire alors que, pendant de longues années, ce jour ne se différenciait pas des autres, pour lui ?

Ce fut alors que, sans prononcer un mot, il s'avança brusquement vers elle et, lui prenant le plateau des mains, le posa sur la table. Au moment où elle crut qu'il allait annoncer qu'il retirait tout ce qu'il lui avait dit précédemment, il prit son visage en coupe pour lui donner un long baiser, d'une langueur brûlante.

Puis, détachant — trop vite à son goût — sa bouche de la sienne, il déclara :

— Willow, je crois que je t'aime...

Incapable de lui répondre en raison de la peur et de l'excitation qui se disputaient en elle, elle se contenta de lui sourire avant d'effleurer sa bouche : elle n'était pas encore prête à lui avouer son amour.

— Il est temps que nous mangions le gâteau, murmura-t-elle à la place.

Il souffla ses bougies comme à contrecœur mais parut se réjouir quand elle découpa le gâteau au chocolat et lui en tendit une part. Après l'avoir dégusté, ils débarrassèrent rapidement la table. Il ne manquait pas une occasion de la frôler ce qui, à chaque fois, lui procurait un délicieux frisson.

Mais tout à coup, alors qu'il s'apprêtait à ranger les assiettes empilées sur l'îlot, il fit tomber par inadvertance son sac à main qui s'y trouvait aussi. Il se baissa pour en ramasser le contenu. Jusque-là, tout allait bien, mais quand il se redressa...

— C'est quoi, ce truc ? questionna-t-il d'un ton dur.

Et il lui tendit la petite boîte blanche que Jasmine lui avait achetée à la pharmacie.

— Tu m'avais dit que tu avais pris la pilule du lendemain ! poursuivit-il sur le même ton.

Elle sentit les battements de son cœur s'accélérer et son estomac se contracta violemment au point qu'elle redouta une nausée.

— Et c'est ce que j'ai fait, répliqua-t-elle sur le ton du murmure. Seulement, depuis, je ne me sens pas bien.

Il braquait à présent sur la boîte des yeux horrifiés et elle crut un instant le voir vaciller. Elle se précipita sur lui pour le soutenir mais il recula et se ressaisit.

Alors elle se figea, ne sachant que faire.

— Je ne comprends pas, murmura-t-il. Tu m'avais affirmé avoir pris cette pilule.

Qu'il le lui reproche une fois, elle le concevait, mais deux, ce n'était pas acceptable, eu égard à sa réponse.

— M'accuserais-tu de t'avoir menti ? se défendit-elle.

Alors pour la première fois depuis la découverte du test de grossesse dans son sac, il la regarda vraiment.

— Pardon ?

Eh oui, Tate, la réalité est parfois des plus inattendues.

— Il semblerait que je ne sois pas la seule qui ne prête pas attention aux informations relatives aux possibilités d'échec, dans les posologies.

— Il faut croire.

Il était trop calme, parlait d'un ton trop détaché pour que ce soit de bon augure. Cependant, elle voyait des perles de sueur perler sur son front, ce qui le rendit subitement très humain à ses yeux ; par ailleurs, elle avait la sensation de s'être délestée d'un fardeau, puisqu'ils étaient désormais deux à gérer le problème.

— Faisons-le, dit-il.

Elle sourcilla.

— Je ne comprends pas...

Il brandit la boîte.

— Faisons le test !

— Ne penses-tu pas que c'est à *moi* de m'en charger ?

— On va se disputer sur la sémantique, à présent ? Ou bien agir, pour en avoir le cœur net ?

Pour sa part, elle aurait préféré qu'ils se querellent toute la nuit pour retarder le moment du test !

— Tu veux vraiment savoir ? finit-elle par demander.

— On ne peut se dérober à la réalité, qu'elle nous plaise ou non. Viens !

Et sur ce ton déterminé, il se dirigea vers l'escalier. Pendant quelques secondes, elle fut incapable du moindre pas, puis finit par le suivre. Elle se réjouit qu'il se dirige vers sa chambre, et non sa suite à lui, car celle-ci aurait ramené trop de souvenirs à la surface. Néanmoins, quand il pénétra dans sa salle de bains, elle estima qu'il était temps qu'elle reprenne la situation en main, sinon il se croirait tout permis, et elle serait à sa merci.

— Dehors, lui dit-elle en y entrant à son tour.

— Mais...

— Dehors !

Il obtempéra et elle referma soigneusement la porte derrière lui, sans la verrouiller pour autant…

… De sorte qu'il n'eut pas à la défoncer quand, cinq minutes plus tard, il toqua et qu'elle ne répondit pas. Elle ne pouvait tout simplement pas bouger, comme paralysée.

Yeux clos, elle le sentit s'approcher.

— Très bien, décréta-t-il au bout d'un moment.

Et il sortit de la salle de bains. Il avait visiblement pris connaissance du résultat du test. À cet instant, son monde vacilla.

Le plus grand chaos régnait désormais dans sa vie, telle fut la première pensée qui assaillit Willow au réveil. Elle n'avait quasiment pas fermé l'œil de la nuit. Qu'allait-elle faire ? En outre, le livre de comptes qui stigmatisait les Kingston n'avait cessé de la hanter, car il y dénonçait la conduite infâme des ancêtres de l'enfant qu'elle portait…

Son enfant.

Elle posa les mains sur son ventre : elle avait toujours un peu de mal à comprendre ce qui se passait.

Elle devait s'en ouvrir à Tate ! Incapable de rester allongée plus longtemps, elle se leva. Elle aurait tout donné pour boire un café, mais elle savait qu'il n'aurait pas le goût habituel, en raison de son état.

Elle constata qu'il y avait de la lumière dans le bureau de Tate. S'immobilisant devant la porte, elle n'entendit pourtant aucun bruit : travaillait-il vraiment ou cherchait-il juste à l'éviter ? Devait-elle se ruer à l'intérieur et le questionner sur ce qu'il pensait de la situation, ou bien lui donner le temps de digérer l'information ?

Comme elle envia alors ses sœurs qui tous les jours côtoyaient des hommes de pouvoir et savaient comment s'y prendre avec eux. Encore qu'en l'occurrence, il ne s'agissait pas juste de puissance, puisque les sentiments venaient s'en mêler… Sans doute était-il préférable de ne pas tenter le lion dans sa cage. Elle descendit dans la cuisine, où finalement elle ne s'attarda pas. Elle-même n'avait pas faim et qui savait quand Tate se déciderait à sortir de son antre pour prendre son petit déjeuner ?

L'angoisse chevillée au corps, elle poursuivit son chemin et se rendit au sous-sol. Devant la porte qui menait au bassin, elle hésita, entendant le clapotis des vagues. Dans l'après-midi, elles déferleraient à l'extérieur, car l'orage montait. Sur une impulsion, elle poussa la porte, et découvrit un lieu incroyablement bien aménagé et au design remarquable : le plafond y était peu élevé mais très long et le bassin entouré de carreaux d'un bel orange cuivré ; ils pavaient également l'escalier qui y menait. La lumière se reflétait sur l'eau frémissante, et au bout du bassin une ouverture permettait d'apercevoir le ciel, encore gris à cette heure matutinale.

Fascinée, elle s'assit sur le rebord, pieds dans l'eau, et elle sentit tout à coup son agitation intérieure diminuer tout comme ses muscles se détendre peu à peu… L'eau était si tentante… Et dire qu'elle avait passé l'été au bord de la mer sans avoir pu nager une seule fois dans les vagues ! Alors, sans réfléchir, elle retira ses vêtements, ne gardant que ses dessous, et s'immergea dans le bassin.

L'eau froide la fit d'abord frissonner, mais elle se mit bien vite à effectuer des longueurs pour se réchauffer, ne s'approchant pas trop de l'ouverture, même si elle se doutait que tout avait été conçu pour bloquer d'éventuelles grosses vagues. La nage apaisa son esprit agité et elle en oublia les vieilles querelles familiales, les tragédies et même les sentiments qu'elle éprouvait pour Tate, se contentant de respirer profondément, d'avancer et d'apprécier la sensation de l'eau sur sa peau…

Jusqu'à ce qu'un grand bruit l'arrache à ce bien-être !

Elle se redressa d'un coup : Tate se tenait sur le seuil, l'air furieux. Subitement, une crampe la traversa et, se repliant par réflexe sur elle-même, elle replongea la tête sous l'eau.

Ce fut alors qu'elle sentit une vive poigne la ramener à la surface et fut projetée contre un torse bien viril. Il baissa les yeux vers elle et elle se heurta à l'impact de son regard.

— Pourquoi as-tu fait ça ? demanda-t-il d'un ton sec. Tu sais parfaitement ce que m'inspire cet endroit. Mais cela ne t'arrête pas, il faut que tu ailles y nager et manques en plus de t'y noyer. Bon sang, si je n'étais pas arrivé au moment opportun…

Sa voix résonnait dans toute la grotte et la fit frissonner.

— Qu'est-ce qui t'a pris, Willow ? poursuivit-il. Je t'ai pourtant dit que c'était un lieu interdit !

À cet instant, elle estima qu'elle en avait assez entendu. Serrant les dents, elle se dégagea de son étreinte.

— Je ne sais pas, Tate. J'ai dû penser, dans un moment d'égarement, que je représentais plus à tes yeux qu'une simple employée. Une femme capable de prendre des décisions par elle-même, par exemple.

Il la considéra, le visage tendu de colère.

— Te rends-tu compte que ta folie aurait pu tuer notre enfant ?

15

Tate avait parfaitement consciente de ressembler à un gardien de prison, tandis qu'il surplombait Willow, bras croisés, dans la cuisine où ils se trouvaient à présent.

— Qui est cet homme ? Que fait-il ici ? questionna-t-elle d'un ton dur.

Et son regard accusateur se posa sur le docteur qui l'accompagnait.

— C'est un médecin qui est venu t'examiner.

L'aube se levait à peine, et pourtant le Dr D'Ambrosio avait accouru dès son appel. Certes, il aurait dû la prévenir, mais le choc de la veille l'avait complètement perturbé et il avait passé la nuit à arpenter sa suite, Willo s'étant retranchée dans sa chambre.

Le fait est qu'elle était enceinte, même s'il s'était juré qu'il ne perpétuerait jamais la lignée des Kingston. Et il s'agissait désormais de prendre une décision. Encore fallait-il qu'ils puissent discuter mais, en tout état de cause, il avait besoin de s'assurer qu'elle allait bien, d'où la présence du Dr D'Ambrosio.

— S'il te plaît, reprit-il d'une voix adoucie, accepte cet examen afin que nous sachions si vous allez bien, toi et le...

Le mot « bébé » resta coincé dans sa gorge, nouée par l'émotion.

— S'il te plaît, implora-t-il de nouveau.

Le Dr D'Ambrosio adressa alors un doux sourire à Willow. Il le connaissait depuis toujours. Aujourd'hui, la blancheur de sa chevelure contrastait avec son teint hâlé qui montrait combien il aimait l'extérieur. Il avait aidé sa mère à accoucher de son frère et lui, puis suivi leurs maladies infantiles, et avait naturellement accouru lors de la noyade. Depuis, il le voyait rarement mais le docteur faisait toujours partie de sa vie et il savait qu'il pouvait compter sur lui.

— Asseyez-vous, ma chère, vous serez plus à l'aise, et racontez-moi ce qui se passe, déclara alors le Dr D'Ambrosio.

Avec réticence, elle finit par obtempérer et résuma ce qui était survenu au cours des dernières semaines pendant qu'il avait la sensation de se retrouver au cœur d'un des romans d'horreur qu'il savait si bien écrire. Sauf que cette fois, le responsable, c'était lui.

— Et la date de vos dernières règles ? demanda le Dr D'Ambrosio.

Cinq semaines, vraiment ? s'interrogea-t-il en entendant la réponse. Tout était si flou dans son esprit, il ne comprenait plus rien, mais surtout, pourquoi avait-il noué cette relation avec Willow ? Il savait bien que le destin trouvait toujours moyen de le pousser dans ses ultimes retranchements.

— Comment vous sentez-vous ? reprit le Dr D'Ambrosio assis juste en face de lui.

— Je n'ai pas de nausées, est-ce problématique ?

— Non, certaines femmes n'en ont pas. Autre chose ?

— Oui. Je suis très fatiguée, et tout ce que je mange a un drôle de goût.

— Pas de crampes ?

— Non, à part tout à l'heure, dans l'eau.

Sortant son stéthoscope, le docteur déclara :

— Je vais écouter votre cœur, vos poumons, votre ventre…

Une fois qu'il eut terminé, il reprit :

— Pouvez-vous me dire ce qui s'est passé, quand vous avez eu la crampe dans l'eau et que vous avez coulé ?

Elle se tourna vers lui, le regardant comme si sa présence la gênait, puis répondit :

— J'avais nagé tranquillement, tout allait bien, mais c'est quand… j'ai été surprise dans l'eau que j'ai eu la crampe.

Était-ce donc son arrivée impromptue qui en était la cause ?

— Montrez-moi à quel endroit c'était, exactement.

Il se tendit, conscient que ce genre de symptôme, ce n'était jamais bon signe et également surpris d'être à ce point inquiet et ému.

— Très bien, enchaîna le docteur. Voulez-vous bien aller vous allonger dans la pièce voisine afin que je vous examine de plus près ?

Elle parut se détendre devant les manières de gentleman de son cher D'Ambrosio, ce qui le rassura, car depuis qu'il lui avait hurlé dessus en la découvrant dans le bassin, il avait l'impression qu'à chaque seconde, elle allait craquer.

Tout était sa faute, s'il n'avait pas été aussi odieux, rien de tout cela ne se serait produit. Si seulement il avait pu maîtriser ses émotions contradictoires !

— Quand avez-vous découvert que vous étiez enceinte ? demanda le docteur.

— Hier soir, j'ai fait un test de grossesse car je me trouvais bizarre depuis quelque temps, mais...

Elle se mordit la lèvre.

— Racontez-moi librement, l'encouragea le Dr D'Ambrosio.

Il comprenait parfaitement ses hésitations, mais pressé de savoir, il répondit à sa place :

— C'était inattendu car elle avait pris la pilule du lendemain, expliqua-t-il.

Le docteur hocha la tête, puis tapota la main de Willow.

— Je reviens, dit-il.

De fait, il refit son entrée quelques instants plus tard en poussant un chariot sur lequel se trouvait un appareil imposant.

— Qu'est-ce que c'est ? s'enquit-il.

— Le matériel nécessaire à une échographie. Peut-être est-ce encore trop tôt et ne verrons-nous rien, mais on ne sait jamais.

Et sur ces mots, l'étonnant docteur ouvrit son curieux ordinateur et l'écran s'alluma instantanément.

— Détendez-vous, mademoiselle, cela ne vous fera pas mal du tout, dit le Dr D'Ambrosio.

Il appliqua sur son ventre un gel clair puis, à l'aide de la sonde, dessina des petits cercles sur sa peau.

Il surveillait l'écran rempli de zones gris clair et d'autres plus foncées qui n'évoquaient absolument rien pour lui. Rien ne ressemblait à un enfant, pas même en version minuscule.

Le docteur marqua une pause. Un cercle noir apparaissait à présent sur l'écran et, sous la courbe inférieure, on apercevait une petite lumière clignotante.

— Vous voyez ce point ? demanda-t-il.

— Oui, murmura-t-elle.

— C'est le cœur de votre enfant.

Elle poussa une petite exclamation. Et il sentit les battements de son propre cœur s'accélérer, comme si ce dernier cherchait à cogner à la vitesse du point lumineux.

— Il est trop tôt pour en dire beaucoup plus, mais c'est un bon signe.

Il ignorait ce que les autres hommes ressentaient face au miracle de la vie, mais pour sa part, il avait la sensation que tout son corps s'était engourdi, à part son cœur. Cette fois, la preuve de la grossesse était indéniable.

Et dire qu'il s'était juré que la lignée maudite des Kingston s'arrêterait avec lui, pensa-t-il, consterné. Ce fut alors que, contre toute attente, cette petite lumière sur l'écran alluma une étincelle d'espoir en lui. Sensation inédite pour le nihiliste qu'il était mais que, à l'instar de l'amour qu'il éprouvait pour elle, il venait d'identifier sans jamais l'avoir connue auparavant.

Toujours absorbé par ses pensées, il entendit soudain Willow demander d'une voix tremblante :

— Est-ce que la pilule du lendemain risque de causer du tort au bébé ?

Il comprit alors sa nervosité et eut envie de l'enlacer par l'épaule mais, ne sachant si elle apprécierait, s'en abstint.

— Normalement, tout devrait bien se dérouler, la rassura le docteur, d'autant que vous serez étroitement surveillée. Et pour commencer je vais vous prescrire des vitamines, cela vous aidera à lutter contre la fatigue.

Elle hocha la tête.

— Pourquoi...

Elle s'interrompit, visiblement trop inquiète pour formuler sa question, et il s'aperçut à quel point il avait été égoïste : happé par ce que lui ressentait, il s'était inquiété des retombées de la grossesse sur sa propre existence, alors que c'était elle qui allait la vivre dans sa chair !

— Cette crampe, reprit-elle, à quoi était-elle due ?

— Oh ! ne vous inquiétez pas pour cela ! Elle était liée à l'exercice et s'explique facilement.

— C'est-à-dire ?

Le Dr D'Ambrosio sourit à Willow.

— Votre ventre grossit et vos muscles doivent s'ajuster, voilà tout ! Reposez-vous si cela vous arrive de nouveau. Cependant, si la fréquence augmente, appelez-moi. En outre, il n'est pas exclu que vous mettiez des jumeaux au monde.

— Pardon ? s'exclamèrent-ils en même temps.

Le médecin les considéra d'un regard amusé.

— Il y a eu des jumeaux à chaque génération de Kingston, non ?

Il était si ahuri qu'il ne pouvait plus ni bouger ni penser.

Tout en rangeant ses affaires, le Dr D'Ambrosio ajouta :

— Félicitations à vous deux. Je repasserai la semaine prochaine, sauf si vous m'appelez avant.

Il parvint à le remercier, mais lorsque le docteur s'en alla, Willow et lui restèrent cloués sur place, abasourdis.

Willow se réveilla dans le lit de Tate, ce qui la plongea dans la plus grande confusion, puisqu'elle était certaine de s'être endormie sur le canapé du salon qui n'était absolument pas confortable. Finalement, c'était un peu comme si l'échographie avait eu lieu sur une vraie table d'examen, dans un cabinet.

L'échographie... C'était incroyable. Et ce minuscule point clignotant était vraiment le cœur du bébé ?

D'instinct, elle posa la main sur son ventre. Allait-elle être à la hauteur ? Elle repensa à Jasmine et à l'abnégation qu'il fallait pour s'occuper d'un bébé ; en outre, Rosie était une enfant adoptée, de sorte que Jasmine avait évité la grossesse et l'accouchement.

Subitement, les larmes lui montèrent aux yeux. De grosses larmes qui roulèrent bientôt sur ses joues, et elle s'en sentit mortifiée, car elle n'était pas le genre de personne à pleurer pour un rien. Soudain, le lit bougea et elle s'aperçut qu'elle n'était pas seule.

Elle pressa alors le visage contre son oreiller, espérant cacher ses sanglots, à défaut de pouvoir les arrêter.

— Willow, tout va bien ?

— Et toi ? répliqua-t-elle pour détourner la conversation.

— Ce n'est pas moi qui compte.

Elle se retourna et le vit à l'autre bout du lit. Il devait pleuvoir, car la pièce était plongée dans la demi-pénombre.

— Depuis quand ? ironisa-t-elle.

— Je ne vois pas en quoi j'aurais mon mot à dire, c'est toi, ton corps qui est concerné au premier chef.

Elle se redressa, se sentant vulnérable dans la position allongée, puis essuya discrètement une larme, espérant que l'obscurité jouait en sa faveur.

— Ce qui ne veut pas dire que tu ne l'es pas ! J'attends que tu me donnes ton avis… Quand je te le demanderai.

Elle le vit sourire, puis il s'éclaircit la gorge.

— Euh, donc… Nous sommes en couple ?

Ce n'était pas la question qu'elle attendait, mais pourquoi l'aurait-elle esquivée ?

— Eh bien, ça m'en a tout l'air, mais si tu as changé d'avis, je comprendrai tout à fait.

— Non, Willow, je n'ai pas changé d'avis… J'avoue que j'ai été un peu déstabilisé par la nouvelle… Tout est si inédit pour moi, et un peu effrayant aussi.

— Même pour un auteur de romans d'horreur aussi célèbre qu'Adam Tate ?

— Oui, surtout pour lui. Je suis sûr qu'un psy aurait une tonne d'explications sur les raisons qui ont poussé un homme comme moi à écrire des romans comme les miens. Tout ce que je te demande, c'est d'être patiente avec moi.

— Moi aussi.

Il haussa un sourcil interrogateur.

— Je n'ai jamais eu de relation avec un homme. Enfin, une relation romantique, je veux dire.

— J'ai du mal à le croire.

— C'est pourtant la vérité. Je ne suis jamais sortie très longtemps avec un homme. En revanche, j'ai une nièce, donc je sais à peu près comment on s'occupe des bébés.

Même si l'idée d'en avoir un elle-même la terrifiait... Cela dit, la perspective l'excitait aussi terriblement, c'était la pensée de devoir s'en occuper seule qui la mettait mal à l'aise : en effet, il ne serait probablement pas un père qui met la main à la tâche.

— Je suis content qu'un de nous deux sache comment s'y prendre, et je compte sur toi pour m'apprendre.

Elle lui lança un regard surpris.

Ce fut alors que, mal à l'aise, il détourna les yeux et ajouta :

— Enfin, je sais bien que je serai nul comme père, mais au moins je t'apporterai un soutien financier.

— Ah non !

— Pardon ?

— Tu ne vas pas te comporter comme tes ancêtres et ta famille ! Il faut que tu t'en occupes toi aussi.

Il éclata de rire.

— Comme je le disais, tu es vraiment une femme incroyable.

— Non, je suis juste intelligente, répliqua-t-elle d'un petit ton insolent.

— Et si sexy, renchérit-il d'une voix rauque, en enfouissant le visage dans son cou.

Ce fut alors qu'elle comprit ce qui la tracassait depuis son réveil.

— Tate, je dois absolument appeler mes sœurs pour leur annoncer la nouvelle.

— Tu as tout le temps de le faire, murmura-t-il, sans la relâcher.

— Avant que la ligne fixe ne tombe en panne à cause de l'orage.

— Si tu es sage, je te prêterai mon téléphone satellite.

Sans prévenir, elle le pinça.

— Aïe !

Elle lui adressa alors un grand sourire.

— Et ce n'était qu'un avertissement.

Dont il ne tint absolument pas compte, car il entreprit de déboutonner son chemisier... et elle se retrouva soudain captive de ses délicieuses caresses. Elle se sentit fondre.

Il avait des mains si habiles qu'une explosion de désir flamba en elle. Ses gémissements se mêlèrent bientôt aux trombes de la pluie sur les carreaux. Peu à peu, l'intensité de leur étreinte fit céder toutes barrières entre eux pour l'atteindre jusqu'à l'âme. Puis il accéléra le rythme de ses coups de reins, elle entendit son souffle se saccader, et quand elle sentit qu'il jouissait, elle bascula dans le plaisir absolu…

Lorsqu'elle émergea de son orgasme inouï, ce fut pour sentir le cœur de Tate qui battait à tout rompre : jamais elle n'avait eu la sensation d'être aussi femme qu'entre ses bras, c'en était presque trop.

Ils restèrent enlacés pendant un bon moment, puis elle éprouva le besoin de briser le silence.

— Je ne me souviens pas d'une seule scène de sexe dans les romans d'Adam Tate. Où as-tu appris un tel art ? questionna-t-elle sur le ton de la plaisanterie.

— Je suis un auteur, j'ai une imagination plus vive que beaucoup d'autres.

Elle éclata de rire, il l'attira de nouveau étroitement contre lui et elle fut encore une fois aux anges.

16

Le claquement d'une porte suivi d'un juron étouffé arracha Willow à la sieste recommandée par le Dr D'Ambrosio en raison de sa fatigue persistante. Après avoir balayé la terrasse des débris apportés par la tempête et appelé trois fois ses sœurs, elle s'était en effet allongée sur son lit pour se reposer.

Les intempéries avaient causé peu de dégâts, mais il était vrai que la maison aurait pu s'écrouler que Tate et elle ne s'en seraient pas rendu compte, puisqu'ils avaient passé la plupart du week-end au lit.

« Il faut créer des liens. Nous verrons ensuite si nous passons à d'autres formes d'attache », avait-il dit en riant.

Elle avait ri, bien sûr, mais elle redoutait qu'il ait déjà créé entre eux une forme d'attachement qu'elle serait incapable de briser. Ce nouveau visage de Tate, plus léger, était merveilleux et libérateur, même si elle avait bien conscience que son côté plus sombre n'avait pas disparu comme par enchantement ; elle espérait néanmoins que ce doux bonheur resterait pour toujours une partie de lui-même.

La pièce était de nouveau silencieuse, mais elle perçut nettement sa présence : ouvrant les paupières, elle le découvrit au pied du lit.

— Que se passe-t-il ? demanda-t-elle.

Braquant d'abord les yeux sur elle, il vint s'asseoir sur le rebord du matelas, dos tourné.

— Tate ? Qu'y a-t-il ? s'enquit-elle de nouveau.

Cette fois, il se leva et laissa tomber un document sur le lit.

— Était-ce pour me prouver encore une fois que tu es plus qu'une employée, ici ? demanda-t-il sèchement.

Elle poussa un soupir. Il avait découvert ses investigations au deuxième étage, et il ne servait à rien de nier.

— J'avais besoin de faire des recherches dans tes coffres, avoua-t-elle.

— Mais enfin, je ne vois pas en quoi ce vieux contrat peut t'intéresser !

Déplorant d'être si légèrement vêtue pour une telle conversation : un short et un T-shirt à bretelles, elle se redressa.

— Eh bien, commença-t-elle en soupirant, une date très importante y est consignée. C'est le jour où le bateau des McLemore a brûlé et où l'héritier de la lignée a péri dans l'incendie.

Mâchoires serrées, il parcourut le livre de comptes abîmé par l'âge.

— Ce document recense les méfaits de mes ancêtres. Et alors ? Quel intérêt cela peut-il présenter aujourd'hui ?

— Euh... C'est un peu compliqué à expliquer.

Il croisa les bras.

— Je t'écoute, dit-il d'un ton autoritaire.

— Très bien... Ma sœur est enceinte de Paxton McLemore. La matriarche de la famille était une petite fille lorsque son oncle a trouvé la mort sur le vaisseau en feu.

Il fronça les sourcils.

— La famille accusée d'avoir perpétré le crime fut chassée de la ville par les McLemore qui n'ont ensuite cessé d'en persécuter les membres, sabotant leurs compagnies de navigation et émettant menace sur menace. La généalogie de cette famille se poursuit avec les Harden, dont je suis la descendante.

Contrairement à ce qu'elle pensait, il ne lui posa pas de questions, se contentant de fixer le livre de comptes ouvert devant lui.

Elle s'engouffra dans la brèche de son silence.

— Je ne voulais pas que ma famille, ma sœur, soit accusée à tort et doive répondre d'un crime que notre famille n'a pas commis.

— Mais cela ne te pose pas de problème d'impliquer la mienne ?

Elle leva les mains.

— Contrairement à ce que tu crois, la question ne me torture pas l'esprit. Au début, je suis juste venue ici poussée par la curiosité, car certaines choses que Murdoch m'avait dites me donnaient à penser que...

Elle s'interrompit d'elle-même, en le voyant pâlir.

— J'en conclus, reprit-il d'une voix sourde, que tu t'es introduite à Sabatini House juste pour retrouver ce document.

— Non, pas forcément ce livre...

— Disons que tu es venue m'espionner, si tu préfères.

— Non, c'était par curiosité, comme je viens de te le dire, puis ma sœur nous a appris qu'elle était enceinte, alors c'est devenu plus compliqué.

— J'imagine !

— Tate...

Il leva la main pour lui imposer le silence, ce qui l'irrita particulièrement. Bien sûr, il avait le droit d'être en colère, mais son refus manifeste de l'écouter était vraiment pénible.

— Je t'ai raconté dès le début que ma famille avait construit son empire sur l'escroquerie et que mes ancêtres avaient sans doute des morts sur la conscience. J'ai aussi insisté sur le fait que je ne souhaitais en rien les imiter. Or, la duplicité est précisément ce que tu as apporté dans ma maison.

— Tate ! se récria-t-elle outrée par son accusation. Je ne pouvais pas prédire ce qui allait se passer ici. Que ma vie serait transformée dès que je franchirais le seuil de Sabatini House. J'aime ma famille, je voulais aider ma sœur, mais... je t'aime aussi.

Il s'empara brusquement du livre de comptes qu'il brandit.

— Dans ce cas, qu'est-ce que ce document compromettant fait ici ? Si tu m'aimais, tu n'aurais pas agi à l'opposé de ma volonté.

— Je ne savais pas quoi faire... Après avoir trouvé ce registre, je me suis donné le temps de la réflexion pour prendre une décision.

— Dans ce cas, je vais la prendre pour toi.

Il jeta le livre sur le lit et ajouta d'une voix incroyablement dure :

— Va-t'en !

Tate s'écroula dans le fauteuil de son bureau, tout en laissant tomber un paquet de courrier sur sa table de travail. Il avait l'habitude qu'on le lui apporte et avait oublié d'aller vérifier sa boîte aux lettres depuis une semaine ; il se rendit donc compte que Murdoch, comme Willow, le triait avant de le lui remettre.

À quoi servaient donc toutes ces publicités ?

Il les regardait fixement, concentrant son irritation dessus, alors que la logique lui disait que ce n'était pas la cause de sa méchante humeur. Finalement, ses yeux se portèrent sur le vieux livre de comptes relié de cuir. Willow l'avait laissé sur son lit, après son départ.

Pendant deux jours, il n'était pas entré dans sa chambre, puis il n'avait plus pu résister, tentant de se convaincre qu'il souhaitait juste s'assurer qu'elle n'avait rien laissé ; ce fut alors qu'il l'avait découvert.

L'explication qu'elle lui avait fournie au sujet de ce document était inacceptable : elle savait pertinemment la honte que lui inspiraient les agissements passés de sa famille. Ce sentiment était si puissant chez lui qu'il avait refusé de nouer toute relation durable avec une femme, afin de ne pas avoir d'héritier porteur de gènes susceptibles de poursuivre les infamies des Kingston.

Or, elle était justement venue chez lui pour remuer le couteau dans la plaie, et l'idée lui était insupportable. En même temps, depuis son départ, il avait été frappé d'une inertie totale, incapable de trouver la moindre motivation pour écrire ou se livrer à une autre activité que regarder par la fenêtre et ressasser. Pourtant, il devait de toute urgence trouver un nouveau majordome ! Dans un ultime effort, il avait cherché le numéro d'une agence en ligne, mais n'avait pas pu le composer...

Le silence de la maison, son vide l'oppressaient et il avait conscience que la présence d'un nouveau domestique n'y changerait rien.

Et puis il y avait le bébé ! Pourrait-il avoir une relation avec lui s'il ne voyait pas la mère ? Serait-il capable de n'être rien d'autre que celui qui envoyait un chèque une fois par mois ?

Secouant la tête comme pour en chasser — vainement — toutes ces questions sans réponse, il tria son courrier, son nouveau contrat devant bientôt arriver. Ce fut alors qu'il repéra une écriture familière, sur une enveloppe, celle de Murdoch, et l'espace d'un instant, la solitude qui le tenaillait s'apaisa.

À l'intérieur se trouvait un faire-part de naissance.

Il considéra quelques instants la photo qui figurait sur la carte, c'est-à-dire le visage tout rond d'un bébé. Il y avait deux autres clichés : l'un montrait un homme et une femme tenant le nourrisson, le deuxième Murdoch, un bras autour des épaules de sa fille.

Il ressentit un choc en découvrant le bonheur familial de son ami, ni lui ni ce dernier n'en avait l'expérience, mais visiblement Murdoch semblait apprendre rapidement.

Il regarda de nouveau le visage du bébé, après avoir lu le texte à l'intérieur de la carte. Un visage si vulnérable, mais aussi tout un potentiel, celui de l'adulte qu'il deviendrait.

N'était-ce pas fascinant ?

Il repensa au point lumineux, lors de l'échographie de Willow ; et à l'idée que cette étincelle deviendrait un jour un bébé comme celui-ci, puis un adolescent comme l'avait été son frère, un adulte tel qu'il était aujourd'hui, et enfin un grand-père à l'instar de Murdoch, un nœud se défit en lui, celui qui lui avait permis de contenir son chagrin, de l'entretenir. Un flot d'émotions qu'il avait jusque-là refoulées, les bonnes comme les mauvaises, s'immisça en lui par toutes les brèches.

Alors qu'il allait tout remettre dans l'enveloppe, il aperçut une feuille repliée. C'était encore une fois l'écriture de Murdoch.

J'ai été fou de rester si longtemps sans la voir. Ne commets pas les mêmes erreurs que moi. Le passé est ce qu'il est. Mais nous pouvons choisir notre futur.

Il reposa la feuille. Mû par une agitation incontrôlable, il se leva et, se dirigeant vers la fenêtre, se retrouva soudain en train de contempler la plage. Il lui était impossible de nier que c'était grâce à Willow qu'il avait surmonté sa peur de l'eau, ce qui représentait en soi un véritable miracle. Toutefois, il avait beau avoir envie de croire aux lignes écrites par Murdoch, il doutait qu'elles s'appliquent à lui.

Frustré, il revint s'asseoir à son bureau. Pourquoi avait-elle laissé ce document tant convoité ? N'en avait-elle plus besoin ? Dans ce cas, ce serait sa parole contre la sienne si elle décidait de rendre l'information publique. Mais au fond, qu'est-ce que cela pouvait bien lui faire ?

Il soupira. À part les accusations qu'il avait proférées contre elle, il n'avait pas cherché à comprendre de quoi il retournait exactement, ni ne lui avait posé la moindre question. De manière générale, il n'avait pas été curieux à son sujet, c'était par hasard qu'il avait appris la mort prématurée de ses parents ! La tête ailleurs, il se mit à feuilleter le grand livre de comptes jusqu'à la page qu'elle avait marquée d'un post-it. Ce fut alors qu'il découvrit le message écrit de la main de Willow :

Si tu as besoin de moi, fais-moi signe, je serai chez moi.

Pour la première fois depuis le fatal accident, il considéra toutes les années qui lui restaient à vivre et toutes les transformations qu'il pourrait apporter à son existence... Dans un éclair de lucidité, il comprit que le temps de l'action avait sonné : plus question de se retrancher derrière des excuses !

En quelques minutes, il changea de vêtements, descendit l'escalier et s'empara des clés : autant agir sur l'impulsion du moment, car réfléchir aurait pu le conduire à replonger dans l'inertie.

Quand, au volant de la jeep, il arriva au point de bifurcation du chemin, il eut conscience du choix crucial qui s'imposait à lui : s'il prenait à gauche, il traverserait l'île pour regagner le hangar et son avion, et son petit monde ne serait pas bouleversé. En revanche, s'il s'engageait à droite, il regagnerait le continent par le pont qu'il n'avait pas emprunté depuis dix-huit ans, irait retrouver Willow et lui avouerait qu'il s'était comporté comme un idiot.

C'était une vraie gageure pour un homme qui, comme lui, ne prenait jamais le moindre risque, mais vivait des aventures périlleuses par le seul truchement des romans qu'il écrivait. Seulement, s'il ne franchissait pas le pont, il ne retoucherait jamais la peau si douce de Willow, ni ne sentirait plus sa suave odeur de vanille. Plus jamais il ne pourrait s'enfouir dans la chaleur de son corps et oublier le lourd chagrin lié au passé.

Il repensa aussi à l'adorable bébé sur le faire-part, aux parents qui le tenaient si tendrement dans leurs bras. Lui aussi souhaitait donner de l'amour à son enfant, il espérait tant être un bon père !

Fort de ces réflexions, il bifurqua à droite.

17

Willow terminait de confectionner une salade de haricots et de pommes de terre tandis que Royce retirait du barbecue les derniers morceaux de poulet qu'il y avait fait griller.

Se retrouver dans cette maison où elle avait passé la plupart de sa vie renvoyait son incursion sur l'île à une sorte de rêve, une aventure qu'elle aurait imaginée… Même si les symptômes liés à sa grossesse étaient très réels, eux !

Tatie et Jasmine s'occupaient de Rosie, déjà attablée, tandis qu'Ivy se reposait après une longue journée de travail. Eu égard aux deux femmes enceintes de la maison, Jasmine et Royce avaient eu la gentillesse de venir deux fois cette semaine pour s'occuper du dîner, en plus de leur rendez-vous hebdomadaire du dimanche.

Ainsi, tout le monde pouvait profiter de la petite Rosie.

Ces dîners familiaux lui permettaient de ne pas se sentir trop seule. Une semaine s'était écoulée depuis son départ de Sabatini House, et à maintes reprises depuis, elle avait été hantée par le moment où Tate lui avait pris la main, tandis que tous deux regardaient le cœur de leur bébé pendant l'échographie. Bien que chacun ait ses doutes et ses peurs, en cet instant-là, ils avaient été unis.

Et maintenant, elle traversait l'épreuve de la solitude…

Rentrant par la porte de derrière, Royce posa le plat de viande sur le comptoir, près des fourneaux, puis se dirigea vers Rosie qu'il prit dans ses bras pour la faire sauter en l'air ; les rires et petits cris de l'enfant résonnèrent bientôt dans toute la cuisine, exactement comme son papa l'espérait.

D'homme d'affaires plutôt froid, Royce était devenu un père particulièrement aimant, ce qui n'était pas loin de relever du miracle. Si elle n'avait pas vu la transformation se produire sous ses propres yeux, elle aurait eu du mal à le croire.

Ivy et elle en avaient déjà discuté, toutes deux un peu envieuses de Jasmine, tout en se disant qu'elles trouveraient bien une façon de s'en sortir même si, bien sûr, ni l'enfant d'Ivy ni le sien n'auraient la chance de Rosie.

Mais il était vrai que le chemin de Jasmine et Royce vers le bonheur avait été semé d'embûches, et assez atypique, aussi Ivy et elle n'allaient-elles certainement pas leur tenir rigueur de leur réussite, au contraire ! D'ailleurs, elles n'avaient pas été élevées dans un esprit de jalousie, mais d'empathie.

Toujours est-il qu'à ses yeux, les efforts passés et le bonheur actuel de sa sœur aînée et son beau-frère étaient remarquables.

Comme si Jasmine avait deviné ses pensées, elle lui demanda :

— Comment te sens-tu ?

Bonne question ! Parfois, elle n'aurait su dire ce qu'elle ressentait.

— Je gère, éluda-t-elle d'un ton cordial.

Qu'aurait-elle pu répondre d'autre ? Elle avait presque envie que l'été se termine au plus vite pour retrouver ses étudiants et ses cours, au lieu d'être livrée à elle-même pendant des journées entières. Elle essayait de trouver malgré tout de quoi s'occuper et passait ses soirées plongée dans des romans afin de ne pas ressasser toujours les mêmes questions : comment s'en sortait Tate ? La détestait-il toujours ?

— As-tu des nouvelles de Tate ? s'enquit Jasmine à brûle-pourpoint.

Décidément, sa sœur lisait bel et bien dans ses pensées.

— Non, répondit-elle en soupirant, et j'imagine qu'il ne m'en donnera pas.

— Laisse-lui le temps de digérer tout ça, renchérit Royce. Il reviendra, j'en suis certain.

Elle aurait tant aimé le croire, elle aussi, mais elle nourrissait hélas bien peu d'espoir.

— À ton instar ? enchaîna Jasmine en adressant un grand sourire entendu à Royce.

— Tout à fait ! approuva-t-il. Nous, les hommes, sommes parfois lents à reconnaître que nous avons commis une erreur et que nous allions pour un peu passer à côté du bonheur.

Et pour faire bonne mesure, il donna un baiser à Rosie, sur ses cheveux noirs et bouclés, avant d'accorder la même faveur à sa maman.

Hélas ! Elle ne partageait pas tout à fait sa confiance : Tate sortait en effet rarement de son île où il était retranché depuis presque vingt ans, et elle doutait sérieusement qu'il vienne jusqu'à elle.

Jasmine se rendit alors dans le vestibule pour appeler Ivy et lui annoncer que le dîner était prêt. Quelques instants plus tard, tous s'assirent autour de la table et un sentiment de bien-être l'envahit : la présence de ceux qu'elle aimait était si sécurisante. Il était sans doute préférable que Tate et elle aient rompu, car il aurait été incapable de s'intégrer dans sa famille, d'en faire réellement partie, il vivait en ermite depuis bien trop longtemps. Et puis, elle n'aurait pu tout quitter pour lui : Tatie et ses sœurs lui étaient indispensables !

Soudain, un coup de sonnette retentit.

— Qui diable cela peut-il être ? demanda Tatie en se tordant le cou pour voir à travers les rideaux.

— J'y vais, décréta Ivy.

Et elle se rua hors de la pièce, puis tous entendirent la porte d'entrée s'ouvrir.

— Ce ne doit pas être un démarcheur, observa Royce avec un petit sourire. Samedi dernier, elle a failli casser la figure à un commercial qui, à cause de ses cognements persistants, l'avait réveillée tandis qu'elle faisait la sieste.

— N'oubliez pas cela quand vous donnerez un petit frère ou une petite sœur à Rosie, souligna Tatie en gloussant.

Ce fut alors que Royce haussa vivement les sourcils.

— Ce n'est pas pour demain, j'espère. Nous avons besoin de respirer un peu.

Jasmine se contenta de rire.

Ivy finit par revenir, le visage en feu.

— Tu as un visiteur, Willow, déclara-t-elle.

— Moi ?

Mais qui pouvait bien lui rendre visite ?

Ivy hocha la tête.

— Dépêche-toi, il t'attend !

Ce fut avec réticence qu'elle se leva pour accueillir ce « visiteur ». Qui parmi ses connaissances pouvait donc avoir l'audace de venir la déranger à l'heure du dîner familial ?

Une petite exclamation lui échappa quand elle tourna à l'angle : *Tate se tenait sous la véranda*. Sa présence ici était si incongrue que tout se brouilla d'abord dans son esprit, comme si son cerveau refusait de coopérer. Puis elle vit Ivy se matérialiser, un verre d'eau à la main ; elle franchit le seuil et le tendit à Tate. Il s'en empara, prit une longue inspiration, comme s'il s'efforçait de ne pas vaciller, avant de le porter à ses lèvres et de boire une grande gorgée d'eau.

Tout cela lui donna un peu de temps pour se remettre de ses émotions et considérer la grande silhouette familière qui se tenait devant elle.

Quand il redressa la tête, elle constata qu'il était profondément bouleversé, mais qu'il s'efforçait de paraître le plus normal possible. Elle l'avait déjà vu dans cet état, et elle aurait tant aimé ne plus jamais le voir mener pareille lutte contre lui-même et les émotions contradictoires qui l'agitaient.

Le sourire qu'il accorda à Ivy s'apparentait en réalité à un étirement des lèvres, et il la remercia dans un murmure pour le verre d'eau. Ce fut alors que sa sœur s'arrêta devant elle et déclara :

— Il avait l'air éprouvé, j'ai pensé qu'un peu d'eau lui ferait du bien.

— Merci, Ivy, répondit-elle.

De fait, elle lui savait gré non seulement du verre d'eau mais aussi de lui avoir permis à elle de rassembler son courage.

Une fois qu'Ivy eut disparu, elle n'eut d'autre choix que de le rejoindre sous la véranda. Elle devait faire face à l'homme qu'elle ne pensait jamais voir devant le seuil de sa maison.

— Que fais-tu ici ? finit-elle par demander.

Sa voix était bien trop chevrotante et manquait d'assurance, déplora-t-elle intérieurement.

Il se tenait devant elle, caressant d'un air absent le verre qu'il tenait à la main, comme s'il implorait un génie d'en sortir et d'exaucer un vœu.

— Je suis venu te voir, dit-il alors.

Son regard, sa voix, tout en lui était direct : c'était un homme résolu, conclut-elle, même si sa démarche lui coûtait.

— Pourquoi ? riposta-t-elle en croisant les bras.

Et la douleur que lui causa la légère pression de ce geste contre sa poitrine lui rappela que tous deux avaient encore bien des choses à régler. Était-ce à cause du bébé qu'il se trouvait ici ce soir ? *Juste à cause de lui ?*

Il s'avança d'un pas et lui saisit le bras.

— J'ai besoin de toi, Willow.

— Tu as quoi ?

Elle s'en étrangla presque, ne s'attendant certainement pas à une telle réponse.

— Tu m'as dit que si j'avais besoin de toi, c'était ici que je te trouverais. Alors je suis venu.

Lorsqu'elle lui avait écrit ce mot sur le post-it, avant de partir, elle avait laissé une porte entrouverte, mais elle n'avait jamais imaginé qu'il s'y engouffrerait à cause d'elle. Pour le bébé, oui, sans doute, mais elle ?

Elle secoua la tête.

— Ta conduite ne correspond pas à celle du Tate que je connais, répliqua-t-elle.

— Je ne suis plus non plus le Tate que je connaissais, avoua-t-il avec un petit sourire.

Un sourire qui s'évanouit rapidement. Elle le vit déglutir avec difficulté avant de reprendre :

— Willow, je ne peux plus vivre avec ce vide, dans cet isolement, au manoir. Je ne veux plus rester seul avec tous ces gens qui s'agitent dans mes souvenirs. J'ai besoin de toi pour exister à nouveau, pour que la vie ait un sens. Toi et...

Il s'interrompit et désigna son ventre.

— Toi et ce petit, là, qui contre toute attente a réussi à s'accrocher.

Tout cela lui semblait trop beau pour être vrai, et puis ne disait-on pas que chat échaudé craignait l'eau froide ?

— Tu m'as dit que tu ne supportais pas la duplicité, lui objecta-t-elle.

— Quand vas-tu te rendre compte que c'était un mensonge pour me protéger ? Tu es trop intelligente pour être dupe.

Il posa son verre, serra les poings, puis les desserra, hésitant de toute évidence à la toucher.

— Te reprocher de m'avoir délibérément trahi était une bonne excuse pour moi, sous l'effet de la colère. Tu m'avais déçu, alors j'ai voulu te faire du mal, mais je te connais, Willow, et je sais que tu n'as rien à voir avec mes parents ou mes grands-parents. Si tu n'étais pas venue chez moi et n'avais pas franchi les fameuses zones interdites, alors j'en serais encore à me morfondre tout seul dans mon grand manoir.

À cet instant, il leva vers elle un regard empli d'un tel désir qu'elle sentit les larmes lui monter aux yeux.

— Je ne vais pas te mentir et prétendre que je n'ai aucun défaut, poursuivit-il. Nous savons tous les deux que ce n'est pas le cas, mais toi, tu as le don de faire ressortir le meilleur en moi. Et je ne pourrais plus me supporter si je ne tentais pas l'impossible pour que toi aussi tu m'aimes un peu en retour.

S'il continuait à lui parler ainsi, elle allait avoir un mal de chien à retenir les larmes qui lui piquaient si fort les yeux...

— Oh ! je crois que je suis en mesure de faire un peu mieux que ça ! s'exclama-t-elle spontanément.

Alors avec lenteur, comme s'il comptait ses pas, il s'avança vers elle et, enfouissant les mains dans sa chevelure, se mit à scruter son visage de façon attentive.

— Tu penses vraiment ce que tu dis ? la questionna-t-il.

— Ce que j'ai fait jusque-là ne t'en a-t-il donc pas convaincu ?

Quand il captura ses lèvres, ce fut pour lui donner un baiser fiévreux, teinté d'une déférence qu'elle n'avait jamais perçue chez lui, auparavant.

— Je te promets de cesser de vivre dans le passé, murmura-t-il. Je veux construire un avenir, Willow, et cet avenir ne vaudra la peine que si tu es à mes côtés.

— Nous y arriverons ensemble, Tate, je t'en fais la promesse, répondit-elle d'une voix émue.

— Ta vie ne va plus jamais être la même, mon vieux, cria alors Royce par la fenêtre de la cuisine.

Ils se retournèrent vivement pour constater que toute la famille les observait de chaque côté des rideaux. Elle les avait complètement oubliés et faillit éclater de rire : les connaissant, elle aurait dû se douter qu'ils n'allaient pas perdre une miette de leur échange. Toutefois, quand elle vit Tate écarquiller de grands yeux, elle comprit que cette *petite* indiscrétion familiale l'avait mis très mal à l'aise.

— Il va falloir t'y habituer, le prévint-elle. Ils font partie du lot, et maintenant tu vas devoir les supporter eux aussi.

Dans un gros effort, il prit visiblement sur lui et hocha la tête.

— Un nouvel avenir, une nouvelle famille, et toi au centre, dit-il d'un ton déterminé. On dirait que ce sont autant de choses que j'ignorais désirer, mais désormais je ne peux plus imaginer ma vie sans.

— Et je te déconseille vivement d'essayer, si tu as un brin de jugeote, le taquina-t-elle gentiment. Tu verras, ils vont t'adorer autant que moi. Autant que Murdoch. Il te suffira de les laisser t'approcher, de ne pas te fermer.

Il acquiesça de nouveau.

— Promis.

Ce ne serait sans doute pas aisé pour lui, après ces longues années passées seul dans son manoir, mais elle ne doutait pas qu'à deux, ils franchiraient tous les obstacles.

Néanmoins, il était actuellement urgent qu'elle se concentre sur le côté pratique des choses avant de fondre en larmes !

— Comment es-tu venu jusqu'ici ? On t'a déposé ?

Et elle balaya la rue du regard, en quête d'un éventuel taxi.

Ce fut alors qu'il recula de quelques pas, et désigna la jeep garée juste devant la maison. Évidemment, elle aurait dû la reconnaître, mais la situation était encore un peu surréaliste, tout comme elle avait cru entrer dans la quatrième dimension en le découvrant sous la véranda.

— J'ai pris le volant pour venir jusqu'ici.

— Pardon ? murmura-t-elle.

L'imaginer franchir le pont au volant de ce véhicule qu'il ne prenait que pour se rendre au hangar à avion… Décidément, c'était la soirée des chocs en série !

— Tu as bien entendu, reprit-il en haussant les épaules. J'avais besoin de te voir. Je ne pouvais plus attendre.

C'était une explication fort simple, effectivement, et dont la sincérité l'émut jusqu'à l'âme.

Là-dessus, il lui adressa son fameux sourire, aussi sensuel que mystérieux, et qui immanquablement lui valait des frissons dans le dos. Elle se rappela son arrivée à Sabatini House des semaines auparavant, quand il l'avait surprise dans l'escalier plongé dans le noir… Jamais elle ne se serait alors imaginé qu'elle allait connaître l'amour de sa vie.

— Et puis, ajouta-t-il, je suis quasi certain que tu n'as pas d'aérodrome dans ta cour.

Elle éclata de rire.

— Bien vu !

— Il se pourrait néanmoins que nous y remédiions, précisa-t-il d'une voix sensuelle avant de reprendre sa bouche.

SARAH M. ANDERSON

Séduisante ennemie

Traduction française de
MURIEL LEVET

PASSIONS

HARLEQUIN

Titre original :
HIS ENEMY'S DAUGHTER

Ce roman a déjà été publié en 2019.

1

Chloe dut se faire violence pour conserver son sourire assuré.

— Mademoiselle, lui dit le fournisseur de chevaux en retirant son Stetson pour passer une main dans ses cheveux clairsemés, ce n'est pas comme ça qu'on procédait, à l'époque de votre père.

La première fois qu'un vieux macho lui avait dit cela, elle avait été choquée. Le concours de rodéo *All-Around All-Stars* était entré au sein de l'immense patrimoine de sa famille quand son père l'avait gagné au poker, treize ans plus tôt. Mais depuis qu'il avait pris sa retraite, c'était son frère Oliver qui gérait l'empire Lawrence. De loin, cependant. Car Oliver préférait concentrer ses efforts sur la société familiale principale, *Lawrence Energies*. Sur le terrain, donc, et depuis quatre ans, Chloe était la seule Lawrence avec qui ce fournisseur avait traité.

— Écoutez, Mort, dit-elle d'une voix chaleureuse pour essayer de dissimuler sa colère, il ne s'agit que d'un léger changement portant sur les personnes qualifiées pour accéder à la compétition.

Ce n'était pas tout à fait la vérité.

Autoriser les femmes à concourir avec les hommes ne pouvait sans doute pas être qualifié de « léger » changement. Mais ce n'était pas non plus comme si elle avait suggéré d'annuler l'épreuve du lasso, ou quelque chose comme ça.

Alors qu'elle se faisait ces réflexions, Dale Jenkins, cow-boy âgé et bedonnant, s'était approché de Mort.

— Ce qu'il essaie de te dire, c'est que nous sommes bien sûr toujours d'accord pour fournir les animaux au concours. Toi, tu es la princesse du rodéo. Tu es formidable dans ce rôle, bien sûr. Mais…

Sans terminer sa phrase, il lui adressa un grand sourire qui l'irrita au plus haut point.

Quand, toute jeune, elle avait commencé à se produire dans l'arène au début et à la fin de chaque spectacle, il lui avait adressé exactement le même sourire, en lui tapotant la tête comme on le fait aux chiens et en lui disant qu'elle était « très jolie sur un cheval ».

S'il se risquait à refaire ce geste, elle n'hésiterait pas à lui casser la main.

— Messieurs, dit-elle en essayant de mettre autant de force de conviction que possible dans ce simple mot, il n'y a rien de mal à essayer quelque chose de différent. Si cela fonctionne, le *All-Stars* gagnera des spectateurs, des fans et des profits. Et avec ces trois choses combinées, vous savez ce que nous obtiendrons ? Plus d'argent. Des revenus plus élevés.

— Des femmes à un concours de *barrel racing* ? siffla un vieillard nommé Dustin Yardley en s'approchant d'elle. Vous rêvez. Le *All-Stars* est un concours réservé aux hommes.

Le regard qu'il lui adressa était si dur et méchant que Chloe dut lutter de toutes ses forces pour ne pas reculer. Elle ne devait surtout pas montrer devant ces rustres le moindre signe de faiblesse.

— Et ce sont les hommes qui le font fonctionner, conclut-il.

Ce discours, elle l'avait entendu à Des Moines, Kansas City, Shreveport, Memphis. Et voilà que, désormais, on le lui servait à Sikeston, dans le Missouri.

Aucun fournisseur, concurrent ou agent n'avait jamais eu de problème avec sa façon de gérer le *All-Stars* quand son père ou son frère était officiellement aux commandes. Tout ce qu'elle avait à faire était de laisser entendre que ses ordres émanaient de sa famille.

D'un homme.

Mais, cette année-là, les choses avaient changé. Son frère Oliver lui avait cédé le pouvoir, réel ou fictif, qu'il détenait sur le concours. Il était bien trop occupé pour gérer le *All-Stars* depuis qu'il était tombé amoureux d'une amie d'enfance de Chloe, Renee Preston, laquelle faisait l'objet d'un certain scandale, entre l'enfant qu'elle portait de son défunt mari et les poursuites judiciaires engagées contre sa famille pour une histoire de corruption.

De toute façon, Oliver détestait le rodéo. Chloe n'avait jamais compris pourquoi. Pour sa part, elle avait toujours adoré le *All-Stars*, et cela faisait des années qu'elle se battait pour acquérir davantage de pouvoir dans sa gestion. Hélas, il lui avait fallu attendre qu'Oliver convainque son père de lui confier les négociations du contrat de diffusion télévisée pour avoir une occasion de faire ses preuves.

Et ce test, elle l'avait réussi haut la main.

Elle n'était donc plus uniquement la princesse du rodéo.

Du moins le pensait-elle.

Cette saison aurait dû marquer le début de son succès. Enfin, le concours de rodéo qu'elle adorait depuis toujours était à elle, et uniquement à elle. Le contrat avec la télé n'avait été que la première étape. Elle avait ensuite lancé sa marque de vêtements de cow-girls qu'elle avait nommée *Princess of the Rodeo* : un vrai succès. Naturellement, la charge de travail était immense. Mais son frère avait bien assuré l'organisation du concours tout en gérant une entreprise énergétique cotée en bourse. Il n'y avait donc pas de raison qu'elle ne puisse pas jongler entre les cow-boys et les vêtements. De toute façon, elle n'avait pas le choix. Ce n'était que le début.

Elle avait des projets. De grands projets.

Des projets qui nécessitaient que les autres se rallient à son point de vue.

Satanés cow-boys ! Elle n'avait pas le temps de débattre de ses idées. Elle voulait seulement qu'ils hochent la tête et qu'ils s'exécutent.

— Monsieur Yardley, dit-elle d'une voix tendue, je ne manquerai pas d'évoquer vos sentiments avec votre épouse et vos deux filles, qui se sont elles-mêmes occupées de nous fournir les taureaux nécessaires au rodéo l'année dernière, pendant que vous vous remettiez de votre opération. Au fait, comment va votre cœur ? ajouta-t-elle en faisant de son mieux pour paraître sincèrement soucieuse de sa santé.

Mais Yardley ne mordit pas à l'hameçon. Il plissa les yeux, puis se pinça les lèvres. Il n'était pas du genre à accepter que son autorité soit remise en question, surtout pas par une femme qui n'était qu'une « princesse ».

— Écoutez-moi, ma petite dame..., commença-t-il, l'air furieux.

— Il y a un problème ? fit alors une voix grave derrière eux.

Si quelqu'un avait pris la décision d'intervenir dans cette situation, ça ne pouvait être que son frère Flash, qui était non seulement un des héritiers de l'empire familial, mais aussi un concurrent du *All-Stars*. Flash était célèbre pour deux choses : son charme et son mauvais caractère.

Elle avait déjà eu des problèmes à Omaha quand, au beau milieu d'une conversation très similaire à celle-ci, Flash avait jugé opportun de défendre son honneur. Il avait fallu que Chloe déploie tous ses talents de négociatrice pour convaincre la police d'abandonner les charges qui pesaient contre lui.

En avisant l'homme qui se tenait derrière eux, Yardley avait souri. Quand elle se retourna à son tour, la déception fut totale. Tout bien considéré, elle aurait eu beaucoup de chance si c'était Flash qui était intervenu.

Cet homme était la dernière personne avec laquelle elle avait envie de traiter. Elle aurait préféré avoir affaire à des dizaines de Yardley, de Jenkinse et de Grandy plutôt qu'à lui.

— Pete Wellington, lança Yardley d'une voix soudain beaucoup plus chaleureuse et enjouée, quelle bonne surprise !

Mais il ne paraissait nullement surpris. D'ailleurs, aucun des hommes qu'elle essayait de raisonner ne semblait étonné que Pete Wellington ait quitté son ranch texan pour se rendre au *All-Stars Rodeo* dans le Missouri.

Curieux.

— Comment vas-tu ? reprit Yardley. Ça fait plaisir de te revoir.

Pas très subtil, tout ça. Mais sans laisser à Chloe l'occasion de faire remarquer qu'il n'avait rien à faire avec le *All-Stars* depuis des années, Dale prit la parole.

— Tu es là pour le concours ? demanda-t-il avec un sourire radieux. Ça ferait du bien de voir un vrai professionnel dans l'arène.

Chloe lutta pour se retenir de hurler de rage. Car elle avait compris qu'il s'agissait là d'une allusion aux compétences de son frère Flash, souvent remises en cause pour la seule et unique raison qu'il portait le nom de Lawrence. Flash, malgré tous ses défauts, était un excellent cavalier. Et ce n'était pas grâce à son nom, mais à son talent, qu'il était arrivé septième au classement mondial.

— Vous savez bien que je me suis retiré de la compétition il y a plusieurs années, messieurs, répondit Pete.

Sa voix était si grave et virile que Chloe dut serrer les poings pour ne pas se laisser aller à frissonner.

— Ça ne signifie pas que tu ne peux pas faire ton retour. Ça, ça serait un changement. Et un changement positif, dit Yardley en s'approchant de Pete pour lui serrer la main.

Chloe ne savait pas ce qu'ils manigançaient, mais elle ne se laisserait pas faire. Davey Wellington, le père de Pete, avait beau avoir fondé ce concours, c'était à la famille Lawrence qu'il appartenait désormais.

Elle ne laisserait personne l'évincer du *All-Stars*. Et certainement pas Pete Wellington.

Déterminée, elle finit par se tourner vers son ennemi, mais ce faisant, elle bouscula « accidentellement » Yardley.

— Pardon, marmonna-t-elle en prenant un air innocent, avant de lever la tête vers Pete pour le saluer. Monsieur Wellington.

Elle se souvenait avoir entendu son frère l'appeler ainsi. L'air excédé, Pete avait alors répliqué sèchement que « Monsieur Wellington » était son père, pas lui. Pour gagner, elle comptait bien utiliser toutes les armes qui étaient à sa disposition. Battant des cils et cambrant un peu les reins, elle s'approcha encore de lui.

— Je ne m'attendais pas à vous voir ici.

Elle le regardait sous ses cils, une tactique qui lui assurait en général un contrôle total de la situation. Hélas, Pete Wellington n'était pas du genre à se laisser distraire par un joli visage.

— Tiens, tiens, se contenta-t-il de dire sur un ton légèrement moqueur, ne serait-ce pas la princesse du rodéo ? Vous avez les choses bien en main, à ce que je vois. Comme d'habitude.

Elle refusa de réagir et réussit même à se retenir de rougir quand les vieux cow-boys se mirent à ricaner. Elle avait commencé à se produire en public à l'âge de seize ans, soit trois ans après que son père eut acquis le concours. Tous les week-ends, à chaque compétition, elle ouvrait et concluait le spectacle en paradant dans l'arène à dos de cheval pour brandir un immense drapeau américain.

Le *All-Stars* était très populaire auprès des cow-boys qui voulaient démontrer leurs capacités à exceller dans les différentes disciplines du rodéo, à dos de cheval ou de taureau. Il ne rapportait pas autant que le *Total Bull Challenge*, qui se limitait à l'épreuve de monte de taureau, mais elle avait pour projet de faire évoluer les choses.

Pour commencer, il fallait qu'elle trouve sa star, qui ne serait certainement pas son frère Flash. Elle espérait dénicher une concurrente talentueuse, qui pourrait servir de modèle à des jeunes filles. Cette stratégie avait fait des merveilles au *Total Bull Challenge*, quand June Spotted Elk avait gravi les échelons. Pourquoi Chloe ne pourrait-elle pas reproduire ce succès ?

Pete lui adressait désormais un sourire condescendant, tandis que Yardley était parti d'un rire gras. Pourquoi ? voilà pourquoi.

Elle haïssait Pete Wellington, son attitude méprisante et son corps musclé, sans parler de sa mâchoire carrée et virile, qui paraissait plus sexy encore avec cette barbe de trois jours. Et ses yeux ! Ils étaient presque gris dans l'ombre de son chapeau de cow-boy quand il les baissa pour la regarder mais, selon la lumière, ils pouvaient prendre une teinte bleu ciel ou vert d'eau. Leur couleur était tout simplement la plus belle qu'elle ait jamais vue, et il y avait des jours où la seule chose dont elle avait envie était de les contempler pendant des heures pour admirer les différentes nuances que leur apportaient les changements de luminosité.

Cependant, elle détestait la façon dont il la regardait. Pourquoi refusait-il d'admettre qu'elle était une excellente ambassadrice pour son cher concours de rodéo ? Et que, depuis qu'elle en assurait la direction, elle avait obtenu d'importants succès, comme la retransmission télévisée et l'augmentation des bénéfices ?

Elle ne lisait dans ses yeux qu'un mépris moqueur. Ses lèvres s'étirèrent pour former ce qui aurait sans doute été un irrésistible sourire sur un homme doté d'une âme, mais qui ne donnait sur lui rien de plus qu'un rictus haineux.

S'il était venu dans le Missouri, c'était pour une seule et unique raison : la rabaisser devant les personnes dont elle avait le plus besoin pour mettre en œuvre ses nouveaux projets.

Il voulait jouer à ça ? Eh bien, elle allait jouer, elle aussi. Ce n'était pas sa faute si le père de Pete ne tenait pas l'alcool et n'était pas capable de s'arrêter quand il jouait aux cartes. Pourtant, à le regarder, on aurait pu croire qu'elle lui avait volé le *All-Stars*.

Oui, à ses yeux, on aurait dit qu'elle était le diable incarné et qu'il se sentait contraint de la traiter en conséquence.

Qu'à cela ne tienne. Elle comptait bien lui rendre la monnaie de sa pièce.

— Tandis que d'autres n'ont pas grand-chose à prendre en main, finit-elle par répondre d'une voix légère, comme si elle n'avait pas volontairement cherché à mettre en cause sa virilité. Mais je suis ravie de vous savoir de nouveau dans l'arène. N'hésitez pas à faire appel à moi si vous avez le trac face au public. On perd vite l'habitude.

En parlant, elle lui avait doucement tapoté le bras, notant au passage la fermeté de ses impressionnants biceps.

Le rictus, sur les lèvres viriles de Pete, avait disparu. Mais plutôt que de lancer une contre-attaque, il sembla déglutir avec peine avant de parler :

— Salle comble ?

— Toutes les places sont vendues depuis des semaines.

Et ce en partie parce que Dwight Yoakam devait participer au concours. L'idée de faire venir une star aussi populaire dans un petit coin du Missouri s'était révélée payante. Et elle était bien décidée à tirer le meilleur parti de sa présence. Elle n'avait pas le choix, de toute façon. Si elle échouait... Non. Il n'y avait pas de si. Elle allait réussir. Et ce serait à elle qu'on attribuerait ce succès retentissant.

Sûre d'elle, elle essaya de se préparer mentalement. Pete allait attaquer, elle en était certaine. Essayer de la détruire avec une réplique perfide. Il avait la mâchoire crispée. Elle ne savait pas ce qu'il allait dire, mais elle ne se laisserait pas déstabiliser.

Ce fut Mort, cependant, qui parla :

— Tu pourrais peut-être faire entendre raison à la petite dame, Pete ?

— À quel sujet ? demanda celui-ci, sans néanmoins détourner son regard d'elle.

— Au sujet des femmes, répondit Dustin. Elle ne sait pas de quoi elle parle.

Sans répondre, il fit un pas en arrière et porta un regard viril et appréciateur sur sa tenue : chemise de cow-girl à franges et jean bien ajusté, le tout de la marque *Princess of the Rodeo*.

— Je ne suis pas d'accord, les gars. Elle a l'air de savoir parfaitement de quoi elle parle.

À ces mots, Chloe sentit le feu lui monter aux joues. Elle ne voulait pas que cela se produise, elle ne voulait pas que Pete sache à quel point ses paroles l'avaient affectée, mais elle ne put rien faire pour s'empêcher de rougir. Cherchait-il... à la protéger ? Ou était-ce une ruse ?

— Elle veut ouvrir la compétition aux femmes, grogna Dustin.

— Mais attention, reprit Dale de sa voix condescendante, on n'a jamais dit que les femmes ne pouvaient pas exceller à dos de cheval.

— Et être jolies, ajouta Mort.

Elle parvint non sans peine à garder son sang-froid. Mais elle ne put s'empêcher de serrer les dents et de fermer les yeux. Ces mots n'auraient pas dû lui faire du mal. Ils ne devaient pas lui faire du mal.

— Mais si vous mettez un beau petit lot dans l'arène avec un homme, le type va se laisser distraire, continua Dustin d'un air dégoûté. Et un cow-boy distrait est un cow-boy blessé. Tu es d'accord, hein, Pete ?

Comme Pete s'éclaircissait la gorge, elle rouvrit les yeux. Il devait être ravi de cette petite rébellion. Elle n'aurait d'ailleurs pas été surprise d'apprendre qu'il l'avait lui-même orchestrée. Nerveusement, elle jeta un coup d'œil autour d'elle. L'attroupement comptait désormais une vingtaine de personnes. Autant de témoins qui allaient assister à son humiliation.

Merveilleux.

Le point positif, c'était que son frère Flash n'était pas là pour envenimer les choses.

Soudain, il se produisit une chose étrange. Pete Wellington, qui n'avait jamais cherché à dissimuler la haine qu'elle lui inspirait, baissa la tête vers elle et, dans l'ombre de son chapeau, lui adressa un discret clin d'œil. Mais sans lui laisser le temps de comprendre pourquoi, il se remit à parler.

— Vous avez raison, dit-il à l'attention de la foule de cow-boys et sans doute de Dustin en particulier. Je suis parfaitement d'accord sur le fait que c'est précisément parce que la compétition n'a jamais été mixte qu'aucun cow-boy n'a jamais été blessé.

Sidérée, elle le regarda en battant vivement des cils. Venait-il de faire... de l'ironie ? Dans le but de prendre sa défense ?

Il dut s'écouler trois bonnes secondes avant le premier ricanement qui émana de la foule. Il fut rapidement suivi d'un autre et, bien vite, tous les hommes se mirent à rire ensemble.

— Admettez-le, les gars, reprit Pete. Avec ou sans femme, il nous est tous arrivé de tomber de cheval ou de nous faire piétiner par un taureau.

Coiffés de leurs chapeaux, tous les cow-boys opinèrent.

— Les femmes n'ont rien à voir avec ça. Conclusion : si des femmes veulent intégrer nos équipes et peuvent contribuer à la victoire de l'une d'entre elles, pourquoi chercher à les en empêcher ?

Les hochements de tête avaient brusquement cessé.

— Tu es sérieux, Wellington ? demanda rageusement Dustin.

— Tu as déjà vu ma sœur manier un lasso ? lui demanda-t-il tout aussi vivement. Je suis sûre qu'elle pourrait battre n'importe lequel d'entre vous.

Médusée, Chloe continuait de dévisager Pete. Il n'était pas venu pour la détruire. Il essayait vraiment de l'aider.

Quand il finit par baisser les yeux vers elle, elle eut l'impression qu'une décharge de plaisir lui traversait le corps. Ce fut alors qu'il reprit la parole, dissipant le peu de doutes qu'il lui restait :

— Si Chloe dit que c'est une bonne idée d'ouvrir la compétition aux femmes, c'est que c'est une bonne idée.

— Tu ne peux pas sérieusement penser ce que tu dis ? cracha Dustin.

— Ai-je l'air de plaisanter ? répliqua Pete.

Désemparée, Chloé sentit son cœur manquer un battement. Qui diable était l'homme qui se tenait devant elle ?

2

Pete ne se souvenait pas de s'être autant amusé depuis bien longtemps. Chloe Lawrence le fixait d'un air ahuri. Cela lui faisait un bien fou d'avoir enfin l'ascendant sur elle. Jusqu'ici, tout se déroulait comme prévu.

Il jeta un nouveau coup d'œil dans sa direction. S'il n'avait pas éprouvé une telle joie, il aurait presque pu avoir pitié d'elle. D'ordinaire arrogante et hautaine, c'était le genre de petite prétentieuse sûre d'elle qui pensait qu'elle valait mieux que tout le monde, et notamment lui. Elle ne manquait jamais une occasion de lui rappeler que le *All-Stars* ne lui appartenait plus.

Il venait de retourner la situation, et il allait prendre un malin plaisir à le lui faire comprendre. Car ces hommes ne lui devaient pas allégeance, et ils le savaient.

Mais, curieusement, cet instant fugace où Dustin avait rabaissé Chloe et où la douleur avait marqué ses traits délicats ne lui avait conféré aucun sentiment de victoire. Il avait même éprouvé une vague culpabilité. Cette expression de souffrance, il avait l'impression de l'avoir déjà vue auparavant, il y avait bien longtemps de cela. Sans doute un jour où il lui avait dit quelque chose de cruel. Il n'arrivait pas à s'en souvenir. De toute façon, elle avait toujours répondu violemment à ses attaques, alors il n'aurait pas dû avoir de regrets.

Ce n'était pas lui, le méchant, ça ne l'avait jamais été. La seule chose qu'il voulait était récupérer son dû. Il n'avait rien contre elle personnellement. En revanche, il en voulait à sa famille. Ces traîtres menteurs...

Mais alors même qu'il se rappelait cette vérité, son regard fut de nouveau attiré par elle. Le fait qu'elle soit la plus jolie fille qu'il ait jamais eu le plaisir de voir n'arrangeait rien. Si son père n'avait pas perdu le *All-Stars*, ils n'auraient pas été ennemis dans cette guerre sans fin. Elle n'aurait été qu'une jeune femme incroyablement séduisante, et il aurait été libre de...

Il fallait qu'il reprenne la direction du concours.

C'était *son* concours. Le *Lawrence Oil All-Around All-Stars* était une compétition qui s'appuyait sur des rodéos organisés dans diverses villes du pays. Elle était plus récente que la plupart des autres concours.

Quand, dans les années 1980, son père, Davey, avait fondé le *All-Stars* avec un groupe d'amis, il avait de grands projets en tête. Il ne voulait pas d'une série de concours isolés, avec des vainqueurs isolés, mais sacrer les meilleurs cow-boys du monde. C'était une idée folle. Pourtant, à cette époque, son père était lui-même assez fou pour la concrétiser.

Tous les rodéos qui voulaient compter dans le classement mondial devaient être approuvés par le *All-Around All-Stars*. Les étés de son enfance, Pete les avait passés sur la route avec son père, à aller de ville en ville pour estimer si tel ou tel rodéo était digne de figurer dans le *All-Stars*.

C'était vraiment une belle époque. Rien que lui et son père, dans le camion. De mémoire, l'été était le seul moment de l'année où il avait toute l'attention de son père.

Le rodéo est une grande famille. Le *All-Stars* était *sa* famille, le patrimoine qu'il avait reçu de son père. C'était *son* héritage. Jusqu'à cette satanée partie de poker. Milt Lawrence avait tout simplement volé le *All-Stars* à son père en profitant de son état d'ébriété, et Pete n'avait rien pu faire pour changer ça. Pourtant, ce n'était pas faute d'avoir essayé.

Quand *Armstrong Oil*, le principal concurrent de *Lawrence Oil*, avait découvert du pétrole dans son ranch et que Pete était tout à coup devenu riche, il avait essayé de racheter le *All-Stars* à Milt Lawrence. Sans succès. Et il avait ensuite perdu tous ses procès.

Les Lawrence étaient de vraies sangsues. Maintenant qu'ils y étaient accrochés, ils ne lâcheraient pas le *All-Stars* tant qu'ils ne l'auraient pas vidé de toute son histoire, de tout son sens et de tout son argent. Il était temps d'essayer une nouvelle stratégie d'attaque.

Une stratégie fondée sur les vieux cow-boys grincheux.

— Tu ne peux pas être sérieux, siffla Yardley. On avait un accord.

Pete lui jeta un regard mauvais. Il n'aurait jamais dû faire confiance à Dustin Yardley pour une affaire de cette importance.

— Comment ça, un accord ? s'exclama Chloe.

Son visage était désormais dénué de toute trace de confusion. Les mains sur la courbe parfaite de ses hanches, elle fusillait Pete du regard. Car, évidemment, elle devait se douter de la vérité.

Ce n'était pas un hasard s'il se trouvait dans le Missouri ce jour-là et ce n'était pas non plus un hasard s'il était entré en scène juste au moment où elle s'était retrouvée acculée par une bande de vieux cow-boys.

— Comment ça, un accord ? répéta-t-il en tâchant de prendre un air innocent dans l'espoir que Dustin comprenne le message et finisse par se rattraper.

Cela faisait plusieurs mois que Chloe avait pris la direction du concours et, depuis, les problèmes s'étaient multipliés. Elle ne pouvait plus se cacher derrière son papa ou son frère Oliver. Ce dernier, qui avait toujours été un homme de paille, s'était constamment appuyé sur elle. En théorie, c'était de lui qu'émanaient les décisions mais, en pratique, c'était elle qui tirait les ficelles.

Quand Oliver s'était officiellement démis de ses fonctions, un peu plus tôt dans l'année, Chloe n'avait embauché personne pour l'aider. Elle aurait dû, pourtant. Elle devait être débordée de travail. Ils étaient loin de Dallas, et elle n'avait ici aucun soutien.

Diriger le *All-Stars* était un travail à plein temps, et elle avait en plus lancé sa ligne de vêtements. La sœur de Pete, Marie, avait acheté des chemises de la marque, officiellement pour se moquer avec lui de la dernière initiative vulgaire des Lawrence. Mais cette traîtresse avait en fait beaucoup aimé les vêtements, au point d'ailleurs d'en acheter quelques autres.

Chloe pouvait bien organiser son petit défilé de mode, il se moquait bien de ça. Mais il n'était pas question de la laisser saccager son concours de rodéo.

Les concurrents, les fournisseurs, les responsables locaux voulaient travailler avec lui, pas avec elle. Ni son frère. Et encore moins son père, ce New-Yorkais au faux accent texan en qui ils n'avaient jamais eu confiance.

Pete pouvait rallier à sa cause tous ceux qui faisaient fonctionner le *All-Stars* et les inciter à se mettre en grève jusqu'à ce que la famille Lawrence lui cède la direction du concours ou s'engage à lui reverser la part des bénéfices qu'il aurait dû toucher au cours des treize années passées. La compétition rapportait beaucoup d'argent. De l'argent qui revenait de droit à la famille Wellington.

Cependant, ce n'était pas pour l'argent qu'il était allé dans le Missouri ce week-end. Entre le pétrole et le bétail, son ranch lui rapportait des millions de dollars. Ce qui importait, c'était son patrimoine familial, l'héritage de son père. Il voulait récupérer le *All-Stars*.

Il avait donc proposé un pacte aux fournisseurs. Eux et les locaux menaceraient de se rebeller, et quand la situation paraîtrait désespérée, Pete volerait au secours de Chloe. Celle-ci lui serait alors si reconnaissante de lui avoir apporté son soutien qu'elle accepterait de le laisser travailler pour elle, dans un poste ou un autre. Et une fois qu'il aurait réintégré le concours, il commencerait doucement à l'évincer.

C'était un plan risqué, mais auparavant, il avait tout essayé. Cela allait marcher. Il ne pouvait en être autrement. Dans un an tout au plus, elle aurait complètement disparu de la circulation et le *All-Stars* serait de nouveau à lui.

À condition, bien sûr, que Dustin Yardley ne fasse pas échouer son plan sans même lui laisser une chance d'être mis en œuvre.

Vivement, Chloe s'était retournée vers lui pour le regarder en plissant les yeux, l'air suspicieux.

— Vous n'avez rien à me dire, Pete ? demanda-t-elle d'une voix amère, comme si elle avait été personnellement offensée.

Il fallait qu'il rectifie le tir. Le plan fonctionnerait même si elle avait quelques soupçons, mais il fallait absolument qu'elle l'embauche. La situation était donc délicate.

— Steve Mortimer m'a appelé. Il est malade, il ne pourra pas amener ses chevaux ici. Il m'a donc demandé de l'aider. Il a d'abord appelé Dustin, mais vous connaissez Dustin.

Ce n'était pas exactement comme ça que les choses s'étaient passées. Convaincre Steve de rester chez lui ce week-end lui avait coûté une belle somme d'argent. Le fournisseur adorait ce concours. Comme tout le monde, en fait.

Après lui avoir adressé un regard mauvais, Chloe afficha une toute nouvelle expression. Il trouva ce changement irritant. Avec ce sourire béat, elle paraissait beaucoup moins intelligente. Ce qui était dangereux.

Elle cachait bien son jeu.

S'étant retournée vers Dustin, elle se mit à glousser bêtement. Elle était rusée, il devait le lui accorder. Dustin Yardley n'aurait jamais accepté de se voir dominé par une femme.

— Je suis contente que Mortimer vous fasse suffisamment confiance pour vous avoir appelé le premier, dit-elle en élevant légèrement le ton sur la fin, comme si elle posait une question.

Pete fronça les sourcils. Il comprenait bien ce qu'elle essayait de faire, et ça ne lui plaisait pas.

Comme tout ce qu'elle faisait, à bien y réfléchir. Il n'aimait pas la façon dont elle dirigeait le concours. Il n'aimait pas les changements qu'elle voulait instiller. Il n'aimait pas la façon dont elle se servait de la compétition pour faire la promotion de ses vêtements.

Le *All-Stars* n'avait rien à voir avec Chloe Lawrence. Sa raison d'être n'était pas de vendre des vêtements, des peluches ou Dieu sait quelle idiotie. Si ce concours existait, c'était pour de bonnes raisons : célébrer les meilleurs ranchers et cow-boys. Vanter les mérites du rodéo. Honorer la mémoire des femmes et hommes courageux qui avaient fait la conquête de l'Ouest.

Or, aucun de ces critères ne s'appliquait à Chloe Lawrence. Qui, pour couronner le tout, était née à New York.

Tandis que Pete songeait à tout cela, Dustin avait pris un air décontenancé. Cet imbécile allait tout faire rater ! Mais à la dernière minute, heureusement, il sembla reprendre le contrôle de la situation.

— Ouais, ce bon vieux Steve. Je... euh... n'avais pas assez de place... pour transporter ses chevaux. Alors j'ai demandé à Pete de le faire pour moi.

Pas mal. C'était crédible.

— Mais ça ne change rien au problème, reprit Dustin en se tournant vers Pete. Ce n'est pas une bonne idée d'ouvrir le concours aux femmes. Elles risquent de distraire les hommes, et aussi de se blesser. Cette fille, c'est la princesse du rodéo, je te rappelle. Elle ne devrait pas prendre des décisions comme ça. Pas plus que son frère, d'ailleurs, ce crétin arrogant.

— Lequel ? demanda quelqu'un dans la foule.

— Ce sont tous les deux des crétins, répondit Dustin avec un sourire satisfait.

Les épaules de Chloe s'étaient brusquement crispées et, sans même avoir regardé son visage, Pete sut qu'elle avait perdu son masque d'innocence et qu'elle s'apprêtait à riposter. Sans lui laisser le temps de dire quoi que ce soit, il fit un pas en avant.

— Et si on trouvait un compromis ?

— Et si vous alliez plutôt vous faire voir ? chuchota Chloe.

Il dut se mordre la langue pour se retenir de rire. Elle avait décidément un don pour contre-attaquer. Mais mieux valait ignorer cette petite réplique acerbe.

— Mlle Lawrence n'a pas tort, poursuivit-il comme si de rien n'était. En élargissant le public du *All-Stars*, on gagnera davantage d'argent, qui sera reversé aux concurrents, aux organisateurs, mais aussi à tous les partenaires. Et elle a raison quand elle dit que, depuis qu'une femme a intégré le classement du *Total Bull Challenge*, ce concours brasse des sommes d'argent beaucoup plus importantes. Vous n'allez tout de même pas me dire que vous préférez que le *All-Stars* reste un concours de deuxième classe plutôt que de lui apporter un peu de sang neuf ?

Dustin le fusilla du regard, mais il s'y attendait. Il s'inquiétait plus de ce que Mort, Dale et les autres cow-boys allaient penser. S'ils se ralliaient au point de vue de Dustin, Chloe allait rester campée sur ses positions, et le conflit qui en découlerait risquait de faire éclater le *All-Stars*. Un sentiment de panique s'empara de lui. Ça ne faisait pas du tout partie du plan.

Discrètement, Chloe s'était tournée vers lui.

— Est-ce que l'esprit d'un autre aurait pris possession de votre corps ? demanda-t-elle de cette même voix douce et calme.

Curieusement, il fut rassuré de constater qu'elle ne paraissait pas vaincue.

Il voulait traiter avec la véritable Chloe Lawrence. Sans ruse ni supercherie.

Ce qui n'était pas très logique, puisque sa présence en ce lieu était le résultat d'une machination qu'il avait lui-même orchestrée pour la piéger.

— Je ne vois pas de compromis là-dedans, finit par grommeler Dustin.

— Je vais y venir, affirma Pete en affichant son sourire le plus séducteur. Nous voulons tous gagner davantage d'argent, et Chloe a développé quelques idées intéressantes sur lesquelles elle a beaucoup travaillé.

Immédiatement, elle mordit à l'hameçon.

— Quelques idées ? répéta-t-elle d'un air incrédule.

Mais encore une fois, elle ne s'adressait qu'à lui.

Sachant pertinemment que cela ne ferait que l'irriter davantage, il décida de l'ignorer.

— Il vaudrait peut-être mieux la laisser se concentrer sur le marketing et la publicité, le genre de choses qui nous apporteront de nouveaux spectateurs et fans, et confier les aspects plus concrets du travail à quelqu'un qui n'a pas peur de se salir les mains, quelqu'un que les gens connaissent et en qui ils ont confiance.

— Quelqu'un comme toi ? proposa immédiatement Dale.

Bien. Enfin un qui suivait.

— Je vais vous tuer, siffla Chloe entre ses dents, alors même que ses yeux s'illuminaient et qu'elle souriait comme si elle approuvait totalement cette idée.

— Vous pouvez toujours essayer, chuchota-t-il à son tour, avant de se tourner vers le reste de l'assemblée. Qu'est-ce que vous en dites ? demanda-t-il d'une voix plus forte. Cela vous semble-t-il être une solution viable ? Chloe continuera de travailler à accroître la popularité du concours, et moi, je m'occuperai de tous les aspects pratiques.

Dans le dos de Chloe, il adressa un clin d'œil à la foule.

Dustin avait l'air d'un homme qui s'apprête à en défier un second avec un revolver, mais tous les autres semblaient satisfaits, et c'était là l'essentiel.

— Ce n'est peut-être pas une si mauvaise idée, murmura Dale. Après tout, on connaît tous Pete et on le respecte.

Pete ne pouvait plus voir le visage de Chloe, mais il l'entendit étouffer un petit cri. Le sous-entendu de Dale était évident. Ils respectaient Pete, mais elle, ils ne la respectaient pas. Malgré toutes ces années où elle avait participé au spectacle.

Elle ne serait jamais vraiment à sa place, ici. Il était grand temps qu'elle en prenne conscience.

— Bon, dit-elle calmement. Je suis contente qu'on ait trouvé une solution qui convienne à tout le monde. Et je suis plus contente encore que vous ayez pu nous apporter les chevaux, monsieur Wellington. Mais je tiens à rappeler à vous tous que le spectacle commence dans trois heures et qu'il se fera en salle comble ce soir et demain. Alors faisons en sorte que les spectateurs aient envie de revenir pour autre chose que les churros.

Ces propos lui valurent quelques rires enjoués. Elle sourit. Mais Pete voyait bien qu'elle était furieuse.

Tant mieux. C'était exactement ce qu'il visait. Il ne regrettait pas le moins du monde d'avoir encouragé cette mutinerie. Il était grand temps qu'elle découvre ce que cela faisait de se faire évincer du trône dont on a hérité.

Et pourtant... en la regardant se forcer à sourire tandis qu'elle serrait la main des cow-boys, il se prit à compatir un peu. Ces hommes s'étaient montrés extrêmement grossiers avec elle. Dans un langage plus ou moins fleuri selon les cas, mais le résultat était le même. Et elle avait été contrainte de capituler sans se battre, car si elle avait déclenché une bagarre, comme son frère l'aurait sans doute fait, ils s'en seraient servis comme d'un argument de plus pour maintenir que les femmes ne pouvaient pas gérer ce genre de choses.

Mais c'était ainsi. La fin justifiait les moyens. Il avait brillamment réussi la première étape de la reconquête de son concours, songea Pete, et il ne pouvait pas se permettre de laisser les émotions entrer en jeu. Surtout pas.

— Venez me trouver quand vous aurez un moment, lui dit Chloe d'une voix douce et aimable, coupant court à ses pensées. J'aimerais discuter avec vous de vos nouvelles fonctions.

Ce qui signifiait qu'elle allait essayer de se débarrasser de lui. Vaguement amusé par cette idée, il sourit. Elle pouvait toujours essayer.

— D'accord. C'est vous la patronne.

Des étincelles dansèrent dans ses yeux, promesses de choses terribles ou merveilleuses. Comme pour lui signifier qu'elle avait perçu l'ironie de sa réponse, elle inclina la tête sur le côté, avant de tourner les talons pour s'en aller en ondulant sensuellement des hanches. Il n'était certainement pas le seul à admirer le départ de la princesse du rodéo. C'était le genre de femme qui captait tous les regards.

Arrivée à la porte, elle jeta un coup d'œil par-dessus son épaule. Le soleil l'éclairait à contre-jour, illuminant les contours de sa silhouette d'une lueur dorée. Elle était sublime, l'incarnation même de tous ses fantasmes. S'il ne l'avait pas si bien connue, il aurait sans doute été prêt à se battre avec les autres pour arriver à elle le premier.

Mais il la connaissait par cœur. Et elle était une illusion, un mirage : ce n'était qu'une fille de la ville, un imposteur. Même si elle était ravissante et extrêmement intelligente.

Quand leurs regards se croisèrent, il sentit une douce chaleur courir dans ses veines. Du pur désir. Mais malgré la distance, il sentit la colère qui émanait d'elle le percuter de plein fouet.

Si un regard pouvait tuer, il serait mort sur le coup.

Faisant gracieusement onduler ses cheveux derrière elle, elle se retourna et disparut.

— Qu'est-ce que tu dis de ça ? s'exclama alors Dale en riant. On dirait bien qu'on t'a dégoté le boulot de tes rêves, hein, Pete ?

Du boulot, il allait en avoir, oui.

Il était temps de montrer à Chloe Lawrence que le *All-Stars* était à lui.

3

Quand elle s'assit à sa coiffeuse de fortune, dans sa loge de fortune, Chloe avait les mains qui tremblaient. Ce qui n'était pas très indiqué pour poser des faux cils. Cherchant à se calmer, elle prit quelques longues inspirations.

Elle allait tuer Pete Wellington. Il ne lui restait plus qu'à déterminer comment.

Elle aurait aimé pouvoir le piétiner avec son cheval. Mais Wonder, son beau palomino, était au pré à Sunshine Ridge, le petit ranch qui lui servait de havre au nord-est de Dallas. Avec toutes les choses qu'elle avait à gérer, elle ne voyait pas comment elle aurait pu trouver le temps de s'occuper de lui. Elle regrettait sa décision, mais elle allait devoir emprunter un cheval pour l'ouverture du spectacle ce soir-là.

Le problème, c'est qu'elle ne s'imaginait pas piétiner Pete avec un cheval d'emprunt. Trop de complications.

Il manigançait quelque chose, c'était certain. Si Steve Mortimer n'avait pas pu amener ses chevaux dans le Missouri, il l'aurait appelée.

Ce qui signifiait que Pete avait passé un accord avec les fournisseurs.

Mais pourquoi était-il venu à son secours au beau milieu de cette rébellion ? Il ne l'avait pas fait par bonté de cœur. C'était de Pete Wellington dont on parlait, un homme qui n'avait *pas* de cœur. Surtout quand il s'agissait d'elle ou de sa famille. Elle ne voulait pas lui proposer d'emploi. Elle ne voulait pas qu'il s'approche d'elle. Mais...

Si elle ne lui déléguait pas une partie de ses responsabilités, les autres ne risquaient-ils pas de se détourner du concours pour protester ? Elle pouvait toujours embaucher quelqu'un d'autre, mais elle se retrouverait face au même problème : les personnes qui faisaient le *All-Stars* allaient rechigner à traiter avec un étranger. Le temps qu'elle trouve une solution viable, le concours serait très certainement mort et enterré. Et à qui imputerait-on cet échec ?

À elle, naturellement.

Le piétiner à cheval. Quel plaisir elle aurait à le regarder souffrir !

Là. Ses mains ne tremblaient plus. Qui aurait pu croire que le simple fait d'imaginer sa vengeance aurait un effet si apaisant ?

Sans aucune difficulté, elle appliqua donc ses faux cils. Elle les mettait toujours pour le spectacle. Son maquillage, sa coiffure et sa tenue devaient être très voyants si elle voulait que les spectateurs voient autre chose qu'une vague silhouette indistincte dans l'arène.

Car s'il y avait bien une chose que la princesse ne pouvait pas être, c'était indistincte.

Elle avait presque terminé le deuxième œil quand quelqu'un frappa à la porte. Ginger, avec un peu de chance. La jeune femme figurait dans tous les classements locaux de rodéo. S'il y avait bien quelqu'un qui pouvait faire entendre raison à ces têtes de mule, c'était elle.

Il restait une heure et demie avant le début du spectacle, mais les portes étaient déjà ouvertes. Il fallait qu'elle rejoigne le public, pour poser pour des photos et faire la promotion de sa marque de vêtements. Elle était en retard. À cause de Pete Wellington.

— Entrez ! dit-elle en terminant la pose des faux cils.

Évidemment, ce n'était pas Ginger.

Pete fit un pas en avant puis, l'air choqué, recula en se cachant les yeux.

— Qu'est-ce que vous voulez ? demanda-t-elle, furieuse.

— Je veux que vous vous habilliez, répondit-il en se détournant d'elle.

Surprise, elle étudia son reflet dans le miroir.

— C'est un soutien-gorge de sport, Pete. Comme celui que j'utilise pour faire mon jogging. Comme celui que toutes les femmes du pays utilisent pour faire du sport.

Et c'était au demeurant un très bon soutien-gorge. Elle avait des seins de taille moyenne. Il lui avait fallu du temps pour les accepter mais, désormais, elle les aimait. Ils étaient juste comme il fallait. S'ils avaient été un peu plus gros, elle aurait très certainement été gênée pour pratiquer l'équitation.

Mais pour le spectacle, elle choisissait toujours des soutiens-gorge push-up. C'était comme pour les faux cils, il fallait que les choses soient imposantes pour qu'on les distingue depuis les gradins. Avec ce soutien-gorge, sa poitrine paraissait plus pulpeuse et était parfaitement maintenue. Et parfaitement couverte.

— Ce n'est pas comme si on voyait mes tétons, ou je ne sais quoi.

— Enfin, Chloe, c'est un soutien-gorge. Je ne peux pas… Vous… Bon, mettez des vêtements. S'il vous plaît.

Elle aimait bien cette note de désespoir dans sa voix. Se pouvait-il qu'elle ait mal interprété la situation ? Pendant plus de dix ans, ils s'étaient disputés dans des gradins ou des parkings d'arène. Elle avait toujours pensé que ses attributs physiques n'avaient aucun impact sur lui parce qu'il n'avait jamais réagi face à elle de cette manière.

— Ça y est ? Vous êtes décente ? demanda-t-il d'une voix tendue.

Tout en souriant à son reflet dans le miroir, elle se leva.

— Je ne vois pas de quoi vous vous plaignez, dit-elle en enfilant une chemise blanche ornée d'imposantes franges dorées. Je parie que vous avez déjà vu votre sœur en soutien-gorge de sport et que ça ne vous a jamais interpellé. Mais si ça peut vous faire plaisir, voilà, je suis couverte.

— Que les choses soient claires, Lawrence, vous n'êtes pas ma…

D'un pas décidé, il était entré dans la loge qui n'était pas conçue pour un homme de cette taille. Deux petits mètres les séparaient désormais. L'air se fit soudain plus lourd, et des étincelles semblèrent crépiter entre eux quand le regard de Pete se posa sur sa poitrine.

— … ma sœur, termina-t-il d'une voix étranglée.

— Encore heureux, répliqua-t-elle. Cette pauvre Marie, qui doit vous supporter… Je la plains, vraiment.

Elle n'avait jamais eu de problème avec Marie Wellington, qui travaillait dans le ranch de son mari, au Texas. Marie lui avait clairement fait comprendre, des années plus tôt, qu'elle se moquait complètement que les Wellington gèrent ou non le *All-Stars*.

— Ce n'est qu'un concours de rodéo, lui avait-elle dit un soir dans un pub. Je ne comprends pas pourquoi Pete y est si attaché.

Dans les années qui avaient suivi, Chloe n'était pas parvenu à percer ce mystère, elle non plus. Mais s'il avait l'intention de lui mettre des bâtons dans les roues, elle ne comptait pas rester les bras croisés.

Sa chemise étant toujours ouverte, elle l'attrapa par le bas et prit un malin plaisir à vérifier longuement que les deux pans étaient bien alignés.

Après quoi elle commença à fermer les boutons, lentement, un par un. Le regard de Pete était fixé sur ses mains, et sa bouche entrouverte. À ce moment-là, si elle lui avait demandé les clés de sa voiture, il les lui aurait sans doute remises sans ciller. Il paraissait complètement hypnotisé. Ce qui le rendait… vulnérable.

Sans cesser de sourire, elle laissa ses doigts s'attarder sur le bouton qui se trouvait juste entre ses seins. La respiration de Pete se fit alors plus rapide, son regard plus noir. Au creux de son cou, un tendon était ressorti et, contre toute attente, elle fut prise d'une envie folle de s'approcher de lui pour l'embrasser. La distance qui les séparait semblait s'être raccourcie alors qu'aucun d'entre eux n'avait bougé. Elle avait chaud, désormais, et sentait une douce et voluptueuse tension palpiter entre ses cuisses.

Que lui arrivait-il ? se reprit-elle soudain. Elle avait commis une erreur de calcul. Pete Wellington était-il à sa merci ? Certainement. Mais elle n'avait pas imaginé que le désir puisse être réciproque. Elle aurait dû, pourtant. Elle l'avait toujours trouvé incroyablement beau et sexy. Elle n'en était pas fière, mais à l'époque où elle avait commencé à se produire au rodéo, et pendant près de deux ans, elle avait eu un faible pour lui. Jusqu'à ce qu'elle comprenne qu'il ne la verrait jamais comme rien d'autre qu'un obstacle l'empêchant de récupérer le *All-Stars*. En cet instant, pourtant, le mépris et la haine avaient disparu de ses yeux, laissant place à un désir qui semblait menacer de le consumer.

Il avait envie d'elle.

Et plus elle contemplait la lueur qui brûlait dans son regard, plus elle le trouvait beau, sexy, viril et attirant. Le cœur battant à se rompre, elle fit sensuellement glisser ses doigts sur sa poitrine pour atteindre le bouton suivant.

— Là, dit-elle d'une voix haletante en le fermant, est-ce suffisamment décent pour vous ?

Son regard, viril et appréciateur, s'attarda encore quelques instants sur le reste de son corps. Puis il releva la tête. Ses yeux étaient brumeux. Elle fut tentée de rouvrir sa chemise. Ou de lui demander de s'en occuper à sa place. Mais elle se retint juste à temps.

— Qu'est-ce que vous voulez ? répéta-t-elle pour se forcer à se concentrer sur le problème.

Il n'était pas là par hasard, et il manigançait quelque chose. Il devait lui dire quoi, désormais.

Mais, malheureusement, quand elle l'avait prononcée, cette question n'avait pas eu l'air d'une accusation, comme elle l'aurait souhaité. On aurait plutôt dit… une invitation.

Elle le vit porter sa main à la gorge, comme s'il avait du mal à respirer. La réponse à sa question se lisait parfaitement dans son regard brûlant. C'était elle qu'il voulait.

— Eh bien, heu… il faut qu'on parle. Du travail.

Le travail, oui. Le concours. La querelle entre leurs familles qui remontait à plus de trente ans. Le fait qu'elle savait qu'il était là pour la détruire mais qu'elle ne comprenait pas en quoi le soutien qu'il lui avait apporté pouvait l'aider à atteindre cet objectif.

Rien de tout cela n'avait de lien avec la façon dont il la dévorait des yeux.

Tout en fronçant les sourcils, elle se retourna et se pencha un peu pour vérifier son maquillage dans le miroir. Derrière elle, elle l'entendit émettre un son qui évoquait suspicieusement un grognement de désir. Elle chercha ses yeux dans le miroir. Ils étaient, comme elle s'y attendait, fixés sur ses hanches.

— Le travail, oui. Celui pour lequel vous vous êtes proposé ?

— Oui, souffla-t-il.

Machinalement, elle prit ses chaps. C'étaient des jambières de spectacle, en cuir blanc immaculé, qui n'avaient jamais connu la moindre trace de boue. Verticalement, le long de chaque jambe, les mots « All-Stars » y avaient été brodés en strass et perles argentées, tandis que, horizontalement, au niveau du haut des cuisses, on pouvait lire « Princess of the Rodeo ». Rien de tout cela n'était subtil, tout était fait pour attirer l'œil.

— Ce que je ne comprends pas, dit-elle en posant un pied sur le siège pour attacher la jambière en haut de sa cuisse, c'est pourquoi vous voulez cet emploi, Pete. Ne me dites pas que vous avez besoin d'argent, je ne vous croirais pas.

Elle avait fait ses recherches. Il n'était certes pas aussi riche que la famille Lawrence, mais il n'avait pas besoin de cet emploi. Elle avait beau le regarder, elle ne comprenait pas.

Elle ne voyait devant elle, dans ses yeux, qu'un désir brûlant. Auquel son traître de corps n'était pas insensible. S'il n'y avait pas eu cette bête histoire de famille, elle y aurait sans aucun doute cédé. À cette idée, un délicieux frisson la parcourut.

— Et on ne peut pas dire que vous ayez, par le passé, manifesté votre volonté de travailler avec des femmes en général, et moi en particulier.

Il avait les pouces enfoncés dans sa ceinture qu'il agrippait si fort que ses phalanges étaient blanches. Dans l'état où il était, il ne parviendrait pas à lui dire ce qu'il avait préparé, c'était certain. Mais cet homme était plein de surprises, comme il le lui avait démontré à de nombreuses reprises.

— Je n'ai jamais dit que travailler avec vous me posait problème, répondit-il d'une voix basse et sensuelle qui ne fit qu'attiser encore le feu du désir qu'elle sentait palpiter dans ses veines. D'ailleurs, je commence à me dire que ça ne devrait pas être si mal que ça de vous avoir sur le dos.

L'effet de surprise fut tel qu'elle en lâcha la bride de sa jambière, dont elle dut maladroitement retenir le lourd cuir pour qu'il ne tombe pas de sa jambe. Elle avait de nouveau les mains qui tremblaient, mais ce n'était pas de rage, cette fois-ci.

Elle le détestait. Il avait beau l'agacer au plus haut point, force lui était de reconnaître qu'elle avait envie de lui. Au moins, désormais, elle savait que c'était réciproque.

Pour essayer de recouvrer ses esprits, elle prit une profonde inspiration. Mais sa stratégie ne fonctionna pas, parce que le parfum de Pete emplissait désormais le petit espace. Cuir, terre et musc. Typique du parfait cow-boy.

— Bien, dit-elle d'une voix qui lui parut à elle-même peu convaincante. Je suis contente que vous ayez retrouvé le sens commun.

Enfin elle avait réussi à attacher cette satanée bride. Elle reposa son pied par terre, se pencha vers l'avant pour surélever son autre jambe.

Ce fut indéniable, cette fois-ci : le son qu'il émit était bien un grognement de désir.

Elle brûlait d'envie de lui demander de l'aider, mais peu importait l'attirance qu'elle avait pour lui, il était hors de question qu'elle couche avec Pete Wellington dans ce minable placard qui lui servait de loge.

Ou n'importe où, d'ailleurs.

Le sexe, avec lui, était totalement exclu.

Aussi continua-t-elle d'attacher sa jambière en serrant les dents. Elle l'accrocha à sa taille au niveau de la ceinture sur laquelle le mot « Princess » s'inscrivait en strass.

Quand elle finit par se tourner vers le miroir, elle essaya de ne pas regarder l'homme qui se trouvait derrière elle, mais ce ne fut pas facile. Sans qu'elle ne le remarque, il avait dû se rapprocher encore d'elle, car elle sentait désormais sa présence dans son dos, son souffle chaud dans ses cheveux soigneusement ondulés. Elle fut alors tentée, très tentée, de s'adosser à ce vaste torse musclé, juste pour voir comment il réagirait. En repoussant sensuellement ses cheveux sur le côté pour pouvoir appuyer ses lèvres sur la courbe de son cou ? En prenant sauvagement ses seins entre ses mains ? En faisant doucement glisser ses mains sur sa taille pour caresser ses fesses moulées dans ce jean ?

Un frisson de désir l'envahit. Pour le bien du concours, elle s'interdisait toute relation avec des cow-boys, et elle était sur la route sept mois par an, ce qui ne lui laissait pas beaucoup de temps pour avoir des aventures.

Mais cela faisait tellement longtemps qu'un homme n'avait pas été aussi proche d'elle !

Pourquoi fallait-il que ce soit Pete Wellington ? Ils avaient beau être follement attirés l'un par l'autre, cette alchimie sexuelle ne changerait rien. Il n'était pas là par hasard, et elle ne pouvait pas lui donner un avantage sur elle. Si ça se trouvait, c'était même un piège. Il cherchait à la mettre dans une situation compromettante pour pouvoir ensuite la faire chanter.

Elle prit dans sa valise son Stetson couvert de perles et de strass et le plaça sur sa tête en prenant bien garde à ne pas se décoiffer. Voilà. Désormais, elle était la princesse du rodéo.

— Chloe..., souffla Pete et, au même moment, elle sentit ses mains se poser sur sa taille.

Agréablement surprise, elle retint son souffle. S'étaient-ils jamais touchés auparavant ?

Dix ans qu'ils se croisaient, se côtoyaient, s'agaçaient, se disputaient la première place. Mais s'étaient-ils jamais touchés ?

Si ça avait été le cas, elle se serait souvenue de la sensation électrisante que ce contact lui procurait.

Qu'aurait-elle ressenti si ses mains dures et calleuses s'étaient posées sur sa peau nue ?

— Oui ?

Elle fixa son regard sur le sien dans le miroir. Elle avait envie de l'attirer plus près d'elle.

Elle devait être folle.

Mais elle avait beau le savoir, elle ne chercha pas à s'écarter. Elle ne pouvait pas. Elle avait besoin d'entendre ce qu'il s'apprêtait à lui dire.

Il ouvrit la bouche ; elle retint son souffle.

Ce fut à ce moment-là que quelqu'un frappa à la porte. Violemment.

— Chloe, tu es là ? fit la voix de Flash.

Pete retira ses mains de sa taille et s'éloigna d'elle si vite qu'il trébucha sur sa valise et faillit tomber. La colère fut telle qu'elle eut envie de hurler. Décidément, son frère avait un don pour envenimer n'importe quelle situation.

— Oui, je suis presque prête ! cria-t-elle, avant de se tourner vers Pete. Écoutez-moi bien, Wellington, siffla-t-elle, je sais que vous essayez de me tendre un piège, mais…

— Mais ? l'encouragea-t-il en reprenant une attitude qui paraissait presque désinvolte.

Presque. Mais pas totalement. Sa respiration était toujours bien trop rapide pour qu'il paraisse décontracté.

Elle remarqua également qu'il n'avait pas cherché à nier. Une bonne confirmation qu'il était parfaitement indigne du désir qu'elle éprouvait pour lui.

Elle prit une profonde inspiration, inhala encore son parfum et fit quelque chose qu'elle n'aurait jamais pensé faire devant lui : avouer une faiblesse.

— Mais vous avez raison sur le fait que j'aurais besoin d'un peu d'aide pour traiter avec les fournisseurs et les cow-boys. Voulez-vous travailler officiellement pour le *All-Around All-Stars Rodeo* ?

Il eut le culot de paraître indigné.

— C'est ce que j'ai toujours voulu.

— Non, rétorqua-t-elle, furieuse. Ce que vous avez toujours voulu, c'est prendre ma place.

— Mais nous n'avons pas déterminé si cette place était au-dessus ou en dessous de moi, dit-il avec un sourire espiègle.

Ils en étaient donc là, de nouveau. Elle décida d'ignorer ce dernier propos.

— Je ne tolérerai votre présence qu'à partir du moment où vous ferez ce que je dis, quand je le dis. Si vous réussissez à rallier les locaux à mes idées, vous pouvez rester. Mais si vous me faites un coup tordu, vous partez, et je veillerai personnellement à ce que vous ne puissiez plus jamais remettre les pieds à un concours du *All-Stars*. Compris ?

Les coups, brusquement, reprirent à la porte.

— Chloe ? fit la voix de Flash. Tout va bien ? On m'a dit que Pete Wellington était là. Tu sais ce que veut cet enfoiré ?

Devait-elle en vouloir à son petit frère ou le remercier d'avoir interrompu cette escalade de folie dans laquelle Pete et elle s'étaient engagés ?

— Une seconde, d'accord ? cria-t-elle rageusement, avant de brandir un doigt menaçant en direction de Pete. C'est compris ? chuchota-t-elle.

Il mit un certain temps à lui répondre. Le désir, peu à peu, avait disparu de son visage, remplacé par son habituelle condescendance.

— Compris, patronne.

— Maintenant, pourriez-vous sortir de ma loge sans vous faire remarquer ?

Après lui avoir jeté un dernier regard d'avertissement, elle lui ouvrit la fenêtre par laquelle il se glissa. Flash s'était remis à tambouriner à la porte, située à l'opposé. Après avoir pris une profonde inspiration, elle sortit.

— Qu'est-ce qu'il y a ? lui demanda-t-elle.

Il avait lui aussi enfilé ses chaps, qui étaient cependant loin d'être aussi propres et extravagantes que les siennes. La poussière et la terre avaient laissé leur marque dans le cuir marron usé par six années de rodéo.

— Qui doit se produire au concert demain soir ?

— Tu me déranges pendant que je me prépare juste pour me poser une question à laquelle tu aurais facilement pu trouver une réponse sur Internet ?

Elle commençait vraiment à en avoir assez de cette journée. Elle avait besoin d'un petit rafraîchissement, et peut-être d'un appel vidéo avec sa belle-sœur, Renee Lawrence, une amie d'enfance qu'elle avait connue à New York, bien avant que son père ne gagne le *All-Stars* à cette partie de poker et ne déménage avec toute sa famille à Dallas.

Renee, quelques mois plus tôt, avait traversé une période très difficile : son mari s'était suicidé pour ne pas avoir à affronter les charges qui pesaient contre lui dans une affaire de corruption. Elle était donc venue à Dallas rejoindre Chloe, mais c'était Oliver, son frère aîné, qu'elle avait trouvé. Le courant était immédiatement passé entre eux. Et la meilleure amie de Chloe avait fini par devenir sa sœur.

Elle avait bien besoin d'un moment entre filles, pour contrer l'écrasante masculinité du concours. Et comme Renee ne connaissait pas Pete Wellington, Chloe aurait facilement pu lui parler de ses sentiments devenus tout à coup… compliqués.

Mais elle allait devoir se contenter de Flash.

— Oui, oui, je sais, répondit-il d'un air gêné. Mais je me demandais juste… si la programmation avait changé.

Flash avait beaucoup de défauts, mais la timidité n'en faisait pas partie. Elle n'avait pas l'habitude de le voir marcher sur des œufs ainsi.

— Qu'est-ce qu'il y a ? Tu espérais voir quelqu'un d'autre ?

— Laisse tomber. Oublie ce que j'ai dit.

Elle l'observa attentivement. Ça ne pouvait être qu'une histoire de femme. Flash, de toute façon, ne s'intéressait qu'à deux choses : les femmes et la victoire au *All-Stars*.

Tout à coup, elle comprit.

— C'est à cause de Brooke Bonner ?

— Non ! répondit-il un peu trop rapidement pour qu'elle le croie.

— Hm hm.

Au concours de Fort Worth, un peu plus tôt dans la saison, Brooke avait été la star du concert d'ouverture. Et il n'avait pas échappé à Chloe que son frère et elle avaient disparu au même moment, juste avant la prestation de Brooke, qui s'était ensuite expliquée en affirmant qu'elle s'était perdue en coulisses.

Si Chloe avait eu davantage de temps ou d'énergie, elle n'aurait pas manqué d'asticoter son frère en l'interrogeant sur la belle chanteuse. Il le méritait bien, pour toutes les fois où il lui avait compliqué la vie. Mais ce jour-là, elle n'avait pas la force. Elle était en retard, toujours troublée par ce qui s'était passé entre elle et Pete dans la loge, et toujours en colère qu'aucun des fournisseurs ne soit disposé à accepter ses idées tant qu'elles n'auraient pas été approuvées par Pete.

— Si un changement est annoncé, je te le ferai savoir, OK ? se contenta-t-elle donc de répondre.

— OK, merci, lui dit son petit frère en lui adressant un grand sourire.

— Au fait, tu avais raison, Pete Wellington est là. Et je l'ai engagé. À l'essai.

— Quoi ? hurla son frère, horrifié.

— Il fera office d'intermédiaire avec les fournisseurs, poursuivit-elle comme s'il n'était pas intervenu. Je vais te demander quelque chose en tant que sœur et t'ordonner la même chose en tant que chef : ne lui cherche pas de poux dans la tête, OK ?

— Tu es devenue folle ? s'exclama Flash. On ne peut pas lui faire confiance. Il ne pense qu'à nous évincer.

— Je n'ai jamais dit que je lui faisais confiance.

Elle n'avait même aucune confiance en lui. Mais en dehors de Flash, elle était seule. Les cow-boys avaient été très clairs : s'il fallait choisir entre Pete et elle, ce serait toujours Pete.

Elle avait simplement besoin d'un peu d'aide pour cette phase de transition, rien de plus. Quand le *All-Stars* aurait pris son essor, elle se débarrasserait de lui.

Sa relation avec lui relevait donc d'un risque calculé. Il pensait pouvoir l'évincer de la direction du concours. Elle pensait qu'il la sous-estimait. Elle se servirait de lui, mais ne le laisserait pas aller jusque-là.

Flash semblant toujours douter, elle poursuivit :

— Écoute… fais-moi confiance. Je sais ce que je fais et je sais ce qu'il essaie de faire. Mais je peux m'en débrouiller. À condition que tu ne te battes pas avec lui, OK ?

— Si tu avais besoin d'un intermédiaire, pourquoi ne pas m'avoir demandé ?

Le pire était que sa question était sincère. Il ne s'était pas rendu compte des problèmes qu'il avait engendrés et qu'elle avait dû régler toutes les fois où il avait essayé de l'aider. Il serait toujours un gros éléphant dans un minuscule magasin de porcelaine.

— Parce que tu veux être un concurrent, pas un gérant. Si tu commences à te mêler de la direction du concours, tout le monde va encore jaser.

Flash tenait absolument à être reconnu comme l'un des meilleurs cow-boys du monde, et pour ce faire il devait nécessairement passer par le *All-Stars*. Le problème, quand on participe à un concours organisé par sa famille, c'est que personne ne croit qu'on a mérité sa place. Tout le monde, y compris les cow-boys qui l'avaient vu exceller tous les soirs, pensait qu'il n'était là que parce qu'il était un Lawrence.

— Tu n'as pas tort, grommela-t-il. Mais pourquoi avoir choisi Pete ?

— Parce que tous les autres le respectent, répondit-elle à contrecœur. Ils l'écoutent.

Contrairement à elle.

— Si j'avais fait venir quelqu'un d'autre, il aurait fallu des mois, voire des années, pour qu'ils acceptent d'essayer quelque chose de différent. Et j'ai des projets, Flash. Des projets que j'aimerais réaliser avant le début de la prochaine saison.

C'était pour cette seule et unique raison qu'elle avait besoin de Pete.

— Mais si Pete te fait le moindre mal, je lui mets une raclée.

Une famille, avec deux petites filles, venait de s'approcher d'eux.

— D'accord, dit-elle à son frère avant de se tourner vers les spectateurs en souriant. Qui sont ces deux adorables petites princesses ?

Elle embrassa les fillettes, puis posa pour une photo avec elles et leur mère, tandis que Flash, étonnamment souriant, acceptait de poser avec le père.

D'autres personnes remarquèrent alors la princesse du rodéo, et un petit attroupement se forma. En posant pour une nouvelle photo, elle avisa au loin Pete, qui discutait avec des cow-boys. Comme s'il avait senti son regard sur lui, il se retourna. Et leva son chapeau pour la saluer.

Ce geste galant eut pour effet de déclencher en elle un nouvel élan de désir. Non, elle ne lui faisait pas confiance. Absolument pas. Mais l'affaire était conclue : ils allaient travailler ensemble.

Après ce qui avait failli se passer dans la loge, c'était une très mauvaise idée, qui semblait irrémédiablement vouée à l'échec.

Mais tant qu'elle réussirait à garder ses fantasmes pour elle et à l'empêcher de poser ses mains sur elle, tout irait bien.

En tout cas, il fallait l'espérer.

4

Pete regardait la cérémonie d'ouverture depuis les gradins. Cela lui avait vraiment manqué. Chloe, comme il s'y attendait, fut la première à apparaître. Il sentit son sexe durcir de désir au souvenir de cette image qu'il avait eue d'elle dans sa loge, vêtue de rien d'autre qu'un jean moulant et un soutien-gorge, et agissant comme si c'était la chose la plus naturelle du monde. Sans parler de ses doigts agiles sur les brides de ces extravagantes chaps quand elle les avait attachées en haut de ses cuisses.

Elle était désormais debout sur ses étriers, ses fesses parfaites enserrées dans les fameuses chaps.

La première fois qu'il avait vu son numéro de princesse, il avait vingt-trois ans. Il s'en souvenait très bien, parce que son père était passé pour son anniversaire et… il n'était pas fier de ce qu'il avait fait. Mais il était jeune, et furieux de ce que les Lawrence avaient fait de son concours de rodéo. Il ne pouvait pas se défouler sur une jolie petite adolescente comme Chloe. Et, de toute façon, c'était la faute de son propre père s'il avait perdu tout ce qui comptait à ses yeux à cause d'un pari d'ivrogne.

Malgré tout le temps qui était passé, cette trahison lui faisait toujours mal. Le *All-Stars* était la seule et unique chose qu'il partageait avec son père et, pourtant, celui-ci l'avait mis en jeu comme s'il ne signifiait rien à ses yeux. Comme si tout ce temps qu'il avait passé sur la route avec Pete n'avait pas compté.

Quand Pete avait découvert le puits de pétrole, son père était déjà malade, et n'avait plus que quelques mois à vivre. Mettant sa fierté de côté, Pete avait alors proposé à Milt Lawrence de racheter le *All-Stars* pour que son père et lui aient une occasion de revivre ces moments heureux. Il était déterminé à faire les choses bien. Il était même prêt à accepter que Chloe garde son rôle de princesse, si elle en avait envie.

Mais le vieil homme lui avait ri au nez et avait fait appel à ses vigiles pour le chasser du bâtiment. Puis il s'était arrangé pour l'exclure totalement de la compétition.

Une véritable déclaration de guerre.

Pete regarda, dans les gradins, les familles qui passaient un bon moment. Puis les portes qui allaient bientôt s'ouvrir sur des taureaux. Il se sentait chez lui, ici. Dans son univers. Tout cela aurait dû être à lui. Désormais qu'il avait perdu son père, ça aurait dû être *sa* famille, car le rodéo, c'est la famille.

Mais le *All-Stars* était à Chloe.

Plus pour bien longtemps.

Le commentateur annonça son nom, et elle s'élança au galop, un immense drapeau américain flottant au-dessus d'elle. Le regard de Pete était fixé sur elle, mais il n'avait pas honte : tout le monde l'admirait. Lancée à pleine vitesse, elle faisait le tour de l'arène, ses cheveux flottant dans le vent.

Il ne se souvenait pas qu'elle était si bonne cavalière. D'un autre côté, de longues années s'étaient écoulées depuis la dernière fois qu'il avait trouvé le courage de regarder ce cirque. Quatre ans. Voire cinq.

Elle était belle.

Tout comme elle l'était dans sa loge, quand elle avait boutonné cette chemise sur ses seins parfaits, ou quand sa respiration s'était accélérée au moment où il avait posé ses mains sur sa taille fine. Si Flash ne les avait pas interrompus…

— Tu sais ce qu'il risque de t'arriver si tu poses de nouveau une main sur ma sœur ? fit soudain une voix derrière lui.

En parlant du loup…

Pete ne s'écarta pas pour laisser à Flash une place à côté de lui. Il émanait du jeune homme une énergie nerveuse qui faisait de lui un bon cavalier dans l'arène, mais un type désagréable dans la vie.

S'efforçant de prendre un air désabusé, il se tourna vers Flash.

— J'imagine que tu viendras me faire une scène, que tu essaieras de me frapper, que tu boiras un coup de trop et que tu finiras par partir avec la première fille que tu croiseras. Comme d'habitude.

Il parlait d'expérience. Flash l'avait déjà pris par surprise un soir, lui laissant un bel œil au beurre noir.

Naturellement, il lui avait rendu la pareille. Ça n'avait pas été un combat à armes égales : Pete avait dix ans de plus que le jeune homme, et au moins vingt kilos de muscles en plus. Mais si Flash était assez vieux pour boire de l'alcool et déclencher une bagarre, il était assez vieux pour la finir.

Du coin de l'œil, Pete vit les épaules de Flash se soulever et s'affaisser. Était-ce un soupir de résignation ou une manœuvre pour se calmer ? Pete l'ignorait mais, tout à coup, Flash inclina la tête dans sa direction et porta sur lui un regard perçant.

— Il faudrait que tu arrêtes de vivre dans le passé, maintenant.

— Je ne vis pas dans le passé, répliqua Pete sans chercher à dissimuler sa colère.

— Bien sûr, ironisa Flash en se tournant un peu plus vers lui. Tu sais aussi bien que moi que, si tu étais passé à autre chose, tu ne serais pas ici, Wellington.

Il s'interrompit au moment où la musique changeait pour permettre à la princesse du rodéo de mener le reste du cortège. Quand le volume augmenta à nouveau, il conclut :

— Si tu fais du mal à ma sœur, je te préviens que tu ne pourras plus jamais poser tes fesses sur une selle.

— Est-ce une menace ? demanda Pete en prenant un air excédé.

En réalité, il était impressionné par le courage dont faisait preuve le jeune homme. Manifestement, Chloe n'était pas la seule à avoir évolué.

Flash lui adressa un sourire qui ne parvint pas à illuminer ses yeux lourds de haine.

— Bien sûr que non, Wellie.

Pete serra les dents, mais ne réagit pas. Hors de question qu'il entre dans le jeu d'un gamin assez stupide pour se faire appeler « Flash ».

— C'est une promesse, chuchota le jeune homme en lui tapant sur l'épaule.

Contre toute attente, un frisson glacial lui parcourut le dos. Apparemment, Flash Lawrence avait un don pour se montrer menaçant.

— Je t'ai à l'œil, chuchota-t-il avant de disparaître.

Tandis que résonnait l'hymne national, Pete réfléchit à la conversation qu'ils venaient d'avoir. Flash avait-il appris qu'il était entré dans la loge de Chloe ? Ou avait-il simplement cherché à remplir son devoir de frère ?

Peu importait. De toute façon, il ne lui avait rien dit qu'il ne savait déjà.

Les Lawrence n'avaient aucune confiance en lui.

Pour ça, il aurait fallu qu'ils soient complètement stupides or, hélas, ils ne l'étaient pas. Mais ça non plus n'avait pas d'importance. Il n'avait pas besoin de leur confiance pour que son plan fonctionne.

Tout ce dont il avait besoin, c'était de mettre un pied chez eux.

Ce qui était fait.

Ne lui restait plus qu'à tirer parti de sa position.

Et s'il voulait récupérer son concours, il n'avait pas intérêt à échouer.

Les derniers spectateurs repartaient sous le ciel étoilé, et les dernières notes de la dernière chanson s'évanouissaient dans le ciel quand Chloe finit par arriver à sa loge, devant laquelle Pete l'attendait depuis au moins un quart d'heure. Il avait raté la fin du concert, mais il ne voulait pas prendre le risque de la manquer.

Elle avançait lentement, la tête basse, l'air fatigué.

— Chloe ?

Brusquement, elle s'immobilisa.

— Ah, c'est vous.

— Oui, encore moi, répondit-il et, curieusement, il eut envie de lui sourire.

— Vous comptez revenir avec moi dans la loge ?

Son grand sourire de star avait disparu. Elle paraissait

épuisée. L'excentrique robe country qu'elle avait revêtue pour le concert semblait littéralement peser sur elle, ses franges dorées scintillant dans la lumière du soir. Même au crépuscule, elle réussissait à briller.

Cependant, il ne l'avait jamais vue si... vidée. Il aurait dû s'en réjouir. Une preuve de plus qu'elle était incapable de diriger le *All-Stars*. Mais, curieusement, la seule chose dont il avait envie était de la prendre dans ses bras pour l'embrasser.

Sur le front, naturellement.

— Non, finit-il par répondre en souriant encore. À moins que vous n'en ayez envie.

Elle fit un petit bruit dégoûté.

— Vous pouvez toujours rêver.

Instinctivement, il la prit par le bras. Malgré la chaleur de l'été, sa robe avait de longues manches en dentelle.

— Il faut qu'on parle.

Elle ouvrit la bouche comme si elle s'apprêtait à répliquer sèchement mais, soudain, elle baissa les yeux vers sa taille, là où il avait posé ses mains un peu plus tôt dans la journée.

— Vous me promettez de ne pas m'interrompre ?

Quelque chose dans le ton de sa voix le toucha. Naturellement, il était conscient qu'elle avait cherché à le manipuler en se servant de son corps voluptueux pour le distraire, et il n'était pas fier d'admettre qu'elle avait presque réussi.

Voire totalement réussi.

Mais sa sensualité aguicheuse avait complètement disparu. Elle paraissait douce et vulnérable, désormais, et cela n'aurait pas dû le toucher, parce qu'il ne l'avait jamais aimée. Elle ne l'intéressait pas, et il se moquait totalement de ce qu'elle pouvait ressentir.

Doucement, il fit glisser ses doigts sur son bras jusqu'à atteindre le dos de sa main.

— Promis, chuchota-t-il contre son oreille.

Comme pour se donner du courage, elle prit une profonde inspiration.

— Attendez-moi, murmura-t-elle avant de se libérer pour entrer dans sa loge.

Pour patienter, il alla s'accouder à une clôture et échangea une ou deux plaisanteries avec les quelques personnes qui restaient, principalement des machinistes qui démontaient les décors et des fans qui espéraient encore obtenir un autographe. Mais la plupart des cavaliers et des spectateurs avaient déjà pris la route des bars.

Tout en regardant ses bottes, il essaya de ne pas trop penser à Chloe, occupée à se changer, dans cette loge. Sans succès.

À quel moment avait-elle enlevé sa chemise et son jean pour enfiler cette robe ? Portait-elle toujours son soutien-gorge de sport ? Ou avait-elle mis quelque chose de plus fin, en dentelle par exemple, pour aller avec la robe ? Quelque chose qui soutenait ses seins comme la main d'un amant et…

Relevant brusquement la tête, il écarta ces pensées de son esprit. Il fallait qu'il réfléchisse à… la longue soirée qui s'annonçait. Il n'avait pas d'endroit où dormir ; il avait échafaudé son plan bien trop tard pour obtenir une chambre dans cette petite ville du Missouri où tous les hôtels étaient complets depuis des semaines, voire des mois. Il allait donc devoir dormir dans son camion.

Songeur, il leva les yeux vers le ciel étoilé. Chloe avait certainement une chambre, avec un grand lit, pour elle toute seule. Irait-elle se coucher directement ou prendrait-elle une douche avant ?

Ce n'était pas grave, après tout, si elle utilisait son corps si sensuel pour essayer de l'éliminer du jeu. Son physique était une arme mise à sa disposition, et c'était la guerre. Il fallait s'y attendre. En revanche, ce serait grave s'il la laissait gagner.

Il voulait une preuve écrite qu'il était le manager du spectacle. Et dans l'éventualité où elle refuserait, il avait déjà trouvé un plan B : il sauterait le prochain concours à Terre Haute mais ferait son retour à celui de Little Rock. Elle pourrait peut-être se débarrasser de lui une fois, mais il n'abandonnerait pas, il reviendrait à la charge.

Il allait réussir. Récupérer le *All-Stars* en gagnant progressivement du terrain. Et ensuite…

Et ensuite, quoi ?

La porte de la loge s'ouvrit et Chloe apparut, presque méconnaissable. Envolés, les longs cheveux ondulés et la robe scintillante. Elle portait désormais une queue-de-cheval basse et était chaussée de tongs. À la place de la robe, un pantalon blanc bien ajusté et un T-shirt ample dont l'encolure dévoilait une gracieuse épaule et une bretelle de soutien-gorge. Ce n'était pas la large bretelle blanche du soutien-gorge qu'il avait aperçu un peu plus tôt. Celui-ci était noir et semblait plus fin. Était-il en dentelle ?

— Vous êtes toujours là ? À comploter, je présume ?

Elle avait dit cela d'un air nonchalant, comme s'il lui semblait tout à fait normal qu'il soit là pour prendre sa place, comme s'il ne s'agissait pas d'un contentieux entre eux. Comme si elle le voyait uniquement comme un problème, qu'elle comptait bien affronter la tête haute.

Il était en train de commettre l'impensable : il commençait à la respecter.

Les ennuis, apparemment, avaient débuté.

— Nous n'avons pas discuté des termes du contrat tout à l'heure, finit-il par dire.

Tout en ajustant son sac sur l'épaule, elle inclina la tête sur le côté. La masse de ses cheveux, retenus par un élastique, retomba sur ses épaules, et Pete dut se faire violence pour résister à l'envie de passer la main dedans.

— Tout à l'heure ? Ah, oui. Quand vous avez paniqué et que vous m'avez ensuite regardée m'habiller. Vous avez raison, je n'ai pas souvenir que la discussion se soit prolongée ensuite.

Tout bien considéré, il l'avait peut-être sous-estimée.

— Je ne pense pas que « paniqué » soit le mot j...

— Vous avez paniqué, je maintiens, affirma-t-elle.

Et, soudain, il se produisit la pire chose du monde. Elle sourit. Pete sentit alors une douce chaleur s'infiltrer dans sa poitrine.

— J'ai été surpris.

— Soit.

Détournant le regard, elle fit onduler ses épaules comme si elles étaient lourdes de tension. Une fois encore, il dut se faire violence pour résister à l'envie de s'approcher pour masser la peau parfaite de sa nuque délicate.

— C'est certainement une très mauvaise idée, reprit-elle.

— Quoi ? De m'avoir fait entrer dans votre loge ou d'avoir accepté de m'embaucher ?

C'était une question risquée. Mais la décontraction n'était peut-être pas une si mauvaise stratégie. S'il parvenait à lui faire baisser sa garde…

— De vous demander de m'inviter à dîner.

— Maintenant ? s'exclama-t-il, stupéfait.

— Évidemment, maintenant, répondit-elle d'un air exaspéré. J'ai faim. Je suis fatiguée. Je ne suis pas en état de négocier avec vous, Pete.

Sans même réfléchir, il s'approcha d'elle et prit le sac qu'elle portait. À cet instant, son parfum vint lui chatouiller les narines. Sucré et fruité, mais empreint d'une divine sensualité. De quoi vous mettre l'eau à la bouche.

— Qu'est-ce qui vous ferait plaisir ?

L'air semblait désormais sulfureux, lourd de tension. Elle tourna la tête vers lui, mais son visage était dissimulé par des ombres et, l'espace d'une folle seconde, il eut envie qu'elle dise son nom.

— Il ne reste plus grand-chose d'ouvert, répondit-elle d'une voix qui lui parut haletante. Et les bars…

— Seront pleins de viande soûle.

Il ne voulait pas qu'un cow-boy ivre vienne l'importuner. Rien qu'à y penser, il avait envie de hurler.

— Je n'aime pas les fast-foods.

— J'imagine qu'à cette heure j'aurais du mal à trouver un beau restaurant où je pourrais vous offrir un bon steak et une bonne bouteille de vin.

Un dîner aux chandelles avec des roses sur la table et de la musique douce en arrière-fond, ce serait…

Une très mauvaise chose. Elle ne méritait certainement pas ça.

— Premièrement, il est trop tard. Et, deuxièmement, il n'est pas question que je remette ma robe, répondit-elle en s'écartant de lui. Du moment qu'on ne se retrouve pas dans le même bar que Flash, ça devrait aller. Je sais qu'il préfère le Jeremy's. Alors on va aller au Mike's se trouver un petit coin tranquille, et je vais commander un cheeseburger au bacon. D'accord ? demanda-t-elle en commençant à avancer vers son pick-up.

— Je vous offrirai une bière pour fêter notre partenariat.

Brusquement, elle s'arrêta dans son élan pour se retourner vers lui. Il ne pouvait pas voir son visage, mais il sentait parfaitement la méfiance qui émanait d'elle.

— Ne vous réjouissez pas trop vite, Wellington. Il n'y a encore rien à fêter.

Oui, il l'avait bel et bien sous-estimée.

Ça n'allait pas être facile.

Mais il était déterminé.

5

— Je vais nous trouver une table, lui dit Pete à l'oreille, en appuyant la main sur le bas de son dos.

Et il disparut en traversant la foule.

Pour essayer de remettre de l'ordre dans ses idées, Chloe secoua la tête. Ce dîner tardif avec Pete était une très mauvaise idée, qui venait couronner une journée particulièrement riche en mauvaises idées. Elle avait faim, elle était fatiguée et elle n'aurait jamais dû se rendre dans ce bar plein de concurrents du *All-Stars* dansant sur la mauvaise musique d'un groupe local.

Elle avait perdu la tête. Il ne pouvait pas y avoir d'autre explication. Elle n'était pas dans son état normal, et Pete était le genre d'adversaire à tirer pleinement parti de sa faiblesse.

Hors de question qu'elle boive une bière en sa compagnie.

La bonne nouvelle, c'était que Flash n'était pas là. Elle ne se sentait pas d'humeur à supporter les étincelles que pourrait générer sa confrontation avec Pete. Tout ce dont elle avait envie, c'était d'un repas chaud, peut-être d'une danse, et...

Non. Pas de danse. Surtout pas. Même si Pete le demandait. Car s'il la prenait dans ses bras musclés, glissait ses grandes mains autour de sa taille... elle risquait bien de faire quelque chose qui réduirait tous ses efforts à néant.

Elle ne le laisserait pas la faire danser. Tout était comme d'habitude entre eux. Il avait simplement élaboré une stratégie différente, et elle allait faire de son mieux pour la contrer.

Dans la salle, le bruit était assourdissant, la chaleur presque insupportable. Le concours était un événement important pour la petite ville, et on aurait dit que la moitié du Missouri s'était rassemblée dans ce seul bar.

Quelle erreur ! Il fallait hurler pour se faire entendre. Comment allait-elle pouvoir négocier avec Pete ? Elle pensait que la situation ne pouvait être pire, et pourtant...

— Pas de place assise, cria-t-il à son oreille en revenant.

La déception fut telle qu'elle sentit tout son corps s'affaisser.

— Mais je vais trouver une serveuse, reprit-il alors. Si ça ne te dérange pas, on peut prendre à emporter et manger dans la benne de mon pick-up ?

Si ça la dérangeait ? Absolument pas. Ce qui la gênait, en revanche, c'était que, après en être arrivé aux mêmes conclusions qu'elle, il avait immédiatement trouvé une solution, et une solution qui frôlait la gentillesse et la prévenance.

Tout en s'interrogeant à ce sujet, elle acquiesça.

— Un cheeseburger au bacon, c'est ça ?

C'était horrible. Elle ne pouvait pas endurer la gentillesse et la prévenance si ces qualités émanaient de Pete Wellington. Surtout avec le manque de sommeil et cette proximité troublante entre leurs deux corps.

— Un double. Avec des oignons frits.

— Bière ?

— Non.

Il lui adressa l'un de ces clins d'œil qui avaient le don de la déstabiliser, avant de disparaître à nouveau dans la foule.

Lasse, elle quitta la salle et referma la porte derrière elle, étouffant ainsi une partie du bruit. La légère brise qui soufflait dehors lui fit rapidement oublier les odeurs de transpiration et de bière.

À quel moment la situation avait-elle basculé ? Dès le début de la journée, à cause de tous ces vieux machos qui étaient sans doute de mèche avec Pete. Il ne fallait pas qu'elle oublie ça.

Mais que cherchait-il à obtenir en se montrant si attentionné envers elle ?

La même chose que d'habitude : le concours. Aucun doute là-dessus. Mais elle devait lui reconnaître le mérite de l'inventivité stratégique.

Il essayait de lui voler le *All-Stars*. De nouveau. Elle n'avait jamais réussi à le raisonner. Combien de fois lui avait-elle fait remarquer que ça n'avait jamais été son concours, mais celui de son père, pour commencer ? Il refusait d'admettre cette logique.

Alors pourquoi ce numéro de charme, tout à coup ? Parce qu'il était charmé et que, malheureusement pour elle, elle était à deux doigts de se laisser charmer elle aussi.

Sauf erreur de sa part, il avait échafaudé deux plans. Soit il l'évinçait de la direction grâce au soutien des vieux cow-boys, soit...

Un frisson parcourut Chloe. Soit il l'évinçait du concours en la mettant dans son lit.

Intelligent. Très intelligent. Le seul problème, c'était qu'elle n'était la proie de personne. Et certainement pas de Pete.

La porte du bar s'ouvrit, laissant échapper du bruit et de la chaleur. Elle se retourna en souriant.

Mais elle s'immobilisa aussitôt. Car ce n'était pas Pete.

Deux hommes qu'elle n'avait jamais vus avançaient vers elle en souriant et en gloussant comme des adolescents. À en juger par leurs chapeaux et leurs T-shirts aux manches soigneusement remontées, elle pensait pouvoir dire sans se tromper qu'il s'agissait de jeunes déterminés à passer une soirée bien arrosée.

Ils s'arrêtèrent brusquement pour la regarder, en écarquillant les yeux.

— Bonsoir, ma jolie, fit le plus grand d'une voix ridicule, qui provoqua chez l'autre une sorte de ricanement.

Tout en leur adressant un regard noir, Chloe se mit en position de combat. Elle pouvait remercier ses frères de lui avoir appris à se battre. Durant son enfance à New York, sa mère avait insisté pour qu'elle suive des cours de danse et de musique, comme toutes les filles de son milieu. Mais quand elle avait commencé son numéro de princesse du rodéo, ses deux frères avaient insisté pour lui apprendre à se défendre. Et comme cela avait été l'une des rares fois où Oliver et Flash avaient été d'accord sur quelque chose, elle avait accepté de bon cœur.

Elle ne regrettait pas, en cet instant précis.

— Laissez-moi, dit-elle avec calme, tout en reculant pour mettre de la distance entre eux.

Instinctivement, elle jeta un coup d'œil derrière elle pour vérifier si elle pouvait fuir. Un bon coup de poing était une bonne chose, mais si ces deux hommes la coinçaient contre un mur, elle risquait de ne pas pouvoir s'en sortir.

— Et moi qui croyais que toutes les jolies filles étaient à l'intérieur, dit le plus petit d'une voix pâteuse.

À bien y réfléchir, les chances, de toute façon, n'étaient pas de son côté, songea Chloe. Seule face à ces deux soûlards, elle ne ferait pas le poids. Devait-elle se débarrasser de ses tongs ? Pourquoi n'avait-elle pas pris ses baskets ?

— Laissez-moi tranquille.

— Tu nous attendais, ma belle ? demanda le plus grand en s'approchant.

Pourquoi les hommes n'écoutaient-ils jamais ? Ces deux-là n'étaient en fait pas si différents de Dustin Yardley, qui avait refusé d'essayer quelque chose de nouveau juste parce que c'était une femme qui en avait lancé l'idée. Ou de Pete, qui refusait d'admettre que le *All-Stars* ne lui appartenait pas.

— Non, c'est non !

Le jeune homme fit mine de l'attraper. Elle lui lança un coup de poing. Elle ne pouvait frapper ni Pete, ni Dustin, ni aucun de ceux qui ne la considéraient que comme un joli visage, mais il était hors de question qu'elle laisse ce poivrot l'agresser.

Un son écœurant mais satisfaisant se fit entendre. La douleur, qui explosa dans ses phalanges, lui arracha un petit cri. Mais elle avait frappé là où il fallait, comme il fallait. Suffisamment fort pour que son assaillant vacille et s'effondre mollement contre son comparse. Les deux hommes titubèrent avant de retomber contre un mur.

— Espèce de sale petite..., fit celui qui ne saignait pas tandis que le plus grand étouffait un cri de douleur.

— Laissez-moi tranquille, répéta-t-elle en reprenant sa position.

Elle avait mal à la main. Si elle s'était cassé quelque chose, il lui serait impossible de monter à cheval et de porter le drapeau le lendemain.

C'était exactement pour cette raison qu'elle ne fréquentait plus les bars. Ce qu'il y avait de bien dans la colère, cependant, c'était l'adrénaline qui l'accompagnait. La douleur disparut aussitôt que le petit se releva en s'appuyant maladroitement contre le mur.

Elle ne pourrait pas le frapper avec la même main, il lui fallait donc changer de position. Soit elle lui mettait un uppercut, soit un coup de pied bien placé si elle avait le temps de...

La porte du bar se rouvrit et Pete apparut.

— Ils n'avaient plus d'oignons, mais... Qu'est-ce que... ?

— Tu pourrais me donner un coup de main, dit-elle aussi calmement qu'elle le put.

Elle n'osait pas quitter des yeux l'homme qui s'était relevé.

— Elle m'a cassé le nez ! hurla le grand.

Il était désormais à genoux, et son visage était barbouillé de sang. L'ignorant royalement, Pete passa devant lui pour s'approcher d'elle.

— Qu'est-ce que tu fais ?

— Je leur botte les fesses.

— On se calme, répondit-il en lui tendant le sac de plats à emporter. Bon, vous avez cinq secondes pour vous éloigner d'elle, lança-t-il à l'attention des deux hommes.

Le plus petit prit un air surpris avant de laisser brutalement tomber ses bras le long de son corps.

— Désolé, mec. On ne savait pas qu'elle était à toi.

Folle de rage, Chloe serra les poings. C'était vraiment le pompon.

— Qu'est-ce que tu as dit ? s'écria-t-elle, mais Pete, déjà, l'avait prise par la taille pour l'éloigner d'eux.

— Cinq. Quatre. Attention, à zéro, je la lâche et je la laisse vous mettre une raclée.

— Laisse tomber. On y va, répondit le petit en aidant son ami à se relever.

Mais il était hors de question qu'elle les laisse s'en tirer ainsi.

— Je vais vous...

— Chloe, arrête, murmura Pete à son oreille avant de reprendre son compte à rebours. Trois.

— On y va. On y va. Allez, viens, Jack.

— Mon nez ! hurla le Jack en question.

— Deux, fit Pete d'une voix plus forte encore.

Mais les deux hommes s'étaient déjà enfuis en courant, se retournant de temps en temps pour crier une insulte.

Quand ils eurent disparu dans la nuit, Chloe se dégagea vivement de l'étreinte de Pete.

— Tu ne t'imagines même pas à quel point ça peut être énervant ! s'exclama-t-elle.

Il fit un pas en arrière et leva les deux mains en signe de reddition.

— Du calme, ma chérie.

— Je ne suis pas ta chérie, et tu le sais très bien. Je leur ai dit de me laisser tranquille, et qu'est-ce qu'ils ont fait ? Ils ont essayé de m'attraper. Alors que toi, tu n'as eu qu'à arriver et être un homme pour les faire déguerpir.

— Être un homme ? répéta-t-il d'un air décontenancé.

Elle avait envie de hurler, de casser quelque chose. Elle avait déjà frappé quelqu'un et, malheureusement, ça n'avait pas suffi.

— Oui ! Est-ce que tu te rends compte de ce que ça fait ?

— D'être un homme ?

— Tu ne t'en rends pas compte, évidemment, puisque tu en es un !

Il se mit à la regarder comme si elle était devenue folle. Elle lâcha un juron. Naturellement qu'il ne s'en rendait pas compte ! Il devait d'ailleurs se réjouir de sa réaction émotive. Encore une chose qu'il pourrait lui renvoyer au visage pour lui prouver qu'elle n'était pas capable de diriger le *All-Stars*.

Découragée, elle baissa la tête pour essayer de remettre de l'ordre dans ses idées. Ses yeux commençaient à la brûler. Sentant ses forces la quitter, elle laissa tomber le sac contenant le dîner.

— Excuse-moi, murmura-t-elle.

À ces mots, il posa ses mains sur ses épaules. Tout doucement. Pourtant, elle faillit s'effondrer.

— Pourquoi est-ce que tu t'excuses ?

Battant des cils, elle parvint à retenir les larmes qui menaçaient de couler.

— J'ai fait tomber notre repas. Et j'ai perdu mon sang-froid.

— Et moi qui pensais que Flash était l'excité de la famille…

Tendrement, il se mit à lui masser les épaules.

— Ça va mieux ?

Pas vraiment, non. Elle avait tellement mal à la main qu'elle sentait son cœur battre dans ses phalanges. Rien ne s'était passé comme elle l'avait voulu ce jour-là, et elle était tellement pitoyable que Pete Wellington se sentait obligé de la consoler.

C'était la pire journée de sa vie.

— Ça va, dit-elle en luttant pour se reprendre.

Ne voulant pas lui fournir d'autres munitions pour la détruire, elle se força à relever la tête pour chercher son regard.

— Pourquoi ?

— Pourquoi ? répéta-t-il avec un sourire amusé. Je ne sais pas.

Tout en parlant, il avait fait glisser ses paumes le long de ses bras. Précautionneusement, il prit ses mains dans les siennes et les tourna vers la lueur du réverbère.

— Peut-être parce que tu viens de casser le nez à un abruti qui devait bien peser cinquante kilos de plus que toi.

— Au moins, murmura-t-elle.

Malgré tous ses efforts, une larme finit par s'échapper. Au même instant, elle s'immobilisa. Les yeux toujours rivés sur les siens, Pete venait de porter ses phalanges meurtries à ses lèvres pour les embrasser délicatement.

Une intense sensation de chaleur déferla en elle, si inattendue qu'elle sentit ses genoux flancher. Sans lâcher sa main blessée, Pete passa un bras autour de sa taille pour la soutenir.

— Au moins, acquiesça-t-il.

La poitrine de Chloe était désormais appuyée contre le torse ferme et musclé de Pete. Elle n'était pas assez forte pour ça. Non. Surtout après la journée qu'elle venait de passer, et au cours de laquelle il avait pris sa défense pas moins de deux fois. C'était un piège, une ruse, mais il était prévenant et charmant, et il lui semblait tellement plus simple de ne pas être obligée de mener une nouvelle bataille !

Elle ne voulait pas se battre avec lui.

— Voilà ce qu'on va faire, murmura-t-il en la regardant en face.

— Quoi ?

Sans répondre, il lâcha sa taille et sa main. Elle faillit crier pour protester mais, aussitôt après, il la hissa dans ses bras.

Qui aurait pu croire que Pete Wellington pouvait se montrer aussi charmant ?

— Je vais t'installer dans mon pick-up, parce qu'il se trouve plus loin de la porte d'entrée que le tien, ce qui signifie moins d'abrutis pour te harceler, finit-il par dire en commençant à avancer comme si elle n'était pas plus lourde qu'une plume. Et ensuite, j'irai chercher le repas et une poche de glace pour ta main.

— Un peu de glace me ferait sûrement du bien, dit-elle en passant ses bras autour du cou de Pete et en nichant sa tête au creux de son épaule.

Elle n'aurait pas dû faire ça, mais peu importait. Elle n'avait plus la force de lutter.

Il n'avait pas menti : son pick-up était beaucoup plus loin du bar que le sien.

— Je vais te dire quelque chose, reprit-il. Mais tu dois me promettre de ne pas te fâcher.

— Sérieusement ?

Sans ralentir son allure, il baissa les yeux vers elle et prit un air espiègle.

— Ne me tape pas dessus, Lawrence. J'ai vu les dommages que tu peux causer.

Était-ce un compliment ?

— D'accord. Promis.

Ils finirent par arriver au pick-up, et il la déposa doucement sur le sol pour en ouvrir la benne. C'était un très beau modèle, flambant neuf.

— Qu'est-il arrivé à ton ancien pick-up ? Celui qui était à moitié rongé par la rouille ?

Elle essaya de se hisser dedans, mais quand elle s'appuya sur sa main blessée, la douleur fut si vive qu'elle laissa échapper un petit cri.

Tout en soupirant, il s'approcha d'elle et, sans lui laisser le temps de s'y préparer, posa les mains sur sa taille. De nouveau, une délicieuse sensation de chaleur envahit Chloe.

— Le vieux tas de rouille ? Ça fait longtemps que je m'en suis débarrassé. Je suis civilisé maintenant.

Elle leva les yeux vers lui tandis qu'il resserrait son étreinte autour de sa taille. Ils en étaient exactement là où ils s'étaient arrêtés un peu plus tôt dans la journée, quand Flash les avait interrompus en frappant à la porte.

Mais Flash n'était pas là cette fois-ci.

— Apparemment, répondit-elle d'une voix taquine. C'est pour ça que tu veux travailler pour le *All-Stars* ? Parce que tu as besoin d'argent ?

Elle s'attendait à une contre-attaque virulente, mais il se contenta de la regarder intensément.

— Ce n'est pas pour ça, non.

— Alors pourquoi, Pete ? dit-elle d'une voix plus basse, comme il s'était encore rapproché.

Il garda le silence un long moment. Et, tout à coup, un léger sourire se dessina sur son beau visage.

— Tu es l'une des femmes les plus étonnantes que j'aie jamais rencontrées, dit-il.

Et sans lui laisser le temps de réagir, il la hissa dans le pick-up. Ses yeux, et sa bouche, étaient désormais au même niveau que les siens.

Ne surtout pas l'embrasser. Ne surtout pas se laisser toucher par ses compliments.

— Je parie que tu dis ça à toutes les filles qui arrivent à casser un nez d'un coup de poing, parvint-elle à murmurer, sans pour autant pouvoir se résoudre à s'éloigner.

— Non. Seulement à toi, répondit-il.

Il se pencha vers elle et, malgré toutes ses bonnes résolutions, Chloe sentit son corps vibrer du plaisir de l'anticipation. Un unique mot lui vint à l'esprit : *enfin*.

Mais Pete ne joignit pas ses lèvres aux siennes ; il déposa un baiser sur son front. Ce qui était tout aussi bien. Mieux, même. Un geste tendre, qui ne les engageait à rien. Elle n'aurait pas dû être déçue, et pourtant...

Alors qu'elle se faisait ces réflexions, il finit par s'éloigner d'elle pour repartir vers le bar.

— Reste là et essaie de ne pas provoquer d'autres bagarres.

— Ce sont eux qui ont commencé !

Il s'arrêta pour se retourner vers elle.

— Et toi, tu as fini ça comme un chef.

Il y avait dans sa voix du respect et de la tendresse. Des sentiments qui la touchèrent profondément.

Commençait-elle à apprécier Pete Wellington ?

Décidément, c'était la journée des catastrophes.

6

Dès qu'il eut quitté le champ de vision de Chloe, Pete se mit à courir. Si ces abrutis décidaient de revenir, il fallait qu'il leur tombe dessus avant qu'ils ne repèrent la jeune femme.

Elle avait cassé le nez de ce poivrot, mais s'ils s'y mettaient à deux, elle ne pourrait rien faire, et s'il lui arrivait quelque chose…

Courant aussi vite qu'il le pouvait, il fit le tour des véhicules garés dans le parking, et finit par tomber sur les abrutis en question. Celui qui avait le nez cassé était occupé à vomir sa bière, tandis que celui qui avait insulté Chloe attendait au volant d'un pick-up rouillé, les jambes tournées vers la portière ouverte.

En les reconnaissant, Pete fut pris d'une brusque envie de finir ce qu'elle avait commencé. Même si elle avait refusé de l'admettre, ils lui avaient fait la peur de sa vie. Peur qu'elle avait uniquement réussi à surmonter grâce à sa colère.

Il n'aurait jamais pensé ça possible mais, dans ce cas précis, il lui semblait que le sale caractère des Lawrence n'était pas une si mauvaise chose.

Il ne lui faudrait pas bien longtemps pour mettre ces deux-là hors d'état de nuire. Deux bons coups de poing bien placés pour s'assurer qu'ils demeureraient à terre le reste de la nuit. Mais il risquait d'y avoir des témoins et, connaissant Chloe comme il la connaissait, s'il se tachait avec du sang, elle le remarquerait et s'énerverait ensuite contre lui en lui reprochant d'être un homme, comme si c'était un crime.

Il fallait qu'il retourne auprès d'elle. Après avoir jeté un dernier regard aux deux jeunes pour s'assurer qu'ils ne bougeraient pas, il repartit donc vers le bar.

Qu'entendait-elle par là, au fait ? Évidemment qu'il était un homme. Cela lui paraissait indiscutable.

Le sac était exactement là où elle l'avait laissé tomber. Il en inspecta le contenu. Quelques frites s'étaient échappées des barquettes mais les boîtes paraissaient intactes. Satisfait, il fit le tour de l'établissement pour ouvrir la porte des cuisines.

— Bonsoir, vous pourriez me donner un peu de glace, s'il vous plaît ?

Les employés parurent agacés de cette intrusion par la porte arrière, et ils ne cherchèrent pas à le cacher. Pete les comprenait. Mais chaque moment qu'il passait près de ce fichu bar était un moment qu'il passait loin de Chloe. Il fallait qu'il aille la retrouver.

Il avait failli l'embrasser.

En réalité, il l'avait même fait, mais pas là où il l'aurait souhaité. Et en caressant sa peau de ses lèvres, il avait inhalé son parfum, ce qui lui avait permis de mieux se délecter de cette odeur fruitée. Pomme verte. Il aurait menti s'il avait prétendu ne pas avoir été tenté d'y goûter.

Mais il s'était retenu.

L'embrasser aurait sûrement été très agréable, mais cela ne faisait pas partie de ses plans. Connaissant Chloe comme il la connaissait, il pensait même pouvoir dire que cela les aurait totalement anéantis.

Et où cela l'aurait-il mené ? À la case départ, depuis laquelle il observait, impuissant, ces bourgeois de la ville exploiter son concours de rodéo.

Un cuisinier finit par lui lancer un sac de glace. Après l'avoir remercié, il se dépêcha de ressortir.

Il ralentit son allure quand il l'aperçut. Tenant sa tête entre les mains, les coudes appuyés au montant de la benne, elle semblait observer le ciel étoilé. On aurait dit une héroïne de chanson de country. Tout à coup, Pete fut pris d'une furieuse envie de prendre le volant pour s'éloigner de cette agitation, trouver un champ isolé où ils pourraient se blottir dans le pick-up pour regarder les étoiles.

Il secoua la tête pour se remettre les idées en place.

— C'est moi, annonça-t-il pour ne pas l'effrayer. Tout s'est bien passé ?

— Oui. Ça a été aussi calme que ça peut l'être à cette distance du bar.

Il lui tendit le sac de glace qu'elle plaça aussitôt sur sa main.

— C'est bon, gémit-elle.

À ces mots si sensuellement prononcés, il sentit son corps se tendre de désir. Que dirait-elle s'il faisait sensuellement courir ses mains sur son corps voluptueux ? S'il s'enfonçait dans sa douce chaleur ?

Concentre-toi, Pete.

— Attends, dit-il en montant dans l'habitacle pour aller chercher un bandana qu'il avait laissé dans la boîte à gants. Je vais envelopper ta main là-dedans. Tu penses que tu t'es cassé quelque chose ?

Elle secoua la tête tandis qu'il maintenait la glace en place avec le foulard.

— J'ai mal, mais pas au point de ne pas pouvoir bouger les doigts. Ceci dit, ça ne va pas être simple de porter le drapeau demain.

— Et je ne vois pas qui d'autre que toi pourrait le faire.

Il lui tendit la boîte qui contenait son hamburger et plaça le reste du repas entre eux. Comme une barrière de protection.

— J'ai vu qu'il y avait un peu de frites qui étaient tombées de la barquette.

Cela ne lui semblait pas bien, pas juste. Elle méritait tellement mieux que cet encas graisseux !

— Merci.

— Parle-moi de tes projets pour le *All-Stars*, dit-il après quelques secondes de silence. Tu envisages vraiment d'ouvrir la compétition aux femmes ?

— Oui, répondit-elle en piquant une frite. J'ai analysé les statistiques et les profits du *Total Bull Challenge* depuis que June Spotted Elk participe au concours et, entre les nouveaux produits marketing et les contrats avec la télé, je pense qu'elle est responsable d'une augmentation d'au moins quinze pour cent des profits. Évidemment, certains contredisent ces chiffres. Mais les chiffres sont les chiffres. Ça ne peut pas être une coïncidence.

— Hm, se contenta-t-il de dire, parce qu'il n'avait jamais imaginé qu'elle étudierait les profits, et encore moins les statistiques.

— J'aimerais trouver une star comme elle. Tex McGraw me semble en avoir l'étoffe. Tu as vu sa page Instagram ?

— Je ne suis pas un grand fan des réseaux sociaux.

Pour être honnête, il aurait même dû dire qu'il ne s'y intéressait absolument pas.

— Ah bon ? s'exclama-t-elle d'un air faussement effaré. Je vais te dire ce que je pense : avec une bonne stratégie marketing, je suis certaine que Tex pourrait obtenir de fabuleux sponsors, dont le prestige rejaillirait sur le nom du *All-Stars*.

Ces propos l'étonnèrent tant qu'il faillit s'étouffer avec son hamburger.

— Tu préfères mettre Tex en avant plutôt que ton propre frère ?

— Bien sûr. Il s'agit du *All-Stars*, pas du concours de la famille Lawrence. Et puis, il n'y a pas que Tex, même si je reste persuadée qu'il a un fort potentiel. J'aimerais convaincre June de participer à quelques compétitions : elle a grandi dans un ranch et sait manier le lasso comme les plus grands. Même si ce n'est que pour une soirée, on raccrochera ses fans, qui sauront tous que le *All-Stars* existe. Ce genre de choses. Mais quelqu'un comme Tex, dont on pourrait tirer parti de la notoriété sur les réseaux... ce serait vraiment super. Et puis il y a le titre de princesse...

Ne pouvant s'en empêcher, Pete intervint :

— Quoi ? Tu comptes te faire passer reine du rodéo ?

Elle lui jeta un regard noir qui le fit sourire.

— Je suis sérieuse. Je ne suis plus une adolescente, et ça fait plus de dix ans que je fais ça. C'est un peu ridicule, tu ne trouves pas ?

Ses paroles le prirent de court. Était-il censé être d'accord ? Il l'était, mais en le reconnaissant il aurait l'impression de tomber dans un piège.

Heureusement, elle se remit à parler :

— Ce que j'aimerais faire, c'est ouvrir la compétition aux jeunes filles. Ce qui, une fois encore, ne ferait qu'élargir notre public. On pourrait peut-être en faire une compétition nationale avec une année de règne ou… Je ne sais pas exactement, mais je crois qu'il est temps de passer à l'étape supérieure. Et puis, j'en ai assez de tous ces hommes qui débarquent dans ma loge pendant que je me change. Je préférerais simplement diriger le concours.

Désormais, qu'était-il censé dire ? Il était toujours parti du principe qu'elle ne vivait que pour être princesse. Il pensait qu'elle s'accrochait à son moment de gloire comme si sa vie en dépendait et…

Et qu'elle ne s'intéressait au *All-Stars* que pour ces quelques minutes dans la lumière des projecteurs.

Avait-il mal interprété la situation ? S'était-il trompé sur Chloe ? Tout à coup, il n'était plus si sûr de connaître la personne qui se trouvait en face de lui. En tout cas, ce n'était plus cette adolescente de la ville à peine capable de tenir en selle sur laquelle il avait posé les yeux dix ans plus tôt.

Chloe Lawrence n'était plus la petite écervelée qui n'avait aucun respect pour le concours.

Il se sentait totalement déstabilisé.

— De grandes idées…

Ce fut tout ce qu'il trouva à dire. C'étaient d'immenses changements qu'elle proposait. Mais s'ils fonctionnaient, et manifestement elle s'était bien renseignée, cela pourrait être bénéfique au concours.

— Oui. Mais les vieux de la vieille vont essayer de me mettre des bâtons dans les roues. Ils ne voient pas l'évolution sur le long terme que les filles pourraient apporter. Je crois qu'ils préféreraient que le *All-Stars* meure plutôt qu'il soit ouvert aux femmes.

Le silence s'installa entre eux tandis qu'ils finissaient de manger. Mais Pete avait l'esprit agité.

Chloe était déterminée à transformer le *All-Stars*. Rien d'étonnant à ce que Dustin Yardley et les autres aient été si furieux ce matin ! Le rodéo était une affaire de traditions, d'honneur, de loyauté, voire un bastion de fierté virile. Aucune des choses dont Chloe parlait n'allait dans ce sens-là.

Cependant… elle n'avait pas tort concernant la stagnation. Pete lui-même ne voulait pas que le *All-Stars* finisse par s'éteindre. Il adorait ce concours, et ce depuis que son père l'avait fondé dans les années 1980. Toute son enfance avait tourné autour de ça. C'étaient les seuls moments où son père s'intéressait à lui. Car Davey Wellington ne s'était jamais beaucoup concentré sur quoi que ce soit, et certainement pas sa famille. Sa mère disait souvent que, si les troubles de l'attention avaient été diagnostiqués à cette époque, son père en aurait été le parfait représentant.

C'était sa mère qui s'occupait du ranch, tout en tenant la maison. Son père avait la fâcheuse habitude de se laisser distraire par de grandes et lumineuses idées. Qui pouvaient être bonnes, comme quand il avait décidé de fonder le *All-Stars*. Ou mauvaises, comme quand il avait misé le concours à cette partie de poker. Mais désormais, c'était trop tard. Son père était parti.

Pete, cependant, entretenait l'espoir d'honorer sa mémoire et faire revivre ces souvenirs si spéciaux en reprenant le contrôle du concours. Mais si le *All-Stars* perdait ses concurrents au profit d'autres concours plus populaires, qu'adviendrait-il de son héritage ?

Il allait avoir besoin d'un verre pour affronter cette réalité. Ou même de plusieurs.

Mieux valait changer de sujet. À côté de lui, Chloe terminait de manger avec un appétit qu'elle ne cherchait pas à dissimuler.

— Tu avais faim, hein ?

— Je ne mange jamais avant un spectacle. Avant, c'est parce que j'étais trop stressée, et maintenant parce que je suis trop occupée. J'essaie de bien manger au petit déjeuner, mais quand arrive le soir…

Elle haussa les épaules.

— Ce hamburger est délicieux, conclut-elle.

— Il serait meilleur avec une bière.

— C'est vrai. Mais il est hors de question que je boive de l'alcool en ta compagnie.

— Pourquoi pas ? demanda-t-il en faisant de son mieux pour ne pas lui montrer à quel point il avait été vexé. Je n'irai jamais t'agresser comme ces deux idiots, tu le sais bien.

À ces mots, elle se tourna vers lui, et son regard était si pénétrant que, gêné, il finit par s'en détourner en faisant mine de reprendre des frites.

— Ce qui nous amène à la question essentielle, non ?

Elle essayait de le coincer, c'était certain, mais il ne voyait pas où elle voulait en venir. Allait-elle à nouveau lui rappeler qu'il était un homme ?

— Quelle question ?

— Qu'est-ce que tu me veux ?

Il faillit s'étouffer avec sa frite. Et dire qu'il avait volontairement changé de sujet pour essayer d'évoluer sur un terrain plus sûr !

Reposant sa boîte vide, Chloe croisa les jambes et se tourna complètement vers lui.

— Qu'est-ce que tu me veux ? Là, maintenant ? Ça fait dix années qu'on se croise, Pete. Dix ans qu'on se cherche, qu'on se trouve, qu'on se lâche. Et durant tout ce temps, jamais tu n'as été gentil avec moi, jamais tu n'as pris ma défense comme tu l'as fait aujourd'hui.

Il baissa les yeux. Un sentiment de honte, cuisant, s'était emparé de lui.

— Et n'essaie pas d'éluder la question en me disant que tu n'as pas été si méchant que ça, parce que je ne suis pas d'humeur à écouter des bobards ce soir, Pete.

— On pourrait remettre cette discussion à demain.

La lumière du réverbère révéla l'éclat de son sourire.

— J'ai récemment découvert que ma capacité de tolérance face au mensonge s'était considérablement réduite. Pourquoi es-tu là, Pete ? Pourquoi me défends-tu ? Pourquoi, après tout ce temps, en es-tu venu à me traiter comme une personne ? Comme…

Sa voix se brisa, mais elle ne chercha pas à se détourner de lui.

— Comme une amie ?

Il fut tenté de clamer son innocence. De lui dire qu'elle se trompait sur toute la ligne.

Mais elle avait raison. Il aurait menti s'il avait prétendu qu'il n'avait pas cherché à attaquer la famille Lawrence pour récupérer la direction du *All-Stars* au cours des années passées. Il avait tout essayé, y compris des poursuites judiciaires, et rien n'avait fonctionné.

Alors que pouvait-il répondre ? Elle savait aussi bien que lui pourquoi il était là. Mais tant qu'ils n'auraient pas obtenu la preuve formelle et écrite de sa nouvelle position, il ne pourrait pas lui dire la vérité.

Il n'avait d'autre choix que de mentir.

— Peut-être que les choses ont changé. Peut-être que j'ai changé, affirma-t-il.

Curieusement, ces mots résonnèrent à ses oreilles comme une vérité.

Mais ce n'en était pas vraiment une. La famille Lawrence possédait toujours le *All-Stars*, et Pete ne comptait pas s'arrêter tant qu'il ne l'aurait pas récupéré. Chloe n'était qu'un obstacle qu'il lui fallait surmonter.

Il regarda l'obstacle en question. Elle l'observait sous ses longs cils, et il avait la nette impression qu'elle pouvait lire la honte en lui.

— Ça ne marchera pas, tu sais ?

— Quoi donc ?

— Ne joue pas les imbéciles avec moi, Wellington. Le plan que tu as élaboré. Il ne marchera pas. Si tu es là, ce n'est que pour une seule et unique raison : récupérer le *All-Stars*.

Ce qu'il voulait vraiment, c'était l'embrasser. Pour la faire taire, mais pas seulement. Il voulait aussi savoir si les choses avaient vraiment changé entre eux ou si ce n'était que de la fumée et du bruit, comme ces feux d'artifice que l'on tire avant chaque compétition.

Il regarda le ciel étoilé. Malgré la proximité du bar, tout semblait désormais calme autour d'eux.

— Et si tu avais gagné ? s'entendit-il dire. Et si tu avais raison ?

— Ah, quand même..., murmura-t-elle, l'air légèrement amusé.

Il lui jeta un regard dur.

— Pas de triomphalisme, s'il te plaît.

Ce sourire qu'elle arborait. Ce n'était pas normal qu'il lui plaise autant.

— D'accord, mais... tu dis que j'ai raison ?

Tout en se détournant d'elle, il ravala sa salive avec peine.

— Oui. Cela fait dix ans, et rien n'a changé. Je n'arriverai jamais à reprendre le *All-Stars* à ta famille. Dieu sait que j'ai tout essayé, mais vous, les Lawrence, êtes pires que des sangsues.

— Ça, c'est le Pete Wellington que je connais, marmonna-t-elle.

Mais elle ne paraissait pas fâchée au point de lui mettre son poing dans la figure.

— Je peux soit continuer de me heurter au mur que tes frères et toi représentez, soit…

— Soit te faire embaucher pour diriger le rodéo.

Elle était donc tombée dans le panneau.

Mais était-ce vraiment un mensonge ?

Le noir d'encre de la nuit estompait les angles nets autour d'eux, rendant les contours des bâtiments et des véhicules indistincts.

— Le *All-Stars* est toute ma vie, et je n'arriverai jamais à le récupérer. J'ai perdu tous mes procès, et tu n'accepteras jamais de le vendre. Je suis à court d'idée.

C'était l'indiscutable vérité, et elle était bien douloureuse à admettre.

— Je ne vois plus que deux solutions : abandonner mes rêves et me détourner de la seule chose que j'aime dans la vie, ou ravaler ma fierté et te demander de m'engager en qualité de manager. Je n'essaierai pas de saper ton autorité et je pourrais continuer de faire ce que j'aime : m'occuper du concours que mon père a fondé.

Il se retourna vers elle. Avait-elle cru à son discours ? Parce qu'il y avait beaucoup de vrai là-dedans. Mais pas le fait qu'il ne chercherait pas à l'éliminer.

Comme pour mieux l'étudier, elle se pencha vers lui et inclina la tête sur le côté. Pouvait-elle déterminer où s'arrêtait la vérité et où commençait le mensonge ? La pénombre suffisait-elle à masquer la différence ?

— Tu penses vraiment que je vais croire qu'un homme dont la principale caractéristique est le ressentiment pourrait tout à coup oublier ses différends avec moi pour travailler sous mes ordres ? demanda-t-elle en sautant du pick-up. Que tu aurais tout à coup fini par te dire qu'en fin de compte ma famille n'était pas à l'origine de tous tes problèmes ?

Comme elle commençait à s'éloigner, il la rattrapa et la prit par le bras pour la tourner face à lui.

— Chloe, arrête.

Elle lui jeta un regard noir mais ne chercha pas à s'éloigner de lui, ce qui était déjà une bonne chose.

— Je ne te crois pas, Pete. C'est une belle histoire, poignante comme une chanson country. Mais tu me demandes vraiment de croire que tu envisages de m'encourager à procéder à toutes ces modifications portant sur ton concours adoré ? Parce que tu as changé ?

— Oui, répondit-il en baissant les yeux vers elle. Je t'assure.

L'embrasser ne faisait pas partie de son plan. Pourtant, tout à coup, cédant à son instinct, il joignit ses lèvres aux siennes.

Il était en train de l'embrasser. Chloe Lawrence, la ridicule princesse qui lui avait pris son concours de rodéo. Il était en train de l'embrasser, et c'était incroyablement bon.

Avec douceur, elle passa un bras autour de son cou et il entendit la poche de glace s'écraser sur le sol. Peu lui importait, car il se sentit au paradis quand il caressa de sa langue les contours des lèvres pleines et sensuelles de la jeune femme.

Pourquoi ne l'avait-il pas embrassée avant ? Il aurait pu le faire des années plus tôt.

Il la serra dans ses bras, prit ce qu'elle lui donnait et en réclama plus encore. Avec gourmandise, il se délecta du goût de sa bouche tout en reculant pour la coincer contre la portière du pick-up.

— Chloe, murmura-t-il contre sa peau en faisant sensuellement glisser sa bouche le long de son cou. Chloe.

D'un geste impatient, elle lui ôta son chapeau pour passer sa main valide dans ses cheveux.

— Tais-toi, dit-elle d'une voix qui semblait presque empreinte de colère.

Mais, au même moment, elle prit ses mains pour les porter à ses seins, et même la sensation de sa peau glacée contre la sienne ne suffit pas à le refroidir.

— Tais-toi, Pete.

— Oui, madame, répondit-il, ivre du plaisir de sentir ses seins contre ses mains.

La chaleur de leur poids lui emplissait désormais les paumes, et il émit un autre grognement de satisfaction en sentant ses tétons se dresser sous ses doigts. En une seconde, son sexe était devenu dur comme du bois, et il avait envie de plus.

Il voulait qu'elle lui donne tout.

— Oui, susurra-t-elle.

Il n'eut pas besoin d'autres encouragements. Se rapprochant encore d'elle, il appuya son sexe dur contre le sien. Tout en étouffant un petit cri, elle se laissa aller contre lui.

Enveloppé par sa douce chaleur, il se mit à aller et venir contre elle. Comme elle rejetait sa tête en arrière, il jugea le moment opportun pour explorer sa poitrine si tentante. S'appuyant d'une main à la portière, il glissa l'autre sous son T-shirt ample, prenant au creux de sa main l'un de ses seins ronds et haut perchés, dont il se mit à masser les tétons durcis à travers le tissu de son soutien-gorge.

— De la dentelle, murmura-t-il en faisant sortir le sein du tissu pour enfin, enfin, pouvoir sentir sa peau brûlante contre la sienne. Je me posais la question.

— Tais-toi, répondit-elle en attirant violemment sa bouche vers la sienne et en l'embrassant avec une telle passion qu'il faillit en perdre son sang-froid.

Il ne pouvait pas la laisser faire ça tant qu'il n'aurait pas lui-même fait exploser le plaisir en elle. Aussi continua-t-il de l'embrasser, de caresser son sein voluptueux, de torturer son téton durci tout en absorbant les petits cris qu'il lui arrachait et qui ne faisaient que l'exciter davantage, au risque de le pousser à bout.

En l'espace de quelques secondes, n'y tenant plus, il finit par relever le T-shirt de Chloe d'un geste impatient pour prendre son téton entre ses lèvres et continuer sa douce torture. Tout en se délectant de ce plaisir au goût d'interdit, il passa sa main libre entre les jambes de la jeune femme et se mit à masser son clitoris, la poussant alors à se cambrer sensuellement contre lui.

— Jouis pour moi, murmura-t-il.

Et, pour une fois, Chloe Lawrence, cette femme qui ne l'écoutait jamais, fit ce qu'il lui avait demandé. Le corps secoué de soubresauts, elle se laissa emporter par l'orgasme. Il releva les yeux vers son beau visage juste au moment où l'extase atteignait son sommet.

Il en eut le souffle coupé. Avait-il jamais vu une femme aussi belle et aussi vulnérable ?

Au bout de quelques secondes, haletante, elle s'écroula dans ses bras, appuyant son front contre son épaule. Il sentait désormais son souffle chaud contre son cou, et son corps hurlait de désir d'être satisfait, mais il n'aurait pas pu bouger même s'il en avait eu envie.

Il se sentait tellement bien, à tenir le corps chaud de Chloe entre ses bras que, l'espace d'une seconde, il se demanda s'il ne devait pas abandonner son ancien plan pour en élaborer un nouveau. Un plan dans lequel il y aurait beaucoup plus de Chloe et beaucoup moins de vêtements. Un plan qui leur permettrait de passer le reste du week-end au lit à découvrir toutes les histoires que leurs corps avaient à se raconter.

Et si... Et s'il lui avait dit la vérité, un peu plus tôt ?

Et si rien de tout cela n'avait été un mensonge ?

— Chloe, commença-t-il.

Mais il ne poursuivit pas. Car tout cela était insensé.

Il venait de donner un orgasme à Chloe Lawrence, c'était déjà bien assez comme ça. Mais il avait en plus fallu qu'il le fasse sur le parking d'un bar, où n'importe qui aurait pu passer et les voir.

Avant qu'elle n'ait rédigé son contrat de travail.

Mais à quoi pensait-il ?

La situation empira encore quand elle le repoussa. Il n'eut d'autre choix que de reculer, de la regarder arranger son soutien-gorge.

— C'était... heu... C'était bien.

C'était mal, voilà ce que c'était. Et il n'avait aucune idée de ce qu'il pouvait dire pour ne pas envenimer encore la situation. On aurait dit que tout son sang s'était accumulé dans son sexe, le laissant avec le cerveau vide.

Tout en grimaçant, il réajusta son pantalon.

— Oui.

— Bon, fit-elle et, sans prononcer d'autre mot, elle tourna les talons et disparut dans le noir.

Il avait commis une erreur. Une terrible erreur.

Il ne lui restait plus qu'à espérer qu'un miracle se produise.

7

Quand Chloe arriva au concours, le lendemain après-midi, elle se sentait à deux doigts de vomir le demi-pot de yaourt qu'elle avait réussi à avaler le matin.

Elle n'avait pas dormi de la nuit. À chaque fois qu'elle avait fermé les yeux, elle l'avait revu. Pete, son corps puissant serré contre le sien, ses mains partout sur elle.

Elle l'avait laissé faire.

Pire, elle l'avait presque supplié de le faire.

Qui ? Pete Wellington.

Et en public.

Elle s'était littéralement jetée à son cou. Elle lui avait donné tout ce dont il avait besoin pour la faire chanter ou la décrédibiliser aux yeux de tous. Elle ne savait pas ce qui était le pire.

Car les deux possibilités la mèneraient au même point : elle perdrait le contrôle du *All-Stars*.

La question qui demeurait était de savoir quelle carte il allait jouer. Car il les avait toutes en main.

Elle fit le tour de l'arène, en se forçant à saluer les gens qu'elle rencontrait. Mais, curieusement, personne ne croisait son regard ou ne répondait à ses salutations. Elle sourit de plus belle, parla un peu plus fort. Mais tous semblaient se détourner d'elle.

Super. Génial. Pete l'avait bercée d'illusions en lui racontant qu'il avait vu la lumière et qu'il était devenu un homme nouveau puis il l'avait mise dans une situation compromettante et il n'y aurait pas de période de grâce. Il avait déjà raconté à tout le monde ce qui s'était passé la veille. Son plan pour monter ses cavaliers et le reste de son équipe contre elle s'était révélé très efficace.

Elle attendit d'avoir refermé la porte de sa loge derrière elle pour se départir de son sourire. Il fallait qu'elle trouve un moyen de riposter. Il l'avait séduite ? Et alors ? Elle aimait le plaisir tout autant qu'une autre, et Dieu savait qu'un long moment s'était écoulé depuis son dernier orgasme. Qui aurait pu lui reprocher d'avoir tiré parti de ce que Pete lui avait offert ? C'était un très beau garçon, et il était exceptionnellement doué de ses mains.

Il n'était pas question qu'elle ait honte de sa sexualité. Et si quelqu'un essayait de lui donner ce sentiment, il allait le regretter.

Elle avait parfaitement le droit de se comporter ainsi. Pete avait cherché à se servir d'elle ? Ils avaient été deux à jouer à ce jeu-là. Elle s'était servie de lui elle aussi. Elle était dans l'ambiance, et il s'était trouvé là au moment opportun. C'était aussi simple que ça. S'il ne comprenait pas, tant pis.

C'était certainement la meilleure attitude à adopter, mais il n'en demeurait pas moins que la journée allait être difficile. Sans même parler de la réaction de Flash quand il l'apprendrait. Restait à espérer qu'une intervention de la police ne soit pas nécessaire.

Les coups qu'elle entendit subitement à la porte la surprirent, mais pas autant que la voix de Pete :

— Chloe ? Tu es habillée ?

Ils en étaient donc là. Bon.

Après avoir pris une profonde inspiration, elle ouvrit vivement la porte et le fusilla du regard.

— Cela répond-il à tes critères ? demanda-t-elle sèchement en désignant d'un geste de la main le jean et le T-shirt simples qu'elle portait.

— Du calme, dit-il en levant les deux mains devant lui, avant de la regarder de haut en bas. Oui.

— Je ne suis pas un cheval, Pete.

— Très bien, dit-il en se massant la nuque d'un air embarrassé. Voilà une chose de réglée. Mais nous avons des problèmes autrement plus importants.

— Plus importants que le fait que tu sois allé raconter à tout le monde ce qui s'était passé entre nous sur le parking ?

— Parle-moi sur un autre ton ! s'exclama-t-il en refermant vivement la porte derrière eux. Mais qu'est-ce qui t'arrive encore ?

— Je suis enfermée dans ma loge avec un menteur et un traître, voilà ce qui m'arrive, répondit-elle en reculant pour s'éloigner de lui au maximum. Je peux savoir pourquoi tu as dit à tout le monde ce qui s'était passé entre nous hier ?

— Quoi ? fit-il d'un air sidéré. Mais je... Qu'est-ce qui te fait croire que j'ai pu faire une chose pareille ?

— Je ne sais pas. Commençons par dire que personne n'a daigné m'adresser la parole ce matin. Tu ne peux pas savoir le bien que ça fait d'être traitée comme une marchandise endommagée.

Ces mots n'auraient pas dû lui faire du mal mais, pourtant, ils semblèrent lui râper la gorge, et elle dut se détourner de lui pour ne pas faire quelque chose de stupide, comme éclater en sanglots. Hors de question qu'elle se laisse aller à ça devant lui. Jamais de la vie.

— Je sais que tu n'as pas besoin de moi pour te défendre, mais je te jure que je ne laisserai jamais personne te traiter de cette façon.

Elle eut envie de protester, mais il l'en empêcha en reprenant d'une voix plus forte :

— Je n'ai parlé à personne de ce qui s'était passé entre nous, parce qu'il s'agit là de quelque chose de privé et de parfait. Enfin, Chloe, pour qui me prends-tu ?

Avait-elle bien entendu ? Avait-il dit « parfait » ?

— Je ne sais pas ce que tu penses de moi, reprit-il, mais je ne suis pas un sale type. Je ne suis pas du genre à me vanter de mes exploits et je ne me servirai jamais du sexe pour faire du mal à une femme. Tu pourrais quand même m'accorder un peu plus de respect.

Elle avait le sentiment que, s'il en avait eu la place, il aurait arpenté la pièce de long en large. De fait, son explication semblait crédible. Il paraissait vraiment offensé qu'elle ait laissé entendre qu'il s'était comporté de la sorte.

— Tu crois que quelqu'un aurait pu nous voir ?

— Non ! rugit-il. Personne ne nous a vus. Et personne ne parle de nous.

— Bon... Alors si ce n'est pas le problème, qu'est-ce que c'est ?

Car il avait nécessairement dû se passer quelque chose.

— Flash a remis ça dans l'autre bar hier soir.

Elle soupira. Flash. Rien d'étonnant, tout bien considéré. Flash serait toujours Flash.

— Avec un type du coin ou un cavalier ?

— Un cavalier.

La journée, comme celle de la veille, s'annonçait riche en mauvaises surprises. Elle aurait aimé pouvoir remonter dans le temps pour recommencer ce week-end depuis le début.

Pas la peine de demander pourquoi son frère s'était battu. C'était toujours la même chose. Quelqu'un laissait entendre que, s'il était si bien classé, c'était parce que son père possédait le concours ou que sa sœur dirigeait le spectacle. Et face à ce genre de sous-entendus, Flash réagissait violemment.

— Police ?

— Et une ambulance.

Il n'avait donc pas fait les choses à moitié.

— Avec la chance qu'on a, j'imagine que ce n'est pas Flash qui a été hospitalisé ?

Il secoua la tête.

— Qui alors ?

— Tex McGraw.

De pire en pire. Non seulement Tex était l'un des rares cavaliers qui pouvaient battre Flash, mais il était aussi très populaire et possédait des centaines de fans, qui pourraient facilement se mobiliser contre son frère.

Désespérée, elle mit les mains devant ses yeux.

— C'est donc pour ça que tout le monde m'a ignorée ce matin...

— Sûrement, concéda Pete, l'air embarrassé. Mais, au moins, ça n'a rien de personnel. Ils sont juste un peu énervés après les Lawrence pour le moment.

On aurait dit un cauchemar, mais ce n'en était pas un, malheureusement.

— De quoi souffre Tex ?

— Mâchoire brisée, genou cassé.

— Genou ?

— Les Lawrence ne sont pas des tendres, répondit-il avec un

sourire peu convaincant. Il sera forfait pour la saison. Il a euh... déjà contacté son avocat.

— D'habitude, Flash m'appelle. Pourquoi ne l'a-t-il pas fait ?

Car en plus de gérer le concours, sa mission consistait à veiller à ce que Flash ne s'attire pas d'ennuis. Mission quasi impossible, au demeurant.

La sonnerie de son téléphone la tira de sa torpeur. Ce n'était ni Flash ni la police. Mais le nom qui s'affichait à l'écran était plus effrayant encore. Elle n'aurait pas cru cela possible, mais l'angoisse atteignit en elle de nouveaux sommets.

— Oliver.

Elle devait répondre. Mais...

— J'imagine qu'il est au courant, lui dit Pete en s'approchant d'elle. Je suis désolé, ma chérie.

— Ce n'est pas toi qui vas devoir aller chercher Flash en prison.

En un geste étonnamment tendre, il embrassa sa main blessée.

— Je suis désolé pour la façon dont nous nous sommes séparés hier soir. Je suis désolé de t'avoir donné des raisons de t'inquiéter ce matin. Je sais que nous n'avons toujours pas discuté des clauses de mon contrat mais...

— La gestion de crise doit passer en premier.

Son téléphone se remit à sonner.

— Écoute, Pete...

— Tu as raison, l'interrompit-il. Il faut d'abord et avant tout protéger le concours. Et... Et je pense que nous ne devrions pas nous rapprocher trop tant que nous travaillons ensemble. En tout cas, pas plus que ce que nous avons déjà fait.

— Oui.

C'était exactement ce qu'elle avait envie de dire, mais sa fierté en prit néanmoins un coup, une blessure qu'elle essaya de dissimuler derrière un faible sourire.

— On verra donc plus tard pour le contrat. Mais en attendant... Tu pourrais m'aider ?

— Évidemment. Tu t'occupes de ta famille et de la presse, je m'occupe du concours. D'accord ?

Elle fut tentée de refuser, car s'il envisageait bel et bien de l'évincer, il devait voir là une opportunité en or de le faire.

Mais quelles autres solutions avait-elle ? Car si cette matinée lui avait appris quelque chose, c'était que personne ne voudrait lui parler du reste du week-end, et encore moins suivre ses instructions. Quelqu'un devait faire en sorte que le spectacle continue, et Pete avait les compétences et les connaissances nécessaires. Elle avait besoin de lui pour des raisons qui n'avaient rien à voir avec son physique de dieu grec et la passion qu'il avait fait brûler en elle la veille au soir.

Aussi décida-t-elle d'ignorer tous ses doutes pour lui adresser son plus beau sourire.

— Ça marche. On fait équipe ?

Il ne répondit pas, se contentant de déposer un léger baiser sur sa bouche avant de tourner les talons. Quand il eut disparu, il lui sembla pouvoir toujours sentir la marque brûlante de ses lèvres sur les siennes.

La bonne nouvelle, c'était que la situation ne pouvait pas être pire.

— Mais qu'est-ce qui t'a pris ? s'exclama Chloe sans chercher à dissimuler sa colère.

Elle était épuisée, inquiète, furieuse. Mais elle ne pouvait pas se payer le luxe d'ignorer les problèmes en espérant qu'ils se règlent tout seuls.

Flash n'avait pas été transporté à l'hôpital, mais il ne s'en était pas pour autant tiré indemne. Dépouillé de son Stetson et de ses bottes, son petit frère paraissait étonnamment jeune dans sa tenue orange de prisonnier. Il avait un coquard à chaque œil, et le côté gauche de son visage était tellement enflé qu'il en était méconnaissable. À la façon dont il se tenait, elle pensait pouvoir dire sans se tromper qu'il avait mal.

Mais tant pis pour lui. Il ne lui inspirait aucune pitié. Car c'était lui qui avait déclenché ça, comme toujours.

Tandis qu'elle l'observait, il avait levé vers elle ses yeux injectés de sang.

— Tu ne comprendrais pas, répondit-il d'une voix plate.

Comment avait-elle pu en arriver à ce point de sa vie où le

seul homme qui semblait la traiter avec un minimum de respect était Pete Wellington ?

— Non, tu as raison. Après tout, je ne suis que ta grande sœur et la responsable de ce concours pour lequel tu as, soit dit en passant, plus réussi à détruire en un soir que Pete Wellington en dix ans.

Il plissa les yeux.

— Ce n'est pas le moment, frangine.

Le sang de Chloe ne fit qu'un tour.

— Si ! Oliver et moi sommes d'accord. Tu t'es mis tout seul dans ce pétrin, et tu vas devoir t'en sortir tout seul. Tu as brisé, peut-être définitivement, la carrière de l'un des meilleurs concurrents du *All-Stars*.

— Et l'un des plus grands empaffés.

Elle décida de ne pas relever. Elle voulait finir de lui dire ce qu'elle avait à lui dire.

— Ce faisant, tu as très certainement anéanti ta propre carrière. Et mis à mal mes capacités à gérer le concours. Il n'y a plus personne de ton côté, Flash. Nul n'a envie de se faire éclabousser par ce scandale. Et certainement pas moi.

Les bras croisés, il regardait fixement la table.

S'ils n'avaient pas été séparés par ce grillage, elle l'aurait certainement étranglé.

— Tu voulais prouver que tu pouvais réussir sans tirer parti de ton nom de famille ? Eh bien, voilà une bonne occasion de le faire. Parce qu'il n'est pas question que la famille paie la caution. La famille ou le concours. Ou moi. Tu vas rester dans ta cellule. Tout seul.

— Tu n'étais pas là ! hurla-t-il soudain, en tapant du poing sur la table. Tu n'as pas entendu ce qu'il a dit. Je ne peux pas laisser un homme parler d'une femme comme il a parlé d'elle !

Elle avait grandi avec Flash, et il avait toujours été ainsi, soupe au lait. Calme, placide, puis soudain, sans crier gare, il s'emportait. Elle ne fut donc pas surprise par cette explosion de fureur.

— De quelle femme parles-tu ? Et qu'a-t-il dit ? demanda-t-elle en essayant de garder son calme.

Si Tex avait parlé des femmes avec le manque de respect dont avaient fait preuve les deux ivrognes envers elle la veille au soir, elle pouvait comprendre pourquoi son frère avait craqué. Flash avait toujours adoré les femmes. Un peu trop, sans doute.

Si Tex s'était montré violent dans ses propos, ou même misogyne, elle devait le savoir. Elle ne pouvait pas faire d'un homme qui dénigrait les femmes le centre des futures campagnes marketing du *All-Stars*.

Mais comme son frère ne répondait pas ; ulcérée, elle leva les yeux au ciel.

— Très bien. Oliver va t'envoyer un avocat, mais tu devras te débrouiller seul pour la caution et les dommages et intérêts. Par ailleurs, jusqu'à nouvel ordre, tu es suspendu de la compétition.

— Quoi ? explosa-t-il de nouveau. Tu ne peux pas me faire ça !

Mais elle s'était déjà levée et avait tourné les talons.

— C'est toi qui t'es fait ça tout seul, Flash.

En attendant que l'officier lui ouvre la porte, elle essaya de trouver un aspect positif à la situation. Le seul qu'elle voyait, c'était que personne ne l'avait surprise avec Pete.

— Oliver est-il au courant du pacte que tu as passé avec Pete Wellington ? fit soudain la voix de son frère derrière elle.

Elle resta comme figée sur place. Il se trouvait qu'Oliver n'était pas au courant. Principalement parce que ça n'avait aucun lien avec le problème actuel. Mais aussi parce qu'elle était quasiment certaine que Flash avait déjà menacé Pete et qu'Oliver, dès qu'il serait au courant, se hâterait de faire la même chose. La différence était que les menaces de Flash étaient toujours d'ordre physique, tandis que celles d'Oliver étaient plutôt judiciaires.

Elle avait peur de mentir, cela finirait probablement par lui retomber dessus. Mais ce n'était que Flash, après tout. Elle n'était pas obligée de lui dire toute la vérité.

— Comme s'il en avait quelque chose à faire, finit-elle par répondre en s'efforçant de prendre un air décontracté. La seule chose qui intéresse Oliver, c'est que le *All-Stars* continue de se dérouler sans accroc et de faire des profits sans qu'il ait à s'en occuper. Alors si tu penses détourner son attention de toi en redirigeant sa colère sur Wellington, je crois que tu te mets le doigt dans l'œil. Ce n'est pas à cause de Wellington qu'Oliver m'a appelée ce matin.

Derrière elle, un déclic venait d'annoncer l'ouverture de la porte. Sans attendre sa réponse, elle la poussa et s'en alla.

Elle la laissa se refermer derrière elle dans un lourd claquement métallique qui ne la fit même pas grimacer.

Naturellement, dans les heures qui suivirent, les choses devinrent pires encore. La bagarre fit la une des journaux locaux, qui s'interrogeaient déjà sur l'éventuelle nécessité pour la ville d'annuler le concours.

Plus elle repensait à ce que son frère avait bien voulu lui dire, plus elle devenait certaine que le « elle » en question désignait Brooke Bonner, chanteuse de country dont Flash semblait s'être amouraché.

À ce que Chloe crut comprendre, Tex avait laissé entendre qu'il n'aimait pas la jeune femme, pour une raison qui demeurait un mystère. Le cow-boy se borna à lui dire que Flash était un fou furieux qui devrait payer pour ce qu'il avait fait. Quant aux témoins qu'elle put interroger, leurs versions étaient pour le moins contradictoires : Tex aurait traité Brooke de « grosse vache » ou de « petite écervelée dépourvue de talent », ou bien encore dit qu'il se la serait bien « tapée ».

Impossible pour Chloe, donc, de reconstituer le fil des événements. C'était une véritable catastrophe.

Le *All-Stars* avait perdu Tex MacGraw, sans doute pour toujours. Il serait, dans le meilleur des cas, forfait pour le reste de la saison, mais rien ne l'empêcherait de se venger de Flash sur les réseaux sociaux. Son frère ne l'avait d'ailleurs pas volé. Le problème principal était que Tex racontait déjà à qui voulait l'entendre qu'il ne concourrait plus pour le *All-Stars* tant qu'un Lawrence serait aux commandes et que, s'il venait à participer à un autre concours, il porterait son choix sur le *Total Bull Challenge*, où ses talents seraient appréciés à leur juste valeur.

Flash fut mis en examen pour agression, et Chloe refusa de revenir sur sa suspension, ce qui signifiait que le *All-Stars* était privé de deux de ses meilleurs concurrents. Personne ne voulait le retour de Flash, c'était indiscutable. Son mauvais caractère avait causé bien trop de dégâts.

Chloe, de son côté, était fragilisée dans sa position de leader.

Même l'annonce de la suspension de Flash n'arrangea pas la situation. Aux yeux de tous, elle était en partie responsable du comportement de son frère, une idée qu'elle avait beaucoup de mal à accepter. Flash était un adulte de vingt-quatre ans. Elle n'était pas sa nounou.

Et qu'avait-elle dû faire quand le scandale avait explosé ? S'appuyer sur Pete.

Elle ne regrettait pas sa décision de laisser son frère croupir derrière les barreaux, mais ça ne signifiait pas pour autant qu'elle ne devait pas réparer les dégâts qu'il avait occasionnés. À chaque ville que le concours traversait, elle devait répondre aux mêmes questions. Oui, le *All-Stars* espérait que Tex MacGraw se rétablirait totalement. Oui, le *All-Stars* faisait tout ce qui était en son pouvoir pour aider Tex à atteindre cet objectif. Oui, Flash était suspendu jusqu'à son procès. Non, elle n'était pas là quand la bagarre avait éclaté. Non, elle ne savait pas ce qui l'avait déclenchée. Non, elle n'avait entendu aucune rumeur concernant un lien possible avec Brooke Bonner.

Elle aurait aimé parler des changements qu'elle espérait instiller au concours. Mais personne ne l'interrogeait à ce sujet. Tous semblaient préférer exploiter le scandale qui semblait suivre la famille Lawrence partout où elle allait.

La bonne nouvelle, car elle s'efforçait toujours de voir le bon côté des choses, était que Pete, non content d'avoir brillamment géré le *All-Stars* pendant qu'elle s'occupait de la presse, de la justice et de sa famille, avait annoncé les changements dont elle lui avait parlé le soir où ils avaient dîné ensemble à l'arrière de son pick-up, ce qui lui paraissait s'être passé une éternité plus tôt.

À la prochaine saison, les femmes seraient autorisées à participer aux épreuves individuelles et collectives. D'un côté, Chloe avait été furieuse que tout le monde acquiesce en souriant et en disant qu'il était temps. Car elle savait que, si elle avait elle-même annoncé cette évolution, elle se serait heurtée à un mur compact d'opposition. Mais il avait suffi que ces idées soient formulées par Pete Wellington pour que tout le monde dise amen.

C'était bon pour le rodéo. Mais pas pour son ego.

Elle avait rarement l'occasion de parler avec Pete et, quand c'était le cas, leurs conversations se limitaient aux aspects concrets des tâches qu'ils avaient à accomplir. Il la tenait au courant de ce que disaient les concurrents, et elle l'informait du contenu de ses discussions avec les journalistes. Il ne débarquait plus sans prévenir dans sa loge, et elle ne lui demandait plus de l'inviter à dîner. Ils étaient tous les deux trop occupés à empêcher le *All-Stars* de s'effondrer sous son propre poids. De plus, ils s'étaient mis d'accord sur le fait que leurs relations devaient rester exclusivement professionnelles. C'était mieux ainsi.

Sauf que... quand elle montait en selle et attendait de faire son entrée, elle le cherchait du regard dans les gradins. En général, elle le trouvait, occupé à la regarder avec ce qui semblait aller bien au-delà d'un simple intérêt amical. Dès que leurs regards se croisaient, elle sentait un délicieux frisson la traverser, et elle regrettait qu'il n'ait pas fait irruption dans sa loge une dernière fois.

Pendant ces quelques instants, séparés par des clôtures, des chevaux et des cow-boys, elle n'était plus la directrice et lui le responsable du concours. Quand son regard trouvait le sien et qu'il lui adressait un clin d'œil, elle pouvait de nouveau sentir la chaleur de ses mains sur son corps, l'audace de sa langue dans sa bouche. Et au vu de la façon dont il la regardait lui aussi, il semblait ressentir exactement la même chose qu'elle.

Mais elle ne pouvait pas l'interroger à ce sujet. Certes, pendant ce bref intervalle de temps contre son pick-up, les trahisons passées et les drames familiaux n'avaient plus compté. Ils n'étaient qu'un homme et une femme sortant d'un bar un vendredi soir, et cela avait été terriblement bon.

Hélas, elle ne revivrait jamais plus ce moment.

8

Une voix de femme résonna dans le hall de l'hôtel.

— Comment ça, vous n'avez pas de réservation à mon nom ? Chloe ?

Pete se retourna vivement. Le désir palpitait déjà dans ses veines. C'était bien elle. Il l'aurait reconnue rien qu'à ses hanches parfaites moulées dans ce jean. Elle arrivait généralement sur place un jour avant lui, mais comme cette petite ville de l'Oregon était très mal desservie, il avait dû venir avec un peu d'avance.

Une bonne chose, apparemment. En s'approchant d'elle, il s'aperçut qu'elle tremblait.

Derrière le bureau, le réceptionniste se confondait en excuses :

— Je suis vraiment navré, mais nous sommes complets. Il y a une conférence en ville ce week-end, en plus du concours de rodéo. Il n'y a plus une chambre de libre dans tout Pendleton.

— Mais... je...

Sa voix se brisa et, l'air désespéré, elle se prit la tête entre les mains.

Le réceptionniste tourna vers Pete un regard implorant.

Le moment de la victoire était sans doute arrivé, et il n'avait rien fait pour le mériter. Chloe était sur le point de craquer sous la pression de la gestion du concours, comme il avait toujours su qu'elle le ferait. Elle allait s'effondrer, et il serait là pour recoller les morceaux et révéler au monde entier que Chloe Lawrence n'était pas faite pour ça. Contrairement à lui.

Sauf que… Il voyait désormais ses épaules se soulever et s'affaisser au rythme de sa respiration haletante.

Cela ne lui semblait pas juste. Il voulait qu'elle quitte le *All-Stars*, mais voulait-il vraiment la voir brisée ?

Non.

— Un problème ? demanda-t-il.

Elle se retourna vivement. Son visage était pâle, ses yeux cernés. Que se passait-il ? La Chloe qu'il connaissait, sa Chloe, ne se serait jamais laissé abattre par un problème de réservation.

Sans même y réfléchir, il laissa tomber son sac pour la prendre dans ses bras.

— Qu'est-ce qui ne va pas, ma chérie ?

Elle se laissa faire, et le plus surprenant de tout fut qu'elle s'accrocha à lui. Chloe Lawrence s'accrocha à lui comme on s'accroche à un roc dans une mer agitée.

— Je n'ai pas de chambre, et il n'y a plus de chambre. J'ai passé une semaine horrible et…

Elle s'interrompit, puis prit une profonde inspiration. Apparemment, elle essayait de se retenir de pleurer.

Le cœur battant, il la serra plus fort contre lui. Il l'avait vue énervée, agressive, séductrice et heureuse. Elle paraissait toujours tellement heureuse quand elle menait le cortège dans sa tenue de princesse !

Il avait envie de la revoir heureuse. Et vulnérable, comme elle l'avait été ce soir-là avec lui contre le pick-up. Mais détruite ? Non.

Le besoin d'arranger les choses devenait irrésistible.

Il avait envie de l'aider. Et cette idée le déstabilisait totalement. Chloe Lawrence, l'épine dans son pied dont il rêvait depuis si longtemps de se débarrasser ? Il avait devant lui une opportunité en or de finir le travail qu'il avait commencé.

Son corps, doux et chaud, était toujours serré contre le sien et, tout à coup, il se rendit compte qu'il lui caressait les cheveux. Il ne pouvait pas faire ça. Il était sûrement un parfait idiot, mais il voulait la protéger. Peu importait de quoi. Ce qui comptait, c'était qu'elle avait besoin de quelqu'un qui la soutienne. Il serait son homme.

Brusquement, elle se raidit entre ses bras et s'écarta de lui en battant furieusement des cils.

— Excuse-moi, je suis juste un peu fatiguée, dit-elle en essayant de sourire, ou peut-être de paraître sûre d'elle.

Dans tous les cas, elle échoua lamentablement.

— Tu n'as jamais su mentir, chuchota-t-il à son oreille. J'ai une chambre, et tu vas la prendre. Je trouverai un autre hôtel.

— C'est impossible ! Il n'y a plus aucune chambre.

Ignorant son intervention, il s'approcha du comptoir.

— Peter Wellington. J'ai une réservation.

L'air soulagé, le réceptionniste acquiesça et se mit à fouiller dans les clés.

Pete entendait Chloe trépigner derrière lui. Il sourit. Lui laisser sa chambre était la meilleure chose à faire. De plus, cela l'aiderait à gagner sa confiance. Il avait fait tout ce qu'elle lui avait demandé, veillant scrupuleusement à ne pas éveiller ses soupçons quant à ses motifs ultérieurs.

Mais, à bien y réfléchir, il n'avait pas vraiment eu le temps de travailler sur les motifs en question. Il avait dû fournir beaucoup d'efforts pour empêcher le *All-Stars* d'exploser, et heureusement qu'elle avait été là pour s'occuper du marketing, de la presse et des décisions capitales. Il aurait dû s'estimer heureux d'avoir enfin une occasion de l'éliminer.

Pourtant ce n'était pas le cas.

Il jeta un coup d'œil dans sa direction. Elle paraissait décontenancée et... en colère, peut-être. Mais en tout cas, elle ne semblait plus brisée.

— Pete, qu'est-ce que tu fais ?

— Ça ne te paraît pas évident ? répondit-il en lui faisant un clin d'œil.

Ce qui lui valut un regard mauvais qui, curieusement, le rassura. S'il voulait la vaincre, il fallait qu'elle continue de se battre. Il ne voyait aucune gloire à triompher d'un adversaire déjà au sol.

La voix du réceptionniste le ramena brusquement à la réalité.

— Nous vous avons bien réservé une suite. De combien de clés avez-vous besoin ?

Il se tourna vers elle. Elle était suffisamment proche de lui pour qu'il puisse la toucher, ce qu'il avait très envie de faire. Que se serait-il passé si ça n'avait pas été un hasard ? S'ils avaient décidé de passer la nuit ensemble dans un hôtel, enroulés dans les bras l'un de l'autre ? Rien qu'à cette idée, il sentit son sexe durcir de désir.

— Une, répondit-il en faisant un signe de tête en direction de Chloe. Donnez-la-lui.

— Non, intervint-elle en posant une main sur son bras. Je ne peux pas te laisser faire ça. Ça ne serait pas juste.

— Je ne suis pas le genre d'homme à laisser une dame dormir dehors alors qu'il y a une chambre parfaitement correcte de disponible.

Elle avait laissé sa main sur son bras, et il sentait sa chaleur se répandre à travers le coton de sa chemise.

— Pete, dit-elle d'une voix douce, on pourrait peut-être partager ?

Elle avait prononcé ces mots comme si elle savait que ce n'était pas une bonne idée.

Et elle avait raison. C'était une très mauvaise idée, parce qu'il ne voyait pas comment il pourrait se comporter en gentleman avec elle dans un lit. Voulant l'en avertir, il se tourna vers elle, mais ce mouvement eut pour effet de rapprocher leurs deux corps, et la nuit où il l'avait fait vibrer entre ses mains contre le pick-up lui revint en mémoire.

Il pouvait faire bien mieux que de lui donner du plaisir en la caressant à travers des vêtements beaucoup trop épais. Il pouvait la déshabiller lentement, prodiguer à son corps de déesse toute l'attention qu'il méritait.

Il secoua la tête pour essayer de s'éclaircir les idées, mais ce ne fut pas facile. À quelques centimètres de lui, elle le regardait avec ses grands yeux de biche. Qu'aurait fait un gentleman ? Il l'ignorait, parce qu'en cet instant précis il n'avait aucune envie d'en être un. Il avait envie de donner, de prendre et de donner encore jusqu'à ce qu'elle se retrouve à bout de souffle sous son corps, jusqu'à ce que ses lèvres changent son nom en un merveilleux cri de plaisir.

— Tu es sûre que c'est une bonne idée ?

Ses yeux bruns s'assombrirent, et elle porta sa main à sa gorge comme si elle avait du mal à avaler sa salive. Non, ce n'était pas une bonne idée.

— Ça va aller, j'en suis sûre, répondit-elle pourtant.

Il en était sûr, lui aussi. Sûr qu'il pouvait la déshabiller et être en elle quelques minutes plus tard à peine. Il voulait la voir nue cette fois-ci, son corps somptueux offert à lui tel un festin.

Pour se comporter en gentleman, il aurait dû ramasser son sac, prendre un air déterminé et tourner les talons pour rejoindre sa voiture de location. Reprendre la route et trouver une petite ville qui disposerait d'une chambre disponible. Mettre autant de distance que possible entre eux.

Mais il ne voulait pas. Il ne pouvait pas.

Le réceptionniste finit par s'éclaircir la gorge.

— Combien de clés ?

Sans même se tourner vers lui, Pete prit le visage de Chloe entre ses mains et plongea son regard dans le sien. Elle était tellement chaude, tellement douce.

— Je te laisse la chambre, chuchota-t-il dans une dernière tentative de galanterie.

Après avoir pris une profonde inspiration, elle se tourna vers le réceptionniste.

— Deux, s'il vous plaît, dit-elle avant de se retourner vers Pete. Mais je tiens à payer ma part, Wellington.

Il se mit à rire doucement. C'était comme ça qu'il l'aimait, quand elle se battait avec lui à armes égales.

— Certainement pas, Lawrence.

Il se tourna vers le réceptionniste.

— Deux clés. Une note.

L'air soulagé, l'homme hocha la tête et se mit aussitôt à leur vanter les mérites de l'hôtel. Mais Pete n'écoutait pas. Il était trop occupé à se demander comment allait se passer le reste de la soirée.

Le scandale généré par Flash avait été à la fois une chance et un problème. Pete avait dû faire beaucoup d'efforts pour rassurer toutes les personnes associées au *All-Stars* : concurrents, fournisseurs, gérants locaux. L'autre partie du plan avait été négligée à cause de la quantité de travail qu'il avait dû fournir, mais il avait été content de le faire, parce qu'il voulait récupérer le concours intact, pas en miettes.

Mais c'était une chance également, parce qu'il n'avait pas eu à faire la moindre démarche pour avancer dans son plan : cet événement s'était produit par hasard. Chloe s'occupait de la presse, atténuait les conséquences de la perte de Tex et de Flash. Parallèlement, elle devait gérer le marketing, la distribution, sa marque de vêtements. Résultat, elle n'avait pas vu un seul fournisseur en un mois. À ce rythme-là, il ne lui faudrait pas bien longtemps pour la faire oublier complètement.

Tandis qu'il se faisait ces réflexions, le réceptionniste avait tendu les clés à Chloe, qui se tourna vers lui.

— Tu crois ?

— Essayons.

Sans cette parenthèse sensuelle contre le pick-up, il lui aurait été presque trop facile de l'écarter des opérations quotidiennes. Tant qu'il ne poserait pas la main sur elle, il lui suffirait de laisser les choses suivre leur cours. Plus elle s'éloignerait des aspects pratiques du concours, plus il lui serait difficile de revenir et plus les gens s'opposeraient au départ de Pete.

Mais d'un autre côté, il disposait d'une nuit seul avec elle dans une chambre d'hôtel. Le genre d'occasion qui ne se présentait pas tous les jours. Mais en valait-elle vraiment la peine ? Devait-il se lier davantage à elle ?

Ensemble, ils s'approchèrent de l'ascenseur sans rien dire. Elle tenait les deux clés à la main. La seule chose qu'il avait à faire était de prendre l'autre sortie, celle qui donnait sur le parking.

Mais quand les portes de l'ascenseur s'ouvrirent, elle se tourna vers lui en souriant.

— Tu viens ?

Au diable ses projets à long terme. C'était le genre d'opportunité qui ne se présentait qu'une fois dans une vie, il ne pouvait pas la laisser passer.

— D'accord.

Une fois qu'ils furent entrés dans l'ascenseur, il se dit qu'elle n'allait pas tarder à poser ses limites. Mais comme elle gardait le silence, il décida de prendre les devants.

— Comment désires-tu qu'on procède ?

L'air surpris, elle se mit à le dévisager avec ses yeux immenses.

— Quoi ?

— Ce soir. Comment veux-tu qu'on procède ?

Elle cligna des yeux plusieurs fois, écarta légèrement les lèvres. Il avait l'impression que sa respiration s'était accélérée, mais peut-être était-ce son imagination qui lui jouait des tours.

— À mon sens, il y a trois possibilités, reprit Pete.

Ce n'était pas son imagination. Elle avait très légèrement rapproché son corps du sien.

— Qui sont ?

Il avait très envie de la coincer contre le miroir et de laisser les deux autres possibilités derrière lui. Mais c'était là sa dernière tentative de se comporter en gentleman.

— Première possibilité : je dors sur le canapé, tu dors dans le lit, et nous ne bougeons pas de la nuit, pour ne pas nous gêner. Nous passerons une mauvaise nuit et serons très fatigués demain.

— Tu appelles ça une possibilité ?

— Ce n'est pas ma préférée. La deuxième serait de se comporter en adultes matures et responsables capables de partager un lit sans se toucher. Comme preuve de cette maturité, nous constituons entre nous une barrière d'oreillers et restons éveillés toute la nuit, à regarder le plafond. Nous passerons une mauvaise nuit et serons très fatigués, et très frustrés, demain.

L'ascenseur avait ralenti sa course pour s'arrêter sur le palier.

— Ce qui ne nous laisse donc qu'une possibilité, dit-il en lui caressant la joue du bout des doigts. On fait un petit écart sur notre accord précédent qui stipulait que, en tant qu'associés, on ne devait pas passer la nuit ensemble. Et ce qui devra arriver arrivera.

Elle fronça les sourcils, mais elle appuya sa joue contre sa main. Pas beaucoup, mais suffisamment.

— Ce qui devra arriver...

Il sourit. Parce que ce n'était pas un non.

— Laisse-moi t'aimer un peu, Chloe, prendre soin de toi ce soir. Et demain, on fera comme si rien ne s'était passé.

— Et si on n'y arrive pas ?

C'était une bonne question à laquelle il n'avait pas de réponse à apporter. Les portes s'ouvrirent devant eux. Sans cesser de lui caresser la joue, il fit un signe de tête en direction du palier.

— Alors on fera du mieux qu'on pourra.

Elle laissa échapper un petit cri de surprise quand il lui prit son sac de voyage et se mit à avancer vers le hall. Au bout d'un instant, il entendit ses pas derrière lui.

Comme c'était elle qui avait les clés, il dut s'arrêter devant la porte pour l'attendre. Elle ne le regarda pas quand elle ouvrit la porte, mais elle la lui tint ouverte, ce qui signifiait déjà quelque chose. Une fois à l'intérieur, il déposa les sacs par terre et alluma une petite lampe posée sur un bureau.

Quand il se retourna, elle était à moitié dans l'ombre. Il brûlait d'envie de la serrer dans ses bras et de l'embrasser, de prendre cette décision pour elle. Ou au moins de la lui faciliter. Mais il ne voulait pas l'empêcher d'exercer son jugement.

— Et le concours ? demanda-t-elle soudain.

— Comment ça, le concours ?

Elle prit un air agacé.

— Écoute, la troisième possibilité est une très mauvaise idée. Alors soit tu fais une croix sur le complot que tu as fomenté pour me voler le concours, soit nous restons des associés, qui ne devraient même pas tenter la maturité de la barrière d'oreillers.

Elle n'avait pas tort. Il n'avait pas prononcé le moindre mot sur ce qui s'était passé entre eux dans le Missouri, sauf pour lui dire qu'il ne chercherait jamais à utiliser le sexe contre elle. Mais, d'un autre côté, il ne pouvait pas lui reprocher de se montrer prudente.

— Tu dois me faire confiance.

Passant une main dans ses cheveux, elle se détourna de lui.

— Je vais prendre une douche. J'ai eu une réunion horrible, j'ai fait un voyage horrible… et je suis contente que tu m'aies proposé de partager ta chambre avec moi.

La voyant paraître si faible, il n'hésita pas : il s'approcha d'elle et la prit dans ses bras.

— Je suis désolé que tu aies passé une mauvaise journée, murmura-t-il contre ses cheveux.

Dans un premier temps, elle se raidit, comme si elle s'attendait à ce qu'il tire parti de la situation, mais comme il ne bougeait pas, elle finit par se lover contre lui.

— C'était vraiment une très mauvaise journée. Comment se fait-il que tu sois arrivé si tôt ?

La question le fit sourire.

— Tu ne t'imagines pas à quel point il peut être compliqué d'aller de l'est du Texas à cette région de l'Oregon. Avec le recul, je me dis que j'aurais mieux fait de venir en voiture. Et toi, qu'est-ce que c'était que cette réunion ?

— Oh ! rien, répondit-elle en poussant un lourd soupir, qui eut pour effet de presser un peu plus fort sa douce poitrine contre son torse. Des histoires de famille.

Ce n'était pas bon signe. Si Milt et Oliver Lawrence décidaient de reprendre un rôle actif dans la direction du *All-Stars*, Pete, qui n'était en bons termes avec aucun des deux hommes, risquait de perdre tout ce pour quoi il avait travaillé.

Mais connaissant la famille Lawrence, ce n'était pas nécessairement de cela dont parlait Chloe.

— Flash a encore fait des siennes ?

Elle afficha un léger sourire et leva les yeux au ciel.

— Tu ne peux même pas t'imaginer.

— Non, murmura-t-il en baissant la tête vers la sienne. Mais j'ai une petite idée.

Contrairement au baiser qu'ils avaient échangé dans le Missouri, celui-ci ne fut ni dur ni précipité. Ce fut une douce union, une promesse de ce qui allait venir. Chloe le serra fort dans ses bras, appuyant sa douce poitrine contre son torse dur, ses hanches contre son sexe bandé. Sous le coup du désir, le sang de Pete s'était changé en lave et il se mit à prier pour qu'elle opte pour la troisième possibilité car « frustré » n'était pas un mot assez fort pour décrire l'état dans lequel il serait s'il se retrouvait contraint de dormir sur le canapé.

Mais quand elle se mit à tracer sensuellement le contour de ses lèvres du bout de la langue, il laissa échapper un grognement de satisfaction, car il lui semblait bien désormais que la troisième possibilité serait la grande gagnante du lot. Pourtant, il se força à s'écarter d'elle pour lui parler :

— Tu… vas te doucher.

Ce n'était pas la chose la plus élaborée qu'il ait jamais dite, mais il était incapable de trouver mieux. S'il avait passé un moment de plus dans ses bras, il aurait été incapable de s'éloigner d'elle.

Tout en hochant la tête, elle fit un pas en arrière et, en s'éloignant, elle se toucha les lèvres du bout des doigts, comme si elle n'arrivait pas à croire qu'il venait de l'embrasser.

Arrivée à la porte de la salle de bains, elle se retourna. Le désir, dans son regard, était si intense, si brûlant, que Pete crut bien qu'il allait céder. Mais sans lui laisser le temps de faire quoi que ce soit, Chloe ferma la porte et tourna le verrou.

Évidemment, il était imprudent de tout risquer pour une nuit avec elle. Mais une chose était sûre : elle en valait la peine.

9

Mais que lui arrivait-il ?

C'était la question que Chloe ne cessait de se poser sous l'eau chaude qui ruisselait sur ses épaules et sur son dos. Le simple fait qu'elle ait envisagé de passer une nuit avec Pete était une pure folie. Après ce qui s'était passé dans le Missouri... Elle aurait dû en tirer des leçons. Mais la dispute avait déclenché en elle un flux d'adrénaline qui devait encore troubler son jugement. De toute façon, ce n'était pas pour Pete qu'elle était là ; si elle avait accepté de partager sa chambre, c'était simplement parce qu'il s'agissait de la solution la plus sûre et la plus commode. Ils s'étaient laissé emporter dans le feu de l'action, voilà tout. Ce n'était pas grave.

Mais il s'agissait de Pete Wellington, elle ne devait pas l'oublier. L'homme qui avait essayé de faire de sa vie un enfer au cours des dix dernières années. En la critiquant, en essayant de saper son travail. Son père, le matin même, lui avait dit qu'il ne comprenait pas comment elle pouvait lui faire confiance, comment elle pouvait prendre un tel risque pour le *All-Stars*. Et quand il avait momentanément cessé de crier pour reprendre son souffle, Oliver s'était tourné vers elle, le regard accusateur.

— Tu m'avais pourtant assuré que tu pouvais gérer le concours seule, avait-il murmuré, l'air déçu.

Elle aurait pu. Si Flash ne s'était pas rendu coupable d'une agression, avant de mettre sa menace à exécution en parlant du rôle de Pete à son père et Oliver pour se venger du comportement qu'elle avait eu avec lui.

Et surtout, si Pete avait continué de se comporter comme le méchant qu'elle avait toujours vu en lui.

Si elle réussissait à mettre la main sur Flash, elle allait lui tordre le cou. Quel imbécile ! C'était sans arrêt la même chose : il prenait la mouche à chaque fois que quelqu'un laissait entendre qu'il ne devait sa place qu'à son nom de famille. Mais quand les choses commençaient à mal tourner, que faisait-il ? Il essayait de la faire chanter, elle, sa propre sœur, pour contourner les règles qui s'appliquaient à tous les autres.

S'il avait le culot de se présenter au concours du surlendemain et de faire quoi que ce soit de douteux, elle allait le tuer, c'était certain.

Elle songea de nouveau à ce qui l'attendait derrière la porte. Flash était un problème, mais pas celui qu'elle devait régler dans l'immédiat. Ce statut revenait de droit à Pete Wellington, à sa proposition pleine de prévenance concernant la chambre d'hôtel et à l'offre alléchante qu'il lui avait faite de prendre soin d'elle.

Elle n'aurait même pas dû envisager la troisième possibilité. Elle aurait dû proposer de dormir sur le canapé, par terre, n'importe où pour mettre de la distance entre eux.

Mais elle l'envisageait. Et plus qu'un peu.

Le merveilleux orgasme qu'il lui avait donné en moins de cinq minutes et rien qu'avec ses doigts constituait déjà pour elle une raison suffisante de lui offrir une deuxième chance. Elle l'avait trouvé incroyablement sexy la première fois qu'elle avait posé les yeux sur lui, dix ans plus tôt. Et maintenant ? Il était comme le bon vin : il n'avait fait que s'améliorer avec l'âge. Or, la dernière fois, elle n'avait pas eu l'occasion de l'admirer. Elle l'avait à peine touché.

Elle avait envie de lui. Une nuit de passion avec lui ? Il lui semblait qu'elle n'avait jamais rien entendu d'aussi tentant.

Elle n'avait aucun doute sur le fait qu'il pouvait combler tous ses désirs sexuels, mais il avait affirmé qu'il voulait faire de son bien-être sa priorité, ce qui paraissait dangereux. Chloe savait comment se protéger du Pete Wellington qui les détestait, elle et sa famille, et qui ne vivait que pour venger son père.

En revanche, elle ne savait pas comment se protéger du Pete qui était gentil avec elle.

Depuis qu'il s'était introduit dans sa loge un mois plus tôt, il n'avait rien fait d'autre que la défendre, promouvoir ses idées et… lui donner un merveilleux orgasme. Il fallait ajouter à cela tout le travail qu'il avait fourni pour le *All-Stars*, sans qu'elle puisse déceler le moindre signe de trahison.

Elle n'était pas stupide au point de ne pas le laisser sans surveillance. Elle avait toujours un œil sur lui. Et il faisait bien son travail. Mieux, malheureusement, qu'elle n'aurait pu le faire elle-même, dans la mesure où personne ne voulait faire prendre au *All-Stars* une nouvelle direction, simplement parce que c'était la princesse du rodéo qui l'avait demandé.

Mais il suffisait que ce soit Pete qui propose ces changements pour que les gens les embrassent. Immédiatement.

Cette journée avait été horrible. Et elle n'avait aucune garantie que son père, Oliver ou, pire encore, Flash ne se présentent au concours de ce week-end et provoquent toute sorte de catastrophes. Le pire, à bien y réfléchir, serait qu'ils se présentent tous les trois ensemble.

Tout en frissonnant, elle s'efforça d'écarter cette idée de son esprit. Ils n'étaient pas là pour le moment, et c'était le plus important. En revanche, Pete se trouvait bien là, lui, avec ses gestes prévenants, son charme, ses adorables câlins, ses baisers, ses magnifiques yeux de braise et son corps de dieu grec.

Et puis il y avait son lit. Son grand lit douillet.

Machinalement, Chloe passa une main sur ses seins. Ils étaient lourds, tendus, et elle savait parfaitement de quoi ils avaient besoin. Diverses choses avaient changé depuis un mois et l'une d'entre elles, la seule, d'ailleurs, qui lui paraissait importante, était qu'elle avait de nouveau envie de lui. Encore. Ce mois passé à prétendre qu'il ne l'intéressait pas n'avait été que mensonge.

Mieux encore : il avait lui aussi toujours envie d'elle. Il n'aurait pas parlé de sexe s'il n'avait pas été plus que disposé à proposer ses services.

Elle en était à ce stade de sa réflexion quand des coups résonnèrent à la porte de la salle de bains.

— Oui ?

— Il faut que j'aille chercher quelque chose. Je reviens.

— Ah, d'accord, balbutia-t-elle.

Une seconde plus tard, elle entendit la porte de la chambre s'ouvrir.

— Pete ? cria-t-elle, paniquée, car s'il décidait de se comporter de façon noble, elle le tuerait pour l'avoir laissée là dans l'attente de ses caresses.

— Oui ? finit-il par dire tandis que ses pas semblaient se rapprocher.

— Tu reviens, hein ?

Il y eut un silence qui fut long. Trop long. Cet homme la torturait. Il avait évoqué le fait qu'ils allaient faire l'amour, lui avait donné ce doux baiser et, désormais, il allait la laisser seule…

— Tu en as envie ?

Malgré l'épaisseur de la porte et le bruit de l'eau qui continuait de couler, la voix de Pete lui parvint avec clarté.

Chloe sentit tous ses muscles se tendre. Elle était à deux doigts de sauter de la baignoire pour le traîner directement jusqu'au lit.

— Oui, souffla-t-elle en s'agrippant au rideau de douche.

— Alors je reviens.

Ce n'était pas la chose la plus romantique qu'elle ait entendue. Mais le soulagement qui l'envahit alors fut considérable.

Il allait revenir. Pour elle.

Elle avait envie de lui. C'était aussi simple que ça. Elle avait envie de lui et elle pouvait l'avoir. Était-ce un problème ? Après tout, ils l'avaient déjà fait une fois : ils pouvaient très bien prendre certaines libertés puis poursuivre le cours de leurs vies comme si rien ne s'était passé. Qu'est-ce qui les empêchait de recommencer ?

Ce ne serait que pour une nuit. Ils enfreindraient la règle qui préconise de séparer les amours du travail et verraient bien ce qui se passerait.

Indécise, Chloe se prit la tête entre les mains. Ce n'était pas le genre de chose qu'on pouvait ignorer. Cela changerait tout entre elle et lui. Et pourtant, elle allait laisser cet homme lui faire l'amour toute la nuit parce que…

Non. Elle n'avait pas besoin de lui. Absolument pas. Mais elle avait besoin de quelque chose, et il était là.

Dans quel pétrin s'était-elle fourrée ?

Sa décision prise, elle appliqua sur son corps une crème parfumée. Pour se sentir bien, pas pour se rendre plus désirable.

Elle était en train de se brosser les dents quand elle entendit la porte se rouvrir et Pete s'annoncer :

— C'est moi.

Une décharge d'adrénaline lui parcourut les veines. Il avait tenu parole.

— J'ai presque fini.

— Je pourrais t'attendre toute la nuit, ma belle, dit-il à travers la porte, d'une voix chaude et grave.

Les seins de Chloe se tendirent tellement qu'ils en étaient presque douloureux, et elle sentit une douce sensation de chaleur se nicher entre ses cuisses.

— C'est vrai ?

— Bien sûr. Mais... Chloe ?

Elle se força à respirer. La femme qui la regardait dans le miroir embrumé, nue et excitée, était déjà occupée à se caresser les seins. Mais ce n'était pas suffisant. Elle avait besoin de plus.

— Oui ? souffla-t-elle.

— Ne me fais pas attendre éternellement.

Il n'était pas question qu'elle ouvre cette porte et qu'elle se jette sur lui. Elle avait beau avoir désespérément envie de tout ce qu'il avait à lui offrir, hors de question qu'il le sache. Elle avait tout de même sa fierté.

Il pouvait bien attendre, ne serait-ce que cinq minutes. Aussi lentement qu'elle le put, elle enfila donc sa tenue de nuit. Pas une affriolante nuisette en dentelle, non. Elle aimait dormir dans une petite robe simple à bretelles en coton gris qui lui arrivait presque au genou. Mais en admirant son reflet dans le miroir, elle n'eut aucun mal à discerner ses tétons qui pointaient sous le tissu. Que pouvait-on demander de plus en matière de séduction ?

Après avoir enroulé ses cheveux humides en un chignon flou, elle sortit.

Et s'arrêta net en découvrant Pete en T-shirt blanc, sa ceinture ouverte et les deux premiers boutons de sa braguette défaits. Il n'était pas nu, loin de là. Mais c'était un véritable festin pour les yeux. Avait-elle jamais apprécié ses biceps à sa juste valeur ? Ses muscles ondulèrent quand il déboucha la bouteille de vin qu'il tenait à la main. Instinctivement, elle baissa les yeux vers ces deux boutons et les contours flous d'un renflement toujours caché qui promettait de véritables merveilles.

Une fois la bouteille ouverte, il l'observa et prit soudain un air émerveillé.

— Tu es vraiment... sublime.

Elle n'aurait pas cru ça possible, mais ses tétons devinrent plus durs encore. Elle avait tellement envie de lui qu'elle en avait mal. Mais elle résista à l'envie de se jeter dans ses bras. Sensuellement, elle fit glisser sa main sur le coton frais de sa nuisette. Et ne manqua pas de remarquer qu'il avait suivi du regard son mouvement.

Parfait. Elle avait pris une bonne douche chaude, qui lui avait donné le temps de se calmer, et elle n'était pas une petite chose fragile. Elle était même bien décidée à le faire transpirer. Respirait-il toujours ? Il semblait comme hypnotisé. Elle fit un signe de tête en direction de la bouteille. Pas de son érection, qui augmentait littéralement à vue d'œil.

— C'est pour moi ?

L'air surpris, il cligna des yeux, comme s'il venait de se souvenir qu'il tenait une bouteille à la main.

— Ah, le vin. Oui. Et j'ai aussi pris du chocolat. J'espère que tu aimes.

Cet homme... Elle ne se souvenait pas de la dernière fois qu'on lui avait offert du chocolat, et encore moins du vin. Comment pouvait-elle se montrer détachée et séductrice alors qu'elle était si bêtement satisfaite de tout ce qu'il faisait ?

Tout aussi bêtement, elle avait placé sa main sur son cœur qui battait désormais si fort qu'elle craignait que Pete ne l'entende.

— Où as-tu trouvé tout ça ?

— Je me suis arrangé, répondit-il en souriant avant d'entreprendre de remplir les deux verres qui étaient posés sur la table.

— Je ne me souviens pas de la dernière fois que quelqu'un a fait quelque chose d'aussi gentil pour moi.

Sans rien répondre, il lui tendit l'un des verres. Volontairement, elle laissa ses doigts s'attarder sur les siens. Il retint son souffle, mais soutint son regard.

— C'est dommage. Tu le mérites.

— Et si... ?

Elle s'interrompit. Ils s'étaient déjà mis d'accord pour faire l'amour cette nuit. Alors pourquoi se sentait-elle tout à coup si intimidée ?

— Et si j'avais envie de plus ?

Brusquement, il se rapprocha d'elle, la chaleur de son corps irradiant de son torse, la réchauffant à travers le coton de sa nuisette. Le plaisir de l'anticipation l'envahit quand il tendit la main vers elle, mais au lieu de la prendre dans ses bras comme elle l'avait espéré, il enroula une mèche de ses cheveux autour de son doigt.

— Tu ne mérites que de belles choses, ma douce, murmura-t-il. Et ces belles choses, je peux te les donner. Tu peux me demander tout ce que tu veux.

Cette fois-ci, elle se lova contre lui, du mieux qu'elle pouvait en tenant à la main un verre de vin. Elle passa son bras autour de sa taille, serra son buste brûlant contre le sien, et ses tétons, contre ses pectoraux, devinrent durs comme du bois.

Libérant sa mèche de cheveux, il effleura sensuellement son oreille du bout de ses lèvres.

— Alors, qu'as-tu décidé ?

Son souffle caressa la peau délicate de son cou.

— Tu es vraiment allé me chercher du vin et du chocolat ?

C'était une question idiote, puisqu'elle avait tout cela sous les yeux. Ces produits n'étaient pas apparus par magie. Mais il s'était donné de la peine pour faire quelque chose de merveilleusement gentil. Pour elle.

C'était l'homme le plus dangereux qu'elle ait jamais rencontré.

— Ma douce, dit-il avec son accent texan traînant, je commence à me dire qu'il n'y a pas beaucoup de choses que je ne serais pas prêt à faire pour toi.

— Troisième possibilité, souffla-t-elle. S'il te plaît.

Elle n'aurait su dire si c'était elle qui l'avait embrassé, si c'était lui, ou si cela avait de l'importance. Mais il était là. Pour elle.

— Juste pour une nuit, ajouta-t-elle tandis qu'il lui prenait le verre des mains pour le poser sur la table.

Lentement, il avança, la poussant jusqu'à un mur.

— D'accord, dit-il en faisant sensuellement glisser sa main sur sa cuisse pour relever sa jambe et l'enrouler autour de sa taille. Et peut-être une matinée, aussi.

Elle laissa échapper un petit cri de surprise et de volupté quand elle sentit son sexe dur s'appuyer contre le sien.

— Bien sûr, réussit-elle à dire, mais aussitôt, il se mit à l'embrasser fiévreusement, et elle s'adonna totalement à la passion.

Elle avait besoin de cet homme, de son corps dur et brûlant contre le sien. Tout en mordillant sa lèvre inférieure, il se mit à aller et venir contre elle, et elle ne put se retenir de gémir de plaisir.

— Tu crois que je pourrais te faire jouir juste comme ça ? murmura-t-il contre sa gorge, dans un nouvel assaut.

Les bras passés autour de son cou, elle s'accrocha plus fermement à lui.

Elle gémissait déjà de plaisir. Ce n'était ni logique ni gratifiant, mais il avait un véritable don pour la réduire à ses instincts les plus primaires en quelques secondes à peine. Et debout ! Elle n'osait même pas imaginer ce que ce serait dans un lit.

Tandis qu'il continuait ses mouvements de va-et-vient, elle lui mordit le cou, lui tirant ainsi un grognement.

— Tu vas jouir pour moi, dit-il. Et ensuite, je vais t'allonger dans le lit et te faire l'amour pour que tu jouisses encore une fois.

Ces paroles la firent frissonner de plaisir, et la tension qu'elle sentait en elle devint plus vive, presque douloureuse.

Elle ne savait pas comment il faisait, mais il la bouleversait. Sans effort. Le bras toujours glissé sous sa jambe, il passa une main sous le bas de sa nuisette. Le coton ne constituait pas une barrière bien solide entre leurs deux corps, mais quand la peau de Chloe entra en contact avec le tissu rigide du jean de Pete, elle laissa échapper un petit cri.

— Tu es tellement belle, souffla-t-il, le front appuyé contre le sien.

Elle ouvrit grand les yeux, et la lueur qu'elle vit briller dans les siens lui coupa le souffle.

Faites que ce soit vrai. Ce fut la pensée qui lui traversa alors l'esprit. Elle ne savait pas ce qu'il y avait entre elle et lui, mais elle voulait que ce soit vrai.

Une idée qui se renforça encore quand il se remit à parler :

— Chloe.

Cette fois-ci, il passa sa main libre sur ses seins, tirant sur le décolleté de la nuisette pour libérer ses tétons durcis de désir. Et tout en les faisant sensuellement rouler entre ses doigts agiles, il se remit à l'embrasser avec passion.

L'extase, alors, déferla en Chloe. Tout en l'embrassant de nouveau, il continua d'aller et venir contre elle, même quand ses jambes se mirent à trembler. Le plaisir était tel qu'elle avait désormais l'impression que la terre vacillait sous ses pieds. De crainte de s'effondrer, elle détacha ses lèvres de celles de Pete.

— Je ne tiens plus sur mes jambes.

Il eut alors le culot de lui faire un clin d'œil. Et de faire pivoter ses hanches pour frotter contre elle son sexe dur et bandé.

— C'était le but, dit-il, l'air content de lui.

Elle aimait les amants sûrs d'eux. Mais cela allait au-delà de l'assurance. Il était redevenu le Pete qu'elle connaissait : arrogant, convaincu qu'il était le meilleur. Ce qui n'était peut-être pas si loin de la vérité, dans ce domaine. Mais ce n'était pas lui qui commandait.

C'était elle. Et il était grand temps qu'elle le lui rappelle.

Déterminée, elle posa ses mains à plat sur son torse.

— Tu oublies quelque chose, dit-elle en luttant pour garder son équilibre quand il finit par s'écarter.

— Quoi ? demanda-t-il.

Mais il ne semblait ni inquiet ni même préoccupé. Il ne s'était d'ailleurs pas départi de son sourire espiègle.

Après avoir pris une profonde inspiration pour retrouver ses forces, elle avança vers lui.

— Tu es sous mes ordres, affirma-t-elle.

Aussitôt, elle lui retira son T-shirt et son jean avant de le pousser pour le faire tomber sur le lit. Durant tout ce temps, il avait souri comme un bienheureux, ou comme un homme qui vient de découvrir un trésor.

Elle observa son corps, en espérant pour sa part réussir à contenir un peu son admiration. Il était vraiment bien bâti. Des épaules larges, des pectoraux bien dessinés, d'impeccables tablettes de chocolat. La musculature naturelle d'un homme dont le travail est physique. Mais ce ne fut pourtant pas la partie qui retint le plus son attention. Non. Son regard était rivé sur son sexe, long, dur et très légèrement incurvé vers la droite. Gros, sans être énorme. Elle aimait le côté brut et sauvage de Pete mais, surtout, elle aimait le sentir contre elle.

Tandis qu'elle continuait de l'admirer, il s'était penché pour récupérer un préservatif dans son jean resté à terre.

— D'accord ? demanda-t-il en le posant sur le lit.

Elle ne put s'empêcher de sourire.

— Tu avais misé sur la troisième possibilité, hein ?

Il eut le culot de ne pas même paraître embarrassé.

— Ça fait un mois que j'attends ça, ma belle. Depuis ce qui s'est passé dans le Missouri, je ne pense qu'à toi. Alors, oui, je me suis préparé. Je veux te voir, cette fois-ci.

Ivre de désir, elle se hissa au-dessus de lui pour le chevaucher, mais le repoussa quand il essaya de lui retirer sa nuisette.

— Hé ! protesta-t-il, mais au même moment, elle plaça son sexe juste au-dessus de son imposante érection.

— C'est moi qui commande, réaffirma-t-elle quand il essaya de nouveau de la déshabiller.

Cette fois-ci, elle lui prit les mains et les tint fermement en place. Au lieu de chercher à se dégager, il entrelaça ses doigts aux siens et, à cet instant, elle sentit son cœur fondre. Elle était toujours tremblante, elle sentait toujours vibrer en elle les réminiscences de l'orgasme qu'il venait de lui donner. Sans cette barrière de tissu qu'il y avait entre eux, elle aurait pu sentir la chaleur du corps de Pete contre le sien, la longueur de son érection glissant sur son sexe humide.

— Pete, murmura-t-elle.

Mais elle s'interrompit, car elle n'était pas sûre de ce qu'elle allait dire ensuite.

Quand elle se mit à se mouvoir sensuellement au-dessus de lui, il rejeta sa tête en arrière et son souffle devint haletant.

— Tu me tues, murmura-t-il.

— Je ne fais que te rendre la pareille, répondit-elle.

Mais alors même qu'elle prononçait ces mots, elle sentit le plaisir la gagner de nouveau. Pendant tout un mois, ils avaient tous les deux rêvé de ce moment. À chaque fois qu'elle avait surpris Pete à l'observer depuis les gradins, son sang s'était changé en lave. Tous les chemins menaient à cette destination. Il était inutile de se battre. Ce moment leur appartenait.

Et désormais, elle voulait le sentir en elle.

Aussi se pencha-t-elle pour attraper un préservatif. Ce fut lui, cette fois-ci, qui repoussa ses mains pour ouvrir l'emballage.

— J'aurais pu le faire, dit-elle alors qu'il se hâtait de l'enfiler.

— Mais tu en aurais profité pour continuer à me torturer.

Il lui adressa un sourire coquin, et ce fut alors qu'elle décida de retirer sa nuisette.

Après quoi elle retint son souffle. Pete, qui la dévorait des yeux, semblait avoir du mal à respirer. Elle cambra les reins pour lui présenter ses seins sous le meilleur jour. Depuis que son deuxième amant lui avait dit, sur un ton méprisant, qu'ils n'étaient « pas si mal », elle avait appris quantité d'astuces pour les faire paraître plus gros. Cambrer les reins, rentrer le ventre, essayer de ne pas rester trop longtemps allongée sur le dos.

Elle se préparait donc au pire, parce qu'elle était nue dans un lit avec Pete Wellington, qui pouvait être l'homme de ses rêves mais qui pouvait aussi la mettre en pièces s'il en avait envie.

S'étant redressé, il s'était mis à jouer avec ses tétons durcis. Soudain, il se pencha vers elle et se mit à les embrasser délicatement.

— Parfait, murmura-t-il contre sa peau.

Tout en prenant le visage de Pete entre ses mains, Chloe laissa échapper un doux gémissement. La pression des lèvres de Pete avait provoqué en elle une délicieuse et intense sensation. Et comme elle sentait toujours son sexe dur frotter contre le sien, il lui était de plus en plus difficile de reprendre son souffle.

Il n'avait pas cherché à négocier en disant que c'était son tour désormais, qu'il ne pouvait pas attendre une seconde de plus. Il n'avait manifesté ni hâte ni exigence particulière et avait pris le temps de bien faire les choses.

C'était donc cela que de laisser un homme l'aimer et prendre soin d'elle. Elle avait eu beaucoup de petits amis et d'amants, mais jamais un homme ne l'avait fait passer en premier de cette façon. Elle était tout de même nue, et cela faisait longtemps que Pete avait enfilé le préservatif.

Mais au lieu de lui soulever les fesses pour s'enfoncer en elle, il traça un chemin de baisers jusqu'à son autre sein pour recommencer sa douce torture sur son autre téton.

Tandis qu'il poursuivait ses tendres attentions, elle le regardait, les doigts enroulés dans ses cheveux. Ce moment lui paraissait presque irréel. Mais si c'était un rêve, elle n'avait aucune envie de se réveiller.

Bientôt, elle ne put en endurer davantage. Elle avait besoin de le sentir en elle. Elle en brûlait d'envie.

— Rallonge-toi.

Elle n'eut pas besoin de le lui dire deux fois.

Elle releva ses fesses, avec lesquelles elle s'amusa à frotter son sexe dur pour continuer de le torturer, avant de s'enfoncer doucement, très doucement sur lui. Les années d'équitation qu'elle avait derrière elle lui donnèrent la force de se mouvoir avec une telle lenteur qu'il finit par protester.

— Chloe, soupira-t-il en essayant de s'asseoir et de la prendre dans ses bras.

Déterminée, elle le prit par les épaules pour l'obliger à se rallonger.

— C'est mon tour, Pete. Tu voulais savoir en combien de temps tu pouvais me faire jouir ? Très bien. Moi, je veux savoir combien de temps je peux tenir sans te faire atteindre l'orgasme.

Il poussa un grognement de déception, mais à ce moment-là, elle s'enfonça encore d'un centimètre sur lui. Alors, elle se redressa avant de se laisser tomber complètement.

— Pete, gémit-elle tandis que ses muscles luttaient pour s'adapter à lui.

— Je suis tellement bien en toi, ma belle, murmura-t-il.

Et aussitôt, il se mit à se mouvoir en elle. L'espace d'un instant, ivre de plaisir, elle en oublia qu'elle était aux commandes car si Pete avait été merveilleux jusque-là, il était désormais époustouflant.

Il l'emplissait tout entière, et elle ne pensait pas avoir jamais connu quelque chose d'aussi bon. D'aussi juste.

Pete Wellington avait toujours fait partie des mauvais. Comment avait-il pu tout à coup devenir le bon ?

De nouveau, il plaça sensuellement ses mains sur ses seins et lui tordit les tétons, lui tirant un petit gémissement.

— Jouis en même temps que moi, Chloe.

Ce n'était pas une requête, mais un ordre.

Entrelaçant ses doigts aux siens, elle lui embrassa les mains.

— Doucement, dit-elle comme il essayait d'aller plus vite. J'ai envie que ça dure.

Elle n'aurait pas pensé cela possible, mais il prit soudain un air vexé.

— On ne s'arrêtera pas à ça, Chloe. C'est impossible.

La voix de Pete, lourde de désir, combinée aux mouvements qu'il imprimait en elle, fit courir sur la peau de Chloe un délicieux frisson.

— Juste pour ce soir, répondit-elle cependant. Et demain matin.

Tout à coup, il l'attira vers lui, ramenant son buste brûlant contre le sien, et l'embrassa fiévreusement. Des lumières explosèrent alors derrière ses paupières tandis qu'elle s'immobilisait. Des sensations orgasmiques venaient de déferler en elle, dans un délice de volupté sans comparaison avec tout ce qu'elle avait pu connaître dans le passé. Quand elle finit par s'effondrer sur lui, il la fit rouler sur le dos et continua de se mouvoir furieusement en elle.

— Chloe ! cria-t-il.

Dans un grognement sonore, il s'enfonça en elle et elle ne put rien faire d'autre que de s'accrocher à lui. Quand il fut enfin immobile, elle enroula ses bras et ses jambes autour de lui. Le cœur battant à se rompre, le souffle court, ils restèrent ainsi, sans prononcer le moindre mot.

Et dire qu'elle avait trouvé merveilleux l'orgasme qu'il lui avait donné contre le pick-up ! Et contre le mur, une minute plus tôt. Elle ne s'imaginait même pas qu'un tel plaisir puisse exister.

Maintenant, que devait-elle faire ? Ils ne pourraient pas revenir en arrière. Elle avait envisagé cela comme une possibilité, mais c'était sans compter sur les changements que le fait de faire l'amour avec lui avait opéré en elle.

S'appuyant sur ses coudes, Pete finit par baisser les yeux vers elle.

— Waouh, murmura-t-il en caressant tendrement sa joue du bout des doigts.

Il n'y avait dans ses yeux ni déception ni fourberie. Elle n'y voyait qu'une émotion intense qui la déstabilisait car ce moment avec lui avait tout transformé.

Désormais, elle n'était plus la même. Elle ne serait plus jamais la même.

Non.

Mais qu'avait-elle fait ?

10

Quand Chloe se fut en fermée dans la salle de bains, Pete posa la bouteille de vin et la boîte de chocolats sur la table de chevet. Ainsi que les préservatifs. De cette façon, ils auraient tout à portée de main.

Il lui était plus facile de faire ces petites choses que de réfléchir à ce qui venait de se passer… et allait sans doute se reproduire. Très vite.

Il avait fait l'amour avec Chloe Lawrence. Il ne se souvenait plus très bien des détails, mais il était presque sûr qu'ils avaient réussi à se disputer au beau milieu des ébats.

Lui avait-il vraiment dit qu'il ne voulait pas que leur aventure se limite à cette nuit et au lendemain matin ? Et lui avait-elle vraiment répondu que c'était impossible ?

Quel imbécile ! Nerveusement, il se passa une main sur le visage, ce qui se révéla être une mauvaise idée car le parfum de Chloe imprégnait toujours sa peau. Il lui avait promis une seule nuit. Il avait insisté pour prolonger les choses jusqu'au matin. Lui en demander davantage était une grossière erreur.

Car comment allait-il l'évincer de la direction du concours s'il continuait de coucher avec elle ? Cela semblait d'autant plus difficile qu'il ne s'agissait pas d'une vulgaire petite aventure. La passion qui brûlait entre eux était du genre de celle qui pouvait réduire en cendres tous ses projets. Le genre de passion qui pouvait lui faire oublier les dix années passées.

Le problème qui se posait à lui était une question d'honnêteté.

Car il pouvait parfaitement garder Chloe dans son lit tout en continuant d'œuvrer dans l'ombre pour l'éliminer du *All-Stars*. Ce serait même plus simple, car elle penserait certainement que leur proximité physique constituerait pour elle une garantie. Ce serait facile, oui.

Facile, mais pas juste. S'il devait récupérer le concours de rodéo, il ne voulait pas être embarrassé par des émotions. Sa relation avec elle se limiterait donc au sexe, et à rien de plus. Tout le monde appréciait ça sans que ça n'aille nécessairement plus loin.

Mais il venait à peine d'en arriver à cette conclusion quand la porte de la salle de bains s'ouvrit. Même si Chloe avait remis sa nuisette grise, il sentit son cœur s'emballer un peu et, aussitôt, il la prit dans ses bras, enfouit son visage dans ses cheveux et soupira de soulagement quand il la sentit se lover contre lui.

Ces émotions idiotes ! Elles allaient tout gâcher.

À contrecœur, il s'écarta d'elle. Il ne pouvait pas réfléchir et la toucher en même temps.

— Tiens, dit-il laconiquement en lui tendant son verre de vin. Le chocolat est juste là. Je vais prendre une douche.

Elle le regarda d'un air surpris, et il fut soulagé de constater qu'elle semblait ailleurs. Manifestement, il n'était pas le seul à avoir du mal à se remettre des émotions hors du commun qu'ils venaient d'éprouver.

— Pete ? dit-elle alors qu'il avançait d'un pas précipité vers la salle de bains.

Il avait simplement besoin de quelques minutes pour se reprendre, après quoi il serait ravi de s'occuper à nouveau d'elle. Mais si elle lui demandait de recommencer tout de suite, il savait qu'il capitulerait.

Rassemblant toute sa volonté, il parvint à se retourner lentement vers elle.

— Oui, ma belle ?

Elle tenait son verre de vin au bord de ses lèvres pulpeuses, et le regard brûlant qu'elle lui lança le fit de nouveau palpiter de désir.

— Ne me fais pas attendre.

Il ne chercha même pas à retenir le grognement qui s'échappa de ses lèvres. Il se précipita vers la salle de bains et se lava aussi vite qu'il le put.

Il fallait qu'il pense à autre chose qu'au corps voluptueux de Chloe. Il pouvait très bien faire ce qu'il avait dit : séparer ce qui s'était passé dans cette chambre de tout ce qui pouvait se passer au *All-Stars*. Il n'avait pas besoin de revoir ses plans. La seule chose qu'il avait à faire était de veiller à ce qu'aucun d'entre eux ne se laisse happer par des émotions. Facile.

Mais alors, pourquoi prit-il à peine le temps de se sécher avant de se brosser les dents à la hâte ? Pourquoi ne se donna-t-il même pas le loisir d'enfiler un short, se contentant de garder sa serviette enroulée autour de sa taille ? Pourquoi sortit-il presque en courant de cette salle de bains ?

À cause d'elle.

Elle était assise en tailleur sur le lit, ses petits pieds parfaits de chaque côté de son corps. Il fut soudain pris d'un désir irrationnel de prendre en bouche chacun de ses adorables orteils, juste pour voir si elle se mettrait à rire ou le menacerait de le torturer à son tour. Le verre dans une main et un chocolat dans l'autre, elle regardait la télé en souriant.

Elle lui parut soudain beaucoup plus jeune, comme une petite fille pleine de curiosité et de malice.

Un souvenir lui revint alors brusquement en mémoire, celui de la jeune fille pleine de courage qui était venue le trouver avant un concours.

— Je sais que nos pères ont leurs problèmes, avait-elle bravement affirmé, mais je tenais à te dire que mon frère Flash trouve que tu es le meilleur cavalier du concours.

Après quoi elle lui avait tendu la main, comme si ce simple compliment pouvait effacer tous leurs différends.

Il était jeune et bête, et tellement en colère contre elle d'avoir fait de son concours un défilé de mode ...

Mais il se mentait à lui-même. Il n'était pas jeune. Il était un homme de vingt-trois ans qui avait eu trois bonnes années pour accepter l'idée que le *All-Stars* ne lui appartenait plus. Il avait été furieux que cette pimbêche ait le culot d'essayer de se montrer aimable. Alors au lieu de lui serrer la main, il l'avait regardée de haut.

— Dis à ton père de ne pas envoyer une petite fille faire le sale boulot à sa place, s'il a quelque chose à me dire, avait-il répondu.

Et il avait poursuivi en couvrant d'injures les Lawrence.

Alors, une émotion qui évoquait de la souffrance avait marqué le beau visage juvénile de Chloe. Et pour la première fois, il l'avait vue relever fièrement le menton pour signifier son refus d'être vaincue. Par lui.

Il s'était vraiment comporté comme un sale type.

Comme elle s'était remise à rire, il écarta de son esprit ce mauvais souvenir.

— Qu'est-ce que tu regardes ?

— Un vieil épisode de *I Love Lucy*.

— Un classique.

S'il gardait toujours espoir de lui reprendre le *All-Stars*, y avait-il un intérêt quelconque à s'excuser pour le comportement qu'il avait eu envers elle quasiment dix ans plus tôt ?

— Ce vin est délicieux, dit-elle après en avoir bu une gorgée. Je me demande bien où tu l'as trouvé. On ne peut pas dire que Pendleton soit vraiment réputé pour ses boutiques de luxe.

— Le réceptionniste m'a conseillé un caviste.

Ce qu'il omettait de dire c'était que, quand il était arrivé à la boutique, elle était déjà fermée. Mais il avait refusé de laisser quelque chose d'aussi bête que des horaires d'ouverture l'empêcher de trouver ce qu'il y avait de mieux pour elle. Et au vu de la satisfaction que semblait lui procurer son choix, il ne regrettait pas d'avoir dû soudoyer le caviste pour qu'il rouvre le magasin pour lui.

— Content que ça te plaise.

— Tu en veux ?

Tout en hochant la tête, il vint s'asseoir à côté d'elle. Elle lui tendit son verre, dans lequel il but. Était-ce parce qu'il était moins frais ou à cause du goût qu'avaient laissé les lèvres de Chloe sur le rebord du verre ? Dans tous les cas, le vin lui parut bien meilleur encore qu'avant leurs ébats.

Ils se serrèrent l'un contre l'autre, épaule contre épaule.

— T'ai-je remercié pour tout ça ? demanda-t-elle en désignant d'un geste de la main le lit, le vin et les douceurs.

— Oui.

— Eh bien, sache que j'apprécie vraiment.

Il sourit et adopta le ton détaché qu'elle avait employé plus tôt.

— C'est noté.

Tout à coup, il s'entendit dire :

— Je suis désolé.

Le regard qu'elle tourna vers lui fut étonnamment dur.

— Pour quoi ?

Là, il était vraiment dans le pétrin.

— Pour… euh… Pour m'être mal comporté avec toi au cours des dix années passées.

Brillant, Pete. Vraiment.

Il n'avait aucune idée de la façon dont elle allait réagir face à ces vagues excuses, mais il ne s'attendait pas à ce qu'elle prenne cet air excédé.

— Oh ! ne commence pas avec ça.

Au fond de lui, il savait que la meilleure chose à faire aurait été de changer de sujet. Lui parler de sa beauté. La complimenter sur ses talents au lit. Ou même lui demander ce qu'il avait manqué de l'épisode de *Lucy*. N'importe quoi plutôt que de se lancer dans des excuses après le sexe.

Mais le mépris qu'elle semblait afficher l'avait mis sur la défensive.

— Commencer quoi ? Je me suis mal comporté dans le passé, et je voudrais m'en excuser, c'est tout.

De nouveau, elle le fusilla du regard.

— Tu n'as pas à le faire. L'essentiel, c'est que nous soyons assez matures pour travailler ensemble et que le sexe entre nous soit… si bon.

Il n'aimait pas le tour que prenait la conversation.

— Mais…

— Mais ça ne fait pas de nous des amis, l'interrompit-elle en se détournant de lui.

— Il est trop tard pour revenir en arrière, Chloe. Nous sommes bien plus que des amis.

L'air ulcéré, elle soupira longuement.

— Tu ne comprends pas, hein ?

C'était une question piège. Croisant les bras, il attendit donc qu'elle y réponde toute seule.

— Ne me donne pas de raisons de t'apprécier, Pete. L'essentiel, c'est que je te respecte et que tu me respectes. Je ne pourrais pas supporter que les choses aillent au-delà de ça.

Comme pour se protéger, elle s'écarta un peu de lui et ramena ses genoux sous son menton.

Il fallut à Pete quelques secondes pour assimiler cette réponse. La respecter ? Bien sûr qu'il la respectait. Il la voyait sous un jour nouveau depuis les dernières semaines. Elle n'était pas une jeune fille écervelée et égocentrique qui ne s'intéressait qu'au nombre de personnes qui l'appréciaient. C'était une femme de chevaux ayant de grands projets et de quoi les mener à bien. Elle avait fait passer le *All-Stars* avant tout, et notamment sa famille. Il ne l'aurait jamais cru s'il ne l'avait pas vue de ses yeux affronter le scandale généré par Flash.

Mais ce qu'il y avait entre eux ? Ce n'était pas du respect. C'était une brûlante attirance qui allait au-delà des relations professionnelles, et bien au-delà de leur tumultueuse histoire.

Pourquoi lui avait-elle dit qu'elle ne pourrait pas le supporter ? Il voulait absolument le savoir. Déterminé, il prit la télécommande pour couper le son.

— Hé ! Je regarde !

— Lucy a une idée complètement folle. Ricky s'énerve et se met à crier en espagnol. Fred et Ethel sauvent leur bacon, et tout est bien qui finit bien.

D'un geste vif, il lui prit le verre et le chocolat des mains pour les poser sur la table de chevet.

— Pete ?

C'était bien. C'était mieux. Elle était un peu nerveuse désormais. Ce qui paraissait logique, puisqu'elle avait affirmé qu'ils ne pouvaient pas être amis alors qu'ils venaient de faire l'amour avec passion.

À bien y réfléchir, il connaissait les raisons pour lesquelles ils ne pouvaient pas être amis. Il avait dans l'idée de l'escroquer et, quand ce serait fait, elle allait le détester. Ses frères essaieraient même probablement de le tuer. Ils ne pouvaient pas être amis, non. C'était impossible.

— Pete ? répéta-t-elle, et il sentit son sexe durcir rien qu'en entendant son nom dans sa bouche. Qu'est-ce que tu fais ?

Tirant sur ses jambes, il l'attira vers lui.

— Voilà comment je te respecte, répondit-il en se mettant à lui caresser langoureusement les jambes.

Aussitôt, il enfouit son visage entre ses cuisses. Elle poussa un petit cri. De plaisir ou de surprise ? Il n'aurait su le dire. Mais peu importait. Car lorsqu'il posa les lèvres sur son sexe brûlant, et que le goût de son excitation lui emplit la bouche, il n'y eut plus qu'elle.

Ils n'étaient pas amis.

Le sexe de Chloe était déjà humide de désir, et il fit glisser sa main dessus.

— Voilà comment je t'honore, murmura-t-il contre sa chair délicate.

N'y tenant plus, il enfonça un doigt en elle. Elle était tellement réactive, tellement belle !

Voilà comment il l'aimait, songea-t-il.

Mais il ne dit rien. Non, ce n'était pas de l'amour. Ce n'était que du sexe. Des émotions maîtrisées. Un moyen purement physique qu'ils avaient trouvé pour appréhender la mince barrière qui séparait l'amour de la haine.

Il ne savait pas trop, en réalité.

Glissant en elle un autre doigt, il s'efforça de synchroniser le mouvement de sa main et celui de sa langue, à trouver le bon rythme pour faire monter en elle le plaisir. La serviette s'étant dénouée de sa taille, il sentait son érection frotter contre le drap, devenant plus dure à chaque seconde qui passait.

— Pete ! cria soudain Chloe, tandis que tous les muscles de son corps voluptueux se tendaient.

Maintenant ses cuisses ouvertes, il se délecta de sentir son corps vibrer sous le sien.

Ils n'étaient pas amis.

— J'adore te faire jouir, souffla-t-il en continuant de la caresser du bout de sa langue. Vas-y, ma belle.

Dans un cri de volupté, elle finit par redresser brusquement le dos. Il sentait désormais son corps palpiter de plaisir sous le sien, tandis que des vagues successives de volupté déferlaient en elle. À chaque soubresaut du corps de Chloe, il sentait son désir augmenter tant et si bien qu'il craignit bientôt de jouir uniquement à cause du plaisir qu'il lui avait donné.

Trois fois, songea-t-il quand Chloe finit par se détendre pour retomber sur le lit. Il l'avait fait jouir trois fois depuis le début de la soirée.

Ce n'était pas un mauvais chiffre. Mais il préférait quatre.

Après avoir fiévreusement embrassé la face interne de ses cuisses, il s'éloigna d'elle, juste le temps de prendre un préservatif et de l'enfiler.

Elle releva alors la tête vers lui. Ses yeux étaient brumeux, sa bouche entrouverte.

— Tu veux ma mort, murmura-t-elle en enroulant les jambes autour de la taille de Pete pour positionner son sexe devant le sien.

Cédant à son instinct, il s'enfonça en elle d'un coup. Chloe était encore toute tremblante de l'orgasme qu'il venait de lui donner. Le plaisir qu'il en ressentit fut tel qu'il fut pris d'un besoin presque désespéré de jouir. Mais elle n'en était pas encore à quatre, et il voulait être sûr que, au moment où ils finiraient par tomber de sommeil, elle aurait oublié tous les autres hommes du monde. Qu'à chaque fois qu'elle le regarderait, à chaque fois qu'elle penserait à lui, elle se souviendrait du plaisir qu'il lui avait procuré.

Le but n'était pas de lui faire atteindre l'orgasme le plus vite possible, mais il était hors de question de prendre son temps comme elle l'avait fait quand elle avait eu les choses en main. Elle n'avait plus le contrôle de… ce qui se passait entre eux.

Déterminé à garder la mainmise sur elle, il se mit à imprimer à son corps un rythme régulier. Mais, soudain, enfonçant les ongles dans ses fesses, elle l'attira vers elle pour lui en demander davantage.

Pas amis. Pas ennemis. Juste elle et lui, et ce qu'ils étaient.

Quand elle lui mordit l'épaule, il comprit qu'il ne pourrait se retenir plus longtemps. Elle submergeait désormais tous ses sens, tout son être. Glissant sa main entre leurs deux corps, il appuya directement sur son clitoris.

De nouveau, elle le mordit, étouffant ses cris de plaisir contre sa peau, et il abandonna le combat. Il se laissa vaincre par la sensation du corps brûlant de Chloe contre le sien, par l'indescriptible plaisir de son propre orgasme qu'il sentit se répercuter en elle.

Elle était sienne.

Elle lui appartenait.

11

Malgré le confort du grand lit et la fatigue qui avait anéanti tout besoin de conversation sur l'oreiller, Pete ne parvint pas à dormir convenablement.

À chaque fois que Chloe bougeait dans son sommeil, il se réveillait pour s'assurer qu'elle était toujours là. Il voulait être sûr qu'elle n'était pas partie et, plus important encore, qu'il n'avait pas rêvé.

À 5 heures, il finit par jeter l'éponge. Allongé sur le dos, il essaya d'imaginer comment chacun d'entre eux allait évoluer à partir de là. Car un retour en arrière n'était pas envisageable.

À 6 heures, le soleil qui filtrait à travers les rideaux lui permit d'observer Chloe dans son sommeil. Il s'était tellement perdu dans la passion la veille au soir qu'il n'avait pas pris le temps d'apprécier à sa juste valeur la princesse sans ses faux cils et son maquillage outrancier. Elle était tout simplement merveilleuse.

À 7 heures, il dut se lever. Aussi discrètement qu'il le put, il s'écarta d'elle pour gagner la salle de bains.

Parviendraient-ils à faire comme si rien ne s'était passé ? Pourrait-il la regarder faire son entrée dans l'arène sans penser à la façon dont elle avait chevauché son propre corps ? S'il surprenait un imbécile en train de la reluquer, ce qui se produisait au demeurant très fréquemment, parviendrait-il à se retenir de le corriger ?

Pourrait-il continuer à travailler sous ses ordres ? Non, ce n'était pas la bonne question.

Parviendrait-il à lui reprendre le *All-Stars* ?

Oui. C'était indéniable. Le plan fonctionnerait quand même. Sans problème.

Mais s'il l'évinçait de la direction du concours, aurait-il jamais une autre occasion de compter le nombre de fois où il pouvait la mener à l'orgasme ? De passer une si belle soirée ? De rire avec elle devant une vieille série télé ?

Il connaissait très bien la réponse.

S'il la chassait du *All-Stars*, il n'aurait même plus accès à elle. C'était soit elle, soit le concours. Il n'y avait pas de « et » possible.

Était-il prêt à l'accepter ?

Et surtout, comment se faisait-il qu'il parvienne à réfléchir à tout cela avant même d'avoir bu son café ?

En sortant de la salle de bains, il remarqua immédiatement que la chambre était plus lumineuse. Si Chloe était toujours pelotonnée dans le lit, elle s'était à l'évidence levée pour ouvrir les rideaux.

— Bonjour, ma belle, dit-il en avançant vers la cafetière pour la remplir.

— Hmm. Reviens au lit. S'il te plaît.

Il avait vraiment besoin de café mais... elle demeurait sa priorité. Sans hésiter, il retourna se glisser entre les draps pour la prendre dans ses bras, et sentit son cœur fondre quand elle se blottit contre lui.

— Bonjour, répéta-t-il avant de déposer un doux baiser sur son front.

— Tu reviens ici ce soir ? lui demanda-t-elle en bâillant.

Ce n'était pas dans leur accord. Certes, cette chambre était officiellement à lui, mais quand ils se sépareraient dans quelques minutes, ce serait la fin de ce qui s'était passé entre eux. Il ne pouvait en être autrement.

Ou du moins l'espérait-il.

— La chambre est à toi. J'en trouverai une autre. Une nuit ; on s'était mis d'accord.

De nouveau, elle bâilla. Manifestement, elle n'était pas du matin.

— Une nuit et une matinée, corrigea-t-elle.

C'était ce qu'elle lui avait dit la veille au soir quand il en avait demandé plus, comme un imbécile. Il n'allait pas se conduire comme un idiot à nouveau.

Alors qu'il se faisait cette réflexion, elle avait serré ses jambes contre les siennes, et il pouvait désormais sentir la chaleur de son sexe contre ses hanches.

— Reviens ce soir, murmura-t-elle en faisant sensuellement glisser sa main sur son torse.

Comment allait-il se sortir de ce pétrin ?

— Mais des concurrents pourraient venir. Et nous voir, dit-il après avoir lutté quelques secondes pour trouver quelque chose de raisonnable à répondre tandis que son corps commençait déjà à réagir aux caresses de Chloe, à sa voix.

Sa réponse sembla retenir son attention. S'arrêtant brusquement de le cajoler, elle roula sur le dos. À cet instant, une étrange sensation de froid envahit Pete, mais il se consola en profitant de cette vue toute particulière qu'il avait désormais sur les seins parfaits de Chloe. Et il ne put s'empêcher d'en retracer les contours du bout de ses doigts.

— Il faut que je te dise quelque chose, soupira-t-elle.

Elle se remit à le caresser, glissant cette fois-ci sa main dans ses cheveux.

— Ça ne me dit rien qui vaille, murmura-t-il contre sa peau avant de reporter son attention sur son autre sein.

Il adorait la façon dont leurs bouts durcissaient au moindre effleurement de ses doigts.

— Ne t'inquiète pas. Mais… tu dois savoir qu'il est possible qu'un ou plusieurs Lawrence se présentent au concours ce week-end.

Étonné, il se redressa vivement.

— Y a-t-il une raison particulière à cela ?

Il voyait bien qu'elle essayait de rassembler son courage, et il n'aimait pas ça.

— La réunion d'hier ne s'est pas déroulée comme prévu.

— Celle qui t'a énervée ?

Elle acquiesça. Il fut rassuré de constater qu'elle semblait avoir retrouvé toute sa force. À cet instant précis, elle avait l'air d'une battante.

— C'était avec ma famille. Ou, pour être exacte, j'ai eu une réunion qui s'est plutôt mal passée au sujet de ma marque de vêtements. Des problèmes de distribution. Mais après, Oliver m'a demandé de venir dans son bureau, où il m'attendait avec papa et Flash.

Avaient-ils découvert pour elle et lui ? Mais comment ? Il n'avait pas entendu la moindre rumeur concernant ce qui s'était passé entre eux dans le Missouri.

Soudain, elle prit ses mains dans les siennes, un geste qui lui parut à la fois réconfortant et alarmant.

— Je n'ai pas informé Oliver et mon père que je t'avais engagé pour m'aider à diriger le concours.

Il n'eut pas besoin qu'elle en dise davantage.

— C'est Flash qui le leur a dit.

Ce garçon était plus horrible encore qu'il ne le pensait. C'était une chose de se battre avec un autre concurrent. C'en était une tout autre de jeter en pâture les personnes qu'on est censé protéger.

Tandis qu'il se faisait ces réflexions, Chloe lui avait jeté un regard plein de regrets.

— J'ai dû omettre de te dire que Flash avait essayé de se servir de ta présence au *All-Stars* pour me convaincre de le laisser reprendre la compétition.

La cause était entendue. Il ne ferait rien tant qu'il n'aurait pas de café. Après avoir doucement serré la main de Chloe dans la sienne, il se leva pour s'en verser une tasse.

Qu'évidemment, il lui tendit immédiatement. Ils gardèrent le silence tandis qu'il servait la seconde, avec laquelle il retourna s'asseoir sur le lit.

— Si j'ai bien compris, ton ordure de frère, je veux dire le plus jeune des deux, a essayé de se servir de moi pour te faire chanter.

— Dit comme ça, ça a l'air horrible.

Se tournant vivement vers elle, il la regarda intensément dans les yeux.

— Oui, finit-elle par admettre après avoir bu une longue gorgée de café. Mais je n'ai pas cédé.

— Ils étaient vraiment furieux ? Je parle d'Oliver et Milt !

Ayant lui-même bien souvent été la cible de leur colère, il savait que si les Lawrence étaient vraiment fâchés, ils pouvaient faire de la vie de Chloe un véritable enfer. Tout comme ils l'avaient fait pour lui.

— Eh bien, répondit-elle d'une voix faible, mon père a évité de peu la crise cardiaque, alors j'imagine que je peux m'estimer heureuse.

Il avait donc dû lancer des objets ou mettre des coups de poing dans les murs.

— Et ?

Elle haussa les épaules, regardant fixement son café.

— Et... c'est tout.

— Chloe, soupira-t-il, car ils savaient l'un comme l'autre qu'elle mentait.

— Papa m'a fait clairement comprendre qu'à son sens j'étais complètement abrutie de me laisser manipuler de la sorte. Et Oliver m'a demandé pourquoi je lui avais affirmé que je pouvais gérer le concours seule alors que ce n'était à l'évidence pas le cas. Flash, lui, jubilait.

— Évidemment.

Pete sentait désormais la colère bouillir en lui. Car, malheureusement, il n'avait aucun mal à se représenter la scène : Milt rugissant, Oliver fusillant sa sœur du regard et Flash mettant de l'huile sur le feu. Trois contre une, en somme. Une parfaite injustice.

— Puis ils m'ont fait comprendre qu'ils voulaient que tu partes avant de détruire le *All-Stars* pour de bon.

Il prit le temps de réfléchir à cette dernière affirmation. Car il savait d'expérience qu'il valait mieux ne pas lui dire ce qu'elle avait à faire.

— Et ?

Si elle avait eu l'intention de le renvoyer, elle le lui aurait certainement annoncé avant qu'il ne commence à lui faire des avances.

Elle se tourna vers lui, et la vulnérabilité qu'il lut dans son regard lui serra le cœur.

— Je leur ai dit qu'ils se trompaient sur toi.

Elle s'interrompit, sembla avaler sa salive avec peine.

— N'est-ce pas ?

Elle n'avait pas l'intention de le renvoyer. Elle avait défié sa famille pour lui ! Lui qui l'avait traitée comme une moins que rien pendant des années. Lui qui détestait toute personne associée de près ou de loin au nom de Lawrence.

Et ce avant qu'ils ne couchent ensemble. Avant que tout ne change.

Il n'y avait pas de « et » possible. C'était soit le *All-Stars*, soit elle. Détruire la confiance qu'elle avait placée en lui en l'évinçant du concours, ou rester dans ses bras et attendre que sa famille le détruise, lui. Car les Lawrence le détruiraient. Il n'avait aucun doute là-dessus.

Pas de « et ».

Pas de *happy end*. Pas pour eux.

Tendrement, il prit son visage entre ses mains et se mit à lui caresser les joues.

— Chloe Lawrence..., as-tu cherché à me protéger ?

Il lui semblait tellement naturel de la caresser. Quand il la serra dans ses bras, il s'émerveilla de la perfection avec laquelle elle y trouvait sa place.

Mais soudain elle renifla, et cela le bouleversa totalement.

— Ne t'emballe pas. J'ai d'abord cherché à me protéger moi-même.

— Ont-ils dit qu'ils viendraient te voir ? demanda-t-il.

Car s'il y avait la moindre chance pour qu'un Lawrence débarque à l'improviste dans cette chambre, il préférait avoir au minimum un pantalon sur lui.

L'air sombre, elle secoua la tête.

— Non. Mais ça ne veut pas dire qu'ils ne le feront pas. Papa est fou de rage : à ses yeux, je n'ai jamais rien été de plus que la princesse du rodéo. Oliver m'en veut à mort parce que, même s'il déteste le *All-Stars*, il m'a confié cette responsabilité, et comme je t'ai engagé, il considère qu'il s'est trompé en me faisant confiance, ce qui renvoie une mauvaise image de lui. Curieusement, personne n'est fâché contre Flash.

— À part toi.

Et lui. Il était furieux contre ce malade.

— Oui. Il ne comprend rien. Il se bat à chaque fois que quelqu'un ose laisser entendre que, s'il est dans le classement, c'est uniquement grâce à papa, mais il suffit que je le traite comme un concurrent lambda pour qu'il aille justement trouver papa pour se plaindre que les règles ne devraient pas s'appliquer à lui.

— Quel âge a-t-il ?

— Vingt-quatre ans.

— Cela explique beaucoup de choses…

Elle le regarda comme s'il avait perdu la tête et il éclata de rire.

— J'étais moi-même une véritable ordure à son âge.

— Ne recommence pas avec ça, répliqua-t-elle sèchement.

Avait-elle oublié ce jour où il avait refusé de lui serrer la main ? Non, il ne fallait pas se leurrer. C'était Chloe Lawrence. Naturellement qu'elle n'avait pas oublié.

— Si je comprends bien, les chances pour que Flash vienne s'excuser auprès de toi sont quasi nulles ?

— Totalement nulles, dirais-je.

— Alors permets-moi de m'excuser auprès de toi de la part de tous les jeunes cow-boys arrogants du monde entier. Tu mérites mieux que ça, Chloe. Tu ne devrais pas avoir à subir ce genre de choses, et encore moins venant de ta famille…

Il s'interrompit au souvenir de la façon dont les fournisseurs l'avaient traitée dans le Missouri.

— Ou de n'importe quel concurrent ou fournisseur. De n'importe qui, en fait. Pas même de moi.

Elle n'avait pas levé les yeux au ciel comme à son habitude, mais il voyait bien qu'elle ne le pensait pas sincère.

— Nous n'avons pas besoin d'être amis pour que je regrette la façon dont je t'ai traitée dans le passé. Nous n'avons pas besoin d'être quoi que ce soit pour que je me comporte mieux avec toi à l'avenir. Alors je te demande pardon. Je n'aurais pas dû me défouler sur toi quand nous étions plus jeunes. Ce n'était pas toi, le problème, mais moi. Je vais essayer de mieux me comporter. Que dis-je ? je *vais* mieux me comporter.

Ces mots lui avaient fait du bien. D'autant qu'il les pensait sincèrement. Sincèrement, vraiment ? Un léger sentiment de culpabilité s'insinua en lui. Pas tout à fait, non. Car il n'envisageait pas de mieux se comporter dans le futur. Il ne ferait pas ça pour elle.

Et pourtant, dans sa tête, une petite voix qui ressemblait un peu à celle de Chloe venait de poser une question : pourquoi ne pourrait-il pas y avoir de « et » ? Pourquoi ne serait-il pas possible qu'il ait les deux ? Devait-il nécessairement sacrifier ce qu'il y avait entre Chloe et lui pour conserver le concours ?

Ne pouvait-il pas plutôt s'allier avec elle ? Contre sa famille ?

À son côté, elle était toujours nue, tout comme lui, et elle le regardait comme jamais elle ne l'avait fait auparavant.

— Pete, tu penses vraiment ce que tu viens de dire ?

— Évidemment, ma belle, répondit-il en lui relevant le menton pour joindre ses lèvres aux siennes.

Il pouvait y arriver. Il pouvait garder Chloe et le concours. Il fallait simplement qu'ils soient ensemble. Eux contre le reste du monde. Parce qu'il avait besoin qu'elle reste dans son lit, dans sa vie.

Il avait besoin d'elle.

Le goût du café, sur ses lèvres, avait quelque chose de délicieusement énergisant. Ils s'enlacèrent sensuellement, s'embrassèrent, se caressèrent voluptueusement, et ce fut encore mieux à la lumière du jour que cela ne l'avait été dans les ombres de la nuit.

Chloe était plus belle encore, et il lui semblait que, pour sa part, il était devenu un homme meilleur. Et s'il pouvait continuer d'aimer Chloe pour toujours ?

— Reviens à moi ce soir, murmura-t-elle dans son oreille.

— Oui, répondit-il.

Parce que c'était ce qu'il désirait lui aussi.

Son plan pouvait marcher. Et il allait réussir.

Le contraire n'était même pas envisageable.

12

Combien de temps encore devrait-elle attendre avant de pouvoir retrouver Pete dans un hôtel, comme ils l'avaient fait au cours des quelques soirs passés ? Chloe en était arrivée au point de compter les heures. Voire les minutes.

Malheureusement, la réponse était « longtemps » car le spectacle du Pendleton Round-Up ne commencerait pas avant une heure et demie. Le concours durerait plusieurs heures, et serait suivi par un concert de Johnny Jones, après quoi elle devrait attendre encore...

Sept heures, plus ou moins. Sept longues heures avant de pouvoir le retrouver pour peut-être commander une pizza et du vin. Elle brûlait d'envie de faire l'amour avec lui, mais il lui tardait aussi de passer un bon moment, à bavarder avec lui.

Elle appréciait Pete Wellington, elle devait l'admettre. Peut-être un peu trop.

Perdue dans ses pensées, elle souriait, saluait, disait aux gens que les chemises *Princess of the Rodeo* leur allaient très bien et essayait de ne pas regarder sa montre. Elle était sur le point de poser pour une photo avec un groupe de petites filles quand elle sentit un frisson glacial lui parcourir le dos.

Les Lawrence.

Ils étaient là. Elle le sentait.

Luttant pour ne pas se départir de son grand sourire, elle continua de signer des autographes en expliquant à tout le monde que, l'année suivante, un concours serait organisé pour élire la nouvelle princesse du rodéo. Ces propos ne provoquaient généralement que deux types de réaction : enthousiasme ou regret que ce ne soit plus elle. Parfois les deux à la fois.

— Je serai toujours là, promit-elle à une jeune maman qui venait de lui dire qu'elle l'admirait.

Tout en continuant de parler et de poser, elle sondait la foule du regard.

Où étaient-ils ? Pourvu qu'il n'y en ait qu'un. Pourvu que ce soit Oliver. Il avait, certes, été déçu qu'elle ait embauché Pete. Mais il était de loin le plus sensé de la famille. Si elle pouvait lui expliquer pourquoi Pete lui était désormais indispensable, elle parviendrait peut-être à lui faire entendre raison.

Peut-être. Mais tout bien considéré, avec beaucoup de chance.

Un bruit, dans la foule, lui fit brutalement comprendre qu'elle s'était bercée d'illusions. Des cris venaient de retentir. Et pas de ceux qui précédaient tous les rodéos. Plutôt le genre qui annonçait une bagarre.

Oliver n'était donc pas seul.

Elle n'avait aucune envie de régler ça, mais quel autre choix avait-elle ?

— Si vous voulez bien m'excuser…, dit-elle sans cesser de sourire.

Aussi rapidement qu'elle le put, elle se dirigea vers l'endroit d'où provenaient les éclats de voix. Sans courir, car elle aurait attiré l'attention sur elle.

Un immense fracas retentit, suivi de nouveaux cris. Elle en était maintenant certaine : son père et ses frères étaient tous les trois là et s'en étaient violemment pris à Pete.

La foule s'était tournée dans cette direction. Les gens commençaient à chuchoter, se demandant ce qui se passait.

C'était une catastrophe ! Le genre de catastrophe qui ferait passer l'arrestation et la condamnation de Flash pour des incidents mineurs. Le genre de catastrophe qui ne pourrait pas être facilement effacé par des mots bien choisis et des manœuvres de diversion.

Chloe fut tentée de fuir. Elle aurait pu tourner les talons et se cacher jusqu'à ce que les choses se calment. Et ignorer le fait que sa famille avait détruit tout ce qu'elle avait construit. Car si ce n'était pas pour ça, pourquoi étaient-ils venus ? Pourquoi ne pas lui accorder un peu de confiance et lui donner une saison pour faire ses preuves ? Pourquoi semblaient-ils si déterminés à détruire le concours et à lui imputer cet échec ?

Pourquoi son père et ses frères ne voulaient-ils pas voir que Pete avait changé ? Qu'il s'intéressait au concours, aux concurrents et…

Et à elle ?

Car c'était le cas. Elle n'en doutait pas une seule seconde. Sinon, comment expliquer qu'il ait partagé avec elle sa chambre pour lui faire l'amour mieux que personne avant lui ?

Non, elle ne pouvait pas fuir. C'était *son* concours et, malheureusement, sa famille. Mais elle pouvait en revanche leur dire ce qu'elle pensait d'eux. Elle était folle de rage. C'était vendredi soir. Comment osaient-ils venir se battre juste avant le spectacle ?

Un terrible fracas se fait de nouveau entendre. On aurait dit que les barrières utilisées pour parquer les animaux venaient de tomber. Horrifiée, Chloe se mit finalement à courir, chose peu aisée avec ses chaps.

Sa seule consolation fut de constater que la bagarre se déroulait dans les coulisses, à l'abri du public.

Elle dut se frayer un chemin à travers les concurrents et les employés avant de les trouver.

Et, quand elle les vit, elle sentit son cœur se serrer.

— Sale petit enfoiré ! hurlait Flash qui se débattait entre deux cow-boys qui semblaient avoir du mal à le maîtriser.

Sa lèvre était fendue et il saignait du nez. Il y avait du sang partout.

Juste à côté de Flash, le visage rouge et presque fumant, se tenait son père.

— Tu as menti, espèce de voyou ! hurla-t-il à son tour.

Deux hommes essayaient également de le maîtriser, mais au moins, lui ne saignait pas.

— Tu ne peux rien faire, hein, le vieux ? répliqua Pete. Même pas capable de mettre un coup de poing… Espèce de faux cow-boy !

L'un de ses yeux était enflé et fermé et, curieusement, Oliver était en train de l'aider à se relever. Pour le frapper à son tour ou pour une autre raison ?

— La ferme ! s'exclama Oliver, ce qui lui valut un bon coup de pied dans le tibia de la part de Pete.

Son frère se mit à jurer avec beaucoup plus de créativité que son père.

Pendant ce temps, les barrières qui s'étaient effondrées avaient laissé échapper des taureaux, que deux cow-boys essayaient vainement de reconduire dans leur enclos avant qu'ils ne gagnent la foule. C'était horrible. Et, pourtant, ce n'était pas pour cette raison que Chloe avait envie de hurler de rage.

Le problème était que personne ne cherchait à arranger les choses. Presque tous les témoins étaient occupés à filmer la bagarre avec leurs téléphones. Aucun espoir pour elle, donc, de faire tourner la situation à son avantage. Il lui restait, au maximum, trente secondes avant que le reste du monde n'apprenne que le conflit entre les Lawrence et les Wellington avait repris avec force.

Trente secondes avant que les gens ne se mettent à se demander si le *All-Stars* pourrait survivre à la famille Lawrence.

Ses yeux la picotaient, sa gorge était serrée, mais elle n'avait pas le temps de pleurer. Car malgré cette tentative d'assassinat qui avait lieu sous ses yeux, le *All-Stars* n'était pas encore mort.

Elle venait de se faire cette réflexion quand, dans un hurlement de rage, Flash se libéra et se jeta sur Pete.

Sans même réfléchir, elle courut pour s'interposer. Le corps de son frère percuta violemment le sien. Elle sentit ses dents claquer mais ses pieds, fermement campés sur le sol, ne bougèrent pas, à sa grande satisfaction.

Hélas, Flash, déstabilisé, bascula sur le côté où, heureusement, un fournisseur l'attrapa et l'éloigna de Pete et d'Oliver.

— Ça suffit ! hurla-t-elle alors.

Pour une fois, tous les hommes l'écoutèrent. Sa famille cessa de crier. Pete également. Et un murmure se mit à courir dans la foule.

Tous les yeux étaient braqués sur elle.

— Pas de caméras, s'il vous plaît, ordonna-t-elle d'une voix qu'elle voulut polie.

Évidemment, seules quelques personnes baissèrent leurs téléphones. Bien. Puisqu'elle était filmée, elle allait donc sourire.

— Maintenant, dit-elle d'une voix forte en essayant néanmoins de contenir sa colère, est-ce que quelqu'un pourrait m'expliquer ce qui se passe ?

— C'est lui qui a commencé ! hurla Flash en désignant Pete d'un mouvement de tête.

— C'est une plaisanterie ! siffla Pete.

— Messieurs ! s'écria-t-elle d'un air de reproche.

Pete lui jeta alors un regard qui paraissait à moitié penaud, à moitié défiant.

Ses excuses, il pouvait se les garder. C'était exactement pour cette raison qu'elle n'avait pas voulu les entendre lors de leur première nuit à l'hôtel. Ce n'était pas suffisant. Ce ne le serait jamais.

Elle était lasse de tout cela.

— Ayez au moins le courage d'admettre que c'est vous qui êtes venus me trouver, reprit Pete.

Ce qui, naturellement, eut pour effet de raviver la colère de Milt.

— C'est notre concours, Wellington ! Ça fait des années qu'il n'est plus à toi. Alors qu'est-ce que tu fais encore ici ?

— La ferme ! s'exclama Chloe en se tournant vers son père. Je ne veux plus vous entendre, toi et tous les autres. Le spectacle doit commencer dans une heure et quart, et les taureaux sont en train de se sauver. Alors vous...

Elle pointa du doigt son père, ses frères et Pete, ainsi que les cow-boys qui les retenaient.

— ... vous allez venir avec moi. Tous les autres, rassemblez le bétail et préparez-vous à monter en selle.

Personne ne bougea.

— Vous l'avez entendue ! hurla Pete. Exécution !

Évidemment, tout le monde fit alors mine de s'activer. Pete était un homme ; il pouvait donner des ordres. Qui était-elle, elle ? Rien d'autre que la princesse du rodéo. Une tête bien faite, mais vide.

Elle n'en pouvait plus, vraiment.

— Tu as besoin d'une baby-sitter ? demanda-t-elle à Flash quand il passa devant elle. Ou tu penses que tu vas pouvoir te comporter en adulte pendant le quart d'heure à venir ?

— Hé ! Ce n'est pas moi, le problème.

— Bien sûr que si. Allez, suis-moi, ou sinon...

Elle entra dans sa loge qui, heureusement, était cette fois-ci un peu plus grande qu'un placard. Ces imbéciles allaient-ils bousiller les lieux, se détruire les uns les autres ? Il y avait des chances, oui. Mais la priorité était que cette débâcle ne soit pas relayée sur les réseaux sociaux.

Son père, ses frères et Pete la suivirent sans se frapper les uns les autres. Son père grommelait qu'il était le détenteur du concours. Flash marmonnait que rien de tout cela n'était sa faute. Pete et Oliver, heureusement, ne disaient rien.

Quand elle eut refermé la porte derrière elle, elle se retourna pour regarder ces hommes. *Ses* hommes. Évidemment, Pete n'était pas vraiment à elle, mais après les quelques nuits qu'ils venaient de passer… il l'était un peu tout de même.

— Maintenant, dit-elle aussi calmement qu'elle le put, que s'est-il passé ?

Ils se mirent tous à parler en même temps. Tous sauf Oliver qui, adossé à la coiffeuse, les bras croisés, observait la scène en silence.

— Les garçons ! rugit son père.

Tels des enfants réprimandés, Flash et Pete prirent un air contrit qui, en d'autres circonstances, aurait presque pu la faire rire. Tout à coup, son père se retourna vers elle en la pointant du doigt.

— Je t'avais dit de virer ce vaurien.

Elle aussi se sentit tout à coup comme une petite fille qu'on réprimande. Car c'était son père, tout de même, un homme qui s'était toujours montré tendre et aimant avec ses enfants et avait fait de son mieux pour les élever seul après la mort de leur mère.

Mais elle n'avait plus treize ans. Elle était une adulte qui essayait de gérer avec succès un concours de rodéo.

— Et alors ?

— Comment ça, et alors, jeune fille ? répliqua-t-il d'un air indigné.

Elle remarqua que Pete avait souri, mais elle l'ignora.

— Tu m'as prodigué des conseils sur la façon dont cette entreprise devait être gérée. Je t'ai écouté avant de prendre une décision qui allait dans l'intérêt de l'entreprise. Et cette décision était de ne pas renvoyer Pete.

Elle avança vers son père.

— Et alors ? répéta-t-elle.

Les yeux grands ouverts, il paraissait désormais sous le choc.

— Tu sais de qui tu parles ? finit-il par dire. Tu sais ce qu'il a fait à notre famille ? Ce qu'il est en train de faire, maintenant ?

— Quoi ? Essayer d'empêcher Flash de détruire le *All-Stars* ? répliqua-t-elle en prenant un air innocent.

— Hé ! Je ne...

— Pete n'a rien fait à notre famille que nous n'ayons nous-mêmes fait à la sienne, reprit-elle en ignorant l'intervention de son petit frère. Vous est-il déjà venu à l'esprit que les choses avaient peut-être changé ? Que nous n'étions pas obligés de continuer à nous disputer ?

Elle fixa son regard sur celui de Pete et fut encouragée par ce qu'elle y lut. Du soutien. De la compréhension. Il l'écoutait, l'approuvait, et c'était une bonne chose.

Mais ce regain d'énergie fut de courte durée.

— Je vais te dire ce qui a changé, éructa Flash. Oliver t'a confié la direction du *All-Stars* dans le dos de papa, et tout a dégénéré depuis.

Elle se tourna vivement vers son petit frère. Si son nez n'était pas déjà cassé, elle allait s'en charger elle-même.

— Ah oui ? Alors, dis-moi, qui a agressé Tex McGraw dans le Missouri, hein ? Qui a retourné contre le *All-Stars* le plus populaire de ses concurrents et tous ses fans, provoquant ainsi une chute de sept pour cent des bénéfices ? Qui a commis ces actions qui ont généré une telle catastrophe que je n'ai pas eu d'autre choix que d'engager un manager pour s'occuper des aspects pratiques du concours pendant que je travaillais comme une folle pour essayer de réparer les dégâts ? Et tout ça pour quoi ? Parce que Tex a insulté une femme ?

— Ce n'est pas comme ça que ça s'est passé.

— Si ! intervint Pete.

Excédée, elle lui jeta un regard noir.

— Toi, dit-elle en se retournant vers Flash, il faut vraiment que tu grandisses. Tu ne pourras pas revenir au *All-Stars* tant que tu n'auras pas purgé ta peine et prouvé que tu sais te contrôler.

— Ce n'est pas normal ! s'exclama-t-il. C'est Tex qui a commencé, et lui n'a eu aucune sanction.

Cette fois-ci, c'en était trop.

— Tex préfère partir plutôt que de concourir avec toi. Mais puisque tu évoques le sujet, parlons-en, de ce qui est normal. Tu trouves « normal » de déclencher une bagarre et que ce soit moi qui sois punie ? Tu trouves « normal » que j'aie été obligée d'engager Pete parce que personne ne m'écoute jamais quand je dis quelque chose, alors que lui, il lui suffit de claquer des doigts pour que tout le monde fasse ce qu'il dit ?

— Les gens ne..., commença Oliver.

Personne ne l'écoutait. Aucun d'entre eux. Elle avait passé un point de non-retour et elle était contente que Pete la soutienne parce qu'elle n'en pouvait plus.

— Vous n'avez pas vu ce qui s'est passé il y a cinq minutes à peine ? Quand j'ai dit que le spectacle devait avoir lieu et que personne n'a bougé jusqu'à ce que Pete leur ordonne de le faire ? Tu ne m'as même pas écouté expliquer pourquoi j'avais dû embaucher Pete, Oliver. Et vous m'avez tous grondée comme si j'étais une gamine à cause de Flash. Je ne vois pas en quoi je suis responsable de son comportement. Il a vingt-quatre ans.

Elle se tourna vers son petit frère.

— Donc, si j'ai bien compris ce que tu viens de me dire, tu trouves normal que papa ait laissé Oliver diriger la société, mais moi, j'ai dû négocier pour avoir une chance de faire mes preuves. Et quand je les ai faites, tu as saboté tout mon travail. Tu es content de toi ?

Sa voix s'était brisée.

Mais elle ne pouvait pas pleurer. Pas maintenant. Si elle craquait, à l'avenir et jusqu'à la fin de sa vie, à chaque fois que Flash voudrait l'asticoter, il lui reparlerait de ce jour où elle avait sangloté comme un bébé. Elle préférait se briser la main sur la tête de son frère plutôt que de faire quelque chose d'aussi impardonnable que de pleurer.

— Tu me traites toujours comme un enfant ! riposta Flash.

— Je ne...

Mais Pete l'interrompit.

— Parce que tu te conduis comme un enfant, dit-il avec une voix qui avait tout de celle du grand frère déçu. Tu veux être traité en homme ? Comporte-toi comme tel.

— Ça, c'est vrai, ajouta Oliver, comme si c'était nécessaire.

— Quant à toi, poursuivit Pete en se tournant vers lui, tu te comportes comme si tu étais tout-puissant. Tu dépouilles les autres de tous leurs biens et tu ne t'occupes pas de ce qui leur arrive ensuite. La famille de ta femme a volé de l'argent à la moitié du pays, et ton père a volé ce concours au mien. Mais tu t'en moques complètement de tout ça, hein ?

— Pete, ce n'est pas juste, intervint Chloe.

Mais Oliver lui coupa l'herbe sous le pied.

— Laisse ma femme en dehors de tout ça, dit-il d'une voix menaçante en s'écartant de la coiffeuse.

— Sinon quoi ? Vous vous rendez compte que tout ça aurait pu être évité si vous aviez traité Chloe comme une adulte ? Vous, dit-il en se tournant vers son père, vous vous conduisez comme si la seule chose pour laquelle elle était douée était de porter un drapeau. Si vous y prêtiez davantage attention, vous vous apercevriez qu'elle a de brillantes idées pour développer le *All-Stars*. Toi, poursuivit-il à l'attention d'Oliver, essaie de la soutenir la prochaine fois que les deux autres ne voudront pas entendre raison. Et toi, finit-il en s'adressant à Flash, si tu veux qu'on te prenne au sérieux, arrête de compter sur ta sœur pour te sortir du pétrin à chaque fois que tu t'y mets.

Parce que parler d'elle comme si elle n'était pas là était la traiter comme une adulte ? songea Chloe. C'était gentil de la part de Pete de prendre sa défense, mais elle pouvait très bien se débrouiller elle-même.

— On ne te demande pas ton avis ! venait de crier Flash à l'adresse de Pete.

— Attendez…, commença-t-elle.

Mais personne ne l'écoutait.

— Eh bien, vous devriez, rétorqua Pete. Tu crois que je ne sais pas ce que c'est que d'être jeune, en colère et observé par tout le monde à cause d'une chose sur laquelle on n'a aucun pouvoir ? Écoute, gamin, il est temps de te prendre en main. Arrête de courir te plaindre à ton père chaque fois que quelque chose ne va pas et cesse de te cacher derrière les jupes de ta sœur.

— Les garçons ! fit-elle encore. Écoutez-moi.

Mais personne ne le fit. Pas même Pete. Malgré toutes ses belles paroles, il était aussi bête que les autres.

— La seule chose qui t'intéresse, dit Flash d'une voix dont le calme lui ressemblait peu, c'est de te cacher toi sous ses jupes. Pourquoi ? Pour l'évincer du concours. Tu te sers d'elle, c'est tout. Elle n'est qu'un pion dans ton jeu, et ce n'est pas ma faute si elle n'est pas assez intelligente pour te voir tel que tu es vraiment.

Blessée au plus profond de son cœur, Chloe laissa échapper un petit cri. Était-ce vraiment ainsi que Flash la voyait ? Pas assez futée pour comprendre qu'une trahison de Pete était une possibilité ?

Au même instant, son père s'était tourné vers elle, et son visage avait repris la teinte pourpre qu'il arborait quelques minutes plus tôt. Même Oliver semblait préoccupé par cette annonce.

— Chloe, demanda-t-il, est-ce qu'il se sert de toi ?

Elle était une adulte responsable. Il n'y avait pas de problème.

— Est-ce qu'il t'a touchée ? rugit son père, puisque, apparemment, la seule chose qui pouvait amener sa famille à prêter attention à elle était une discussion sur sa vie sexuelle.

— C'est ce qu'il a toujours cherché à obtenir, siffla Flash en lui adressant un sourire mauvais. J'ai essayé de la prévenir, mais elle ne m'a pas écouté. Elle croit qu'elle sait tout mieux que moi.

— Fais attention à ce que tu dis, ordonna Pete d'une voix menaçante.

Ce qui se produisit ensuite était hautement prévisible. Flash essaya de frapper Pete au visage, mais celui-ci parvint à bloquer son poing et à lui envoyer un bon coup dans les côtes. Leur père se mit à hurler. Oliver essaya d'intervenir. Quelqu'un lui envoya un coup de poing, qu'il rendit, et en quelques secondes à peine tout retomba dans le chaos.

Silencieuse, Chloe essayait simplement de ne pas désespérer. De ne pas perdre le peu d'espoir qu'elle avait dans l'idée que sa relation avec Pete pouvait fonctionner. Mais c'était impossible. Elle avait été stupide de penser le contraire.

Un objet, qui devait se trouver sur la coiffeuse, s'écrasa sur le sol et se brisa. Oliver se mit à crier, et elle…

Elle s'en alla. Ayant repris son sac à main, elle sortit, refermant calmement la porte derrière elle. À en juger par les bruits qu'elle continuait d'entendre, la bagarre se poursuivait, ce qui signifiait que personne n'avait remarqué son départ. Sa présence, aux yeux de ces hommes, n'était pas importante. Elle n'était qu'un sujet de discorde parmi d'autres, comme le *All-Stars*.

Avaient-ils de l'affection pour elle ? Ne serait-ce que l'un d'entre eux ?

Elle aurait tant aimé que la réponse soit oui ! Elle aurait tant aimé croire, de tout son cœur, que Pete éprouvait des sentiments pour elle. Il y avait bien eu les quelques nuits passées, après tout.

Mais les paroles de Flash tournaient en boucle dans son esprit tandis qu'elle se frayait un chemin vers l'arène, ignorant les personnes qui l'appelaient par son nom. Peu importait qu'elle leur réponde ou non. Ils ne l'écouteraient pas tant que les ordres ne seraient pas sortis de la bouche de Pete.

À quel moment avait-elle oublié que Pete était un Wellington, d'abord et avant tout ? Elle savait depuis le départ qu'il complotait pour récupérer le concours. Mais il y avait eu la catastrophe générée par Flash, et ils avaient ensuite dû passer à la gestion de crise, et Pete s'était révélé très doué pour son travail.

Très doué pour écouter ses grandes idées et ses grands projets. Pour mettre en œuvre ses plans dans le domaine du concret. Pour diriger le concours.

Pour lui donner l'impression qu'elle comptait.

Était-ce une ruse ?

Et si rien de tout cela n'était réel ?

Mais d'un autre côté, et si c'était bien vrai ? S'il n'était pas là pour la mettre dehors ? Il l'avait défendue face à sa propre famille. Il avait assuré ses arrières quand personne d'autre ne l'avait fait. Ce n'était pas rien. C'était même beaucoup.

Mais était-ce important ? Certes, le sexe entre eux était merveilleux. Et pendant quelques jours, cela avait été… presque trop beau pour être vrai.

Contre toute attente, il avait réussi à se faire apprécier. Et à cet instant encore, il était en train de se battre pour elle, au sens propre, malheureusement, mais c'était l'intention qui comptait. Si bien qu'elle commençait à croire…

Que leur relation pourrait s'approfondir. Qu'ils pourraient poursuivre leur chemin ensemble.

Elle se moquait bien de ce que Flash pouvait penser. Ce qui s'était passé en privé entre elle et Pete ne concernait qu'eux. Elle n'avait aucune raison d'avoir honte de sa sexualité.

Mais il n'y avait pas que ça, hélas. Elle ne pourrait pas diriger le concours tant que ces quatre-là joueraient à la guerre en se servant d'elle comme d'une arme.

Ses yeux commençaient à la picoter. Tant pis. Si l'un d'entre eux pensait qu'il pouvait diriger le rodéo sans elle, il n'avait qu'à le faire. Elle avait d'autres horizons. Notamment sa marque de vêtements.

En tout cas, elle allait continuer à aller de l'avant. Et plutôt seule que mal accompagnée.

Mais alors même que cette pensée lui traversait l'esprit, elle se surprit à regarder par-dessus son épaule. Pourvu que Pete vienne la chercher. Si c'était vraiment elle qu'il voulait, et pas seulement ce satané concours, il devait revenir à elle. Car c'était une chose de dire qu'il allait faire des efforts pour elle. Mais c'en était une autre de mettre ces paroles en action.

S'il te plaît, songea-t-elle. *Reviens à moi ce soir. Reviens à moi tous les soirs. S'il te plaît.*

Les portes de la loge s'ouvrirent, mais Pete n'apparut pas. Malgré le bruit des bêtes et des hommes qui se préparaient au spectacle, il lui sembla entendre un cri de douleur suivi d'un grand fracas.

Pete, donc, ne viendrait pas à elle. Il préférait détruire le *All-Stars*.

Très bien. Elle n'avait pas besoin de ce concours. Elle n'avait pas besoin d'eux. Pas même de Pete.

Elle continua de marcher, passa devant l'arène, atteignit le parking. Elle allait de l'avant.

Remarqueraient-ils son absence ? S'en soucieraient-ils ?

Cette question lui déchira le cœur et, une fois dans la sécurité de sa voiture, elle sentit les premières larmes couler. Car même si cette idée était horrible, ce n'était pas « la » question.

La question était : Pete s'en soucierait-il ?

Ou serait-il content qu'elle lui ait cédé du terrain ? Qu'elle ait admis qu'elle ne pouvait pas gérer le *All-Stars* ? Qu'elle se soit avouée vaincue ?

Après tout ce temps, il avait fini par obtenir ce qu'il voulait.

Il s'était débarrassé de la princesse du rodéo.

13

Pete, assis par terre, essayait de reprendre ses esprits.

Il ne voyait plus de son œil gauche, qui était enflé. Son nez était certainement cassé. Deux de ses dents bougeaient, mais sa mâchoire semblait fonctionner correctement, contrairement à sa main droite qui devait avoir un ou deux os fracturés. Et à ses côtes qui le faisaient horriblement souffrir à chaque inspiration. Il ne savait pas qui l'avait frappé là, mais le gaillard avait une sacrée force dans le bras. À moins que cela n'ait été un coup de pied ? Il avait eu moins mal le jour où il s'était fait piétiner par un taureau.

Le calme était retombé dans la loge, où l'on n'entendait plus que des respirations saccadées. Il toussa, sentit le goût du sang dans sa bouche. Précautionneusement, il tourna la tête pour essayer d'évaluer la situation. Flash était adossé à la porte ; on aurait dit que sa tête avait été passée à travers un hachoir à viande. À côté du portant sur lequel était accrochée la robe de Chloe, Oliver se tenait le poignet en gémissant, le pourtour de son œil commençant à prendre une couleur violacée. Milt, assis sur le seul fauteuil de la pièce, se tenait la tête entre les mains. Du sang coulait du coin de sa bouche, mais il ne semblait pas aussi blessé que ses fils. Malgré toute la haine qu'il éprouvait à l'égard du vieil homme, Pete espérait ne pas lui avoir fait trop de mal.

Quant à Chloe...

— Où est Chloe ?

— Hein ? fit Milt en relevant la tête.

— Chloe. Votre fille. Où est-elle ?

Un sentiment de panique commençait à monter dans la poitrine de Pete. Il essaya de se relever mais dut aussitôt se rasseoir. Il avait la tête qui tournait.

— Partie, dit Flash d'une drôle de voix.

Pete avait dû lui casser la mâchoire. Ça, il ne le regrettait pas. Mais Chloe avait disparu, et l'adrénaline de la bagarre commençait à se dissiper, laissant place à un profond sentiment d'inquiétude.

— Partie où ?

Flash haussa les épaules et grimaça.

Appuyant son front au mur, Pete essaya de réfléchir. Ce n'était pas facile ; il avait l'impression que son visage avait heurté un mur de brique. À plusieurs reprises.

Chloe les avait fait venir ici pour qu'ils puissent régler leurs différends en privé. Là, Flash avait commencé à l'ouvrir, Milt s'était montré agressif, lui-même s'en était pris verbalement à la femme d'Oliver, lequel avait répliqué et...

Chloe était partie.

Avait-elle essayé de les calmer ? Naturellement. Elle était comme ça. Mais ils ne l'avaient pas écoutée.

Rien d'étonnant à ce qu'elle ait tourné les talons.

— Je vais la chercher, dit-il en luttant pour se relever.

— Tu n'iras nulle part tant que ce ne sera pas fini, Wellington, répliqua Oliver. Et ce n'est pas fini.

Pete essaya de lui lancer un regard mauvais, mais c'était trop douloureux.

— Écarte-toi de mon chemin, Lawrence.

— Tu restes assis, Pete, répliqua Milt comme s'il était un adolescent et non un adulte qui...

Qui venait apparemment de tout gâcher.

Chloe était partie, et il ne réussirait pas à faire entendre raison à sa famille, après cette bagarre.

— Je vais la chercher.

Milt fit un geste dédaigneux de la main.

— Chloe n'a besoin de personne, et Oliver a raison : ce n'est pas fini.

— J'en ai fini avec vous. Vous tous.

Pete essaya de nouveau de se relever, mais ses bottes heurtèrent quelque chose de glissant, et il tomba de nouveau sur les fesses.

— Mais pas avec elle.

Il espérait vraiment que les choses ne soient pas finies entre eux.

Jamais il n'avait imaginé que la situation dégénérerait ainsi. Il voulait que Chloe se tienne à son côté quand il se confronterait au reste de sa famille. Il voulait apaiser les choses. Mais Flash semblait avoir un don pour faire perdre aux autres tout sens de la mesure et, de toute manière, ce n'était pas lui qui avait mis le premier coup. Ce n'était jamais lui.

Mais c'était toujours lui qui mettait le dernier.

— Je suis trop vieux pour ce genre de choses, dit Milt en s'adossant à sa chaise, tandis qu'un hématome commençait à se former sur sa joue. C'est exactement pour ça que je t'ai évincé du concours.

Sidéré par ces propos, Pete se tourna vivement vers le vieil homme.

— Quoi ?

Il était plutôt nerveux quand il était jeune, mais pas bagarreur. Il regarda autour de lui. Des vêtements étaient éparpillés, les meubles fendus, le miroir de la coiffeuse cassé. Quelqu'un allait subir sept ans de malheur. Restait à espérer que ce ne soit pas lui.

— Je ne me bats jamais comme ça, et vous le savez bien.

— Je ne parle pas de ça, répliqua Milt. Je n'ai jamais aimé la façon dont Chloe et toi vous regardiez. Même à l'époque, ça se voyait.

— Qu'est-ce qui se voyait ? Comment est-ce qu'on se regardait ?

C'était absurde. Il se comportait alors avec elle comme un mufle.

— Entre l'amour et la haine, la frontière est ténue, jeune homme, répondit Milt en prenant un air raisonnable qui ne lui ressemblait guère. Je ne suis pas aveugle. Elle était attirée par toi, et je savais bien que tu finirais par tirer parti de cette faiblesse.

Il essaya de prendre un air méchant.

— Quand tu as tenté de me racheter le concours en me disant qu'elle pourrait continuer d'être la princesse, reprit-il, j'ai tout de suite compris que je ne pouvais pas prendre de risque avec ma fille. Et tu ne vas pas me dire que je n'avais pas raison, hein ?

— Je crois que je vais vomir, geignit Flash, sans préciser si c'était à cause des coups qu'il avait reçus dans le ventre ou à l'idée que Pete et sa sœur puissent être ensemble.

— Alors, intervint Oliver, Flash et moi avons appris à Chloe à se battre. Au cas où...

Au cas où Pete mettrait la main sur elle. C'était donc pour cette raison qu'elle était si habile au combat. À cause de lui. De nouveau, il sentit la colère bouillir dans ses veines. Ces hommes ne voyaient que le mal en lui.

— Je n'ai jamais essayé de profiter d'elle !

Ou en tout cas, pas dans un sens sexuel.

Comment avait-il pu passer à côté du fait qu'elle était attirée par lui ? Et la traiter comme une moins que rien ? Il lui devait de nouvelles excuses. Mais une autre idée venait de lui traverser l'esprit.

— C'est pour ça que vous m'avez mis dehors ?

Il avait du mal à rassembler les pièces du puzzle. Douloureusement, il parvint à se passer une main derrière la tête. Du sang. Cela expliquait donc son mal de crâne.

— Pour ça, et parce que tu as essayé de retourner les fournisseurs contre moi. Ensuite, tu m'as attaqué en justice, j'ai contre-attaqué, et...

— Ça, je m'en souviens bien, chuchota Pete.

Mais... Chloe ?

Où était-elle ? Il avait besoin d'elle.

— Et ça a été le chaos, intervint Oliver. Le conflit avait un impact négatif à la fois sur Lawrence Energies et sur le *All-Stars*. Alors j'ai lancé une offre publique d'achat.

— Une bonne chose, commenta son père. J'étais bien content de prendre ma retraite.

— Attendez, attendez... Alors qui possède le *All-Stars*, désormais ?

— Pas moi, marmonna Flash.

— J'ai insisté pour que Flash revende ses parts à Chloe quand il a commencé la compétition, expliqua Oliver. Et j'ai moi-même racheté celles de papa.

Pete avait toujours essayé de reprendre le concours à Milt,

mais s'il comprenait bien, c'était Chloe et son frère qu'il avait en réalité tenté de spolier. Chloe...

— Comment avons-nous pu en arriver là ? dit-il plus pour lui-même que pour les autres.

Flash se remit à grogner, mais ce fut Oliver qui répondit :

— Davey Wellington, paix à son âme, était un très mauvais joueur de poker, et à cette époque papa traversait une période difficile.

— J'avais de bonnes raisons, murmura Milt en regardant le ciel, les mains jointes.

— Je suis désolé pour votre femme, affirma Pete d'une voix faible.

Il savait qu'elle était morte jeune, mais il n'avait pas pris la mesure de l'impact que ce décès avait eu sur Milt.

— Et j'apprécie tes paroles, répondit celui-ci tout aussi faiblement.

Oliver s'approcha d'eux.

— Bon, qu'est-ce que tu fais là, Wellington ? Franchement ? Réponds, parce que je n'ai pas envie de te remettre une raclée.

— Tu peux toujours essayer, répliqua Pete, mais il avait bien trop mal pour paraître menaçant. J'aide Chloe à diriger le concours.

Cette annonce fut suivie par une incrédulité presque palpable, même si personne ne prononça le moindre mot.

— Je vous assure, affirma-t-il, vexé. Le rodéo, c'est la famille, mais depuis que mon père a perdu cette partie de poker, vous avez dirigé le concours comme une foire aux vanités.

— Va te faire voir, marmonna Flash.

Mais sa mâchoire endolorie ne lui permit apparemment pas d'en dire davantage. Décidément, Pete ne regrettait pas de l'avoir remis à sa place.

— Vous, reprit Pete en se tournant vers Milt, vous vous êtes fait des amis dans le milieu, mais vous n'aviez aucune compétence pour gérer un concours de rodéo. Toi, poursuivit-il en pointant du doigt Oliver, tu ne t'intéressais qu'aux bénéfices, et tu laissais Chloe faire tout le travail. Travail qui, curieusement, consistait également à le gérer lui, dit-il en désignant Flash. Et vous avez traité le *All-Stars* comme si c'était votre terrain de jeux, au sein duquel vous pouviez inventer vos propres règles. Aucun d'entre vous ne s'intéressait au rodéo. Mis à part Chloe.

— Et toi, répliqua Milt, mais avec peu de conviction.

— Mis à part Chloe, répéta Pete, qui refusa de mordre à l'hameçon. Vous ne vous rendez pas compte de tout ce qu'elle a fait ! Il ne vous est jamais venu à l'esprit de la remercier pour tout le travail qu'elle a accompli ?

— Je te déteste, se contenta de dire Flash d'une voix lasse.

Pete décida également d'ignorer cette petite pique. Il était au-dessus de tout ça. Et, surtout, il était quasiment sûr que sa main était cassée.

— Au fait, oui, elle est au courant que je veux récupérer le *All-Stars*.

— Enfoiré, grommela Milt d'une voix qui, malgré son état de fatigue, paraissait néanmoins menaçante.

— Vous pouvez me traiter de tous les noms que vous voulez, mais vous allez m'écouter. Comme vous auriez dû écouter votre propre fille.

Les trois hommes le regardèrent. Ils ne paraissaient pas ravis de le faire, mais ils lui prêtaient attention. Pourquoi refusaient-ils d'accorder cette chance à Chloe ?

— Elle savait très bien que je n'étais pas arrivé comme ça par hasard, mais elle ne parvenait pas à convaincre les négociants d'écouter ses idées. Et puis Flash s'est empoigné avec Tex McGraw. Vous n'avez pas l'air de vous en rendre compte, mais il a bien failli détruire le concours. Nous avons tous failli détruire le concours. Je ne serais pas étonné si Chloe décidait de couper les ponts avec nous tous, après ça.

Cette idée, d'ailleurs, lui faisait de plus en plus peur. Elle était partie, et le pire de tout, c'était qu'il la comprenait.

— Elle n'avait pas d'autre choix que de me faire confiance parce qu'elle savait à quel point j'aimais le *All-Stars*.

Il ravala sa salive avec peine. Le goût du sang s'était atténué, ce qui n'était déjà pas si mal.

— Et ? demanda Oliver en le regardant fixement de son œil intact.

— Et c'est une femme exceptionnelle. J'ai toujours pensé qu'elle était bête, superficielle, et que la seule chose qui l'intéressait était d'être la princesse du rodéo. Mais je me suis trompé. Elle aime le rodéo et la famille du rodéo. Elle a beaucoup de bonnes idées. Des idées que vous apprécieriez, si vous n'étiez pas si ingrats, car elles ont toutes les chances de faire augmenter vos profits. Mais la seule chose qu'elle a reçue de vous, c'est votre mépris.

Le plus étonnant, c'était qu'ils l'écoutaient toujours. Y compris Flash.

— Vous avez bien vu comment se passaient les choses. Personne ne la prend au sérieux, mais si c'est moi qui parle, qui reprends ses mots, tout le monde acquiesce et s'exécute.

Parce qu'il était un homme.

Le sentiment de honte était devenu douloureux. Elle les avait fait venir ici pour essayer de les convaincre de l'écouter et, au lieu de cela, ils s'étaient tous les quatre battus comme des chiffonniers.

Pete soupira, ferma son œil valide. Une image de Chloe, vexée et meurtrie, se dessina derrière ses paupières.

— Et le pire, c'est que c'est exactement ce que nous sommes en train de faire maintenant. Aucun d'entre vous ne l'a écoutée quand vous l'avez coincée il y a trois jours. Aucun d'entre vous ne l'a écoutée quand elle était dans cette loge. Mais là, vous m'écoutez, je me trompe ? Elle est votre égale, enfin ! Traitez-la comme telle !

— Comme toi, tu la traites ? siffla Flash.

— Oui, comme moi, répliqua Pete en se relevant sur ses jambes encore chancelantes. C'est d'ailleurs ce qu'elle a essayé de vous expliquer.

Oliver, qui s'était approché de lui, l'aida de sa main valide à maintenir son équilibre.

— As-tu cherché à séduire ma sœur dans le cadre d'un plan pour l'évincer du rodéo ?

— Si tu penses que je vais répondre à cette question, c'est que, contrairement à ce que j'avais pensé, tu es aussi bête que ton frère.

Cette réponse sembla tous les heurter. Ils paraissaient de nouveau agressifs.

Embarrassé, Pete décida de jouer carte sur table.

— Je veux tout. Je la veux elle, parce que c'est une très bonne gérante, une très bonne cavalière et qu'elle fait partie de la famille du rodéo. Et je veux le concours. C'est mon univers. C'est...

Il s'interrompit.

— Je suivais le circuit avec mon père quand j'étais petit et c'étaient les seuls moments qu'on passait ensemble. Les seules minutes où j'avais l'impression d'être important à ses yeux. Mais ce n'était qu'une impression. La vérité, admit-il à regret, c'est que, s'il a mis en jeu le *All-Stars* ce soir-là, c'est parce que le concours n'était pas important à ses yeux. Parce que *je* n'étais pas important à ses yeux.

Un silence gêné tomba sur la pièce. Ce fut Milt qui le brisa :

— Écoute, mon fils...

Tout en secouant la tête, Pete l'interrompit :

— Le *All-Stars* a toujours été présent pour moi, même quand mon propre père était absent. Le rodéo, c'est la famille, c'est *ma* famille. C'est pour ça que je ne peux pas me séparer du concours. C'est l'héritage de mon père, la meilleure part de lui. De moi. Et si vous ouvriez les yeux, vous verriez que c'est aussi une merveilleuse part de Chloe. Elle est l'âme et le cœur de ce concours. Elle...

Les choses avaient changé. Lui-même avait changé, et ce en grande partie grâce à Chloe. Elle lui avait montré qu'ils n'étaient pas obligés de rester enfermés dans leurs rôles, de mener les mêmes vieux combats. En travaillant ensemble, ils seraient plus puissants. Meilleurs.

— J'ai besoin du *All-Stars* et j'ai besoin de Chloe. Ensemble, nous pouvons faire de ce concours quelque chose de bien plus grand que tout ce que mon père aurait pu en tirer, quelque chose de bien plus grand que tout ce que vous avez jamais pu rêver, Milt. Ce concours, c'est toute ma vie. Grâce à Chloe.

Il n'avait pas compris cette vérité avant que les mots ne sortent de sa bouche, mais une fois qu'ils furent suspendus dans l'air, il les ressentit au plus profond de son être.

Chloe était toute sa vie.

— Nous ne sommes pas obligés de nous apprécier, reprit-il en luttant pour maintenir une voix neutre.

Plus il passerait de temps à essayer de raisonner ces têtes

de mules, plus elle s'éloignerait, et plus il lui serait difficile de s'excuser auprès d'elle.

— Mais pourrions-nous au moins nous mettre d'accord sur le fait que Chloe est plus importante pour nous tous que ça ? demanda-t-il en désignant d'un geste de la main la destruction qu'ils avaient provoquée dans la loge.

— Tu as vraiment des sentiments pour ma fille ? demanda Milt après un long moment.

— Je crois même que je l'aime.

La pièce se mit à tournoyer sous ses yeux. Était-ce à cause de l'amour ou d'un coup qu'il avait reçu ? Personne, pourtant, ne s'était approché de lui. Les trois Lawrence échangeaient simplement des regards surpris.

Oliver, enfin, se racla la gorge.

— Et elle, que ressent-elle ?

Après les quelques jours qu'il venait de passer avec Chloe, Pete avait envie de répondre qu'elle ressentait la même chose. Mais...

— Après ce qui vient de se passer ? Je ne suis pas sûr qu'elle acceptera un jour de me reparler. Et même de me revoir travailler pour le *All-Stars*. Mais si vous lui accordez tout le respect qu'elle mérite, je ne regretterai rien.

Le pire était qu'il le pensait vraiment. Il agitait le drapeau blanc, quittait le champ de bataille. S'il avait perdu Chloe, il avait perdu tout court. Et si elle ne voulait plus entendre parler de lui, il serait dévasté, mais s'en remettrait, à partir du moment où sa famille commençait à la prendre au sérieux.

Cependant, il ne la laisserait pas partir comme ça. Pour le *All-Stars*, la guerre était finie. Mais pas pour elle. Pour elle, il allait continuer de se battre.

Où était-elle ? Et comment allait-il la retrouver s'il n'était même plus en mesure de marcher ?

Ce fut le coup ultime porté à sa fierté. Il ne pouvait même pas partir à sa recherche sans se faire aider.

— Bon, finit-il par dire en regardant les Lawrence à tour de rôle. Vous comptez aller la chercher ou pas ?

— Je n'en sais rien, répondit Oliver.

— Je n'arrive pas à croire que vous puissiez envisager ça, marmonna Flash.

— Mais si elle dit non, ajouta Milt en pointant un doigt menaçant en direction de Pete, tu t'en vas. C'est à prendre ou à laisser. Pas de deuxième chance.

Pete ne comprenait pas. À quoi pouvait-elle dire non ? Il ne savait pas trop, mais il avait la nette impression que sa famille allait l'aider. Ce qui était toujours bon à prendre. Car il avait bien besoin d'un coup de main.

— Bon. Que proposez-vous ?

— Je ne sais pas pour vous, dit Oliver en sortant maladroitement son téléphone de sa poche, mais il faut que j'aille à l'hôpital. On en discutera en chemin. Néanmoins je te préviens, Wellington, tu n'as pas intérêt à ficher en l'air ce… ce qu'il y a entre elle et toi.

Cette façon de formuler les choses aurait sans doute fait sourire Pete s'il n'avait pas eu la lèvre fendue.

— Promis.

14

— Ça te dérange si je bois de l'alcool ? demanda Chloe à Renee Lawrence en apportant le plateau sous le porche de sa maison, où elle avait installé la jeune femme enceinte sur un rocking-chair.

Elle avait toujours du mal à se rendre compte que son amie d'enfance était devenue une Lawrence. Renee et Oliver n'étaient mariés que depuis quelques mois, et Renee devait accoucher dans quelques semaines à peine.

— Fais comme chez toi, répondit celle-ci avec un sourire espiègle. Et bois-en une pour moi, tant que tu y es.

— Merci, dit Chloe.

Elle avait bien besoin d'une bière. Cela faisait trois jours qu'elle avait quitté le dernier concours, et elle n'avait pas eu la moindre nouvelle de Pete depuis. Ni de sa famille, d'ailleurs. Mais c'était mieux ainsi. Il fallait qu'elle prenne un peu de distance avec les hommes surprotecteurs et bornés de sa famille.

Mais avait-elle besoin de prendre ses distances avec Pete ?

Tout en caressant son ventre gonflé, Renee avait fait une petite grimace.

— Je n'en reviens toujours pas qu'Oliver soit allé jusque dans l'Oregon rien que pour déclencher une bagarre. J'arrive à peine à le convaincre de se rendre au bureau tellement il a peur que le travail commence en son absence.

Prenant un air faussement préoccupé, Chloe hocha la tête.

— C'est parce qu'il a beaucoup d'expérience en matière d'accouchement.

Renee et elle se regardèrent et éclatèrent de rire. Car, naturellement, Oliver n'avait jamais rien su des mystères de la grossesse avant que Renee n'entre dans sa vie. C'était plutôt un homme qui aimait tout contrôler. Et c'était exactement pour cette raison qu'il était allé dans l'Oregon : il avait dû penser qu'il pourrait contrôler sa sœur.

Tout en continuant de glousser, Renee s'était mise à se tenir le ventre.

— Arrête de me faire rire. Ça me donne envie de faire pipi.

Une affirmation qui eut pour effet de déstabiliser Chloe.

Elle était heureuse pour son frère et Renee. Petite, elle regrettait que celle-ci ne soit pas sa sœur, et c'était désormais le cas. Mais il y avait quelque chose dans la façon dont son amie touchait son ventre qui lui donnait envie de pleurer.

Elle n'avait jamais vraiment rêvé d'avoir un bébé. Un jour, peut-être, se disait-elle. Elle n'avait pas encore connu un homme qui la pousse à aller au-delà de ce sentiment. Mais Pete...

Non.

Pete s'était laissé absorber par ses intérêts personnels au lieu de faire passer le *All-Stars* en premier.

Au lieu de *la* faire passer en premier.

Et il ne s'était même pas donné la peine de chercher à la joindre depuis son départ. Ce qui en disait long sur ses sentiments. Il l'appréciait, certes. Ils s'accordaient merveilleusement bien sur le plan sexuel. Mais elle ne serait jamais la chose la plus importante de sa vie, et il était hors de question qu'elle se contente de moins que ça.

— Tu veux qu'on en parle ? demanda soudain Renee, coupant court à ses pensées.

— Pas vraiment.

— Hm, fit sa belle-sœur en buvant une gorgée de thé glacé.

Mais ce « pas vraiment » ne dura pas plus de trente secondes.

— C'est juste que je suis vraiment folle de rage contre eux. Eux tous, finit par s'écrier Chloe, dans une explosion de vérité. Je ne peux pas dire que je sois vraiment surprise par papa, Oliver et Flash, parce que c'est comme ça qu'ils m'ont toujours traitée. Mais Pete...

Sa voix se brisa et, pour poursuivre, elle dut boire une longue gorgée de bière.

— J'aurais voulu que les choses soient différentes entre nous. Mais elles sont restées pareilles. Il est resté pareil.

— Tu n'as pas dit à ta famille que tu éprouvais des sentiments pour lui, hein ?

Renee avait toujours eu le don d'aller au cœur des problèmes.

— Non. Et, du coup, j'ai tout perdu. Le concours, ma famille... tout. J'ai été tellement bête !

Tendrement, Renee se mit à lui tapoter la main.

— Tu n'es pas obligée d'endosser la responsabilité de leurs actions, tu sais ?

— Quoi ?

Son amie haussa les épaules.

— Crois-en mon expérience : on peut très bien aimer sa famille et avoir envie de les voir tous derrière les barreaux.

Il se trouvait que le père, le frère et le premier mari de Renee s'étaient associés pour fonder ensemble le plus grand système de vente pyramidale de l'histoire. Son mari s'était suicidé, et son père allait finir ses jours en prison. Quant à son frère, il avait réussi à réduire sa peine de prison à sept ans.

— Ta mère a-t-elle été extradée ? demanda Chloe, comme il lui semblait plus facile de parler de la vie agitée de son amie plutôt que de la sienne.

— Les avocats continuent de négocier, répondit Renee en haussant les épaules. Mais n'essaie pas de changer de sujet. Qu'est-ce que tu comptes faire ?

— La marque *Princess* est toujours à moi, heureusement. Je vais me concentrer là-dessus.

— Tu as des projets ? demanda Renee avec un sourire entendu.

— Comme toujours.

Ce serait le paradis. Sa propre entreprise, dirigée à sa façon, sans homme pour lui dire ce qu'elle avait à faire.

— Et concernant Pete ?

Chloe soupira.

— Il n'y a rien à faire. Ni avec lui ni avec ma famille, d'ailleurs. Quel intérêt, puisqu'ils ne m'écoutent pas ? Je serai toujours le bébé de papa, la grande sœur agaçante ou la femme qui ne doit rien faire d'autre qu'être belle et se taire.

Sentant l'émotion monter en elle, elle battit des cils pour retenir ses larmes.

— Ils n'ont même pas remarqué que j'étais partie. Pete n'a pas essayé de me retenir. Et aucun d'entre eux ne s'est donné la peine de s'excuser.

— Hmm, murmura de nouveau Renee. C'est vraiment horrible. Et je suis vraiment désolée.

— Merci, dit Chloe en essuyant d'un revers de main les premières larmes qui commençaient à couler. Mais tu n'as pas à t'excuser.

— J'aurais dû retenir Oliver, affirma Renee d'une voix dure. Feindre des contractions, ou je ne sais quoi. Mais je croyais qu'il voulait simplement serrer la bride à Flash.

— Personne ne peut serrer la bride à Flash.

— Il est indomptable. Mais ça n'excuse pas son comportement. Ça n'excuse le comportement d'aucun d'entre eux.

— Tu sais, répondit Chloe sans chercher à dissimuler son amertume, je ne suis ni leur mère ni leur nounou. Je voulais seulement faire mon travail. Et puis il s'est passé ce truc avec Pete et...

Rejetant la tête en arrière, elle regarda fixement l'horizon.

Le soleil de l'après-midi illuminait Sunshine Ridge, le ranch qu'elle avait acheté pour s'isoler de son père, de ses frères et de leurs bonnes intentions. Wonder, sa jument, paissait dans le paddock. Quand Renee serait partie, Chloe la sellerait pour une longue balade qui lui permettrait peut-être de laisser ses déceptions et ses souffrances derrière elle.

Peut-être. Il ne fallait pas désespérer.

— Et c'était tellement super, Renee, reprit-elle. Il a écouté mes idées et les a traduites en langage d'homme, j'imagine, mais l'important c'est que, quand il les a énoncées, tout le monde a accepté les changements. Il ne m'a pas dit que je n'étais là que pour faire joli ou que ce n'était pas comme ça qu'on faisait les choses quand sa famille était aux commandes.

— Un homme qui sait écouter, ça vaut de l'or.

— Il a été merveilleux. Bien mieux que tout ce que j'aurais pu imaginer. Mais ça a à peine eu le temps de démarrer. Même pas une petite semaine. Et si ça s'est fait, c'est seulement parce que papa m'avait crié dessus, parce que l'hôtel n'avait pas pris ma réservation et parce que j'étais dans un état pitoyable. Pete était là, il m'a proposé son lit et m'a offert du vin et du chocolat.

— C'est vrai ? s'exclama Renee en ouvrant de grands yeux.

Ce souvenir laissait à Chloe un goût amer dans la bouche et, de nouveau, elle se sentait sur le point de pleurer.

— Puisque je te le dis. Et j'ai cru... J'ai cru qu'il était de mon côté. Que je pouvais m'appuyer sur lui parce qu'il avait enfin tiré un trait sur le passé. J'ai cru qu'ensemble on pouvait aller de l'avant.

Peut-être que les choses ont changé, lui avait-il dit dans son pick-up il y avait une éternité de cela. *Peut-être que j'ai changé.*

Et peut-être pas. Elle se sentait vraiment bête de lui avoir fait confiance.

— Bref, finit-elle par dire pour mettre un terme à la conversation avant que ses larmes ne se remettent à couler. Mais au fait, tu es sûre que c'est prudent pour toi de rester si loin de Dallas ? Je ne voudrais pas faire mon Oliver, mais...

— Surtout pas ! coupa Renee en riant.

— Mais qu'est-ce que tu fais là ?

Renee lui adressa un sourire qui ne paraissait pas naturel.

— Tu veux dire en plus de soutenir ma meilleure amie qui traverse une période difficile ? Eh bien... disons que je prépare le terrain.

Tandis qu'elle parlait, un bruit d'un moteur s'était fait entendre dans l'allée. Un véhicule semblait se rapprocher d'eux.

Chloe se leva pour s'accouder à la balustrade du porche. Ce n'était pas un camion mais deux qui approchaient de la maison. Elle reconnut celui de son père et... était-ce bien celui de Pete qu'elle discernait derrière lui ?

N'en croyant pas ses yeux, elle se retourna vers sa meilleure amie, qui essayait de se relever de son fauteuil. Machinalement, elle lui tendit la main pour l'aider.

— Renee, qu'est-ce que tu as fait ?

Tendrement, Renee la prit dans ses bras.

— Je m'en excuserai plus tard. Mais seulement si tu le juges nécessaire.

— Renee, fit-elle d'un air de reproche, mais son amie s'était déjà écartée et commençait à descendre les marches du porche.

Les véhicules s'arrêtèrent devant la maison. Le père de Chloe et Flash sortirent du premier camion, Pete et Oliver du second et, en voyant leurs hématomes et leurs bosses, Renee et Chloe poussèrent ensemble un cri d'horreur.

La joue de son père portait une marque violet foncé qui s'étendait jusqu'à son œil pour l'encercler. Mais ce n'était rien comparé à l'état de Flash, qui semblait avoir été percuté par un camion. Il portait un bandage à la main, et entre son nez cassé, ses bleus et ses bosses, Chloe pouvait à peine discerner ses yeux. Oliver était en apparence le moins amoché de tous, mais il portait un plâtre à l'avant-bras, et quand il s'approcha de sa femme, Chloe remarqua qu'il boitait.

— Vous êtes en retard, lui dit Renee.

— Mais nous sommes là, répondit-il en lui caressant tendrement le ventre.

Émue, Chloe dut détourner le regard. Et naturellement ses yeux tombèrent sur Pete, qui se tenait un peu à l'écart. Le côté gauche de son visage était si enflé que son œil n'était plus qu'une fente. Il portait également un plâtre à la main et se tenait légèrement de travers.

Si son corps était en si mauvais état que ça, qu'en était-il du reste de son être ?

Elle observa le groupe qu'ils constituaient, avec leurs bleus, leurs bosses, leurs airs contrits. Au moins, ils ne hurlaient pas et ne se battaient pas comme la dernière fois qu'elle les avait vus.

— Qu'est-ce que vous faites là ? demanda-t-elle.

— Eh bien, dit Oliver en se tournant vers les autres, on s'est dit qu'il serait peut-être bon de nous excuser.

— Nous tous, ajouta son père en donnant un petit coup d'épaule à Flash.

— Oui, dit celui-ci sans bouger les lèvres. Excuse-nous.

— Il a la mâchoire cassée, expliqua Oliver. Ça a été les trois jours les plus paisibles de ma vie.

Flash leva son poing valide en direction de son frère, et Chloe remarqua que ses phalanges étaient violettes. Mais elle comprenait Oliver : cela devait être bien paisible de ne pas avoir à écouter Flash s'emporter.

— C'est... gentil, finit-elle par dire.

Elle regarda Pete, qui soutint son regard sans ciller. Mais il ne dit rien.

— J'aurais dû t'épauler, reprit Oliver. Je sais que tu es plus que capable de diriger le concours et je n'aurais pas dû en arriver à ces conclusions erronées.

Renee mit un petit coup de coude à son mari, qui grimaça avant de poursuivre :

— Et tu as fait du super boulot avec le *All-Stars*. J'apprécie vraiment tout ce que tu as fait pour le développer au cours des quatre années passées.

Troublée, Chloe hocha la tête. Elle se sentait complètement perdue. Elle n'était pas surprise qu'Oliver s'excuse, mais jamais elle ne l'avait entendu la complimenter sur ses compétences professionnelles auparavant.

— Merci...

Ce fut alors au tour de son père de s'avancer vers elle.

— Je te demande pardon, ma chérie. Je n'aurais pas dû t'empêcher d'acquérir davantage de responsabilités comme je l'ai fait. Ta pauvre mère m'aurait tué si elle m'avait vu me comporter ainsi.

— Ah, fit Chloe en battant des cils pour retenir les larmes qui lui montaient aux yeux à chaque fois que son père parlait de sa mère.

— Tu seras toujours ma princesse, poursuivit-il, les yeux brillants de larmes. Mais tu es une adulte aussi, et une grande femme d'affaires, et je veux que tu saches que je suis très fier de toi.

Elle ne put répondre : sa gorge était bloquée par l'émotion. Elle parvint cependant à hocher la tête, tirant un sourire tremblant à son père, qui se tourna ensuite vers Flash.

Voyant son petit frère s'approcher, elle se crispa un peu. Apparemment, la tournée des excuses comprendrait toutes les étapes, mais elle n'était pas sûre d'être prête à entendre quoi que ce soit de la bouche de Flash.

Elle se sentit soulagée quand elle se souvint qu'il avait la mâchoire cassée.

L'air penaud, il sortit de sa poche une feuille de papier pliée qu'il lui tendit.

— Lis. S'il te plaît.

Elle hésita quelques secondes, mais finit par s'exécuter car, après tout, Flash demeurait son petit frère.

« Je me suis inscrit à un atelier de gestion de la colère et je ne participerai pas au concours tant que je n'aurais pas terminé les cours et purgé ma peine. J'accepte ta décision de me suspendre du All-Stars à cause de mes actions et ne te demanderai pas de lever la suspension avant le début de la prochaine saison. Je vais faire des efforts pour évoluer et devenir un homme meilleur. Je vais aussi arrêter de boire. Je te demande pardon de m'être comporté comme un imbécile.

Flash. »

— Ça, c'est bien vrai, marmonna-t-elle.

— Excuse-moi, dit-il entre ses dents serrées.

Il n'en restait donc plus qu'un. Dans l'expectative, elle tourna de nouveau son regard vers Pete, mais celui-ci restait toujours en retrait.

Ce fut Oliver qui parla :

— OK ?

Pete la regardait toujours, et l'expression de son visage évoquait presque du défi. Arrachant son regard au sien, elle se tourna vers son père et ses frères.

— Vous êtes ma famille. Alors, oui, OK. Mais ça ne règle pas le problème de savoir qui dirige le *All-Stars*.

Elle regarda de nouveau Pete, et il eut le culot de lui faire un clin d'œil. Ou, en tout cas, ce qui ressemblait à un clin d'œil. Peut-être était-ce simplement une grimace de douleur. Difficile à dire, avec toutes ces bosses.

— Il se trouve que si, répondit Oliver. Je vais te dire une chose, petite sœur : je déteste le rodéo.

— Et Flash et moi n'avons plus d'actions dans le concours, ajouta son père.

— Si je m'intéresse au *All-Stars* pour le marketing, reprit

Oliver, je n'ai ni l'envie ni le temps de m'occuper de la gestion au quotidien. Je dirige une société, je viens de me marier, notre bébé doit naître dans les jours à venir… Bref, je suis très occupé.

— Quant à moi, dit leur père, j'ai fini par comprendre que, même si j'adore le rodéo, je ne suis pas très doué pour gérer le concours.

— Et moi, j'ai tout fichu en l'air, marmonna Flash.

— Mais ? demanda-t-elle en voyant Oliver sourire comme s'il s'apprêtait à en venir à la bonne nouvelle.

— Mais le concours ne peut pas être dirigé par une seule personne, fit la voix de Pete.

Elle fut si étonnée qu'elle sursauta, avant de se retourner vers lui.

Passé l'effet de surprise, cependant, elle sentit une douce chaleur l'envahir. Il lui avait manqué. Elle le regrettait, mais il lui avait manqué.

— Exactement, acquiesça Oliver. Il vaudrait mieux qu'il soit dirigé par une équipe.

— Un couple de personnes qui aiment le rodéo et le considèrent comme leur famille, intervint son père.

— Comme leur univers, ajouta Pete d'une voix douce et chaude.

Où voulaient-ils en venir ? Elle n'arrivait plus à suivre le fil de la conversation.

— Qu'est-ce que vous essayez de me dire ?

— Je quitte le milieu du rodéo. Je n'ai plus d'actions, moi non plus, annonça Oliver en glissant son bras autour de la taille de Renee.

Il l'embrassa sur le front et porta sur elle un regard plein d'amour.

— C'est vrai ? fit Chloe, médusée.

Ce qui signifiait qu'elle était désormais la seule détentrice du *All-Stars*. Elle n'en croyait pas ses oreilles.

Mais en prononçant ces mots, elle s'était retournée vers Pete. Malgré son visage enflé, il lui semblait évident qu'il souriait. Et cette fois-ci, aucun doute : il venait de lui faire un clin d'œil.

— Il est temps de mettre un terme à ce conflit, annonça son père. Le *All-Stars* appartiendra toujours à une Lawrence, mais il appartiendra également toujours à un Wellington.

L'émotion fut telle que Chloe sentit ses jambes se dérober sous elle et dut s'accrocher à la rambarde du porche.

— Vous avez vendu vos parts à Pete ?

— En réalité, dit Pete en s'approchant enfin d'elle, ils m'ont proposé de me les donner.

Évidemment. Parce qu'ils ne pouvaient pas lui faire confiance pour diriger le concours seule. Ils pensaient qu'elle avait besoin d'un homme pour l'aider. Et dire qu'ils venaient d'affirmer qu'ils allaient désormais la traiter en égale. Toujours de belles paroles.

Folle de rage, elle se tourna vers Oliver.

— Tu as vendu tes actions à Pete ? Sans même me demander ?

Elle avait l'impression qu'un poids pesait sur sa poitrine et avait du mal à respirer.

Tout le monde fit un pas en arrière. Tout le monde, sauf Pete, qui s'approcha encore.

— Attends, ma belle, dit-il d'une voix douce.

Elle avait envie de les frapper, tous. Mais elle serrait les poings pour se retenir.

— Attendre quoi ? Tu es le seul à ne pas t'être excusé, si je ne m'abuse ?

Il eut le culot de paraître amusé par ces propos. Elle se félicita intérieurement de ne pas avoir cédé à l'instinct qui lui dictait de lui mettre son poing dans la figure. Mais, plaçant ses mains sur son torse, elle le poussa aussi fort qu'elle le put.

À sa grande satisfaction, le sourire disparut aussitôt de son visage.

— Doucement, ma belle. J'ai trois côtes cassées.

— Je m'en fiche. Vous ne changerez jamais, tous les quatre. Vous ne me laisserez jamais une part du gâteau. Vous avez apporté des modifications majeures à la direction du *All-Stars* et vous ne vous êtes même pas donné la peine de me consulter. J'en ai assez. Je n'accepte ni vos excuses vides de sens ni votre attitude condescendante. Vous n'avez pas confiance en moi. Aucun d'entre vous.

Le visage ruisselant de larmes, elle releva la tête vers Pete.

— Pas même toi, Wellington. J'espère que tu es content. Tu as eu ce que tu voulais. Tu as récupéré le concours.

L'air à la fois blessé et attristé, il se pencha vers elle.

— Chloe, dit-il d'une voix pleine de regrets et de souffrance.

Elle ne pouvait pas supporter cette ultime humiliation. C'était déjà assez horrible comme ça d'avoir à céder. S'il fallait en plus qu'elle le fasse devant un auditoire...

— Allez-vous-en, siffla-t-elle en plissant les yeux, ce qui ne lui permit néanmoins pas de retenir ses larmes.

Elle sentit la chaleur du corps de Pete une seconde avant qu'il ne passe les bras autour de ses épaules. Elle eut envie de le repousser, de lui mettre un coup de genou entre les jambes, de lui faire payer son comportement. Mais elle ne pouvait pas, parce qu'elle était tombée amoureuse de lui. Comme une idiote, elle l'attira donc plus près d'elle et laissa sa tête retomber contre son épaule.

— J'ai refusé, chuchota-t-il contre son oreille.

— Tu as refusé quoi ? demanda-t-elle, troublée.

— Les actions d'Oliver. Je n'en veux pas.

Incrédule, elle s'éloigna de lui pour mieux le regarder.

— Mais tu adores le rodéo. Récupérer le *All-Stars*... ça a toujours été ton objectif.

Elle regarda autour d'elle, mais son père et ses frères ne semblaient nullement disposés à lui expliquer de quoi il retournait.

Tendrement, Pete lui caressa la joue du bout des doigts.

— J'ai désormais un objectif plus important.

Elle prit une profonde inspiration, mais l'air ne sembla pas s'engouffrer dans ses poumons.

— Le concours est à toi, Chloe. Tes idées, ton énergie. C'est grâce à toi que tout fonctionne si bien. Il t'appartient.

À sa grande surprise, il plaça alors un genou à terre. Lentement et précautionneusement. Mais tout de même.

— Je t'appartiens, reprit-il en s'accrochant à ses mains. Tu m'as fait comprendre que la vie ne se limitait pas à ce bête conflit. Tu m'as rappelé ce que j'avais oublié : que le rodéo est une famille. *Ma* famille. Quand je suis avec toi, je suis dans mon univers. Alors, s'il te plaît, laisse-moi la chance de devenir ton univers aussi. Laisse-moi t'aimer un peu plus longtemps. Jusqu'à la fin de nos jours.

Pete Wellington était en train de lui faire sa déclaration. Pour être sûre qu'elle ne s'était pas évanouie ou qu'elle n'était pas en train de rêver, elle jeta un coup d'œil à Renee, qui hocha la tête comme pour l'encourager.

— Pete, tu es sûr ?

Oui, elle pleurait. Non, elle n'avait pas honte.

— Je n'ai jamais été aussi sûr de quoi que ce soit dans ma vie. Je serai toujours à ton côté, je me battrai pour toi. Même si tu dis non. Je te promets de t'écouter, et si j'oublie parce que je suis un homme, ce qui arrivera sans doute, je te donne la permission de me frapper. Mais seulement une fois que j'aurais récupéré, conclut-il en lui adressant un nouveau clin d'œil.

— C'est... Je... Mais pour ce qui s'est passé dans l'Oregon ?

Cette déclaration, elle avait très peur d'y répondre favorablement, mais il ne s'était pas excusé pour être sorti de ses gonds le week-end précédent, et elle ne comptait pas le laisser s'en tirer comme ça.

— Ça fait plusieurs jours, Pete, que je n'ai pas eu de tes nouvelles, et quand tu finis par m'en donner, tu le fais devant tout un auditoire ?

Comme ces mots se heurtèrent à un lourd silence, elle comprit qu'ils avaient sans doute été mal interprétés.

— Mais ne le prenez pas mal, s'adressa-t-elle à sa famille.

— Je vais faire pipi et on part, annonça Renee en se précipitant vers la maison.

Chloe se tourna vers Pete qui semblait avoir rougi, quoi qu'elle n'en fût pas vraiment sûre, avec tous ces hématomes.

— Nous voulions nous excuser, ma chérie, expliqua son père tandis qu'Oliver aidait Pete à se redresser. Et te montrer que nous étions tous d'accord pour tirer un trait sur le passé.

— Et aussi nous assurer qu'il n'y avait pas de malentendu, ajouta Oliver. J'ai bien proposé mes actions à Pete. Et il a effectivement refusé. Il faudra que tu viennes au bureau pour signer tous les papiers, mais le *All-Stars* est à toi, désormais.

— Quant à lui, reprit son père en désignant Pete, je reconnais qu'il est peut-être assez bien pour toi, après tout.

— Papa !

Tendrement, son père l'embrassa sur la joue.

— Mais c'est à toi de prendre ta décision, ma chérie. Oui, non, peut-être… tout nous ira. Nous serons avec toi parce que nous t'aimons. Nous ne voulons que ton bonheur. C'est tout ce que ta mère et moi avons jamais voulu pour toi, et si un Wellington est en mesure de te l'apporter, alors nous l'accueillerons comme il se doit dans notre famille.

— Sans trop lui taper dessus, conclut Flash.

Apaisée, elle les serra à tour de rôle dans ses bras. Ce fut à ce moment-là que Renee revint.

— Suis ton cœur, lui murmura-t-elle à l'oreille en lui disant au revoir.

— Appelle-moi quand le travail commencera, répondit-elle en souriant.

Puis tous s'engouffrèrent dans les camions, qui disparurent dans la poussière. Soudain, il n'y eut plus qu'elle et Pete.

Enfin.

Prenant une profonde inspiration, elle se tourna vers lui. À sa grande surprise, elle se rendit alors compte qu'ils se tenaient la main, leurs doigts entrelacés comme s'il en avait toujours été ainsi.

— Bon, commença-t-elle.

Mais elle ne put en dire plus. Il l'avait attirée contre lui et l'embrassait désormais avec une telle passion qu'elle sentait de nouveau ses genoux se dérober sous elle.

— Ma belle, murmura-t-il contre sa bouche. Épouse-moi. S'il te plaît.

— Plus de disputes avec ma famille, ordonna-t-elle en l'entraînant vers la maison.

Instinctivement, elle avait déjà commencé à déboutonner sa chemise.

— Plus de disputes. Je crois qu'on est tous d'accord là-dessus.

Juste devant la porte d'entrée, il lui retira impatiemment son T-shirt.

— Et tu dirigeras le *All-Stars* avec moi.

— Si tu veux. Mais cela restera ton concours. Je ferai ce que tu me diras.

Elle lui retira sa chemise ; il dégrafa son soutien-gorge.

— Et…

Elle ravala sa salive avec peine, se sentant soudain intimidée par son regard fixé sur ses seins.

— Et tu m'aimeras.

Baissant la tête, il porta sur elle un regard qu'elle reconnut. C'était le même que celui d'Oliver quand il regardait Renee.

C'était de l'amour.

— Toujours, confirma-t-il en appuyant doucement son front contre le sien. Je compte bien te prouver chaque jour qu'il me reste à vivre à quel point je t'aime. Si tu m'en laisses l'occasion, bien sûr. Tu es d'accord ?

Prenant soin d'éviter les hématomes, elle lui caressa tendrement le visage avant de se hisser sur la pointe des pieds pour en embrasser le côté le moins endommagé.

— Reviens à moi ce soir, Pete. Reviens à moi tous les soirs. Pour le reste de notre vie.

Les rodéos, les hôtels, les ranchs. Et Pete à son côté.

— Je suis à toi, dit-il comme une promesse solennelle.

Elle n'avait aucun doute sur le fait qu'il serait fidèle à sa parole.

KAREN BOOTH

Les couleurs d'un amour

Traduction française de
MARIEKE MERAND-SURTEL

PASSIONS

HARLEQUIN

Titre original :
BETWEEN MARRIAGE AND MERGER

Ce roman a déjà été publié en 2019.

1

Lily Foster aimait l'*idée* du mariage — deux personnes tellement éprises l'une de l'autre qu'elles se juraient de vivre ensemble jusqu'à la fin de leurs jours, mais la *réalité* du mariage, même en tant que simple observatrice, lui donnait des boutons. Là, par exemple, elle se trouvait dans le bureau de l'état civil de la ville de New York, sans l'apanage habituel de l'orgue, du prêtre ou de la mariée en longue robe, et la cérémonie la mettait quand même à cran. Elle avait la peau moite et trépignait sur place, son instinct lui dictant de s'échapper du bâtiment aussi vite que lui permettaient ses escarpins. Mais elle ne pouvait pas faire ça ; elle devait rester. Elle avait été généreusement invitée aux noces impromptues de la sœur de son patron et Lily aurait fait n'importe quoi pour ce dernier. À son propre détriment, elle adorait Noah Locke.

Toutefois, pour Lily, voir n'importe qui se marier était comme de déballer une vieille malle poussiéreuse emplie des souvenirs épouvantables du plus beau jour de sa vie, lequel avait viré au cauchemar. Quand une femme a été plaquée au pied de l'autel, quelles qu'en soient les raisons, elle ne l'oublie jamais. Et l'univers de Lily semblait vouloir à tout prix raviver sa mémoire aujourd'hui.

— En vertu des pouvoirs qui me sont conférés par l'État de New York, je vous déclare mari et femme.

Tempérant sa jalousie et retenant un sanglot de sentimentalisme, Lily observa les nouveaux époux — Charlotte, la sœur de Noah, et son homme honteusement beau, Michael — se perdre dans un baiser passionné. À cet instant, elle ressentait l'amour qu'ils partageaient avec une force vitale qui la cingla à distance. Des larmes silencieuses coulèrent sur ses joues. Charlotte, dans une robe blanche qui lui arrivait aux genoux et moulait son ventre arrondi par cinq mois de grossesse, se hissa sur un pied, lançant l'autre en l'air. On aurait dit la couverture d'un joli roman à l'eau de rose. C'en était trop pour Lily. Elle ne pouvait plus en voir davantage.

Elle sortit un mouchoir en papier de son sac et osa jeter un coup d'œil à Noah, debout près du marié. Noah ne regardait pas non plus le baiser. Il avait les mains enfouies au fond des poches de son costume gris à la coupe ajustée, le nez baissé sur ses chaussures, sans doute parce qu'elles étaient belles et coûteuses — comme tout dans sa vie. Noah était un playboy notoire, au point que les tabloïds new-yorkais adoraient jouer avec lui au chat et à la souris. Les mariages n'étaient indéniablement pas son truc, Lily n'avait même pas à lui poser la question.

Pas étonnant que Noah ait choisi d'enchaîner les conquêtes. Il était parfait — grand et mince, athlétique, mais pas musculeux, doté de cheveux brun-roux savamment ébouriffés, assez courts autour des oreilles et sur la nuque, mais un peu trop longs sur le dessus. Ses yeux vert émeraude étaient hypnotisants, à moins que ce ne soit l'ensemble de sa personne qui poussait Lily à oublier ses mots ou ce qu'elle était censée faire. Noah était ce genre d'homme qu'on ne pouvait cesser de contempler et à qui on ne pouvait s'empêcher de penser. Dieu merci, Lily avait globalement dépassé ce stade. Cela faisait deux ans qu'elle s'entraînait à ignorer les traits ensorcelants de Noah. Elle n'avait pas le choix : en tant que son patron, Noah était zone interdite. Son travail comptait trop pour elle. Non seulement elle y excellait, mais, mieux encore, Noah et son frère Sawyer en avaient conscience.

Charlotte se retourna vers Lily et Noah. Son sourire radieux de jeune mariée illuminait son visage.

— Merci d'être nos témoins, déclara-t-elle. Michael et moi vous en sommes vraiment très reconnaissants. Je ne sais pas quoi dire. Ça nous a pris d'un coup, et on a décidé qu'il fallait le faire aujourd'hui.

Michael déposa un baiser sur le sommet de son crâne. Tous deux étaient si adorables ensemble que le cœur de Lily en était un peu meurtri. Autrefois, elle avait vécu un amour merveilleusement romantique tel que celui-ci. Ou c'est ce qu'elle avait cru, mais il lui avait échappé des doigts, fiancé compris.

Noah s'avança pour embrasser sa sœur sur la joue, puis il serra la main de Michael.

— On était ravis de le faire. Félicitations.

Le téléphone de Charlotte sonna et elle poussa un petit cri, saisit Michael par le bras et se précipita avec lui dans le hall. Probablement des connaissances célèbres. La famille Locke était connue pour son réseau considérable de relations.

— Tu veux boire un verre ? Il est presque 17 heures. Pas la peine de retourner au bureau, proposa Noah d'un ton désinvolte, comme si Lily n'était qu'une bonne copine.

Un rôle qu'elle aurait toujours dans l'esprit de son patron, soupçonnait-elle. Noah et elle avaient participé à quelques activités sociales ensemble, certes amusantes, mais qui inspiraient à Lily de vains espoirs, et la laissaient aux prises à des rêves sexy, du genre où elle se réveillait à 4 heures du matin, en nage et suffocante. Le style de fantasmes qui vous rendaient incapable de vous résoudre à ouvrir les yeux ou à sortir du lit. Vous vouliez y rester à languir éternellement.

— C'est gentil, mais je crois que je vais rentrer, enlever ces chaussures et peut-être lire un peu.

— Vendredi soir. Tu vas aller dans cette librairie que tu aimes tant ? Comment elle s'appelle, déjà ?

Le lieu préféré de Lily en ville était une librairie spécialisée dans les romans d'amour.

— *Cotillons et Liaisons*. Tu connais toutes mes combines, hein ?

— J'essaie. Je suis attentif. C'est un art qui se perd, tu sais.

Leurs regards se nouèrent, et le cœur de Lily s'emballa. *Boum boum. Boum boum.* C'était comme si les iris de Noah étaient magnétiques, l'aimantaient, lui interdisant de détourner les yeux. Elle aurait voulu mettre le monde sur Pause et tout simplement les contempler pendant des heures. Entre de multiples baisers, bien entendu. Tant qu'à plonger dans un fantasme, autant le bâtir exactement tel qu'elle le souhaitait.

— C'est parce que je n'arrête pas d'en parler.

— Je suis certain que ce n'est pas la raison, objecta Noah avant de se racler la gorge. En tout cas, merci d'être venue aujourd'hui. Charlotte ne pouvait pas gérer à la fois le mariage et le bébé en route. En fait, je suis content pour elle. Je n'aimerais pas non plus devoir affronter ce genre d'organisation. Ça paraît être une véritable épreuve, et ensuite, d'un coup, c'est terminé.

— Certes. Moi non plus.

Noah n'en soupçonnait pas le quart de la moitié. Et il aurait beau être le plus attentif du monde, jamais Lily ne lui en parlerait. Certaines choses gagnent à rester enterrées.

— Bon, eh bien, à lundi, alors.

— Dac. Passe un bon week-end.

Lily sourit et tourna les talons — comme si cela ne faisait pas un mal de chien de s'éloigner de Noah Locke.

Travailler avec Lily était toujours plus difficile le lundi. Noah avait enduré plusieurs jours loin d'elle, et sa capacité à garder son sang-froid s'était émoussée. Aujourd'hui s'annonçait un début de semaine particulièrement difficile : il n'arrivait même pas à la regarder.

— Tu es là tôt pour un lundi matin, lança-t-elle de sa joyeuse voix chantante habituelle.

Elle se tenait sur le seuil de son bureau, éblouissante de beauté.

— Il y a une réunion en urgence sur le contrat Hannafort Hotels. Charlotte vient y assister aussi. Je ne sais pas si elle te l'a dit, mais on l'a mise sur le coup, étant donné qu'elle était à l'initiative du projet.

Noah n'avait toujours pas levé la tête, mais il voyait dans la périphérie de son champ de vision que Lily portait son pull bleu. LE pull bleu. Celui qui soulignait non seulement toutes ses courbes affriolantes, mais également le saphir fascinant de ses yeux.

— Ah ! D'accord. Laisse-moi poser mes affaires, vérifier les mails et j'arrive.

— Ça marche.

Comme si le pull ne suffisait pas, impossible d'échapper à son parfum divin. Son sillage flottait dans l'air quand elle quittait la pièce — exquis et solaire, à son image. Il allait devoir imposer des bouchées doubles à sa volonté aujourd'hui.

— À moins que tu aies besoin de quelque chose tout de suite, ajouta-t-elle.

Il l'entendait tapoter des doigts sur le chambranle de la porte. L'espace d'un instant, il imagina ces doigts fins déboutonner sa chemise, toucher la peau nue de son torse. Il devait à tout prix interrompre le fil de ces réflexions, sinon il allait perdre les pédales.

— C'est bon. Prends ton temps.

Sur ces mots, Lily quitta la pièce. Noah recula sur son siège et poussa un énorme soupir. *Ça devenait impossible.*

Même après deux années, sa relation amour/haine de travail avec Lily ne s'améliorait pas. Il adorait voir son visage chaque jour, la manière dont elle illuminait le bureau et réussissait à adoucir des situations tendues, mais il détestait qu'elle parvienne à le rendre totalement abruti. Il détestait se trouver dans des espaces confinés avec elle, comme l'ascenseur, où il lui fallait rassembler une force surhumaine pour s'empêcher de lui dire à quel point il avait envie de l'embrasser. Il détestait devoir refouler tout ça à l'intérieur de lui. Ce n'était pas ainsi qu'il fonctionnait avec les femmes.

Mais si une femme était bien zone interdite, c'était Lily. C'était une employée de rêve, intelligente, compétente, qui apprenait vite, très organisée et méticuleuse. Elle était trop précieuse pour Locke and Locke, l'entreprise que Noah possédait et dirigeait avec son frère Sawyer. Comme l'avait répété Sawyer à maintes reprises, Lily était peut-être exceptionnellement ravissante, adorable et futée, mais Noah devait garder sa langue dans sa bouche et ses yeux dans sa tête. Pour compenser, il laissait sa langue et ses yeux se balader ailleurs. Ça aidait, mais pas beaucoup.

— Me revoilà !

Lily pénétra d'un pas dansant dans la pièce et entreprit de

redresser des piles de dossiers sur son bureau. Elle savait exactement comment il aimait que soient les choses, et il n'avait même jamais eu à le lui dire. Elle s'était contentée de relever ses préférences.

— Tu as passé un bon week-end ? demanda-t-il d'un ton badin en lui jetant un coup d'œil à la dérobée.

Ses cheveux dorés ramenés en chignon bas attiraient l'attention sur sa nuque gracieuse. Il adorait l'aspect bibliothécaire coquine que ça lui donnait. Il voulait qu'elle le dévisage par-dessus des lunettes et lui intime le silence.

— Comme d'habitude.

— Vendredi soir à la librairie romantique ?

— Je peux y rester des heures et me perdre dans des histoires d'amour.

Il trouvait craquant que Lily soit mordue de lecture. Lui aussi lisait beaucoup, mais il préférait les non-fictions — livres historiques et biographies. Il n'était pas un romantique incurable comme Lily, ce qui contribuait sans doute largement à son attirance pour elle. Il mourait d'envie de s'alléger au moins un peu de son pessimisme quant à l'amour. À titre d'exemple, Lily avait fondu en larmes lors du mariage de Charlotte, même si la cérémonie civile n'avait rien du tralala sentimental d'un mariage traditionnel. Si Noah était heureux pour sa cadette, l'émotion ne l'avait pas étreint. En fait, pour être honnête, la seule notion de mariage le perturbait.

La voix de Charlotte leur parvint depuis le hall.

— Il semble que ma sœur soit arrivée.

Allez, au boulot. Noah se leva de son fauteuil et ne s'autorisa qu'un infime regard à Lily en jupe crayon noire. Étudier le balancement de ses hanches était un luxe qu'il ne pouvait se permettre.

Il alla accueillir Charlotte dans la partie réception, autrement dit le domaine de Lily.

— Bonjour, Charlotte.

Charlotte venait de temps à autre au bureau, surtout depuis qu'elle était impliquée dans la transaction avec Hannafort Hotels, mais elle débarquait d'ordinaire à l'heure du déjeuner. Sa présence dès le matin n'était pas normale. Elle était toujours trop occupée à courir partout pour ses contrats d'agent immobilier, et dernièrement pour son rôle de future maman.

— Est-ce que Sawyer t'a parlé de la vidéo ?

La voix de Charlotte frisait les aigus tandis qu'elle écartait ses longs cheveux blonds et déboutonnait son manteau de laine.

— Sawyer est en ligne avec M. Hannafort, déclara Lily tout en s'affairant, lançant la photocopieuse, répondant au téléphone. Il m'a laissé un mot demandant de ne pas le déranger. Je ne sais pas quand il aura terminé.

La porte de Sawyer s'ouvrit à ce moment-là et il sortit de son bureau. Il avait ôté sa veste et roulé ses manches de chemise, comme s'il était déjà au travail depuis des heures. Ce n'était pas bon signe, puisqu'il était à peine 9 h 10.

— Charlotte, tu as parlé à Noah du reportage ?

— Je n'ai pas eu le temps, répondit Charlotte.

— Elle vient d'arriver, renchérit Noah, se sentant exclu. Quelqu'un peut me dire ce qui se passe ?

— Hannafort l'a vu. Il est furieux, ajouta Sawyer.

— Oh non ! s'exclama Charlotte.

Elle se rua dans le bureau de Sawyer avec la fougue théâtrale d'un avocat sur le point de déclarer : « Objection ! »

— Tu veux assister à ça ? demanda Noah à Lily.

Il ne savait pas très bien dans quel « ça » il s'apprêtait à poser le pied, mais Sawyer et lui mettaient un point d'honneur à inclure Lily dans les discussions de haut niveau — elle méritait cette opportunité et cela facilitait tout le fonctionnement du bureau.

— Oui, mais j'ai presque fini les projections Hannafort. Vous en aurez besoin pour la réunion. Vas-y, je te rejoins.

Elle lui adressa un grand sourire — un flash de blanc éclatant encadré de lèvres pleines et roses. Noah savoura l'instant. Il pressentait que le reste de sa journée allait sérieusement se gâter. Il entra d'un pas lent dans le bureau de son frère.

— Quelqu'un veut bien me dire ce qui se passe ?

Il prit un des deux sièges en face du plan de travail de Sawyer. Charlotte occupait l'autre. Le soleil matinal coulait à flots par les grandes fenêtres de leur immeuble dans le quartier de Chelsea à

Manhattan. C'était une belle journée de fin mars, un peu fraîche au goût de Noah, bien que l'humeur ambiante soit plus froide encore.

— Charlotte m'a appelé tôt ce matin, déclara Sawyer.

— J'ai essayé de te joindre, Noah, mais je suis tombée sur ta messagerie. Pourquoi tu ne décroches jamais ?

Noah détestait son portable. Il l'éteignait souvent, ou le laissait tout simplement dans une autre pièce. Il y avait quelque chose dans le fait d'être en permanence disponible pour tout le monde qui le révulsait — ça lui donnait l'impression d'être piégé.

— Pardon. Et donc ?

Charlotte sortit son téléphone.

— J'ai sauvegardé le lien.

Sawyer leva une main et tourna son ordinateur portable de manière que Charlotte et Noah puissent voir l'écran.

— Gagnons du temps. Je l'ai téléchargé. Lyle Hannafort me l'a envoyé.

La page Web ouverte par Sawyer semblait être un site de potins en ligne, ce qui était plutôt étonnant de la part de Sawyer. Quand il allait sur Internet, il regardait les marchés financiers ou le sport, surtout le basket universitaire en cette période de l'année.

— Là, je suis vraiment perdu, avoua Noah.

— Tu ne vas pas le rester longtemps.

Sawyer fit défiler la page et cliqua sur une icône. La vidéo commença.

Il suffit à Noah d'entendre son nom, susurré par une femme à la voix sensuelle, pour sentir la terre s'écrouler sous ses pieds.

Le sémillant homme d'affaires new-yorkais, Noah Locke, du groupe hôtelier familial Locke, a été très occupé avec les dames au cours des derniers mois. Et nous pesons nos mots.

Le sang se figea dans les veines de Noah. Ses mains devinrent glacées. Il avait déjà figuré dans des tabloïds, mais cette fois c'était autre chose. Les images s'enchaînaient comme un film, cliché après cliché de Noah entrant et sortant de bars, de restaurants ou d'immeubles dans toute la ville. Une femme différente à son bras sur chaque photo. Avec un décompte à voix haute. Une... deux... trois... Ils arrêtèrent la vidéo à quinze. Noah avait la nausée.

Bien que son frère Sawyer et sa sœur Charlotte se soient tous les deux casés, il semble que Noah se mobilise pour perpétuer le tempérament rebelle Locke. Son père, James Locke, s'est non seulement marié quatre fois, mais il a également eu des liaisons avec des centaines de célébrités new-yorkaises au fil des ans. Peut-être que le cadet des Locke suit le modèle de son cher papa.

Noah avait un talent réel pour ignorer certaines choses, mais, à cet instant précis, il avait envie d'enfoncer son poing dans un mur de briques.

— Je vais appeler notre avocat, ceci est de la diffamation.

— Ah oui ? fit Sawyer. Y a-t-il un seul mensonge là-dedans ?

Au grand soulagement de Noah, il retourna l'ordinateur. Le dernier commentaire de la voix off sur la vidéo était déjà gravé à jamais dans son cerveau. *Peut-être que le cadet des Locke suit le modèle de son cher papa.* Ce n'était *pas du tout* le cas.

— Eh bien ? insista Charlotte. Tu n'as pas répondu.

Noah se renfonça dans son fauteuil, front plissé, cherchant quelque chose qui soit inexact dans cette vidéo. Il aurait réclamé de la voir une nouvelle fois si elle ne donnait pas autant l'impression qu'il était un être minable. Était-il mauvais à ce point ? Il ne voulait pas le penser.

— Ma foi, non. Enfin, oui, je suis sorti avec toutes ces femmes, c'est vrai. Mais pour autant que je sache, on vit dans un pays libre, et un célibataire a le droit de dîner avec une célibataire du sexe opposé.

— Ou quinze, même, ironisa Charlotte.

Terriblement mal à l'aise, Noah serra la mâchoire.

— Je ne vois pas bien l'intérêt de ce truc. Ils n'ont pas d'autres informations à donner aujourd'hui ?

— Les gens raffolent des ragots. Surtout sur les hommes riches qui aiment fréquenter de jolies femmes, répliqua Charlotte. Tu devrais le savoir, depuis le temps.

Noah le savait, mais, par le passé, Sawyer avait le plus souvent été la cible de la presse à sensation quand il y avait quelque chose de glauque à dire sur la fratrie. Charlotte avait parfois été étrillée pour ses manières de fêtarde, mais ça remontait. Maintenant que l'aîné et la benjamine s'étaient mariés, et que les deux couples attendaient chacun un bébé, Noah se retrouvait apparemment en haut du panier des comportements douteux de la famille Locke.

Il se souvint alors de la phrase qu'avait lancée Sawyer avant qu'ils n'entrent tous dans son bureau.

— Une seconde. Hannafort a vu ça ? Comment ça se fait, nom d'un chien ?

— C'est Internet, Noah. Ce truc-là est viral, ça se répand vitesse grand V. Il n'est pas très heureux non plus, crois-moi.

Le contrat sur lequel ils travaillaient avec Lyle Hannafort, fondateur et P-DG de Hannafort Hotels, était énorme. De quoi changer complètement la donne. Il y avait une tonne d'argent à la clé.

— Il va droit au but, poursuivit Sawyer. Et ce n'est pas le genre à mâcher ses mots, d'autant plus qu'il est déjà prédisposé à penser pis que pendre de quiconque s'appelle Locke. Tu sais quel mal on a eu à le convaincre qu'on n'était pas comme papa.

Lyle Hannafort haïssait Sawyer et leur père, et c'était réciproque. Ils étaient concurrents et ennemis jurés. Autant cela constituait sans doute une des raisons ayant incité Lyle à réfléchir à ce contrat, autant c'était aussi une raison pour qu'il l'annule.

— Je suis parfaitement conscient du travail que ça nous a demandé, oui.

— Il déclare ne pas être certain de pouvoir faire des affaires avec un homme qui ne traite pas les femmes correctement, conclut Sawyer.

Noah bondit de son siège et planta son index sur le bureau de son frère.

— On se calme, hein ! Emmener une femme dîner n'équivaut pas à la traiter mal. Je me comporte toujours en gentleman. Toujours !

— Tu te comportes juste *beaucoup* en gentleman, railla Charlotte en haussant un sourcil réprobateur.

Noah aurait aisément pu lui renvoyer la balle — par le passé, Charlotte était sortie avec la moitié des célibataires de Manhattan —, mais il ne pouvait pas se montrer méchant avec elle. En outre, elle était enceinte, et s'il s'inquiétait d'être vu comme un odieux personnage, il avait conscience que s'en prendre à elle ne serait pas pertinent.

— Je sais que tu es un chic type, Noah, déclara Sawyer. Charlotte le sait aussi. Mais Hannafort a bâti un empire sur sa condition de mari fidèle dévoué à sa famille. Il a cinq filles adultes, et je suis persuadé qu'il a croisé sa part d'hommes qui se comportent mal. Il admet parfaitement être vieux jeu. Sa femme et lui étaient déjà ensemble au lycée.

Noah avait été impressionné d'apprendre cette anecdote à propos des Hannafort. Ça faisait longtemps avec une seule personne. Comment y arrivaient-ils ? Dans la famille de Noah, personne n'y parvenait. Leur père avait ruiné chacun de ses mariages, et il y avait eu un tas de petites amies sérieuses entre deux. Toutefois, il existait une différence évidente entre Noah et son père : l'un était un monogame en série, poussant les relations jusqu'à l'adoration uniquement pour les détruire ; l'autre, Noah, connaissait ses limites. Il ne menait jamais une femme en bateau. Jamais. Il était toujours clair sur où et quand les choses s'arrêtaient.

— Alors, quel est le propos de Hannafort ?

— Disons qu'on est passés d'une position où les deux parties étaient emballées à une position où l'une envisage de quitter le bal.

Cela ne faisait que quelques semaines que le contrat était en discussion, ce qui rendait la situation encore fragile. Après des mois à convaincre Lyle de prendre langue avec eux, ils commençaient tout juste à être à l'aise les uns avec les autres. C'était censé être la phase lune de miel, mais elle semblait terminée.

— Sérieux ? C'est grave à ce point ?

— D'après lui, il ne supporte pas la pub négative qui aurait facilement pu être évitée, répondit Sawyer en se balançant sur son siège.

— Comment j'aurais pu prévoir ça ? Personne ne pouvait l'anticiper, protesta Noah.

Il s'était réjoui d'une journée de bureau tranquille. Il n'avait pas de réunion, juste quelques coups de fil à passer, et Lily et lui devaient discuter de certains nouveaux projets. Il avait attendu tout cela avec hâte, quelles qu'aient été ses difficultés à se concentrer sur le travail.

— À mon avis, il estime que cela ne serait jamais arrivé si tu n'étais pas un mec qui sort avec des dizaines de filles.

— Ce qu'il veut dire en réalité, c'est : si je n'étais pas comme papa.

Ce que je ne suis pas, grommela Noah dans son for intérieur, hyper frustré. Jamais il ne l'admettrait devant quiconque, mais s'il fréquentait autant de femmes, c'était en partie à cause de Lily : les soirées où il rentrait seul étaient atroces ; il était incapable de regarder la télé, incapable de lire un livre ; son esprit ne cessait de dériver vers Lily, tout ce qu'elle avait fait ou dit au cours de la journée repassait dans sa tête comme un film sans fin. Elle avait quelque chose qui le paralysait.

Mais Sawyer avait été extrêmement clair à ce sujet — et c'était bien dommage. *Lily est la meilleure employée qu'on ait jamais eue. Elle est parfaite. Ne fiche pas tout ça en l'air. On a besoin d'elle, et toi, tu ne sais que briser les cœurs.*

Noah avait saisi le message : Lily était un fruit défendu.

— Comment convaincre M. Hannafort que Noah n'est pas ce genre de type ? demanda Charlotte.

Sawyer ricana.

— En lui trouvant une épouse. Ou une fiancée.

Charlotte réprima un sourire ironique.

— Mais il faudrait que ce soit tout de suite. De préférence avant qu'on aille au mariage de la fille de Hannafort.

— Dans l'idéal, oui.

Sawyer plongea son regard dans le vague, comme s'il se creusait la cervelle, tandis que Charlotte faisait de même. Noah refusait de contribuer à leur remue-méninges grotesque. Il n'y avait dans sa vie aucune femme qu'il envisagerait d'épouser, tant s'en faut.

Un coup fut frappé à la porte. Noah se retourna alors que Lily entrait, quatre classeurs noirs dans les bras.

— J'ai les projections de recettes de l'équipe de M. Hannafort. Je les ai croisées avec les nôtres, qui sont bien plus modestes.

— Formidable. Merci, Lily, dit Sawyer.

Lily distribua les documents tandis que Noah se mettait debout.

— Lily, tu peux prendre mon siège. Je suis bien ici.

Elle se cala dans le fauteuil en remuant des hanches de part et d'autre.

— Hum, tu m'as chauffé la place, lança-t-elle.

Le souffle de Noah se bloqua dans sa gorge. Seigneur, elle allait le tuer !

Il ouvrit son classeur. Il n'avait pas le temps d'étudier toutes les informations rassemblées dedans, mais un simple coup d'œil aux tableaux de calcul lui apprit une chose : ils allaient gagner beaucoup d'argent si l'affaire se réalisait. Et ses actes, parfaitement innocents sur le moment, pourraient finir par tout faire capoter. Charlotte et surtout Sawyer ne lui pardonneraient jamais. Il y avait déjà assez d'acrimonie dans sa famille de la part de leur père et Noah refusait qu'à cause de lui, ce marché leur explose à la figure.

— Waouh, fit son frère en tournant les pages. Ces chiffres sont impressionnants.

— En effet, répliqua Charlotte, refermant son classeur et mordillant son ongle. On ne peut pas laisser passer ça.

— Non, renchérit Noah. On ne peut pas.

Il cherchait désespérément à moins se sentir dans la peau d'un don Juan.

Charlotte le fixa, les yeux étrécis, puis reporta son regard sur Lily. Elle se redressa sur son siège et se tourna vers la jeune femme.

— Lily, je peux te poser une question ?

— Bien sûr.

— Est-ce que ça te plairait de tous nous accompagner à un mariage ? Ce week-end. J'ignore quel genre d'obligations personnelles tu as, et je sais que je m'y prends tard.

À mesure que les paroles de sa sœur atteignaient ses oreilles, Noah comprit ce qu'elle était en train de faire. Elle lui tendait un piège. Avec Lily. La femme qu'il essayait coûte que coûte de considérer comme « juste amie ». Il fit les gros yeux à Charlotte, laquelle lui retourna un regard glacial.

— Un mariage ? Le mariage d'Annie Hannafort, tu veux dire ?

Charlotte eut un sourire désinvolte, comme si tout cela était parfaitement logique et ne causait pas le moindre problème. Noah avait déjà une bonne dizaine de raisons pour ne pas faire ce que sa sœur s'apprêtait à suggérer, alors qu'il commençait à peine à prendre conscience des implications.

— Exactement. En fait, on aurait besoin que tu joues la petite amie de Noah. Enfin, plus que sa petite amie : on voudrait que tu prétendes être sa fiancée.

2

Lily trouva la force de conserver son sourire, persuadée que son visage s'était figé. Elle réussit à battre des cils, ce qui signifiait que ses yeux fonctionnaient. Tant mieux. Son cerveau, entre-temps, tournait en rond comme une poule décapitée. Charlotte Locke avait-elle bien prononcé ces mots ? Prétendre être la fiancée de Noah ? À un mariage, qui plus est ?

Son pire cauchemar et son fantasme le plus secret avaient décidé de fusionner.

— Tu es sérieuse ?

Elle se rendit compte à quel point cette question devait paraître horrible pour Noah, mais elle avait un besoin urgent d'explications. Ça lui rappelait le moment affreux où son plus gros béguin de lycée lui avait demandé de sortir avec lui devant ses copains, uniquement pour exploser de rire. Ce jour-là, Lily avait appris qu'un cœur pouvait se désintégrer.

— Je sais que ça semble un peu étrange, mais il y a une raison derrière ça et tu aiderais grandement la société.

Noah s'approcha et posa les fesses sur le bord du bureau de Sawyer, croisant ses longues jambes et l'observant avec un air d'embarras absolu. Une expression pénible à subir, qui en révélait beaucoup sur son authenticité. Malgré cela, Noah était un ravissement pour les yeux.

— Tu n'as pas à faire ça, déclara-t-il. Cela ne fait pas partie de ton travail.

Lily n'arrivait pas à décider s'il disait ça parce qu'il voulait à tout prix y échapper, ou par simple gentillesse à son égard. Elle espérait que la seconde hypothèse était la bonne, ne serait-ce que pour épargner sa propre fierté.

— On te paierait, bien entendu, intervint Sawyer. Il faut qu'on détermine la somme. Prends donc le temps de réfléchir à ce dont tu aurais besoin pour trois jours loin de chez toi.

— À jouer la fiancée de Noah, ajouta Lily, voulant s'assurer qu'elle avait bien saisi cette partie-là.

— Oui. Une vidéo très peu flatteuse de Noah est apparue sur un site people et on essaie d'en juguler les effets. M. Hannafort souhaite avoir la preuve que les Locke ne sont pas un boulet en termes de publicité.

— Une vidéo peu flatteuse ? répéta Lily, incapable d'imaginer à quoi la sœur de Noah faisait allusion.

— Tu veux la voir ? proposa Charlotte.

Noah grogna. Ses larges épaules s'affaissèrent.

— Ne lui montre pas, objecta-t-il. Cette vidéo est dévalorisante. Lily et moi devons travailler ensemble. Je n'ai pas envie qu'elle me considère de cette manière.

Charlotte se pencha en avant.

— C'est à propos du troupeau de femmes avec qui il est sorti dernièrement.

Lily sentit ses lèvres se serrer. Oh ! elle en savait long sur Noah et ses conquêtes féminines. Certaines étaient passées au bureau, toutes d'une beauté intimidante, toutes comblées par les propos charmants dont il les abreuvait. Lily aurait fait n'importe quoi pour qu'un homme lui dise un dixième de ce que Noah déclarait régulièrement à ces « amies » auxquelles il tenait apparemment extrêmement peu.

— Je vois.

— Donc, comme je disais, reprit Sawyer, on devra fixer une somme, mais je promets que ça vaudra le coup pour toi. Ce n'est pas quelque chose que je ferais normalement, mais aux grands maux, les grands remèdes.

Lily croisa les jambes, l'esprit enlisé par la difficulté de décider si c'était une bonne idée ou pas. Elle adorait travailler pour Sawyer et Noah, donc refuser serait presque impossible. Elle n'avait pas la fibre pour les décevoir. Mais un des inconvénients à être employée chez Locke and Locke, c'étaient les opportunités limitées d'avancement. Elle avait déjà largement dépassé les paramètres de son titre de secrétaire de direction. Sawyer et Noah lui avaient donné de plus en plus de responsabilités, ils avaient même augmenté son salaire, mais elle était capable de bien davantage encore — contre une rémunération adéquate. Elle travaillait dur, mais n'était pas idiote. Elle n'allait pas se tuer à la tâche s'ils se contentaient de profiter d'elle.

— Si je fais ça, je ne veux pas être indemnisée par de l'argent. Je souhaite un morceau de la société. Un petit morceau, mais un morceau. Je crois avoir démontré que je suis un atout précieux pour l'entreprise, mais je veux faire plus.

Lily s'épatait elle-même. Elle avait sorti son laïus sans bafouiller. Elle redressa le dos, refoulant férocement toute inquiétude sur la façon dont serait accueillie sa proposition.

Sawyer hocha lentement la tête, comme s'il lui fallait encore un peu de temps pour assimiler.

— Ce n'est pas à moi de décider, déclara Charlotte en jetant un coup d'œil à son téléphone. Je suis impliquée dans la négociation Hannafort et c'est tout. Je vais aussi être en retard chez mon médecin si je ne pars pas maintenant.

Elle se leva, adressa un regard éloquent à ses deux aînés.

— Ne foirez pas ce truc. Et Lily, ne les laisse pas tout fiche en l'air.

Lily sourit tandis que Charlotte s'en allait. La manière dont cette dernière mettait ses frères en garde lui plaisait.

— Qu'est-ce que tu en penses ? demanda Sawyer à Noah.

— Tu l'as dit toi-même mille fois. Lily est de loin la meilleure employée qu'on n'ait jamais eue. Elle est irremplaçable. Si elle est prête à me supporter le temps d'un week-end, on devrait lui donner ce qu'elle veut.

Sawyer gloussa, ce qui fit rire Noah, et la poitrine de Lily se gonfla de bonheur. Savoir qu'elle avait été un sujet fréquent de discussion entre les frères, et sur un jour aussi positif, l'emplissait de fierté. Cela renforçait sa décision prise deux ans auparavant de se concentrer sur sa carrière et d'oublier vie personnelle et amoureuse. Voilà qui pourrait bien finir par s'avérer payant.

— Je crois qu'un pour cent serait honnête, dit Noah.

— D'accord. Ça ne paraît peut-être pas beaucoup, ajouta vite Sawyer, mais si le contrat Hannafort se réalise, ce sera considérable. Et cela devrait rapporter des bénéfices pendant des années. Pas mal pour trois jours de boulot.

Lily était plutôt douée pour les chiffres, alors elle savait exactement ce que 1 % de Locke and Locke pourrait représenter au final, surtout après avoir travaillé sur les projections Hannafort. Un bas de laine jusqu'au restant de ses jours ? Tout ça pour un week-end à prétendre être amoureuse du sublime et inaccessible Noah ? La question ne se posait pas. Même si la partie concernant Noah lui nouait le ventre. Oui, les mariages étaient un pensum, mais elle venait d'en subir un. Alors un de plus, quelle différence ?

— Je vais le faire, déclara-t-elle.

— Excellente nouvelle, merci, répliqua Sawyer, avant d'insister, sourcils froncés : Tu sais, j'espère, que ce n'est pas quelque chose qu'on te demanderait normalement.

— Ça fait deux ans que je suis ici. J'ai bien remarqué que ce n'est pas ainsi que les choses fonctionnent d'ordinaire, mais, parfois, il faut savoir sauver les apparences.

— Voilà.

— Je ferais bien de regagner mon bureau. J'ai un tas de trucs à faire et une tonne de mails en attente.

Lily se leva, mais quelque chose la chiffonnait encore. Est-ce que cela risquait de gâcher sa relation professionnelle avec Noah ? Ils s'entendaient si bien. Elle ne voulait pas de malaise entre eux par la suite.

— Il est bien clair que c'est uniquement pour la galerie, hein ? On fait semblant. Rien de plus.

Les yeux de Noah croisèrent les siens, et elle se sentit nue.

— Cela va sans dire, acquiesça-t-il.

Elle sourit, opina en bonne employée loyale qu'elle était, mais, en son for intérieur, elle pensait « évidemment ». Noah Locke était *ce genre* d'homme, et le serait toujours.

Noah referma la porte derrière Lily, puis commença à arpenter le bureau à grandes enjambées.

— Je crains que vous n'ayez pas bien réfléchi. On parle de feindre d'être fiancés. Tu sais ce que font des fiancés ?

— Hum, je crois, oui, mais vas-y, mets-moi au courant.

Sawyer continuait de parcourir les comptes rendus Hannafort, l'écoutant d'une oreille distraite.

— Ils s'enlacent. S'embrassent. Se tiennent les mains.

— Très juste. Et je sais que tu te souviens comment faire ces choses-là, répliqua Sawyer, tournant une autre page.

— Mais je ne suis pas censé rester à l'écart de Lily ? C'est toi qui n'as eu de cesse de me répéter que je devais faire comme si elle était ma sœur. « Ne fiche pas la pagaille, Noah. » « Arrête d'inventer des excuses pour t'approcher d'elle, Noah. »

Il planta les deux mains sur le bureau et fixa son frère.

— Votre joli plan risque justement de fiche la pagaille. Et ensuite ? On perd notre meilleure employée à cause d'une combine débile ?

Sawyer ferma le classeur et le regarda dans les yeux.

— Tu vois enfin le bien-fondé de mon argument d'origine ? Quand on est obligés de l'oublier ? Je crois que si cette vidéo a prouvé une chose, c'est que quitter une femme ne te pose aucun problème, alors je ne me fais aucun souci pour tes sentiments. Quant à Lily, elle sera grassement récompensée et elle semble parfaitement s'accommoder avec l'idée. C'est une fille très forte. Je suis un peu inquiet, mais pas outre mesure. À quel point deux personnes peuvent-elles s'embrouiller en trois jours ?

— Honnêtement, je n'en sais rien. Je n'ai encore jamais été faussement fiancé.

— Et c'est le point important à ne pas oublier. C'est du chiqué, pas la réalité. Ce n'est pas comme si tu l'avais vraiment poursuivie de tes assiduités. Cela aurait heurté ses sentiments quand tu déciderais d'y mettre fin. Ou...

— Ou quoi ?

— Ou peut-être que c'est elle qui aurait fini par y mettre un terme. Peut-être qu'elle t'aurait rejeté. C'est sûrement difficile à imaginer pour toi, mais ça aurait pu se passer ainsi.

— Tu crois que je ne m'inquiète pas de ça chaque fois que j'invite une femme à dîner ? Eh bien, si, figure-toi.

Noah y avait même pensé énormément, s'agissant de Lily, ne serait-ce que quand il s'efforçait de se convaincre que s'y aventurer serait une grave erreur, pour commencer.

Lily devait sûrement crouler sous les soupirants. Simplement, elle n'en parlait jamais. En fait, elle parlait peu d'elle. Il supposait juste qu'elle n'avait pas de petit ami sérieux en ce moment. Elle ne se plaignait jamais de travailler tard, et elle se rendait chaque vendredi soir dans cette librairie qu'elle aimait tant. C'était idiot, mais, quelques semaines plus tôt, Noah s'était retrouvé sans rencard et désœuvré un vendredi soir, alors il était parti courir et était passé comme par hasard par là. Il avait lorgné par la vitrine, mais n'avait pas vu le coin dont elle avait parlé et n'avait pas osé s'attarder, trop gêné pour entrer. Il avait donc regagné son appartement, réalisant la stupidité de sa démarche. Qu'aurait-il dit si elle l'avait surpris ? *Je fais toujours mon jogging dans des quartiers totalement éloignés de celui où j'habite ?*

— Et n'oublie pas, Lily est une coriace, lança Sawyer. Ça ne m'inquiète pas autant que quand on travaillait sur le projet Grand Legacy et que tu la mangeais littéralement des yeux.

— Tu fais comme si j'étais le plus grand chaud lapin du monde. Tu n'as pas remarqué à quel point elle est canon ?

— Si, j'ai remarqué. Crois-moi. Tout comme beaucoup de nos clients également.

Le pire… ou le meilleur, Noah n'arrivait pas à se décider, c'était que Lily semblait l'ignorer. Ou si elle le savait, ça ne paraissait pas la motiver ni l'obséder. Elle avait juste l'air à l'aise dans sa propre peau, que Noah trouvait très sexy.

— Bon. Eh bien, je vais retourner travailler avec ma fausse fiancée. Ceci est officiellement le truc le plus dingue que j'aie jamais fait, sache-le.

— Sans vouloir être méchant, c'est toi le responsable, à la base, même si j'apprécie le fait que tu sois disposé à redresser la barre. Tout ira bien. On fera affaire avec Hannafort, et Lily et toi pourrez rompre mine de rien, je suis persuadé qu'à ce moment-là il ne s'en préoccupera pas, mais on doit lui ôter ses doutes actuels.

— Compris, répliqua Noah, la main sur la poignée.

— Attends. Ce n'est pas fini. Il faut que les fiançailles soient connues partout avant qu'on parte, et Lily aura aussi besoin d'une bague. Tout le monde voudra voir la bague.

Noah poussa un soupir de frustration.

— Comment est-ce qu'on annonce des fiançailles ? On appelle les paparazzis ?

— J'ai peur qu'on n'ait pas le temps. Je vais en discuter avec Kendall. On trouvera un moyen de le faire fuiter à la presse.

Kendall, la femme de Sawyer, était experte en relations publiques. Elle s'était montrée brillante lors de la réouverture de l'hôtel familial historique, le Grand Legacy.

Noah soupira encore.

— Bien. Tiens-moi au courant.

Alors qu'il longeait le couloir, il constata que Lily n'était pas à son bureau. Il pénétra dans le sien et découvrit qu'elle s'y trouvait, en train de ranger des documents dans son armoire à classeurs. Il pila net. Lily était dans cette posture caractéristique qu'elle prenait quand elle était debout, mais concentrée sur quelque chose — elle enlevait un escarpin et, en équilibre sur l'autre jambe, frottait l'arrière de son mollet avec son pied nu. De haut en bas, encore et encore, jusqu'à ce qu'elle termine sa tâche. C'était une de ses nombreuses manies inexplicablement sexy.

Peut-être que ces fausses fiançailles auraient un avantage : c'était peut-être l'occasion de se libérer de son obsession de Lily. Maintenant, son frère ne pouvait rien objecter au fait de s'embrasser, de s'enlacer ou de se tenir les mains. Et si ces choses-là se poursuivaient derrière des portes closes, si Lily avait envie de lui, les vêtements pourraient voler et il pourrait enfin savoir comment c'était de faire l'amour avec elle, de la toucher, de la caresser et, à la fin du week-end, ils pourraient quitter la couverture romantique chacun de son côté. C'était parfait.

Un peu trop parfait.

Noah ne pouvait échapper à l'idée que son plan ressemblait à une tactique dont son père était capable. Or il n'était pas son père, et il ferait n'importe quoi pour le prouver. Cela signifiait qu'il devrait se montrer doublement prudent et maintenir une chasteté particulière entre eux, tout en essayant de créer l'illusion qu'ils étaient éperdument épris l'un de l'autre. Comment diable y parvenir ?

Lily pivota, le regard étonné. Elle retomba sur son pied nu et pressa une main sur sa poitrine.

— Tu m'as fait peur !

— Désolé. Je ne voulais pas te surprendre, mais tu étais tellement concentrée.

— Ah oui ? À quoi tu vois ça ? demanda-t-elle, rechaussant son escarpin noir.

— Tu fais ce truc avec ton pied dans ces cas-là.

Elle s'empourpra de manière ravissante, les joues aussi roses que des fleurs de cerisier, mais en plus éclatantes. Ce qui lui donna envie de l'embarrasser plus souvent.

— Vraiment ?

Noah déglutit. Il n'était pas encore accoutumé au fait que désormais, il pouvait sans risque aborder ce genre de sujets. Avant, il valait mieux l'éviter.

— Oui. Ça fait un moment que je l'ai remarqué. Navré que ça t'ennuie.

Elle secoua la tête.

— Oh ! pas du tout. Bien sûr que non. Au contraire.

Est-ce qu'il décernait une pointe de flirt dans sa voix ? Alors, il aimait bien lui être faussement fiancé, même si leur mascarade n'était pas officielle — du moins pour l'instant.

— Notre arrangement ne te pose pas de problème ? Il est encore temps de faire machine arrière si tu le souhaites.

Il ne voulait pas donner l'impression de manquer de confiance, mais il trouvait important qu'elle n'ait pas le sentiment d'avoir été acculée. Il y avait eu trois Locke dans cette pièce et une seule Lily Foster. Pas très équitable.

— Je mentirais en disant que l'idée me met complètement à l'aise. Je ne suis pas trop du genre à faire semblant.

— Moi non plus.

— Mais je suis aussi assez intelligente pour savoir que les gens font toutes sortes de choses pour qu'une affaire se réalise. Et que parfois, en n'osant pas, on risque de passer à côté. Ce serait rater un gros coup, en l'occurrence.

— Le contrat Hannafort.

— Bien entendu.

C'était bien de clarifier la situation, ne serait-ce que pour ne pas partir dans une mauvaise direction.

— Bon, notre prochaine étape consiste à t'emmener acheter une bague.

— Une bague ? Génial ! s'exclama Lily, étudiant sa main comme si elle la visualisait. Incontournable, pas vrai ?

— Pas de fausses fiançailles sans bague. Sauf qu'elle sera réelle. Je ne vais pas t'en mettre une en toc au doigt, ajouta-t-il, souriant devant son regard complice.

Certes, Lily méritait une vraie bague, mais du coup, il se demandait si ce plan loufoque n'allait pas ruiner définitivement ses fantasmes éventuels en matière de fiançailles. Sans vouloir faire de conjectures fondées sur son sexe, elle préférait les romans qui se terminaient bien.

Noah, quant à lui, avait zéro fantasme de mariage — ou de fiançailles. Jamais il n'avait imaginé l'instant où il se mettrait sur un genou. Jamais il n'avait réfléchi à la sensation d'aimer tellement quelqu'un que passer le restant de ses jours en sa compagnie coulait de source. Cela lui avait toujours paru, au mieux, improbable, au pire, voué à l'échec. Tomberait-il amoureux, un jour ? Éprouverait-il un jour le sentiment de ne pouvoir vivre sans quelqu'un ? En général, au bout de soixante-douze heures maximum, il savait que la femme du moment n'était pas la bonne. Ou, plus exactement, il avait entamé la relation en partant du principe qu'il ne trouverait pas l'amour. Ce n'était pas la meilleure attitude, d'accord, mais ça se passait systématiquement ainsi. Difficile de ne pas supposer que le dénominateur commun — son cœur — n'était pas fait pour l'amour.

— Je suis ravie d'apprendre que tu ne vas pas m'obliger à m'extasier devant un cube de zircone. Non que je ne sois pas enchantée de n'importe quel bijou que tu m'offrirais. Mais tu sais bien : les filles préfèrent les diamants si elles peuvent en obtenir.

— Le seul problème à propos de cette emplette, c'est qu'on

doit l'organiser à l'avance. Sawyer va s'arranger pour que ça fuite dans la presse grâce à Kendall, en espérant que l'info arrive aux oreilles de Hannafort. Sinon, on aura au moins riposté à la mauvaise pub par de la bonne.

Elle hocha la tête.

— La vidéo était catastrophique à ce point ?

Rien que d'y penser, l'estomac de Noah s'emplit de bile. Pourvu que Lily ne la voie jamais. Pourvu qu'elle ne la regarde jamais sur Internet, bien que, si les rôles avaient été inversés, lui-même serait allé vérifier. Sincèrement, il n'avait aucune envie qu'elle le voie sous ce jour. La vidéo avait beau être un torchon partial, elle ne mentait pas. Elle contenait même beaucoup de vérité, hélas !

— Ça ne dresse pas mon portrait le plus flatteur, c'est certain.

Lily lui tapota l'épaule. Quand elle retira sa main, il eut l'impression qu'elle l'avait marqué à vie de son empreinte.

— Avec un peu de chance, on peut la faire oublier. On devrait pouvoir commencer demain.

— J'ai un trou dans mon emploi du temps ?

— Pas de réunion entre 11 et 15 heures. Ça nous laisse une belle fenêtre.

— Parfait. Demain 11 heures, on a rendez-vous pour acheter cette bague.

Noah avait du mal à croire ce qu'il venait de dire. Pour un gars qui avait juré de ne jamais se fiancer, il avait prononcé ces mots comme s'ils n'avaient aucune importance, alors qu'il savait fort bien que si.

3

Lily fit de son mieux pour s'affairer au bureau le lendemain, mais savoir où Noah et elle se rendraient en fin de matinée l'empêchait de se concentrer. À peine vingt-quatre heures de fiançailles bidons, et Noah l'emmenait acheter une bague. Elle mentirait en prétendant ne jamais avoir rêvé d'entrer dans une bijouterie chic avec un gentil garçon romantique et beau, ses fiançailles rompues s'étant assorties d'une bague qui était un bijou de famille, ne requérant pas d'achat. Elle n'avait pas imaginé une seconde que Peter serait incapable d'assumer la promesse qui accompagnait cette bague, mais la rendre avait été une simple modalité : elle la lui avait jetée à la figure dans une pièce à l'écart de la nef. Il l'avait maudite, rampant à quatre pattes, abîmant presque son pantalon de smoking. Elle avait pleuré, puis s'était armée pour la suite — annoncer à une église pleine d'invités qu'ils étaient les bienvenus à la réception, mais qu'il n'y aurait pas de mariage.

Les événements de ce jour horrible étaient la raison précise pour laquelle ses fausses fiançailles avec Noah, bien qu'a priori amusantes, se réduisaient à une transaction commerciale, et rien d'autre. Elle n'avait jamais eu de sécurité financière dans sa vie et c'était devenu sa priorité absolue après l'échec du chapitre amour. Elle devait saisir sa chance d'assurer son avenir. Ça ferait une chose en moins pour laquelle se tracasser, dans un monde rempli de sujets susceptibles d'inquiéter une femme, comme de savoir si le prince charmant se pointerait un jour ou non.

Noah sortit du bureau de Sawyer, suivi de ce dernier.

— Tout est donc en ordre avec le photographe, ou peu importe qui est censé se trouver devant la bijouterie ?

— D'après Kendall, oui, répondit son frère. Qui et où il sera, je l'ignore, mais vous devrez vous montrer aussi convaincants que possible. Ces gens sont doués pour renifler les impostures. Franchement, faites comme si quelqu'un observait, même si vous n'êtes pas certains de sa présence. La vidéo aurait au moins dû t'apprendre ça.

Noah regarda Lily, comme s'il disait : « *Tu y crois, à ce qu'on va faire ?* » Ce à quoi elle aurait répondu par la négative.

— Je veux que rien ne puisse prouver que cet achat est réglé par Locke and Locke, alors paie cette bague avec une de tes cartes personnelles, et non de l'entreprise, ajouta Sawyer. On trouvera un moyen de te rembourser. J'ignore s'il sera possible de la rendre quand tout sera fini, mais on pourra toujours la vendre, j'imagine.

Tout cela était tellement étrange, songea Lily, une transaction terre à terre, sans le moindre romantisme. Elle fouilla son sac en quête d'un chewing-gum, histoire de se distraire de son malaise.

Noah enfila son manteau. Il avait des épaules incroyables, que la laine noire soulignait encore.

— Sawyer, écoute-toi, bon sang ! Il n'en est pas question. Si j'offre une bague à Lily, elle la garde. Je ne la lui réclamerai pas, même si tout ça est bidon.

Le cœur de Lily s'emballa, tel un jeune cheval fougueux découvrant qu'il pouvait courir aussi loin et longtemps qu'il le voulait. C'était bien la chose la plus romantique qu'un homme ait jamais dite à son propos.

Quand bien même cette adorable déclaration était nouée d'un ruban marqué « mascarade. »

Sawyer fourra les mains dans ses poches.

— Tu as raison. Tout à fait raison. Lily, quoi que tu choisisses aujourd'hui, ça t'appartient.

— Oh ! merci. Une sorte de prime de guerre, en somme ?

Sawyer éclata de rire. Noah également, mais de façon moins

convaincante, et à retardement. Il semblait si torturé par toute cette affaire qu'elle en était mal à l'aise.

— Je plaisante, bien entendu. Si je voulais une prime de guerre, je demanderais du cash, reprit Lily en souriant.

Elle se leva de son siège, souhaitant qu'il existe un protocole d'interactions avec un faux fiancé et un faux futur beau-frère tant elle avait l'impression d'être à côté de la plaque.

— Amusez-vous bien tous les deux. Essayez de ne pas vous attirer trop d'ennuis, dit Sawyer, avant de regagner son bureau.

— On ne promet rien, grommela Noah. Et ensuite, on ira déjeuner.

— Aux frais de l'entreprise ? demanda Lily.

Noah lui adressa un sourire malicieux.

— Bien sûr.

Puis il lui offrit son coude, le tint en l'air tandis qu'elle s'efforçait de comprendre ce qu'elle était censée faire.

— N'oublie pas les recommandations de Sawyer, expliqua-t-il. On doit agir comme si quelqu'un nous observait en permanence.

— D'accord.

Elle lui prit le bras et il la plaqua contre lui, suscitant un frisson exquis dans son corps tout entier. Un simple contact, à travers diverses épaisseurs de manteaux, et elle fondait déjà...

Ils quittèrent l'immeuble. Le chauffeur de Noah les attendait près de son élégante voiture noire. Il ouvrit la portière à leur approche, et Lily lutta pour rester dans le présent, et empêcher son esprit de trop se détacher de ce qui lui arrivait, songeant que puisqu'elle vivait un fantasme devenu réalité, autant en saisir les bons côtés. Il y aurait sûrement de mauvais moments lorsqu'elle finirait emplie de regrets pour s'être embarquée dans une aventure aussi folle. Dans l'immédiat, Noah Locke, M. Inaccessible, l'emmenait acheter une bague de fiançailles. Elle voulait en savourer chaque instant.

— Tu as assez chaud ? demanda Noah quand ils furent installés sur la banquette arrière.

— Oui.

— Tant mieux.

Le pire échange de banalités du monde. Ça promet...

— Je réfléchissais, lança-t-il après un petit silence pesant, le regard rivé vers l'extérieur.

— Oui ? Tu réfléchissais à quoi ?

Il se tourna vers elle et la fixa avec une telle intensité qu'elle crut se perdre dans ses yeux verts.

— Que font les gens après avoir acheté une bague de fiançailles ?

Ils couchent ensemble ? songea aussitôt Lily avant de décider que ce genre de blague inappropriée n'avait rien de professionnel.

— Je ne sais pas. Ils s'embrassent ?

— Exactement.

Il accompagna sa réponse d'un hochement de tête un peu trop rapide, comme s'il était nerveux. Incroyable. Elle avait assisté à plus de moments humains chez lui en vingt-quatre heures que jamais auparavant. C'était chouette.

— Et, poursuivit-il, à l'évidence, on n'a encore jamais fait ça. Cela doit paraître naturel, et non pas maladroit, surtout si on est pris en photo. Qu'en penses-tu ?

Elle posa une main sur la sienne.

— Tu as raison. C'est ce qu'a dit Sawyer.

— Il faut suivre les ordres.

— Il veut qu'on donne une image probante. On devrait s'entraîner, au moins une fois.

Dès qu'elle eut prononcé ces paroles, l'air se chargea d'électricité. Elle avait poussé le bouchon trop loin, même si elle avait une bonne excuse.

Le sourire coquin de Noah joua sur ses lèvres, et ses yeux s'assombrirent. La ville filait derrière la vitre. Lily était submergée par le sentiment libérateur d'avoir la permission de faire quelque chose d'interdit. Embrasser Noah était une très mauvaise idée, mais quand vous avez pensé à une mauvaise idée durant deux longues années, difficile de ne pas en être excitée. Il glissa la main sous ses cheveux, l'enroula autour de sa nuque. Elle se redressa et s'inclina vers lui. Toutes les terminaisons nerveuses de son corps encourageaient Noah, dont le pouce se posa dans le creux tendre sous son oreille, déclenchant en elle une irradiation quasi surhumaine, qui risquait de la faire muter en quelque chose qu'elle n'avait jamais été avant.

Les lèvres de Noah s'écartèrent légèrement, elle leva le menton tandis qu'il baissait la tête. Une mèche de cheveux retomba sur son front. Elle adorait ça. Elle avait rêvé des milliers de fois d'y passer les doigts, de sentir ces mèches épaisses, de les remettre en place. Elle voulait le contempler éternellement, mais aussi savourer la moindre seconde d'exquise anticipation. Elle ferma les yeux. Lorsque la bouche de Noah trouva la sienne, elle attendit que sa vie bascule, mais il l'effleura à peine d'un doux baiser. Un baiser de premier rencard. Façon *Salut, ravi de te connaître*. Sympa. Très sympa. Mais *sympa* ne faisait pas l'affaire. Son corps le lui hurlait. Elle pencha la tête, s'avança face à lui. Il recula imperceptiblement. Elle ouvrit les yeux. Leurs regards se nouèrent, se cherchant mutuellement en une délibération muette de deux secondes à propos du baiser suivant. Noah sourit et elle déglutit. Il entrait en scène pour de vrai.

Et tout à coup, ses doigts à elle jouaient avec ses cheveux à lui. Ses bras enlaçaient ses épaules. Il agrippait farouchement sa hanche d'une main. Leurs lèvres s'ouvraient, avides, laissant enfin les langues vagabonder. En un instant, ils étaient passés à un abandon sans retenue, comme si aucun des deux ne se souciait des conséquences. Elle était une femme, et lui, l'homme le plus sexy de la Création. Ils allaient bientôt s'embraser, littéralement.

Lily enfouit une main dans le manteau de Noah, qu'il avait eu la bonté de ne pas boutonner. Elle palpa son torse ferme et, malgré les couches de vêtements — veste de costume, chemise —, sentit le martèlement fou de son cœur. Elle n'avait qu'une envie : expérimenter sa peau nue contre la sienne. Les doigts de Noah se promenèrent vers son genou, sous l'ourlet de sa jupe, laissant un sillon de feu sur sa chair. Sans perdre une seconde, il poursuivit son exploration, sa paume caressant son bas. Elle aussi avait le cœur qui battait à tout rompre. Il s'arrêta net quand son pouce atteignit le bord de la bande autofixante. Noah interrompit leur baiser, le souffle coupé. Dieu merci, sa main n'avait pas bougé.

— Ce sont des... bas ? haleta-t-il, les yeux brillants à la fois de convoitise et de curiosité.

Elle acquiesça, tendant les lèvres vers les siennes en quête d'un baiser supplémentaire.

— Je ne supporte pas les collants, murmura-t-elle contre sa bouche, la mordillant.

Il laissa échapper un grognement rauque.

La vitre les séparant du chauffeur commença à baisser. Lily tenta vainement de retrouver une position plus décente. Mais l'homme, probablement habitué à ce type de scène, ne les regarda pas.

— Monsieur Locke. Nous sommes devant chez Tiffany.

Noah fixait Lily d'un air ahuri. Peut-être ne s'était-il pas attendu à ce qu'elle saute le pas. *Carpe diem, monsieur Locke.*

— Euh... Prête ? demanda-t-il.

Pour quoi ? faillit-elle rétorquer. *Pour que tu m'arraches mes vêtements ?*

— Deux secondes, répondit-elle à la place. Tes cheveux.

Elle le recoiffa avec les doigts. Ses mèches étaient aussi emmêlées que ses propres pensées à cet instant. Et encore plus douces qu'une minute plus tôt.

— Merci de ta prévenance. Ton chignon était beaucoup plus sage, également, constata-t-il, remettant en place une mèche qui caressait sa joue.

D'un coup, la honte enveloppa Lily de la tête aux pieds. Elle s'était non seulement emballée, mais comportée comme une ado après des années claquemurée dans un pensionnat de jeunes filles. Elle prit note mentalement de s'entraîner à un peu de bienséance. Au moins, Noah trouvait sans doute normal que les femmes perdent la tête avec lui et il n'avait pas l'air décontenancé plus que ça.

Noah n'en revenait pas d'être capable de sortir de la voiture et de tenir debout. Il avait l'impression que son caleçon avait rétréci de deux tailles, et *pas* à la ceinture. Heureusement que le temps était froid pour la saison, et son manteau, ample. Ça dissimulait un tas de signes scabreux.

Il prit la main de Lily, notant au passage qu'elle avait les joues empourprées, ce qui l'emplit de satisfaction. Il aimait qu'elle ait réagi ainsi, et encore plus de l'avoir expérimenté en personne. Elle était allée bien au-delà du « baiser d'entraînement », ce qui l'avait surpris. Elle était tellement sérieuse au bureau, ne montrant jamais le moindre intérêt autre que professionnel pour lui. Ce qui était parfait, bien entendu. Mais parfois, ça l'avait déçu. Alors, est-ce qu'elle cachait quelque chose ? Ou était-elle juste boostée par la perspective de son nouvel avenir financier ?

Quoi qu'il en soit, aucune importance. Il ne serait pas comme son père. Pas question de s'emballer à nouveau ainsi. Il avait une relation professionnelle à maintenir avec Lily et l'embrasser comme ils venaient de le faire les conduirait immanquablement au fiasco.

Ils entrèrent dans la superbe boutique Tiffany & Co et son dédale d'imposantes vitrines emplies de bijoux, illuminées par l'omniprésence élégante de leur bleu emblématique. Lily lui serra la main un peu plus fort, et il eut envie de la rassurer sur le fait qu'ils étaient dans le même bateau. Si peu orthodoxe que soit leur arrangement, chacun pouvait s'appuyer sur l'autre. Durant quelques jours.

Un gentleman âgé se détacha du premier comptoir.

— Monsieur Locke ?

Son accent britannique conférait une distinction supplémentaire à son allure et à sa chevelure argentée.

— Oui. Vous devez être M. Russel. J'ai pris rendez-vous, ajouta Noah à l'intention de Lily. Je ne voulais pas qu'on ait à attendre.

— Bien évidemment. Je comprends que vous soyez un homme très occupé, monsieur Locke.

Puis le vieux monsieur se tourna vers Lily. Un sourire chaleureux éclaira son visage, et il se tint encore plus droit.

— Vous êtes assurément la future Mme Locke.

Il lui serra la main, la contemplant comme si elle était faite en la plus fine des porcelaines.

— En effet, c'est moi. Dans pas longtemps, je serai Lily Locke, répondit-elle avec un sourire nerveux à l'adresse de Noah.

Lequel comprit le message. Lui non plus n'avait pas considéré la chose avec son nom d'épouse.

Ils suivirent M. Russel jusqu'à un comptoir au centre de la boutique. Il sortit un plateau recouvert de velours où étaient disposées une bonne douzaine de bagues.

— J'ai pris la liberté de préparer une petite sélection pour commencer. Vous avez parlé de platine, n'est-ce pas ? Et de quelque chose plus gros qu'un carat ? Mais vous souhaitez également un bijou tout fait, pas une création, exact ?

Noah acquiesça. L'idée d'un modèle de série ne lui plaisait guère, mais leur délai le leur imposait.

— Tout à fait. Nous ne voulons pas attendre. Qu'en penses-tu ? demanda-t-il, une main sur les reins de Lily.

Cette dernière se pencha, étudia l'ensemble avec attention, mais sans rien toucher. Lorsqu'elle releva les yeux vers Noah, une panique réelle se lisait sur son visage.

— Elles paraissent toutes énormes.

— Oui..., répliqua-t-il, fouillant son esprit en quête d'un surnom tendre qui plairait à Lily. Trésor. On en a déjà discuté, souviens-toi. Je veux que tu aies une belle bague. Aussi époustouflante que toi.

Voilà le genre de truc qu'un gars romantique dirait, non ?

— Mais celles-ci ne sont pas un peu... extravagantes ?

Il secoua la tête aussi affectueusement que possible.

— Non. Je ne trouve pas.

M. Russell s'éclaircit la gorge.

— Oh ! Seigneur. Quelques-unes ne brillent pas autant qu'elles le devraient. Je vais aller les polir, ce qui vous laissera le loisir de bavarder. Je reviens tout de suite.

À l'évidence, il avait des années de pratique, et maîtrisait l'art de s'éclipser quand un couple s'apprêtait à discuter.

Dès que M. Russel partit avec les bijoux, Lily attaqua.

— C'est trop, Noah. Cela ne me semble pas correct que j'aie une bague aussi somptueuse en plus du pourcentage. Je veux bien une compensation, mais pas profiter de vous.

— J'entends ce que tu dis, et c'est adorable, mais pense à moi et à ma famille, justement : les gens vont s'attendre à ce que la fiancée de Noah Locke arbore une bague gigantesque. Tu as vu le caillou que Sawyer a offert à Kendall ?

— Ça paraît tellement superficiel ! L'amour d'un homme ne devrait pas être démontré par la taille d'une bague.

— Et ce n'est pas le cas. C'est la taille du portefeuille d'un homme qui est démontrée par la bague. La partie amoureuse, aux autres de la deviner.

Son estomac s'emplit de bile. Lily et lui méritaient tous deux mieux que de choisir une bague de fiançailles avec quelqu'un dont ils n'étaient pas raides dingues.

— Fais-moi confiance, Lily. Quand on sera au mariage ce week-end et que tu exhiberas ta bague, il faut que les yeux des gens s'écarquillent. Si elle est petite, ils auront des doutes sur notre relation, et on ne peut pas se le permettre.

Lily poussa un long soupir et balaya la boutique du regard.

— Tu sais quoi ? Je m'étonne que la grande famille Locke n'ait pas une réserve secrète de bagues d'héritage quelque part. Vous vous passez sûrement des bijoux de génération en génération. Ça serait vraiment plus facile. Je pourrais te la rendre une fois qu'on aura rompu.

Il n'aimait pas qu'elle fasse des suppositions sur sa famille ou leur histoire. Certes, ils avaient bâti de nombreuses fortunes au cours du siècle dernier, mais il y avait aussi eu beaucoup de chagrins et de tristesse. Ils ne passaient pas tous leurs journées à se rouler sur des monceaux d'argent.

— Il n'y a aucune réserve secrète. Juste une bague de famille, c'est tout. C'était celle de ma mère. Le saphir que lui a offert mon père pour leurs fiançailles. Il me l'a donné quand j'ai eu dix-huit ans.

— Elle doit être jolie.

— Elle est magnifique. Un gros ovale entouré de diamants. Je ne la trouvais pas appropriée pour aujourd'hui.

Noah s'étranglait presque. Plus de vingt ans après, sa mère lui manquait encore. En outre, les paroles de son père lorsqu'il lui avait remis la bague lui revenaient en mémoire. *Si jamais tu parviens à trouver la femme qu'il te faut, tu devrais lui offrir ça quand tu la demanderas en mariage. Je ne suis pas certain que tu sois fait du même bois que moi.*

Lily pâlit.

— Oh ! bien sûr. Excuse-moi. Je n'ai pas réfléchi.

Noah comprit à quel point il s'était mal exprimé.

— Attends. Ce n'est pas ce que j'ai voulu dire.

Elle éluda d'un geste sans le regarder.

— Non, non, tout va bien. J'ai pigé, Noah. Vraiment.

— Alors, chantonna M. Russel en revenant. On s'est mis d'accord sur cette affaire de taille ?

Il fit un clin d'œil à Lily, qui eut un petit rire. Béni soit-il.

— Oui, répondit-elle, penchée sur le plateau. Hum, je crois que j'aimerais essayer celle-ci.

M. Russel prit le bijou et le plaça délicatement sur son annulaire gauche. Elle leva la main vers Noah.

— Qu'est-ce que tu en penses ?

La bague était sublime. Et ravissante au doigt de Lily.

— C'est un solitaire carré, de presque deux carats et demi. Monture platine, bien sûr, et environ deux carats de plus en petits diamants incrustés de chaque côté, indiqua M. Russel. Je vous donnerai le poids en carats exact si vous le souhaitez.

— Elle est superbe, indéniablement, dit Noah.

La décision revenait à Lily, pas à lui.

— D'accord. On prend celle-ci.

— Vous êtes sûre ? demanda M. Russel. Vous ne voulez pas en essayer d'autres ? La taille vous semble correcte ?

Lily haussa les épaules.

— Non, c'est bon. Celle-ci me plaît. Et la taille paraît convenir.

Il lui adressa un grand sourire.

— Eh bien, à la bonne heure. Il faut apprécier une femme qui sait ce qu'elle vaut. Sincèrement. Certains couples restent ici durant des heures.

— Je m'en doute.

Au moins, on est efficaces.

— Je m'occupe des papiers, reprit M. Russel.

Sans bouger, cependant. Il avait l'air d'attendre, peut-être le moment qu'il avait sans aucun doute vu mille fois avec mille autres couples.

Lily s'inclina vers Noah en lui remontrant la bague.

— Je l'adore, chéri. Réellement.

Noah se souvint alors de la comédie qu'ils étaient censés jouer. Il la regarda dans les yeux, sans y découvrir la même chose que quand ils étaient seuls dans la voiture. Cette version de Lily était professionnelle, et rien de plus.

— Tant mieux. Je suis si content.

Il se rapprocha et ils s'embrassèrent. C'était doux et tendre, un simple écho cependant de la passion qu'ils avaient partagée quelques minutes plus tôt.

M. Russel sourit, visiblement satisfait. Il les laissa quelques instants, puis revint avec les certificats des diamants, ainsi qu'un coffret bleu Tiffany pour que Lily y range la bague, et la facture. Noah sortit sa carte bancaire, espérant que tout cela commence à paraître au moins un peu plus *normal*. Il signa le reçu.

Et voilà, c'était fait.

Ils saluèrent l'homme puis quittèrent la boutique, main dans la main. Dès qu'ils furent dans la voiture, il dit :

— Je suis désolé de mes propos sur la bague de ma mère. Ce n'était pas très gentil.

— Pas de problème. Notre arrangement n'est pas réel. On le savait tous les deux en l'acceptant.

Elle agita les doigts. L'énorme diamant étincela.

— Et maintenant, j'ai la bague pour le prouver.

4

Les images du baiser avec la bague de fiançailles chez Tiffany ne mirent pas longtemps à sortir en ligne. En fait, cela prit moins d'une heure.

À peine avaient-ils commandé leur déjeuner au restaurant que le téléphone de Noah annonçait un texto.

— C'est Sawyer. Kendall vient de lui envoyer un lien vers la photo de nous en train de choisir notre bague. Je ne sais pas si je dois m'en réjouir, mais nous alimentons désormais les journaux à sensation.

Lily se rapprocha de lui dans l'alcôve où ils se trouvaient. Ce serait si facile de s'habituer à être près de Noah, respirer son eau de toilette aux senteurs d'agrumes et poser ses mains n'importe quand sur lui. Il lui montra la preuve de leur toute nouvelle et douteuse célébrité. Ils étaient sur un site people, lèvres jointes dans la bijouterie la plus connue au monde. Totalement surréaliste. Lily Foster, d'une famille ordinaire de Philadelphie, faisant quelque chose d'extraordinaire.

— Argh, fit-elle.

— Tu n'es pas contente ?

— C'est juste que...

Toutes sortes de sentiments inconfortables chamboulaient l'estomac de Lily. Elle n'aimait pas la perte de contrôle ni que sa vie privée soit passée au crible. Elle détestait avoir l'impression que l'opinion des autres sur elle se réduisait à ça. Pour la première fois, elle comprenait combien la sortie de la vidéo avait dû contrarier Noah.

— Juste que quoi ?

— C'est bizarre. En quoi ça intéresse les gens ?

L'apparence candide de son propos la fit grimacer. Elle ne voulait pas être naïve, mais comment échapper au sentiment que la vie amoureuse d'une personne ne devrait pas être un sujet de divertissement pour de parfaits inconnus ?

— Maintenant, tu sais ce que j'ai ressenti quand j'ai vu cette vidéo. Au moins, on s'attendait à la parution de ce cliché, ce qui est un net progrès par rapport à la façon dont les choses se sont passées pour moi.

Lily soupira, puis regarda à nouveau la photo pixélisée. Voilà ce qu'il en coûtait de faire des affaires, c'était le prix qu'elle paierait pour assurer son avenir avec sa petite part de Locke and Locke. Telle était sa nouvelle normalité.

— Tu crois que notre présence dans les tabloïds n'ira pas plus loin ? On n'aura pas à continuer, si ?

Noah but une grande gorgée de son cocktail.

— Ça devrait suffire. Il fallait juste que Hannafort gobe le fait qu'on est fiancés avant qu'on se rende au mariage de sa fille.

Elle sourit sans conviction et hocha la tête. Les mots de Noah soulignaient une vérité — le concept d'eux en tant que couple devait être vendu et nécessitait un peu de poudre aux yeux.

— Bien.

L'expression de Noah se radoucit.

— *Bien ?* J'ai le sentiment que ça te perturbe vraiment.

Elle n'avait pas envie de râler. Elle avait beau ne pas être du genre à se plaindre, oui, ça la dérangeait. Au moins, Noah se montrait prévenant sur ce point, ce qu'elle appréciait.

— Sans vouloir paraître une incorrigible romantique, se fiancer n'est pas une démarche anodine. C'est comme si on tentait le diable en faisant semblant.

Il eut soudain l'air inquiet. Étrange, car Noah était trop parfait pour stresser.

— Au passage, ça t'aide à te constituer un beau bas de laine, pas vrai ?

— Oui, et c'est important.

— Et j'espère qu'il y a pire que moi comme faux fiancé.

Je ne suis pas certaine qu'il y ait mieux que toi, en réalité.

— Évidemment. Ne sois pas stupide.

— Surtout, tu n'as pas idée combien de gens se farcissent des photos d'eux horriblement peu flatteuses dans les tabloïds. Cette photo de nous est plutôt sexy. On est super là-dessus, tous les deux.

Il sourit, comme s'il cherchait désespérément à la rassurer sur le fait que tout irait bien. C'était trop mignon.

— Très juste, répliqua-t-elle.

Oui, Lily l'avait remarqué, en effet. Ils formaient un couple sublime sur ce cliché.

— Tu peux demander à Kendall de me transférer ce lien par mail ? Pour que je l'aie ?

D'accord, toute cette publicité la contrariait, mais elle pourrait agrandir et encadrer cette photo. L'accrocher au mur de sa chambre. Bizarrement, le baiser à la bijouterie n'avait pas été particulièrement fougueux. Il avait été tendre et doux. Pendant qu'ils s'embrassaient, elle n'avait pas noté que Noah avait non seulement posé une main sur sa hanche, mais encore glissé l'autre sous son manteau. Malgré le mauvais grain de l'image, elle voyait qu'il l'attirait contre lui comme s'il la désirait. À l'instar de ce moment dans la voiture, quand ses doigts s'étaient immiscés sous sa jupe et qu'il avait découvert ses bas. Être capable de surprendre un homme tel que Noah suscitait une bonne dose de fierté féminine. Apparemment, très peu de femmes avaient fait pareille impression.

Le téléphone de Noah sonna.

— Excuse-moi. C'est Charlotte. Je dois répondre.

Il écouta sa sœur quelques instants. Hocha la tête.

— D'accord. Ne quitte pas. Tiens, poursuivit-il à l'intention de Lily. Elle veut te parler.

— À quel sujet ?

— Une histoire de shopping.

— Allô ?

— Lily, c'est Charlotte. Je me demandais, et pardon de te poser la question, mais as-tu les habits adaptés à notre petit voyage ?

Lily tenta de comprendre de ce que cela impliquait. Est-ce qu'elle avait de jolis ensembles ? Bien entendu. Elle mettait un point d'honneur à être toujours élégante au bureau. Est-ce qu'elle avait des vêtements chic et chers ? Non.

— Je ne suis pas sûre. Noah ne m'a rien dit de ce qu'on sera censés faire là-bas.

— Ça ne m'étonne pas. C'est le cadet de ses soucis. Heureusement, c'est le principal pour moi. Je ne veux pas que tu sois prise au dépourvu. Tu dois te sentir à l'aise dans l'univers luxueux et riche des Hannafort. Je t'emmène en shopping pour être tranquille. En plus, c'est Noah qui paie.

— Il est au courant ?

— Pas encore.

Lily gloussa.

— D'accord. Quand ?

— Maintenant ? Un de mes clients a annulé notre rendez-vous cet après-midi, et Michael travaille tard.

Lily décocha un coup d'œil à Noah. Comment on pouvait être aussi sexy en mangeant un sandwich, voilà qui la dépassait. Et la façon dont ses lèvres se posaient sur son verre ? Jamais elle n'aurait autant aimé être un glaçon, pour glisser et fondre dans sa bouche…

— Tu es sûre ? Tu n'es pas obligée de le faire, tu sais.

— Tu rigoles ? J'adore ça. Retrouve-moi chez Saks sur la 5e, dans une demi-heure.

— Je dois d'abord en discuter avec Noah, j'imagine.

— C'est tout vu, je le prends sur moi. Et si mon frère dit quoi que ce soit, rappelle-lui qu'il marche sur des œufs avec moi en ce moment. En plus, si on doit prétendre être belles-sœurs, on devrait passer du temps ensemble, tu ne crois pas ?

— Bonne idée. À tout de suite.

C'était chouette de considérer Charlotte comme une alliée. Elle avait besoin d'avoir à ses côtés quelqu'un qui ne soit pas un homme au charme insupportable. Genre Noah.

— Ta sœur m'emmène faire du shopping pour le mariage, et elle veut que je la retrouve très vite. Sawyer et toi vous en sortirez sans moi au bureau ?

— Je n'ai guère le choix. Quand Charlotte décide quelque chose, rien ne l'arrête. La preuve, nos fiançailles.

— C'est une force de la nature, hein ?

— Elle a toujours été comme ça. Même quand on était gosses.

Lily s'était souvent demandé comment ça devait être de grandir dans l'immense propriété Locke à Long Island.

— Et toi ? Tu étais comment ?

— Discret. Mal coordonné.

— Tu mens.

— Non. J'étais toujours dans l'ombre. Sawyer était la star : le meilleur athlète, le meilleur à l'école, celui qui avait le plus de petites amies. Charlotte était celle qui piquait des crises ou posait problème.

Noah allongea le bras sur le dossier de la banquette. Lily n'ayant pas bougé, ils se trouvaient tout proches.

— Je n'arrive pas à t'imaginer ainsi. C'est impossible, déclara-t-elle en le dévisageant.

— Je t'assure que si. Ça se passait comme ça.

Lily le voyait sous un tout nouvel angle et en était déconcertée. Noah avait toujours paru être le *golden-boy* trop sûr de lui de la famille, tandis que Sawyer était l'aîné, solide et au caractère bien trempé. Peut-être qu'elle avait tout faux.

Noah recevait encore un texto.

— Voilà pourquoi je déteste mon téléphone, dit-il en lisant le message, sourcils froncés. Sawyer a besoin que je retourne au bureau. Tu devrais garder la voiture pour rejoindre Charlotte, je prendrai un taxi.

Il héla le serveur et lui tendit sa carte de crédit.

— Ce n'est pas la peine, objecta Lily. Saks n'est qu'à huit ou neuf pâtés de maisons d'ici.

— Quelle sorte de fiancé je serais si je te laissais marcher dans des chaussures pareilles ?

Elle avait une idée de la réponse. Peter l'avait laissée faire cinq kilomètres jusqu'à une station-service un jour que sa voiture était tombée en panne. Elle l'avait appelé à l'aide, mais il était à son club de sport et voulait d'abord terminer sa séance de musculation. Noah n'imaginait même pas à quel point il se montrait gentil à cet instant.

— J'ai envie de marcher, mais j'apprécie ton offre de tout cœur.

— Bon. Mais je paie le taxi si tu changes d'avis.

Il signa l'addition, tendit sa carte à Lily.

— Et les emplettes sont pour moi aussi.

— Là non plus, ce n'est pas la peine. J'ai de l'argent.

— Tu n'aurais jamais été dans cette situation sans moi.

Comment l'oublier ? L'idée était omniprésente dans le cerveau de Lily. Il serait intéressant de voir où elle se nichait précisément quand elle rentrerait du mariage Hannafort et que tout reviendrait à la normale.

Noah la raccompagna jusqu'à la voiture.

— Tu sais quoi ? J'enverrai le chauffeur chez Saks dès qu'il m'aura déposé au bureau. Comme ça, tu n'auras pas à te préoccuper du retour.

Une fois de plus, il était adorable.

— Ce serait formidable. Je vais essayer d'être rapide.

— Autant Charlotte aime le shopping, autant elle ne lambine pas. Vous aurez très vite fini, je parie.

— Bon à savoir. À plus tard, Noah.

Elle s'apprêtait à prendre la direction de la 5e Avenue quand Noah la saisit par le bras et l'enlaça. Son cœur se mit à battre la chamade.

— Je dois t'embrasser pour te dire au revoir, murmura-t-il. Sinon, ça paraîtra bizarre.

Elle acquiesça, le cerveau en ébullition. Les mots de Noah disaient une chose, mais ses lèvres en disaient une autre. Le baiser fut doux et sensuel, bien plus voluptueux que le premier dans la voiture ou celui chez Tiffany. Seigneur, il se passait tellement de choses depuis ce matin, et il n'était que 14 heures.

— Salut, Noah…

Elle regretta que sa voix soit si langoureuse.

— Salut, mon cœur.

Noah haussa un sourcil canaille et monta dans la voiture.

Lily resta un moment plantée sur le trottoir, histoire d'assimiler.

Elle avait embrassé Noah quatre fois aujourd'hui. Pas mal pour quelques heures de travail.

Elle se dirigea vers Saks, zigzagant à travers le flot continu de piétons. L'air était frais, mais portait la promesse des beaux jours. Il emplit Lily d'un optimisme ensoleillé. Malgré son étrange arrangement avec Noah, la vie lui souriait.

Elle atteignit l'élégant magasin, avec sa façade en pierre et sa série de drapeaux américains flottant au-dessus des célèbres hautes fenêtres. Les vitrines, à l'instar du temps, annonçaient le début du printemps avec des touches de couleurs pastel et des fleurs. Lily franchit la porte et se cogna presque dans Charlotte.

— Tu es déjà là, fit-elle, sachant qu'elle-même avait cinq minutes d'avance.

— Je n'aime pas être en retard.

— Bon, par où on commence ?

— Suis-moi.

Elles traversèrent le tentaculaire rayon des cosmétiques, évitant les menaçantes giclées de parfum coûteux vaporisées par les vendeuses, puis prirent l'escalator.

Lily n'était jamais venue chez Saks auparavant, bien qu'elle soit déjà allée dans leur magasin à prix réduits situé un peu plus loin. Non qu'elle soit réticente à dépenser une fortune pour des vêtements, c'était plutôt le résultat d'avoir grandi dans une famille très classe moyenne. Ça ne se faisait pas. Et elle avait toujours agi en conséquence.

Lily suivit Charlotte qui commençait à arpenter les rayons comme s'il s'agissait d'une course contre la montre. Même enceinte de plus de cinq mois, Charlotte était montée sur roulettes.

— Sache qu'on ne devrait pas faire ça dans un délai aussi court. On part dans trois jours.

Charlotte avait raison. Ils s'envolaient pour les Florida Keys vendredi matin, dans le jet privé de la famille Locke, pas moins. Ce qui s'appelait être arrachée à un univers pour atterrir dans un autre.

Elle trottina derrière la jeune femme qui décrochait à mesure des tenues sur les portants des marques les plus prestigieuses. Chaque article était remis à une vendeuse nommée Delia, engagée en cours de route. Delia souriait, mais avait du mal à suivre. La plupart des gens auraient peiné à soutenir la cadence de Charlotte, même sans avoir les bras chargés de vêtements. Lily elle-même pouvait en témoigner, alors qu'elle tentait désespérément de ne pas se laisser distancer tout en écoutant les explications de Charlotte sur chaque sélection qu'elle faisait. Une robe pour ceci, une jupe et un chemisier pour cela, etc.

— Tu es sûre que tu ne veux rien choisir ? Je n'ai pas envie de t'imposer mes goûts en matière de mode, Lily.

— Je te dirai si je vois quelque chose qui me tape dans l'œil. Je te fais entièrement confiance.

— Je suis déjà allée à des mariages de ce genre, et tu auras besoin de plusieurs tenues chaque jour. En plus, toi, je ne sais pas, mais moi, je préfère avoir le choix quand je voyage.

Lily hocha la tête. Elle avait grandi dans un milieu modeste, mais ses parents aimaient bien les emmener en week-end, son frère et elle. Donc elle comprenait.

— N'empêche. Ça fait beaucoup de vêtements. Je ne veux pas faire de folies quand ce n'est pas moi qui paie.

Les sourcils de Charlotte s'envolèrent.

— Tu mérites une belle compensation pour ce que tu fais. C'est Noah qui nous a coincés, au départ.

— La vidéo n'est pas vraiment sa faute. Comment aurait-il pu deviner ce qui allait se passer ?

— Il ne le pouvait pas. Les tabloïds n'ont pas la réputation de prévenir leurs proies. Mais quand même. C'est lui qui a décidé qu'il avait besoin de sortir avec la moitié des célibataires de la ville.

— Il ne se rendait pas service, je suppose.

Lily soupira. Que cherchait Noah, exactement ? Du bon temps ? Dans ce cas, ça marchait. Il paraissait toujours très content. Un tas de femmes, et beaucoup de satisfaction.

Charlotte jeta un dernier coup d'œil au rayon qu'elle avait dévasté.

— Autre chose ?

— Je te fais confiance, les yeux fermés.

Charlotte avait un goût classique. Tout était frais et moderne, mais pas trop branché. Elles se rendirent aux cabines d'essayage, où Lily enfila tenue après tenue, paradant devant Charlotte et guettant son approbation.

— C'est sublime sur toi, déclara Charlotte quand elle sortit avec une longue robe bleu roi en soie fluide, avec de très fines bretelles et un décolleté assez plongeant. Parfait pour un mariage. Mille fois oui.

Lily virevolta devant le grand miroir.

— Tu trouves ?

— Oui. Fais juste attention à Noah quand tu la porteras.

Lily se sentait bien dans cette robe, mais l'idée que Noah la voie dedans la rendait nerveuse.

— Tu crois qu'il ne l'aimera pas ?

— Je crois au contraire qu'il l'aimera un peu trop, mais c'est son problème. Allez, essaie le reste.

Une demi-heure plus tard, Lily avait cinq nouvelles robes, trois pantalons, sept chemisiers, et une sacrée migraine due aux lampes fluorescentes. Delia emporta le tout à la caisse.

— Et maintenant ? demanda Lily.

— Les chaussures.

— Sérieux ? Je craque.

— Je te promets que ce sera rapide.

En effet, dès qu'elles arrivèrent au rayon chaussures, un vendeur enthousiaste nommé Roger les attendait. Charlotte l'embrassa sur les deux joues et lui présenta Lily. Elle l'avait apparemment appelé pendant les essayages, car il déposa devant Lily une sélection très minutieuse.

— Celles-ci sont pour voyager. On ne se trompe jamais avec des escarpins noirs classiques.

Qui parlait de faire des folies ? Jamais Lily n'aurait imaginé posséder un jour des Louboutin...

— Magnifique.

— Voici des nu-pieds chic et sympas pour porter avec une robe de soleil ou à la plage. Et puis aussi...

Il referma les deux premières boîtes et ouvrit la dernière. Des sandales à lanières, fines, étincelantes, à hauts talons. Des Jimmy Choo iconiques à deux mille dollars.

— Absolument sublimes, non ?

— Alors ? fit Charlotte. À mon avis, elles seront parfaites pour le mariage. Et avant que tu n'évoques le prix, ce n'est pas la question. Je veux savoir si elles te plaisent.

— Je les adore. Toutes. Surtout les argentées.

— Formidable. Prenons ta taille et on s'en va. Roger, vous pouvez les apporter à Delia ?

— Bien entendu.

Cinq minutes après, il était temps de payer. Lily faillit s'évanouir quand elle vit le total. Elle sortit la carte bancaire de Noah et la tendit d'une main tremblante à la vendeuse.

— Ça me fait quand même tout drôle, dit-elle.

— Mais non. Ça fait partie intégrante de ton job ce week-end. Bien sûr, tu pouvais y aller avec tes propres vêtements, mais je pense que tu t'amuseras plus si tu as des trucs nouveaux, pas vrai ?

— D'accord. Merci.

Il faudrait déjà que sa culpabilité s'estompe pour en profiter. Lily n'était pas une personne extravagante.

Elles empoignèrent les sacs contenant leurs achats et prirent l'escalator. Lily remarqua que Charlotte l'étudiait.

— Quelque chose ne va pas ? demanda-t-elle.

— Je devrais t'avertir dès à présent que mon frère va à coup sûr tenter quelque chose ce week-end.

— Tenter quelque chose ?

— Franchir un pas. Te draguer. Quand vous serez seuls.

— Tout ira bien. Je peux gérer Noah.

Du moins, elle l'espérait. L'unique fois où ils s'étaient réellement retrouvés seuls, à l'arrière de la voiture, c'était devenu torride, et elle avait perdu la tête en un rien de temps.

— Je n'en doute pas. Et je ne dis pas qu'il ne se comportera pas en gentleman, parce que je sais que ce sera le cas. Mais je sais aussi qu'il est le roi des charmeurs. Il sera tout sourires, gestes attentionnés et compliments.

— Ce n'est pas ce que désirent toutes les femmes ?

— Raison pour laquelle il est si doué avec elles. Je ne vois pas pourquoi il laisserait passer l'occasion de coucher avec toi, surtout si vous êtes dans la même chambre d'hôtel. Je veux que tu y sois préparée.

Lily se figurait elle-même comme la plus consentante des proies de l'histoire de l'humanité.

— Ça va aller. Je ne m'inquiète pas. On a maintes fois été seuls au bureau, et il est toujours resté très professionnel.

Charlotte hocha la tête, mais garda un air sceptique.

— Hum. Il est séduisant et tout. Tant mieux si c'est ce que tu souhaites. Sache cependant que, quoi qu'il arrive, ça ne durera pas. Je n'ai pas envie que tu souffres par la suite.

Elles atteignirent le rez-de-chaussée. Lily était déchirée. Il existait des milliers de raisons pour lesquelles le fait que Noah lui fasse des avances serait catastrophique — le caractère sacré de leur relation professionnelle, suivi de près par la fragilité de son propre cœur. Elle ne voulait croire qu'aux histoires d'amour qui finissaient bien et, comme elle n'y avait pas eu droit, ça la rendait plus sujette à la sensiblerie que la plupart des gens. Un homme qui contournait la question ? Quelle horreur !

Mais il y avait cette part en elle tellement attirée par Noah et sa magie — son sourire, la manière dont le monde s'illuminait lorsqu'il entrait dans une pièce. Comment ne pas en espérer davantage ? Elle ne pouvait s'empêcher de le désirer, quand bien même la logique lui disait qu'il était hors de portée. La pensée d'une seule nuit avec lui était incroyablement tentante. Et après leur baiser passionné ? Quand il avait glissé une main sous sa jupe et qu'ils avaient tous deux oublié toute bienséance ? La première impulsion de Lily était de faire fi de toute retenue concernant Noah.

Toutefois, à terme, elle devait préserver non seulement son travail, mais aussi son intérêt dans Locke and Locke. Elle pourrait trouver un autre poste. Mais si elle voulait profiter de cet un pour cent, il fallait qu'elle garde un œil dessus. Sous peine de faire preuve d'imprudence et d'irresponsabilité.

5

Vendredi matin, toujours organisée, Lily était prête à partir, bagages bouclés, avec une demi-heure d'avance. Elle portait une tenue flambant neuve, robe portefeuille rose corail, escarpins noirs Louboutin à emblématique semelle rouge, collier scintillant payé sur les deniers de Noah. S'il y avait bien un jour où elle avait paru pleine d'assurance sans rien éprouver de tel, c'était aujourd'hui. Une foule d'attentes reposaient sur ses épaules pour ce voyage : elle devait donner l'impression d'une femme digne du beau et riche Noah Locke. Et Seigneur, cela la rendait nerveuse !

Après sa petite discussion de mardi avec Charlotte chez Saks, elle s'obligeait à recadrer ses espérances. À ce stade-là, vingt-quatre heures dans son rôle de fausse fiancée, elle avait commencé à savourer l'aspect baiser et caresses poussées de Noah. Elle devait à tout prix se rappeler pourquoi elle n'avait pas le droit de se faire trop d'illusions à son sujet, mais ne savait pas très bien comment adopter le bon état d'esprit. Et puis la solution était venue sous la douche, ce matin même. Il fallait qu'elle voie la vidéo. Qu'elle découvre de ses propres yeux ce qui était non seulement terriblement embarrassant, mais encore douloureusement vrai.

Puisqu'il lui restait encore vingt minutes, elle s'installa devant son ordinateur et fit une recherche sur Internet. La vidéo avait été récupérée par une flopée de sites people. Le linge sale de Noah était exposé partout.

Lily se cala sur son siège, croisa les bras sur sa poitrine. La voix off démarra aussitôt : *Le sémillant homme d'affaires new-yorkais, Noah Locke, du groupe hôtelier familial Locke, a été très occupé avec les dames au cours des derniers mois. Et nous pesons nos mots.* Puis déferla le flot d'images. Difficile de déterminer le goût de Noah en matière de femmes. Il semblait les apprécier toutes. Il y en avait des rondes, des filiformes, des sculpturales, des menues...

Lily étudia stoïquement chaque photo. Les conquêtes de Noah étaient une réalité dont elle était consciente depuis longtemps. N'empêche, en affronter la preuve visuelle faisait l'effet d'un coup de poignard. Entendre parler d'une catastrophe, comme une tornade ravageant une ville entière, était une chose, regarder un reportage à ce sujet en était une autre.

Le pire, c'était ce qu'on disait de Noah — qu'il était un coureur de jupons aussi compulsif que son père, et qu'il traitait les femmes comme si elles ne comptaient pas. Si Lily était persuadée que la première allégation était fausse, elle était moins sûre pour la seconde. À en juger par l'ampleur de ses conquêtes, on pouvait affirmer sans crainte qu'il ne voyait aucun intérêt à se caser.

Lily éteignit l'ordinateur. Pourquoi Noah devrait-il décider quoi que ce soit ? Être séduisant, célibataire et riche lui donnait la liberté de faire ce que bon lui semblait. Qui pourrait lui refuser le droit à ses propres choix ? Les femmes qui se succédaient dans son lit devaient pertinemment avoir conscience d'à quoi s'attendre quand elles acceptaient de sortir avec lui. La rumeur publique allait bon train en ville. Elles savaient forcément que Noah Locke n'était pas homme à relations sérieuses. Il était un fantasme, et sublime de surcroît, mais éphémère.

Le portable de Lily bipa. Texto de Noah.

On est là. Tu veux de l'aide pour tes bagages ?

Pas la peine, répondit-elle. Je descends tout de suite.

Bien que fort ébranlée par la vidéo, elle était contente de l'avoir vue. Cela constituait un rappel solide du but de ce week-end : un arrangement professionnel destiné à convaincre Lyle Hannafort que Noah était digne de confiance. Lily était un accessoire, et rien de plus.

Elle ouvrait la porte quand Noah surgit sur le seuil.

— Bonjour.

Tout en lui — sa voix grave, son regard pénétrant, son assurance décontractée — la figea sur place.

Voici M. Sexy, ton cavalier pour les trois jours à venir.

— Comment es-tu entré ?

Noah attrapa la poignée de sa valise à roulettes, lui effleurant le bras au passage.

— Un de tes voisins quittait l'immeuble. Je ne voulais pas que tu portes tes bagages toute seule. Prête ?

Est-ce qu'elle était prête ? Pour un week-end entier à pouvoir le contempler, lui tenir la main, l'embrasser devant d'autres gens, tout en gardant dans un coin de son esprit que ce n'était pas pour de vrai ? Elle n'en sortirait pas indemne…

— Oui.

— Tu as ta bague ?

Elle présenta sa main, ce qui semblait une réponse normale, mais il fallut qu'il la prenne et lève ses doigts pour les inspecter de près.

— Elle est vraiment éblouissante. Elle te va si bien.

Quant à savoir s'il en déduisait qu'elle aussi était éblouissante, ou uniquement que la bague faisait son office en lui donnant l'apparence d'une femme aisée, Lily était incapable de le déterminer. Elle savait juste que son cœur battait la chamade.

— Elle est magnifique.

Tu es magnifique.

— Merci !

Noah s'empara de son sac, Lily verrouilla l'appartement et ils gagnèrent le rez-de-chaussée. Le chauffeur se précipita, plaça les bagages de Lily dans le coffre. Elle grimpa dans la voiture, suivie de Noah.

— Le trajet jusqu'à Teterboro est court, dit-il. J'espère que ça ne te dérange pas, mais j'ai quelques coups de fil à passer pour le boulot.

— Au contraire, je t'en prie.

Parfait. Le temps d'atteindre le petit aéroport privé, il travaillerait, et elle également. Lily consulta ses mails sur son téléphone. Son job était son meilleur atout et elle y tenait.

Elle répondit à plusieurs messages concernant des projets commerciaux et immobiliers de Locke and Locke. Une de ses principales responsabilités était de faire l'intermédiaire avec les différents intervenants et de s'assurer que plannings et budgets étaient respectés. Gérer ces détails pratiques essentiels au bon déroulement des opérations permettait d'en libérer Noah et Sawyer, qui pouvaient se concentrer sur la stratégie à long terme, et sur des contrats comme celui avec Hannafort Hotels, par exemple.

Lily ne prenait pas à la légère la confiance que lui témoignaient Noah et Sawyer. Des informations cruciales, et parfois sensibles, arrivaient sur son bureau chaque jour. Elle appréciait qu'ils ne doutent pas un instant de sa fiabilité à ce sujet. À présent qu'elle détenait une part de l'entreprise, son travail comptait encore plus. Il constituait même la meilleure raison de rester dans le droit chemin ce week-end. Jouer la fausse fiancée de Noah était juste un autre aspect de son job. Peu orthodoxe, certes, mais vu comme ça, dans trois jours, elle aurait son bas de laine, et la confiance accrue de Noah et Sawyer. Tant qu'elle gardait son cœur et sa libido en dehors de la chose, tout irait bien pour elle.

Ils arrivèrent à Teterboro, où le chauffeur les conduisit au pied du jet privé Locke. Charlotte et Michael étaient en train de grimper la passerelle. Si Lily avait à plusieurs reprises fait le nécessaire pour organiser des vols, jamais elle n'avait mis le pied dans cet avion. Une scène pareille ne faisait jusqu'à présent pas partie de son existence, bien qu'elle en ait lu dans des livres. Elle avait beau les imaginer, les vivre en vrai s'avérait surréaliste. Tout semblait se dérouler au ralenti.

— Des détails à passer en revue avant de monter à bord ? demanda-t-elle, ne serait-ce que pour rester ancrée dans le concret.

— À propos de quoi ?

— Eh bien, de nous. On n'a jamais mis notre histoire au point. Tu as été appelé en réunion juste après l'achat de la bague, et je suis allée faire des courses avec Charlotte. Ces derniers jours, ç'a été la folie au bureau. On n'a pas discuté de tout ça depuis.

— C'est assez simple, non ? Tu es venue travailler pour nous, on est devenus proches, il y avait une attirance mutuelle entre toi et moi, et de fil en aiguille…

Voilà qui n'aidait pas du tout Lily à se concentrer. Elle avait l'esprit bien trop envahi par le souvenir des nombreuses fois où Noah et elle avaient flirté dans les locaux de Locke and Locke. Il lui lançait un regard pétillant de ses beaux yeux verts, accompagné d'une plaisanterie. Elle riait et lui tapotait le bras, puis se mettait aussitôt à fantasmer qu'elle lui arrachait sa chemise.

— Ça marche, répliqua-t-elle.

— On se connaît tellement bien tous les deux, à mon avis, on n'aura aucun mal à faire semblant.

— Sûrement.

Le chauffeur ouvrit la portière. Noah descendit de voiture, chaussa ses lunettes de soleil, et tendit la main à Lily pour l'aider à quitter la banquette arrière. Le contact de leurs peaux la déstabilisa aussitôt, et envoya son esprit vagabonder dans bien des directions délirantes et emplies d'espoir, mais elle aurait menti en disant que cela ne lui plaisait pas. Ils traversèrent le tarmac, tandis qu'un petit vent vif balayait ses cheveux et soulevait son manteau. Le temps était frisquet pour début avril à New York, mais elle ne s'en plaignait pas. Cela lui permettait de garder ses idées en place. Noah ne cessait de lui frotter le dos de la main avec son pouce. Il s'arrêta au pied des marches, la laissa monter la première, et elle s'obligea à se détendre — tout irait bien dès qu'elle serait installée.

L'intérieur de l'avion semblait tout droit sorti d'un film — luxe authentique avec fauteuils en cuir blanc, moquette immaculée et chromes partout. Une hôtesse suspendait des manteaux dans un placard. Les sièges étaient regroupés par quatre, deux paires en vis-à-vis séparés par une table au milieu. Charlotte et son mari, Michael, étaient assis en face de Sawyer et Kendall. Tous les saluèrent avant de retourner à leur conversation. Ce qui poussa Lily et Noah à prendre place ensemble de l'autre côté de l'allée centrale.

L'hôtesse se précipita pour les débarrasser. Elle regarda à peine Lily, les yeux aimantés par Noah. Lily avait l'habitude de l'effet qu'il exerçait sur les femmes. Elle le subissait chaque jour, même si, avant leurs fausses fiançailles, elle s'était efforcée de le considérer comme un avantage, non comme une épreuve.

— Tu veux le hublot ? demanda Noah.

— Oh, oui !

Lily s'installa, et Noah prit le siège voisin. Charlotte se pencha vers eux depuis le sien.

— Comment va l'heureux couple ce matin ?

— Le mieux du monde, répondit Noah.

Charlotte sourit.

— Formidable. Lily, tu es éblouissante dans cette robe.

Noah se tourna vers Lily et, sous la lumière qui pénétrait dans l'avion, ses yeux étaient particulièrement fascinants.

— Plus qu'éblouissante. Tu es parfaite.

Du coin de l'œil, Lily vit l'expression sur le visage de Charlotte. La même que sur l'escalator chez Saks. Noah se comportait exactement comme elle l'avait prédit, et Lily devait se préparer. À un moment donné au cours du week-end, Noah sauterait le pas.

Le vol entre New York et Key West durait moins de trois heures — assez long toutefois pour que Noah prenne la pleine mesure du défi qu'allait représenter ce week-end. Non seulement il avait une vue imparable sur Lily dans cette robe époustouflante, mais ses frère et sœur et leurs conjoints les observaient. Ils scrutaient attentivement tout ce que Lily et lui faisaient — boire du champagne, papoter travail, lui se rapprocher d'elle pour apercevoir Key West par le hublot. Il détestait ça. Tous étaient amoureux, tous avaient trouvé leur âme sœur, et tous savaient qu'il faisait semblant.

Dès que Noah quitta l'avion, l'humidité et la brise tropicale de la Floride l'enveloppèrent, et il réagit de manière tout à fait inattendue en se détendant. Sa colonne vertébrale se relâcha un peu et, alors qu'il mettait ses lunettes de soleil, il offrit son visage à la chaleur. Ils ne se trouvaient plus à New York. Noah ne s'était pas rendu compte à quel point il haïssait cette ville jusqu'à ce que l'air salin emplisse ses narines et que la vue ne soit que palmiers dansant dans le vent. Il prit la main de Lily pour descendre la passerelle, un geste désormais totalement naturel de sa part. Le timing était parfait. En scène !

Une limousine noire au logo de Hannafort Hotels les attendait sur le tarmac pour les emmener à Key Marly, l'île privée où se situait le tout nouveau complexe Hannafort.

— J'ai hâte de voir Key Marly. Il paraît que c'est incroyable, dit Charlotte quand ils furent tous installés. Bungalows avec piscines et tout le tralala.

Sawyer hocha la tête.

— Ce mariage est un excellent exemple justifiant pourquoi nous devons travailler avec Lyle. Cet homme est un génie du marketing. Il lance son nouvel établissement de luxe avec un week-end privé en avant-première pour ses plus proches amis et ses associés. Très fort !

— Tout en mariant sa fille aux frais de l'entreprise, je suppose, ajouta Michael, enlaçant Charlotte.

— Exact, confirma Sawyer.

Noah estimait quant à lui, en regardant le paysage, les boutiques et restaurants branchés, entrecoupés de bandes de mer cristalline à l'horizon, que Lyle était sans doute un génie pour une tout autre raison : cet endroit était un paradis.

Lorsqu'ils atteignirent Little Torch Key, on les guida vers un ponton privé où attendait un rutilant yacht blanc. Une fois dans la cabine luxueuse, offrant une vue à trois cent soixante degrés, l'air conditionné procura une pause agréable à la chaleur, et le personnel attentionné leur proposa toutes sortes de boissons et d'en-cas. Mais Noah aspirait à un espace moins confiné.

— Tu veux sortir sur le pont et regarder l'océan ? demanda-t-il à Lily.

Elle bondit presque de son fauteuil.

— Oui.

Dès qu'ils furent dehors, les images, les odeurs et le bruit de la mer indomptée prirent le relais, et Noah se sentit l'homme le plus heureux du monde.

— Je devenais dingue là-dedans.

— Moi aussi. C'est beaucoup trop beau pour rester à l'intérieur.

Je ne comprends pas qu'on supporte d'être assis là à écouter cette horrible musique d'ascenseur.

— Hum, oui. La musique. Affreuse, en effet.

Lyle était peut-être génial, mais certains aspects de son opération événementielle auraient mérité un peu de raffinement.

Noah et Lily s'accoudèrent à la rambarde, le visage caressé par le vent et le soleil tandis que le bateau approchait de Key Marly, une île comme un point sur l'océan droit devant, large bande d'arbres tropicaux et de végétation par-dessus une ligne de plage argentée. Noah ne put s'empêcher de rêver, imaginant Locke and Locke abandonner les gratte-ciel pour des complexes touristiques. Il visualisait un bureau au bord de l'eau, où il pourrait s'installer dehors quand ça lui chanterait, sur une chaise longue, avec son ordinateur portable, les orteils enfouis dans le sable, combinant le meilleur du business et du plaisir. Bien entendu, s'il travaillait, Lily serait là également, assise juste à côté de lui, et ils discuteraient boulot tout en profitant mutuellement de la compagnie l'un de l'autre, comme ils le faisaient maintenant.

Mais pourrait-il y avoir davantage entre eux ? Ce scénario rêvé pouvait-il inclure de l'amour ? Dans sa tête, il en doutait. Il avait envie de se voir ainsi, mais son esprit refusait de franchir le cap. Tout cela ressemblait à un pur fantasme, et rien d'autre. Le risque d'un investissement émotionnel de part et d'autre était trop grand. Outre que son frère et sa sœur craignaient qu'il ne brise le cœur de Lily, lui-même ne se faisait pas confiance non plus. Il connaissait ce sentiment de panique qui le prenait quand les choses devenaient trop sérieuses. Il ne saurait pas le repousser, et Lily méritait tellement mieux !

— C'est magnifique, s'exclama Lily en observant l'eau translucide filer sous eux. Regarde !

Mais Noah la contempla, elle, incapable de ne pas noter à quel point c'était sexy quand elle glissait ses cheveux derrière son oreille pour les discipliner. *Tu es si incroyablement belle*. Il voulait le lui dire. Il devrait le lui dire. Mais il ne pouvait pas jouer avec son cœur, il ne pouvait pas lui expliquer plus tard que oui, il l'avait pensé, mais il n'était pas fichu d'aller au bout de ses sentiments.

— Oui, hein ?

— J'ai hâte d'arriver, d'enlever ces chaussures, de courir pieds nus et ensuite de les tremper dans l'eau.

— On est censés avoir notre propre piscine privative, si tu veux te rafraîchir.

Il se sentait bien mal armé pour sa première vision de Lily en maillot de bain, mais il était trop tard pour refouler l'idée.

— Je vote pour les deux, si possible. Océan et piscine.

— Entièrement d'accord.

Peu après, le bateau s'amarra au ponton du Key Marly Resort. Une rangée de portiers en uniforme se tenaient prêts pour s'occuper de leurs bagages. À l'extrémité de la passerelle les attendaient leurs hôtes. Même à distance, Lyle Hannafort en imposait. Il était à peu près aussi grand que Noah, mais presque deux fois plus costaud. Il avait le crâne chauve et une moustache sombre. Sa femme, Marcy, était quant à elle toute menue, mais avec une épaisse crinière noir de jais et son caractéristique rouge à lèvres carmin, elle était à bien des égards aussi impressionnante que son mari.

Noah et Lily étaient si pressés de gagner leur bungalow qu'ils furent les premiers à quitter le yacht. Il lui prit la main pour franchir l'aire de planches en bois, mais l'enthousiasme de Lily s'était mué en angoisse. Il lui murmura à l'oreille, humant au passage un mélange grisant de son doux parfum et d'air marin :

— Tout ira bien. On est deux et on peut compter l'un sur l'autre.

Elle lui sourit et pressa sa main plus fort.

— Le duo de choc.

Lyle Hannafort serra la main de Noah.

— Ravi de vous voir, Noah. Et cette jeune femme est celle dont j'ai entendu parler ?

Noah n'appréciait guère l'idée de présenter Lily comme si elle était une sorte de trophée, mais cela semblait nécessaire.

— Oui, Lyle, voici Lily Foster, ma fiancée.

— Enchanté, Lily. Voici mon épouse, Marcy.

Cette dernière fonça sur Lily, lui saisit les mains et leva la tête vers elle, le regard brillant.

— Lily chérie, je suis si heureuse de vous rencontrer. Montrez-moi cette bague. Vous savez, je l'ai appris par les journaux. Et Lyle m'a montré la photo. On était tellement contents d'entendre la bonne nouvelle. J'ai dit à Lyle que j'espérais de tout cœur que cette affreuse histoire sur Noah dans les tabloïds était fausse. Heureusement que c'étaient juste des rumeurs !

Que tout ceci ait commencé sur un quiproquo aurait dû révulser Noah, mais en vérité, si ça n'était pas arrivé, Lily serait actuellement chez elle, et lui assisterait en solo à ce mariage tout en observant ses frère et sœur afficher leur vie de couples épanouis. Chaque fois qu'il regardait Sawyer et Charlotte, il avait envie de penser que cela signifiait que lui aussi, un jour, pourrait trouver ce genre de partenaire, mais en fait, ça ressemblait plus à la confirmation que deux des trois enfants Locke avaient trompé la malédiction conjugale familiale et qu'il ferait mieux de ne pas forcer sa chance.

— Madame Hannafort, ce n'était pas le vrai Noah. J'espère que vous le savez.

La voix de Lily avait beau être catégorique, Noah bloquait sur ses paroles. Si, il était le type de la vidéo. Rien n'était faux dans le propos de ce reportage. Et peut-être qu'il était comme son père, ce qu'il ne voulait pas. Cela le convainquait encore plus de se comporter en parfait gentleman avec Lily ce week-end. Ils pouvaient feindre d'être un couple amoureux fou en public, mais en privé ? Il ne la toucherait pas. Il dormirait sur le canapé. Sur le sol, au besoin. Lily saurait précisément à quel point il la respectait en tant qu'associée dans Locke and Locke. Elle saurait qu'il la vénérait comme partenaire professionnelle et amie. Il refoulerait ses pires sentiments lubriques. Il ne penserait pas au goût que pourraient avoir ces lèvres aussi douces que des pétales de rose. Il essaierait de toutes ses forces d'effacer tous souvenirs de sa main à lui sur sa cuisse à elle, de ses doigts jouant avec la dentelle de ses bas.

Marcy tapota la main de Lily.

— Évidemment que ce n'est pas le vrai Noah. Et quand bien même, ça n'a aucune importance, si ? Vous allez vous marier. C'est la seule chose qui compte à présent.

Lily eut un faible sourire.

— Oui, je sais.

Mariés. Amusant, mais Noah n'avait songé à leur arrangement qu'en termes de fiançailles. Après ce séjour et une fois le contrat signé, ils annuleraient tout discrètement.

— Sachez tous les deux que nous avons accordé un soin particulier à nos jeunes fiancés pour ce week-end, dit Marcy.

— En effet, renchérit Lyle. Le personnel a la consigne de vous traiter comme des rois. Il n'est pas question que vous ratiez un seul instant romanesque.

— Ce n'est franchement pas nécessaire, objecta Noah un peu trop vite. Enfin, je veux dire, merci beaucoup, mais ne vous mettez pas en quatre pour nous.

Lily lui donna un coup de coude.

— C'est adorable de votre part. Merci infiniment.

Sawyer et Kendall arrivèrent derrière eux et Noah en profita pour prendre un peu de distance. Ils suivirent un bagagiste le long d'une allée circulaire en teck, d'où partaient des sentiers menant à des bungalows individuels au toit de chaume. Plus loin, dans une vaste clairière, se trouvait le bâtiment principal du complexe, où se déroulerait probablement le mariage.

Noah et Lily avaient le pavillon numéro 8. Ils pénétrèrent dans une entrée pavée qui donnait sur un immense salon avec un haut plafond aux poutres apparentes et un grand ventilateur suspendu. Sur la table basse devant le canapé étaient posés une bouteille de champagne sur glace et un superbe bouquet de fleurs tropicales dans les tons violet, orange et rose. Ainsi qu'un petit mot :

N'oubliez pas d'afficher le panneau Ne pas déranger !
Amicalement,
Marcy.

— Qu'est-ce que ça dit ? demanda Lily en lui prenant le bristol des doigts.

Ça dit que je suis dans le pétrin. Si seulement il pouvait afficher ce panneau Ne pas déranger et le laisser sur la porte pendant des jours et des jours. *Ça*, ce serait des vacances.

Elle sourit et reposa la carte près du seau à champagne.

— Délicate attention de la part de Marcy.

— Oui.

— Voyons le reste.

Lily le précéda dans la chambre. Tous deux ne purent réprimer un hoquet en entrant — au-delà d'un mur entier de portes en accordéon donnant sur l'océan étincelait une petite piscine privée entourée d'un jardin luxuriant avec, derrière, l'éblouissante mer turquoise. La pièce était dotée d'un gigantesque lit au linge immaculé, surmonté d'une moustiquaire drapée.

— On dirait que ça sort d'un magazine ou d'un film. On peut dormir fenêtres ouvertes !

Noah faillit éclater de rire. C'était parfait. Absolument parfait. S'il devait emmener Lily quelque part pour la séduire, c'était le lieu idéal. Ils ne porteraient même plus de vêtements à cet instant. L'attrait particulier du sexe dans un hôtel était trop fort, et dans un cadre pareil ? Comment ne pas avoir la tête à ça ? Dommage que ça n'allait pas se produire.

— Je peux dormir sur le canapé du salon, déclara-t-il.

Il fixa le lit, essayant de ne pas imaginer Lily étendue dessus, en train de l'attendre.

— Non, il est trop petit. C'est moi qui y dormirai.

— Il n'est pas question que je te laisse le canapé. Ce serait malhonnête. C'est moi qui t'ai embarquée là-dedans.

— On peut appeler la réception et leur demander un lit de camp. Comme ça, on sera démasqués.

Noah s'assit au pied du lit. Lily prit place à côté de lui. Ils se trouvaient à plus d'un mètre l'un de l'autre, chacun à contempler l'océan. Il lui décocha un regard en coin, remarquant pour la centième fois depuis le matin combien elle était ravissante dans cette robe. Il aurait vidé son compte en banque tout entier pour l'embrasser. Il fouilla son esprit en quête d'une excuse bidon pour revisiter la notion d'entraînement.

— Faisons un compromis, lança Lily. On est des adultes tous les deux. C'est un très grand lit. On dort ensemble. Je resterai de mon côté. Tu n'auras pas à t'inquiéter de moi.

Pourquoi le destin se montrait-il si cruel envers Noah ?

— Tu es sûre ?

— Tout à fait, répliqua-t-elle, lui tapotant la cuisse et électrisant son bas-ventre aussi sec. Maintenant, enfilons nos maillots de bain et allons goûter l'eau.

6

Vêtue de son bikini turquoise, Lily s'étira sur la chaise longue près de leur piscine privée, se gorgeant des derniers rayons de soleil, une main sur son ventre nu. Derrière ses lunettes noires, elle ne perdait pas Noah de vue. Il flottait dans l'eau, lui tournant le dos, les bras arrimés au rebord du petit bassin. Elle en était désormais certaine : quelque chose clochait. Il n'était pas admissible qu'elle fût la seule femme au monde que Noah ne trouvait pas attirante.

N'empêche, il avait eu des milliards d'occasions de sauter le pas, et il n'en avait saisi aucune. Pas quand elle lui avait demandé de lui passer de la crème solaire dans le dos, pas quand elle l'avait éclaboussé par jeu dans la piscine, pas quand elle l'avait complimenté sur son allure époustouflante en short de bain. Au contraire, il donnait l'impression d'essayer de la tenir à distance, ce qui était illogique alors que Charlotte avait assuré qu'il lui ferait des avances. Et Lily ne pourrait jamais oublier ses doigts agrippés à elle sur la photo chez Tiffany. La preuve de son désir pour elle sautait aux yeux sur ce cliché.

Elle se redressa sur les coudes et l'observa. La vision de ses épaules était carrément spectaculaire — courbes et contours de muscles d'un sexy inimaginable. À défaut d'être bâti comme une armoire à glace, Noah tenait la forme.

— Tu vas finir par rétrécir si tu ne sors pas rapidement, dit-elle d'un ton mutin, aguicheur.

Elle lui offrait là l'occasion idéale de se retourner et de se rincer l'œil, mais il se contenta de lui jeter un regard hâtif avant de plonger sous l'eau. Voilà. Il la mettait presque au défi de faire le premier pas. Mais il était son patron. Si seulement elle n'avait pas tant peur de perdre son travail.

Il brisa la surface de l'eau, planta les mains sur le rebord de la piscine et se hissa dehors. Un Adonis dégoulinant d'érotisme mouillé. Chaque parcelle de son corps étincelait sous le soleil. Cela ne faisait que quelques heures qu'ils se trouvaient en Floride, et il était déjà bronzé. Il s'empara d'un drap de bain et se frotta les cheveux avec. Lily éprouva le désir irrationnel de s'approcher et de l'aider à sécher tout ce qui en avait besoin, notamment cet endroit juste sous son nombril, où une mince bande de poils disparaissait sous l'élastique de son maillot. Il n'existait que deux mots pour décrire cette partie de son anatomie : *miam* et *oh*.

— On devrait se préparer pour le dîner, tu ne crois pas ? suggéra-t-il. Je vais passer en premier sous la douche, comme ça, tu peux profiter encore un peu du soleil.

Il ne la regardait même pas. Ça rendait Lily dingue.

— Vas-y. Il faut que je réfléchisse à ce que je vais mettre, de toute façon.

— Ça roule, marmonna-t-il avant de disparaître.

Lily retomba sur son transat et gémit. Quelle frustration. Elle avait tellement envie de Noah qu'elle enrageait. Elle avait cru que ce voyage lui fournirait une porte de sortie à ses fantasmes — il lui ferait des avances, elle accepterait avec enthousiasme, et ils se procureraient mutuellement quelques souvenirs torrides. Ensuite, chacun retournerait au *modus vivendi* d'avant. Elle savait déjà que Noah en était capable. Quant à elle, c'était moins certain, mais elle avait vécu bien pire en termes de chagrin d'amour. Plaquée le jour de son propre mariage. Rien ne pouvait être plus horrible que ça, non ?

Lily se leva, enfila sa tunique, rentra dans le bungalow et passa sa penderie en revue, choisissant une longue robe noire diaphane à fines bretelles. La parfaite robe de plage qu'elle pouvait associer à des sandales plates, ce qui serait joli et confortable.

Noah sortit de la salle de bains, enroulé dans une serviette moelleuse fournie par l'hôtel. Lily avait une conscience aiguë que, hormis cette bande de tissu autour des hanches, il ne portait rien. Rien du tout.

— La salle de bains est à toi, déclara-t-il.

Lily décida de tenter autre chose. Elle fit passer sa tunique par-dessus sa tête et se dirigea vers Noah, posant une main sur sa joue. Sa barbe naissante lui gratta la paume et elle le fixa droit dans les yeux. Il était si beau…

— Je pense que tu devrais te raser. Tu fais un peu négligé.

Il fronça les sourcils.

— Tu crois ?

— Tu veux te montrer sous ton meilleur jour pour les Hannafort, pas vrai ? Utilise la salle de bains pendant que je prends ma douche.

Peut-être que cette épreuve suffirait à le faire basculer.

— Cela ne me semble pas une bonne idée, objecta-t-il. La cabine de douche a des parois en verre.

Comme prévu, il était recalé au test. Ou le réussissait haut la main, tout dépendait du point de vue.

— D'accord. Vas-y et termine. J'attendrai.

Elle s'écroula à l'extrémité du lit, résignée à son sort. Il n'y aurait pas de parties de plaisir entre eux. Au moins, elle pourrait annoncer triomphalement à Charlotte qu'elle s'était trompée.

Peu après, Noah avait fini, aussi impeccable que possible.

— C'est mieux ?

Non.

— Beaucoup.

Elle attrapa ses vêtements et le dépassa en trombe pour aller se doucher, déterminée à se concentrer sur la soirée à venir. Mieux valait se préoccuper d'impressionner les Hannafort, et oublier le tourbillon incessant de pensées sexuelles concernant Noah qui tempêtait dans son esprit.

Les cheveux relevés dans une serviette, elle mit sa robe et se tourna vers le miroir. Comme Noah, elle avait bien pris le soleil. Franchement, elle avait une allure sublime dans cette robe. Quel gâchis. Noah ne le remarquerait même pas.

Noah enfila un pantalon noir habillé et une chemise bleue. *Tiens le coup, mon vieux. Tu peux le faire.* Sauf qu'il n'en était pas sûr. Avoir Lily à ses côtés mettait sa volonté à rude épreuve. C'était le marathon de la chasteté. Passer la matinée en avion avec elle avait déjà été quelque chose, mais rien ne l'avait préparé au moment où elle avait surgi en bikini dans le patio, et qu'il n'avait eu d'autre choix que de plonger illico dans la piscine.

— Pressé de nager, hein ? avait-elle commenté.

— Il fait bien trop chaud ici.

Il l'avait regardée trois secondes de trop, la balayant des yeux, depuis ses pieds jusqu'à l'arrondi de ses hanches et son délicat nombril, puis la courbe appétissante de ses seins. Il aurait donné un an de sa vie pour l'embrasser, la serrer contre lui tandis qu'elle portait ce maillot de bain étourdissant, mais il savait comment ça finirait — tous deux nus dans ce lit magnifique sous la moustiquaire féerique. Tant qu'à tout gâcher, autant sombrer auréolé de gloire, mais non. Il avait beaucoup à se prouver. Il n'était pas comme son père. Il devait être fort.

— Noah ? appela Lily depuis la salle de bains. J'ai besoin d'aide. Je n'arrive pas à fermer ce pendentif.

— J'arrive.

Peut-être qu'elle serait mal fagotée dans une robe informe façon hawaïenne. *Je t'en prie, sois mal attifée.* Il la rejoignit et eut la réponse. Elle portait une robe fluide et raffinée, très décolletée dans le dos et fendue sur une jambe. Elle avait repoussé ses cheveux sur le côté et tenait les extrémités d'un médaillon sur sa nuque.

— J'espère que tu y arriveras. Le fermoir est minuscule et le maillon censé aller dedans aussi. Tes doigts risquent d'être trop gros.

Il se plaça derrière elle, saisit la chaîne argentée avec une maladresse stupide, tout en inhalant sa senteur délicate et en regrettant qu'ils aient à quitter cette chambre ce soir. Il rata à maintes reprises son coup avec le crochet, ses mains moites glissant. Son pouls battait à ses oreilles. Les jointures de ses doigts éraflaient la peau veloutée de Lily, déclenchant des décharges électriques en lui. Enfin, il attacha le collier. Il lâcha le pendentif comme s'il le brûlait, et recula brusquement.

— Merci, dit-elle, lui jetant un regard perplexe dans le miroir.

— De rien.

Il s'enfuit de la salle de bains, évoquant des images d'icebergs et de blizzards. Ce serait la seule manière de réussir à aller au bout de cette soirée en compagnie de Lily.

Ils quittèrent le bungalow et suivirent sous la canopée de palmiers le chemin menant au bâtiment principal. Le complexe ne consistait pas en édifices élevés, mais plutôt en longues constructions haut de gamme de deux étages, abritant juste huit suites. Avec vingt pavillons individuels en plus, les clients de l'île bénéficiaient d'un lieu de vacances calme et idéal.

Guidés par des panneaux indiquant l'endroit où se déroulait le dîner de répétition, Noah et Lily traversèrent un jardin tropical luxuriant puis atteignirent la somptueuse piscine située derrière l'hôtel. Une immense étendue sur plusieurs niveaux de pierre, d'eau et de plantes, avec des cascades, des spas et des bassins de nage. Quelques personnes barbotaient encore dans la piscine. Tous les autres flânaient autour, savourant un cocktail et la tiédeur nocturne. Noah prit la main de Lily et ils rejoignirent Lyle et Marcy, qui bavardaient avec un groupe d'invités. Aucun signe de Charlotte, Michael, Sawyer ou Kendall.

Marcy lâcha un glapissement de plaisir à leur arrivée.

— Et voici mes jeunes fiancés préférés. Vous avez apprécié le champagne que j'ai fait déposer dans votre chambre ?

— On n'a pas encore eu la chance de le boire, répondit Noah. Mais merci de cette délicate attention.

C'est lui qui avait décidé de mettre la bouteille au frigo. La déboucher aurait conduit à un tas de mauvais choix.

— On tient à ce que vous vous sentiez tous aussi à l'aise que possible. J'espère que vous aimerez la surprise que le personnel vous aura préparée quand vous rentrerez ce soir. À mon avis, vous trouverez ça très romantique, répliqua Marcy avec un sourire de conspiration.

Lily fixa Noah comme si elle tentait de jauger sa réaction. Il ne savait quoi penser. Il pouvait juste imaginer ce que Marcy avait derrière la tête, mais une chose était sûre : les circonstances faisaient tout pour aiguiser sa frustration sexuelle.

— J'ai hâte de le découvrir.

— Je brûle que vous me racontiez tout demain matin, mais vous m'épargnerez les détails, susurra Marcy d'un air mutin. Maintenant, veuillez m'excuser, je dois aller papoter avec mes autres invités.

— Je me demande en quoi consiste cette surprise, dit Lily. Des fraises enrobées de chocolat ?

— Sans doute. Le cliché kitsch habituel pour fiançailles.

Elle pinça les lèvres.

— Tu as beau penser que c'est cliché, je trouve ça très gentil. Et il y a pire cadeau que des fruits au chocolat.

— Tu as raison.

C'est juste que je vais avoir envie de les enfourner un par un dans ta jolie bouche et t'arracher tes vêtements et que ça ne fait pas partie de mon plan pour ce mariage.

— Allons prendre un bain de foule, suggéra-t-il.

Durant les heures qui suivirent, Noah et Lily rencontrèrent presque tous les membres de la vaste famille Hannafort. Les parents de Lyle, ceux de Marcy, des cousins, des oncles et des tantes. Un délicieux repas à thème tropical fut servi au bord de la piscine. Lily remporta un franc succès, conversant brillamment avec chacun et impressionnant tout le monde avec ses connaissances allant de la promotion immobilière aux romans sentimentaux. Elle raconta même à l'oncle de Lyle quelques blagues salaces qui le firent rire aux larmes, et déclarer à Noah qu'il était un sacré veinard.

Alors que le soleil se couchait dans le ciel obscurci, des torches flamboyèrent. Les cascades étaient illuminées de façon spectaculaire. Malgré la fraîcheur nocturne et la brise océane, l'air demeura chaud et humide.

— Je suis vraiment fatiguée, dit Lily. Rentrons, tu veux ?

Il était 22 heures, et la majorité des invités s'était éclipsée. Noah reportait sans cesse leur départ, allant se resservir en dessert ou commandant un dernier verre. Il redoutait la surprise romantique à venir. Sûrement quelque chose qui allait alourdir encore son fardeau.

— Tu en es certaine ? Il fait si bon ce soir.

Lily se leva de sa chaise.

— D'accord. Reste. Je rentrerai seule.

— Non. Non. Je ne veux pas que tu fasses le trajet seule.

Il lui saisit la main, et elle se retourna, lui coupant le souffle. Elle était extraordinairement belle sous cette lumière, avec le vent qui faisait danser ses cheveux sur ses épaules et sa peau rayonnant d'un hâle doré.

— Cet endroit est le plus sûr du monde. Et il est évident que tu préfères être ici qu'en tête à tête avec moi.

Sa tentative de gain de temps n'avait pas échappé à Lily, visiblement. Il y avait une pointe de douleur dans sa voix, ce qu'il n'aima pas du tout. Il sourit.

— J'étais bien ici avec toi, c'est tout.

S'il souhaitait à tout prix créer une distance entre eux, il ne voulait en aucun cas qu'elle croie que sa compagnie lui déplaisait. Car ce n'était pas vrai, bien au contraire.

— Viens, poursuivit-il. Allons découvrir quelle folie Marcy nous réserve dans la chambre.

Ils marchèrent tranquillement, main dans la main, prenant leur temps, écoutant le chant des oiseaux dans les arbres et le chuintement de l'océan au loin. Lily lâcha sa main et caressa l'intérieur de son poignet du bout des doigts, le serrant de plus près. Il n'aurait pas dû y prêter attention, mais tant pis. Il mit un bras autour de ses épaules, la laissa se blottir contre lui tandis qu'ils atteignaient leur bungalow.

En entrant dans le salon, ils ne virent rien de particulier. La table était vide, hormis le bouquet de leur arrivée.

— Hum. Ils ont oublié, tu crois ?

Lily le précéda dans la chambre.

— Oh ! mon Dieu, Noah. C'est ici. C'est féerique.

Il s'arma de courage et la suivit. Les lampes étaient éteintes, mais une lueur chaude provenait de l'extérieur, à travers les portes vitrées. Des centaines de bougies brûlaient sur le patio, disséminées autour de la piscine. Et d'autres flottaient sur l'eau. Le lit avait été ouvert, et des fleurs d'orchidées pourpres éparpillées sur les draps. Une nouvelle bouteille de champagne attendait dans un seau à glace près du lit, à côté d'un plateau sur lequel était posé un flacon d'huile de massage à la noix de coco. Jamais il n'aurait su créer un décor plus romantique, sexy, s'il l'avait voulu.

— Marcy ne plaisantait pas, déclara Lily.

— Il va falloir une éternité pour tout nettoyer.

Aussitôt qu'il prononça ces paroles, il se trouva odieux. Lily méritait chacune de ces attentions, et il lui gâchait son plaisir.

Elle lui adressa un regard déçu.

— On ne peut pas vraiment appeler le service de ménage et leur demander de s'en charger. Tout le monde au courant de ceci pense qu'on est déjà déshabillés. Que je te fais un massage sensuel. Qu'on fait l'amour.

Alors que des images de Lily nue, ses mains partout sur lui, envahissaient son subconscient, désir et détermination bataillaient en lui. Il avait plus envie de Lily que jamais il n'avait eu envie d'aucune femme. Elle était là, devant lui, à quelques centimètres. Et s'il la prenait dans ses bras et l'embrassait ? Et s'ils faisaient tout ce qui découlait logiquement de ce décor de rêve ? Quel mal réel cela ferait-il ?

— Tu sais..., fit Lily.

Noah retint son souffle. S'apprêtait-elle à lui fournir une échappatoire ? À lui dire qu'ils devaient jouer le jeu, de peur que les femmes de ménage les dénoncent ?

— Charlotte serait morte de rire si elle nous voyait. Elle m'a assuré que tu me sauterais dessus, que tu ne pourrais pas t'en empêcher. Tout ce bazar avec les bougies, les fleurs et le champagne semble presque te mettre au défi de le faire.

Il avait sa réponse. Charlotte s'attendait à ce qu'il fasse cela parce qu'il l'avait toujours fait — comme son père. Or il ne voulait plus qu'on présume de son comportement. Sa soif de Lily n'était si forte que parce qu'elle le torturait depuis deux ans. Une nuit ou deux de plus, quelle importance, au point où il en était.

— Ma sœur pense me connaître, mais elle se trompe. Tu as dit toi-même que je n'étais pas le type de la vidéo. Non seulement je suis capable d'être un gentleman, mais encore c'est mon intention.

Lily s'approcha du lit, souleva un coin du drap.

— Bien. Mais on doit quand même donner l'impression que tu ne l'es pas.

D'un geste théâtral, elle secoua le drap, et les orchidées s'envolèrent, retombant pour la plupart sur le sol.

— Je vais aller me laver la figure et les dents. La journée a été longue et je suis épuisée.

Elle gagna la salle de bains d'un pas nonchalant, laissant Noah se demander comment tout ça était devenu encore plus tordu que cela avait semblé à New York.

Il s'écroula sur le lit, fixa le plafond. Lily allait bientôt revenir. Pour dormir dans le même lit que lui. Et il devait s'assurer que rien ne se produirait du tout. Même si ça le tuait.

7

Lily survécut à la nuit. Elle survécut au réveil auprès de Noah, et au petit déjeuner avec lui. Elle avait tenu le choc une matinée entière et une partie de l'après-midi en sa compagnie, ignorant son physique de rêve et l'absence d'avances sexuelles. Elle avait tout encaissé sans sourciller, mais à présent qu'elle était habillée pour le mariage, avec la robe bleu roi que Noah ne remarquerait sans doute même pas, elle avait besoin de se calmer les nerfs. La perspective d'entendre le fameux « Oui » était la goutte de trop.

Il y avait désormais trois bouteilles de champagne dans leur frigo — celle déposée à leur arrivée, celle de la veille au soir après le dîner de répétition, et une troisième apparue ce matin lors du service en chambre, accompagnant un sublime plateau de fruits tropicaux et d'omelettes variées. Ils ne l'avaient pas commandée, mais Marcy et Lyle l'avaient envoyée, visiblement très investis dans les fiançailles de Lily et Noah. Au moins, quelqu'un se sentait concerné. Noah n'avait manifesté aucun intérêt à ne serait-ce que profiter un minimum de leur étrange séjour au paradis.

Et Lily en avait par-dessus la tête.

Pop. Elle attendit que la mousse retombe avant de se servir une flûte de précieuses bulles dorées.

— Oh ! Tu as décidé d'en ouvrir une, dit Noah, entrant dans la pièce, habillé lui aussi pour la cérémonie.

Bien entendu, il était sublime. Celui ou celle qui avait dessiné ce costume avait clairement eu Noah à l'esprit en le concevant. On aurait dit une photo de magazine.

— On ne peut pas gaspiller tout ce champagne.

— On pourrait vider les bouteilles dans le lavabo avant de partir.

Lily but une gorgée, savourant la douceur effervescente exquise sur ses lèvres et sa langue. C'était même le premier instant de plaisir qu'elle prenait depuis ces dernières heures. Côtoyer Noah de si près la tuait.

— Il n'en est pas question. C'est bien trop bon. D'ailleurs, je t'en sers une flûte.

Elle n'attendit pas sa réponse, espérant que ça le décoincerait un peu.

— D'accord.

Il prit une gorgée et acquiesça.

— Hum, tu as raison, il est délicieux. On devrait le boire jusqu'à la lie.

— Bravo. C'est l'idée.

Lily se sentait mieux. Voilà le Noah qu'elle adorait. Tant qu'à la rendre folle, au moins qu'il le fasse de manière plus drôle. Pourtant, son étrange attitude d'hier et de ce matin la rongeait.

— Je peux te poser une question ? J'ai fait quelque chose qui t'a mis en colère ? Depuis qu'on est ici, tu n'es plus toi-même. On est au paradis, mais tu n'as pas du tout l'air de t'amuser.

Il but une nouvelle gorgée puis fixa ses chaussures, une mèche de cheveux retombant sur son front.

— Le contrat Hannafort me stresse. J'ai l'impression que tout repose tellement sur nos épaules, et ça ne me paraît pas honnête. Ni correct. Il veut faire des affaires avec nous parce qu'il croit que je suis le genre de type à se marier. C'est sacrément tordu, tu ne trouves pas ?

— Très tordu, mais c'est son choix, alors on fait avec. Mais ce que je ne comprends pas, c'est que tu as dit qu'on était ensemble dans le même bateau. Or ce n'est plus le sentiment que j'ai. Tu m'évites, et ça commence vraiment à me faire de la peine.

Ouf, quel soulagement. Même si Noah estimait qu'elle dramatisait, elle avait avoué ce qu'elle avait sur le cœur.

— S'il se passe autre chose, parle, je t'en prie, insista-t-elle.

Il termina son champagne et serra les lèvres, visiblement en pleine réflexion.

— C'est parfois difficile d'être dans tes parages, Lily. Tu es une très belle femme. Je t'aime beaucoup. Mais tu comptes aussi énormément pour l'entreprise. Sawyer me couperait la tête si je te touchais. Et sincèrement, je me décevrais moi-même terriblement. Alors oui. Il y a eu, ces dernières vingt-quatre heures, quelques moments plus compliqués que je ne l'avais prévu.

Lily n'était pas certaine de respirer encore. Son cerveau absorbait tout l'oxygène nécessaire à son corps. Ce n'était pas tout à fait la réponse qu'elle attendait.

— Waouh !

Il secoua la tête.

— J'aurais dû ne rien dire. Excuse-moi.

Lily lui saisit la main. Toucher sa peau lui donna l'impression que l'électricité circulait désormais librement entre leurs deux organismes.

— Non, Noah. Je suis contente que tu aies parlé. Il faut juste que j'assimile. Je commençais à me demander si tu me trouvais repoussante.

— Oh, non. Bien au contraire.

Une suave chaleur lui monta aux joues.

— Si ça peut t'aider, je suis aussi frustrée que toi. Tu es bien trop canon pour être un faux fiancé.

Il éclata de rire, suivi de son sublime sourire.

— Tu es drôle.

Elle aurait donné n'importe quoi pour l'embrasser sur-le-champ, mais elle savait qu'elle serait incapable d'arrêter si elle entamait quoi que ce soit.

— Ce n'était pas le but, mais merci.

Un bip du portable de Noah annonça un texto, les ramenant à la réalité. Il le sortit de sa poche.

— C'est Charlotte. Michael et elle nous gardent des places. On ferait bien d'y aller.

Lily vida le reste de sa flûte, renfonça le bouchon dans la bouteille et mit cette dernière au frigo.

— Quoi qu'il en soit, toi et moi finirons cette bouteille ensemble plus tard. Sur la plage.

La surprise sur le visage de Noah valait le détour. Elle devrait le prendre au dépourvu plus souvent…

— Bien, m'dame.

Ils se tinrent par la main durant le court trajet jusqu'au lieu de la cérémonie, dans le jardin de l'autre côté de la piscine. Des chaises blanches étaient disposées en rangées précises, le dossier décoré de gerbes de fleurs tropicales. Un long tapis satiné formait l'allée séparant les deux sections de sièges, presque remplies d'invités. Et tout au bout, une ravissante arche en bambou recouverte d'orchidées et de lis avec une cascade derrière en touche finale. C'était une vision féerique, parfaite, le rêve de toute mariée. Lily se résolut à calculer dans sa tête tout ce que cela coûtait, histoire d'empêcher son esprit de faire resurgir de vilains souvenirs. Elle avait organisé son propre mariage de A à Z, et connaissait la fourchette approximative du prix de celui-ci. Lyle et Marcy Hannafort n'avaient pas lésiné sur la dépense.

— Où sont Sawyer et Kendall ? s'enquit Noah quand ils eurent rejoint Charlotte et Michael.

— Kendall ne se sent pas bien depuis le dîner hier soir. Je ne suis pas certain qu'ils viennent à la cérémonie.

— J'espère que ce n'est pas grave, dit Lily.

— Je ne crois pas. D'après elle, le bébé gigote beaucoup, expliqua Charlotte. M. Hannafort a demandé à un de ses amis médecin de passer vérifier. Elle a juste besoin de repos.

Noah croisa les jambes en maugréant.

— Tout va bien ? chuchota Lily à son oreille, en profitant pour inhaler son eau de toilette au parfum grisant.

— Ouais. Ça m'agace simplement que Sawyer ne me tienne pas au courant. Kendall est malade et je ne le sais pas. Et s'il arrivait quelque chose de sérieux ?

Consciente de la proximité entre les trois Locke, et de leur susceptibilité affective, elle lui prit la main et la serra.

— C'est bon. Il n'a pas pensé à mal. Et c'est peut-être un truc de mec. Il ne voulait sans doute pas que tu le voies aussi inquiet. C'est probablement plus facile pour lui de se montrer fragile avec Charlotte.

Noah lui adressa un sourire attendri.

— Tu as peut-être raison. Merci.
— Pas de problème.

La musique commença, et le promis vint se placer près de l'arche avec ses garçons d'honneur. Le pasteur monta sur la petite scène, mains croisées devant lui. Lily essaya de chasser l'impression que lui faisait le Canon en *ré* majeur de Pachelbel. Comme des milliards de femmes, elle avait choisi ce morceau comme prélude à son mariage. Elle s'était tenue à l'arrière de l'église et l'avait écouté, un peu nerveuse, un peu excitée, mais prête pour son grand moment.

Aujourd'hui, chaque note grinçait. Lui rappelait cet instant horrible quand son cousin était sorti en courant pour déclarer que le futur époux n'était pas là. Peter n'était pas venu en compagnie de ses garçons d'honneur. Et c'est au son de ce morceau que Lily s'était précipitée à sa recherche. Plus tard, elle avait appris que l'organiste l'avait joué sept fois avant que Lily entre dans la chapelle et annonce à l'assemblée qu'il n'y aurait pas de cérémonie.

La musique changea pour la Marche nuptiale de Wagner, et tous les invités se levèrent. Quand Lily se retourna pour regarder Annie Hannafort avancer au bras de son père, son cœur s'emplit de plomb. Annie portait presque la même robe que Lily lors de ce jour maudit. Satin mat ivoire, coupe Empire avec bustier sans bretelles et large jupe en tulle. Choquée et stupéfaite, Lily les observa qui remontaient l'allée. Noah posa une main sur son épaule et elle agrippa ses doigts, prise de panique. Les larmes se mirent à couler sur ses joues. Elle ferma les paupières, cherchant désespérément à recouvrer son calme. Ses fiançailles rompues faisaient partie du passé. Cela n'était plus douloureux. Le problème, c'était qu'Annie Hannafort était en train de vivre son plus beau jour. Et cela donnait à Lily envie de fuir.

Elle ouvrit les yeux, s'obligea à affronter la vision de l'autel. Annie avait rejoint sur futur époux, et Lyle avait pris sa place près de Marcy. Tout se passait comme prévu. Mais Lily se sentait nauséeuse. Mal à l'aise. Pourquoi n'avaient-ils pas été invités à un enterrement, plutôt ? Ça aurait été mieux, tant qu'à faire. Alors que l'assemblée s'asseyait, Lily prit une profonde inspiration, tentant de refouler les images persistantes qui menaçaient de la faire à nouveau pleurer. La colère de son père envers Peter, qui avait plaqué sa petite fille et lui avait fait gaspiller une masse d'argent. Le visage de sa mère qui s'efforçait d'afficher du courage pour Lily, tout en s'effondrant intérieurement, à l'évidence. Le pire, c'était sa grand-mère, qui n'avait jamais assisté à un tel spectacle de sa vie. Elle était décédée deux mois plus tard. Cela avait été la dernière fois que Lily l'avait vue.

— Ça va ? murmura Noah.

Elle ne put que hocher la tête, les yeux fixés droit devant elle. Elle ne voulait pas que Noah découvre à quel point cette cérémonie la ravageait. Autant qu'il la considère comme la fille étranglée par l'émotion aux mariages.

Alors il fit quelque chose à laquelle elle n'était pas préparée. Il l'enlaça et l'attira contre lui pour lui caresser le bras du dos de la main. Puis il se pencha et l'embrassa sur la tempe.

— C'est un mariage, Lily. Tu as le droit de pleurer.

Un petit sourire apparut entre ses larmes. Qu'aurait-elle fait sans son extrême gentillesse à cet instant ? Le doux et sexy Noah qui allait lui faire perdre la tête le temps qu'ils quittent la Floride et rompent leurs fausses fiançailles.

— C'est bon, je te remercie.

Elle fixa résolument son regard en avant.

Le pasteur prononça ses premières paroles.

— Mes bien chers frères, nous sommes ici réunis pour unir cet homme et cette femme par les liens du mariage.

Lily ravala ses larmes. Pas question de penser combien elle avait autrefois espéré être celle qui se tenait debout, au pied de l'autel, en train d'écouter ces mots.

Deux heures plus tard, Lily allait nettement mieux, mais c'était grâce à Noah. Elle repoussa les dernières bouchées du gâteau — vanille et sublime mousse à la mangue — sur le bord de son assiette. La nourriture n'était pas sa préoccupation essentielle pour l'instant. Noah l'amusait trop, à quelques mètres de là, s'agenouillant pour permettre à deux petites demoiselles d'honneur de poser une couronne de fleurs sur sa tête. Il se redressa, et les gamines gloussèrent, puis lui prirent la main et l'entraînèrent dans une ronde au son de la musique. Noah était si craquant, si adorable, que ça en paraissait presque injuste.

Lily l'observa tandis qu'il rendait la couronne aux fillettes et les saluait avant de revenir vers elle, beau comme un dieu — longues jambes et démarche arrogante. Son sourire éclatant prouvait une totale relaxation, changement radical par rapport aux dernières vingt-quatre heures. Lily était certaine que toutes les femmes célibataires présentes crevaient de jalousie qu'elle soit fiancée à lui. Peu importait qu'il s'agisse d'une mascarade. Elle pouvait compter sur les doigts de la main le nombre de fois où elle s'était trouvée dans une posture aussi enviable.

Toujours debout, Noah s'empara de son verre de vin, et but une longue gorgée tout en fixant Lily.

— Tu as soif ? demanda-t-elle, incapable de masquer le flirt dans sa voix.

Entre l'accumulation au cours des deux dernières années, et l'épuisante torture de ne pas le toucher depuis deux jours, elle le désirait plus que jamais. La logique disait qu'ils pourraient tout aussi bien céder à la tentation puisqu'ils étaient dans un cadre et une situation qui le permettaient, mais, ainsi que l'avait appris Lily, leur arrangement n'était *pas* logique. Bientôt, ils regagneraient leur chambre, où embrassades et mains nouées seraient mises de côté, au profit de leur dynamique réelle, chaste et platonique.

— Danser avec des demoiselles d'honneur est éreintant.

— J'imagine. Alors, tu es vanné, hein ?

Il fronça son front adorable.

— Pas grave. Je dois encore emmener ma fiancée faire un tour sur la piste. De toute urgence.

Sa fiancée. Si seulement.

Noah tendit la main. Il lui adressa même un clin d'œil, mais Lily se rappela que l'ensemble était destiné à sauver les apparences. Il n'avait pas particulièrement envie de danser avec elle. C'était parce que Lyle et Marcy le faisaient et que Noah et Lily devaient vendre jusqu'au bout l'idée d'eux en tant que couple. Pourtant, une fois de plus, ces circonstances bizarres offraient à Lily l'occasion de réaliser un fantasme. Danser avec Noah, dans ses bras, était une chose dont elle avait rêvé si souvent...

Il enveloppa ses doigts de la chaleur réconfortante des siens. Elle se leva, il posa la main au creux de ses reins et la guida vers la piste. C'était comme pénétrer dans un autre monde, fait de lumières blanches scintillantes, de brises légères, et où la romance s'avérait inévitable. Aucune tension autour d'eux, juste du bonheur et la célébration de l'amour. Noah l'enlaça, la pressa contre lui. Elle cessa de respirer. Un sourire carnassier joua sur les lèvres de son cavalier. Si elle avait pu, elle aurait enfermé la magie de ce moment dans une boîte pour la conserver éternellement.

Marcy leur lança un coup d'œil et sourit. Lily lui rendit son sourire, observant le couple qu'elle formait avec Lyle. Ils étaient amoureux, cela se voyait à leur façon de se tenir l'un à l'autre, aux regards qu'ils échangeaient.

— Qu'est-ce que tu regardes ?

Noah ne semblait pas voir ce qui attirait son attention, totalement focalisé sur elle.

— Les Hannafort. Ils sont tellement amoureux.

— Comment tu le sais ?

— En les observant. Ça se sent.

— C'est probablement aussi chiqué que nous.

Cette certitude la blessa. Elle détestait ce ton pessimiste, aggravé par l'évocation de leur arrangement.

— Comment peux-tu affirmer ça avec une telle conviction ?

— J'ai vu mon père contempler des tas de femmes de la manière dont Lyle regarde Marcy. Fais-moi confiance. Ça ne dure jamais.

— Mes parents se regardent ainsi et ils sont toujours épris l'un de l'autre, heureux en ménage depuis presque trente ans.

Elle n'aimait pas le côté suppliant de sa voix, mais s'il y avait bien quelque chose qu'elle croyait, c'était que certaines personnes trouvaient le véritable amour.

— Je ne comprends pas comment il est possible d'entretenir la flamme aussi longtemps. Elle s'éteint forcément. Et qu'est-ce qu'on attend de la vie, ensuite ?

Lily secoua la tête.

— C'est l'excuse qu'avance n'importe quel célibataire endurci.

On n'est pas obligé de rationaliser ses choix de vie. Il n'y a rien de mal à être célibataire, regarde-moi : je le suis et je suis globalement contente de l'être.

— Et pourquoi, d'ailleurs ? insista-t-il, étudiant son visage. Ou plutôt, comment ça se fait ?

— Je ne comprends pas la question.

— Ma foi, tu crois manifestement à l'amour et aux histoires romantiques. L'émotion t'étranglait pendant la cérémonie aujourd'hui. Et au mariage de Charlotte. Alors pourquoi tu ne trouverais pas un chouette gars avec qui sauter le pas ?

Si seulement il savait que ce n'était pas si simple.

— Peut-être que le chouette gars ne s'est jamais présenté.

— Ah, l'insaisissable homme idéal, celui qui ne s'inquiète pas que la flamme s'éteigne, celui qui ne sort pas avec des dizaines de femmes. Je me trompe ?

— Le gars qui était sur la vidéo n'est pas le bon.

Elle espérait qu'il en tire la conclusion logique. Il n'était pas le même Noah que sur la vidéo. Pas vraiment. Elle refusait de croire à cette histoire qu'il se répétait en boucle, comme quoi il était incapable de donner davantage.

Il se figea, le corps soudain tendu.

— Donc, tu l'as regardée.

— Oui. Hier matin.

— Et à présent tu sais que je suis un enfoiré fini.

Elle secoua de nouveau la tête.

— Je n'ai jamais pensé ça de toi, jamais. Le type de cette vidéo ne fait qu'aborder les choses en surface. Il ne se sent concerné par rien de profond ou d'important. Je ne crois pas que tu sois ce type-là. Je te sais capable de plus.

Il la dévisagea, mais sa réaction était difficile à jauger. Était-il contrarié ? Il n'en avait pas l'air.

— Qu'est-ce qui t'incite à penser ça ?

— Je vois à quel point ton travail compte pour toi. À quel point tu es proche de Sawyer et Charlotte. Tu étais furieux que ton frère ne t'ait pas averti que Kendall se sentait mal. Quiconque est capable de se soucier autant est capable d'amour et d'engagement. À mon avis, dans ton cas, ton attitude tient à ton refus de ressembler à ton père.

Noah esquissa un sourire crispé.

— C'est plus compliqué que ça.

— Toujours. Les émotions, c'est épineux. Tu n'es pas le seul à les combattre, Noah. C'est une des raisons de mon inquiétude concernant ce qu'on est en train de faire.

— Notre arrangement ? murmura-t-il.

L'aveu qu'elle allait faire ne lui vaudrait qu'une maigre récompense, mais au moins elle aurait craché le morceau. Demain, ils rentreraient à New York, elle dissimulerait son embarras pendant quelques mois et, avec un peu de chance, il s'évanouirait.

— À marcher avec toi, main dans la main, à nous embrasser tout le temps, je suis en train de m'attacher à toi. Or je sais que je ne suis pas ce que tu veux.

Il laissa échapper un gémissement rauque et, bien que la chanson ait changé, il continua à les faire tournoyer sur la piste de danse.

— Pourquoi tu dis ça ? Pourquoi diable peux-tu dire ça ?

Sa voix contenait une pointe de colère tourmentée.

— Et pourquoi es-tu aussi tendu ? rétorqua-t-elle.

Les yeux de Noah s'assombrirent.

— Tendu est au-dessous de la vérité.

— C'est quelque chose que j'ai dit ou fait ?

— Ce n'est pas ta faute, Lily. Tu es franche. Tu es toi-même, tout simplement. Ce qui est la source de ma frustration actuelle.

Elle eut l'impression que l'air quittait ses poumons. Son esprit repassait fébrilement les dernières heures en revue.

— Je ne comprends pas. J'ai fait tout ce que tu voulais.

Il détourna les yeux, observa la foule de danseurs, puis les ramena sur elle. Son regard la mit en garde, mais contre quoi, elle l'ignorait. Il l'attira plus près et resserra son bras autour de sa taille. Si elle avait mal agi, et que telle était sa punition, elle était prête à recommencer. Il inclina la tête. Il allait l'embrasser. Pour la galerie ? Comme part de leur mascarade ? Ou avait-il une meilleure raison ? Ils se trouvaient dans un cadre romantique, virevoltant sur une piste de danse pendant un mariage extravagant. S'il y avait bien un moment idéal pour embrasser une fausse fiancée, c'était maintenant.

Lily leva le menton, arrondit sa bouche en cœur, séductrice en diable. Elle ferma les paupières, bloqua ses genoux — chaque fois qu'il l'embrassait, elle avait du mal à rester debout.

Et soudain, les lèvres de Noah approchèrent son oreille.

— Voilà, c'est ça. Impossible d'être auprès de toi et de ne pas vouloir plus. Je pensais pouvoir arriver au bout de ce voyage sans devoir l'admettre, mais je ne peux pas.

Le pouls de Lily battait dans sa gorge. Elle ouvrit les yeux et étudia son visage, en quête de clarification. S'agissait-il de l'inévitable passage à l'action dont l'avait avertie Charlotte ? Ou était-ce quelque chose d'autre ?

— Plus ? répéta-t-elle.

Elle en rêvait, mais devait être sûre de ce qu'il disait.

— Tu es si sexy, Lily. Comment ne voudrais-je pas plus ? Je te veux, toi. Si tu me veux aussi.

Sa peau se couvrit de chair de poule. Elle balaya des yeux l'assistance. Personne ne leur prêtait la moindre attention. Des toasts avaient été portés, le gâteau servi. Elle regarda à nouveau Noah, si craquant à cet instant, hésitant, mal assuré. Jamais elle ne l'avait vu ainsi.

— Tu veux qu'on parte d'ici ?

— Sérieux ?

— Sérieux.

— Oui, mille fois oui.

Il la prit par la main et ils s'échappèrent de la piste de danse aussi discrètement que possible. Ils traversèrent le hall de réception et les abords de la piscine à toute vitesse. Noah donnait l'allure avec ses grandes jambes, mais, même sur ses talons, Lily n'avait aucune peine à la suivre. Elle était trop motivée.

Noah ouvrit avec sa carte magnétique la barrière clôturant l'accès à leur bungalow privé. Le vent surgit dès qu'ils sortirent de l'enceinte des hauts murs. L'air nocturne était tiède, doux contre la peau de Lily, mais ce n'était rien en comparaison avec la chaleur de la main de Noah. Il était en mission et elle adorait sa résolution. Cela la faisait se sentir bien. Désirée.

Ils longèrent le sentier jusqu'au bungalow. Un talon de Lily se prit entre deux planches, la forçant à faire halte.

— Je suis coincée, dit-elle à Noah.

Elle tordit son pied d'avant en arrière, mais rien n'y fit. Noah s'agenouilla et empoigna sa cheville, tira.

— Aïe. Arrête !

— Pardon. Je n'arrive pas à te libérer.

Il leva les yeux vers elle. Le vent lui ébouriffait les cheveux, et le rendait plus sexy que jamais.

— Mince. Et j'adore ces sandales. Charlotte m'a convaincue de les acheter.

— Ne t'inquiète pas, on va sauver ta chaussure. Laisse-moi trouver une solution.

Il regarda son pied et, tout en évaluant la situation, commença à lui caresser le mollet.

Lily retint son souffle. Ses doigts étaient exquis sur sa peau nue. Comment allait-elle supporter quand il la toucherait ailleurs ? Elle risquait de ne pas s'en remettre.

— Tu sais quoi ? Défais la bride.

— Bonne idée.

Il libéra son pied, puis tenta de dégager la sandale.

— Si je tire trop fort, je vais casser le talon.

— Non, ne fais pas ça. Tu les as payées une fortune, expliqua-t-elle. Laisse tomber, on la récupérera plus tard.

Il se redressa sur toute sa hauteur.

— Tu es sûre ? demanda-t-il, visiblement soulagé.

Lily adorait ces chaussures argentées, mais elle avait attendu bien trop longtemps le moment d'être avec Noah. C'était peut-être son unique chance, pas question de la perdre.

— Oui, répondit-elle.

Puis elle se baissa pour défaire l'autre sandale. Avant de pouvoir faire le moindre pas pieds nus, elle n'était plus debout. Mais dans les bras de Noah.

— Je ne prends aucun risque. Si tu attrapes une écharde, tout sera fichu.

Elle joignit les mains sur sa nuque, et il la porta vers la porte. Ça allait bien plus vite. Il la reposa par terre, ouvrit, et tous deux se ruèrent à l'intérieur. Lily laissa tomber sa sandale intacte sur le sol, se hissa sur la pointe des pieds et ils échangèrent un baiser extrêmement fougueux.

C'était comme s'il envoyait un message. *J'ai envie de toi.* Non seulement elle le reçut avec clarté, mais encore elle le lui retourna avec le même enthousiasme. Leurs langues se mêlaient frénétiquement. Les mains de Noah étaient partout — sur sa taille, ses hanches, ses fesses. Il batailla pour relever la masse volumineuse de sa jupe, mais Lily n'en avait pas la patience. Le temps qu'il trouve enfin ses jambes, il se passerait des semaines.

Elle pivota, écarta ses cheveux sur le côté. Il empoigna une de ses épaules nues et se pressa contre ses fesses, puis appuya les lèvres sur sa nuque. Elle bascula la tête et il embrassa avidement son cou. Heureusement, il baissa en même temps la fermeture Éclair de sa robe. L'air frais sur sa peau faisait un contraste délicieux avec les baisers torrides, brûlants de Noah.

Il fit glisser les bretelles et la robe s'affaissa lentement sur le sol. Lily lutta contre le besoin de se couvrir, à présent qu'elle était juste en culotte et soutien-gorge devant l'homme sur lequel elle fantasmait depuis des lustres. Habitué qu'était Noah aux beautés irréprochables, difficile de ne pas s'inquiéter de chaque imperfection.

Tout en caressant ses bras et en entrelaçant ensuite leurs mains, il la plaqua contre lui, dos contre son torse.

— Je veux être certain que tu es d'accord, murmura-t-il dans ses cheveux. Ceci n'a jamais fait partie de notre arrangement et je le respecte, quelle que soit ma frustration. Dis simplement non et je me jetterai dans la piscine.

Elle gloussa.

— Ça marche vraiment ?

— C'est ce que j'ai fait hier quand je t'ai vue en bikini.

— Tu plaisantes.

— Pas du tout. C'est la seule façon de calmer une érection.

Elle songea que les choses n'avaient peut-être pas été telles qu'elle le pensait au cours des derniers jours. Elle n'était pas l'unique femme qu'il ne désirait pas. Il avait résisté. Elle pivota à nouveau et prit son beau visage entre ses mains, le forçant à la regarder. Elle voulait que ses propos soient bien compris, avant de pouvoir les oublier et passer à l'acte.

— Je suis plus que d'accord. J'ai envie de toi. Et je suis extrêmement excitée par le fait que tu as envie de moi.

Il sourit et ôta sa veste à une rapidité stupéfiante.

— Doucement, fit-elle. Tu vas la déchirer. Je parie que ce costume coûte une fortune.

Avec son aide, il continua en déboutonnant sa chemise.

— Comme les chaussures, c'est le cadet de mes soucis.

Dès que son torse fut dénudé, elle prit le temps d'en admirer les contours sculptés, mais n'en profita pas moins pour ouvrir sa ceinture et baisser sa braguette. Noah se débarrassa de son pantalon aussi vite que du reste.

Enfin, ils se trouvaient sur le même pied, Noah en boxer gris foncé, Lily en quelque chose qui semblait faire de l'effet — merci au pouvoir du satin et de la dentelle. À pleines mains, il massa ses seins à l'intérieur de son soutien-gorge. Elle n'aurait jamais imaginé que Noah la voie dans sa ravissante lingerie, sauf par accident, et se félicita d'avoir été judicieuse dans ses choix.

Il dégrafa le sous-vêtement qui alla voler à travers la pièce, saisit sa poitrine au creux de ses paumes, fit de petits cercles avec les pouces autour des mamelons. Lily ravala un hoquet de plaisir. Noah était un maître en la matière.

Ensuite, il prit tour à tour chaque téton dans sa bouche, les lécha, les suça, sous le regard ébloui de Lily. Ses lèvres contre sa peau, son épaisse chevelure retombant sur le côté — elle n'osait pas y croire. Cela se passait réellement, avec Noah. Elle le désirait avec toute la puissance de convoitise accumulée en elle. Le siège de sa féminité entre ses cuisses languissait après son toucher, brûlait qu'il lui fasse l'amour.

Elle l'entraîna dans la chambre. Là, elle l'embrassa passionnément, la paume pressée contre son sexe tendu, les doigts enroulés autour, obtenant un retour un gémissement rauque. Puis elle baissa son boxer sur ses hanches, prit son sexe à pleines mains, le caressa sur toute sa longueur, observant ses yeux clos, sa bouche affolante entrouverte. Avoir Noah Locke sous son emprise était terriblement grisant. Elle risquait de ne jamais s'en lasser.

— Tu as un préservatif ? demanda-t-elle avec une pointe de désespoir à peine masquée.

Oh, Seigneur, si la réponse était négative, elle mourrait.

— Oui. Dans ma trousse de toilette. Deux secondes.

Il fonça dans la salle de bains. Lily savoura la vision de ses muscles parfaitement dessinés, surtout ceux de ses fesses. Noah avait des fesses particulièrement rondes, surmontées de fossettes craquantes.

Elle s'assit sur le matelas, lissa les draps soyeux d'une main tremblante d'excitation. Noah apparut dans l'encadrement de la porte, grand, bien bâti, prêt pour elle. Elle crut s'évanouir et seul le feu qui la consumait l'en empêcha. Elle avait attendu si longtemps de coucher avec Noah. Pas question de tout gâcher maintenant.

La simple vision de Lily perchée au bord du lit, ne portant qu'une culotte noire affolante et un sourire, coupa le souffle de Noah. Elle était encore plus belle qu'il ne l'avait imaginé, tout comme elle avait été plus divine à embrasser qu'il ne l'avait fantasmé. Il la désirait avec chaque parcelle de son corps, mais certaines parties s'avéraient plus impatientes. Jamais son érection n'avait été plus dure, plus exigeante, jamais il n'avait autant crevé d'envie d'une femme comme il avait envie de Lily. Impossible d'attendre davantage.

Il la rejoignit sur le lit, l'incita à s'allonger d'une main impérieuse sur son ventre nu. Il s'empara de ses seins, puis attira sa bouche sur la sienne. Ils s'abandonnèrent dans un baiser qui semblait interminable. Il aurait pu l'embrasser pour l'éternité, leurs langues unies dans une danse perpétuelle. Il aurait pu plonger les doigts dans sa chevelure soyeuse indéfiniment, caresser sa peau douce. Il inhala sa senteur exquise, encore plus enivrante dans le lourd air tropical.

Son index remonta lentement le long de sa colonne vertébrale ; il ne voulait pas attendre une minute de plus. Lily cambra le dos et un sourire interrompit leur baiser. Ils échangèrent un rire essoufflé, leurs lèvres toutes proches, puis les choses redevinrent sérieuses quand il glissa une main sous sa culotte. Il supprima prestement cette ultime barrière entre eux. Lily enroula une jambe autour de sa taille, frottant son sexe contre lui. Elle avait envie de lui et il aimait son impatience, la façon dont elle lui disait tout ce qu'il voulait entendre avec la houle insistante de ses hanches. Il immisça sa main entre leurs corps et trouva son point le plus sensible. Lily gémit si fort qu'il douta une seconde que le son venait d'elle. Elle lui mordilla la lèvre inférieure. Il la caressa en cercles rythmiques, écoutant les changements de son souffle tout en replongeant dans un autre baiser parfait.

Lily le repoussa doucement sur le dos et elle se mit à califourchon au-dessus de lui. À sa grande surprise, elle s'assit un instant en arrière, dessinant paresseusement du doigt sur sa poitrine, puis descendant plus bas. Noah l'observait, fasciné. Elle était si belle qu'il en restait pantois, mais certains traits en particulier l'attiraient — ses lèvres rose foncé, l'arrondi de ses hanches, ses yeux bleus envoûtants.

Elle se déplaça enfin, le prit dans sa main et le guida entre ses jambes. Tandis qu'elle s'enfonçait sur lui, un torrent de chaleur et de plaisir déferla à travers son corps tout entier. Elle le moulait à la perfection. C'était chaud. Brûlant. Doux et dur à la fois. Être à l'intérieur de Lily était bien plus puissant que ce qu'il espérait. Ils bougèrent ensemble, Lily abaissant sa poitrine vers la sienne, mais sans peser sur lui. Au lieu de cela, elle frotta ses mamelons contre sa peau nue. Cette vision à elle seule suffisait à l'envoyer par-dessus bord.

La respiration de Lily s'accéléra. Ses yeux se fermèrent, puis se rouvrirent, se refermèrent encore. Sa tête bascula, ses épaules se crispèrent, encore et encore. Il aimait la façon dont elle se livrait au plaisir. C'était terriblement excitant.

Finalement, elle pressa sa poitrine contre son torse et il put l'embrasser profondément, comme il le souhaitait. Les choses étaient différentes maintenant — frénétiques et convulsives, comme si aucun d'eux ne pouvait arrêter. Noah poussa plus fort, soulevant Lily. Le désir le fouettait et il la renversa sur le dos non sans une certaine brutalité, à en juger par la manière dont ses cheveux volèrent, mais elle parut aimer ça, beaucoup.

— Je suis si près, marmonna-t-elle, enfonçant les doigts dans ses épaules, ses talons dans l'arrière de ses cuisses, et projetant ses hanches en avant.

Il s'imprégnait de sa beauté crue, de la façon dont la couleur montait sur ses joues lorsqu'elle releva la tête, ouvrit la bouche, et que l'orgasme la submergea, et qu'elle contracta toute sa chair intime autour de lui.

Son propre plaisir lui donna l'impression de surgir des profondeurs de son ventre, vagues implacables de tension lâchant prise. Lily se serra contre lui, lui embrassa la joue et le cou, encore et encore. Il roula sur le côté et ils se retrouvèrent dans les bras l'un de l'autre, le souffle court, repus et heureux. Il n'arrivait pas à croire qu'il avait enfin goûté cette femme qu'il désirait depuis si longtemps.

Elle se tourna et enfouit le nez dans sa poitrine. Quand elle releva la tête pour le regarder, le bleu vif de ses yeux le maintint dans l'instant, comme une dose de caféine. Ils avaient craqué. Cédé à la tentation. C'était vraiment arrivé.

— C'était merveilleux, murmura-t-elle en l'embrassant doucement.

— Je ne pourrais pas être plus d'accord.

Il voulait lui dire qu'il avait attendu ceci, qu'il l'avait attendue, elle, si longtemps, à tel point qu'il avait pensé que cela ne se produirait jamais. Mais lui confesser cela gâcherait tout quand ils retourneraient au travail. Mieux valait qu'elle considère cette parenthèse magique comme une nouvelle frasque sexuelle de Noah. Avec un peu de chance, elle savait déjà qu'elle comptait beaucoup pour lui sur d'autres plans, l'amitié étant le plus important.

— Mais je suis claquée. J'ai à peine dormi cette nuit. C'était dur d'être dans le même lit que toi, sachant que j'étais censée ne pas poser une main sur toi.

— Vraiment ?

Son aveu le surprit. Il avait supposé que lui seul avait souffert de leur éloignement physique imposé.

— Oui, Noah. Vraiment. Est-ce que tu t'es regardé ? Je serais idiote de ne pas vouloir tenter quelque chose.

Il sourit, la rapprocha de lui.

— Et pourquoi tu ne l'as pas fait, alors ?

— J'attendais un signe de ta part.

Un signe. Cela avait-il été aussi simple que ça depuis le début ? S'il avait croisé Lily dans un bar ou à une fête, oui. Mais ils s'étaient rencontrés au travail, où elle était devenue indispensable avant qu'il ne puisse trouver un moyen de contourner le problème, et le reste était déjà déterminé. Demain, ils rentreraient chez eux, la mascarade de leurs fausses fiançailles serait beaucoup moins nécessaire, et prendrait fin dès que le contrat Hannafort serait signé.

La respiration de Lily était déjà douce et régulière. Elle s'endormait dans ses bras et c'était une sensation étonnamment agréable. Il embrassa sa tempe, se demandant s'il devait la laisser se reposer longtemps. Maintenant qu'il avait fait ce qu'il avait juré de ne pas faire, il refusait de vivre avec des regrets. Il voulait davantage d'elle. S'il devait se libérer de son obsession de Lily, et il le souhaitait vraiment, ce soir était sa seule chance.

8

En ouvrant les yeux, Lily prit conscience de deux choses : le panorama extraordinaire du dos de Noah, et un coup frappé à la porte de leur bungalow.

— Tu as commandé un petit déjeuner ?

Elle était à moitié réveillée et à moitié tentée d'envoyer au diable quiconque se tenait sur le seuil, n'ayant qu'une envie : se coller contre Noah et l'inciter à un dernier round avant qu'ils ne s'envolent pour New York.

— Non. J'espère que ce n'est pas encore du champagne. Il nous reste une bouteille à boire avant notre départ.

Il roula sur le dos, se gratta distraitement le ventre, les yeux toujours ensommeillés. Le drap le recouvrait à peine. Il était si sexy que Lily en était tout émoustillée.

Un nouveau coup retentit à la porte, plus insistant cette fois.

— Tu veux que j'y aille ? demanda Noah.

— Non, je m'en charge. Ils se sont peut-être trompés de chambre. Ou alors c'est le ménage.

Lily chercha de quoi se vêtir, mais ne trouva que la chemise de Noah. Elle l'enfila à la hâte, puis gagna l'entrée.

Elle fut accueillie par Charlotte, qui agitait les doigts.

Et zut.

— Bonjour. Je crois que tu as perdu quelque chose, dit Charlotte, brandissant la sandale argentée de Lily.

Cette dernière sentit le sang quitter son visage. Raté pour la discrétion. Dans l'effervescence à se retrouver au lit avec Noah, elle avait complètement oublié de l'envoyer récupérer son escarpin adoré après leurs ébats.

— Merci. Je me demandais où elle était.

Charlotte haussa les sourcils d'un air moqueur.

— Seules trois choses font qu'une femme abandonne une chaussure de créateur flambant neuve : une inondation, un incendie ou un homme. Alors lequel est-ce ? s'enquit-elle avant de reprendre : Sauf si j'ai raté quelque chose, il ne s'est produit aucune catastrophe naturelle hier soir.

Une catastrophe engendrée par une femme, si.

— Jolie chemise, d'ailleurs. Elle te va mieux qu'à Noah.

C'était improbable, mais inutile de discuter. En outre, s'il y avait eu le moindre doute que Charlotte sache exactement ce qui s'était passé cette nuit, il s'était désormais envolé.

— Quelqu'un tambourinait à la porte, il fallait bien que je me mette quelque chose sur le dos.

— Où est mon frère, à ce propos ?

Lily se racla la gorge.

— Au lit.

Charlotte lui tendit la sandale.

— Écoute. Je suis tout à fait pour qu'une femme prenne ce dont elle a envie, mais je veux être certaine que tu prends garde à toi. J'adore Noah, mais je te garantis qu'il ne se soucie ni de ta carrière ni de tes sentiments. Il s'en fiche complètement. Sérieux, je ne sais pas de quoi il est capable.

Lily ne voulait pas croire ça. Noah s'était montré l'homme le plus attentionné avec qui elle ait jamais couché, et de loin. Rien que d'y penser, elle grimpait aux rideaux. Mais Charlotte avait sans doute raison. Noah avait de sacrés antécédents, et ne s'en cachait pas. De plus, il était son patron, et aujourd'hui était techniquement le dernier jour de leurs fausses fiançailles. Demain, ils seraient de nouveau ensemble au bureau, ce qui signifiait plus de baisers, plus de mains entrelacées et sûrement plus de sexe. Quelle poisse.

— Très bien. Je vais le prendre en compte. Merci.

— On se retrouve sur le ponton dans une heure ? Le bateau nous ramènera à la voiture, dit Charlotte, tournant les talons avant de se raviser. Ah, et tu peux prévenir Noah que Sawyer et Kendall sont finalement partis hier soir ? Elle se sentait toujours mal, et le médecin estimait qu'il valait mieux qu'elle rentre consulter son gynéco. Mais tout va bien. J'ai reçu un texto il y a une demi-heure.

— Bien sûr. Quel soulagement qu'elle soit en bonne santé.

Noah serait furieux de ne pas avoir été tenu au courant. Lily referma la porte et regagna la chambre.

Noah était étendu sur le flanc, sa peau bronzée à peine recouverte — juste une bande de drap entre la taille et les genoux. Cet homme était indéniablement un morceau de paradis. Ce long torse, cette taille fine et cette ligne attirante de poils sous le nombril lui coupaient le souffle. Sans parler de ce sourire aguicheur et de la flamme dans ses yeux.

— Tu reviens dans le lit ? demanda-t-il.

Oui. Pour la vie, pour l'éternité.

— Non. Désolée. C'était ta sœur. Elle sait ce qui s'est passé cette nuit, expliqua-t-elle, levant la sandale en guise de preuve.

Noah haussa les épaules et tapota le matelas en signe d'invitation.

— Charlotte t'aime bien. Elle ne dira rien à personne.

Lily ramassa sa robe, la remit à l'endroit.

— Ce n'est pas sa discrétion qui m'inquiète, même si je n'ai pas du tout envie que Sawyer l'apprenne.

— Pourquoi ?

— Parce que je dois travailler avec ton frère et que ça sera déjà assez difficile de te voir au bureau tous les jours, consciente que tu sais à quoi je ressemble nue. Ce n'est pas professionnel, Noah, et c'est très important pour moi.

Chaque parole lui rappelait avec force ce qu'elle était réellement censée faire à ce mariage — assurer son avenir financier, pas coucher avec son patron. Le seul futur de Lily s'articulait autour de son un pour cent de Locke and Locke, pas autour de Noah le don Juan.

— C'était chouette, hier soir, mais on sait tous les deux qu'on a tout intérêt à prétendre qu'il ne s'est rien passé et à aller de l'avant.

Il fit la moue, détourna les yeux vers la vue magnifique de l'océan.

— Tu as raison. Ce n'était pas une bonne idée. J'étais sérieux quand je t'ai demandé si tu voulais vraiment franchir cette ligne hier soir.

Pourquoi un tel revirement ? songea-t-elle, désappointée.

— C'était mon choix, et je ne le regrette pas. On est deux adultes consentants, non ? Mais je pense que...

Sa voix faiblit alors qu'elle cherchait les mots justes. Comme si le diable perché sur son épaule la poussait à réclamer à Noah une nouvelle séance torride. Elle voulait ses mains sur elle, ses baisers sur sa bouche, le poids de son corps sur le sien. Elle voulait qu'il la fasse jouir, exploser, encore et encore.

Noah lui refit face.

— Laisse-moi deviner. Ce qui se passe dans les Florida Keys reste dans les Florida Keys ?

Lily ne tenta même pas de retenir son soupir.

— Banal, mais oui. C'est parfaitement exprimé.

Il rejeta les couvertures sans le moindre égard pour le fait qu'il exposait à présent pleinement ce qu'elle désirait tant.

— Bon, d'accord. Je vais prendre une douche.

Il se dirigea vers la salle de bains. Lily vola sa dernière chance de regarder les fesses affolantes de Noah en mouvement. Cette vision allait lui manquer.

— Fais tes bagages, ma fille, grommela-t-elle. Tu t'es bien amusée, maintenant, il est temps de retourner au boulot.

Lily plia avec soin ses vêtements, se demandant si elle remettrait un jour les belles tenues de créateur qu'elle possédait désormais. Qui pouvait dire si elle serait à nouveau invitée à un événement aussi chic que ce mariage ? Mais l'heure n'était pas au pessimisme. Savoir que plus jamais elle ne coucherait avec Noah la déprimait déjà assez.

Une heure plus tard, Noah et elle rejoignaient Charlotte et Michael sur le ponton. Ces derniers bavardaient avec Lyle et Marcy. Pourvu que Noah ne se soit pas trompé quant à la discrétion de sa sœur... Sinon, quelle catastrophe.

— Où sont Kendall et Sawyer ? demanda Noah.

— Oh ! zut. J'ai oublié de te dire qu'ils étaient rentrés plus tôt parce que Kendall ne se sentait pas bien.

— On pourrait croire que mon frère aimerait partager ce genre de choses avec moi, mais apparemment non.

— Je suis certaine qu'il était juste inquiet pour sa femme, et qu'il a pensé que Charlotte te mettrait au courant.

— Mouais. Tu as peut-être raison.

Marcy Hannafort se retourna et les vit. Elle se précipita vers eux, aux anges.

— Mon Dieu, quel couple superbe vous formez !

— Merci. C'est gentil de dire ça, répliqua Lily.

Elle était mal à l'aise. Oui, ils formaient un couple superbe, elle en était consciente. Quel gâchis.

— On était très heureux, ajouta Noah. Merci de nous avoir conviés à ce merveilleux week-end. Pas vrai, chérie ?

Là-dessus, il se pencha et appuya un baiser plein de prévenance sur la joue de Lily, qui faillit s'évanouir.

— Certes, c'était ma fille, donc c'était un moment exceptionnel, mais j'aime tellement les mariages, soupira Marcy avec un sourire nostalgique, comme si elle revivait les dernières vingt-quatre heures.

— C'était extraordinaire. Lyle et vous devez être soulagés que tout se soit si bien passé, déclara Lily.

Dans ses petits souliers, elle décocha un coup d'œil à Noah dans l'espoir qu'il sache dévier la conversation vers un autre thè que les mariages. Hélas, dès qu'elle le regardait, les souvenirs de cette nuit torride surgissaient dans son esprit. Elle réalisait à peine que travailler avec lui allait être sacrément difficile. Elle devrait probablement éviter tout contact visuel pendant au moins un mois. Jamais elle n'aurait dû sauter le pas hier soir, mais comment s'en empêcher ? Noah était trop irrésistible, et l'attente avait été trop difficile.

— Honnêtement, les mariages sont comme une drogue pour moi, reprit Marcy. Alors je recommencerais tout le toutim avec joie.

Lily se contenta de hocher la tête. Vu son propre passé en matière de mariage, elle était fière d'avoir survécu à celui-ci. Quant aux drogues, elle préférait encore prendre du tranquillisant en dose de cheval plutôt que d'assister à de nouveaux échanges de vœux avant longtemps.

— Vous savez, j'ai été organisatrice de mariages pendant des années. Avant que l'hôtellerie parte en flèche et que Lyle ait besoin de moi.

— Ah, je l'ignorais, répliqua Noah, feignant un authentique intérêt.

— J'ai donné un petit coup de main à Annie pour préparer ce week-end, bien qu'elle soit très fifille à son papa. Elle réclamait davantage l'aide de Lyle que la mienne. Même pour le choix des fleurs ou du gâteau. Vous savez, ces trucs gérés normalement avec la mère de la mariée.

— C'est chou qu'elle aime tant son papa.

Lily souhaitait à tout prix sortir de cette discussion — le simple fait d'évoquer le choix des fleurs ou du gâteau lui faisait l'effet d'un coup de poignard —, mais elle ne pouvait pas se montrer grossière envers Marcy Hannafort. Le fameux contrat était encore loin d'être signé.

— Pour être honnête, Lyle n'a pas fait grand-chose. Une fois qu'il a eu l'idée d'utiliser Key Marly, et qu'Annie a accepté, le personnel a géré l'essentiel derrière.

— Merveilleux. Et maintenant, tout est terminé.

Lily tenta d'envoyer un message mental à Noah afin qu'il use de ses charmes pour entraîner Marcy sur un autre sujet.

— Je sais. Et ça me rend tellement triste, soupira Marcy, avant de fixer Lily d'un œil brillant. Alors, dites-moi ce que vous avez prévu, tous les deux. Le prochain grand mariage à l'horizon est le vôtre, puisque Michael et Charlotte ont choisi de s'unir simplement au bureau d'état civil.

— Oh ! eh bien, on n'a pas vraiment encore eu l'occasion d'y réfléchir, répondit Lily avec un petit rire nerveux.

Il fallait qu'elle s'arrête. Noah et elle étaient fiancés pour de faux, pas en passe de s'épouser.

— Noah, vous avez dit que Lily et vous étiez en pleine discussion sur l'ampleur de vos noces. Ça aura lieu quand ?

La panique envahit Lily. Elle ne s'attendait pas à ça. C'était elle qui était toujours préparée, la personne qui gérait toutes les situations, mais là, elle était dépassée. Visiblement, Noah avait raconté des bobards sur leur non-mariage et elle devait faire très attention, ou tout partirait à vau-l'eau.

— Oh ! Euh… juin. C'est un peu cliché, mais on aimait bien l'idée, répondit-elle avec un haussement d'épaules évasif.

Marcy lui agrippa le bras, l'air sincèrement inquiet.

— Mais la date précise ? Et ça se passera où ? Vous avez envoyé les cartons ? Établi la liste d'invités ?

Lily lança à Noah un regard de noyée en quête d'une bouée de sauvetage. Elle ne savait même pas quand tombaient les samedis au mois de juin.

— Oh ! j'ai oublié. Trop de dates tournicotent dans ma tête actuellement.

— Quelle que soit la date, c'est le dernier samedi de juin.

Et *paf*, Noah venait de faire monter les enchères. Lily lui fit les gros yeux, mais, à son expression, elle comprit qu'il improvisait autant qu'elle.

— Aucun de vous deux ne la connaît précisément ?

La perplexité évidente de Marcy culpabilisa Lily. Noah et elle envoyaient des signaux contradictoires. Il était temps de prendre les choses en main. Elle saisit le bras de Noah, y planta ses ongles. Qu'il souffre, lui aussi.

— Samedi 28, tu t'en souviens, mon cœur ?

— On n'a pas encore choisi le lieu parce qu'on n'a pas déterminé le nombre d'invités, renchérit Noah. On continue de réfléchir. Lily a été tellement occupée au bureau.

Ah, parce que c'est ma faute, maintenant ?

— Noah ne veut pas l'avouer, mais c'est à cause de lui qu'on n'a pris aucune décision. Pas facile de le mettre au pied du mur, vous savez.

Marcy parut carrément horrifiée.

— Non. Non, Lily chérie. Ça ne marchera pas. Vous connaissez à peine la date de votre propre mariage ? Et vous n'avez pas encore choisi le lieu ? On doit arranger ça tout de suite. Noah, poursuivit-elle en agitant l'index sous son nez. Vous devez cesser d'être aussi indécis. Aucune future épouse n'a envie d'endurer ça. Si elle souhaite votre avis, vous le lui donnez.

— Oui. Bien entendu.

On aurait dit que Noah n'avait jamais été houspillé de la sorte de toute sa vie. Marcy secoua la tête.

— Vous êtes exactement pareils qu'Annie et Brad. Il faut que vous preniez ça plus au sérieux. Et tout de suite, hein. Heureusement, j'ai une idée.

Elle se hissa sur la pointe des pieds, héla son mari, qui se rapprocha aussitôt.

Lyle posa une main sur l'épaule de Marcy.

— Il semble qu'un vrai conciliabule se déroule ici.

— Je parlais à Lily et Noah de leur mariage. C'est le 28 juin, et ils n'ont pas encore de salle. S'ils le faisaient au Grand Legacy ? Et on pourrait utiliser le mariage dans le cadre d'un plan publicitaire conjointement à l'annonce du partenariat entre Hannafort et Locke ? Un peu comme ce week-end nous a servi de préouverture pour Key Marly.

Lily voyait tourner les rouages dans le cerveau de Lyle Hannafort, et cela la terrorisa au plus haut point.

— Ma chérie, tu es géniale. J'adore. On va devoir botter les fesses des avocats si on veut signer ce contrat aussi rapidement, mais tu me connais, je déteste attendre les bras croisés. De plus, je vois ça d'ici. Un fastueux mariage Locke en grande pompe dans le tout dernier bijou au catalogue Hannafort Hotels. Je trouve cette idée fabuleuse. Lily ? Noah ? Vous êtes partants ? Cela va accélérer la transaction.

— Oui, lâcha Noah. C'est super.

— On devrait peut-être en discuter avant ? objecta Lily, pressant très fort le bras de Noah.

Marcy lui adressa un sourire gentil et néanmoins condescendant, puis secoua la tête.

— Je comprends votre nervosité, mon chou, mais faites-moi confiance. Il faut vous décider maintenant, sinon vous n'aurez jamais votre mariage de rêve. Ça n'arrive qu'une fois dans la vie.

Ou deux, en ce qui me concerne. Lily n'aimait pas du tout ce scénario. Faire semblant un week-end était une chose, mais là, le niveau de mensonge et de tromperie était nettement plus élevé, le tout enrubanné d'angoisse psychologique. Tiendrait-elle le choc ? Noah lui jeta un coup d'œil disant qu'il était navré, mais qu'elle ferait mieux de se conformer. Elle détestait qu'il la regarde ainsi, cela lui coupait les moyens. Fixant les visages de Marcy et Lyle, elle s'obligea à voir son bas de laine — son avenir sécurisé ; tout ce pour quoi elle avait travaillé si dur depuis deux ans. Si cela signifiait que la transaction se concrétiserait plus vite, Noah et elle pourraient tout annuler avant que la cérémonie ait réellement lieu et, avec un peu de chance, ce ne serait pas trop grave puisqu'il s'agirait du Grand Legacy.

Lyle tapota l'épaule de Noah.

— Je suis sûr que Sawyer sera ravi. Et penser que j'ai failli me retirer après avoir vu cette vidéo stupide. Maintenant, je sais que vous êtes un chic type.

— Alors, c'est d'accord, déclara Marcy. Et je vous offre mes services d'organisatrice de mariages. Lyle et moi rentrons à New York dans quelques jours et on pourra commencer à travailler dessus à ce moment-là.

Le cœur de Lily s'affola.

— Oh non, madame Hannafort. Ce n'est pas du tout nécessaire. Noah et moi pouvons très bien nous débrouiller.

— Mais vous n'avez pas mon expérience. Et Noah vient de dire à quel point vous êtes occupée au bureau. Cela vous fera gagner un temps fou, vous n'imaginez même pas. Et vous n'aurez pas à craindre de commettre la moindre grosse erreur. Je m'assurerai que ça n'arrive pas.

Lily étudia le visage séduisant de Noah, sur lequel se lisait la capitulation. Noah se ralliait. Lyle et Marcy se ralliaient. Elle devait céder et résoudre le reste plus tard.

— Super. Ça semble formidable.

Sauf que Lily savait une chose : ce qui allait être formidable dans toute cette histoire, ce seraient ses regrets.

9

Lundi matin, Lily fut la première au bureau. Son absence vendredi impliquait qu'une tonne de mails, fax et autres messages l'attendaient et elle voulait que Sawyer et Noah retrouvent leur habituelle machine bien huilée. Elle voulait aussi être la Lily compétente et archiprofessionnelle quand Noah arriverait et préférait éviter la sensation qu'il l'imaginait allongée et à sa merci sur un lit.

Il y avait une chose qu'elle ne pourrait éviter, toutefois. Sawyer allait apprendre que Noah et elle prévoyaient désormais un faux mariage. En espérant qu'il apprécie le côté commercial de ce qui s'était passé — Marcy Hannafort les avait acculés, et ils avaient réagi de la seule façon possible pour progresser dans la transaction. Lily espérait également que Sawyer n'en ferait pas voir de toutes les couleurs à Noah. Avant d'être aussi pleinement impliquée dans les rouages internes de Locke and Locke, Lily n'avait pas pris autant conscience des frictions entre les deux frères. À l'évidence, Noah admirait beaucoup son aîné, et se sentait parfois ignoré ou rejeté.

Sawyer arriva un quart d'heure après elle.

— Désolé de vous avoir ratés hier, Noah et toi. Charlotte a dû vous dire qu'on était partis plus tôt ?

— Oui. Kendall va bien ?

— Oui, Dieu merci, répondit-il. Le médecin pense que c'est une petite intoxication alimentaire. Une crevette avariée, ou quelque chose de ce genre. Ne disons rien aux Hannafort, ils risqueraient d'être horrifiés.

— Beurk. À ma connaissance, aucun autre invité n'a été malade. Ça doit être un incident isolé.

L'évocation des Hannafort rendait Lily nerveuse.

— Noah n'est pas encore là ?

— Non, mais il ne devrait pas tarder.

Lily pouvait dissiper sa paranoïa quant au fait que Sawyer était au courant ou non des derniers événements. Manifestement, il ignorait tout pour le moment.

— J'ai loupé quoi que ce soit d'important hier ?

— Noah te racontera.

Lily avait honte de sa réplique, mais si elle informait Sawyer tout de suite et que Noah surgissait en pleine discussion, il se sentirait une fois de plus tenu à l'écart.

Sawyer prit un siège de la réception.

— Tout s'est bien passé entre Noah et toi, ce week-end ? J'espère que ce n'était pas trop gênant.

Lily empoigna son mug avec des doigts fébriles et but une gorgée de café. Elle avait besoin d'une seconde pour réfléchir. Un millier de réponses se bousculaient au bord de ses lèvres, mais aucune qu'elle partagerait avec Sawyer.

— Très bien. C'était un excellent moment.

La porte s'ouvrit et Noah entra. Il pila net à leur vue, et les observa tour à tour.

— Qu'est-ce qu'il y a ?

— On papote à propos du week-end.

— Lily t'a dit ce qui s'est passé juste avant notre départ ?

Elle secoua la tête.

— Je préférais qu'on soit tous les deux pour ça.

— Parfait. Je suis d'accord.

— Waouh. Ça ne me plaît pas. De quoi s'agit-il ?

Le ton de Sawyer était sans équivoque. Le contrat Hannafort était trop important pour que surgissent de nouveaux problèmes.

Noah ôta son manteau, et Lily combattit l'afflux de souvenirs encore vifs. Quand il avait enlevé sa chemise et qu'elle avait enfin pu le toucher.

— Eh bien, pour faire court, M. et Mme Hannafort souhaitent que le mariage se tienne au Grand Legacy. Ils veulent s'en servir comme coup de pub dans le plan de communication qui annoncera officiellement le contrat.

Sawyer plissa les yeux.

— Quel mariage ? Une autre de leurs filles est fiancée ?

— Notre mariage. Celui de Lily et moi.

Les mots « notre mariage » firent tressaillir Lily. Tout espoir que la situation apparaisse meilleure à la lumière d'un nouveau jour avait disparu. Elle semblait même pire.

— Un mariage ? Vous allez vraiment vous marier ? Comment est-ce arrivé, bon sang ? Et pourquoi aucun de vous deux ne m'a appelé hier soir ?

— C'est ma faute, laissa échapper Lily.

Elle était prête à tout pour que Sawyer cesse de prononcer des mots comme *mariage* et *se marier*.

— Non, Lily. Ce n'est pas juste, intervint aussitôt Noah. Marcy t'a coincée. Comment aurions-nous pu savoir que cette femme est obsédée de mariages ? (Il se tourna vers son frère.) Elle a interrogé Lily sur la date, insistant encore et encore jusqu'à ce qu'elle soit obligée de lui répondre. J'ai pensé qu'on devait faire tout ce qu'on pouvait pour préserver la transaction. On n'avait pas réellement le choix.

Sawyer se passa la main dans les cheveux.

— Lily, je suis absolument navré. Si j'avais imaginé que ça allait devenir incontrôlable, jamais je ne l'aurais permis au départ.

— Une seconde !

La colère de Noah était si inhabituelle que Lily n'y aurait pas cru si elle n'en avait pas été témoin.

— Tu l'as *permis* ? Si je me souviens bien, c'était ma décision, et celle de Lily. On savait dans quoi on s'embarquait. D'accord, ce n'est pas ce qu'on avait prévu tous les deux, et c'est loin d'être génial, mais on maîtrise.

Voir et entendre Noah aussi ferme avec son frère la remplit de plaisir. Elle aimait l'idée qu'ils forment un front uni. Il avait eu raison sur le ponton deux jours auparavant ; ils pouvaient compter l'un sur l'autre.

— Sawyer, c'est bon. On a fait ce qu'il fallait pour que le contrat se réalise. On est une équipe.

Consterné, Sawyer fit un signe négatif.

— J'espère que vous savez ce que vous faites.

— Mais oui.

Le fax se mit à crépiter sur le bureau de Lily. Quelques lettres sur l'en-tête lui suffirent pour voir de qui ça venait.

— On a un document de Lyle.

Noah et Sawyer s'approchèrent. Tous regardèrent la machine recracher la première page. Lily s'en empara aussitôt et lut le sujet : *Mémo de contrat.*

— Le voilà, déclara Noah. On ne lit rien avant qu'il ne soit complet.

Il se pencha vers Lily, assez subtilement pour que Sawyer ne le remarque pas, mais assez près pour que la chaleur de son corps l'émoustille de la tête aux pieds. Entre Noah et l'excitation de la proposition officielle, c'était presque trop.

— D'accord, répliqua Sawyer. Je serai dans mon bureau. Prévenez-moi quand tout sera là.

Lily et Noah restèrent en sentinelle devant le fax jusqu'à ce que les douze feuilles arrivent. Elle les rassembla et les tendit à Noah. À présent, c'était son affaire. Il y participait depuis le début, et l'avait arrachée du précipice chaque fois que la transaction avait été en danger de capoter.

Il s'écarta du bureau et, les yeux brillants, lui lança :

— Tu viens ?

Lily oscillait entre peur et exaltation. Elle saisit un bloc-notes et répondit :

— Je viens.

Une petite dizaine de minutes plus tard, ils n'en revenaient toujours pas. Sawyer regardait par la fenêtre ; Noah fixait le plafond et Lily ne savait comment réagir, alors elle resta muette. C'était la première fois qu'elle était impliquée dans une telle transaction. Elle refrénait une envie irrésistible de quitter sa chaise et de danser autour de la pièce. Son bas de laine s'annonçait bien, bien plus gros que prévu.

— Il faut encore que nos avocats épluchent tout dans le

moindre détail, dit enfin Noah. Et qu'on le soumette à Charlotte. Elle devrait pouvoir passer cet après-midi.

— Oui, évidemment. C'est juste que… Je savais que ce contrat emballait Lyle. Mais pour être honnête, je ne m'attendais pas à ce que son offre soit au final le double de la somme de départ.

— Incroyable, lâcha Lily, encore sous le choc.

— En effet.

— On devrait aller fêter ça, vous ne trouvez pas ? suggéra Noah.

— Bonne idée, admit Sawyer. Un verre après le boulot ? Kendall n'est pas encore dans son assiette, donc je ne resterai pas longtemps.

— Dix-huit heures ce soir ?

— Parfait.

Sawyer prit son téléphone, et les deux autres y virent le signal de s'en aller. Alors qu'ils regagnaient le bureau de Lily, Noah posa une main sur son épaule.

— Ceci n'aurait pas été possible sans toi, je tiens à ce que tu le saches. Et c'est au-delà de ce qui est arrivé cette semaine. C'est tout ce que tu as fait pour nous durant deux ans. On est tous les deux très heureux de t'avoir, mais moi encore plus.

Lily ne voulait pas que ces paroles la ramollissent à ce point en dedans. C'était en contradiction avec la force dont elle avait besoin pour rester dans le strictement professionnel. Néanmoins, elle en appréciait la gentillesse.

— Merci beaucoup, Noah.

— De rien. Maintenant, au boulot.

Il lui tapota l'épaule, confirmant ainsi que leur relation était redevenue ce qu'elle devait être : de travail.

Lily s'assit dans son fauteuil, un sourire idiot sur le visage, et s'occupa à rattraper les centaines de tâches en souffrance. Ils déjeunèrent à leur poste, et 18 heures arrivèrent bien vite.

Noah avait réservé un box et commandé du champagne dans un bar non loin du bureau. C'était un lieu très fréquenté en soirée et il était bondé. Lily, Noah et Sawyer venaient de s'installer quand Charlotte les rejoignit.

— Je ne fais que passer, annonça-t-elle, prenant place à côté de Lily. C'est trop déprimant d'être avec des gens qui boivent. Je tuerais pour un verre de vin.

Lily éclata de rire.

— Tu m'étonnes. Mais il ne te reste que quelques mois à souffrir, pas vrai ?

La grossesse était un événement de vie aussi lointain pour Lily que la retraite. Charlotte caressa son ventre rond.

— Oui, et ça vaut le coup. Mais j'aime me faire plaindre.

— Pas ce soir, Charlotte, objecta Noah. Il y a trop de choses dont se réjouir. Avec un peu de chance, la pensée de tout cet argent rendra ton *soda* tolérable.

— Alors, à Locke and Locke, dit-elle, levant son verre. Et à Lily. Et Lyle Hannafort. Ça fait beaucoup de noms en L pour un toast, mais je m'en fiche.

Tous sourirent et burent. Puis Charlotte reposa son verre.

— Je croyais que tu plaisantais, déclara Noah.

— J'ai un mari adoré qui m'attend à la maison et qui a commandé des pizzas. Désolée, mais vous ne faites pas le poids question tentation.

Elle se leva, agrippa son énorme sac.

— Attends une seconde, l'interrompit Sawyer, vidant son verre lui aussi. Je pars avec toi, pour retrouver Kendall.

— Bon, ben, salut, grommela Noah.

Charlotte se pencha vers lui et Lily, puis les fixa droit dans les yeux.

— Si vous restez, n'oubliez pas de jouer la comédie du couple amoureux. Vous êtes en public, et la nouvelle de vos noces ne va pas tarder à se répandre. Si quelqu'un a la langue bien pendue, c'est Marcy Hannafort.

— Oui, entendu.

Lily observa la main de Noah recouvrir la sienne. Seigneur, jamais elle ne se lasserait de son toucher. Sa peau contre la sienne l'embraserait toujours.

— On est des grands, Charlotte. On gère. Tu peux y aller.

Noah but une nouvelle gorgée tandis que sa cadette levait les yeux au ciel et partait sur un au revoir.

— Tu n'en as pas marre de recevoir des ordres ? demanda-t-il. Parce que moi, si.

— Ta sœur a une idée bien précise de la manière dont les choses doivent se dérouler. Je suis un peu pareille.

— Ce n'est pas uniquement Charlotte. Sawyer m'en donne tout le temps aussi.

— Eh bien, dis-leur d'arrêter.

— En fait, la plupart du temps, ils n'ont pas tort. Et si je leur avais demandé de se taire quand ils ont suggéré nos fiançailles... Hum, je ne me serais jamais autant amusé à ce mariage.

C'est ça qu'était Lily pour lui ? Un amusement ? Bien sûr. Difficile d'imaginer qu'elle représente quoi que ce soit de plus. Non qu'elle ait le moindre droit d'être déçue. Elle avait saisi avec enthousiasme sa chance de coucher avec Noah, de le goûter, sans aucune contrepartie.

— Oui, on s'est bien amusés, hein ?

Elle joua avec son verre, consciente du flirt dans sa voix, mais à présent qu'elle avait fini sa première flûte de champagne, ses défenses tombaient. Elle n'en avait plus besoin. Les nouvelles du jour étaient plus que bonnes. Noah était d'excellente humeur. Son bas de laine était sécurisé.

— Mon genre d'amusement préféré, renchérit-il, reprenant sa main, glissant ses doigts entre les siens, les faisant aller et venir, de plus en plus fort, menant Lily au bord de l'extase. Je sais qu'on avait dit que ça se terminait en Floride, mais on pourrait peut-être essayer de tirer le meilleur profit de notre arrangement, tu ne crois pas ?

Il se pencha, enfouit le nez dans son cou, la chatouilla gentiment. Son souffle tiède coula sur sa peau tandis que sa barbe naissante lui grattait la joue.

— Qu'est-ce que tu as en tête ? demanda-t-elle.

Il eut un petit rire, mais elle ne trouvait pas cela drôle. Elle voulait l'entendre prononcer les mots.

— Ça, répondit-il.

Il embrassa le lobe sensible de son oreille. Elle dut rassembler toutes ses forces pour ne pas le renverser sur la banquette, l'enfourcher et s'attaquer aux boutons de sa chemise. Il l'embrassa sur la joue, poursuivit vers sa bouche.

— Et ça, ajouta-t-il, tandis qu'elle fondait intérieurement.

Leurs lèvres se frôlèrent, et elle s'abandonna à un des baisers enivrants de Noah — dans lesquels des concepts comme le temps et le lieu ne signifiaient plus rien. Alors qu'ils se serraient l'un contre l'autre, sa main se perdit dans ses cheveux. Elle ne se rendait que vaguement compte de ce qui se passait autour d'eux ou de la foule, mais elle s'en moquait. Ils étaient fiancés, nom d'une pipe, et si les gens ne supportaient pas une marque publique de tendresse, tant pis.

Noah recula, la bouche un peu gonflée et si sexy.

— On devrait ralentir, sinon je ne pourrais jamais partir d'ici en gardant une apparence décente.

Elle adorait produire pareil effet sur lui. Non seulement c'était terriblement excitant, mais encore ça lui donnait envie de lui offrir la nuit de sa vie.

— Pourquoi tu n'appellerais pas ton chauffeur ? On pourrait aller chez toi.

Jamais Noah n'avait entendu une proposition plus craquante. Il avait été persuadé que Lily était résolue à laisser les choses telles qu'elles étaient avant la Floride, mais visiblement non. Hélas, du coin de l'œil, il vit s'approcher une embrouille — grande et très belle, mais du diable s'il se souvenait de son prénom. En tout cas, c'était une femme avec qui il était sorti, et elle fonçait sur lui comme un missile.

— Noah Locke, tu es un salopard fini !

La nouvelle venue balança sa longue chevelure brune par-dessus son épaule.

— Pardon ?

Ce fut tout ce qu'il réussit à dire tant l'expression horrifiée de Lily le tétanisait.

— Je ne suis pas assez claire ? Un salopard. J'ai vu les photos dans les tabloïds. On est sortis ensemble il y a quinze jours, et maintenant tu es fiancé et sur le point de te marier ? J'étais quoi, moi, alors ? Un petit à côté ?

Puis la femme tourna son attention vers Lily.

— J'espère que cette bague vaut le coup, parce que lui, j'en doute. À moins que vous ne vouliez être traitée comme un objet périssable.

Lily s'assit bien droite, mais ne pipa mot. Elle haussa juste un sourcil à l'intention de Noah.

Celui-ci se leva et s'approcha de la brune.

— Désolé, mais je vais devoir te demander de partir. Ma fiancée et moi souhaitons rester tranquillement entre nous.

— Je suis certaine que tu n'as pas l'habitude que tes conquêtes te mettent le nez dans ton caca, mais quelqu'un doit le faire. J'espère que votre mariage marchera, parce qu'à mon avis, tu as épuisé le contingent de femmes célibataires à Manhattan.

Sur ces mots tranchants, elle tourna les talons et s'éloigna.

Noah se rassit lourdement, pas très sûr de ce qui venait de se passer, hormis que sa fierté avait été piétinée.

— Je suis vraiment navré, Lily. Ce n'était jamais arrivé. Enfin, presque jamais.

— Tu augmentes certainement tes chances en sortant avec suffisamment de femmes pour mériter une vidéo à sensation.

— Tu sais bien que ce n'est pas moi.

— Je le sais. Mais ça ne rend pas pour autant cette scène plus agréable.

— Elle était horrible, hein ?

Lily lui jeta un regard noir.

— Quoi ? Non, ce n'est pas ce que je voulais dire. Elle s'est sentie utilisée et aucune femme ne devrait ressentir ça. Tu as une idée du nombre de fois où j'ai été cette femme ?

— Se ruant sur un ex dans un bar et faisant un scandale ?

— Non. La maîtresse rejetée. La femme plaquée par un type séduisant qui peut avoir toutes celles qu'il veut. J'ai été à sa place, et ce n'est pas marrant. J'ai failli lui proposer de venir s'asseoir et lui offrir un verre. Ou, au moins, lui dire que nos fiançailles ne sont pas ce qu'elles ont l'air d'être.

— Ce n'est pas ma faute si d'autres t'ont traitée mal.

— Il ne s'agit pas de moi. Ce n'est pas agréable de se faire mener en bateau.

— Hé, je ne l'ai pas menée en bateau. Je ne fais pas ça. Je suis toujours très franc et très clair sur le fait que ce n'est pas sérieux. Sawyer me l'a pratiquement gravé dans le crâne.

Lily lâcha un petit rire sec.

— Et tu vas continuer à marcher dans les pas de ton frère ? Il a fini par comprendre que ce n'était pas la bonne façon de mener sa vie.

Noah eut l'impression qu'elle lui plongeait un couteau dans le cœur. Oui, il admirait Sawyer. Comment ne le pourrait-il pas ? Sawyer était le seul modèle mâle positif dans son existence. Alors oui, ils avaient partagé le même comportement envers les femmes — ne t'implique pas, n'adhère pas à ce moment où tout est nouveau et où il est si facile de se laisser embarquer. Leur père en avait fait une désagréable habitude, semant derrière lui une flopée de cœurs brisés.

— Je n'ai pas besoin que tu me psychanalyses, surtout sur ce sujet, grogna-t-il. Il y a un tas de choses que tu ignores.

— Ah oui ? Ces deux dernières années, j'ai été obligée de t'entendre baratiner tes conquêtes au téléphone ou, pire, les faire passer au bureau. Je connais parfaitement ton *modus operandi*, Noah.

Elle s'empara de son sac et de son manteau, et se leva. Puis ajouta :

— Je vais prendre un taxi et rentrer chez moi. Bonsoir.

Il tentait encore d'assimiler ses propos. L'avait-il blessée en la laissant avoir un aperçu de sa vie sentimentale ?

— Lily, attends. Mon chauffeur peut te déposer. On pourrait discuter de tout ça.

Elle partit, et Noah n'eut d'autre choix que de lui emboîter le pas à travers la foule dense du bar, puis sur le trottoir bondé. Des dizaines de personnes les dépassaient, entraient ou sortaient. Le soleil s'était couché et l'air avait sérieusement fraîchi.

— On sait très bien tous les deux ce qui se produit dès qu'on se retrouve à l'arrière de cette voiture, Noah, grommela Lily en enfilant son manteau. On ne peut pas s'empêcher de se tripoter.

Mais il le faut. C'est la seule façon dont je sortirai de cette situation grotesque en conservant ma fierté et mon job intacts. Lesquels comptent au plus haut point pour moi.

— Tu l'as déjà dit.

La colère flamboya dans les yeux bleus de Lily.

— Ne t'avise pas de me reprocher de faire passer ma carrière en premier, quand un homme le fait, personne ne sourcille. Je m'en vais, maintenant. À demain. Au bureau.

Noah inspecta les alentours. Il y avait du monde partout, et Charlotte avait clairement insisté sur l'importance de l'image qu'ils devaient donner. Le contrat Hannafort était si proche.

— Pas de baiser d'adieu ? On est censés se marier.

Lily s'éloigna de quelques pas et héla un taxi.

— Personne ne regarde. C'est bon.

Et elle grimpa dans le véhicule sans un mot de plus.

Noah resta planté comme un idiot. Il avait été si stupide de penser qu'une petite comédie avec Lily serait sans conséquence. Il avait l'impression que sa perception de soi s'évanouissait, et il savait avoir joué un rôle immense là-dedans. Pourquoi fallait-il que l'attrait de Lily soit si fort, et qu'elle soit la seule personne capable de tout faire s'écrouler ?

10

Le lendemain matin, au bureau, Noah vit s'afficher sur l'écran de son téléphone un numéro qui lui noua l'estomac — son père. Il se cala sur son siège, plissa le front d'avance et décrocha.

— Bonjour, papa.

— Inutile de paraître ravi de m'entendre.

La soirée de la veille au bar avait ravagé Noah et maintenant, ça... La journée commençait mal. Très mal.

— Crois-moi, papa. Je suis enchanté.

— J'espérais que cet appel serait joyeux, mais, après avoir lu les journaux, il semble que tes fiançailles prennent l'eau.

Les journaux ? De quoi diable parlait son père ? Noah coinça le téléphone sous son oreille et tapa son nom dans la barre de recherche sur son ordinateur. Il fallut une fraction de seconde à l'article pour s'afficher à l'écran. *Du rififi au paradis. Le futur couple Locke bat de l'aile*. Au-dessous, la preuve en images de sa dispute avec Lily devant le bar. Si seulement elle l'avait écouté ! Tout aurait été différent, en apparence, du moins.

— Ce sont les tabloïds. C'est leur fonds de commerce. Mais ce n'est rien.

Il avait beau s'efforcer de garder un ton calme et posé, il bouillait intérieurement.

— Les photos ne mentent pas, fiston. J'espérais vraiment que tu te reprenais enfin en main. Tu ne peux laisser éternellement Sawyer être le fils parfait.

Le fils parfait. Voilà un exemple classique des manières

cruelles de leur père : il n'avait jamais considéré Sawyer comme le fils parfait, bien au contraire, il avait consacré davantage de temps et d'attention à le saboter qu'il ne l'avait fait pour Noah. Mais il aimait dire à ce dernier que son aîné était le fils parfait uniquement pour le mettre en rogne.

— Mes fiançailles avec Lily sont au beau fixe. À ce propos, merci de nous avoir félicités par un coup de fil.

— Merci de m'avoir averti par un coup de fil.

Touché.

— C'était mon intention, mais j'ai été débordé de travail.

Il regretta aussitôt ses paroles. Tendre la perche à son père au sujet de ce qui se passait dans l'entreprise s'avérait toujours une très mauvaise idée.

— C'est ce que j'ai compris. Vous avez assisté au mariage de la fille de Lyle Hannafort. Quelque chose se trame entre votre petit business et Hannafort, pas vrai ? Ce serait un véritable affront à tout ce pour quoi j'ai travaillé si dur. Tu sais combien je méprise Lyle. C'est un moralisateur présomptueux et un homme d'affaires catastrophique.

Le pouls de Noah grondait dans ses oreilles. Sawyer et lui soupçonnaient depuis longtemps que quelqu'un informait leur père sur les transactions de Locke and Locke. Noah ne pouvait pas prendre le risque que son père ait vent du contrat Hannafort. Avec son frère, ils s'étaient donné un mal fou pour tout garder secret.

— Pour un homme d'affaires catastrophique, il possède un sacré empire.

— Et compte l'augmenter, d'après ce que je sais.

Ça tapait un peu trop dans le mille. Noah devait mettre un terme à cette discussion, illico.

— On s'est rendus à un mariage. Charlotte a travaillé autrefois avec la femme de Lyle dans ce domaine. Cesse d'en déduire n'importe quoi.

— Sawyer et toi pouvez autant éluder que ça vous chante, sachez juste que je vous tiens à l'œil.

— Bon. Autre chose ? J'ai plein de boulot.

— Non. J'appelais simplement pour vérifier que tout va bien. Je m'inquiète pour vous trois, ton frère, ta sœur et toi.

Mais non, bien sûr que non.

— Tout roule. Ne te fais pas de souci.

— D'accord. J'aimerais bien rencontrer ma future bru à un moment donné, si possible. C'est une marque de courtoisie que ton frère m'a refusée. J'ai dû faire la connaissance de Kendall par moi-même.

Encore un mensonge : leur père avait rencontré Kendall des semaines avant que Sawyer et elle ne se fiancent, et uniquement parce qu'il avait tenté d'acheter Kendall pour qu'elle espionne Sawyer, ou au minimum sabote la réouverture du Grand Legacy.

— On verra. Je te dirai.

— Passe une bonne journée, mon garçon.

— Toi aussi, répondit Noah, refoulant un grognement.

Dès qu'il eut raccroché, il jeta son téléphone sur une pile de dossiers. À cet instant, Lily entra dans le bureau et posa par-dessus un exemplaire du plus infâme torchon de New York.

— Page cinq.

Elle pointa un index rageur sur le gros titre, puis se laissa tomber dans un fauteuil et croisa les jambes. Même furieuse, elle était terriblement sexy. Cette nuit avait été une torture. Dire qu'il avait été si près de la ramener chez lui.

— Je l'ai déjà vu. Je t'avais prévenue qu'on aurait dû se faire un baiser d'adieu.

Elle lui jeta un regard noir.

— Ne me mets pas ça sur le dos. Pour commencer, on n'aurait pas eu cette dispute sans l'irruption de ton ex.

Noah baissa les yeux sur le journal. Lily et lui étaient tous les deux séduisants, mais les paparazzis avaient un talent incroyable pour capturer les angles peu flatteurs. Il détestait les tabloïds. Ça, au moins, c'était officiel. Peu importait désormais que ce fût grâce à eux qu'il se fût rapproché de Lily. À présent, ils l'éloignaient de lui.

— Ça ne me plaît pas du tout, Noah.

Lily se renfonça dans son fauteuil, se tourna vers la fenêtre et secoua lentement la tête.

— C'est trop, reprit-elle. Beaucoup plus que ce qui était prévu au départ.

— Que veux-tu que je réponde ? Ce n'est pas comme si je pouvais le contrôler.

— Ma voisine l'a vu. La vieille dame qui habite juste en face de chez moi. Elle était tellement bouleversée que j'ai dû la convaincre qu'on était toujours ensemble, alors qu'en réalité tout est pipeau.

Pas la peine de me le rappeler. Ça commençait à sérieusement affecter Noah aussi. Côtoyer Lily alors qu'elle s'efforçait autant de le tenir à distance s'avérait encore pire que ce qui lui empoisonnait la vie avant.

Sawyer passa la tête par la porte du bureau.

— Vous avez vu l'article dans le journal ? Kendall me l'a montré. Ce n'est pas bon, ça.

Il fit un pas à l'intérieur, s'appuya à l'encadrement.

Noah souffrait rarement de migraines, mais cette journée était déjà une exception.

— Pire. Papa l'a lu. Et il est au courant qu'on est allés au mariage. Il soupçonne que quelque chose est en cours avec Hannafort. Ce n'est qu'une question de temps avant qu'il ne le découvre. Mon inquiétude est que ça se produise avant la signature du contrat, et qu'il trouve un moyen de s'en mêler. Pour ce qu'on en sait, papa était au départ derrière la vidéo.

Sawyer fronça les sourcils d'un air soucieux.

— Ça pourrait arriver, surtout vu tout le bazar qu'il a fait avec le Grand Legacy.

— Je crois aussi qu'il suspecte quelque chose à propos de mes fiançailles avec Lily. Il pourrait nous dénoncer.

Lily regarda les deux frères tour à tour.

— Vous pensez qu'il pourrait mettre réellement la transaction en péril ? Je n'ai pas fait tout ce boulot supplémentaire pour que ça tombe à l'eau.

Noah ne comprenait plus du tout ce que Lily voulait de lui, mais il commençait à se faire une idée. Entre prendre la défense de son ex dans le bar et qualifier maintenant leurs fausses fiançailles de « travail supplémentaire », il était clair que ce qui s'était passé entre eux en Floride comptait très peu pour elle. Noah était puni par où il avait péché, et il n'aimait pas ça du tout.

— On doit faire quelque chose, déclara Sawyer. Quelqu'un a une suggestion ?

— Moi, répondit Noah. Et si on n'alimentait plus les tabloïds en informations gratuites ?

Lily le foudroya du regard.

— C'est malhonnête. On ne peut pas le contrôler.

— Et pourquoi pas ? Je veux dire, au moins faire bloc et vous tenir tous deux à l'écart de toute publicité négative, expliqua Sawyer, visiblement en plein calcul. À mon avis, il faut forcer la dose sur vos fiançailles. Aller plus loin. Lily, je pense que tu dois emménager chez Noah.

Les yeux de Lily s'arrondirent comme des soucoupes.

— Emménager chez lui ? À savoir, prendre toutes mes affaires et les déposer dans son appart au Grand Legacy. Vous êtes conscient que ça dépasse largement ce qu'on m'a demandé de faire au départ. Très largement.

Sa voix monta dans les aigus quand elle ajouta :

— N'oubliez pas que j'ai rendez-vous dans quelques jours avec Marcy Hannafort pour organiser un faux mariage.

Le sens de ses propos était indiscutable. Lily voulait plus d'argent, Noah le savait.

— D'accord. Alors on augmente ton pourcentage.

Le message était clair — on en revenait à un arrangement purement professionnel, point final. Si Noah le regrettait en partie, c'était pourtant inévitable. La situation était hyper délicate, et Lily avait raison. Ils lui demandaient d'aller bien au-delà des exigences du devoir.

— Trois pour cent ? proposa Sawyer. Ça me paraît honnête.

Lily inspira à fond, puis acquiesça.

— Oui. Ça me semble honnête aussi.

— Parfait. Banco.

Noah tripota des dossiers sur son bureau, s'interrogeant sur l'étrange transaction qui venait d'être conclue. Son frère et lui achetaient, en quelque sorte, la femme qui l'obsédait, afin qu'elle s'installe chez lui. C'était complètement fou.

— Pendant ce temps, poursuivit Sawyer, il faut redoubler d'efforts pour découvrir comment papa obtient ses renseignements. J'ai lu un article sur une boîte de détectives spécialisée en espionnage industriel. Je n'aime pas ce terme alors qu'on parle de notre père, mais on en est là.

Sur ces mots, il s'éloigna. Un silence pesant s'installa après son départ. Lily restait coite, bras croisés, un pied battant nerveusement l'air. Noah oscillait entre fixer des papiers dont il se fichait comme d'une guigne et tenter de ne pas regarder Lily. Il devait se ressaisir à tout prix.

— Bon. Tu veux que j'emménage quand ?

Le ton de Lily indiquait qu'elle était résignée à cette nouvelle réalité. Les deux pour cent de plus rendaient l'idée nettement tolérable.

— N'importe. Demain ?

— Bien. Je vais travailler. Je dois répondre à une tonne de mails, annonça-t-elle en se levant.

Noah aurait aimé passer sur les événements de cette demi-heure, mais il en était incapable.

— Du travail supplémentaire, Lily ? C'est tout ce que ça a représenté pour toi ?

— Pardon ?

— Je me rends bien compte qu'on a vécu des moments désagréables, mais ça n'était pas non plus un enfer. On est allés ensemble à un mariage dans un lieu fabuleux. Et surtout, je pensais qu'on s'était bien amusés en Floride.

— On s'est bien amusés, Noah, on en a discuté hier soir, mais ça ne veut pas dire que j'avais envie de tout ce qui arrive maintenant.

Il ne la croyait pas une seconde aussi candide.

— Qu'attends-tu de moi ? Tu savais forcément dans quoi tu mettais les pieds en acceptant au départ.

— Comme si j'avais le choix, coincée dans le bureau de Sawyer pendant que tout le monde posait l'avenir de Locke and Locke sur mes épaules. De plus, j'ai signé pour un week-end, c'est tout. Maintenant, on emménage ensemble. C'est bien la dernière chose que je prévoyais.

— Ouais. Pareil pour moi.

Au cas où les tabloïds seraient aux aguets, Lily s'installa dans le tout nouvel appartement de Noah, situé au dix-septième étage du Grand Legacy, en plein jour, vers midi le lendemain. Ils en rajoutèrent un maximum, à grand renfort de cartons montés par les déménageurs, mais dont la plupart étaient vides. La mesure était temporaire, et Lily lassée de faire semblant.

— C'est le dernier chargement ? demanda Noah en sortant de la pièce qui lui servait de bureau.

— Je crois.

Lily faisait de son mieux pour rester enjouée, mais, une fois de plus, cette mascarade d'un autre genre l'agaçait. Elle n'avait jamais habité avec Peter, ce qui en fin de compte s'était avéré une bénédiction, toutefois, contrairement aux fiançailles, cet emménagement constituait une première — une première qui la rapprochait dangereusement de Noah, quand toutes les sonnettes d'alarme se déclenchaient dans sa tête.

Lorsque les déménageurs furent partis, Lily se retrouva seule avec l'homme auquel elle n'arrivait pas à résister, et qui tenait en outre son avenir professionnel entre ses mains.

— Je vais m'installer dans la chambre d'amis, d'accord ?

— Très bien. J'ai encore du travail, déclara Noah, retournant dans son bureau.

Cette distance était bienvenue, songea-t-elle. L'ambiance demeurait plutôt froide entre eux après la dispute de la veille.

Lily déballa ses affaires. Elle suspendit robes, jupes et chemisiers dans le placard et rangea tout le reste dans la commode. L'appartement de Noah ressemblait à une garçonnière typique ; mobilier moderne coûteux, pas une seule touche de douceur. Le lit dévolu à Lily était en bois sombre, aux tables de chevet incorporées, les draps anthracite austères bien que de très belle qualité. Elle ignorait combien de temps elle vivrait là, mais, si ça dépassait quelques semaines, elle irait acheter de jolis coussins décoratifs et des bougies parfumées. Quelques semaines ? Ses nerfs l'auraient lâchée d'ici là. Pas facile de côtoyer Noah en permanence tout en feignant que tout allait bien et qu'il ne s'était rien passé entre eux.

N'empêche, non seulement il avait accepté l'augmentation de

son pourcentage dans la société, mais encore c'était lui qui l'avait suggérée. Cela plaidait en la faveur d'un constat indiscutable : ils se trouvaient dans le même bateau, pour le meilleur ou pour le pire. Peut-être devrait-elle cesser d'être aussi sévère avec lui.

Elle se dirigea vers le bureau de Noah.

— Je pensais préparer le dîner, si tu as faim.

Il leva la tête, et ses yeux verts la transpercèrent. Elle en oublia toute sa colère contre lui.

— Tu n'es pas obligée. En général, je me fais livrer des plats tout prêts.

— Je peux ? demanda-t-elle, désignant un fauteuil en cuir.

Cette pièce était de loin la plus confortable de l'appartement, avec un magnifique bureau ancien en guise de table de travail, des lumières douces ainsi qu'une belle série de photos noir et blanc au mur, aux côtés de vieilles affiches de jazz.

— Bien sûr.

Il se mit debout et s'approcha d'une platine installée dans un angle. Quand il posa l'aiguille sur le vinyle, un morceau familier commença.

— Waouh. Je n'ai pas entendu ça depuis que j'étais gamine. Art Tatum ?

— Le seul et l'unique, acquiesça Noah.

Lily se retourna. Le mur opposé était entièrement recouvert d'une vaste collection de disques. Elle se leva à son tour pour étudier la tranche des pochettes.

— Mon grand-père le passait tout le temps.

— Tu me traites de vieillard ?

— Non, mais tu possèdes une platine. Je ne crois connaître personne d'autre qui en ait une.

— Les vinyles reviennent en force. Le son est tellement meilleur, surtout quand on aime la musique des années 1950 et 1960, qui a été conçue pour ce support.

Il avait sans doute raison. Le son était fascinant.

— Je ne connais personne d'autre non plus qui ait autant de disques. Tu dois les collectionner depuis des lustres.

— Presque. J'ai attrapé le virus à l'adolescence. Je me suis approprié la collection de mon père puisqu'il ne les écoutait jamais, et je l'ai complétée à mesure. Le week-end, je prenais le train pour aller en ville et je passais des heures dans les boutiques.

— Ah oui. Tu t'ennuyais ?

— Je ne sais pas. Tous les ados s'ennuient, non ? En ce qui me concerne, Sawyer avait quitté la maison et Charlotte s'occupait de son côté. À faire la fête, essentiellement. Moi, j'étais asocial. Je ne sortais jamais.

Lily avait du mal à le croire, mais il y avait déjà fait allusion le jour où ils avaient acheté la bague de fiançailles.

— Franchement, c'est difficile à avaler, Noah.

— Et pourtant c'est la réalité. Je n'ai eu ma première petite amie qu'en terminale. Je suis passé par un stade où j'étais très grassouillet et moche.

— Bon, je sais que tu mens, maintenant. Tu es si mince.

Faire une remarque sur le physique de Noah raviva les souvenirs de leurs ébats en Floride. Noah n'était pas seulement svelte, il était musclé tout en longueur. Un peu dégingandé, même, mais elle avait un faible pour ça.

Il leva un doigt.

— Permets-moi d'en exhumer la preuve photographique, fût-elle gênante.

Il s'agenouilla devant un meuble à tiroirs des années 1950, farfouilla et finit par trouver un gros album.

Il s'approcha tout en tournant les pages.

— Tiens, regarde.

Lily n'en revenait pas. Certes, c'était bien la chevelure de Noah, son nez droit et ses beaux yeux verts, mais le garçon était plutôt petit et surtout potelé.

— Tu étais très mignon quand même.

Sa voix se brisa un peu, sans qu'elle sache pourquoi. Peut-être parce qu'elle considérait si souvent Noah comme surhumain — un *golden-boy* avec le monde à ses pieds. Cette image le rendait plus réel, ce qui était un concept ridicule puisqu'elle travaillait chaque jour avec lui et l'avait vu en colère, contrarié. Elle savait qu'il était humain. Pourtant, elle ne s'était jamais attendue à voir cela.

— Non, je n'étais pas mignon, mais c'est gentil.

— Tu as quel âge sur cette photo ?

— Quinze ans. J'ai grandi de trente centimètres l'année suivante.

— Et Sawyer avait déjà quitté la maison à cette époque ?

— Oui. Il est parti dès qu'il a pu. Il est entré dans l'armée, ce qui a vraiment énervé papa, qui voulait qu'il fasse des études de commerce et travaille avec lui, mais ça ne s'est pas passé ainsi. En plus, je crois que mon père avait le sentiment que Sawyer cherchait à lui faire du tort. Papa avait intégré une école militaire quand il était enfant, mais jamais il n'a eu le cran de faire ce que Sawyer a fait.

Lily désigna l'album.

— Je peux regarder un peu plus ?

— Oui, évidemment.

Elle étudia les photos de la page suivante, des portraits plus formels autour d'un arbre de Noël.

— Qui sont ces gens ?

— Mon père, sa seconde épouse, Charlotte, moi, Sawyer et les enfants de notre belle-mère, Todd et Beth.

— Tu t'entendais bien avec eux ?

— Beaucoup. On était très proches. Mais lorsque papa a divorcé de leur mère, ils sont partis, et j'ai dû m'habituer à une nouvelle fratrie.

— Une éducation peu conventionnelle, en somme.

— On peut le dire, oui. Et toi ? demanda Noah en lui prenant l'album des mains.

— Hé, je voulais encore regarder, protesta-t-elle.

— Le reste est de la même veine.

— Pas de photos de toi bébé ?

Il s'esclaffa.

— Attends une seconde.

Il remit le gros livre en place et sortit un coffret en cuir. À l'intérieur se trouvait une pile de clichés bien rangée.

— Voilà. Ne ris pas. C'est le Noah joufflu d'origine.

Lily sourit en regardant la photo d'un nourrisson très joyeux dans les bras d'une femme superbe.

— Tous les bébés sont joufflus. Et tu es adorable avec ton grand crâne chauve et tes cuisses dodues.

— Exactement le compliment qu'un mec apprécie.

— C'est ta mère ? Elle est belle.

— Ouais, elle était superbe. Elle me manque terriblement. Tu sais, on dit parfois que certaines personnes sont le ciment d'une famille ? Eh bien, maman était ça. Rien n'a plus jamais été pareil après sa mort.

— Je suis désolée, Noah. Ça a dû être très dur.

Puis Lily remarqua un écrin bleu Tiffany dans le coffret.

— Tu as fait un autre raid chez Tiffany ?

— Non. C'est la bague de ma mère. Tu te souviens, je t'en ai parlé le jour où on est allés acheter la nôtre ?

— Ah oui, c'est vrai.

Lily ne demanda pas à la voir. Ce n'était qu'un rappel de leur arrangement.

— Tu n'as pas répondu à ma question, reprit Noah. Et ta famille ? On a beau travailler ensemble, je ne sais rien de toi.

— C'est ennuyeux au possible. Mes parents sont heureux en ménage. J'ai un frère, de deux ans plus jeune que moi. Mes parents géraient un petit hôtel. C'est comme ça que j'ai fini dans le secteur hôtelier.

— Ça n'a rien d'ennuyeux. Au contraire, c'est chouette.

— Oui, on n'était pas malheureux.

— Et qu'est-ce qui t'a amenée à New York, alors ?

— Oh ! j'avais besoin de quitter Philadelphie. Je pensais que les meilleurs établissements étaient ici, donc je suis venue chercher du travail. Un poste de directrice, si possible. Mais je ne trouvais pas. Et puis j'ai lu dans une revue que Sawyer et toi alliez rénover le Grand Legacy, et j'ai voulu faire partie de l'aventure.

Elle gratta une tache imaginaire sur son jean. À l'origine de l'histoire, il y avait Peter et le mariage raté.

— Une minute. Machine arrière. Pourquoi éprouvais-tu le besoin de quitter Philadelphie ?

Lily aurait facilement pu éluder, mais Noah lui avait montré quelques éléments un brin embarrassants de lui-même. Peut-être l'heure était-elle venue de lui apprendre au moins des bribes de son passé.

— Euh, à cause d'un ex. Un mauvais plan.

Il la fixa, visiblement désireux d'entendre la suite.

— Un des types qui t'ont rejetée ?

— On peut dire ça, oui : il a rompu nos fiançailles.

Les mots se bloquaient au fond de sa gorge.

— Lily ! Pourquoi ne m'en as-tu pas parlé ?

— Ce n'est guère le genre de détails qu'on déballe en entretien d'embauche ou lorsqu'on papote au bureau.

— D'accord, mais je t'ai emmenée chez Tiffany pour t'acheter une bague. Je me sens immonde, maintenant. Enfin, encore plus qu'avant. Je suis désolé, vraiment.

Elle détestait entendre cette pitié dans sa voix.

— Ne le sois pas. Ce n'est pas ta faute. Et puis je l'ai échappé belle, en fin de compte. Depuis, il s'est marié et a divorcé.

— Peut-être, mais ce jour-là à la bijouterie a dû être un cauchemar pour toi. Je préfère ne même pas l'imaginer.

Elle haussa les épaules.

— Je dois être bonne cachottière, je suppose.

— Mais je ne veux pas que tu aies l'impression de devoir me dissimuler quoi que ce soit. Tu sais, quoi qu'il arrive, notre amitié est devenue essentielle pour moi. C'est drôle, j'ai toujours considéré Sawyer comme mon meilleur ami, mais en réalité je crois bien que c'est toi.

Lily retint son souffle, à défaut de retenir cet instant. Les larmes lui montèrent aux yeux.

— Voilà, tu vas me faire pleurer.

— Mais non. Viens ici.

Noah l'attira dans ses bras et elle se blottit contre lui. Bien ou mal, les bras de Noah étaient le seul endroit où elle souhaitait être. Elle s'y sentait en sécurité, à l'abri de tout danger. Ce qui n'était pas rien, compte tenu du chaos dans lequel ils vivaient actuellement. Il lui caressa tendrement le dos. C'était si bon. Si incroyablement bon.

— Tu peux pleurer tant que tu veux. Tu subis beaucoup de pression ces derniers temps et j'en suis désolé. C'est essentiellement dû à mon frère et à moi, j'en ai bien conscience.

Elle savoura son étreinte. Si seulement il savait que ce câlin portait bien davantage que sur son passé douloureux ou un petit ami nul. Il portait sur le fait d'avoir ce que vous souhaitiez à portée de main et de ne pas pouvoir vous en emparer. Elle désirait Noah encore plus fort qu'au mariage. Elle voulait que tout soit simple. Elle aspirait à une chance pour eux deux, mais tout paraissait se mettre en travers de leur chemin — les affaires, sa carrière, son cœur réticent à lui.

Ce fut difficile, mais elle réussit à s'extraire des bras de Noah. Se donner de faux espoirs l'expédierait tout droit dans le malheur. Elle essuya discrètement une larme.

— Bon. Je m'occupe du dîner ?

— Je n'ai pas la moindre idée de ce que contient mon frigo, mais il y a au moins du vin.

— Tant mieux. J'en ai grand besoin. En intraveineuse.

— Déménager ici te stresse à ce point ?

Il se leva et tendit une main pour l'aider.

— Entre autres.

Maintenant qu'elle était debout, elle luttait contre le désir de retourner dans ses bras, mais il était inutile de lui expliquer qu'il était la raison principale à son envie de boire.

— Je retrouve Marcy demain après-midi dans la grande salle de réception pour commencer à organiser notre mariage, ajouta-t-elle.

— On pourrait avoir un gâteau au chocolat ? Je déteste ces trucs insipides à la vanille.

— Tout ce que tu voudras !

Elle éclata de rire, mais son cœur saignait en dedans à la pensée du sens véritable de ses paroles. Ce n'était pas une plaisanterie. Ils tissaient une toile virtuelle, et cela embrouillait ses sentiments et sa tête. Elle n'avait plus envie de faire semblant. C'était trop douloureux.

— On sait tous les deux que ce mariage n'aura pas lieu.

11

Lily trouvait chouette l'idée de passer du temps avec Marcy Hannafort, mais elle appréhendait leur rendez-vous. Tout lui faisait horreur dans cette histoire : prétendre mener une vie qu'elle n'aurait jamais, avec un homme qu'elle risquait de désirer jusqu'à la fin de ses jours, et maintenant, le pire, organiser la seule chose qui l'épouvantait — un mariage.

Néanmoins, déambuler dans le Grand Legacy ne lui déplaisait pas, aussi se concentra-t-elle là-dessus. Marcy et elle parcoururent la grande salle de bal, Marcy discutant de la disposition des sièges tandis que Lily admirait le magnifique plafond Art déco en verre et autres détails historiques que Noah et Sawyer avaient si méticuleusement restaurés.

— Lily, mon chou, vous me donnez l'impression de ne pas vraiment être avec moi. Tout va bien ?

Manifestement, Lily n'était pas aussi douée pour feindre certaines choses qu'elle le pensait.

— Il faut réfléchir à tellement d'éléments. C'est atroce.

En vérité, ce n'était pas atroce du tout. S'il s'était agi de son vrai mariage, Lily le coordonnerait à la perfection, ainsi qu'elle l'avait fait la première fois. Aucun détail ne serait négligé ; le futur époux aurait le gâteau qu'il voulait ; la liste des invités serait établie depuis des semaines ; Lily aurait la robe parfaite, comme avant — mais différente, bien entendu. La première avait échoué dans une friperie. Avec un peu de chance, une future mariée dans le besoin avait trouvé la robe *et* un bonheur sans nuages.

— Je ne sais pas, Marcy. Ça me stresse complètement. J'ai une tonne de choses à faire au bureau et on essaie de prendre toutes ces décisions. Ce n'est pas mon truc, en fait.

— Vous voulez que je me charge de tout ? Parce que je peux. Je vous promets un mariage somptueux. La journée de rêve que vous imaginiez petite fille.

Au contraire, Lily était engluée par la vision indélébile de sa journée de cauchemar, elle-même plantée à l'arrière de l'église dont elle ne remonterait jamais l'allée. On ne plaque pas une fiancée au pied de l'autel. Elle n'a aucune raison d'entrer dans la chapelle si son futur époux ne l'y attend pas. On la largue dans le vestibule.

Ainsi que Lily l'avait appris à ses dépens, annuler un mariage au dernier moment était une tâche horrible. Elle avait dû annoncer la nouvelle aux invités, seule devant eux et au bord de l'effondrement, leur dire qu'elle était navrée qu'ils soient venus pour rien et leur suggérer de repartir avec leurs cadeaux. Et durant tout ce temps, elle tentait d'assimiler le fait que l'homme avec qui elle avait cru passer sa vie avait décidé que cela n'arriverait pas.

Sans compter que Lily n'avait jamais été convaincue que Peter l'aimait, même si elle avait mis longtemps à s'en rendre compte. Elle constituait un choix solide, et lui aussi, mais il n'y avait aucune étincelle entre eux, zéro magie. Juste de la sécurité, du sans danger. À bien des égards, leur mariage avait été à qui se dégonflerait le premier. Et Peter avait eu le cran de gagner à ce petit jeu-là. Lily lui en était désormais presque reconnaissante, car elle n'imaginait pas une vie entière à ses côtés, mais cela ne voulait pas dire que ça n'était plus douloureux. Elle avait passé sa jeunesse à chercher des types inaccessibles avec qui ça ne marchait jamais. Et quand elle s'était enfin résignée à une histoire plus réaliste, à un homme qui n'était pas, tant s'en faut, un héros de roman sentimental, elle avait réussi à ne pas le garder non plus.

— On devrait peut-être reporter le mariage, lâcha-t-elle, prête à tenter n'importe quoi. Vous l'avez dit vous-même, on a si peu de temps.

— Lyle semble très déterminé à la publicité qu'on pourrait tirer de l'événement. Je ne voudrais pas le décevoir.

— Hum, moi non plus.

Et tant pis si la raison de Marcy n'était pas suffisante pour que ce mariage ait lieu…

Cette dernière lui saisit la main.

— Lily chérie, vous avez la frousse ? Vous doutez de votre amour pour Noah ?

Lily faillit éclater de rire. Ah non, elle ne doutait pas le moins du monde de son attirance pour Noah ni de son affection pour lui. Mais de l'amour ? Elle n'en était pas là. Son cœur et sa tête ne cessaient de la mettre en garde contre ces eaux perfides. Elle ne tomberait pas amoureuse de Noah, bien que l'imaginer ne lui posât aucun problème. Sa fierté et son avenir dépendaient de sa capacité à rester pragmatique.

— Non. Je veux juste éviter de commettre une erreur.

Ça au moins, ce n'était pas un mensonge.

— Avec le mauvais homme, vous voulez dire ? Cette vidéo sur Noah montrait donc la vérité ?

Lily devait balayer les appréhensions de Marcy.

— Non, je vous assure. Ce n'était pas le vrai Noah. C'est quelqu'un de très gentil et attentionné. Il prend soin de moi.

Y compris sur le plan financier.

— Peut-être que j'ai juste besoin de réfléchir à tout ce qu'on a dit. La nuit porte conseil.

— Bien sûr, mon chou. C'est normal. Je vais vous donner la liste des choses qu'on doit décider. Les invités, le gâteau, le menu, le plan de table, la vaisselle et les couverts, les chaises, la thématique des couleurs pour la déco. Mon Dieu, on n'a même pas choisi la thématique des couleurs.

— J'ai la liste. Je vais y réfléchir, promis.

— Ne tardez pas trop. On a du pain sur la planche.

Noah avait quitté le bureau plus tôt. Impossible de se concentrer sans Lily, la sachant en rendez-vous avec Marcy. D'ordinaire, c'était la présence de Lily qui détournait son attention. Aujourd'hui, c'était son absence.

Il repéra les deux femmes alors qu'elles sortaient de la salle de réception.

— Ah, vous voilà. Comment ça s'est passé ? Je vais avoir mon gâteau au chocolat ?

Dès qu'il commença à poser des questions, il vit sur le visage de Lily qu'il y avait un problème.

— Le chocolat, c'est fait. Tout le reste est encore en suspens, j'en ai peur, répondit Marcy.

— Je n'ai pas été d'une grande aide, avoua Lily. On pourrait peut-être en discuter là-haut, tous les deux ?

Noah l'embrassa sur la joue.

— Ne t'inquiète pas. On va y arriver.

Tous trois se dirigèrent vers le hall.

— À demain, Lily ? dit Marcy. Une bonne nuit de sommeil vous fera sans doute du bien. Ou sans sommeil du tout, peut-être, ajouta-t-elle avec un sourire coquin à l'adresse de Noah.

Celui-ci s'esclaffa, souhaitant que cette option existe.

— Merci de votre aide, Marcy. Lily et moi l'apprécions de tout cœur.

Alors qu'elle s'éloignait, il appela l'ascenseur.

— Tu veux qu'on en parle ? demanda-t-il quand ils furent montés dans la cabine.

— Non, pas maintenant. Là-haut seulement.

Noah lui prit la main et respecta son désir de silence. Il sentait qu'elle avait besoin de lui, et du diable s'il ne s'en réjouissait pas. Qu'elle s'installe chez lui avait été à la fois la meilleure et la pire chose qui lui soit arrivée depuis longtemps. La soirée avait été fantastique, ils étaient restés tard à discuter. Jamais il n'avait fait ça avec une femme. Jamais il ne s'était senti assez à l'aise pour s'épancher. Lily était son havre. Ces deux années frustrantes de collaboration professionnelle sans pouvoir la toucher, l'embrasser ni lui dire ce qui lui passait par la tête n'avaient pas été vaines : ils avaient forgé une amitié solide, établi une confiance mutuelle, et il comprenait combien c'était important.

L'ascenseur s'arrêta enfin au dix-septième étage, et tous deux longèrent le couloir sans se presser. Mais dès qu'il ouvrit la porte et qu'ils entrèrent, Lily lâcha prise.

— C'était un désastre.

— À ce point ?

— Un cauchemar, poursuivit-elle, fonçant si vite vers le salon qu'il fut forcé de lui emboîter le pas. Le gâteau qui ne sera jamais cuit et la robe que je n'achèterai jamais et les invités qu'on ne conviera jamais.

Elle se retourna brutalement, le visage tendu comme il ne l'avait jamais vu.

— Je ne peux pas le faire, Noah. Je ne peux pas. Mentir, discuter de vaisselle et de couverts, de musique et de DJ. C'est impossible. Il faut trouver un moyen de la décourager.

Il s'approcha, lui prit les mains, caressa ses doigts pour la calmer, la rassurer. Elle était si belle aujourd'hui, dans cette petite robe noire toute simple qu'elle avait portée des centaines de fois au bureau. Ses yeux étaient assombris, emplis de tristesse. Il n'aimait pas la voir aussi bouleversée.

— D'accord. On inventera une excuse quelconque. Viens t'asseoir avec moi, on va boire un verre et réfléchir à une raison pour laquelle les gens annulent leur mariage.

Mais elle resta figée, paralysée.

— Lil, qu'est-ce qui ne va pas ?

Une larme coula sur sa joue.

— Je... je ne peux pas.

— Mais dis-moi. Explique-moi.

Il ne savait pas à quoi correspondait cette sensation dans sa poitrine, on aurait dit que son cœur était déchiré en deux.

— Je vais te dire pourquoi les gens annulent leur mariage. Ils le font quand ils s'aperçoivent qu'ils n'aiment pas la promise. Quand ils décident qu'elle n'est pas assez spéciale ou assez intelligente ou assez gentille ou assez jolie pour passer toute une vie avec elle. Voilà pourquoi les gens annulent leur mariage.

Noah déglutit péniblement. *Les fiançailles rompues.*

— Une seconde. Tu es en train de parler de...

Lily hocha fiévreusement la tête, les lèvres serrées, les yeux inondés de larmes.

— Il m'a plaquée à l'église, Noah. Il ne voulait pas m'épouser, et ça a été le pire jour de ma vie. Maintenant, j'ai l'impression de revivre chaque minute que j'avais consacrée à l'organiser. Sauf que cette fois, le futur marié, c'est toi, ce qui serait extraordinaire si c'était réel, mais ça ne l'est pas. Ce mariage n'aura pas lieu non plus.

Noah cherchait à reprendre son souffle à mesure que les paroles de Lily se bousculaient dans sa tête. Avait-elle des sentiments pour lui ? Il semblait que oui. C'était sans aucun doute le moment d'avouer ce qu'il ressentait pour elle.

— J'ai quelque chose à te dire.

— Je suis incapable d'encaisser plus de mauvaises nouvelles, répliqua-t-elle d'une voix étouffée.

Vas-y, crache le morceau.

— J'ai envie de toi depuis longtemps. Vraiment très longtemps, Lily. Probablement depuis le jour où tu es entrée dans nos bureaux pour la première fois.

Quel soulagement d'exprimer enfin tout ça... Quel idiot il avait été de le refouler en lui durant tout ce temps...

— Alors, quand j'ai admis au mariage que j'étais frustré, ça dépassait largement le fait de te voir en maillot de bain ou parce qu'on s'embrassait et se tenait par la main devant tout le monde. C'était parce que j'avais enfin un avant-goût de ce que je désirais depuis si longtemps, mais sans pouvoir t'avoir pour de bon. Tout ça parce que tu fais trop bien ton travail pour me laisser le bousiller. Je ne pouvais pas décevoir mon frère ainsi, mais ça me tuait à petit feu. Chaque jour.

Elle le dévisageait, les yeux ronds, bouche bée. Un petit soupir passa ses lèvres, mais pas un mot. Cette façon d'accueillir son déballage de la vérité s'avérait une torture pour lui. S'apprêtait-elle à lui balancer une fois de plus que son job comptait trop pour elle ?

— Parle-moi, Lily. Si tu dois me faire du mal, pas de problème. Rien ne peut être pire que ces deux dernières années. Et si tu préfères oublier qu'on a eu cette conversation, pas de problème non plus. On peut prétendre qu'elle n'a jamais eu lieu. Je crois qu'on a désormais prouvé notre talent à faire semblant.

— Tu veux bien juste te taire et m'embrasser ? Pour de vrai. Sans faire semblant.

— Tu veux dire que tu le prends bien ?

Un sourire exquis et terriblement sexy illumina le visage de Lily.

— Tu n'es pas très doué pour suivre les instructions, hein ? Je t'ai dit que je voulais que tu m'embrasses. En vrai, Noah. Embrasse-moi comme si tu avais envie de moi.

— Mais j'ai envie de toi.

— Alors, montre-le-moi.

Le corps en ébullition, il l'attira contre lui, la hissa sur ses orteils. Sa bouche s'avança vers la sienne, offerte. C'était comme un second essai de leur premier baiser. Tout était neuf entre eux, à présent qu'il s'était déchargé du secret qu'il avait porté si longtemps. Il avait tant à lui dire maintenant, chaque mot comprimé dans un baiser. *Je pense à ça tous les jours. Je m'interroge à ton sujet. As-tu envie de moi ? Tu pourrais avoir envie de moi ?* Elle entrouvrit les lèvres et il espérait de tout cœur que c'était sa réponse. Leurs langues s'emmêlèrent, un retour à ce moment de félicité au mariage, quand elle l'avait désiré comme il la désirait.

Mais cela signifiait davantage pour lui désormais, et il devait savoir si elle ressentait la même chose. Il aurait pu continuer, passer à l'action, baisser la fermeture Éclair de sa robe, mais il n'était pas certain de la mériter si elle ne le souhaitait pas. Il se fit violence, brisa leur baiser, et posa le front contre le sien.

— Tu vois ? Tu comprends maintenant ?

Elle hocha légèrement la tête, les paupières mi-closes.

— J'ai ma propre confession à faire.

— Je t'écoute.

— J'ai eu envie de toi depuis ce premier jour aussi. J'ai fantasmé des milliards de fois que tu me plaquais contre l'armoire à dossiers pour m'embrasser. Quand je me frotte l'arrière du mollet avec le pied, tu sais ? Je pense à toi.

Le cœur de Noah battait à tout rompre dans sa poitrine. Le désir lui brûlait les veines.

— Dis-moi encore.

— Quand tu es assis au bord de ton bureau ? Je rêve de me planter entre tes jambes et de déboutonner ta chemise. Comme ça, ajouta-t-elle en faisant sauter un de ses boutons.

Jamais Noah n'avait été plus excité.

— Ce fameux après-midi, quand on est allés acheter ta bague ? J'ai cru que j'allais exploser tant j'avais envie de toi.

— Alors, prends-moi, Noah. Tout de suite. Pour de bon. Fini de faire semblant.

— On ne pourra plus revenir en arrière si c'est en vrai.

— Je sais.

Elle acheva de déboutonner sa chemise. Il la regarda faire glisser le vêtement sur ses épaules, passer les mains sur son torse.

— Ta peau est si chaude.

— C'est toi, Lily. C'est toi qui la rends chaude.

Lily n'avait jamais connu pareil revirement de fortune de toute sa vie. Une heure plus tôt, elle était malheureuse comme les pierres et, à présent, elle flottait sur un petit nuage. Après sa chemise, elle débarrassa Noah de son pantalon. Il en fit autant pour sa robe. Bien entendu, elle portait des bas — noirs, avec une couture à l'arrière et une large bande de dentelle en haut. Noah lâcha un gémissement rauque.

— C'est possible que tu les gardes ? demanda-t-il, empoignant ses fesses à deux mains.

Elle éclata de rire tout en embrassant sa joue.

— Tout est possible si tu crois en toi.

— Parfait.

Il la guida vers le canapé et s'assit, les jambes étendues, exposant son torse sublime. Elle voyait également à quel point il était prêt pour elle, ce qui augmenta encore son désir. Il ne s'était écoulé que quelques jours depuis qu'ils avaient fait l'amour, mais c'était déjà trop long. En outre, ils n'avaient pas tout expérimenté en Floride, et elle s'y sentait pleinement disposée ce soir. Il avait été si gentil avec elle ces jours-ci. Lily voulait le gâter. S'agenouillant devant lui, elle caressa son sexe à travers le boxer. Elle lui sourit, et le sourire qu'il lui retourna disait clairement qu'il avait du mal à se contenir. Il oscillait entre plaisir et concentration.

— Touche-moi, Lily. S'il te plaît.

Il se souleva pour lui permettre d'enlever son sous-vêtement. Elle le prit aussitôt dans sa main, puis dans sa bouche, léchant et savourant sa peau tendue. Noah enfouit les doigts dans ses cheveux, les ramassa sur sa nuque afin de lui maintenir la tête, gémissant sous chaque caresse de sa langue. Elle se sentait si sexy, si désirée…

— Viens, Lily. Je veux t'embrasser.

Elle s'écarta, et il fit glisser sa culotte sur ses hanches.

Elle riva son regard dans les somptueux yeux verts de Noah, et sut qu'elle se trouvait avec l'homme qui lui fallait.

— Fais-moi l'amour, Noah. Je te veux.

— Pas ici. Dans la chambre.

Ils se ruèrent dans le couloir, où Noah fit un passage éclair par la salle de bains pour récupérer un préservatif.

— Laisse-moi te le mettre, déclara Lily.

Ils s'embrassèrent passionnément tandis qu'elle enfilait la protection sur son sexe. Il dégrafa son soutien-gorge, prit ses seins à pleines mains puis leurs pointes dans sa bouche. La peau de Lily s'embrasa, le cœur de son intimité fondait tant elle avait envie de lui. Elle s'allongea sur le lit, vêtue uniquement de ses bas noirs.

— Je dirais que l'ensemble est hyper sexy, mais en réalité, c'est toi qui l'es, Lily.

Il suivit des doigts la ligne de sa jambe gainée de soie, remonta jusqu'à l'intérieur de sa cuisse, accentuant encore son désir. Quand il atteignit son clitoris, elle crut s'enflammer. Il la caressa là, traçant des cercles délicats et experts autour de la chair tendre et palpitante, la menant au bord de l'orgasme, mais sans que son ardeur s'apaise.

— Ne me fais pas attendre plus longtemps, Noah. Ce n'est pas gentil.

Il sourit, s'agenouilla sur le matelas. Écarta plus largement ses jambes, se positionna à l'entrée de son sexe, où il plongea si lentement qu'elle pensa défaillir. Il l'épousait si parfaitement, elle voulait que ça ne s'arrête jamais. Mais l'apothéose arrivait déjà, renforcée à chaque poussée de Noah, à chacun de ses gémissements si excitants. Il respirait fort et vite, et s'enfonçait en elle de la même manière.

Elle vit la jouissance exploser dans sa tête avant d'exploser dans son corps. Le plaisir la transperça, et Noah la suivit presque en même temps. Pesant de tout son poids sur elle, leurs peaux moites fondues l'une dans l'autre, ils s'embrassèrent avec une fougue farouche. Elle s'enroula autour de lui afin de conserver plus longtemps cette intime proximité, afin de l'empêcher de s'éloigner alors qu'il n'avait nulle part où aller, afin que ne cesse jamais cette bienheureuse et inexorable pulsation de leurs corps réunis.

Ils roulèrent ensemble sur le lit, enlacés, pantelants. La beauté de l'instant ne s'estompa pas, elle créa juste une brillante aura imaginaire autour d'eux.

— C'était incroyable, murmura-t-elle dans son cou.

— Incroyable, certes, mais je peux faire mieux. Donne-moi dix minutes et une gorgée d'eau, et je recommence.

— Mieux ? Je ne vois pas comment c'est possible.

Lily respira la senteur masculine de Noah, exultant d'avoir trouvé le chemin de son lit. Ensuite, elle devrait se focaliser et trouver le chemin de son cœur.

— Tu n'as même pas idée, chérie, répliqua-t-il avant de prendre un de ses seins à pleine bouche.

Elle se cambra. Tout ce qu'il lui faisait était délicieux.

— Je pense que tu essaies indûment de m'influencer.

— Absolument. J'ai l'intention de ne rien faire d'autre de toute la nuit.

12

Noah n'avait sans doute jamais été plus heureux de se réveiller avec une femme dans son lit. Il voulait que Lily n'en sorte plus jusqu'à la fin de ses jours. Il voulait que jamais plus aucun des deux ne se préoccupe de s'encombrer de vêtements ni de travail, d'ailleurs. Est-ce que Sawyer serait d'accord s'ils se faisaient porter pâle pendant les deux mois à venir ?

Lily roula sur le flanc et ouvrit un œil.

— Quelle heure est-il ?

— Dix-huit heures tout juste passées. On a encore le temps de dormir un peu. Ou de faire autre chose.

Il lui caressa le bras. Sa peau nue ravivait ses sens.

Elle sourit, referma les paupières.

— Tu exerces une influence terrible sur moi. Tu es bien conscient que si on commence, on aura du mal à s'arrêter, ce qui finira par nous mettre en retard au bureau. En tant que mon patron, ça devrait être la dernière chose que tu souhaites.

Il se rapprocha de manière que leurs peaux se touchent. Le sang accéléra dans ses veines, répandant une chaleur grisante dans son corps, réduisant sa capacité de réflexion au simple sexe.

— En tant que patron, j'estime être à même d'approuver toute activité que je considère comme appropriée, qu'elle nous mette ou non en retard au bureau.

— Et si on pouvait gagner sur les deux tableaux ?

La voix de Lily était encore endormie et rauque.

— Je ne suis pas certain de bien comprendre.

— Eh bien, on doit tous les deux prendre une douche, non ?

Bingo. Noah était prêt à bondir du lit.

— Je vais déjà faire couler l'eau.

Dans un grand éclat de rire, Lily lança son oreiller à travers la chambre.

Même après une longue douche ensemble et un rapide petit déjeuner, ils n'arrivèrent qu'avec cinq minutes de retard dans les locaux de Locke and Locke. Ils éprouvaient une vague impression de conspirateurs quand ils sortirent de l'ascenseur, surtout lorsqu'ils tombèrent sur Sawyer.

— Bonjour, dit ce dernier, d'un ton préoccupé.

— Qu'est-ce qu'il se passe ? demanda Noah.

Quoi que ça puisse être, cela n'entamerait pas son moral. Aujourd'hui, son frère pouvait lui jeter cent problèmes à la figure, cela n'aurait aucune importance. Il s'approcha de la porte de leur bureau.

— Non, Noah. Ici. On ne peut pas parler dans cette pièce.

— Mais enfin ! Pourquoi ?

Sawyer entraîna Noah et Lily tout au fond du couloir, près d'un local inoccupé.

— Papa m'a appelé il y a une heure : il est au courant du contrat Hannafort. Il connaît tous les détails de la négociation. Il sait qu'on a menti à Lyle à propos de vos fiançailles, et il menace de nous dénoncer si on ne répond pas à ses exigences.

— Ses exigences ? Quelles exigences ? C'est du chantage.

— Il veut récupérer le Grand Legacy. Je pense que c'est la raison de tout ce merdier. Il ne supporte tout simplement pas que j'aie hérité de l'hôtel, et pas lui.

— Il ne peut pas faire ça. C'est du chantage, répéta Noah. On devrait appeler la police.

— Et leur dire quoi, exactement ? Il a proféré sa menace par téléphone. Ce n'est pas comme si j'avais une bande d'enregistrement. Et je l'aime aussi peu que toi, mais c'est notre père. Je ne souhaite pas qu'il aille en prison.

Moi, si. Noah s'obligea à inspirer à fond. Une guerre faisait rage en lui. Il était furieux contre son père, mais pas uniquement pour ce qu'il était en train de faire ou ce qu'il briguait. Il était furieux parce qu'il s'était adressé à Sawyer en premier. Tout se ramenait toujours à Sawyer.

— Pourquoi tu ne m'as pas prévenu dès que ça s'est produit ?

— Tu as regardé ton téléphone, Noah ? Je t'ai laissé un message vocal.

Noah le sortit de sa poche. En effet, l'appel et le message de son frère étaient notifiés sur l'écran.

— Il faut recontacter cette entreprise de sécurité. Celle spécialisée en espionnage industriel.

— C'est déjà fait. Ils arrivent d'une minute à l'autre.

Évidemment. Sawyer avait tout sous contrôle, comme d'habitude.

— Qu'est-ce qu'on peut faire en attendant ?

— Rien. Ils nous ont dit de ne toucher à rien. Ils ne veulent même pas qu'on entre dans le bureau.

L'ascenseur tinta et les portes s'ouvrirent. Plusieurs personnes en uniforme noir pénétrèrent dans le couloir, les bras chargés de matériel. Sawyer s'avança vers eux et se présenta à une des femmes, puis héla Noah.

— Nous allons passer vos locaux au peigne fin, expliqua la femme, pour chercher des dispositifs d'écoute et des caméras. Nous allons également soumettre chaque ordinateur à un outil de diagnostic informatique au cas où il contiendrait un logiciel espion. C'est un ordinateur portable professionnel ? demanda-t-elle, désignant la mallette de Noah.

— Oui.

— Donnez-le-moi. Il me le faut aussi.

— Ça va prendre combien de temps ? s'enquit Sawyer.

Au moins avait-il la présence d'esprit de poser la question. Noah était encore sous le choc. Quant à Lily, elle se tenait à l'écart, visiblement tout aussi ébranlée.

— Pas très longtemps pour un bureau de cette taille. Quelques heures. À votre place, j'irais dans un café.

La femme entra dans les locaux, suivie de son équipe.

— Comme si cette journée ne pouvait pas devenir plus démente, je suis censé retrouver Kendall chez le gynéco dans une demi-heure. Vous deux devriez chercher de quoi vous occuper un moment.

C'est maintenant que tu me le dis. Noah aurait nettement préféré être chez lui avec Lily, de nouveau sous la douche.

— D'accord.

— Appelle-moi si vous apprenez quelque chose. J'espère être de retour avant qu'ils aient terminé, dit Sawyer. Ensuite, on mettra au point une stratégie au sujet de papa. À plus tard.

Sur ces mots, Sawyer s'engouffra dans l'ascenseur.

— C'est tellement bizarre, murmura Noah en se passant nerveusement les doigts dans les cheveux.

Lily se rapprocha et lui prit la main.

— Je suis certaine que tout ira bien. Sawyer et toi avez affronté des défis bien plus gros.

— Mais tu n'es pas inquiète ? Ton bas de laine est compromis si le contrat Hannafort capote.

— Je sais. Simplement, je ne veux pas me mettre la rate au court-bouillon pour quelque chose qui pourrait s'avérer n'être rien du tout. Viens, maintenant, ajouta-t-elle en lui déposant un baiser sur la joue. Allons prendre ce café.

Ils quittèrent l'immeuble et se rendirent dans un café au coin de la rue qui vendait également des pâtisseries à tomber. Après avoir commandé deux *latte*, un muffin au citron et un scone aux amandes, ils s'installèrent près de la fenêtre.

— Et toi, tu es inquiet ? demanda Lily. Je ne veux pas que tu le sois. Tu es trop beau pour t'inquiéter.

Noah lâcha un petit rire nerveux. Quand les choses deviendraient-elles enfin normales ? Lily et lui avaient réalisé une avancée décisive la veille, de celles qu'il n'aurait jamais cru faire. Pas une fois il n'avait déclaré ses sentiments à une femme. Non seulement il n'en avait jamais eu envie, mais encore il n'avait jamais ressenti ce qu'il ressentait pour Lily.

— Comment tu fais pour rester si calme ?

Elle baissa les yeux sur son café, le touilla.

— Tu as besoin de moi en ce moment même. Alors je ne vois pas comment être autrement. C'est sans doute ce qui fait de moi une bonne employée.

Il s'empara de sa main.

— C'est surtout ce qui fait de toi une amie formidable.

Et ce qui me fait t'aimer. Les mots s'imposaient dans sa tête, pourtant aussi étrangers qu'une langue qu'il ne savait ni lire ni écrire. Il voulait les lui dire, mais il hésitait comme jamais. S'il les prononçait uniquement dans un moment de faiblesse et ne parvenait pas, en définitive, à se montrer à la hauteur, il ne pourrait les retirer. Or Lily méritait mieux.

Elle lui caressa le dos de la main.

— Toi aussi, tu es un ami formidable. Et ma personne préférée avec qui prendre une douche.

Il sourit, souleva sa main. La bague heurta ses lèvres quand il embrassa ses doigts. Est-ce que cette bague finirait par signifier quelque chose, au bout du compte ?

— Pareil pour moi.

Un silence s'étira entre eux pendant qu'ils sirotaient leur café, mangeaient leurs pâtisseries et observaient les clients. Néanmoins, aucun des deux ne lâcha la main de l'autre. Une fois encore, ils étaient dans le même bateau. À bien des égards, Lily pesait davantage dans l'issue de cette épreuve. Tout comme la mère de Noah avait été le ciment de leur famille, Lily était le ciment de l'entreprise. Tout commençait et finissait avec elle. Et il en était venu à penser la même chose à propos de sa vie. L'idée de ne pas avoir Lily auprès de lui dépassait son entendement.

— On devrait y retourner, tu ne crois pas ? suggéra-t-il.

— Nerveux ?

— J'ai envie que ce soit réglé, c'est tout. J'en ai assez de toute cette agitation.

— Et moi donc.

Le bureau ressemblait à une zone de guerre. L'entreprise de sécurité avait tout démonté, allant jusqu'à faire des trous dans les murs pour y traquer des systèmes d'écoute. On se serait cru dans un film d'espionnage. Sawyer était déjà revenu, et il appela Noah aussitôt.

Un barbu costaud de l'équipe des techniciens accula Lily dans un coin de l'espace réception.

— Je vais vous demander de rester ici.

— Mais j'ai du travail qui m'attend.

— Je comprends, mais on a encore des choses à tirer au clair. Je ne peux pas vous autoriser à toucher à votre ordinateur ni même à répondre au téléphone.

Résignée, Lily se laissa tomber sur une chaise. Qu'est-ce qu'il se passait, bon sang ? Elle se tortura les méninges, se demandant si elle connaissait l'origine de la fuite, d'une manière ou d'une autre. Un membre de l'équipe de ménage ? Le type qui était venu réparer la photocopieuse ? Au moins, elle savait que ce n'était pas elle, bien que le malabar planté à quelques mètres ne la quittât pas des yeux, lui donnant la sensation d'être considérée comme responsable potentielle.

L'hypothèse que le père de Sawyer et Noah ait une source interne était déjà grotesque, pour commencer. Pourquoi un parent voudrait-il saborder ses propres enfants ? Par jalousie professionnelle ? Parce qu'ils réclamaient leur indépendance ? C'était monstrueux.

La porte du bureau de Sawyer s'ouvrit.

— Lily. Merci de venir, maintenant.

Elle se leva, mais, à chaque pas, son cœur battait plus fort. Difficile de ne pas avoir l'impression de monter à l'échafaud.

— Assieds-toi, s'il te plaît, ordonna Sawyer à son entrée.

Elle obéit, et se retrouva donc juste à côté de Noah. Il la fixa avec une expression indéchiffrable.

— Je t'en prie, dis-moi que tu n'as pas fait ça.

— Noah, arrête.

Le ton de Sawyer fit sursauter Lily.

— Non, Sawyer. Je ne peux pas. Je ne supporte même pas ce que tu vas lui annoncer.

— On a notre preuve. Il faut aller de l'avant.

— Quelqu'un peut m'expliquer ce qui se passe ? demanda Lily, regrettant de ne pouvoir tenir la main de Noah — elle avait besoin de lui, là.

Sawyer la regarda droit dans les yeux.

— Tu dois répondre avec la plus grande honnêteté à toutes les questions qu'on va te poser. Si tu ne te montres pas coopérative, on n'aura d'autre choix que de porter plainte et de prévenir la police.

— La police ?

Le sol semblait s'ouvrir sous ses pieds, et elle eut la sensation d'être projetée dans un vide immense.

— Quoi que vous soyez sur le point de me demander, je vous dirai évidemment tout ce que je sais. Je ne cacherais jamais rien à aucun de vous deux.

— Je te l'avais dit, Sawyer. Lily ne ferait jamais ce dont tu vas l'accuser.

Le désespoir dans la voix de Noah augmenta encore le malaise de Lily.

— Tu me laisses faire, d'accord ? Lily, on a besoin que tu nous dises tout sur ton implication avec notre père.

— Je ne comprends pas. Je ne le connais même pas.

Noah poussa un petit soupir dédaigneux.

— Sawyer. C'est absurde.

Puis il se tourna vers elle, les yeux emplis de remords. Lily ne lui avait jamais vu ce regard. Noah était d'une nature trop décontractée pour s'énerver facilement, ce qui expliquait en partie pourquoi cette matinée avait été compliquée à gérer.

— Ton ordinateur est la source de la fuite.

— Quoi ? Non. Comment c'est possible ?

— Tous les soirs, les contenus de tes répertoires e-mails sont téléchargés vers un serveur appartenant à une des sociétés de papa. Voilà comment il avait toujours une longueur d'avance sur nous durant tout ce temps, en remontant à la rénovation du Grand Legacy.

Lily ne savait pas quoi dire. Elle était sous le choc.

— Très sincèrement, je ne vois pas de quoi vous parlez. Jamais je ne ferais une chose pareille. Vous devez me croire.

Sawyer croisa les bras, se cala au fond de son siège.

— Eh bien, je suis très ennuyé. Jusqu'à ce qu'on ait résolu cette affaire, tu es en congé. Je ne peux même pas te donner la permission de regarder ton ordinateur ou de toucher quoi que ce soit avant que tu quittes le bureau. Noah va te raccompagner.

En mode automatique, Lily se leva et sortit de la pièce. Une fois dans le couloir, elle agrippa le bras de Noah.

— Je t'en supplie. Vous devez me croire. Tu me vois faire un truc pareil ?

— Je te crois, mais pour l'instant la situation est inextricable. Toutes les preuves te désignent. Sawyer a l'air convaincu.

Dans l'esprit de Lily resurgissait tout ce qui s'était passé au bureau au cours des deux dernières années. Elle avait craint que les choses ne tournent mal si elle entamait une relation avec Noah, et cela s'était réalisé, mais pas comme elle l'avait pensé.

— Tout ce que j'ai fait pour Locke and Locke compte donc pour des prunes ?

— Bien sûr que non. Mais ça t'incrimine aussi. La transmission d'informations a débuté la semaine où tu as commencé à travailler. Et tu t'es rendue indispensable, ce qui t'a mise au cœur de quelques réunions de très haut niveau.

Le cerveau de Lily fonctionnait à plein régime, en quête de la moindre donnée capable de la disculper.

— Si je travaillais pour ton père, pourquoi j'aurais accepté d'emménager chez toi pour sauver la transaction Hannafort ? J'aurais pu la laisser capoter sur-le-champ, non ?

— Mais ce contrat n'est pas son motif premier. Il ne veut pas faire éclater l'histoire au grand jour. Il veut le Grand Legacy. Depuis toujours. Il a tenté de nous pourrir la vie via ce projet dans l'espoir qu'on l'abandonne.

Lily fixa le plafond, désemparée. Elle aimait son métier plus que tout — enfin, sauf Noah. Elle l'aimait. Elle le savait. Et elle l'aimait encore plus que son boulot, c'était certain. Mais si, au bout du compte, elle perdait les deux ? Et son bas de laine ? La pensée était intolérable. Les larmes se mirent à couler, et ne risquaient pas de tarir de sitôt.

— Monsieur Locke.

Le barbu de la sécurité se tenait juste à côté de Noah.

— Mlle Foster ne devrait pas être dans cette pièce. Elle va devoir prendre ses affaires et s'en aller.

Parmi les nombreuses choses qu'avait redoutées Lily, quitter ce bureau qu'elle aimait tant en état de disgrâce était sans doute la pire de toutes.

— Très bien. Je m'en vais.

— Je vais te donner un coup de main. Et appeler mon chauffeur pour qu'il te ramène au Grand Legacy.

Consternée, Lily regarda Noah prendre son sac et son manteau. Elle n'avait même pas le droit de toucher son propre poste de travail. Sawyer ne la salua même pas. Il resta cloîtré derrière sa porte. Noah la raccompagna jusqu'au pied de l'immeuble. Il commençait à pleuvoir et elle ne savait pas où était son parapluie. Dans un carton quelconque, chez Noah.

Il la serra dans ses bras pendant que le chauffeur attendait, près de la voiture dont le moteur tournait.

— On découvrira ce qui s'est passé. Il y a forcément une autre explication. Je trouverai le moyen de convaincre Sawyer qu'il se trompe.

— D'accord.

Elle étudia le visage de Noah, s'efforçant d'en retenir chaque angle, la perfection de ses lèvres, la couleur inoubliable de ses yeux. Depuis le début, elle avait soupçonné qu'il n'était pas fait pour elle et, à cet instant, elle avait l'impression que la moindre circonstance au monde pointait ce fait du doigt. Si son innocence n'était pas prouvée, Sawyer la flanquerait à la porte. Il porterait plainte contre elle.

Les mots qu'elle voulait dire étaient au bord de ses lèvres, mais à présent ils ne serviraient à rien. Ils compliqueraient juste les choses, les empireraient alors qu'elles étaient déjà catastrophiques. *Je t'aime* n'arrangerait rien aujourd'hui.

— Je te retrouve ce soir à la maison ?

La question de Noah portait le même doute que celui contenu dans le cœur de Lily.

— Peut-être. On verra.

— Tu envisages de passer à cette librairie ? Comment elle s'appelle, déjà ?

— *Cotillons et Liaisons.*

— Ah oui. Comment j'ai pu oublier ?

Il émit un petit rire.

— Et on n'est que jeudi. J'y vais le vendredi.

Même la promesse d'un roman sentimental ne lui remonterait pas le moral, de toute façon.

Noah l'embrassa doucement sur le front.

— À très vite. Ça va aller. D'une manière ou d'une autre.

Elle hocha la tête, bien qu'elle ne sache pas à quoi elle acquiesçait.

— D'accord.

Elle s'installa dans la voiture, et les larmes roulèrent sur ses joues.

— On va au Grand Legacy, madame ?

— Pour le moment, oui.

13

Noah rentra tôt ce jour-là, incapable de rester dans les parages de Sawyer ni au bureau.

— Lily ? Tu es là ?

Il jeta son trousseau sur la table de l'entrée, mais le son résonna de manière inhabituelle dans l'appartement. Il ressentait l'absence de Lily jusque dans ses os. Rentrer dans un appartement où elle ne se trouvait pas constituait un grand vide. La douceur et la joie avaient disparu, remplacées par le fracas métallique de clés sur du bois creux.

— Lily ? répéta-t-il, mais en vain.

Noah ne s'était jamais senti aussi seul.

Il continuait à refuser de croire que Lily les avait trahis, Sawyer et lui. C'était invraisemblable, pourtant, les preuves étaient accablantes. Après son départ, son frère et lui avaient étudié la chronologie des faits, et tout renforçait son apparente culpabilité. Les avait-elle embobinés ? Une femme froide et calculatrice se cachait-elle sous cet aspect d'employée parfaite ? Elle n'était pas non plus une employée ordinaire, puisqu'elle possédait les papiers lui permettant de prétendre à trois pour cent de Locke and Locke à vie, ce qui était bigrement commode. La pensée de Lily conspirant avec son père, les discréditant, sabotant leur dur labeur, était intolérable, mais la preuve était là, et Sawyer le poussait à y croire entièrement. *Sers-toi de tes neurones, Noah. C'est écrit, en noir sur blanc. Elle nous a entubés.*

Tel était le prix qu'il avait évité de payer si longtemps. Si vous ne devenez pas proche des gens, ils ne peuvent pas vous faire souffrir. Noah n'avait jamais eu à s'inquiéter de l'argent. Jamais eu à s'inquiéter de sa carrière ou du toit au-dessus de sa tête ou si son avenir était assuré ou non. La seule chose dont il avait eu à s'inquiéter, c'était si quelqu'un non seulement l'aimerait, mais encore resterait à ses côtés. Il était le type impossible à aimer — celui qui ne faisait que raser la surface et était donc facile à abandonner. Il avait craint cela durant la moitié de son existence et en avait été certain durant l'autre moitié. Or Lily avait prouvé la justesse de sa théorie. Elle l'avait quitté aujourd'hui.

Il entra d'un pas lent dans la cuisine. Elle avait tout rangé, tout nettoyé, à tel point qu'on aurait dit qu'elle n'avait jamais été là. Sa boîte de thé avait disparu. Ainsi que les fleurs qu'elle avait disposées sur le plan de travail. Il ouvrit le réfrigérateur ; tout était bien ordonné, exactement comme avant son emménagement. Pas de yaourts à zéro pour cent. Pas de bol de fraises. Juste du lait pour les céréales, du jus d'orange et de la bière. Des basiques de célibataire. À l'image de ce que sa vie allait redevenir.

Il referma le frigo. Tirer du plaisir de la nourriture était inconcevable. À la place, il se dirigea vers son meuble à alcools, se servit une double tequila et l'avala d'un trait. Il leva les yeux vers le plafond, se concentrant sur le feu du liquide dans sa gorge. Ça faisait bel et bien mal. Tout faisait mal présentement, et il ferait mieux de s'y habituer. Fini de dissimuler la souffrance avec des coucheries vides de sens, ou des blagues pour dédramatiser comme il l'avait fait mille fois. Il ne pouvait plus vivre ainsi. Il avait besoin de prendre la douleur de son existence à bras-le-corps, d'accepter la réalité et de trouver un moyen de se lever demain matin, de retourner travailler, et d'espérer que Sawyer et lui puissent conserver le Grand Legacy et empêcher le contrat Hannafort de voler en éclats.

Mais d'abord, un autre verre. Le second brûla autant que le premier. Ratée, l'idée de s'anesthésier contre quoi que ce soit pour l'instant. Il reboucha la bouteille et gagna sa chambre en traînant les pieds. Un seul regard au lit suffit à faire revenir avec une force cinglante un souvenir auquel il s'était tant empressé de se raccrocher. Vingt-quatre heures plus tôt, il était plus heureux qu'il ne l'avait jamais été. Il avait révélé son secret refoulé pendant deux ans, confessé qu'il était fou de Lily, dont la réaction avait été exactement celle qu'il avait tellement craint d'espérer.

Leur nuit lors du mariage faisait pâle figure à côté de la nuit dernière. Il ne s'agissait plus de lubricité et de fruit défendu — délectable, cependant, mais pas au niveau de ce qui s'était passé après qu'il avait mis son âme à nu. Ce qu'ils s'étaient mutuellement fait dans ce lit, le plaisir donné et reçu, était incomparable. Il avait prévu de conserver ce souvenir pour toujours. À présent, il avait hâte de s'en débarrasser, même s'il ignorait comment s'y prendre. Lily était gravée au fer rouge dans sa mémoire. Aucune femme ne lui inspirerait plus jamais pareils sentiments.

Il tomba à genoux, enfouit le visage entre ses paumes, puis hurla. Ses poumons se libérèrent, mais il ne se sentit pas mieux. Au contraire. Il serait incapable de dormir dans ce lit ce soir. Ni dans la chambre d'amis. L'odeur de Lily y flottait. Peut-être qu'il devrait déménager du Grand Legacy. De toute façon, il n'aurait pas le choix si son père mettait la main sur l'hôtel. Peut-être qu'il devrait modifier son existence tout entière. Se laisser pousser la barbe, acheter une cabane en rondins dans le Maine et passer ses journées à couper du bois pour l'hiver et à apprendre à pêcher. Il serait hideux avec une barbe. Tant mieux. Ça éloignerait les femmes.

Noah se redressa, ouvrit les yeux. Et là, ce fut pire. Sur la table de chevet se trouvait la bague de Lily, posée au-dessus d'une lettre. Il eut l'impression qu'on lui arrachait le cœur de sa poitrine pour la troisième ou quatrième fois depuis ce matin. Il ne resterait rien de lui, cette histoire enfin terminée. Oublions la barbe et la cabane en rondins. Il disparaîtrait.

Il s'assit au bord du lit, prit le bijou au creux de sa main. Il savait ce jour-là chez Tiffany qu'ils commettaient une erreur, mais il y avait tenu quand même, même s'il craignait que ça leur chamboule l'esprit à tous les deux. Il aurait fait n'importe quoi pour se rapprocher de Lily. Quel nigaud il avait été !

Il déplia la feuille de papier, et la douce voix de Lily emplit ses oreilles.

Cher Noah,

Malgré le marché que nous avons conclu, je ne peux pas conserver cette bague. C'est trop douloureux. Sans toi, elle ne signifie plus rien.

Pour la même raison, je ne peux pas garder mes trois pour cent de l'entreprise. Bien que j'aie travaillé très dur pour gagner ces parts, je n'en veux pas si Sawyer ne me fait pas confiance. Je n'en ai pas besoin s'il existe la moindre chance que tu doutes de moi. Cela ne serait qu'un rappel de tout ce qu'on a vécu et de la manière dont tout s'est volatilisé.

Sache que pour ma part, ce que nous avons connu ensemble n'a jamais été feint. Même quand je gardais mes distances. Je protégeais seulement mon cœur. Tu étais le gars dans sa tour d'ivoire, et j'étais la fille plantée en bas, les yeux levés vers toi, espérant envers et contre tout que tu daignes me regarder. Que tu daignes me remarquer. Ça a toujours été important pour moi. Je voulais sans cesse que tu me remarques. Même si ce n'était que pour quelques minutes ou quelques jours. Mon vœu a été exaucé, j'imagine. Sauf que personne ne vous dit que lorsque votre vœu se réalise, vous risquez de ne pas le garder. C'est une leçon de vie que j'ai encore du mal à assimiler. J'aimerais qu'elle ne soit pas vraie.

J'espère que tu sais avec chaque fibre de ton corps que jamais, jamais je ne vous trahirais. Après cette journée, il me semble évident que Sawyer l'ignore. Je me suis probablement permis de croire que je faisais partie du cercle rapproché, mais ce n'était pas le cas en réalité. Pas de souci. J'ai vu la force de ton lien avec ton frère ; il est ton pilier. J'avais espéré être cette personne dans ta vie, mais certaines choses sont tout simplement impossibles.

Enfin, je voudrais que tu saches que je ne nourris aucune rancœur. Je ne suis pas faite de ce bois-là. Je n'imagine pas la vengeance, ou une colère inapaisable. Je ne comprends que la loyauté, l'amitié, l'amour et les bonnes intentions. Ce sont les seuls concepts qui aient du sens pour moi. J'espère au moins que tu as vu ça en moi, peu importe combien de temps.

Je t'embrasse,

Lily.

Noah passa les doigts sur ce prénom, tandis que des visions d'elle tournoyaient sans relâche dans sa tête. Pourquoi fallait-il que, pour une fois qu'il était cohérent avec une femme, ça lui explosât à la figure ? Cela semblait injuste, mais surtout la confirmation de tout l'univers que Noah et l'amour étaient incompatibles. Oui, il était tombé amoureux de Lily, mais hélas, elle et ses agissements présumés se dressaient désormais entre lui et la seule autre personne sur laquelle il pouvait compter dans sa vie — Sawyer.

Le sommeil avait été long à venir cette nuit-là, d'autant que Noah avait opté pour le canapé. Il se retournait sans cesse, repassant dans son esprit les événements de la veille au bureau. Ça ne tenait pas debout. La preuve supposée était trop évidente, trop facile. Presque comme si elle leur était servie sur un plateau d'argent par quelqu'un possédant des motivations cachées. Leur père.

Mais qui d'autre avait accès à l'ordinateur de Lily ? Personne en dehors de Noah et Sawyer.

Il éteignit son alarme de réveil avant qu'elle sonne, fila sous la douche et se rendit au bureau. Le soleil se levait encore quand il arriva. Il se dirigea droit vers ses vieux agendas, rangés au fond d'un classeur à tiroirs. Celui remontant à deux ans lui procura un sentiment étrange. La couverture était en cuir bordeaux, et non noir comme d'ordinaire. Cette année-là, sa couleur préférée était en rupture de stock, et il avait dû se résoudre à une teinte dont il ne raffolait pas. Mais ce n'était pas cela qui le troublait en voyant le carnet. C'était le rappel vivace de l'avoir refermé à la fin de chaque journée de travail, cette année-là — l'année où il avait commencé à tomber amoureux de Lily.

Il feuilleta l'agenda jusqu'au mois de mars. Lily avait débuté chez eux le 12 mars. Il se souviendrait toute sa vie de la date. C'était la première fois qu'il posait les yeux sur elle. Sawyer avait mené seul son unique entretien d'embauche. Noah ne lui avait parlé qu'au téléphone. Il recula d'une semaine en arrière pour trouver le nom qu'il cherchait — Robert Anderson. Son numéro était inscrit au-dessous. Robert était le type qui était venu juste avant que Lily ne commence à travailler, pour livrer et installer son poste. Noah et Sawyer avaient décidé d'utiliser ces quelques jours de carence entre deux assistantes de direction pour procéder à certains aménagements — ils avaient acheté un nouveau bureau, repeint et même totalement remeublé la partie réception. Mais c'était l'ordinateur qui intéressait Noah.

Il consulta la pendule. À peine 8 heures. Il décida néanmoins d'essayer le numéro. Il tomba sur le répondeur d'un salon de manucure dans le Queens. Rappela par mesure de sécurité. Rebelote. Pas de doute, quelque chose clochait. Ses cheveux se hérissèrent sur sa nuque. Robert Anderson était une taupe. Noah le sentait au tréfonds de son être. Il se connecta au site de la société de développement de son père et entreprit une recherche d'image pour tous ses employés dont il put relever les noms.

Une heure plus tard, Sawyer pénétra dans les locaux.

— Tu as l'air dans le même état que moi.

Noah soupira, épuisé.

— Je suis mort. Je n'ai pas fermé l'œil de la nuit.

— Cette histoire avec Lily t'a vraiment secoué, hein ?

Noah hocha la tête et se leva de son bureau. Il adorait son frère, mais bon sang, quelle buse, parfois !

— Oui, Sawyer, vraiment. Et beaucoup dérangé. Tu veux savoir pourquoi ? Parce que je t'ai laissé me détruire, hier.

— J'ai agi en me fondant sur les faits à notre disposition. Qu'est-ce que j'étais censé faire ? Notre société est ce qui compte le plus pour nous.

— Non, Sawyer. Kendall et le bébé sont le plus importants pour toi. L'entreprise, c'est ce que tu *fais* toute la journée. Je sais que c'est ta passion, mais tu as plus que ça dans ta vie, et je suis lassé de croire que seuls Charlotte et toi y avez droit. Moi aussi, je le veux.

Sawyer posa sa mallette sur un siège.

— Je n'ai jamais dit que je ne voulais pas que tu y aies droit. Sauf que tes antécédents suggèrent le contraire.

Noah avait de nouveau envie de hurler, mais ça n'arrangerait rien.

— Écoute. Cesse d'exhumer le passé. J'en ai par-dessus la tête. La seule chose qui importe à cet instant, c'est que je crois Lily incapable des méfaits dont on l'accuse. Elle est notre associée, une employée extraordinaire, et surtout, surtout, c'est la femme que j'aime.

— Attends une seconde ? Tu l'aimes ? Vous avez couché ensemble ?

— C'est plus que ça. Beaucoup plus.

— Tu ne peux pas permettre à ta libido de s'interposer entre ton frère et la vérité.

— Ce n'est pas ce que je fais. Je vais découvrir la vérité. Je dois trouver un moyen de rectifier tout ça.

L'expression de pitié de Sawyer lui donna envie de lui casser la figure, mais Noah n'avait jamais frappé son frère. Même quand ils étaient gamins.

— Tu perds ton temps.

— Réfléchis, Sawyer. Si Lily travaillait pour papa, pourquoi être une employée aussi modèle ?

— Ça l'introduisait davantage dans le cercle rapproché.

Noah trouvait extrêmement pénible que Sawyer ait toujours réponse à tout.

— Je n'y crois pas. Ni que papa l'aurait gardée en place après l'ouverture du Grand Legacy. Il l'aurait fait disparaître. C'est l'hôtel, sa grande obsession.

— D'accord. Prouve-moi que Lily est innocente.

— Compte sur moi. Et ensuite, je dirai que je te l'avais bien dit.

Sawyer le laissa et Noah se remit au boulot. Après ce qui lui sembla des centaines de recherches, il tomba enfin sur l'objet de sa quête ; mais Robert Anderson portait un tout autre nom — Dan Lewis. Le bonhomme travaillait pour le département informatique externe au siège social de leur père, dans le New Jersey. Outre le changement de nom, il se cachait au milieu de la foule, devenant ainsi quasi invisible. Noah imprima la page et entra dans le bureau de Sawyer.

— J'ai trouvé le type qui a saboté l'ordi de Lily.

— Quoi ? C'est ce qui s'est passé, tu penses ?

Noah exposa sa théorie. Maintenant qu'il voyait les choses dans leur ensemble, c'était parfaitement logique.

— Voilà. Et je pars tout de suite à Long Island pour remettre les pendules à l'heure.

— Si tu vas parler à papa, je t'accompagne.

Cette fois, ce n'est pas Sawyer qui allait lancer l'attaque. Il s'agissait bien plus de sauver Lily que de sauver l'entreprise. Seul Noah pouvait le faire.

— Je dois faire ça tout seul. J'ai besoin de terminer cette affaire.

— Très bien. Fais ce que tu dois faire.

Noah tourna les talons. Parvenu à la porte, il se retourna une dernière fois vers son frère.

— Ah, et... Sawyer. Je te l'avais bien dit.

Dans la voiture le menant à la propriété des Locke à Long Island, Noah fit l'impensable. Il appela Lyle Hannafort et lui raconta tout. Ce ne fut pas un coup de fil agréable, mais Noah finit par apaiser la colère de son interlocuteur. Un homme tel que Lyle Hannafort ne passe pas un marché uniquement sur la réputation de quelqu'un. De plus, Lyle parut apprécier que Noah fasse n'importe quoi pour son entreprise. Au final, cela se résuma en chiffres et en dollars. Et la promesse d'excuses en personne à Marcy. Ça, au moins, Noah pouvait le faire.

Quand il arriva au grand portail métallique, il eut droit au bla-bla habituel de Tom, le garde de service.

— Je ne suis censé laisser entrer aucun de vous trois, tu le sais. Ton père le refuse.

— Tom, j'ai trente ans, et tu me connais depuis que j'en ai dix. Voire depuis plus longtemps.

À contrecœur, Tom pressa le bouton d'ouverture.

— Si je perds mon boulot, je viens travailler pour ton frère et toi.

— Fais-le quoi qu'il arrive. Tu seras bien plus heureux, promis.

La voiture s'engagea lentement dans l'allée gravillonnée, le long des haies impeccablement entretenues. L'imposante demeure blanche au toit d'ardoises émergea d'un bosquet dont les arbres commençaient à se dénuder. Qu'est-ce que ça faisait aux autres gens de revenir dans la maison de leur enfance ? Pour Noah et ses frère et sœur, les sentiments mitigés étaient trop nombreux. Il y avait eu là plus de moments malheureux que de moments heureux, mais c'était le seul lieu où ils aient connu leur mère. Aux yeux de Noah, cette maison était celle où l'amour avait un jour eu une chance, mais avait été écrasé sous le poids de l'ego paternel. Le monde autour de lui — enfants, épouses et employés — n'existait que pour le servir et l'encenser, pour lui prodiguer une affection qu'il ne méritait pas.

Un membre de la sécurité rapprochée de son père se tenait devant la porte quand Noah monta le porche. Il dut une fois de plus plaider sa cause. Depuis que sa progéniture avait quitté la maison, leur père avait pratiquement transformé la demeure en forteresse. Pendant que le garde demandait un accord par talkie-walkie, Noah, les poings enfoncés dans les poches, observa à quel point le domaine et la bâtisse commençaient à se dégrader. Des sections entières de haies étaient brûlées par un parasite, et des moisissures vertes s'épanouissaient à la base des murs. Peut-être que son père perdait contact avec la réalité. Ou bien que cette tentative illusoire de mettre la main sur le Grand Legacy tournait autour de l'argent et d'un homme prêt à tout pour maintenir un niveau de réussite supérieur à celui de ses propres enfants.

— Vous pouvez entrer maintenant. M. Locke vous attend dans son cabinet de travail.

— Merci.

Noah ne voyait aucun intérêt à se montrer grossier avec le garde. Il ne faisait que son boulot.

Il franchit le vaste vestibule familier au sol en marbre, sous l'antique chandelier en cristal, puis longea le corridor menant aux quartiers privés. Même ce lieu de passage, dont la décoration aurait pu être plus modeste, était doté d'un tapis de couloir persan raffiné et de tableaux de maîtres dans des cadres dorés. Il régnait un silence de mort. Une bibliothèque aurait été plus animée.

La porte de son père était ouverte, et Noah entra sans tarder. La visite ne durerait pas longtemps.

— Noah.

Pareil à un roi qui n'a pas de temps à consacrer à la plèbe, son père ne daigna pas se lever de son siège derrière le bureau massif pour accueillir son plus jeune fils.

— J'espérais que tu amènerais ton adorable fiancée. Ou y

aurait-il de l'eau dans le gaz ? Vous auriez peut-être dû rester en Floride avec vos amis Hannafort.

Noah se planta en plein milieu de la pièce.

— Franchement, ça pourrait aller mieux. C'est certain.

Son père réprima un sourire suffisant, mais Noah nota combien il avait vieilli. Ses cheveux poivre et sel se raréfiaient, ses rides étaient plus prononcées.

— Assieds-toi. Causons un peu.

— Inutile. Je ne compte pas m'attarder.

— Si ça peut aller mieux, j'en déduis que ton frère ne digère pas la petite conversation qu'on a eue ?

— Pas uniquement Sawyer. Moi non plus, je ne la digère pas. Tu ne peux pas avoir l'hôtel, papa. Il nous appartient de plein droit.

— Il appartient à ton frère, tu veux dire.

— Non. À nous trois, maintenant. Sawyer nous a donné une participation, à Charlotte et moi.

— Il vous fait entrer dans le directoire, mais il refuse de donner à son propre père ce qui lui appartient légitimement ?

Son père avait toujours vécu avec le sentiment que tout lui était dû, et cela avait toujours énervé Noah.

— J'aime ta manière de te soucier de paternité quand tu as quelque chose à en tirer. Sawyer nous a intégrés pour protéger l'hôtel de tes manigances. La transaction Hannafort est conçue dans ce cadre-là.

— Donc tu admets que vous êtes en train de négocier un accord avec un de mes plus vieux rivaux en affaires, sur un bien qui devrait être à moi ? Tu as une idée d'à quel point c'est insultant ?

La fureur de son père était évidente, mais Noah préférait autant. Au moins, il ne cachait pas ses sentiments.

— Tu traites tout le monde comme si leur existence ne se justifiait que pour être à tes ordres, alors tu n'as que ce que tu mérites.

Les narines de son père frémirent de rage.

— Je n'ai pas ce que je mérite. Je veux ce satané hôtel.

Il tapa des deux poings sur le meuble. Le son résonna dans la pièce, mais Noah ne se laissa pas décontenancer.

Il s'appuya à deux mains sur le bureau et planta son regard

dans celui de son père. Son pouls battait dans ses oreilles. La colère galopait dans ses veines.

— Tu n'auras pas ce satané hôtel. Notre arrière-grand-père te voyait tel que tu es. Tu t'en fichais complètement. Seules les apparences t'importaient. Ta propre famille t'a rayé du testament et tu ne supportes pas l'image que ça donne de toi.

Puisqu'il était lancé, Noah alla jusqu'au bout. Il sortit de sa poche la page qu'il avait imprimée une heure plus tôt.

— On est au courant pour Dan Lewis, et comment il a trafiqué l'ordinateur de Lily.

Son père daigna à peine jeter un œil au cliché.

— Je suis impressionné. Dan est un crack dans son domaine.

— Je me moque de ce qu'il est. La réalité, c'est que tu as essayé de saboter notre entreprise et on en a la preuve. On portera plainte contre toi pour espionnage industriel, mais j'espère que ça n'ira pas jusque-là. J'espère que tu vas enfin apprendre à laisser tes enfants vivre leur vie.

Seigneur, ça faisait un bien fou de vider son sac. Éviter pendant toutes ces années d'en venir au fait avec son père avait fait peser un poids immense sur ses épaules.

— Très bien. Je vais juste passer un coup de fil à Lyle Hannafort dès que tu auras franchi cette porte. J'ai un tas de choses à lui raconter.

— Raconte-lui ce qui te chante. Je l'ai appelé depuis ma voiture il y a une demi-heure, et je lui ai tout expliqué.

Dans le petit silence qui suivit, la défaite que Noah était venu chercher envahit le visage de son père, sans qu'il s'en repaisse pour autant. Il n'avait pas souhaité en arriver là. Mais son père avait inéluctablement envenimé la situation. Avec un peu de chance, les choses s'arrêteraient là.

— Alors, tu lui as dit que tes fiançailles étaient fausses ?

— *Étaient*, au passé. Aujourd'hui, je demande Lily en mariage pour de bon.

14

Même de l'autre côté de la rue, Noah voyait que la librairie préférée de Lily était bondée. Une foule compacte emplissait *Cotillons et Liaisons* tandis que nombre de gens bavardaient sur le trottoir. Il ne s'était pas attendu à ça. Lily avait toujours dit qu'elle aimait s'y rendre le vendredi parce que l'endroit était particulièrement calme et qu'elle pouvait y lire en paix dans un coin à l'écart. Était-elle là, seulement ? Il n'y avait qu'une façon de le savoir. Même si entrer dans une librairie pleine à craquer avec un bouquet de roses dans les bras et une bague dans la poche garantissait de vous faire passer pour un homme qui en faisait des tonnes.

Le feu passa au vert, et Noah traversa la rue, le cœur battant à tout rompre. Dès qu'il s'approcha, il remarqua un panneau sur la devanture. Un auteur faisait une lecture et dédicaçait son nouveau livre. À en juger par la foule dedans et dehors, il s'agissait d'un auteur très populaire. Pourvu que Lily soit une fan…

Noah poussa la porte, et une clochette tinta contre le verre. Un beagle au museau gris se frayait paresseusement un chemin entre les gens, sans lui prêter la moindre attention, exactement tel que Lily l'avait décrit un jour. La librairie embaumait une odeur familière de papier, d'encre et de café. Lily adorait cet endroit et lui en avait souvent parlé. À ses yeux, les histoires contenues entre ces pages représentaient la part en elle qui refusait de croire que l'amour ne triomphait pas de tout. Même si la vie réelle lui avait prouvé qu'aimer quelqu'un n'engendrait que la souffrance, elle s'accrochait à la notion qu'il s'agissait simplement du mauvais amour. Elle lui avait appris ça. Et à présent, il était temps de lui montrer que leur amour était le bon, celui que tous deux attendaient.

Il passa devant le comptoir, où une vendeuse encaissait l'achat d'une cliente, puis suivit l'allée centrale entre les rayonnages de livres. C'était le moment où tout soit prendrait forme, soit se déliterait. Il avait évité toute sa vie des scénarios tels que celui-ci, ne poussant jamais les choses à leurs limites pour en tester la force. Qu'il l'ait fait en toute conscience n'avait aucune importance. Il ne pouvait plus continuer de la sorte.

Il atteignit le fond de la boutique et regarda à gauche, ne vit que des livres et des clients. Il se tourna vers la droite et, au bout, trouva le décor que lui avait décrit Lily — un confortable fauteuil rouge surmonté d'une lampe de lecture. Le cœur de Noah s'arrêta de battre. Le siège était vide.

Une jeune femme s'avança vers lui.

— Je peux vous aider à choisir un livre ? Ou bien vous vous êtes perdu en chemin pour une séance photo de couverture de roman sentimental ?

Elle indiqua du menton le bouquet qu'il tenait à la main.

Noah se sentit idiot, mais résolu.

— Vous pouvez peut-être m'aider à trouver une de vos clientes. Elle s'appelle Lily et vient ici presque chaque vendredi soir. Elle lit dans ce fauteuil. Elle me l'a raconté.

La vendeuse hocha la tête.

— Une jolie blonde ?

Noah approuva avec enthousiasme.

— Et les plus beaux yeux bleus du monde.

— Je sais de qui vous parlez. Venez.

Elle ramena Noah vers le centre de la boutique, près de l'arrière-salle où se tenait la lecture. Elle pointa le doigt.

— Elle est là, chuchota-t-elle.

Noah balaya du regard les innombrables rangées d'auditeurs et, dès qu'il aperçut Lily, son cœur fit un bond. Elle se trouvait en effet parmi eux, plus belle que jamais, suspendue aux lèvres de l'auteur.

— Comment je la rejoins ?

Plusieurs personnes, debout dans l'encadrement, se retournèrent pour lui intimer le silence.

— Entrez et attendez que la lecture se termine. Il doit rester à peine vingt minutes.

Il envisagea brièvement cette option, mais elle ne lui plaisait pas.

— Je ne veux pas attendre, répliqua-t-il. J'ai l'impression de l'avoir déjà attendue toute ma vie.

La jeune femme lui adressa un regard compatissant.

— Envoyez-lui un texto, alors ?

Noah détestait son portable, mais l'idée n'était pas mauvaise. Sinon, il serait obligé d'entrer dans la pièce. Et de se soumettre aux saines critiques des lecteurs de romans à l'eau de rose lorsqu'il ferait sa demande en mariage, un genou à terre, le bouquet dans une main et la bague dans l'autre. Il sortit son téléphone de sa poche.

Tourne-toi. Je suis là.

Il la regarda fouiller son sac à tâtons. Jamais il n'avait observé aussi attentivement les expressions sur le visage de personne. Quand elle sourit, le soulagement qu'il éprouva fut immense. Elle se retourna et leurs yeux se croisèrent. La pièce bondée parut s'évaporer.

— Viens ici, articula-t-il silencieusement.

Elle se leva, mais ce ne fut pas facile de se frayer un passage parmi tous ces gens. Pliée en deux, elle dépassa les rangées une par une sur la pointe des pieds. Lorsqu'elle le rejoignit enfin, elle manqua trébucher sur le seuil de la salle.

— Qu'est-ce que tu fais là ?

Nouveau *chut* impérieux des mêmes femmes. Noah comprit qu'il devait se racheter.

— Je suis venu dans l'espoir de tout améliorer.

Et, pour preuve, il brandit le bouquet.

Souriant jusqu'aux oreilles, Lily prit les roses et respira leur parfum.

— Merci. Elles sont magnifiques.

— Je t'en prie. On peut discuter ?

— Dehors ? On sera plus tranquilles qu'ici.

— Parfait, acquiesça Noah, extrêmement soulagé.

Ils sortirent sur le trottoir. Lily enfila son manteau, et il l'aida, mais chaque seconde perdue l'exaspérait.

— Du nouveau au sujet de l'ordinateur, de Sawyer ou de ton père ? demanda-t-elle. Tu n'aurais pas apporté des fleurs si les nouvelles étaient encore plus mauvaises ?

Noah lui relata toute l'histoire, y compris ce que Sawyer ignorait, à savoir le fait qu'il avait tout avoué à Lyle Hannafort.

Lily plaqua une main sur sa bouche.

— Je n'arrive pas à croire que tu aies vendu la mèche.

— Je n'avais pas le choix. Je ne voulais plus qu'on vive à l'ombre de ce mensonge. Ce n'était pas correct.

— Et ça n'a pas compromis la transaction ?

— Non. Au final, l'appât du gain était plus fort qu'une stupide vidéo dans les tabloïds ou de fausses fiançailles.

Un sourire ravi éclaira le visage de Lily.

— Si ces fleurs sont ta façon de m'inciter à revenir au bureau, je l'aurais fait de toute façon. J'adore travailler avec Sawyer et toi. Je suis tellement soulagée que tout se soit arrangé !

Il prit la main de Lily. Le moment était venu. C'était sa chance d'obtenir ce qu'il avait cru ne jamais avoir, son unique chance de se lancer et de gagner Lily. Et là, sur le trottoir, il se mit sur un genou. Les yeux de Lily s'arrondirent, encore plus beaux, plus fascinants. Son sourire s'élargit également.

— Lily, je t'aime. Je t'aime plus que tout au monde, et je suis incapable d'envisager une vie où tu ne serais pas au centre de tout. Veux-tu être ma femme ?

Il sortit de sa poche le petit écrin bleu Tiffany, espérant de toute son âme que c'était la chose à faire.

Lorsqu'il l'ouvrit, Lily en resta bouche bée. Elle tendit une main tremblante vers le bijou. Sans le saisir. Elle le contemplait, abasourdie.

— Noah. Le saphir. La bague de ta maman.

— La bonne bague. La seule. Celle qui t'était destinée.

Elle le fixa, les yeux emplis de larmes, mais c'était différent des autres fois, quand il l'avait vue pleurer. Il y lisait du bonheur et de la joie. Il y voyait tout ce qu'il avait toujours désiré.

— Oui, je t'épouserai, Noah. Oui, je serai ta femme.

Noah se redressa, détacha la bague de son support velouté et la glissa au doigt de Lily.

— L'autre t'allait bien, mais celle-ci est parfaite.

Puis, sans attendre, il la serra contre lui et l'embrassa avec fougue. Il avait hâte d'aller rechercher toutes ses affaires et qu'elle s'installe à nouveau chez lui. Pour de bon, cette fois.

Lily interrompit leur baiser et sourit.

— Je suis si heureuse, c'est ridicule.

De l'intérieur de la boutique, une immense salve d'applaudissements retentit. Un client ouvrit la porte, laissant s'échapper des acclamations et des bravos. La vitrine était bordée de gens qui avaient dû assister à sa demande.

— Il semble qu'on ait attiré du public, déclara Lily en éclatant de rire. Tout le monde nous regarde.

Noah voulait un autre baiser.

— Pour une fois, je me fiche qu'on nous voie.

La seconde visite de Lily au bureau d'état civil de New York pour un mariage s'avéra beaucoup plus romantique que la première. Elle fixait Noah, sachant qu'il lui appartenait désormais. Les années de douloureuse convoitise faisaient juste partie de leur parcours, l'histoire qu'ils raconteraient un jour à leurs enfants. Le temps de l'amour non réciproque était révolu. Maintenant, elle avait tout — la tendresse de Noah, son dévouement, et l'homme tout court, tout entier. Elle n'aurait pas été plus heureuse si un de ses auteurs favoris avait écrit ce *happy end*. Une fin qu'elle n'avait certainement pas vue venir.

— En vertu des pouvoirs qui me sont conférés par l'État de New York, je vous déclare mari et femme.

Noah souriait de toutes ses dents, mais restait sexy en diable, avec cette petite lueur dans les yeux qui disait qu'il n'avait qu'une hâte, rentrer et lui arracher ses vêtements. Bien sûr, il ne s'agirait pas de déchirer la robe de mariée. Non. Plutôt d'un effeuillage calculé et soigneux, suivi d'heures de sexe torride. Elle allait avoir droit à tout ce qui était dû à Lily Locke. Ou Lily Foster-Locke. Elle n'avait pas encore décidé.

— Je peux l'embrasser ? demanda Noah à l'officier de l'état civil, soudain pas sûr de lui.

— Approche-toi.

Lily se hissa sur la pointe des pieds et lui enserra la taille à deux bras. Le baiser fut plus sensuel que cela ne se justifiait probablement au sein d'un bâtiment officiel un mardi, mais Lily s'en fichait complètement.

Ils restèrent encore une fraction de seconde ainsi, leurs lèvres à peine distantes d'un souffle. Leurs respirations parfaitement synchronisées. La magie entre eux, l'attirance qui les aimantait et qui rendait impossible de s'écarter de Noah, s'imposait à cet instant. Lily dut rassembler toutes ses forces pour ne pas l'embrasser à nouveau. Elle entendit une femme murmurer dans la salle : *Je veux qu'un homme m'embrasse comme ça.*

Lily soupira, aux anges, et retomba sur ses talons, toujours agrippée à Noah. Non seulement elle avait un homme qui l'embrassait comme ça, mais elle avait réussi à le garder. C'était tellement mieux que sa première tentative de mariage, outre l'avantage évident du dénouement tant désiré. Aujourd'hui ressemblait à un rêve heureux, un de ceux dont on ne veut jamais se réveiller, plutôt qu'à un affreux cauchemar. Mais surtout, la souffrance endurée la première fois s'avérait maintenant une bonne chose. Si elle n'avait pas été plaquée, elle ne serait jamais venue à New York. Si elle n'était pas venue à New York, elle n'aurait jamais trouvé Noah.

Elle replongea dans sa merveilleuse nouvelle réalité quand Noah déclara tout haut :

— On peut y aller ? Je meurs de faim.

Charlotte fut la première à les féliciter. À sa manière.

— Tu n'as pas intérêt à tout foirer, Noah. Sinon, je te préviens, je t'étrangle de mes propres mains.

Lily éclata de rire, mais Noah fronça les sourcils.

— Ne t'inquiète pas. Je ne laisserai pas Lily s'éloigner d'un pas.

Sur ces mots, il lui serra la main très fort.

Sawyer s'avança à son tour vers Lily.

— Il faut que je serre ma nouvelle belle-sœur dans mes bras. J'espère que tu sais à quel point je suis désolé d'avoir douté de toi, ajouta-t-il.

Lily éluda d'un geste.

— C'est du passé. Je ne crois pas à la rancune.

— C'est ce qu'on m'a dit, répliqua Sawyer.

Kendall se trouvait juste derrière lui.

— Bienvenue dans la famille, Lily. J'espère qu'on deviendra bonnes amies.

— Évidemment.

— Maintenant, allons déjeuner, dit Noah, déposant un baiser sur la tempe de Lily. Au Grand Legacy, tout le monde.

Sawyer les invita à prendre la tête du cortège pour quitter le bâtiment. Une limousine les attendait pour les conduire à l'hôtel. Le couple de jeunes mariés se tint sa main durant le court trajet.

— Je n'arrive pas à y croire, Noah. On dirait un rêve. Pince-moi, tu veux.

— Peut-être plutôt un truc à faire ce soir, non ?

Il enfouit le nez dans son cou et embrassa l'espace niché sous son oreille, la faisant fondre d'avance.

— J'ai hâte.

La voiture s'arrêta devant l'hôtel et tous descendirent. Sawyer, Kendall, Michael et Charlotte s'engouffrèrent dans la porte à tambour, mais Noah retint Lily.

— Tout va bien ? demanda-t-elle.

— Admirablement bien. Je veux juste être sûr que ça ne t'embête pas si le mariage n'a pas eu lieu ici, au Grand Legacy. Ou de n'avoir pas mis en œuvre tout ce que vous aviez commencé à organiser avec Marcy. J'ai suggéré de faire les choses ainsi uniquement parce que je n'avais pas envie d'attendre, tu le sais, n'est-ce pas ? Mais si tu souhaites une cérémonie plus élaborée, on peut encore le faire. Je ne veux pas que tu te sentes dépouillée de ton mariage parfait.

Lily plongea les doigts dans les cheveux de Noah, contempla son beau visage qu'elle pouvait désormais embrasser autant qu'elle le désirait. C'était tellement adorable de sa part de se préoccuper de cela, mais ça aurait été un gaspillage de temps et d'effort.

— Je n'ai pas besoin de mariage parfait, Noah. J'ai le mari parfait.